Renee R. Picard

Vertraglich Verpflichtet

Erstes Buch der Serie
'Daniel & Juliet - eine Liebesgeschichte'

1. Auflage September 2013

Deutsche Erstausgabe

Coverfotos: www.shutterstock.com

Handlung und handelnde Personen sind frei erfunden, jede Ähnlichkeit zu lebenden Personen und Organisationen ist unbeabsichtigt und rein zufällig. Dieses Buch enthält explizite Darstellungen sexueller Handlungen und ist daher nur für erwachsene Leser geeignet.

Juliet.walles@gmx.de

Besuchen Sie Juliet auf Facebook:
https://www.facebook.com/juliet.walles

ISBN: 1492762075

ISBN-13: 978-1492762072

INHALT

Prolog

Wieder ein Volltreffer! Mei und Lou Lou kreischten neben mir entsetzt auf, als ihnen das eisige Wasser über den Rücken lief. Aus meinem Mund kam nur ein Krächzen, zu oft und zu laut hatte ich heute schon geschrien.

Wir standen auf der offenen Ladefläche eines Pick-ups, eingeklemmt zwischen den anderen Fahrzeugen, die wie wir hoffnungslos im Stau festsaßen. Die Strandstraße war von zehntausenden durchnässten und alkoholisierten Feierwütigen aus aller Welt übernommen, die die Gehwege auf beiden Seiten dicht belagerten um jedes vorbeifahrende Auto mit riesigen knallbunten Wasserpistolen ins Visier zu nehmen. Aus einem provisorischen Getränkeausschank am Straßenrand wummerten dumpfe Bässe im immer gleichen, fast schon hypnotisierenden Rhythmus. *BOOM, bum, bum, bum, BOOOOM – BOOM, bum,bum,bum, BOOOOM!*

Es gab kein Entkommen, dazu war die Menschenmenge zu dicht und unsere Stellung zu exponiert. Die erhöhte Position glich praktisch einer offenen Einladung an alle Umstehenden.

Schon wieder wurde ich getroffen. Doch diesmal wehrte ich mich, zielte auf die Angreifer und schleuderte dann einen feuchten Schwall aus meiner Plastikschüssel zurück in die Menge.

»Juliet, wir müssen gleich nachladen gehen. Einmal noch, danach ist es Zeit, zurückzufahren«, rief Lou Lou mir zu. Obwohl wir beide nass bis auf die Haut waren, wollte keine von uns aufhören. Schließlich feierte man nicht jeden Tag Neujahr.

Mei versuchte mit hastigen Bewegungen, einen Eiswürfel aus ihrem dunklen T-Shirt zu befreien. »Am meisten hasse ich die Typen, die einfach Wasser aus irgendeiner Pfütze holen«, schimpfte sie vor sich hin. »Schau dich nur mal an, du hast schon lauter Schmutz auf deiner

Hose.«

Das war im Moment meine geringste Sorge. Unser Wasser ging zur Neige! In der schwarzen Tonne, die zwischen uns auf der Ladefläche stand, schwappte nur noch ein winziger Rest. Das reichte nie im Leben, um bis ans Ende der Straße zu kommen, wo die anderen auf uns warteten.

»Können wir nicht anhalten und gleich hier auftanken? Dann sparen wir uns noch eine Runde und haben dem Mob endlich wieder etwas entgegenzusetzen.«

Mei nickte: »Ja, mir wird langsam kalt. Den ganzen Tag mit nassen Haaren und den feuchten Klamotten rumzufahren, reicht mir jetzt. Ich brauche endlich wieder einen Drink, um mich aufzuwärmen.«

Wie immer übertrieb meine Freundin maßlos, denn bei fünfunddreißig Grad Lufttemperatur waren wir froh über jede Abkühlung. Sie klopfte an das Fenster auf der Fahrerseite und brüllte dem dort sitzenden Mann etwas zu. Der nickte und hielt gleich darauf an einer Straßenecke an.

Sofort wurden wir von fremden Menschen umzingelt, ich spürte, wie ich hochgehoben und weggetragen wurde. Mein Versuch zu Schreien endete ebenso kläglich wie zuvor. Vier Männer schleiften mich zu einem halbleeren Springbrunnen und ließen mich dann los. Ich klatschte ins warme Wasser, schniefte und spuckte. Neben mir landete Lou Lou genauso unsanft. Wir sahen, wie Mei, der das gleiche Schicksal drohte, wild um sich schlug. »Ihr verdammten Rowdies! Lasst mich gefälligst los, ich will endlich was trinken und nicht nur ständig baden gehen!«

Erstaunlicherweise konnte sie die Männer tatsächlich davon überzeugen, ihr einen Drink auszugeben und sie für ein paar Minuten in Ruhe zu lassen.

Ein paar Stunden später saßen wir in einem gut gefüllten Club und ließen den Tag Revue passieren. »Ich kann nicht verstehen, wie jemand Eiswürfel in das Wasser schüttet. Haben die Leute denn kein Gehirn? Das tut doch weh, wenn man damit getroffen wird!«, ereiferte sich Mei, die mit zunehmendem Alkoholspiegel immer gesprächiger wurde.

»Mir tun dabei nur die Motorradfahrer leid. So viele Unfälle wie heute hatten wir in Santa Barbara im ganzen letzten Jahr nicht.« Antonia hatte sich geweigert, mit uns im Pick-up zu fahren und stattdessen alles vom

Balkon unseres Hotelzimmers aus beobachtet. »Ist euch aufgefallen, wie viele Leute heute betrunken durch die Gegend fahren?«

Das war im Augenblick vollkommen nebensächlich für mich. Ich machte mir vielmehr Gedanken darum, wie ich meine Sachen je wieder trocken kriegen konnte.

Manchmal konnte ich meine Freundin einfach nicht verstehen, anstatt das Leben zu genießen und offen für Neues zu sein, benahm sie sich wie eine alte Frau. Wieso, um alles in der Welt, war sie tausende Kilometer weit gereist, lebte auf einem anderen Kontinent weit weg von zu Hause, wenn sie am Ende doch nur alles so haben wollte, wie sie es seit ihrer Kindheit gewohnt war?

Wir kamen beide aus Kalifornien, aufgewachsen in behüteten Verhältnissen, und hatten uns entschlossen, für ein paar Jahre den Verlockungen Asiens zu folgen. Die Tanzkompanie Asiamerica bot uns die beste Gelegenheit. Viereinhalb Jahre war ich bereits dabei, Antonia war vor knapp zwei Jahren dazugestoßen. Wir führten im Moment unser Programm in Bangkok auf, zuvor hatten wir so exotische Länder wie Indien, Nepal, China, Indonesien und Malaysia besucht. Länder, von denen man sonst nur im Fernsehen hörte. Ich genoss die einmalige Zeit, auch wenn meine Eltern mich drängten, endlich nach Hause zu kommen. Dazu war ich noch nicht bereit. Die Normalität der Heimat würde mich früh genug wieder einfangen.

Antonia stieß mich mit dem Ellbogen an. »Du, Juliet! Siehst du die Typen da drüben in der VIP Lounge? Die gucken schon die ganze Zeit zu uns rüber. Ich finde, wir sollten hier besser verschwinden.«

Ich zuckte mit den Schultern. Ein schneller Blick auf Mei und Lou Lou ließ mich beruhigt nach meinem Drink greifen. »Ach, vergiss die Typen. Lass sie doch schauen, solange sie nicht zu uns herüberkommen, ist alles in Ordnung.« Ich nahm einen großen Schluck von meinem Cocktail. Die ungewohnte Anstrengung des Tages ließ mich schneller betrunken werden als üblich, aber mit Antonia an meiner Seite fühlte ich mich sicher. Die trank nämlich den ganzen Abend nur Cola.

Gegen Mitternacht füllte sich der Club zusehends. Jennifer Lopez' On the Floor dröhnte aus den Lautsprechern, die meisten Besucher standen jetzt mit uns auf der Tanzfläche und bewegten sich mehr oder weniger elegant im Takt der Musik. Lou Lou riss die Arme über den Kopf und ließ ihre Hüften anzüglich kreisen. »Komm schon Juliet! Party Time – zeig mal, was du drauf hast!« Der Alkohol tat sein Übriges um meine Hemmungen abzubauen. Hier kannte mich sowieso keiner. Auch ich hob meine Hände in die Höhe und folgte den Bewegungen meiner Freundin. Die Umherstehenden ließen genug Platz, um uns so richtig auszutoben. Kreischend lagen wir uns in den Armen, als der nächste Song anlief. Immer schneller wurde die Musik, immer schneller wurden unsere Bewegungen.

Plötzlich spürte ich eine kühle Hand auf meiner Schulter. Ich sah mich um, ein asiatischer Mann in dunklem Anzug stand dort. »Miss, mein Boss möchte Ihnen einen Drink ausgeben.« Ich blickte in die angegebene Richtung und erkannte, dass sein Boss einer der Männer war, die uns vorhin aus der VIP Lounge beobachtet hatten. Etwas verunsichert nickte ich dem Anzugträger zu. »Warum nicht? Sagen Sie Ihrem Boss, ich trinke Bacardi Coke.« Dann drehte ich mich weg und versuchte, mich wieder auf die Musik zu konzentrieren.

Aus den Augenwinkeln beobachtete ich, wie mein Getränk an den Tisch der VIP Lounge gebracht wurde. So hatte ich das aber nicht gemeint! Ich ignorierte die deutlichen Zeichen von dort und schloss die Augen. Noch ein Lied, dann war es wirklich Zeit, zurück ins Hotel zu gehen.

»Miss, mein Boss würde Sie jetzt gern kennenlernen. Ihr Drink ist auch schon bereit. Bitte folgen Sie mir.« Der Anzugträger konnte ja nichts dafür und so ging ich hinter ihm her, beeindruckt, wie er uns einen Weg durch die Menge bahnte. Als ich an Mei vorbeikam, hielt die mich entsetzt am Arm fest. »Juliet, wo willst du denn hin? Halte dich bloß von den Typen fern, das sind alles korrupte Polizisten. Und der eine ist der Drogenkönig der Insel. Du weißt doch, die glauben, sie können sich alles erlauben.«

Ich zuckte mit den Schultern, jetzt war es ohnehin zu spät. »Nur ein Drink, Mei. Dann komme ich zurück und wir können los.« Dann folgte ich wieder dem Anzugträger.

In der Lounge war mehr los, als von der Tanzfläche aus zu sehen war. Hier gab es eine separate Bar mit knapp bekleideten Hostessen. Ich schluckte, als ich einige Mädchen barbusig zwischen den Tischen hin- und herlaufen sah. »Hello, Party Girl!«, begrüßte mich der Boss, ein Thai in teuren Designerklamotten und mit einer riesigen goldenen Uhr am Handgelenk.

Er wies den neben ihm sitzenden Mann an aufzustehen, und tätschelte dann den Sitz. »Komm, setz dich für einen Moment, dann können wir uns besser unterhalten.«

Ich zögerte, die Situation war mir zu unübersichtlich. Doch schließlich gab ich mir einen Ruck, ich konnte ja schlecht vor dem Tisch stehenbleiben. »Guten Abend. Vielen Dank dafür, dass Sie mir einen Drink ausgeben«, bedankte ich mich höflich, gleichzeitig bemüht darum, den Abstand zwischen unseren Knien so groß wie möglich zu halten.

»Ich habe dich beim Tanzen beobachtet. Hast du Spaß?«, fragte er mich und schob mir dabei den Drink zu. Ich nickte und hob das Glas. »Happy New Year!«

Wir prosteten und wie zufällig stieß seine andere Hand gegen meinen nackten Oberschenkel. Sofort stellten sich alle meine kleinen Härchen auf. Ich trank noch einen Schluck, dann wollte ich wieder gehen, doch der Mann winkte einer Bedienung, zeigte auf mein erst halbleeres Glas.

»Vielen Dank nochmal für den Drink, aber ich glaube, ich muss jetzt nach Hause, meine Freunde warten schon auf mich.« Wieder versuchte ich aufzustehen, doch diesmal spürte ich seine Hand fest auf meinem Schenkel. »Noch nicht, Party Girl. Bleib noch ein wenig hier bei mir sitzen, meine Kollegen wollen dich auch kennenlernen.« Er zeigte in die Runde. »Deine Freunde finden den Weg in ihr Hotel auch allein.«

Oh nein, so hatte ich mir das ganz und gar nicht vorgestellt! Selbst in meinem alkoholdurchnebelten Gehirn machte sich jetzt Angst breit. Eine Kellnerin ohne jegliche Oberbekleidung kam mit einem neuen Glas an unseren Tisch, als sie sich vorbeugte, um es abzustellen, kniff mein Nachbar ihr kräftig in den Busen. Das Mädchen zuckte nur ganz leicht zurück, dann erschien ein gequältes Lächeln auf ihrem hübschen Gesicht. »Mr. Pong, schön Sie wiederzusehen.« Sie blickte nun zu mir, sah mich für ein paar Sekunden intensiv an, dann formten ihre Lippen ein einziges Wort: *„Run!“*

Sie drehte sich um und ging mit schnellen Schritten davon. Ich sah, wie sich der Anzugträger von einem der Nachbartische erhob und ihr folgte. Als er den Arm vorschob und sich dabei sein geöffnetes Jackett leicht anhob, sah ich es darunter aufblitzen.

Mein Herz schlug jetzt rasend schnell. Was sollte ich tun? Alles in mir drängte zur Flucht, jetzt war womöglich die einzige Chance zu entkommen. Wenn der Anzugträger wieder an unseren Tisch zurückkam, wurde es ungleich schwieriger, Mr. Pong abzuschütteln.

Ich stand auf, meine Beine zitterten. Mein großzügiger Tischnachbar sah mich wieder an, doch diesmal war sein Blick ärgerlich und seine vom Whisky geröteten Augen blitzten vor Zorn. »Setz dich wieder hin, Party Girl. Wir beide haben noch den ganzen Abend vor uns.« Mit diesen Worten griff er mir plötzlich zwischen meine Beine, berührte meinen Slip mit seinen Fingern. »Du musst wissen, ich bin der Boss der ganzen Insel. Wenn ich etwas will, bekomme ich es auch, früher oder später. Und im Moment will ich dich!«

Erschrocken wich ich zurück und zog mein kurzes Kleid so weit es ging nach unten. Dann drehte ich mich um und begann, mir einen Weg aus der VIP Lounge zu suchen. Alles bewegte sich, der Boden schwankte unter mir. Ich fühlte mich mit einem Mal elendig, obwohl ich gar nicht so viel getrunken hatte. Hinter mir konnte ich Tumult hören, offenbar versuchte Mr. Pong, mich einzuholen.

Endlich kam ich zum Ausgang der Lounge, sah mich hastig nach meinen Freunden um, doch in der Masse der Tänzer waren sie nicht zu erkennen. Meine Beine versagten den Dienst, ich musste mich an der Wand abstützen, um das Gleichgewicht zu halten. Was war bloß mit mir los?

Als ich mich suchend umdrehte, sah ich, dass der Anzugträger inzwischen an Mr. Pongs Tisch stand. Sein Jackett war jetzt wieder zugeknöpft und mit erstarrtem Gesicht durchkämmte er den Raum. Schnell drehte ich mich wieder um, damit er mein Gesicht nicht sah. Oder hatte er mich schon erkannt? Ich tastete mich mit zitternden Fingern an der Wand entlang. Hier irgendwo musste es doch zum Ausgang des Clubs gehen. Doch ich konnte mich nicht mehr erinnern, wie ich hierher gekommen war.

Ich fühlte mich unendlich müde, die blitzenden Lichter und wummernden Bässe verstärkten die in mir aufsteigende Übelkeit. Panisch suchte ich nun nach der Tür, ich brauchte dringend frische Luft, um nicht zusammenzuklappen.

Ein blonder Mann kam auf mich zu, versuchte, meinen Blick zu fixieren. »Geht es Dir nicht gut? Hast du was eingeworfen?« Er hielt mich am Arm fest, ich schüttelte nur den Kopf, konnte nicht mehr sprechen. »Soll ich dich nach Hause bringen oder brauchst du einen Arzt?« Wieder versuchte ich, meinen Kopf zu schütteln, doch es gelang mir nicht. Im nächsten Moment verlor ich gänzlich die Balance und glitt zu Boden.

Als ich wieder zu mir kam, lag ich in einem weichen Bett, ein angenehm kühler Lufthauch wehte durch das Zimmer. Ich hörte gedämpfte Stimmen, lauschte mit plötzlich wiederkehrender Angst. Hatte mich Mr. Pong gefunden? Oder lag ich bei dem Blonden im Bett?

Ich versuchte, mich zu bewegen, doch ich hatte noch immer keine vollständige Kontrolle über meinen Körper. Nach einigen erfolglosen Versuchen gab ich es auf, lauschte stattdessen den Stimmen. Sie sprachen eine andere Sprache, ich verstand nur wenige Worte. »K.O.-Tropfen ... im Club ... Doktor ... Polizei.«

Auch wenn sich daraus kein Zusammenhang erschloss, war mir klar, dass Mr. Pong versucht haben musste, mich erst mit K.O.-Tropfen außer Gefecht zu setzen, um mich danach mitzunehmen. Dass sein Begleiter eine Waffe trug und er selbst offenbar ein Drogenbaron war, ermutigte mich nicht gerade.

Ich blinzelte und stellte fest, dass ich noch komplett bekleidet war, wenn man bei dem kurzen Kleid überhaupt davon sprechen konnte. Im Zimmer war es dunkel, nur eine altmodische Nachttischlampe spendete ein wenig Licht. Die Stimmen drangen durch die angelehnte Verbindungstür aus dem Nebenzimmer. Definitiv nicht Englisch, aber wenigstens auch nicht Thai. Also nicht Mr. Pong. Ich atmete innerlich auf. Doch wieder hörte ich das Wort Polizei. Ob Mr. Pong nach mir suchte?

Vorsichtig streckte ich meine Gliedmaßen, versuchte dabei keine Geräusche zu machen. Als ich hörte, dass sich die Tür zu meinem Zimmer öffnete, erstarrte ich sofort und schloss die Augen. Still lag ich da, lauschte den Schritten. Jemand stand jetzt neben meinem Bett. Ich bewegte mich nicht.

Dann entfernten sich die Schritte wieder, eine Männerstimme sagte etwas in der fremden Sprache und die Verbindungstür klappte wieder zu. Rasch sah ich mich um, stand auf und ging mit wackligen Schritten zum Eingang. Auf dem Weg nach draußen schnappte ich mir eine Jacke, die jemand achtlos über einen Stuhl geworfen hatte. Ich musste hier weg, so schnell wie möglich!

Draußen war es noch dunkel und endlich auch ein wenig kühler. Ich versuchte mich zu orientieren, fand schließlich den Weg zur Hauptstraße. Ich hatte Glück, unser Hotel war nur wenige hundert Meter entfernt und ich rannte fast den gesamten Weg dorthin. Als ich dann endlich schwer atmend vor unserer Zimmertür stand, fand ich sie zu meiner Überraschung nur angelehnt. Antonia würde doch nie im Leben vergessen, unser Hotelzimmer abzuschließen!

Ich spähte vorsichtig hinein, in der Dunkelheit war nichts zu erkennen und ohne meine Schlüsselkarte konnte ich auch kein Licht anschalten. Ich tastete mich vor und fand unsere Sachen in einem Haufen auf dem Fußboden. Offenbar war jemand hier eingebrochen und hatte Chaos angerichtet. War das Zufall oder hatte dieser unheimliche Mr. Pong etwa seine Finger im Spiel?

Ich ging zum Zimmersafe, der glücklicherweise noch verschlossen war und gab unsere Geheimzahl ein. Mein Pass und das restliche Geld für unseren Urlaub lagen unangetastet darin. Ich nahm alles und steckte es ein. Wenn Mr. Pong tatsächlich ein Drogenbaron oder ein korrupter Polizeichef war, musste ich sofort von hier verschwinden.

Mittwoch, 09. Mai 2012

Mürrisch öffnete ich die Augen und blinzelte in den gleißenden Sonnenschein, der durch die gardinenlosen Fenster direkt auf mich fiel. Ein neuer Tag in einer neuen Stadt. Und er hatte ohne mich begonnen. Draußen glitzerte verheißungsvoll die Skyline Bostons.

Ich schüttelte die letzte verbliebene Müdigkeit von mir ab und blickte mich in dem hellen, weiß gestrichenen Schlafzimmer um. Das Zimmer war groß und ziemlich leer, bis auf das hölzerne Doppelbett in dem ich gerade aufgewacht war, gab es nur einen geräumigen Wandschrank und eine kleine hellbraune Kommode. Keine anderen Möbelstücke oder Dekoration. Die meisten Kisten waren bereits ausgepackt und lagen leer in der Nische neben der Tür. Bis spät in die Nacht hatte ich gestern Kleider aufgehängt, Andenken und einige wenige Bücher auf die Kommode gestellt und meine Kosmetikartikel in dem luxuriösen Badezimmer, dass direkt an das Schlafzimmer angrenzte, einsortiert.

Ich wickelte mich in mein Laken und stand auf, trat an das vom Boden bis an die Decke reichende Panoramafenster. Bei meiner Ankunft war es schon dunkel gewesen und so war mir die einmalig schöne Aussicht gar nicht aufgefallen. Während ich noch dastand und bewundernd die neue Umgebung betrachtete, begann mein Handy zu läuten.

Seufzend drehte ich mich um und holte das Telefon.

»Hallo Garry! Bist du etwa schon wach?«

Ein lautes Lachen drang aus dem Handy. »Juliet, endlich bist du hier. Bist du schon angezogen? Ich wollte dich abholen und zum Frühstück ausführen.«

»Gib mir eine halbe Stunde und warte in der Lobby auf mich.«

Ich konnte es kaum erwarten, meinen besten Freund endlich wiederzutreffen. Garry und ich kannten uns von Kindesbeinen an, waren in benachbarten Häusern aufgewachsen und hatten uns auch später nie ganz aus den Augen verloren. Während ich quer durch Asien reiste, war er an die Ostküste gezogen. Unsere immer seltener werdenden Gespräche deuteten darauf hin, wie schwer er es hatte, sich hier durchzuschlagen.

Ich warf kurzentschlossen das Laken zurück aufs Bett und ging ins Badezimmer, duschte und wusch meine Haare so ausgiebig, dass der ganze Raum danach dampfig und feuchtwarm war. Im Kopf ging dabei ich noch einmal die Liste mit all den Dingen durch, die dringend erledigt werden mussten.

Am frühen Nachmittag hatte ich ein Bewerbungsgespräch im noblen Ritzman Park Hotel & Spa. Ich hatte mich als Empfangsdame beworben, mit meinen Fremdsprachenkenntnissen sollte es auch ohne Berufserfahrung kein Problem sein, dort angenommen zu werden. Dafür brauchte ich jedoch noch ein paar vernünftige Kleidungsstücke, denn in Jeans und T-Shirt würde ich mich kaum vorstellen können. Die vielen Jahre des Wanderlebens hatten meine Garderobe auf das Allernötigste reduziert, zwanzig Kilogramm Gepäck war alles, was ich noch besaß. Aber mit Garry als Einkaufsberater würden sich meine Schränke schnell füllen.

Am Abend war eine Probe für das Musical *Zubeida* angesetzt. Ich hatte eine kleine Nebenrolle in dieser modernen Produktion angenommen, nachdem Garry mir stundenlang von der Arbeit mit Starchoreografen Rob Robson vorgeschwärmt hatte.

Das Stück war eine tragische Liebesgeschichte mit dramatischem Ausgang. Es handelte von der unglücklich verheirateten *Zubeida*, die ihren gewalttätigen Ehemann Carlos zwar über alles liebt, seinen Wutanfällen aber hilflos ausgeliefert ist. Carlos ist ein launischer Trinker und Spieler und macht seiner hart arbeitenden Frau das Leben regelmäßig zur Hölle. Während einer seiner Attacken tötet *Zubeida* ihren Mann in Notwehr. Doch als ihr klar wird, was sie gerade getan hat, rammt *Zubeida* sich das blutige Messer selbst in die Brust.

Die Geschichte hatte nichts sonderlich Spannendes, doch die Musik und Choreografie waren anspruchsvoll, und Rob Robson war weithin bekannt als einer der kreativsten Köpfe der modernen Tanztheaterszene. Die Gelegenheit, mit ihm spielen zu dürfen, wollte ich mir nicht entgehen lassen.

Meine Rolle beschränkte sich zwar auf einige kurze Gruppenszenen, aber ich hoffte darauf, im Verlauf der Proben Gelegenheit zu bekommen, mein Talent unter Beweis zu stellen.

Ich hatte genug Geld, um ein paar Monate problemlos über die Runden zu kommen, mit oder ohne den neuen Job. Die exklusive Wohnung gehörte meinen Eltern, sodass sich meine Ausgaben in Grenzen hielten. Meine Mutter war froh, dass ich endlich wieder zurück in heimatlichen Gefilden war, wenigstens auf demselben Kontinent wohnte. Sie wollte mich sogar umsonst hier wohnen lassen, aber ich hatte darauf bestanden, zumindest die Kosten für Strom, Wasser und Heizung zu bezahlen.

Mein Vater war Richard Walles, ein einflussreicher und vermögender Politiker, der durch das Ölgeschäft Millionen verdient hat. Er hatte mir eine gut bezahlte Stelle in einem seiner Unternehmen angeboten, doch ich wollte lieber aus eigener Kraft vorankommen, statt durch meine Herkunft. Deshalb lehnte ich sein großzügiges Angebot dankend ab, sehr zum Unverständnis meiner Eltern. Sie hatten durchgesetzt, dass ich zumindest nicht ganz allein in dieser fremden Stadt lebte. Obwohl ich mit meinen zweiundzwanzig Jahren schon die halbe Welt bereist hatte, behandelten sie mich immer noch wie ein unbeholfenes Kind. Das Appartment in Boston war unser Kompromiss und ich war ihnen im Stillen dankbar für die Hilfe.

Weniger erfreut war ich über die Anwesenheit von Mr. Burton, einem der Fahrer und Leibwächter unserer Familie. Ich brauchte keinen Bodyguard an meiner Seite, der meiner Mutter minutiös Bericht über mein Leben erstattete, aber sie hatte in diesem Punkt nicht nachgegeben. Mr. Burton würde noch heute mit der Abendmaschine aus L.A. kommen und in der kleinen Wohnung gegenüber meines Appartements wohnen.

Meine neue Unterkunft war eigentlich viel zu groß für eine einzelne Person, mit mehreren Schlafzimmern, einem riesigen Wohnbereich, diversen Arbeitszimmern, Abstellkammern und Bädern. Es gab sogar ein eigenes Heimkino. Seit meiner gestrigen Anreise hatte ich es noch nicht einmal geschafft, mir alle Zimmer anzusehen. Die meisten von ihnen standen leer und ich beabsichtigte auch nicht, sie je einzurichten. Nur das Schlafzimmer, in dem ich übernachtet hatte, und die ultramoderne Wohnküche enthielten bislang überhaupt persönliche Gegenstände.

Das Trocknen meiner widerspenstigen langen Haare dauerte mal wieder eine halbe Ewigkeit. Während ich sie föhnte und dabei versuchte, aus den Korkenzieherlocken sanfte Wellen zu machen, bereitete ich mir einen Milchkaffee mit der vollautomatischen Kaffeemaschine zu.

Dieses Wunderwerk der Technik machte den wohl besten Kaffee, den ich je getrunken hatte und ich war jetzt schon süchtig danach. Es war gleichzeitig auch das einzige Gerät in meiner neuen Küche, dass ich bedienen konnte. Meine Kochkünste waren nämlich nur rudimentär entwickelt und beschränkten sich neben dem Kaffeekochen auf einfachste Gerichte. Ich hatte es bisher nie nötig gehabt, mir selbst Essen zuzubereiten, denn seit ich mein Zuhause mit achtzehn Jahren verlassen hatte, hatte ich ausschließlich in Hotels gelebt.

Mein Handy klingelte schon wieder, ich schaltete den Föhn aus und antwortete.

»Juliet, wie geht es dir, hast du dich schon gut eingelebt in Boston?«, erklang die melodiöse Stimme meiner Mutter aus dem Hörer. Trotz der Freude über meine Rückkehr konnte sie nicht verstehen, dass ich meine Karriere als Tänzerin nicht konsequenter fortsetzte. Sie selbst war als junge Frau eine erfolgreiche Balletttänzerin gewesen und hatte in zahlreichen Hollywoodfilmen und Musikproduktionen mitgewirkt.

Bis heute wünschte sie sich für ihre drei Töchter, dass sie einen ähnlichen Weg einschlugen. Meine zwei Jahre ältere Schwester Corinne tanzte tatsächlich am Broadway, wohingegen sich unsere jüngere Schwester Kathlyn überhaupt nicht für Musik oder Sport begeistern konnte. Sie studierte Zahnmedizin in Denver und war auf dem besten Weg, einmal ein gutbürgerliches, langweiliges Leben zu führen.

»Ja, Mama. Ich bin dabei, mich an einen selbstbestimmten Tagesablauf zu gewöhnen und nicht mehr nur aus dem Koffer zu leben. Ich habe es ein bisschen eilig, Garry wartet schon auf mich.« Mit diesen Worten setzte ich mich auf einen Küchenstuhl und begann, mit vorsichtigen Schlucken den heißen Kaffee zu trinken.

»Hast du dich schon nach einem Wagen umgesehen? Mr. Burton wird auch dein Chauffeur sein. Falls nicht, dann lass mich das doch bitte für dich regeln?«

Wie übertrieben! Meine Mutter war schon wieder drauf und dran, mein Leben unter ihre Kontrolle zu bringen. Aber ich wusste, sie meinte es gut und wollte mir nur die Umstellung erleichtern. Darum antwortete ich vorsichtig: »Danke für dein Angebot, aber lass es mich bitte allein versuchen. Ich habe noch nie ein eigenes Auto besessen und ich freue mich schon seit Jahren darauf, eines auszusuchen.«

»Du kannst dein Geld doch sicher für andere Dinge besser verwenden. Sag mir einfach, was für einen Wagen du magst, und ich regle den Rest.«

Ich hasste es, wenn sie so angeberisch mit ihrem Geld um sich warf. »Das geht wirklich zu weit. Ich kann gut für mich alleine sorgen. Ich habe übrigens heute ein Vorstellungsgespräch im Ritzman Hotel.«

Meine Mutter klang wenig begeistert, sie hatte sich für ihre Töchter eine andere Zukunft vorgestellt und ließ auch keine Gelegenheit aus, dies zu artikulieren. »Juliet, warum nimmst du nicht eine Stelle im Unternehmen deines Vaters an, du könntest dir sogar etwas aussuchen, was dich interessiert. Du musst doch mehr aus dir machen, als Zimmer zu putzen. Du schmeißt dein ganzes Talent einfach achtlos weg, andere wären dankbar, wenn sie solche Möglichkeiten hätten, wie du.«

Ich schluckte. Diese Unterhaltung hatten wir in den letzten Wochen schon häufiger geführt. Für meine Eltern war es eine riesige Enttäuschung, dass eine ihrer Töchter als einfache Angestellte arbeitete und andere Menschen bediente. Ich aber wollte aus eigener Kraft mein Leben gestalten und nicht ständig auf die Hilfe meiner Eltern angewiesen sein.

»Das ist doch nur vorübergehend und hilft mir bestimmt, ein paar nette Leute kennenzulernen und mich in der Stadt zurechtzufinden. Sobald das nächste Semester anfängt, werde ich sowieso studieren, dann werde ich eure Hilfe noch oft genug beanspruchen müssen.« Dabei stand noch keineswegs fest, ob ich studieren wollte, aber es war zumindest eine Aussicht, die meine Eltern etwas beruhigte.

»Na gut, aber übernimm dich nicht, Kleines. Wenn du etwas brauchst, wir sind immer für dich da. Übrigens, dein Vater und ich möchten dich so bald wie möglich besuchen kommen. Wie wäre es am Sonntag in zwei Wochen?«

Ich dachte rasch nach. Die Premiere des Musicals fand leider schon am kommenden Samstag statt, aber am darauffolgenden Wochenende gab es eine weitere Aufführung. Ich wusste, wie sehr sich meine Mutter darauf freute, mich tanzen zu sehen. Mein Vater hatte stets viel Arbeit und es war eine Seltenheit, dass er sich ein paar Tage frei nehmen konnte.

»Das wäre toll! Du, ich muss jetzt dringend los, Garry wartet bestimmt schon. Wir sprechen uns am Sonntag, okay?«

Nachdem meine Haare endlich trocken waren, band ich sie zu einem hohen Pferdeschwanz zusammen. Die dunkelbraunen Locken kringelten sich noch immer in alle Richtungen, doch ich hatte jetzt keine Zeit, mehr Aufwand damit zu betreiben.

Hastig streifte ich eines meiner Tourneeshirts über und zog eine hautenge lange Sporthose an. Danach putzte ich die Zähne, trug einen Hauch rosaroten Lipgloss auf meine Lippen auf. In meiner Freizeit schminkte ich mich nur ungern, die unzähligen Stunden in der Maske des Theaters reichten für ein ganzes Leben.

Das Handy und die Schlüsselkarte für das Appartment packte ich in meine alte Umhängetasche, dann suchte ich kurz nach dem kleinen Zettel mit den Zugangscodes für den Triumph Tower und meine Wohnung. Insgesamt hatte ich drei verschiedene sechsstellige Zahlencodes einzugeben, am Haupteingang, an meiner Wohnungstür und in der Tiefgarage. Bis ich die alle auswendig kannte, war ich hier wahrscheinlich schon wieder ausgezogen. Sorgfältig steckte ich den Zettel in ein Seitenfach. Bloß nicht verlieren!

Erwartungsvoll und bestens gelaunt schlüpfte ich in die weißen Flip-Flops, Andenken an meine Zeit in Asien. Dann verließ ich das Appartment und wartete auf den Fahrstuhl. Die Aufzugtür öffnete sich und mein Blick fiel auf einen großen, elegant gekleideten Mann. Er schien nur wenig älter als ich zu sein, seine Erscheinung jedoch war selbstbewusst, kraftvoll und gepflegt, dagegen kam ich mir wie ein kleines Kind vor. Wohnte der etwa hier?

Beinahe hätten sich die Türen des Fahrstuhls wieder geschlossen, aber der Fremde drückte schnell auf eine Taste am Bedienpult des Aufzugs und die Türen fuhren zurück. »Wollen Sie nicht mitfahren? Ich muss nach unten«, fragte er mich mit dunkler, sinnlicher Stimme. Ich nickte nur und trat in den Fahrstuhl, bemüht, einen möglichst großen Abstand zwischen uns zu halten.

Im spiegelnden Bedienpult konnte ich ein Lächeln in seinem markanten Gesicht ausmachen. Er beobachtete mich während sich der Aufzug langsam nach unten bewegte. Ich kontrollierte verstohlen mein Spiegelbild, kam mir plötzlich völlig fehl am Platz vor, in dem ausgewaschenen T-Shirt und so nachlässig zurechtgemacht. Er hingegen trug einen teuren dreiteiligen Anzug, der aussah, als wäre er für ihn maßgeschneidert worden.

»Sind Sie neu hier? Ich habe Sie noch nie hier gesehen«, versuchte er ein Gespräch mit mir zu beginnen. Mit viel zu hoher Stimme antwortete ich: »Ja, aber ich wohne hier nur vorübergehend.« Dann starrte ich wieder auf die Aufzugtür. Wann waren wir endlich im Erdgeschoss?

Er lächelte und antwortete sanft: »Wie schade, ich hätte Sie gern näher kennengelernt. Sie tragen ein interessantes T-Shirt.« In meinem Unterleib zogen sich plötzlich unbekannte Muskeln zusammen. Was lief denn hier ab? Dieser attraktive Typ wollte mich näher kennenlernen? Wahrscheinlich machte er sich nur lustig über mich. Er sah nicht so aus, als hätte er in seinem Leben je ein T-Shirt angezogen. Ich errötete prompt und flüsterte: »Ja, das ist wirklich schade.«

Im verzweifelten Versuch, mich abzulenken und dem intensiven Blick aus seinen Augen zu entgehen, die geradewegs durch mich hindurchzusehen schienen, öffnete ich meine Umhängetasche und durchwühlte sie so, als suche ich etwas.

In meinem Leben hatte ich nie Zeit für Männer oder Beziehungen verschwendet. Ich war zwar ständig umgeben von Kollegen, Tänzern und Produktionshelfern, und während des Tanzens kamen wir uns berufsbedingt körperlich sehr nahe. Doch meine Tanzpartner waren entweder schwul, so wie Garry, oder einfach gute Freunde, die mich wie einen Kumpel behandelten. Noch nie hatte ich das Bedürfnis, einem Mann außerhalb des Trainings näherzukommen. Vielleicht hatte ich auch einfach noch nie einen Mann kennengelernt, der mich interessierte.

Aber dieser Fremde neben mir hatte solch eine magische

Anziehungskraft, dass ich mir plötzlich wünschte, von ihm berührt zu werden, seine feuchten Lippen auf meinem Mund zu spüren, seine warmen Hände auf meiner Haut...

Als der Aufzug mit einem leichten Ruck zum Stehen kam, schreckte ich aus meinen ausschweifenden Gedanken hoch und ließ vor lauter Ungeschicklichkeit meine Tasche fallen. Kleingeld, Haarbänder, ein Lippenstift, meine Pillenpackung und zwei Tampons rollten über den Boden in alle Richtungen davon.

Ich bückte mich hastig und sammelte als allererstes die beiden Tampons ein. Mein Gesicht war jetzt krebsrot und ich drückte mich an die Aufzugwand, so dass Mr. Gutaussehend an mir vorbeigehen konnte. Aber anstatt den Aufzug zu verlassen, hockte er sich neben mich und begann, meine Habseligkeiten mit einzusammeln.

Sein Gesicht war nur wenige Zentimeter von meinem entfernt und ich konnte den Geruch seines Körpers wahrnehmen. Er roch angenehm nach Duschbad oder Aftershave, sauber und männlich. Für den Bruchteil einer Sekunde erwog ich, mein Gesicht an seiner Brust zu vergraben. Was war bloß mit mir los?

Er hielt mir seine Hand mit ein paar Cents und der Pillenpackung hin und ich bemerkte, dass seine Manschettenknöpfe genau dieselbe Farbe wie seine Augen hatten – smaragdgrün. Die bloße Berührung seiner Hand ließ die Spannung zwischen uns knistern. Mir schien, als verharrten seine Finger etwas länger als unbedingt nötig und sein Zeigefinger strich vorsichtig über meinen Handrücken. Hastig zog ich meine Hand zurück, es fühlte sich an, als ob ich einen elektrischen Schlag bekommen hätte. Die kleinen Härchen auf meinen Armen standen ab und sogar meine Nippel verhärteten sich. Oh Gott, was war denn das?

»Danke«, murmelte ich, während ich die letzten Cents in meiner Tasche verstaute, blickte zu ihm auf und lächelte flüchtig. Dann wandte ich mich rasch um und wollte davoneilen, doch in der Aufregung hatte ich gar nicht wahrgenommen, dass der Aufzug bis in die Tiefgarage gefahren war und nicht in der Lobby gehalten hatte.

Ein Chauffeur erwartete den gutaussehenden Fremden in wenigen Metern Entfernung und hielt ihm die Tür zu einem schwarzen, zweitürigen Mercedes auf.

Wohl oder übel musste ich mich umdrehen und vorbei an Mr. Gutaussehend zurück zum Fahrstuhl gehen. Sein fragender Blick folgte mir.

»Ich habe ganz vergessen, ich habe gar kein Auto«, stotterte ich, dann schlossen sich zum Glück die Aufzugtüren. Schwer atmend und mit glühendem Gesicht lehnte ich mich für einen kurzen Moment an das kalte Metall.

Es war ein warmer Frühlingstag in Boston, aber ich fröstelte trotzdem als ich nach draußen ins Freie trat. Die letzten Monate hatte ich im tropischen Klima Bangkoks verbracht und die Umstellung würde wohl noch eine Weile dauern.

Garry sprang aufgeregt von seiner Bank auf, als er mich durch die schweren Türen des Triumph Towers kommen sah. »Hallo Fremde! Da bist du ja endlich! Ich dachte schon, du versetzt mich.«

Er hob mich hoch und wirbelte mich durch die Luft. Ich kreischte vor Vergnügen laut auf, schenkte den missbilligenden Blicken der übrigen Passanten keine Beachtung. Aus den Augenwinkeln sah ich den dunklen Mercedes auf der Straße an uns vorbeifahren.

»Du siehst super aus, richtig braungebrannt«, meinte Garry nachdem er mich wieder losgelassen hatte. »Komm, lass uns frühstücken gehen! Ich kenne ein nettes Café gleich hier um die Ecke.«

Er nahm meine Hand und zerrte mich die Straße entlang, lebendig und voller Energie, so wie ich ihn in Erinnerung hatte.

Ich betrachtete meinen Freund. Er war muskulöser und durchtrainierter, als ich ihn kannte. Offenbar hielt ihn das Training für *Zubeida* ordentlich fit. Seine strohblonden Haare standen immer noch in alle Himmelsrichtungen ab, gaben ihm ein jungenhaftes Aussehen.

»Boston scheint dir gut zu tun«, bemerkte ich.

»Ja, im Moment ist alles wunderbar. Ich habe eine tolle Solorolle, nette Kollegen und jetzt, wo du zurück bist, endlich auch wieder jemanden zum Quatschen.«

Wir erreichten ein betriebsames Café am Ende des Blocks und fanden einen freien Tisch auf der Terrasse.

»Wieviel Zeit hast du denn für mich? Ich brauche einen Ratgeber beim Klamottenkaufen bevor ich ins Ritzman gehe.«

Garry grinste. »Zum Einkaufen kannst du immer auf mich zählen. Wir können gleich nach dem Essen los, hier gibt es jede Menge Geschäfte, dein Appartment liegt im größten Shoppingcenter der Stadt!«

Seufzend trank ich einen kleinen Schluck Cappuccino und schloss die Augen, um den Geschmack einen Moment auf mich wirken zu lassen. Lecker!

»Zum Glück bin ich nicht kaufsüchtig. Aber ich muss mir ein Bewerbungsoutfit zulegen.« Mir kam plötzlich wieder meine Begegnung mit dem Fremden im Fahrstuhl in den Sinn. »Und vielleicht zwei, drei andere Teile. Irgendwas Modernes, vielleicht ein Sommerkleid.«

Mein Freund nahm meine Hand in seine Hände, sah mich aufmerksam an. »Du willst ein Kleid? Du hast dich doch noch nie für Klamotten interessiert. Gibt es da etwa jemanden in deinem Leben, von dem ich nichts weiß?«

Ich errötete, schüttelte aber den Kopf. Wenn ich ihm jetzt von meiner Fahrstuhlbegegnung berichtete, würde er den ganzen Tag keine Ruhe mehr geben. »Erzähl mir lieber von den Proben. Die Premiere ist also schon am Samstag?«

»Ja, im Moment sind wir alle total im Stress, heute ist eigentlich ein Ruhetag, aber Robson lässt uns trotzdem antreten. Und die beiden nächsten Tage können wir wohl im Theater übernachten, sechszehn Stunden Proben sind das Mindeste.«

Ich kannte den Stress vor einer Premiere aus früheren Produktionen, aber was Garry beschrieb, überstieg meine Erfahrungen bei Weitem. »Das hast du wohl vergessen zu erwähnen, als du mir stundenlang von der Arbeit mit dem großen Rob Robson vorgeschwärmt hast?«

Er versuchte gar nicht erst, seine Schadenfreude vor mir zu verstecken. »Als ob dich das abgeschreckt hätte. Du hättest doch so ziemlich Allem zugestimmt, nachdem du zurückgekommen bist. Warum bist du eigentlich so Hals über Kopf aus Thailand abgehauen?«

Obwohl seine Frage nicht unerwartet kam, hatte ich trotzdem keine Antwort parat. Nach ein paar Sekunden des Schweigens erwiderte ich leise: »Darüber sprechen wir ein anderes Mal, ja?«

Garry nickte verstehend. Auch in seinem Leben gab es eine Menge Dinge, über die er mit niemandem reden wollte.

Mein Vorstellungsgespräch im Ritzman Park Hotel & Spa verlief gut und man bot mir eine Stelle als Empfangsdame ab Montag nächster Woche an. Das Gehalt war erwartungsgemäß niedrig, aber ich durfte in der Frühschicht arbeiten. So hatte ich den gesamten Nachmittag und Abend frei und konnte die Proben und Musicalaufführungen problemlos in meine Tagesplanung integrieren. Das Hotel war von meinem Appartment auch nur wenige Häuserblocks entfernt, wenn ich früh genug aufstand, schaffte ich es vielleicht morgens sogar zu Fuß zur Arbeit.

Dann arbeitete ich den nächsten Punkt auf meiner ambitionierten Liste ab. Der Kauf meines ersten eigenen Autos war auf den ersten Blick die vielleicht erfreulicheste Aufgabe überhaupt. Aber irgendwie hatte ich mir alles glamouröser vorgestellt, vielleicht mit einem Glas Sekt in einem schicken Verkaufsraum. Stattdessen stand ich als einziger Kunde auf dem zugigen Parkplatz eines Gebrauchtwagenhändlers und besah die ausgestellten Fahrzeuge. Garry hatte leider noch eine andere Verabredung und würde mich später beim Training wieder treffen.

Ich wählte schließlich nach langem Abwägen einen halbwegs ansprechenden dunklen Toyota aus, von dem ich glaubte, dass Mr. Burton ihn nicht sofort ablehnen würde. Auch wenn er es natürlich gewohnt war, weitaus komfortablere Fahrzeuge für meine Familie zu fahren. Ich bestand auf eine Probefahrt, damit der Autohändler mich nicht für komplett inkompetent hielt, doch da ich mich auf Bostons Straßen nicht auskannte, war diese Fahrt bereits nach wenigen Minuten beendet.

»Okay, ich nehme ihn«, teilte ich dem Verkäufer mit, der mich sprachlos anstarrte.

»Wie? Wollen Sie keinen Nachlass aushandeln oder vielleicht eine Zusatzausstattung? Für hundert Dollar Aufpreis installieren wir Ihnen noch ein Navigationssystem.«

Doch ich schüttelte energisch den Kopf. Trotz all den Jahren in Asien fiel es mir schwer zu verhandeln und außerdem wollte ich hier endlich weg. »Nein, ich nehme ihn so. Und ich bezahle mit meiner Kreditkarte.«

Der Mann zuckte mit den Schultern. »Wie Sie wollen, Lady. Ich wollte nur nett sein.« Er drehte meine Plastikkarte in den Händen hin und her. »Sagen Sie, kann es zufällig sein, dass Isabella Walles mit Ihnen verwandt ist? Sie wissen schon, die Tänzerin?«

Es erstaunte mich immer wieder, wie bekannt meine Mutter auch viele Jahre nachdem sie ihre Bühnenkarriere beendet hatte, noch war. »Nein«, antwortete ich schließlich, »Aber Sie sind nicht der Erste, der mich danach fragt.«

Die Rückfahrt verlief ohne Zwischenfälle, aber der Zahlencode für die Tiefgarage des Triumph Towers bereitete mir Probleme, ich war es nicht gewohnt, mich gleichzeitig aufs Lesen, Tippen und Fahren zu konzentrieren. Im zweiten Anlauf streifte ich das sich schon wieder schließende Tor. Zum Glück fiel die Schramme am Dach des Toyotas nicht weiter auf, mein neuerstandenes Auto schien schon einiges mitgemacht zu haben. Ich hatte einen eigenen Stellplatz, mein Wagen stach deutlich zwischen den teuren Limousinen und SUVs hervor – er war vermutlich älter als alle anderen Autos zusammen.

Ich hielt die Luft an, als sich die Fahrstuhltüren öffneten und atmete erleichtert auf, als dieser leer war.

Das Wiedersehen mit Garry bei den Proben war herzlich, obwohl wir uns erst vor ein paar Stunden verabschiedet hatten. Als er mich sah, hob er mich hoch und wirbelte mich im Probenraum herum.

»Juliet, du siehst bezaubernd aus, Prinzessin! Seit wir uns das letzte Mal gesehen haben, bist du sogar noch hübscher geworden!«

Ich lachte angesichts seines Übermuts, als er mich in einem der Sommerkleider sah, die wir zusammen ausgesucht hatten und boxte ihm leicht in den Oberarm, nachdem er mich wieder abgesetzt hatte. »Lass das, du Spinner! Du machst dir deinen Ruf bei den Jungs sonst noch kaputt.«

Wir hatten nicht viel Zeit, unser Wiedersehen zu zelebrieren, denn die Proben standen an. Doch Garry wollte mir unbedingt noch dir drei Solisten vorstellen und so begaben wir uns zu drei anderen Tänzern, die sich alle zusammen für die Proben aufwärmten.

Katie spielte die weibliche Hauptrolle und war eine goldblonde zierliche Schönheit, eine Kindfrau mit klarem offenen Blick. Sie lächelte mich freundlich distanziert an, schüttelte meine Hand, als Garry uns vorstellte. Als sie hörte, dass ich gerade zurück aus Asien kam, weiteten sich ihre Augen. »Da würde ich auch gern mal hin«, flüsterte sie, »Mit meinen dreiundzwanzig Jahren bin ich bisher nur einmal nach Florida gekommen, Disneyland, sonst nichts. Hoffentlich klappt das hier mit der Tournee, dann kann ich endlich was vom Land sehen!«

Neben ihr stand ein hochgewachsener junger Mann und stützte sich an ihrer Schulter ab, während er Dehnübungen machte. Das musste Konstantin sein. Von der Figur her glich er Garry, doch seine Körperhaltung und die Mimik und Gestik wirkten viel geschliffener und fast schon einstudiert. Er hatte ein hübsches Gesicht mit geschwungener aristokratischer Nase, die ihn beinahe arrogant wirken ließ. Die welligen, geeligen Haare verstärkten den Eindruck noch.

Doch als er uns ansah, verwandelte sich sein hochnäsiger Ausdruck in Sekundenschnelle in ein warmes Lachen. »Juliet, schön dich endlich persönlich kennenzulernen. Seit du dich angekündigt hast, ist Garry total aufgelöst.« Ich blickte fragend zu Garry hinüber. Der grinste nur.

»Ja, ich bin auch schon ganz aufgeregt. Das Ganze kommt alles ziemlich plötzlich, viel Zeit zum Trainieren bleibt jetzt nicht mehr«, antwortete ich schließlich schmunzelnd.

Der dunkelhäutige Erik war mit Abstand der muskulöseste der drei Männer, die trotz ihrer auffälligen Gegensätzlichkeit alle für dieselbe Rolle probten. Ich fand, zumindest auf den ersten Eindruck verkörperte er die Rolle des gewalttätigen Carlos am besten, obwohl er sich eher wie ein Kämpfer als ein Tänzer bewegte.

»Wo ist Tasha? Ist die etwa schon wieder krank?«, fragte Garry und sah sich suchend im Probenraum um.

»Tasha hat ihre Verletzung noch nicht richtig auskuriert. Sie muss noch mindestens eine Woche pausieren, bevor sie mit dem Training beginnen kann. Sonst bricht die Wunde vielleicht wieder auf«, verteidigte Erik seine fehlende Partnerin. Er war kräftiger als Garry und Konstantin, unter seiner dunklen Haut kamen die Muskeln eindrucksvoll zur Geltung.

»Wo ist denn eigentlich deine Partnerin?«, wollte ich von Garry wissen.

Der schüttelte nur den Kopf. »Das ist eine lange Geschichte. Ich scheine einfach kein Glück mit den Frauen zu haben. Erst verschwindet Jeanne spurlos und nun wird Dianne auch noch schwanger. Damit hätte die sich mehr Zeit lassen sollen, aber es ist nicht mehr zu ändern. Robson dreht fast durch, der sucht dringend nach Ersatz, aber alles ist viel zu kurzfristig.«

Aus den Augenwinkeln sah ich ein spindeldürres Männchen zusammen mit zwei Begleitern in den Probenraum treten. Es wurde sofort still und die Tänzer richteten ihre gesamte Aufmerksamkeit auf diesen Mann. Das also war Rob Robson.

Das Training war anstrengend und kräftezehrend. Während die anderen ihre Szenen probten, versuchte Garry, mir die notwendigen Schrittfolgen zu erklären. Obwohl ich durch die ständigen Auftritte in den letzten Jahren körperlich gut in Form war, brachten mich die Hebefiguren mächtig ins Schwitzen. Ich war nun froh, nur eine kleine Rolle angenommen zu haben, denn in der Kürze der Zeit schien es unmöglich, dies alles fehlerfrei zu lernen. Rob Robson erwies sich mit seinen vielen Jahrzehnten Erfahrung als strenger Regisseur. Keine noch so kleine Abweichung von der vorgesehenen Schrittfolge blieb unkommentiert.

Die Tänzer mit Sprechrollen hatten es noch schwerer, an jedem Auftritt fand der Choreograf Kritikpunkte und verlangte Änderungen. Als ich Katie zum ersten Mal den Titelsong darbieten hörte, bekam ich prompt eine Gänsehaut. Es handelte sich um eine traurig-melancholische Anklage der misshandelten *Zubeida* kurz vor ihrem Selbstmord und das Lied erzeugte eine so düstere Stimmung, dass mir selbst beim Zuhören Tränen in die Augen traten.

Katie besaß eine hohe glasklare Stimme, sie war die einzige Sängerin, die von Rob Robson nicht kritisiert wurde und ich beneidete sie um ihre Stimme ebenso wie um die Gelegenheit eines solchen Auftritts. Sie war die perfekte Tänzerin, klassisch schön mit ihren langen blonden Haaren, klein und anmutig genug, um ihren Partner nicht zu überstrahlen.

Später saßen wir gemeinsam in einem kleinen Pub unweit des Theaters. Die Männer tranken Bier während Kathie und ich uns eine

Flasche Rotwein teilten. Katie erwies sich als humorvolle Quasselstrippe, die ideale Gesprächspartnerin, um die pikantesten Neuigkeiten der Stadt zu erfahren. Ihr Bruder arbeitete beim Boston Globe, einer der größten Tageszeitungen der Stadt. Es schien, als habe auch sie damit exklusiven Zugang zu den neusten Storys und Affären.

Der großgewachsene Erik trug nun eine Brille, bei den Proben hatte er anscheinend halb blind ohne Kontaktlinsen trainiert, denn bei gleich zwei unserer Hebeübungen hatte er mich sehr unsanft fallengelassen. Doch er hatte sich danach jeweils so rührend entschuldigt, dass ich ihm einfach nicht böse sein konnte.

»Wo bist du eigentlich untergekommen? Wohnst du noch im Hotel? Hier in der Innenstadt ist es ja ziemlich schwer, kurzfristig etwas Günstiges zu finden«, fragte er mich interessiert.

Ich schüttelte den Kopf. »Nein, ich habe ein Appartment im Triumph Tower gemietet.«

Alle sahen mich mit großen Augen an, also ergänzte ich schnell: »Natürlich nur vorübergehend, bis ich etwas Passendes gefunden habe. Hier vor Ort ist es hoffentlich einfacher, eine anständige bezahlbare Wohnung zu finden.« Die Namen meiner Eltern ließ ich lieber unerwähnt, denn ich fürchtete, sie könnten mich sonst als verwöhnte, reiche Tochter und nicht mehr als eine Kollegin oder Freundin behandeln. Nur Garry wusste, wer meine Eltern waren.

»Der Tower ist natürlich super, da kannst du immer shoppen gehen, wenn du nichts zu tun hast«, meinte Katie verträumt. »Aber du musst dich auch in Acht nehmen. Ich habe gehört, dass Daniel Stone dort jetzt sein Liebesnest hat. Angeblich filmt er sich dabei, wenn er Sex mit Stars oder reichen, gelangweilten Ehefrauen hat. Und die Videos benutzt er danach, um Geld oder Firmenanteile zu erpressen. Damit hat er seine eigene Firma, Stone Corporation, zum einflussreichsten Unternehmen der ganzen Stadt ausgebaut.«

Die anderen hatten ebenfalls davon gehört, aber ich kannte weder die Firma noch dessen Eigentümer. Hier in Boston schien dieser so etwas wie ein Anti-Held zu sein, superreich, ein arrogantes Arschloch und immer dazu bereit, für Geld die Grenzen des guten Geschmacks zu überschreiten.

Seiner Firma Stone Corporation schien die halbe Stadt zu gehören, überall mischte das Unternehmen mit. »Stell dir vor, diese Firma kann deinen gesamten Tagesablauf bestimmen. Du wohnst in einem Gebäude, dass der Firma gehört, arbeitest bei einer der vielen Tochterfirmen. Dein Telefonnetz gehört der Firma, dein Internetanschluss auch. Du kauft in einem Shoppingcenter ein, das von der Firma verwaltet wirst, abends feierst du in einem firmeneigenen Club, sogar im Urlaub entkommst du ihnen nicht, denn auch das Reiseportal im Internet und dein Hotel gehören zur Stone Corporation«, redete Konstantin aufgeregt auf mich ein.

Ich bemühte mich um ein ernstes Gesicht, auch wenn mich das Thema eigentlich gar nicht interessierte. »Das hört sich nach totaler Kontrolle an. Ist das wirklich schon soweit, oder eine Zukunftsvision?«

»Die Wirklichkeit ist noch viel schlimmer, denn selbst dein Friseur, die Versicherung für deinen Wagen und das Musicaltheater, in dem wir spielen – alles gehört der Stone Corporation.« Der abfällige Ton in seiner Stimme drückte Konstantins ganze Verachtung aus.

»Meinst ihr wirklich, dass an den ganzen Gerüchten was dran ist? So eine Machtkonzentration und schmutzige Geschäfte würden doch sofort auffliegen und bestimmt gibt es Gesetze, die so etwas verhindern?«, mischte sich Katie jetzt in die Unterhaltung ein.

»Deshalb prozessiert Stone ja auch ständig. Und nun, wo die Firma im Ölgeschäft mitmischt, wird alles noch viel schlimmer«, mutmaßte Garry.

Da mein Vater durch das Ölgeschäft reich geworden war, kannte ich mich ein wenig aus. Ohne zu viel von meiner Familie verraten zu wollen, fragte ich interessiert. »Ölgeschäft? Wo genau soll die Firma denn Lizenzen besitzen, die sind doch alle längst aufgeteilt?«

Garry warf mir einen Blick zu, den ich nicht richtig deuten konnte. Er wollte wohl etwas sagen, senkte dann aber schweigend den Kopf.

Konstantin überbrückte die entstandene Pause. »Also von Lizenzen habe ich zwar keine Ahnung, aber ich habe gehört, Stone hat Ölquellen im Pazifik billig gekauft und bei den Bohrungen hat man dann festgestellt, dass die Lagerstätten zigmal größer als angenommen sind. Nun liegt Stone wohl im Streit mit dem Verkäufer. Angeblich soll er schon vorher heimlich Probebohrungen gemacht und damit gewusst haben, welchen Wert die Quellen haben.«

Ich war froh, als wir von diesem Thema wieder abkamen und uns stattdessen mit unseren diversen Nebenjobs beschäftigten. Das Tanzen würde den Anderen in Kürze hoffentlich ein gutes Auskommen bescheren, aber im Moment warf es nicht genug ab, um davon leben zu können. Erst wenn die Vorstellungen begannen, bekämen wir, abhängig von unserer Rolle, ein richtiges Gehalt ausgezahlt. Während meine Nebenrolle nur ein mageres Taschengeld abwarf, würden die Hauptdarsteller abhängig vom Erfolg unseres Musicals bezahlt, was eine enorme Motivation für alle darstellte.

»Ich liebe ja die Arbeit an der Tanzschule, ganz besonders mit den Kindern. Aber meine Rolle ist ziemlich anstrengend und sobald die Aufführungen beginnen, werde ich mich nur darauf konzentrieren«, erklärte uns Katie.

Konstantin war mir suspekt, aber er hatte den interessantesten Beruf. Er arbeitete tagsüber als Privatdetektiv für die gutgehende Detektei seines Onkels. Gewissermaßen berufsbedingt schwieg er sich über seine Fälle aus, sehr zum Unmut von Katie, die keine Ruhe gab, bis er mit einigen kuriosen Geschichten herausrückte.

»Wieso bist du eigentlich aus Asien nach Boston gekommen? Hat es dir dort nicht mehr gefallen oder ist dein Vertrag ausgelaufen?«, fragte mich Erik.

Bevor ich antwortete, sah ich zu Garry hinüber. Ich konnte hier nicht von meiner Flucht erzählen, zu schmerzhaft waren die Ereignisse und ihre Folgen. »Mein Vertrag war zu Ende und ich hatte nach all den Jahren auch Heimweh«, log ich und kam mir dabei wie ein Verräter an meinen Freunden in Thailand vor.

Gedankenversunken trank ich den letzten Tropfen Rotwein aus. Alle waren jetzt verhaltener, sogar Garry starrte grübelnd vor sich hin. Es war schon spät und der Wein wärmte mich innerlich.

»Juliet, geht es dir gut?« Garrys Stimme riss mich aus meiner Erstarrung. »Die anderen wollen jetzt nach Hause. Wie kommst du zurück?«

»Ich habe meinen Wagen …«, begann ich.

»Du kannst nicht mit dem Auto fahren, du bist ziemlich betrunken. Soll ich dir ein Taxi rufen?«

Ich dachte angestrengt nach. Mr. Burton war um diese Zeit sicher schon zu Hause, aber er kannte sich in Boston ebenso wenig aus wie ich, und ich wollte ihm auch nicht gleich am ersten Tag betrunken gegenübertreten. »Ja, ein Taxi wäre nicht schlecht. Aber ich muss meinen Wagen auch nach Hause bringen, den brauche ich morgen.«

Garry seufzte: »Also gut, ich fahre dich in deinem Wagen heim und nehme mir danach ein Taxi nach Hause.«

Auf der Rückfahrt saßen wir schweigend nebeneinander im Wagen. Es schien, als ob Garry mir etwas berichten wollte, doch noch schwieg er sich aus.

»Garry, ich bin froh, dich gesund wiederzusehen. Geht es dir auch wirklich gut? Du wirkst so nachdenklich?«, begann ich, ihn vorsichtig auszufragen.

»Mach dir keine Gedanken um mich, ich komm schon klar. Bin ja immer irgendwie weitergekommen.« Das klang nicht nach Garry.

»Vorhin im Pub wolltest du mir etwas sagen, nicht wahr?«, fragte ich weiter, denn so schnell wollte ich nicht aufgeben.

Garry atmete tief ein. »Juliet, du musst mir versprechen, vorsichtig zu sein. Halte dich von Konstantin fern, der ist ein ziemlich mieser und skrupelloser Typ.«

»Ich dachte, du wärst total verknallt in Konstantin? Was ist denn passiert? Hat er dich abblitzen lassen?«

Garry schaute genervt zu mir hinüber. »Das hast du dir gemerkt, ist ja typisch. Ja, er sieht gut aus, wir waren auch ein paar Mal zusammen weg. Aber dann habe ich gemerkt, dass der mich nur ausnutzen will, da habe ich lieber die Kurve gekratzt.«

Es tat mir leid, meinen Freund so enttäuscht zu sehen. Auch wenn er beteuerte, nicht traurig zu sein, sagte seine belegte Stimme doch etwas anderes. Um ihn abzulenken, brachte ich unser Gespräch wieder auf die Geschäfte der Stone Corporation, denn dabei hatte er mich schließlich so merkwürdig angestarrt.

»Vorhin hast du ganz komisch geguckt, als wir kurz übers Ölgeschäft geplaudert haben. Hatte das einen bestimmten Grund?«, fragte ich neugierig.

Garry schwieg eine Weile und ich wollte die Frage schon wiederholen, als er endlich zu sprechen begann. »Alles, was ich weiß ist, dass dein Vater und Stone ein Problem miteinander haben. Du erinnerst dich, ich telefoniere regelmäßig mit deiner Mutter, und einmal hat sie mir erzählt, dass die beiden sich beinahe geprügelt haben. Und ich könnte mir denken, dass es dabei ums Öl geht.«

Er sah kurz zu mir hinüber, bevor er sich wieder auf die Straße konzentrierte. Ich versuchte, die gewonnenen Informationen zu verarbeiten. Ich wohnte also im gleichen Haus mit einem infamen Milliardär, der Streit mit meinem Vater hatte und angeblich Pornos bei sich zu Hause drehte. Naja, es gab Schlimmeres aber ich würde mich lieber von diesem Mann fernhalten.

»Du, Juliet, ich muss dich um einen Gefallen bitten.« Garry starrte kurz zu mir herüber und richtete seinen Blick dann sofort wieder auf die Straße. Tonlos fuhr er fort. »Ich bin im Moment ziemlich knapp bei Kasse und bis das Tanzen was abwirft, dauert es noch mindestens zwei Wochen. Ich brauche dringend zweitausend Dollar. Könntest du mir die vielleicht leihen? Du kriegst sie auch so schnell wie möglich zurück.«

Er sah mich nicht an, während er weiterfuhr.

In Gedanken überschlug ich meine Finanzen. Zweitausend Dollar waren auch für mich ein ganz schöner Batzen. »Ja, ich kann dir das Geld borgen, aber nicht gerade heute Nacht«, bot ich ihm an.

Er entspannte sich sichtlich. »Das macht nichts. Ich brauche es erst am Samstag. Und glaub mir, ich zahl dir alles zurück. Ich fühle mich so mies, dich gleich am ersten Tag anzupumpen, aber es ist wirklich dringend.«

»Du steckst nicht in Schwierigkeiten, oder? Für Drogen oder so einen Scheiß gebe ich dir nämlich kein Geld«, warnte ich ihn.

Doch er schüttelte heftig den Kopf. »Nein, dafür würde ich mir nie etwas von dir leihen. Ich kenne deine Haltung und respektiere das. Aber im Moment geht es bei mir gewissermaßen um Leben und Tod.«

»Um Leben und Tod?«, unterbrach ich ihn, »Wie das denn?«

Doch er antwortete nicht

Garry fuhr den Wagen in die Tiefgarage und stieg aus, der Fahrstuhl brachte uns danach beide zur Lobby, wo wir uns voneinander verabschiedeten. »Gute Nacht, Garry. Und danke für deine Hilfe.«

Zum Abschied küsste er mich leicht auf die Wange. »Schlaf gut und träum süß. Es war schön, dich wiederzusehen.« Ich schloss die Augen, lehnte mich an die Aufzugwand und wartete darauf, dass er sich wieder in Bewegung setzte.

Gleich darauf öffnete ich meine Augen wieder, um zu sehen, weshalb Garry zurückgekommen war. Hatte er etwas vergessen? Doch es war nicht Garry, der da zu mir in den Aufzug gestiegen war. Es war der gutaussehende Typ von heute morgen. Mein alkoholdurchsetztes Gehirn erinnerte sich dunkel, dass die Umstände ein wenig peinlich waren, doch es gab mir auch die Gleichmut, dem Fremden direkt ins Gesicht zu starren. Er sah müder aus als heute früh, war aber immer noch dermaßen sexy, dass mein Herz einen kleinen Sprung machte. Dunkle Ringe zeichneten sich unter seinen Augen ab und ein Bartschatten machte sein scharf geschnittenes Gesicht noch markanter. Das gedämpfte Licht im Fahrstuhl gab seiner Erscheinung etwas Dunkles, Mystisches, aber ich konnte nicht sagen, ob das durch den Kontrast seiner dunklen Haare mit der hellen Haut oder durch den eindringlichen Blick, den er mir zuwarf, hervorgerufen wurde,

Hinter ihm wollte ein weiterer Mann den Aufzug betreten, blieb aber stehen, als Mr. Gutaussehend abwehrend die Hand hob und ihn barsch anwies: »Smith, kommen Sie mit dem nächsten Auszug nach.«

Ich runzelte die Stirn und protestierte: »Hey, das hier ist doch nicht Ihr privater Aufzug! Wenn Sie gern allein fahren möchten, dann kaufen Sie sich Ihr eigenes Haus.« Hatte ich das eben wirklich laut gesagt?

Ich versuchte, die Aufzugtür per Knopfdruck wieder zu öffnen, scheiterte aber daran, dass sich dieser arrogante Typ direkt vor dem Bedienfeld positioniert hatte. »Eh, ich muss noch meine Etage anwählen«, beschwerte ich mich, als sich der Aufzug bereits in Bewegung setzte.

»Das mache ich lieber für Sie. Wenn ich mich recht an unsere Begegnung heute früh erinnere, wohnen Sie auf der neununddreißigsten. Richtig?« Ohne meine Antwort abzuwarten, drückte er den entsprechenden Knopf.

Der Alkohol verlieh mir Mut. »Ja sicher, und wo wohnen Sie? Hoffentlich nicht in der Nähe. Ich lasse mir nämlich nicht gern in meine

Fahrstuhlwahl reinreden.«

Der Typ grinste. »Da muss ich Sie leider enttäuschen, ich wohne genau über Ihnen. Aber ich würde mir trotzdem nie erlauben, Sie beim Fahrstuhlfahren zu stören.« Dann holte er tief Luft und sah mich ernst an. »Das da unten, war das Ihr Freund?«

Was war das denn für ein abrupter Themenwechsel? Und warum interessierte ihn mein Privatleben? Ich schüttelte irritiert den Kopf. »Ich wüsste zwar nicht, was Sie das angeht, doch Garry ist *ein* Freund, ein *guter* Freund. Aber er ist nicht *mein* Freund.«

Er betrachtete mich prüfend, lächelte dann wieder selbstbewusst und fragte schließlich völlig unvermittelt: »Wollen Sie mit zu mir kommen? Wir könnten zusammen viel Spaß haben.«

Ich war fassungslos, gleichzeitig bezweifelte ich aber, dass ich ihn überhaupt richtig verstanden hatte. Das konnte er doch unmöglich gesagt haben.

»Wie bitte?«, war alles, was ich über die Lippen brachte, während mein Blick auf die Leuchtanzeige mit den Etagennummern fiel. Wir waren erst in der neunzehnten Etage und der Fahrstuhl schien eine halbe Ewigkeit zu brauchen, um das nächste Stockwerk zu erklimmen.

»Sie sind heute Abend doch offensichtlich allein, ich bin es auch. Warum sollten wir uns da nicht zusammen vergnügen? Was spricht dagegen?« Er ließ nicht locker und nun war ich sicher, dass er genau das meinte, was ich nicht glauben konnte.

»Für wen halten Sie mich eigentlich?«, fauchte ich ihn an.

Er lehnte sich an die Fahrstuhlwand und betrachtete mich in aller Ruhe, sein Blick glitt bedächtig an meinem Körper entlang. Prompt spürte ich wieder dieses Ziehen in meinem Unterleib und meine Nippel wurden hart. Ich verfluchte die Tatsache, dass ich das kurze Sommerkleid angezogen und keine Jacke mitgenommen hatte, denn so war ich seinen Blicken schonungslos ausgesetzt. Schnell verschränkte ich die Arme vor meinem Körper.

Er lächelte und blickte mich dann wieder mit seinen grünen Augen an, die in diesem Moment fast zu zerfließen schienen. »Ich halte Sie für eine äußerst attraktive Frau, die neu in der Stadt ist und heute Nacht allein ins Bett geht. Und das finde ich ehrlich gesagt eine Verschwendung. Ich hätte da einige Ideen, um Ihren Abend angenehmer zu machen, Juliet.«

Ich schnaubte. Was bildete er sich eigentlich ein? Glaubte er wirklich, mit so einer Nummer Erfolg zu haben? Und woher kannte er meinen Namen?

»Ich habe mich heute morgen bei der Hausverwaltung nach Ihnen erkundigt, nachdem ich Sie gesehen hatte. Viel wollten die mir über Sie nicht verraten, aber Namen sind kein Geheimnis, Juliet.«

Die Art, wie er die einzelnen Silben meines Namen betonte, verlieh ihm einen erotischen Klang. Noch nie hatte ein Mann mich derart durcheinander gebracht. Er hatte sich nach mir erkundigt? Wozu? Und wie konnte er meine Gedanken lesen?

Er sah mich erwartungsvoll an.

Der Fahrstuhl hielt, die Türen öffneten sich und mit einem Schlag war die spannungsgeladene Atmosphäre wie weggeblasen. Ich wollte aussteigen, doch der Unbekannte stellte sich mir in den Weg. »Sie haben meine Frage noch nicht beantwortet. Was spricht dagegen?«

Ich versuchte, an ihm vorbei aus dem Aufzug zu gelangen, dabei berührte ich kurz seinen Ellbogen und zog meine Hand sofort zurück. Wieder war mir, als habe ich einen elektrischen Schlag bekommen. Diesmal schien auch er es gespürt zu haben, trotzdem rührte er sich nicht vom Fleck.

»Bitte lassen Sie mich jetzt aussteigen.«

Er bewegte sich keinen Zentimeter und die Türen des Aufzugs begannen schon, sich wieder zu schließen. In diesem Moment öffnete sich eine Wohnungstür und Mr. Burton trat hinaus in den Hausflur. »Miss Walles, da sind Sie ja endlich!«

Noch nie war ich so dankbar, meinen Bodyguard aus Kindertagen zu sehen. Er hatte sich kaum verändert, auch wenn er nun mehr weiße als blonde Haare hatte. Doch seine Figur und Haltung war noch immer Respekt einflößend, nur einem Blinden konnte entgehen, dass Mr. Burton eine militärische Ausbildung genossen hatte und sich in bester körperlicher Verfassung befand.

Der Fremde gab den Ausgang des Aufzuges sofort frei und ich trat schnell in den Hausflur. Die Türen glitten auf und wieder zu, dann war der Aufzug mitsamt des unheimlichen Mitfahrers verschwunden.

Die nächsten beiden Tage verbrachte ich praktisch nur im Theater, denn unsere Proben dauerten von elf Uhr vormittags bis spät in die Nacht. Nun erst verstand ich, was für ein Perfektionist Rob Robson eigentlich war. Er ließ uns sämtliche Szenen tausendfach wiederholen und fand jedes Mal wieder etwas daran auszusetzen.

Zwischen den Tanzproben mussten Kostüme angepasst, das Bühnenbild aufgestellt und der Musikverlauf und die Beleuchtung verändert werden. Ich beobachtete die beiden Regieassistenten und unseren Inspizienten, sie saßen zusammen stundenlang vertieft in irgendwelche Zeitabläufe. Eigentlich konnte man sich angesichts unserer Proben gar nicht vorstellen, dass wir schon am Samstag ein vollständiges Stück auf die Bühne bringen sollten.

Abends fehlte dann allen die nötige Energie, um einen Pub zu besuchen, denn die Proben endeten oft erst nach Mitternacht. In der Theaterkantine saßen wir für ein paar Minuten zusammen und versuchten abzuschalten. Keiner hatte mehr Lust auf hochtrabende Diskussionen, doch ich genoss das Gefühl, endlich wieder so etwas wie eine feste Basis zu haben und nicht ständig von Ort zu Ort zu ziehen.

Während ich Stunden bei den Proben verbrachte, erkundete Mr. Burton mit dem alten Toyota die Innenstadt, Vororte und Umgebung von Boston. Im Zeitalter von GPS hielt ich das zwar für sinnlos, ließ Mr. Burton aber gern davonfahren. Wer wusste schon, wann uns sein Wissen einmal weiterhelfen würde.

Meinen gutaussehenden Nachbarn traf ich nicht mehr. Nach den beiden peinlichen Begegnungen im Fahrstuhl war ich froh darüber, obwohl ich ihn fast ein wenig vermisste. Ich achtete nun peinlich genau darauf, stets bestmöglich gekleidet, geschminkt und frisiert in den Fahrstuhl zu steigen, nur für den Fall, dass er dort auftauchte. Die Erinnerung an seine Stimme, seinen Geruch und die dreisten Bemerkungen ließen mich innerlich erschaudern. Mittlerweile war ich mir nicht mehr sicher, ob sich unsere letzte Begegnung überhaupt so abgespielt hatte. Vielleicht hatte mir meine Fantasie nur einen Streich gespielt?

Samstag, 12. Mai 2012

Am Samstagabend sollte dann endlich die Premiere von *Zubeida* stattfinden und trotz jahrelanger Bühnenerfahrung war ich immer noch genauso aufgeregt, wie bei meinem allerersten Auftritt. So viel war noch zu erledigen, bevor wir loslegen konnten. Kostümprobe, Lichtprobe, Orchesterprobe, dazu natürlich Schminken, Warmmachen und Einsingen.

So trat ich schon am frühen Nachmittag aus meiner Wohnung und wartete zusammen mit Mr. Burton auf den Aufzug. Mein Leibwächter trug seinen nagelneuen Smoking, als begeisterter Opern- und Theaterfan hatte er eine der begehrten Premierenkarten erhalten. Trotz der frühen Uhrzeit bestand er darauf, mich von Anfang an zu begleiten, war sogar erfreut, selbst einen kurzen Blick hinter die Kulissen werfen zu dürfen.

Als der Aufzug in meiner Etage hielt, war er ziemlich voll und wir fanden nur mit Mühe Platz. Plötzlich hörte ich eine vertraute Stimme an meinem Ohr. »Juliet, wie schön Sie endlich wiederzusehen.«

Ich blickte mich um und sah meinen Nachbarn direkt hinter mir stehen. Er war wie immer elegant gekleidet, vermutlich war er auf dem Weg zu einem geschäftlichen Termin. Sein Aftershave roch genauso gut, wie ich es in Erinnerung hatte. Wieder überkam mich kurzzeitig der Drang, mich einfach an seine Brust zu schmiegen.

Ich versuchte, ihn zu ignorieren und wandte mich zur Seite, doch die Enge des Fahrstuhls machte es unmöglich, sich allzu weit von ihm zu entfernen. Im nächsten Augenblick spürte ich seinen Atem an meinem Nacken, dann an meinem Ohr. Er wisperte nun so leise, dass nur ich ihn hören konnte. »Juliet, bitte sag mir was ich tun muss, damit ich dich ficken darf?«

Ich zuckte zusammen und errötete. Ich war vielleicht nicht auf dem neusten Stand des Flirtens, aber ich war mir absolut sicher, dass solche Anmache zumindest unüblich war.

Er stand noch immer dicht neben mir, darum drehte ich mich wütend zu ihm um und fragte laut genug für alle Anwesenden: »Wollen Sie wirklich eine Antwort darauf?«

Die übrigen Mitfahrer wendeten sich uns interessiert zu, wir waren eine willkommene Ablenkung während einer ansonsten ereignislosen Fahrt, eingepfercht in diesem Aufzug.

Sein schönes Gesicht zeigte nur für den Bruchteil einer Sekunde, dass er verärgert war. Dann drängte er mich in die Ecke des Aufzugs, aus dem Mittelpunkt und damit aus dem Blick der Mitfahrer. Niemand protestierte, nicht einmal Mr. Burton sagte etwas. Dort lehnte er sich dicht an mich. Ich presste mich gegen die Aufzugwand, um so viel Abstand wie möglich zu ihm zu halten, doch schon fühlte ich, wie seine Lippen sanft mein Ohr berührten. »Juliet, du hast ja keine Ahnung, wie sehr ich dich will. Ich könnte dich so glücklich machen. Sag mir einfach, was ich tun muss«, flüsterte er mir zu.

Ich schubste ihn wütend von mir, das heißt, ich versuchte es. Aber sein muskulöser Körper bewegte sich trotz meiner Kraftanstrengung keinen Zentimeter zur Seite. Als ich seinen Blick einfing, der zugleich amüsiert und genießerisch erschien, ließ ich ihn sofort los und drehte mich schmollend weg. »Sie glauben wohl, nur weil Sie Geld haben, können Sie sich alles erlauben?«, schnauzte ich ihn aus meiner Ecke an. Wieder hatte ich die Aufmerksamkeit des gesamten Aufzugs. Nur Mr. Burton schien nichts von meiner misslichen Lage mitzubekommen.

Eine ältere Dame mit einem weißen Pudel war zuletzt zugestiegen. Sie tippte den aufdringlichen Nachbarn von hinten an. »Entschuldigen Sie bitte, aber die junge Dame hat recht. Wenn Sie Sex haben wollen, dann warten Sie doch bitte, bis der Fahrstuhl leer ist.«

Ich hätte vor Scham im Boden versinken können. Mein Gesicht brannte und ich drehte mich um, stieß mit meiner heißen Stirn an die kühlende Wand. An meinem Hintern spürte ich eine Berührung, war mir aber nicht sicher, ob dies ein Versehen oder Absicht war.

Vor der Premiere konnte man überall todernste, konzentrierte Gesichter erblicken, die Anspannung war deutlich spürbar. Einer der beiden Regieassistenten bemühte sich sichtlich, Ordnung in die unübersichtlichen Vorbereitungen zu bringen, sein Inspizient rief die Verantwortlichen für Beleuchtung und Ton nun schon zum dritten Mal zu sich, weil anscheinend einige Szenen noch immer nicht richtig durchgeplant waren und die Zeitabstände zu kurz, um das Bühnenbild auszuwechseln.

Wie vor einer Premiere üblich, ging es hinter der Bühne hektisch und chaotisch zu. Doch ich wusste aus Erfahrung, dass sich am Ende immer alles irgendwie zusammenfinden würde und die Zuschauer kleinste Fehler gar nicht bemerkten.

Wir würden vor ausverkauftem Haus auftreten und es waren Reporter bedeutender Zeitungen und Magazine von Kalifornien bis New York anwesend. Rob Robson, der uns in den vergangenen Tagen im Training bis zum Äußersten getrieben hatte, war der Einzige, dem die Anspannung nichts auszumachen schien. Er saß gemütlich in einer Garderobe und schälte seelenruhig einen Apfel, während direkt vor seinen Augen Kostüme neu angepasst wurden und die Tänzer mit geschlossenen Augen ein letztes Mal hektisch die Schrittfolgen durchgingen und ihre Aufwärmübungen machten.

Dann erklang auch schon die Ansage, die mein Lampenfieber mit einem Mal verschwinden ließ:

Ladies & Gentleman, herzlich willkommen zu unserer heutigen Show! Lehnen Sie sich zurück und genießen Sie eine Darbietung, wie Sie sie nicht nie zuvor erlebt haben. Vorhang auf, die Show beginnt.

Wir lieferten eine beinahe perfekte Aufführung ab, selbst Erik wuchs über sich hinaus und Katies Auftritt rührte die Zuschauer zu Tränen. Schweißgebadet und überglücklich fielen wir uns nach fast zwei Stunden in die Arme, konnten kaum glauben, wie oft der Vorhang für uns fiel. Das Publikum feierte uns mit stehenden Ovationen.

Dann herrschte auch hinter der Bühne endlich eine ausgelassene Stimmung und die ganze vorherige Anspannung war wie weggeblasen. Wir waren heilfroh, dass alles so toll geklappt hatte, Bühnentechniker, Produktionshelfer, Maskenbildner und die ganze Crew feierten zusammen mit uns Darstellern diesen Erfolg. Selbst der strenge Rob Robson prostete uns mit einem Glas Sekt zu und strahlte übers ganze Gesicht.

Wir umarmten uns und feierten zusammen, die Presse machte Fotos während der Premierenparty. Katie war der neue Star am Musicalhimmel und etliche Agenten hatten bereits angefangen, sie zu umwerben. Die ganzen Proben, die Anstrengungen und Schmerzen waren in diesem Augenblick vergessen.

Als ich mich kurz nach Mitternacht müde und glücklich auf den Weg nach Hause machen wollte, wartete Garry am Hinterausgang des Theaters auf mich. »Kannst du mich vielleicht ein Stück mitnehmen?«, fragte er beinahe schüchtern.

»Hat dich dein Date versetzt oder wieso bist du auf einmal so still?«, scherzte ich, doch Garry verzog kaum eine Miene. Er folgte mir auf den Parkplatz, grüßte Mr. Burton höflich, als dieser ihm anbot, ihn direkt nach Hause zu fahren. Doch Garry lehnte dankend ab.

Im Wagen übergab ich ihm schweigend einen Umschlag in dem sich die zweitausend Dollar befanden, um die er mich zuvor gebeten hatte.

»Danke, Juliet. Ich weiß gar nicht, was ich sagen soll. Du hast ja keine Ahnung, wie sehr du mir hiermit hilfst.«

Mir war die ganze Unterwürfigkeit meines Freundes zuviel. »Vergiss es. Du bist für mich wie ein Bruder, da ist es doch selbstverständlich, dass ich dir helfe. Ich wünschte nur, du würdest mir mehr von deinen Problemen erzählen?«

Er warf einen kurzen Blick auf Mr. Burton und winkte dann ab. »Das Geld hier löst alles. Und ich will dich da wirklich nicht mit reinziehen, je weniger du darüber weißt, umso besser.«

Das klang nicht gerade beruhigend und es war gar nicht seine Art, so geheimnisvoll zu tun. Doch ich wollte ihn an diesem Abend nicht nochmehr unter Druck setzen, wahrscheinlich würde er mir morgen ohnehin davon berichten, nachdem er alles geklärt hatte.

Den Rest der Fahrt schwiegen wir, doch an der Seite meines besten Freundes war das keineswegs ein bedrückendes Gefühl und ich kuschelte mich still in den Sitz neben ihm.

Mr. Burton setzte uns beide direkt am Eingang des Gebäudes ab und fuhr den Wagen dann in die Tiefgarage. Wir standen eine Weile vor dem Haus, ich nestelte an den Trägern meiner Tasche und Garry trat verlegen von einem Fuß auf den anderen. »Spuck's schon aus Garry, was hast du noch auf dem Herzen?«

Er sah mich eindringlich an, dann trat er einen Schritt auf mich zu und zog mich unvermittelt an sich. Seine Augen leuchteten, dann senkte er langsam seinen Kopf, öffnete den Mund leicht und versuchte, mich zu küssen.

Ich war zuerst wie erstarrt, versuchte dann aber eiligst, meinen Kopf abzuwenden. »Nein, Garry bitte lass das. Bitte, lass mich los.« Ich war völlig perplex über die unerwartete Zudringlichkeit meines besten Freundes, von dem ich bis eben geglaubt hatte, er sei schwul.

Ich wand mich unter seinem Griff, aber Garry gab nicht so schnell auf, hielt mein Gesicht in beiden Händen und näherte sich erneut meinem Mund. »Garry, du bist mein Freund. Bitte hör auf damit!« Mit meiner Tasche versuchte ich halbherzig, ihn abzuwehren als er begann, an meinem Kleid herumzufummeln.

Urplötzlich wurde er von hinten zurückgerissen und eine schneidende Stimme sagte laut: »Die Dame hat Nein gesagt. Kapierst du das nicht?« Hinter Garry kam das wütende Gesicht meines gutaussehenden Nachbarn zum Vorschein. Er überragte Garry um eine Handbreit und hielt ihn an der Jacke gepackt. Unter seinem Shirt wölbten sich die Muskeln seiner Oberarme.

Garry ließ sich widerwillig wegzerren, flüsterte aber wütend und enttäuscht: »Stone, Sie wohnen also immer noch hier. Wie nett, Sie endlich kennengelernt zu haben. Schöne Wohnung haben Sie übrigens.« Dann riss er sich los und entfernte sich eilig und mit vor Schreck weit aufgerissenen Augen.

Mein Nachbar blickte ihm irritiert nach. Sein Blick war erbost und ich dachte, Garry konnte froh sein, so einfach davongekommen zu sein. Was bitte hatte diese Bemerkung über seine Wohnung zu bedeuten?

Ich kam nicht mehr dazu, diesen Gedanken zu Ende zu bringen, denn nun kam Daniel Stone auf mich zu. Er legte mir sanft eine Hand auf den nackten Oberarm und fragte: »Alles in Ordnung bei dir, Juliet?«

Ich war noch immer geschockt von der Zudringlichkeit meines Tanzpartners und von der Tatsache, dass das Bild von Daniel Stone, das ich mir anhand der Erzählungen meiner Freunde gemacht hatte, nichts mit der Wirklichkeit zu tun hatte. Statt eines geldgeilen Lustgreises war der Multimilliardär eher ein ausverschämter Adonis.

Dass Daniel Stone persönlich mit mir im selben Fahrstuhl gefahren war und dass er mich ficken wollte, erschreckte mich genauso wie Garrys Behauptung, er kenne sich in dessen Wohnung aus. In diesem Moment fröstelte ich in der Kühle der Nacht und nur die Haut an meinem Oberarm brannte an der Stelle, wo seine Hand noch immer lag.

Ich nickte, brachte aber kein Wort heraus. Daniel Stone führte mich in das Gebäude und rief den Fahrstuhl. Oh nein, nicht schon wieder! Ich wollte nicht allein mit ihm im Fahrstuhl stehen und obwohl Mr. Burton heute Nachmittag keine große Hilfe war, hoffte ich doch inständig darauf, dass mein Chauffeur im Aufzug auf mich wartete.

Nun hatte Daniel Stone seine Hand auf meinen Rücken gelegt und es fühlte sich an, als ob er damit ein Loch durch mein dünnes Kleid brannte. Wir warteten schweigend, während mein Herz so verrückt in meiner Brust pochte, dass ich Angst hatte, er könnte es hören.

Als er mein Zittern spürte, zog er mich sanft an seinen harten Körper. Er schien gerade vom Fitnesstraining zu kommen, denn er war nur mit einem T-Shirt und einer lose sitzenden Sporthose bekleidet. Die legere Kleidung ließ ihn jünger erscheinen und vielleicht sogar noch attraktiver, falls das überhaupt möglich war. Ich dachte kurz daran, was sich darunter verbarg, *Stop*pte meine Gedanken aber sofort wieder. Der intensive Geruch von Duschgel und die von ihm ausgehende Hitze betäubten mich. *Wieso trainierte er denn mitten in der Nacht?,* fragte ich mich verwundert.

Als der Fahrstuhl endlich kam, ließ er mich nicht los, sondern hielt mich eng an sich gezogen. Wir stiegen zusammen ein, Mr. Burton war natürlich nie da, wenn man ihn brauchte. Langsam setzte sich der Aufzug in Bewegung und kletterte Stockwerk um Stockwerk nach oben. Unvermittelt atmete Daniel Stone laut aus, drückte dann einen Knopf auf der Bedienleiste und plötzlich kamen wir zum Stehen. Zeit zum Protestieren blieb mir nicht, denn sofort drehte er sich zu mir, drängte mich mit dem Rücken an die Wand des Fahrstuhls, sein heißer Körper nur wenige Zentimeter von mir entfernt. Ich konnte seinen schnellen Pulsschlag an der Vene seines Halses sehen. Dann umschlang er mich mit beiden Armen, drückte sich so fest an mich, dass ich seinen stockenden Atem in meinem Haar spüren konnte. »Oh, Juliet! Endlich habe ich dich ganz für mich allein.«

Seufzend ergriff er meine Haare und zog sie unerbittlich nach hinten, ich musste meinen Kopf anheben und ihn anblicken. Er presste seine Lippen sofort fest auf meine. Seine Zunge drang gewaltsam in mich ein, verharrte für einen Moment und fing dann damit an, meinen Mund Stück für Stück zu erforschen. Mit meinen Kopf fest in seinen Händen konnte ich ihm nicht entkommen. Ich stöhnte leise, als ich seine Zunge an meiner Unterlippe spürte, merkte, wie sich seine Zähne ganz sacht in meine Haut gruben. So war ich noch nie geküsst worden.

Schließlich löste sich sein Griff, seine Hände wanderten seitlich an meinem Körper entlang, berührten dabei kurz die Außenseite meiner Brüste, bevor sie weiter über meine Taille glitten und schließlich meinen Po umfassten. Die ganze Zeit küsste er mich dabei so intensiv, dass ich kaum noch Luft bekam.

»Du bist so warm und weich«, flüsterte er mir zu. »Genauso, wie ich es mir vorgestellt habe.«

Das Material meines Premierenkleids war nur hauchzart und ich konnte seine Finger deutlich spüren. Mein Körper wand sich unter seinem Griff, ohne dass ich etwas dagegen tun konnte. Ich war Wachs in seinen Händen.

Als ich halbherzig versuchte, ihn wegzustoßen, nahm er meine Hände in seine, zog sie über meinen Kopf und drückte sie mit seinen Handflächen gegen die Fahrstuhlwand. Er presste seinen harten Körper an meinen, sodass ich ihn spüren konnte, die Hitze die von ihm ausging, seinen köstlichen Geruch und seine Erektion, die an meinen Bauch stieß. Mein Unterleib wölbte sich ihm entgegen. Ich schloss die Augen, als seine Zunge erneut langsam in meinem Mund verschwand und sich mit meiner vereinigte. Wie ein geschmeidiges Raubtier hatte er mich als Beute eingefangen und begann nun damit, mich zu verzehren. Und ich konnte es kaum erwarten, mich ihm darzubieten.

»Ich werde dich heute Nacht glücklich machen«, keuchte er atemlos. »Du wirst sehen, so wie ich hat dich noch nie ein Mann gefickt.«

Meine Gedanken rasten, ich war vollkommen durcheinander. War es möglich, dass ich solche Gefühle in diesem göttlich aussehenden Mann auslösen konnte, dass er so sehr nach mir verlangte?

Furcht erfasste mich bei der Vorstellung, wie das hier weitergehen würde. Seine Wohnung war direkt über meiner, ich hatte keine

Ausrede, es gab kein Entkommen. So sehr ich mich auch nach seinen Berührungen sehnte, in meinem Innern saß die nagende Angst vor der Demütigung, wenn er entdeckte, wie unerfahren ich war, wenn er merkte, dass ich einen Mann wie ihn niemals befriedigen konnte.

Ich musste das hier und jetzt beenden, bevor wir zu weit gingen. Daher versuchte ich nochmals ihn wegzustoßen, aber der Körperkontakt schien ihn eher anzuspornen. Sein Kuss wurde noch fordernder und er drängte seinen Unterleib fester an meinen Bauch, rieb sich an mir und stöhnte leise in mein Ohr.

Oh Gott, wie sehr wünschte ich mir, dass ich das zulassen durfte, dass ich seinem Drängen nachgeben und mich ihm völlig hingeben konnte! Aber seine Erwartungen an eine vergnügliche Nacht konnte ich nicht erfüllen.

Als er den festen Griff um meine Handgelenke löste, fing Daniel Stone stattdessen an, meinen Busen durch den dünnen Stoff des Kleids hindurch zu umfassen und zu streicheln, mit seinen Daumen rieb er immer wieder über meine Nippel. »Babe, du bist so scharf. Lass uns gleich zu mir fahren, ich kann es gar nicht erwarten, mich endlich in dir zu versenken«, murmelte er in mein Ohr und leckte dann mit seiner Zunge an meinem Ohrläppchen. Ich fühlte, wie mein Slip feucht wurde.

Frenetisch tastete ich in meiner Tasche umher und ergriff den erstbesten Gegenstand, der mir in die Hände fiel. Es war der kleine stabförmige Elektroschocker, den mir meine Mutter mitgegeben hatte. Ich beabsichtigte keineswegs, ihn bestimmungsgemäß einzusetzen, aber ein kräftiger Hieb würde Daniel Stones Übergriff hoffentlich beenden und ein deutliches Zeichen setzen, dass ich an ihm nicht im Geringsten interessiert war.

Seine Finger waren nun überall, schoben sich von unten unter mein Kleid, streichelten meinen Po und meine Beine. Ein Teil von mir wollte sich ihm ganz hingeben, mein Oberkörper streckte sich ihm ohne mein bewusstes Zutun entgegen und mein Atem war abgehackt und keuchend. Mein Puls raste, als ich nach dem Schocker griff und kurz überlegte in welcher Stellung er ausgeschaltet war – oben oder unten? – Ich entschied mich dann für oben und versetzte Daniel Stone kurzentschlossen einen kräftigen Schlag in den Nacken. Ein paar Funken stoben, es roch nach verbrannter Haut. Dann brach der kräftige Mann ächzend zusammen und krümmte sich schreiend wie ein neugeborenes

Baby auf dem Fußboden. Ups.

Als ich sah, wie sich auf seiner Sporthose ein nasser Fleck bildete, wusste ich, dass ich in ernsthaften Schwierigkeiten war. Den superreichen Hauseigentümer niederzuschlagen und mit einem Elektroschocker außer Gefecht zu setzen war schlimm genug, aber dafür verantwortlich zu sein, dass sich der bekannteste Junggeselle der Stadt in die Hosen pinkelte, war eine ultimative Demütigung, die er mir wohl nicht so schnell verzeihen würde.

Hektisch suchte ich auf dem Bedienpult nach der richtigen Taste, um die Fahrt fortzusetzen. Als der Aufzug endlich in meiner Etage ankam, hielt ich den Atem an, stieg über den noch immer bewegungslos am Boden liegenden Daniel Stone und lief zu meiner Wohnung. Mr. Burton erwartete mich vor der Wohnungstür, hielt meine Sporttasche in der Hand und wollte mir eine gute Nacht wünschen.

Aber angesichts meiner offensichtlichen Erregung und meines zerzausten Aussehens fragte er: »Miss Walles, Sie haben lange gebraucht bis hier nach oben. Ist etwas geschehen?«

Wie sollte ich ihm das erklären? »Nein«, sagte ich und schüttelte leicht den Kopf, »Ich hatte ein bisschen Ärger mit dem Nachbarn. Könnte sein, dass der heute Nacht noch mal hier auftaucht. Machen Sie einfach die Tür nicht auf, der beruhigt sich schon wieder.«

Mr. Burton sah mich zweifelnd an, brachte mich dann aber zur Tür meines Appartements und wartete, bis ich von innen abgeschlossen hatte.

Ich schreckte aus dem Schlaf und saß mit laut pochendem Herzen in meinem Bett. Draußen war es noch dunkel und ich brauchte einen Moment, um mich zu erinnern, was mich geweckt hatte. Dann ertönte erneut ein lautes Klopfen und vor meiner Wohnungstür hörte ich Stimmen und Tumult. Die Erinnerung an die Ereignisse im Fahrstuhl setzte wieder ein. Scheiße!

Aus den Geräuschen konnte ich die Stimme von Daniel Stone deutlich heraushören. Er rief aufgebracht: »Juliet, mach endlich auf oder ich breche diese verdammte Tür auf!« Er klang sehr wütend.

In ein Laken gewickelt, schlich ich vorsichtig über den Flur zur Wohnungstür und stellte mich auf die Zehenspitzen, um durch den

Spion zu schauen. Der Anblick, der sich mir bot, war alles andere als ermutigend. Daniel Stone stand direkt vor meiner Tür und hielt einen Feuerlöscher in der Hand, offenbar bereit, sich damit gewaltsam Zutritt zu meiner Wohnung zu verschaffen. Mr. Burton und der Mann namens Smith, den ich schon einmal in Begleitung von Daniel Stone gesehen hatte, versuchten, ihn aufzuhalten. Mr. Burton sagte etwas, was ich nicht verstand, und daraufhin drehte sich Daniel Stone zu ihm um und schimpfte voller Zorn: »Verdammt noch mal, ich bin der Eigentümer dieses verdammten Hauses und wenn ich mein verdammtes Haus verwüsten will, dann mache ich das auch, verdammt noch mal!«

Wie einfallsreich.

Ungehalten drehte er sich wieder zu meiner Tür und starrte mir direkt in die Augen. Konnte er mich durch den Türspion etwa sehen?

Seine Reaktion ließ jedenfalls darauf schließen. Er hämmerte mit der flachen Hand laut gegen die Tür und rief: »Juliet, mach jetzt endlich auf, du machst mich nur noch wütender, wenn du mir nicht gehorchst!«

Ich schnappte nach Luft. Wie bitte? Was war das denn, ich war doch nicht seine Tochter oder ein Haustier? Er hatte ja wohl endgültig ein Rad ab, und egal, was vorhin im Fahrstuhl passiert war, so konnte er nicht mit mir umspringen. Mr. Burton sah das ähnlich und diskutierte mit Smith, dass nur jemand komplett Verrücktes die Tür für einen Durchgeknallten öffnen würde.

Ich hörte weitere Stimmen auf dem Flur. Wieder spähte ich durch den Türspion und sah zwei Männer in der Uniform des Sicherheitsdienstes aus dem Aufzug treten. Einer hielt eine Schlüsselkarte in der Hand, wie ich sie ebenfalls für mein Appartment besaß.

Daniel Stone ist der Besitzer dieses Hauses, schoss es mir durch den Kopf. Damit war er zum Zutritt aller Wohnungen berechtigt, falls die Situation es erforderte. Darüber ließ sich in diesem Fall vielleicht streiten, aber mir wurde augenblicklich klar, dass er jetzt problemlos in mein Appartment eindringen und mich zur Rede stellen konnte.

Panisch wandte ich den Blick ab und rannte zurück in mein Schlafzimmer, verschloss die Tür und zog meine Sporthose und ein weites T-Shirt an. Dann packte ich hastig Zahnbürste, Geld, Telefon und Kreditkarte in eine kleine Tasche.

Was sollte ich nun tun? Ich konnte auf die Polizei warten, aber bis die hier war, hatte Daniel Stone vielleicht schon meine Schlafzimmertür zerstört, denn die konnte er nicht einfach mit seinem Generalschlüssel öffnen. Ich konnte versuchen, nochmals den Elektroschocker zu benutzen, bezweifelte aber, dass ich damit ein zweites Mal am selben Abend Erfolg hatte.

Doch wie sonst kam ich aus dem neunundreißigsten Stockwerk dieses Hochhauses unbemerkt heraus? Draußen war es dunkel, es war mitten in der Nacht. Wenn ich mich über den französischen Balkon lehnte, musste ich eigentlich sehen können, ob nicht einer der anderen Bewohner – über oder unter meiner Wohnung - an einem so schwülen Abend ein Fenster geöffnet hielt. Ich sah nach unten, aber alle Fenster in Sichtweite schienen fest verschlossen zu sein. Als ich nach oben blickte, sah ich, dass die Balkontür der Wohnung direkt über mir nur angelehnt war. Die Balkonverkleidung schien stabil genug, um daran emporzuklettern und Höhenangst kannte ich zum Glück nicht. Ich nahm an, dass diese Wohnung jetzt leer war, der Bewohner stand ja vor meiner eigenen Wohnungstür.

In Sekundenschnelle hatte ich mich entschieden. Ich würde in Daniel Stones Wohnung einsteigen und dann durch das Treppenhaus flüchten. Einen Versuch war es wert, und auf jeden Fall besser, als in meiner Wohnung auf den rasenden Mann zu warten. Was passierte, falls Daniel Stone mich in seiner Privatwohnung überraschte, wagte ich mir lieber gar nicht erst auszumalen.

Die Klettertour erwies sich als ein Kinderspiel. Nur der starke Wind machte mir zu schaffen, aber dann stand ich auch schon vor der angelehnten Balkontür, kurz davor, in Daniel Stones geheime Wohnung einzubrechen. Immer wieder blickte ich nach unten, vergewisserte mich, dass mir niemand folgte und so meine Flucht aus dem Fenster bemerkte.

Scheiße, Scheiße, Scheiße! Wie hatte ich mich nur selbst innerhalb kürzester Zeit in eine solche Situation manövriert?

Meine Hände zitterten, als ich das Balkonfenster berührte. Es war unverschlossen und ließ sich leicht von außen öffnen. In dieser Höhe waren hoffentlich keine Alarmanlagen an den Fenstern angebracht. Ich betrat vorsichtig das Zimmer und schloss die Balkontür hinter mir. Alles war dunkel und es dauerte eine Weile, bis sich meine Augen daran gewöhnt hatten und ich erste Konturen ausmachen konnte. Offenbar handelte es sich bei diesem Zimmer ebenfalls um ein Schlafzimmer. Ich tastete mich am Bett vorbei und ging auf die Wand zu, wo ich die Tür vermutete. Ich bebte am ganzen Körper, als ich endlich die Türklinke gefunden hatte.

Doch als ich sie herunterdrückte, geschah nichts. Ich erstarrte, dann drückte ich die Klinke erneut. Wieder passierte nichts. Verzweifelt rüttelte ich an dem Metall, aber es half alles nichts, die Tür blieb verschlossen.

Ich betätigte den Lichtschalter, um im Zimmer nach einem Schlüssel suchen zu können. Warmes Licht erhellte den Raum und gab den Anblick auf ein kühl und modern eingerichtetes Gästezimmer frei. Es hatte ein komfortables Bett und einige einfache weiße Holzmöbel. Auf dem hellen Holzfußboden lag ein türkisblauer runder Teppich. Ein teures Entertainment System stand auf einem Regal an der Seite, die Schränke waren alle schlicht gehalten. Der Grundriss des Zimmers glich meinem eigenen Schlafzimmer, doch die ästhetische Einrichtung zeugte vom Reichtum des Besitzers. Vermutlich hatte ein ganzes Team von Innenarchitekten und Designern dieses Appartment eingerichtet. Die Atmosphäre wirkte beruhigend, selbst auf mich.

Offensichtlich wurde das Gästezimmer zur Zeit nicht genutzt. Ein Schlüssel war nirgends zu finden, die Tür vermutlich von außen verschlossen worden.

Ich saß nun in der Falle, befand mich sozusagen in der Höhle des Löwen. Ich versuchte, die in mir aufsteigende Panik zu bekämpfen und meine Gedanken auf die Suche nach einem möglichen Ausweg zu richten. Was konnte ich tun?

Die massive Holztür war fest verschlossen und ich war nicht stark genug, um sie gewaltsam zu öffnen. Zurück in meine eigene Wohnung konnte ich auch nicht klettern, denn dort warteten Daniel Stone oder sein Bodyguard auf mich. Mit meinem Handy könnte ich die Polizei rufen, aber wie sollte ich meine Anwesenheit hier erklären? Mir blieb nur die Alternative, mich hier zu verstecken und auszuharren, bis jemand das Zimmer wieder öffnete und mir so die Flucht ermöglichte. Aber das konnte Tage dauern.

Ich löschte das Licht und verhielt mich ruhig, lauschte angestrengt auf jedes Geräusch in dem fremden Appartment. Aber es blieb still und nach einer Weile ließ meine Angst etwas nach. Ich überlegte angestrengt, wo ich mich verstecken konnte und öffnete den begehbaren Kleiderschrank. In der Dunkelheit war nicht zu erkennen, was für Kleidungsstücke hier aufbewahrt wurden, aber da waren definitiv einige Mäntel und Hosen. Irgendwo musste es einen Lichtschalter geben, denn ich konnte mir nicht vorstellen, dass Daniel Stone seine Kleidung im Dunkeln auswählte. Aber so sehr ich auch danach suchte, ich konnte ihn nicht entdecken. Und das Licht im Gästezimmer wieder einzuschalten, erschien mir zu gefährlich.

Daher verschloss ich die Tür des Kleiderschranks von innen und setzte mich auf den Boden. Was sollte ich auch sonst tun? Falls jemand den Schrank öffnete und nach mir Ausschau hielt, entdeckte er mich sowieso, egal in welcher Ecke ich mich verkroch.

So saß ich eine Weile auf dem Boden, mein Herzschlag verlangsamte sich mit jeder Minute und ich wurde schläfrig. Ich überlegte, ob ich eine SMS an Mr. Burton senden sollte. Vielleicht wusste der, wie ich hier herauskommen konnte? Am Ende entschied ich mich dagegen, denn für heute hatte ich ihm genug Probleme bereitet und augenblicklich drohte mir keine Gefahr. Bestimmt hatte sich Daniel Stone bis morgen wieder beruhigt und ich konnte zurück in meine eigene Wohnung. Bei diesem Gedanken wurde ich müde, meine Konzentration ließ nach und ich schloss für einen Moment die Augen.

Ein lautes Geräusch ließ mich aus dem Schlaf hochfahren. Als ich die Augen öffnete, sah ich, wie sich vor mir etwas bewegte. In der Dunkelheit war es unmöglich auszumachen, was das sein könnte. Es dauerte einen Moment, bis ich mich erinnerte, wo ich eigentlich war. Oh nein, jemand öffnete den Kleiderschrank!

Mein Herz klopfte bis zum Hals, als die Tür langsam zur Seite glitt und Daniel Stones wunderschönes Gesicht zum Vorschein kam. Eine steile Falte bildete sich auf seiner Stirn, als er mich ansah.

»Juliet, was machst du hier?«

Ich blieb wie festgeklebt auf dem Schrankboden sitzen und starrte ihm entgegen. Was nun? War er immer noch wütend oder war Geschehene bereits vergessen?

Er kam einen Schritt auf mich zu und ich wich ängstlich zurück bis ich mit dem Rücken gegen die Schrankwand stieß. Ich ließ ihn nicht aus den

Augen, als er sich mit entschiedenen Schritten weiter näherte.

»Juliet, was machst du? Wieso versteckst du dich hier?« Seine Stimme war leise und beherrscht, doch die Dunkelheit im Schrank verhinderte, dass ich seinen Gesichtsausdruck weiter sehen konnte. Wie ein riesiger dunkler Schatten hatte er sich vor mir aufgebaut.

Er hielt mir seinen ausgestreckten Arm hin, damit ich aufstehen konnte. Ich zögerte einige Sekunden, doch schließlich ergriff ich seine Hand und ließ mir von ihm aufhelfen, folgte ihm dann langsam und mit gesenktem Blick aus dem Schrank.

Er führte mich zum Bett. »Setz dich, Juliet. Ich denke, wir müssen ein Missverständnis ausräumen, nicht wahr?«

Ich hatte keine Ahnung, wovon er sprach, setzte mich aber trotzdem auf die Bettkante. Mein Blick glitt durch das Zimmer während Daniel Stone in aller Ruhe zum Schrank zurückkehrte und die Tür abschloss.

Das Balkonfenster war verriegelt, draußen war es noch immer dunkel, wenn ich auch einen ersten blassblauen Streifen am Horizont auszumachen glaubte. Die Zimmertür war geschlossen.

Auf dem flachen Holztisch, der sich neben dem Bett befand, stand jetzt eine geöffnete und halbleere Flasche Whisky, daneben ein Eisbehälter und ein Glas, in dem noch die Reste von Eiswürfeln schwammen. Das Bett war nicht benutzt, aber jemand hatte auf der Decke gelegen, denn der Bezug war leicht zerknittert. Am Fußende lag meine Tasche, die ich offenbar in der Aufregung im Zimmer vergessen hatte, bevor ich mich im Schrank versteckte.

Mir wurde klar, dass sich jemand in dem Gästezimmer aufgehalten hatte, während ich im Schrank saß.

Daniel Stone war meinem Blick aufmerksam gefolgt. Wortlos ging er nun zum Tisch und füllte das Glas erneut mit teurem Whisky. Er sah mich kurz an. »Eis?«

Ich nickte und beobachtete fasziniert, wie er mit einer Zange einige Eiswürfel aus dem Behälter fischte und vorsichtig in das Glas gleiten ließ. Dann rührte er mit der Zange kurz darin und legte sie schließlich auf den Tisch. Seine Bewegungen waren fließend und zielstrebig.

Mit dem halbvollen Glas in der Hand kehrte er zu mir zurück und stellte sich vor mich. Er hielt mir das Glas hin, doch bevor ich es ergreifen konnte, schüttelte er den Kopf. »Nein, so nicht. Öffne deinen Mund, Juliet.«

Im Stillen war ich fast froh über sein seltsames Benehmen, denn meine Hände zitterten so stark, dass ich den Alkohol vermutlich verschüttet hätte.

Gehorsam öffnete ich den Mund und sah ihn an. Doch anstatt mir etwas zu trinken zu geben, beugte er sich zu mir herunter und presste mit einer schnellen Bewegung seine Lippen auf meine. Mit einer Hand hielt er meinen Hinterkopf fest, während seine Zunge in meinen Mund glitt. Er schmeckte nach Whisky, sein Kuss war drängend und intensiv. Mir entfuhr ein leises Stöhnen, als er sanft in meine Unterlippe biss und mit der Zunge daran entlangfuhr.

Nach wenigen Sekunden löste er sich abrupt von mir und richtete sich wieder auf. Noch immer hielt er mich mit einer Hand am Hinterkopf fest. Jetzt erst setzte er das Glas an meine Lippen und neigte es leicht, die goldbraune Flüssigkeit floss direkt in meinen Mund. Ich konnte gar nicht so schnell schlucken, wie er mir zu trinken gab, mein Hals brannte von dem Alkohol und mein Magen erwärmte sich sofort. Tränen traten in meine Augen, doch er nahm das Glas erst von meinen Lippen, als es leer war. Nur die Eiswürfel schwammen noch darin.

»Gut, nicht?«, fragte er mich.

Ich nickte ein wenig ratlos, denn sein Spiel war undurchschaubar. War er wütend auf mich oder nicht?

»Mehr?« Er sah mich gebannt an, sein Blick brennend und seine grünen Augen nun fast schwarz.

»Nur, falls Sie auch noch etwas trinken, Mr. Stone«, erwiderte ich, um Zeit zu gewinnen.

Doch er schüttelte den Kopf. »Ich habe genug getrunken, während ich hier auf dem Bett gelegen und darauf gewartet habe, dass du von selbst aus dem Schrank herauskommst. Aber vielleicht später. Die Nacht ist ja noch nicht zu Ende.«

Ich senkte den Kopf als mir wieder bewusst wurde, warum ich mich in diesem Zimmer befand. »Sie haben mir Angst gemacht, Mr. Stone. Deshalb bin ich weggelaufen. Aber als ich hierher kam und die Tür verschlossen war, wusste ich nicht, was ich tun sollte und habe mich hier versteckt.«

Als er nicht antwortete, sah ich zu ihm auf. Er blickte mich unverwandt an und ich fügte hastig hinzu. »Es tut mir wirklich leid.«

Sein Gesichtsausdruck blieb unleserlich. »Was genau tut dir leid?«

Meine Wangen waren ohnehin vom Alkohol gerötet, doch nun glühten sie. »Alles. Das mit dem Fahrstuhl natürlich. Und dass ich hier in ihre Wohnung eingebrochen bin.« Ich überlegte ein Sekunde, dann setzte ich mutig hinzu: »Obwohl Sie mir ja keine andere Wahl gelassen haben, als sie zu mir gekommen sind.«

Atemlos blieb ich sitzen und wartete darauf, dass er mir antwortete. Stattdessen spürte ich, wie er mit seinem Handrücken sanft an meiner Wange entlangfuhr. Ich lehnte meinen Kopf ein wenig zur Seite, um ihn besser zu spüren, doch da entzog er seine Hand auch schon wieder.

»Das ist eine mögliche Erklärung für deine Anwesenheit in meinem Appartment, Juliet.« Seine Stimme war jetzt eisig. »Die andere ist, dass du hier herumgeschnüffelt hast, für deinen Vater.«

Wie bitte? Ich war wie vom Donner gerührt, angesichts seiner haarsträubenden Vermutung. Wieso sollte ich hier freiwillig herkommen und nach etwas suchen? Der Konflikt zwischen Daniel Stone und meinem Vater fiel mir wieder ein. Waren die beiden tatsächlich derart verfeindet, dass sie sich mit solchen Mitteln bekämpften? Und für wie abgebrüht hielt Daniel Stone mich eigentlich? Glaubte er wirklich, dass ich ihn mit Absicht in mein Appartment gelockt hatte, damit ich mich in Ruhe in seiner Wohnung umsehen konnte?

Er betrachtete mich distanziert, wie ein Forschungsobjekt. Keine Spur von Wärme in seinem Blick. »Sag etwas, Juliet. Was ist dran an dieser Version?«

Ich schaute sehnsüchtig zu dem Tisch mit der Whiskyflasche. Er folgte meinem Blick und für einen kurzen Moment verzog sich sein Mund zu einem Grinsen. Doch dann wurde er sofort wieder ernst. »Ich warte auf eine Antwort. Meine Geduld ist nicht unbegrenzt, Juliet.«

Unruhig rutschte ich auf dem Bettrand hin und her. Mir fehlten schlicht die Worte, so unglaublich waren seine Anschuldigungen. Schließlich rang ich mir ein paar Sätze ab, meine Stimme war lange nicht so fest, wie ich es mir gewünscht hätte. »Was sollte ich denn bei Ihnen suchen? Und wie kommen Sie überhaupt auf so absurde Ideen? Sie waren es doch, der in meine Wohnung eingebrochen ist, ich bin danach nur weggelaufen. Wäre die Tür hier nicht verschlossen gewesen, dann wäre ich auch nicht in Ihrer Wohnung geblieben.«

Ich rieb mir mit beiden Händen in den Augen obwohl meine Mutter immer behauptete, davon bekäme man früher Falten.

»Dann bin ich also schuld daran, dass du jetzt hier bist?«

Ich sah wieder zu ihm auf, denn ich konnte seine Stimme nicht einordnen. Doch in seinem Gesicht spiegelte sich noch immer sein Zorn. Darum guckte ich schnell wieder weg.

Er kam noch näher und ergriff mit beiden Händen meinen Kopf, schob die Finger unter meinen Kinnbogen und drückte mein Gesicht so nach oben, dass ich gezwungen war, ihn direkt anzusehen. »Hast du hier spioniert oder nicht, Juliet?«, fragte er mich noch einmal.

Trotzig schloss ich die Augen.

»Juliet, genug mit den Spielchen. Sieh mich an und antworte mir!« Seine Stimme war hart und hatte einen befehlsgewohnten Klang.

Ich seufzte und öffnete schließlich meine Augen einen Spalt breit. »Was hätte ich denn finden können, Mr. Stone?«, fragte ich ihn und schloss im gleichen Moment erschrocken meine Augen wieder. Ich durfte ihn jetzt nicht noch mehr provozieren.

Er ließ mein Gesicht endlich los und ich beobachtete, wie er im Raum umherging, sich mit beiden Händen die Haare raufte. Offenbar wusste auch er nicht so genau, wie er weiter vorgehen sollte. Schließlich blieb er in der Nähe der Tür stehen und drehte sich zu mir. »Zieh dich aus, Juliet. In deiner Tasche hattest du nichts versteckt, doch ich will sichergehen, dass du nichts aus diesem Zimmer entwendet hast. Wenn ich nichts finde, kannst du gehen.«

Er blieb stehen und wartete. Ich starrte ihn an. War er noch ganz bei Trost? Er glaubte doch nicht im Ernst, dass ich hier vor ihm strippen würde, damit er sich meine Unterwäsche genauer ansehen konnte.

Ich verschränkte die Arme vor meinem Körper, versuchte, meine Entschlossenheit zu vermitteln. Doch er stand unbeweglich vor der Tür und versperrte mir den einzig möglichen Fluchtweg. Wieder sah ich mich nach der Whiskyflasche um. Vielleicht, mit ein wenig mehr Alkohol im Blut, könnte ich...?

»Nimm dir ruhig noch mehr, wenn du möchtest. Obwohl ich nicht glaube, dass das wirklich nötig ist. Stell dir einfach vor, du wärst hierher gekommen, um mit mir zu vögeln.«

Erschrocken blickte ich wieder zu Boden. Nein, das wollte ich mir nicht vorstellen. Damit hatte schließlich das ganze Dilemma begonnen, als er mich im Fahrstuhl geküsst hatte.

»Nun stell dich nicht so an! Früher oder später hätte ich dich sowieso nackt gesehen. Du brauchst nicht die Schüchterne zu spielen, das passt auch nicht zu dir.«

Seine Worte hallten in meinem Kopf wieder. Er war so selbstsicher und überzeugt davon, dass ich ihm verfallen würde. Woher nahm er diese Gewissheit? Hatte ihn noch nie eine Frau zurückgewiesen?

Leise und ohne ihn anzuschauen erwiderte ich: »Ich dachte, ich hätte Ihnen das schon im Fahrstuhl klar gemacht. Ich werde mich ganz bestimmt nicht vor Ihnen ausziehen. Falls Sie glauben, ich hätte etwas gestohlen, warum schauen Sie dann nicht dort nach, wo Sie es aufbewahren?«

Meine Worte brachten ihn zum Lachen. Ich blickte verwirrt auf und wartete, bis er sich wieder beruhigt hatte. Schließlich antwortete er mir mit noch immer amüsierter Stimme: »Du spielst deine Rolle wirklich gut. Ganz die Tochter deines Vaters. Aber glaube mir, so dumm bin ich nicht. Ich weiß genau, was du bezweckst, und falle nicht darauf herein.«

Ich war ratlos. Ich hatte keine Ahnung, wovon er sprach und was er eigentlich von mir wollte. Dachte er nun, ich hätte etwas mitgenommen, oder was wollte er sonst von mir? Und wie sollte ich ihn überzeugen, dass ich ihm nichts vorspielte, wenn er mir nicht sagte, worum es überhaupt ging?

»Mr. Stone, ich weiß wirklich nicht, wovon Sie sprechen. Aber wenn Sie meine Kleidung unbedingt durchsuchen wollen, dann geben Sie mir wenigstens einen Bademantel.«

Ich wartete gespannt, ob er auf diesen Kompromissvorschlag einging und spürte, wie sein Blick suchend über meinen Körper glitt. Dann endlich nickte er. »Also gut, wenn du das gern so spielen möchtest, warum nicht? Steh auf und hol dir ein Handtuch.« Mit dem Kinn deutete er auf die Tür zum angrenzenden Badezimmer.

Ich erhob mich und ging mit unsicheren Schritten die wenigen Meter. Im Bad hingen zwei flauschige blaue Badetücher, ich ergriff beide und brachte sie zurück ins Gästezimmer.

Daniel Stone lehnte mit verschränkten Armen an der Tür und sah mir zu. Ich ließ die Handtücher aufs Bett fallen und ging zu dem kleinen Tisch hinüber. Das Eis in dem Eisbehälter war fast geschmolzen, doch es gelang mir, mit der Zange einige größere Stücke herauszufischen und in das Glas zu befördern. Dann füllte ich es mit Whisky auf, bis es halbvoll war. Mit dem Rücken zu Daniel gedreht, trank ich langsam einen großen Schluck und behielt die Flüssigkeit für einen Moment im Mund, bevor ich sie herunterschluckte. Ich schloss meine Augen und atmete tief ein, als das brennende Gefühl nachließ.

Dann drehte ich mich herum, starrte ihm direkt ins Gesicht. »Wollen Sie jetzt noch etwas trinken?«, fragte ich leise und hielt das Glas in seine Richtung.

Er nickte bestimmt. »Ja, ich trinke gern noch etwas, während ich dir beim Ausziehen zuschaue.«

Ich trank schnell noch einen weiteren Schluck, bevor ich ihm das Glas übergab. Seine Finger berührten meine, als er es mir aus der Hand nahm. Meine Haut kribbelte. Leise flüsterte er mir zu: »Es ist noch nicht zu spät, Juliet. Wir können danach immer noch unseren Spaß haben. Mir ist dabei egal, warum du hier bist. Solange wir ficken, macht es mir nichts aus, dass dein Vater dich geschickt hat.«

Schnell wich ich zurück, bemühte mich, Abstand zu gewinnen. Ich schüttelte entschieden den Kopf und nahm eines der Handtücher. Daniel Stone nippte an seinem Glas, während er mir gebannt zuschaute.

Ich schlang das Handtuch um meine Hüften und begann dann, zuerst meine Socken und danach meine Sporthose auszuziehen. Ich warf die beiden Socken auf den Boden, die Hose legte ich auf das Bett. Fragend blickte ich zu Daniel hinüber. »Willst du sie dir nicht anschauen?«

Er nickte und bedeutete mir, ihm die Kleidungsstücke zu bringen. Umständlich bückte ich mich um die Socken wieder aufzuheben, immer darauf bedacht, ihm bloß keinen Blick unter mein Handtuch zu gewähren.

Dann nahm ich die Sporthose und übergab ihm die Sachen. Er stellte das Glas auf einem Regal ab und überprüfte alles gewissenhaft. Dann warf er meine Kleidung vor sich zu Boden und nickte mir zu. »Alles in

Ordnung. Mach weiter.«

Ich zerrte behutsam mein T-Shirt aus dem Handtuch hervor, sodass es locker darüber hing. Dann griff ich unter das Shirt und öffnete meinen BH, zog die Träger über die Schultern und befreite meine Arme daraus. Schließlich zog ich den BH unter dem T-Shirt hervor und brachte ihn schnellstens zu Daniel Stone.

Der nahm ihn, ohne den Blick von mir abzuwenden, entgegen. Unter meinem T-Shirt zeichnete sich jetzt mein Busen ab, meine Nippel hatten sich schon wieder zusammengezogen und waren deutlich zu sehen. Schnell drehte ich mich um und ging zurück zum Bett. Ich wartete darauf, dass Daniel meine Unterwäsche untersuchte. Doch statt an dem Stoff zu fühlen, führte er meinen BH an sein Gesicht, vergrub seine Nase darin und zog hörbar die Luft ein.

Meine Hände begannen wieder zu zittern. Was machte ich hier bloß? Ich stand inzwischen fast nackt in Daniel Stones Appartment und dieser Perversling roch an meiner Wäsche! Ob es hier irgendwo eine versteckte Kamera gab? Ich vergrub das Gesicht in meinen bebenden Händen. Jetzt hatte ich nur noch die Wahl, entweder mein T-Shirt oder mein Höschen auszuziehen.

Daniel Stone hatte inzwischen meinen BH fallengelassen und sein Glas wieder in der Hand. Er blickte stirnrunzelnd zu mir hinüber. »Juliet, was ist los? Mach weiter.«

Doch als ich mich noch immer nicht vom Fleck rührte, stieß er sich von der Tür ab und kam auf mich zu. Er hielt mir das Glas hin und fragte leise: »Willst du noch einen Schluck?«

Ich nickte dankbar und wollte mit der Hand nach dem Glas greifen. Doch er schüttelte den Kopf. »Nicht so.«

Da öffnete ich meinen Mund und wartete darauf, dass er mir etwas zu trinken gab. Er raunte mir dabei zu: »Dir zuzusehen und dich dabei nicht anfassen zu dürfen, ist die reinste Folter.« Damit goss er mir ein wenig Whisky in den Mund, wartete, bis ich geschluckt hatte, dann küsste er mich ganz sanft auf meine feuchten Lippen. »Aber ich gebe die Hoffnung nicht auf, dass wir uns irgendwie über das Danach einigen können.«

Rasch entfernte er sich und nahm wieder seinen Platz an der Tür ein.

Ich umfasste das Badetuch und öffnete vorsichtig den Knoten. Dann zog ich es unter meinem T-Shirt nach oben, so dass meine Brüste bedeckt waren und verknotete es erneut. Es hing mir nun bis gerade über den Po, verhüllte aber alles Wesentliche.

Entschlossen zog ich mein T-Shirt über den Kopf, warf es dann Daniel zu. Der runzelte die Stirn angesichts meiner Aktion. Bestimmt hatte er darauf gehofft, ich würde wieder zu ihm kommen. Er untersuchte mein T-Shirt so gewissenhaft wie alle anderen Kleidungsstücke zuvor. Offenbar glaubte er tatsächlich noch immer, ich hätte etwas in meinen Sachen versteckt.

Ich wartete. Als er das T-Shirt schließlich zu Boden fallen ließ, atmete ich tief durch, zögerte. Unter dem Handtuch trug ich nur noch mein Höschen und ich konnte spüren, wie feucht ich zwischen meinen Beinen war. Auch Daniel würde von meiner Erregung wissen, wenn ich ihm meinen Slip präsentierte.

Vermutlich lag es am Alkohol, dass ich mich letztendlich dazu durchrang und meinen Slip auszog. Als ich ihn unter meinem Handtuch hervorzog, starrte Daniel angespannt darauf. Es war auch von Weitem klar ersichtlich, dass ich nichts in diesem hauchdünnen Wäschestück verbergen konnte. Ich hielt mein Höschen in die Luft und blickte zu ihm herüber. Würde er mich so davonkommen lassen?

Mit einem Zeigefinger winkte er mich zu sich heran. Ich ging zögernd zu ihm, mein Gesicht glühte schon wieder, als ich ihm das Wäschestück in die Hand drückte und mich sofort wieder entfernte.

Falls er meine Erregung spürte, zeigte er es nicht. Stattdessen hielt er auch meinen Slip an seine Nase und sog meinen intimsten Geruch ein. Ich schloss die Augen vor Scham und hielt mit beiden Händen mein Handtuch fest umklammert.

»Leg das Handtuch weg und komm her«, hörte ich ihn sagen.

Entsetzt wich ich weiter zurück. »Sie haben versprochen, mich gehen zu lassen«, flüsterte ich so leise, dass ich kaum selbst meine eigenen Worte verstand.

»Ich muss erst wissen, dass du nichts unter dem Handtuch versteckt hast. Dann darfst du gehen«, erwiderte er ruhig.

Doch ich schüttelte den Kopf. Meine Schmerzgrenze war erreicht und keine Macht der Welt konnte mich dazu überreden, jetzt freiwillig mein Handtuch abzulegen. Ich blieb stehen und wartete. Meine Blick glitt unruhig durch das Zimmer, ich versuchte, einen Fluchtweg zu finden, falls er plötzlich näherkam.

»Juliet, ich wiederhole mich nicht gern. Lass dein Handtuch fallen. Jetzt sofort!«

Mein Herz pochte rasend schnell und mein ganzer Körper bebte, während ich ihn von meiner Position aus anstarrte. Meine Chancen, aus dem Zimmer zu entkommen, waren verschwindend gering. Zumal ich nicht sicher wusste, ob die Tür nach draußen offen oder verschlossen war.

Mein Blick fiel auf die noch immer geöffnete Tür zum angrenzenden Badezimmer. Bestimmt ließ die sich von innen verriegeln. Doch dann säße ich erst recht in der Falle. Hieraus gab es mit Sicherheit keinen anderen Weg nach draußen. Ich konnte nur Zeit schinden und hoffen, dass er seine Absichten noch einmal überdachte.

Entschlossen drehte ich mich zur Seite und stürmte in das Bad. Doch ich hatte kaum die Tür erreicht, da spürte ich auch schon, wie Daniel Stone meinen Oberarm ergriff und mich festhielt.

Ich blieb stehen und versuchte, meinen Arm aus dem schmerzhaften Griff zu befreien. »Bitte lassen Sie meinen Arm los. Sie tun mir weh«, brachte ich hervor, während ich schwer atmete, so als habe ich gerade einen Hundertmeterlauf hinter mir.

Sein Griff verstärkte sich noch. »Runter mit dem Handtuch! Was versteckst du vor mir?«, stieß er wütend hervor und begann, mit der anderen Hand an meinem Handtuch zu zerren.

So sehr ich mich auch bemühte, daran festzuhalten, schließlich gelang es ihm doch, es mir vom Körper zu reißen. Noch immer hielt er meinen Arm gepackt, zog mich nun aus dem dunklen Bad hervor und zurück ins beleuchtete Gästezimmer.

Sein Blick glitt über meinen Körper, er schaute mich interessiert von oben bis unten an. Zunächst erschien es mir, als suche er tatsächlich etwas. Doch dann änderte sich der Ausdruck in seinen Augen, sein Blick wurde dunkel und begehrlich. Ich bekam eine Gänsehaut am ganzen Körper, fühlte mich so bloßgestellt und hilflos. Mit einem Arm versuchte ich, meine Brüste halbwegs vor seinem Blick zu verdecken.

Ich konnte sehen, wie erregt er jetzt war. Sein Atem ging schwer und unter seiner Hose zeichnete sich eine Erektion ab. Als er mich kurz darauf losließ, stürmte ich zur Tür, nur um festzustellen, dass sie verschlossen war. Ich hob rasch mein T-Shirt vom Boden auf und hielt es schützend vor meinen Körper, um wenigstens notdürftig meine Blöße zu verdecken.

Daniel folgte mir nicht, sondern setzte sich auf die Bettkante. Unsere Positionen waren damit vertauscht. Er sah mich unverwandt an, als er sprach. »Du hast wirklich nichts gestohlen, dabei hätte ich schwören können, ich hätte dich durchschaut. Was für ein Spiel spielst du mit mir, Juliet?«

Ich schlotterte noch immer vor lauter Angst und wagte nicht mal, mein T-Shirt über den Kopf zu ziehen, fürchtete mich, ihm dabei noch einmal einen Blick auf meinen Körper zu erlauben.

Als ich ihm nicht gleich antwortete, fuhr er nachdenklich fort. »Falls es deine Absicht war, mein Interesse an dir zu wecken, so ist dir das schon längst gelungen. Aber das weißt du ja schon.« Er warf einen weiteren Blick auf mich und fügte dann hinzu: »Und falls du darauf hinarbeitest, dich unwiderstehlich für mich zu machen, so ist dir das mittlerweile auch geglückt.« Er blickte an sich hinunter und ließ mich nochmals seine Erektion sehen.

Ich schloss die Augen. Ich wollte ihn nicht erregen oder sonst irgendwie anmachen, ich hatte Angst vor dem, was er jetzt mit mir vorhatte. Denn mittlerweile bezweifelte ich ernsthaft, dass er mich einfach so gehen lassen würde.

»Bitte lassen Sie mich hier raus. Ich habe alles getan, was Sie verlangt haben, jetzt will ich zurück in meine Wohnung«, bettelte ich.

Doch Daniel Stone ignorierte mich einfach. Ein Schatten huschte über sein makelloses Gesicht, bevor er mich wieder ansah. »Ich kann dich nicht gehen lassen, Juliet. Das weißt du doch, oder etwa nicht?« Dabei strich er spielerisch über die Ausbeulung seiner Hose. Dann stand er auf und kam langsam auf mich zu.

Ich kniff meine Augen zusammen, ein Wimmern entfuhr mir als ich an der Tür hinabglitt und mich am Boden zusammenkauerte. Alles kam mir plötzlich vor, wie ein schlimmer Albtraum. Als ich seine Berührung an meiner Schulter spürte, zuckte ich zusammen. Nichts hätte mich auf die lähmende Furcht, das Entsetzen in diesem Moment vorbereiten können. Ich wusste genau, was jetzt passieren würde, und konnte nichts an dem Ablauf ändern.

Mühelos hob er meinen zusammengekrümmten Körper hoch und trug mich zum Bett zurück. Dort setzte er mich sanft ab. »Juliet, mach die Augen auf. Sieh mich an!«, forderte er leise.

Ich hielt noch immer das T-Shirt umklammert, obwohl es mich nur unzureichend bedeckte. Seine ruhige Stimme erleichterte mich etwas. Ich öffnete die Augen und blickte in sein besorgtes Gesicht. »Du brauchst dich nicht vor mir zu fürchten. Glaub mir, ich habe Erfahrung darin, Frauen glücklich zu machen. Es wird dir gefallen.«

Ich schüttelte wieder den Kopf. »Ich will nicht, Daniel. Bitte lassen Sie mich gehen.« Dann versuchte ich, mich wieder zu erheben.

Doch sofort spürte ich seine Hand an meiner Schulter. Er drückte mich unerbittlich zurück auf die Bettdecke.

»Bitte lassen Sie mich los, Sie tun mir weh«, versuchte ich es wieder, aber sein Griff lockerte sich nicht im Geringsten.

»Juliet, du gehörst jetzt mir, mir allein. Und nach allem, was du dir heute Nacht schon geleistet hast, ist es nur fair, dass ich jetzt auch etwas Spaß mit dir habe.«

Ich schluckte. Ich hatte mir überhaupt nichts geleistet, doch aus irgendeinem unerfindlichen Grund glaubte er noch immer, ich verfolge einen ausgeklügelten Plan, um ihm Schaden zuzufügen. Ich hatte versucht, ihm diese Idee auszureden, doch ich konnte nicht bis zu ihm vordringen. Und in diesem Zustand, angesichts seiner offensichtlichen Überspanntheit, war er kaum ansprechbar.

Mit einem schnellen Sprung wollte ich erneut versuchen, zur Badezimmertür zur hechten. Das war im Moment der einzige Ausweg und vielleicht beruhigte er sich ja nach ein paar Minuten und ließ sich dazu überreden, mich endlich gehen zu lassen.

Doch bevor ich überhaupt den Versuch machen konnte, fühlte ich seine Hand an meiner Kehle. Ich keuchte überrascht auf und begann, mich mit Händen und Füßen gegen den festen Griff zu wehren. Aber er war viel stärker als ich und hielt meinen Hals mit einer Hand fest umklammert. Mit der anderen Hand zog er das Kissen unter meinem Kopf hervor und fegte es vom Bett, bevor er mich niederdrückte. Noch immer löste er seinen Griff nicht.

Ich röchelte und versuchte verzweifelt, Luft zu bekommen. In Panik wand ich mich unter seinem Griff. Er zischte drohend: »Hör auf damit, halt endlich still! Ich will dich nicht umbringen, also zwing mich nicht dazu, dir die Luft abzudrücken.« Wie beruhigend.

Ich war hilflos unter seinem Griff. Was hatte er jetzt mit mir vor? Verzweifelt setzte ich meine Versuche fort, mich aus der Umklammerung zu lösen, bis Daniel Stone zu mir auf das Bett stieg und sich dann rittlings auf mich setzte. Er trug noch immer eine Hose und ein dunkles T-Shirt und seine geschmeidigen Bewegungen waren die eines Raubtiers. Seine Augen jedoch schienen nun vor Ärger zu glühen. Auch sein Atem ging schnell und ich spürte, wie erhitzt er war.

Ich lag nackt unter ihm und wagte nicht mehr, mich weiter zu bewegen. Seine Hand an meiner Kehle tat ihr Übriges, um mich jeden Gedanken an eine Flucht weit von mir schieben zu lassen.

Was wollte er bloß von mir? Mich zum Sex zwingen? Dachte er im Ernst, dass ich unter solchen Umständen freiwillig mit ihm schlafen könnte? Ich würde mich eher von ihm verprügeln lassen, als ihm einen solch intimen Akt zuzugestehen.

Der Gedanke an das Unvermeidliche weckte meine Widerstand von Neuem. Mit den Fingern versuchte ich nun, ihn zu kratzen oder im Gesicht zu erwischen. Er verstärkte seinen Griff um meinen Hals so, dass ich kaum noch Luft bekam und sofort still auf die Decke zurücksank.

Genervt beschimpfte er mich: »Juliet, verdammt! Jetzt hör doch endlich auf, dich zu wehren. Du tust dir nur selbst damit weh. Was ist denn los mit dir? Die meisten Frauen können es gar nicht erwarten, mit mir ins Bett zu gehen und du flippst total aus?« Seine Worte brannten sich in mein Gehirn ein. Ich war nicht normal, bestimmt hielt er mich jetzt für frigide, auf jeden Fall nicht mehr für eine begehrenswerte Frau, die seiner Aufmerksamkeit würdig war. Der Gedanke, nicht mehr von ihm begehrt zu werden, schmerzte seltsamerweise mehr, als die Furcht vor seiner Attacke.

Vielleicht sollte ich ihm ja geben, wonach er verlangte. So schlimm würde es schon nicht sein, ihn für eine Nacht meinen Körper benutzen zu lassen, wie er es sich scheinbar so dringend wünschte. Meine Gedanken überschlugen sich. Als ob ich überhaupt eine Wahl hatte.

Ich stellte jede Gegenwehr ein und blieb ruhig unter ihm liegen. Sofort verringerte sich der Druck auf meine Kehle. Immer noch hielt er meinen Hals umklammert, ließ mir aber genug Bewegungsfreiraum, um Luft zu holen. Ich atmete flach und schnell, mein Herz raste in wilder Panik.

Als ich versuchte zu sprechen, erhöhte er den Druck sofort wieder. »Hör auf damit, Juliet! Hör endlich auf, dich gegen deine Gefühle zu wehren. Ich will dich und ich weiß, dass du mich auch willst. Du brauchst dich nicht zu verstellen, ich habe deinen feuchten Slip in der Hand gehabt. Glaub mir, ich weiß, wie sehr du dich nach mir sehnst.«

Ich versuchte wild, mit dem Kopf zu schütteln. Davon konnte ja wohl keine Rede sein. Meine rein körperliche Reaktion auf seine stundenlangen Forderungen war wohl kaum mit einem Verlangen nach ihm gleichzusetzen.

Aus Protest schloss ich die Augen und rührte mich nicht. Dann fühlte ich, wie seine Hand sanft über meine Wange strich. Mit der anderen Hand hielt er noch immer locker meinen Hals umschlossen, doch ich konnte frei atmen und den Kopf leicht bewegen.

»Hab keine Angst vor mir, Juliet. Was immer du Schreckliches über mich gehört hast, stimmt nicht. Ich werde dich gut behandeln.«

Als ich meine Augen wieder öffnete, sah ich ihn fasziniert auf meine sich hebende und senkende Brust blicken. Dann wanderte seine Hand zu meinem Oberkörper und begann damit, die Umrisse meines Busens nachzuzeichnen, umkreiste mit dem Zeigefinger meine harten Brustwarzen. Ganz unverhofft kniff er plötzlich mit zwei Fingern kräftig hinein und zog daran. Ich schrie vor Schreck auf. Doch ihn kümmerte das nicht weiter, sondern er begann sofort, den empfindlichen Nippel zwischen Daumen und Zeigefinger zu massieren.

Ich war wie erstarrt, so etwas hatte noch nie zuvor ein Mann mit meinem Körper gemacht. Es fühlte sich so ungewohnt gut an, seine Berührungen hallten in meinem ganzen Körper wieder.

Unablässig bewegte er seine Finger und reflexartig wölbte sich mein Oberkörper ihm entgegen. Ich stöhnte lauter und sah ihn grinsen. »Na, kann ich dich so überzeugen, dass du mich auch willst?«, fragte er und in meinem Unterleib zogen sich alle Nervenenden genüsslich zusammen, ich spürte, wie feucht ich zwischen meinen Beinen bereits war. Was machte dieser Mann nur mit mir? Ohne Unterlass streichelte er meine empfindlichen Brustwarzen und ich keuchte leise, konnte meine Erregung nicht länger unterdrücken.

Dann erstarben seine Liebkosungen und plötzlich nahm er die Hand von meinem Hals. Mit rauer Stimme wies er mich an, seine Hose zu öffnen. Er saß noch immer auf mir, die Beine an beiden Seiten meines Oberkörpers zwängten mich ein. Unverwandt blickte er mich an, als ich mit zitterenden Fingern seinen Hosenbund erfasste, den Knopf öffnete und langsam den Reißverschluss nach unten zog. Ich konnte seine Erektion deutlich von innen gegen den dünnen Stoff gepresst sehen, sein Glied musste enorme Ausmaße haben.

Er erhob sich leicht, um mir das Herunterziehen der Hose zu erleichtern. »Die Shorts auch«, forderte er leise und bestimmt. Ich tat wie geheißen und war bemüht, ihn dabei so wenig wie möglich zu berühren. Seine Stellung verhinderte, dass ich seine Hose weit herunterziehen konnte, aber es genügte, um seinen erigierten Penis und die prallen Hoden zu befreien. Sein Glied war in der Tat beachtlich. Angstvoll und mit weit aufgerissenen Augen betrachtete ich ihn. Wie sollte das gehen?

»Fass ihn an und fühle wie hart er ist.« Ich hatte noch nie einen Penis in der Hand gehalten, geschweige denn, einen erregten. Die Vorstellung, ihn da anzufassen und möglicherweise noch mehr zu reizen, machte mir Angst.

Daniel Stone umschloss unsanft an meinem Handgelenk und schob meine Hand unter seinen Penis. Ich zitterte, als ich ihn dort berührte, denn auch wenn mir die Vergleichsmöglichkeiten fehlten, seiner war riesig, hart und zugleich ich konnte sogar einzelnen Adern unter der straffgespannten Haut ausmachen. Er war heiß und auf seiner empfindlichen Eichel glänzte ein Lusttropfen. Ich hielt ihn in einer Hand und fuhr leicht mit den Fingern auf und ab.

Schließlich ließ er mein Handgelenk los, jederzeit dazu bereit, sofort wieder zuzufassen, wenn ich seinen Anweisungen nicht folgte. »Massier ihn. Fass ihn richtig an, fester. Und vergiss nicht, dich auch um meine Hoden zu kümmern.« Ich verstärkte meinen Griff und bewegte meine Hand schneller auf und ab. Sein Penis schien noch weiter anzuschwellen unter meinen Berührungen und die Adern traten deutlich hervor. Er atmete stoßweise.

Ich hatte keine Ahnung, wie man einen Mann befriedigte, aber ich hoffte, dass er durch meine Berührung nicht unvermittelt seinen Samen auf mir verspritzte. Trotzdem war ich hin- und hergerissen. Einerseits wollte ich so schnell wie möglich von hier verschwinden, aber anderseits war da auch eine unstillbare Neugier darauf, was er mit mir vorhatte, wie es sich anfühlte, mit einem Mann zu schlafen.

Mit meiner anderen Hand umfasste ich vorsichtig seine festen Hoden, umschloss und streichelte sie mit den Fingern. Keine Ahnung, was er genau von mir erwartete, aber er hielt die Augen geschlossen und keuchte laut. Einige Schweißperlen entstanden auf seiner Oberlippe. »Genug!« Plötzlich erhob sich von mir und rollte seitlich vom Bett. Hatte ich etwas falsch gemacht?

Mit schnellen Bewegungen streifte er seine Hose und Boxershorts ab, zog sein Shirt aus und nahm ein kleines Päckchen in die Hand Dann war er sofort wieder bei mir. Er kniete sich ans Fußende des Bettes und öffnete die Kondompackung, entnahm das farblose Gummi und streifte es dann mit einer geübten Bewegung über seinen erigierten Penis. Huch, offensichtlich wollte er jetzt mehr von mir. Er ergriff mein rechtes Bein und ohne mir dabei ins Gesicht zu sehen, herrschte er mich an. »Mach die Beine breit!«

Ich war wie erstarrt. Doch trotz meiner Erregung und dem sicheren Bewusstsein, dass ich alles, was jetzt geschah, ohnehin nicht ändern konnte, wollte ich mich nicht einfach so ergeben. Aus Protest zog ich daher die Beine fest an meinen Körper und begann, mich zur Seite zu drehen, um möglichst weit weg von Daniel Stone zu gelangen, vielleicht sogar das rettende Badezimmer zu erreichen.

Doch sofort zerrte er mich am Arm zurück, versuchte, mich wieder auf den Rücken zu drehen. Ich drehte und wand mich unter seinem Griff. »Juliet, genug mit den Spielchen. Wir beide bringen das jetzt zu Ende. Ich sage es nicht noch einmal. Spreiz deine Beine, lass uns endlich ficken.« Er lachte bei diesen Worten, so als gefalle es ihm, dass ich mich zu wehren versuchte. Vielleicht dachte er, es sei alles nur ein erotisches Spiel?

Ich trat nach ihm, erwischt ihn am Oberkörper. Er fing meinen Fuß beim nächsten Tritt ab und zwängte seinen Körper sofort zwischen meine Beine. Mit seiner ganzen Körperkraft drückte er meine Schenkel auseinander und hielt sie gleichzeitig so fest, dass ich keine Chance mehr hatte, mich ihm zu entziehen. Ergeben schloss ich die Augen.

Mit einer einzigen, ungestümen Bewegung stieß er seinen Penis in mich hinein, dabei seufzte er laut. Ich schrie entsetzt auf, denn ein heftiger Schmerz durchfuhr mich, als mein Jungfernhäutchen riss. Aber ich hatte keine Chance, ihn jetzt noch von mir zu stoßen. Er hielt die Augen geschlossen und verharrte einen Moment in mir, ich spürte wie sehr mich seine Männlichkeit ausfüllte, wie sich alles in mir bis zum Äußersten dehnte, um ihn aufzunehmen. »Oh ja, das ist es, Baby! Du fühlst dich so gut an, deine Pussy ist so eng.«

Dann zog er sich ein wenig zurück, um gleich darauf mit einem weiteren lauten Seufzer nochmal in mich zu stoßen, diesmal tiefer als zuvor. »Du bist so feucht und heiß, ich wusste doch, dass du mich willst Juliet.« Mir rannen die Tränen über die Wangen, doch ich war ihm wehrlos ausgeliefert.

Wieder zog er sich aus mir zurück und bohrte sich dann langsam tiefer in meinen Unterleib. Stück für Stück schob er sich immer weiter in mich, zwängte sich durch meine schmerzende Öffnung. »Oh Gott, Baby! Was hast du bloß für eine köstliche Pussy. Lass mich ganz und gar in dich, spürst du, wie tief mein Schwanz jetzt in dir steckt?« Er keuchte vor Anstrengung und stieß dann mit einem Ruck fester zu.

Mein Körper wartete erstarrt auf seine Bewegungen. Alles kam mir unwirklich vor, wie in einem Albtraum. Lag ich wirklich mit Daniel Stone im Bett und ließ mich von ihm... ficken?

Ich spürte, wie seine Hoden gegen meinen Po schlugen, nun hatte er sich also vollkommen in mir versenkt. Er hielt seine Augen geschlossen, sein Gesicht war angespannt, aber zugleich zeigte es tiefe Befriedigung.

Meine Vagina schmerzte furchtbar und ich konnte nicht verstehen, wie Frauen so etwas gut finden sollten. Doch ich verhielt mich ruhig, wollte nur noch, dass alles möglichst schnell vorüber war.

Nun beugte er sich nach vorn und platzierte seine Hände neben meinen Schultern. Er begann, sich mit trägen Stößen in mir zu bewegen, wieder und wieder spürte ich, wie sein Penis etwas aus mir hinausglitt, um sich dann sofort wieder in mich hineinzuschieben. Die ungewohnte Reibung in meinem Unterleib war ein einzigartiges Gefühl, aber die brennenden Schmerzen dabei wurden immer stärker. Sein Atem ging keuchend und ich spürte, wie sein heißes Glied in mir noch größer und härter wurde.

Auch ich war erregt, aber vor Angst wie gelähmt. Ich ergriff seine

Unterarme, um mich daran festzuhalten. Er sagte kein Wort mehr, sein lautes animalisches Keuchen hallte in meinem Bewusstsein wieder. Schweiß lief ihm über die Stirn und den ganzen Körper. Immer schneller und drängender wurden seine Bewegungen, und mit jedem Stoß schob er mich ein wenig höher gegen die hölzerne Bettkante, bis ich eingeklemmt war und jede seiner Bewegungen in mir mit voller Intensität wahrnahm. Ohnmächtig ließ ich ihn gewähren.

Ich schloss die Augen und mir wurde bewusst, dass Daniel Stone offensichtlich Erfüllung und Befriedigung fand, wenn ich seine Geräusche richtig deutete. Dieser Gedanke wühlte mich auf. Ich konnte einem so begehrenswerten Mann mit meinem Körper Lust spenden. Das war eine völlig neue Erfahrung, wenn auch nicht gerade angenehm. Aber vielleicht ging es ja mit der Zeit besser, warum sonst schwärmten meinen Freundinnen so oft von einer heißen Nacht?

Unverhofft zogen sich all meine Muskeln im Unterleib zusammen und verkrampften. Daniel Stone sah mich für einen kurzen Moment verwundert an, dann flüsterte er mir zu: »Na siehst du, du bist gleich da. Lass los, Baby, lass dich einfach gehen.« Mein Körper erbebte und bäumte sich auf, ich konnte gar nicht mehr damit aufhören und zuckte immer wieder, meine schmerzende Vagina umschloss sein Glied noch fester und zog ihn bebend tiefer in sich hinein. Was war das?

Er stöhnte leise auf, ein Schweißtropfen löste sich von seinem Ohrläppchen und tropfte auf meine Stirn. Das Lächeln in seinem Gesicht zeugte davon, dass er es offensichtlich genoss, mich so zu sehen. Dann beugte er sich vor und küsste sanft meine heiße Stirn. »Du hattest deinen Spaß. Jetzt bin ich dran.«

Dabei verlagerte er sein Gewicht und schob seine Arme unter meine Beine, drückte meine Knie nach oben. Durch die veränderte Position drang er noch tiefer in mich ein, dann zog er seinen Penis wieder bis zur Eichel aus mir heraus. Ich fühlte mich leer, doch sofort stieß er brutal zu, versank sich bis zum Schaft in mir und seine Hoden klatschten gegen meine Schenkel. Erschrocken schrie ich auf. Was hatte er nun schon wieder mit mir vor?

Vielleicht spürte er meine Schmerzen, denn er änderte seinen Rhythmus und bewegte sein Becken leicht, ich entspannte mich etwas und streckte mich ihm entgegen, wodurch sich meine Beschwerden sofort verringerten. Dabei stellte ich mir vor, ich empfinge nun jeden seine heftigen Stöße dankbar und genösse das Gefühl, dass sein Penis in mir hervorrief. Es machte es leichter, seine ungewollte Zuwendung zu ertragen.

Das Beben meines Körpers schien ihn weiter zu erregen, er grunzte und keuchte und drückte meine Knie bis auf meine Schultern nach unten, kniete sich über mich und drängte von oben in mich hinein, heftiger und ungezügelter als zuvor. »Ich liebe es, dich zu ficken, Baby. Du hast gar keine Ahnung, wie gut das hier ist!« Seine Besessenheit verwirrte mich. Er schien nun wie in einer anderen Welt, nichts mehr wahrnehmend, was um ihn herum geschah und nur darauf konzentriert, Erlösung zu finden, von welchen Seelenqualen auch immer er heimgesucht wurde.

Plötzlich keuchte er laut auf, ergriff meinen Hals mit einer Hand und drückte fest zu. Ich war völlig überrascht von seinem abrupten Angriff und lag hilflos eingeklemmt zwischen dem Kopfende des Bettes und Daniels schweißbedecktem Körper. Eben noch hatte ich sein Liebesspiel fast schon genossen, aber nun wurde ich panisch. Er hielt meine Kehle fest umklammert, seine abrupte Bewegungen deuteten darauf hin, dass auch er sich seinem Höhepunkt unaufhaltsam näherte. Sein Gesicht war vor Anstrengung verzogen.

Der Effekt aus Luftknappheit und mangelnder Durchblutung ließ mich in eine Traumwelt eintauchen, ein Schleier legte sich über die Realität und pustete jeden Gedanken aus meinem Gehirn.

Ich spürte, wie Daniel Stone sich mit wenigen aggressiven Stößen zum Höhepunkt brachte und dann in mir ergoss. Er verharrte vollkommen still über mir, als er sich mit geschlossenen Augen entlud.

Die mangelnde Blutversorgung meines Gehirns machte mich schläfrig. Ich konnte mich kaum bewegen, als er mit seinem vollen Gewicht auf mich niedersank, seinen Penis noch immer in mir vergraben. Ich griff mit meiner Hand an seinen Unterarm, schüttelte ihn. Nun, da er seine Befriedigung gefunden hatte, musste er doch endlich von mir ablassen!

Völlig am Ende meiner Kräfte lockerte sich sein Griff um meinen Hals schließlich. Er zog sich wortlos aus mir zurück, sah mich nicht an, als er sich auf die andere Seite des Bettes rollte und das benutzte Kondom abstreifte. Stattdessen legte er sich hin, schloss die Augen und blieb regungslos liegen, ohne etwas zu sagen.

Ich benötigte einige Minuten, um Atem zu schöpfen und lag wie erstarrt neben ihm. Als er sich noch immer nicht rührte, erhob ich mich leise und humpelte ins Bad.

Bemüht darum, kein Geräusch zu verursachen, zog ich die Badezimmertür zu und drehte den Schlüssel im Schloss um. Dann stellte ich das Wasser in der Dusche an und hoffte, dass das Rauschen alles andere übertönen würde. Ich stellte mich unter die Dusche und schloss die Augen. Das kochend heiße Wasser floss über meinen zitternden Körper. Nun begannen auch meinen Tränen, unaufhaltsam zu fließen und kraftlos sank ich auf die noch kalten Keramikfliesen. Ich konnte einfach nicht mehr aufhören zu weinen, fühlte mich benutzt, verwirrt und gedemütigt. Meine Knochen schmerzten ebenso wie die Innenseiten meiner Schenkel und der Hals, meine Vagina brannte höllisch. So sehr ich mir auch wünschte, das Wasser möge meinen Körper reinigen, ich fühlte mich auch nach mehreren Minuten noch immer genauso schmutzig wie zu Beginn.

Doch am allermeisten gelitten hatte wohl mein Verstand. Ich konnte nicht nachvollziehen, was eigentlich geschehen war. Hatte ich zu irgendeinem Zeitpunkt in dieser Nacht die Gelegenheit gehabt, den Verlauf der Geschehnisse zu ändern? Hatte ich etwas getan, was meinen Nachbarn zu solchem Verhalten ermuntert hatte? Und hatte ich mich ihm etwa freiwillig ergeben, ihm erlaubt, mich zu benutzen? War das einfach seine Art, Liebe zu zeigen? Hatte er mich vergewaltigt? Und hatte ich das alles nicht auch genossen, immerhin hatte er mich zum Höhepunkt gebracht?

Seine Würgeattacke hatte mich am meisten erschöpft und trotz des heißen Wassers konnte ich nicht damit aufhören, unkontrolliert am ganzen Körper zu zittern. Hatte er mich umbringen wollen? Was sollte ich jetzt tun? Meine Kleidung befand sich im Gästezimmer. Aber um zurück in mein Appartment zu gelangen, würde ich Daniel aufwecken und darum bitten müssen, die Tür aufzuschließen. Ich konnte ihm jetzt in diesem Zustand nicht gegenübertreten.

Seine laute Stimme übertönte sogar das Geräusch der Dusche. »Juliet, bitte mach die Tür auf.« Warum sollte ich das tun, hatte er etwa vor, seine Tortur fortzusetzen?

»Nun mach schon auf. Geht es dir gut?«

Daran hätte er auch früher denken können, bevor er mich beinahe umgebracht hatte. Seine Stimme klang besorgt, aber mein Bedarf an Männern im Allgemeinen und Daniel Stone im Besonderen war auf absehbare Zeit vollends gedeckt. Für einen kurzen Moment hatte ich seine brutale Zuwendung beinahe genossen, mich ihm ganz und gar hingeben wollen. Aber als er mich gewürgt hatte, bangte ich für einige Minuten um mein Leben. Um nichts in der Welt wollte ich so etwas je wieder erleben.

Ich stellte das Wasser endlich ab und sah mich nach einem Handtuch um, doch beide Badetücher befanden sich im Gästezimmer, ich hatte sie selbst mitgenommen. Stattdessen nahm ich ein kleines Händehandtuch und hielt es vor meinen Körper. Das musste reichen. Hoffentlich sah er es nicht als Einladung, sein Spiel weiter fortzusetzen.

Als ich an dem vom Dampf beschlagenen Spiegel vorbeikam, nahm ich mir einige Sekunden Zeit, strich über die gläserne Oberfläche und wischte die feinen Wassertröpfchen für einen Moment fort. Als ich mein Gesicht im Spiegel sah, erschrak ich. Meine Augen waren dunkel gerändert und rot geweint, an meinem Hals waren deutlich seine Fingerabdrücke zu erkennen.

»Bitte geben Sie mir ein Handtuch und meine Sachen. Ich möchte jetzt endlich gehen.« Ich kämpfte gegen meine Tränen an und versuchte, gefasst zu wirken, konnte aber nicht verhindern, dass ein leiser Schluchzer aus meiner Kehle hervordrang.

Dann lauschte ich auf die Geräusche von draußen vor der Badezimmertür. Als es leise klopfte, drehte ich den Schlüssel um und öffnete die Tür vorsichtig einen Spalt breit. Daniel Stone hielt mir wie gefordert ein Handtuch hin. Dann gab er mir wortlos meine Kleidung zurück. Ich zog die Tür erleichtert zu, trocknete mich ab und zog mich schnell notdürftig an. Meine Haare waren noch tropfnass, trotzdem öffnete ich argwöhnisch die Tür. Als ich nach draußen trat, war von ihm nichts zu sehen, die Tür des Gästezimmers stand offen und im Flur brannte Licht. Durch das Fenster fielen schon die ersten Sonnenstrahlen. Schnell suchte ich meine Handtasche.

Vom Korridor aus hörte ich ein Klappern aus einem Zimmer weiter am Ende des Flurs gelegen. In meinem Appartment befand sich dort die Küche, vielleicht war das bei ihm ja ähnlich und er kochte gerade etwas oder bereitete sich ein Frühstück zu.

Leise ging ich in Richtung Wohnungstür. Als ich den Eingang zur Küche passierte, hielt ich den Atem an. Sorgsam darauf bedacht, kein Geräusch zu verursachen, schlüpfte ich daran vorbei. Ein kurzer Blick bestätigte, dass es sich tatsächlich um die Küche handelte. Mein Nachbar stand gerade vor einem riesigen, geöffneten Kühlschrank und hielt zwei Gläser in der Hand.

Mein Herz klopfte bis zum Hals, als ich endlich die Wohnungstür erreichte. Hoffentlich war sie nicht abgeschlossen. Ich könnte es nicht ertragen, Daniel Stone in dieser Situation nochmals gegenübertreten zu müssen.

Behutsam drückte ich die Klinke nach unten, die Tür bewegte sich und ich stieß sie erleichtert auf, schlüpfte hinaus. Doch bevor ich sie ganz hinter mir geschlossen hatte, vernahm ich seinen überraschten Ausruf aus dem Hintergrund. »Juliet, wohin willst du denn jetzt? Warte doch, ...«

Ich zog die Tür ins Schloss und stürmte die Treppen nach unten. Vor meiner Wohnungstür angekommen, suchte ich fieberhaft nach meiner Schlüsselkarte, verzweifelte fast, als ich sie nicht sofort fand. Doch zuletzt gelang es mir, mit zittrigen Fingern die Karte durch den Kartenleser zu ziehen und die richtige Kennzahl einzugeben. Meine Wohnungstür öffnete sich und erleichtert trat ich ein.

Stille empfing mich und sofort fiel die ganze innere Anspannung von mir ab. Ich ging schnurstracks in mein Schlafzimmer und sank in mein kühles Bett, zog die Bettdecke über meinen Kopf und rollte mich darunter wie ein Baby zusammen. Tränen liefen über mein Gesicht aber bald fiel ich in einen tiefen Schlaf.

Sonntag, 13. Mai 2012

Als ich wieder erwachte, stand die Sonne bereits hoch am Himmel. Überrascht blickte ich mich um, bis mir wieder einfiel, wieso ich so lange geschlafen hatte. Unsicher bewegte ich mich und stellte fest, dass ich so gut wie keine Schmerzen hatte. Nur tief in meiner Seele fühlte ich mich beschmutzt und gedemütigt.

Mein Blick fiel auf den Nachttisch neben meinem Bett. Darauf stand eine Vase mit einer einzelnen roten Rose, darunter war ein kleiner Zettel eingeklemmt. Ich zog ihn hervor und las flüchtig. Meine Hand begann zu zittern.

Liebste Juliet,

danke für die unvergleichliche Nacht! Du bist heute morgen sehr überhastet aufgebrochen. Bitte rufe mich an. Ich will sichergehen, dass es dir gut geht. Wenn du Zeit und Lust hast, können wir uns heute Nachmittag auf einen Kaffee treffen?

Daniel

P.S. Meine Nummer findest du in deinem Handy gespeichert.

Dieser Mann war in meinem Schlafzimmer gewesen! Offensichtlich war bei ihm irgendeine Schraube locker. Er hatte mich eine ganze Nacht lang in seinem Appartment festgehalten, mich mehr oder weniger dazu gezwungen, mit ihm zu schlafen. Und nun drang er in meine Wohnung ein und hinterließ mir solche Nachrichten.

Ich fand mein Handy neben dem Kopfkissen. Tatsächlich war seine Nummer dort. Und außerdem vier Anrufe in Abwesenheit, drei davon von ihm, der letzte von meiner Mutter.

Ich setzte mich im Bett auf und überlegte verzweifelt, was ich jetzt tun sollte. Meine Mutter würde ich später zurückrufen, in meiner jetzigen Verfassung konnte ich unmöglich mit ihr sprechen. Aber ich musste mich wohl oder übel mit Daniel Stone treffen, um unmissverständlich klar zu machen, wie ich zu unserem gestrigen Abend stand. Und um ihn davor zu warnen, jemals wieder ungefragt in meine Wohnung einzudringen.

Ich sah auf die Uhr in meinem Handy. Es war mittlerweile fast zwei Uhr nachmittags. Mein Magen machte sich mit einem leisen Grummeln bemerkbar. Der Zorn verlieh mir zusätzlichen Mut, darum wählte ich sofort Daniel Stones Nummer. Er meldete sich schon nach dem ersten Klingeln und antwortete mir atemlos: »Juliet, endlich!«

Ich bemühte mich, meine Stimme kühl und kontrolliert klingen zu lassen. »Ich habe Ihre Nachricht in meinem Schlafzimmer gefunden. Ich glaube, wir müssen dringend reden. Ich...«

Aber er ließ mich kaum zu Wort kommen. »Wie geht es dir, Juliet? Habe ich dir weh getan letzte Nacht? Ich habe Blut auf dem Bett gefunden und mir Sorgen um dich gemacht. Ist alles in Ordnung?«

Ohne darauf einzugehen, entgegnete ich: »Sie möchten sich mit mir treffen? Können Sie um vier Uhr unten in der Lobby auf mich warten?«

Für einen Moment war es still. Dann hörte ich seine zögernde Stimme. »Ja, sicher. Ich werde da sein. Bis gleich.«

Ich legte auf, ohne mich zu verabschieden.

Als Nächstes wählte ich Garrys Nummer. Ich war noch immer erbost und dies war ein guter Zeitpunkt, um ihn wegen seines Versuchs, mich gestern Nacht zu küssen, zur Rede zu stellen. Doch es klingelte und klingelte, ohne dass jemand antwortete. Ich versuchte es noch zweimal und gab dann auf. Was für ein Feigling! Das war typisch für Garry, wenn er in Schwierigkeiten steckte, vermied er jeden Kontakt anstatt sich dem Problem zu stellen. Schnell schrieb ich ihm eine Textnachricht.

Garry, wir müssen reden. Ich bin stinksauer auf dich, aber das kannst du nur ändern, indem du mich anrufst und mir alles erklärst. Es wird nicht besser, wenn du dich vor mir versteckst, wir treffen uns ohnehin morgen bei den Proben. Also – ruf mich an!!! Juliet

Ich überlegte, ob ich mich genügend beruhigt hatte, um mit meiner Mutter zu sprechen. Noch erschien mir das zu riskant, schließlich besaß sie einen feinjustierten Radar, was die seelische Verfassung ihrer Töchter anging. Ich würde bei ihrer ersten Frage wahrscheinlich heulend zusammenbrechen.

Stattdessen wählte ich Corinnes Nummer und hoffte, meine viel beschäftigte große Schwester hatte Zeit für mich. Corinne war eigentlich immer unterwegs, bei der Arbeit, den Proben oder bei Freunden. Trotzdem hatte sie stets ein offenes Ohr und mit ihr konnte ich über fast alles reden.

»Hey Juliet, das ist ja eine Überraschung. Dass du dich auch mal wieder meldest! Du bist schon fast eine Woche hier und alles, was ich von dir höre, kommt aus zweiter Hand. Also schieß los, Schwesterherz, was machst du gerade?«

Corinne war immer energiegeladen. Ganz im Gegensatz zu mir.

»Ich bin noch dabei, mich wieder an ein geregeltes Leben und eine feste Wohnung zu gewöhnen. Und Kochen zu lernen.«

Ich wollte nicht gleich mit der Tür ins Haus fallen, wusste nicht, ob ich überhaupt mit Corinne über Daniel Stone reden wollte.

»Keine Sorge, du machst das schon. Und die Wohnung ist doch echt Spitze, oder? Dad hatte mir auch angeboten, dort einzuziehen, aber ich habe dankend abgelehnt. Was soll ich in Boston, wenn alle meine Freunde und Kunden in Manhatten sind?«

Ich stimmte ihr zu, das war in der Tat ein seltsames Angebot. Corinne lebte schon mehrere Jahre in New York und manchmal schien es fast, als sei sie dort geboren, denn sie kannte so viele Leute, ihr Auftreten, ihre Haltung, ihr ganzer Stil – einfach alles war so passend zu dieser Stadt. Selbst unsere Mutter hatte kapituliert und es aufgegeben, sich darüber zu beschweren, dass sie am anderen Ende des Kontinents wohnte.

»Mir gefällt Boston eigentlich gut. Die Leute in meiner Kompanie sind super nett und die Arbeit mit Rob Robson ist natürlich fantastisch. Jetzt kann ich endlich verstehen, warum alle so von ihm schwärmen. Er ist total streng, aber seine Anweisungen machen alle Sinn und ich lerne jeden Tag etwas Neues.«

Corinne lachte. »Das hört sich doch gut an. Dann bereust du es also nicht, zurückgekommen zu sein?«

Ich atmete tief durch und antwortete leise: »Naja, eigentlich nicht. Aber hier im Haus gibt es einen aufdringlichen Typen, der mir ständig nachstellt. Er hat mich sogar im Fahrstuhl gefragt, ob ich mit ihm schlafen würde!«

Corinne schwieg nun, hörte mir zu, ohne mich zu unterbrechen.

»Und gestern hat er mich dann geküsst und angefasst. Ich würde hier am liebsten sofort ausziehen, aber ich weiß nicht, wie ich das Mum und Dad beibringen soll.«

Corinnes Stimme klang gepresst: »Juliet, ist der Typ vielleicht Daniel Stone? Der wohnt nämlich auch im Haus, ist glaube ich sogar der Eigentümer. Als ich mit Daddy die Wohnung besichtigt habe, ist er dazugekommen und hat mich so komisch angeschaut. Zum Glück hat Dad ihn dann abgelenkt, die beiden können sich überhaupt nicht ausstehen. Am Ende mussten die Bodyguards die beiden voneinander trennen, sonst hätten die sich noch geprügelt. Aber das hat mich definitiv überzeugt, dort auf keinen Fall einzuziehen. Zumal Stone dafür bekannt ist, ein ziemliches Arschloch zu sein, was Frauen betrifft.«

Ich hatte gebannt zugehört. »Wie meinst du das? Was macht er denn so mit Frauen?«

»Nachdem, was ich gehört und gelesen habe, vögelt der so ziemlich jede, die nicht bei drei auf einem Baum sitzt. Und danach lässt er sie sofort wieder fallen, es sei denn, er hat irgendeinen Vorteil im Sinn. Google mal seinen Namen, dann kannst du das selbst nachlesen.«

Mir verschlug es fast den Atem. Gleichzeitig überlegte ich, ob er dachte, ich brächte ihm einen Vorteil oder nicht. Falls nicht, dann wäre ich ja hoffentlich aus dem Schneider.

Als ich weiter schwieg, meldete sich Corinne wieder zu Wort. »Juliet, ist alles in Ordnung mit dir? Hast du etwa mit dem Typen geschlafen?«

Ich war nicht in der Lage, ihr zu antworten. Tränen rollten über meine Wangen, doch Corinne verstand mich auch so. »Hey, Kleine. Mach dir nicht so viele Gedanken, der Typ ist einfach pervers. Vergiss ihn und konzentriere dich auf deine Arbeit. Ich würde mir keine Sorgen machen, der hat sowieso kein Interesse daran, dich lange zu verfolgen, seine Aufmerksamkeit dauert höchstens ein paar Tage, dann hast du es überstanden.«

Ihre Worte trösteten mich etwas. Ein paar Tage lang konnte ich das durchhalten. »Danke Corinne. Es tut immer gut, mit dir zu reden. Ich fühle mich schon besser. Aber jetzt erzähl endlich von dir...«

Wir redeten noch eine Weile und am Ende unseres Gesprächs fühlte ich mich tatsächlich befreit und zuversichtlich. Ich versprach ihr, sie bei nächster Gelegenheit besuchen zu kommen, dann musste sie auch schon wieder los, um irgendeinem tanzwilligen Kunden den Walzer beizubringen.

Ein kurzer Blick auf die Uhr zeigte, dass es schon fast an der Zeit für mein Treffen mit Daniel Stone war.

Methodisch bereitete ich mich vor. Duschen, anziehen, schminken. Dann Mr. Burton anrufen und über meine Pläne informieren, ihm auftragen, dringend einen Riegel von innen an meiner Haustür anzubringen. Danach Tasche packen.

Bevor ich die Wohnung verließ, betrachtete ich mich noch einmal kritisch im Spiegel. Die Würgemale am Hals hatte ich stark übergeschminkt, trotzdem waren sie noch zu erkennen, wenn man genau hinschaute. Meine Haut wirkte blass, unter meinen Augen waren dunkle Ringe zu sehen, die auch der beste Concealer nicht überdecken konnte.

Zusammen mit Mr. Burton fuhr ich mit dem Aufzug in die Lobby. Allein hätte ich es im Fahrstuhl nicht ausgehalten, so unwohl war mir während der Fahrt.

Mein Leibwächter beobachtete mich mit kritischem Blick, sagte aber nichts. Ihm war nicht entgangen, wie verändert ich heute war. Ich war dankbar, dass er nicht gerade jetzt unangenehme Fragen stellte, sondern ruhig neben mir stand.

In der Lobby wartete Daniel Stone schon auf mich. Als er mich ankommen sah, erhob er sich aus einem Sessel und kam mir entgegen. Mr. Burton stellte sich schützend vor mich. Im Hintergrund sah ich, wie auch Daniels Leibwächter aus seiner starren Haltung erwachte und schnell auf uns zueilte.

»Stone, was immer Sie mit Miss Walles vorhaben, kommen Sie ihr ja nicht zu nahe. Ich warne Sie, sollten Sie ihr auch nur ein Haar krümmen, dann bringe ich Sie eigenhändig um.« Mein Leibwächter verwehrte Daniel noch immer jeglichen Blick auf mich.

Ich war beeindruckt, so kannte ich Mr. Burton sonst gar nicht. Daniel Stones eigener Bodyguard Smith war in diesem Moment ebenfalls bei uns angelangt und wollte sich zwischen seinen Arbeitgeber und Mr. Burton stellen, doch Daniel Stone winkte ab. »Burton, Smith - es reicht. Lassen Sie mich mit Juliet allein. Wir sind in einer Stunde zurück.«

Mr. Burton sah mich fragend an. Wollte ich wirklich mit Daniel Stone allein sein?

»Wohin gehen wir?«, fragte ich mit leiser Stimme.

Er trat auf mich zu und berührte mit einer Hand sacht meinen Unterarm. Ich zuckte sofort zurück, wieder spürte ich, wie sich die Spannung zwischen uns entlud. Es fühlte sich an, als habe ich einen elektrischen Schlag bekommen. Auch er schien das zu bemerken und zog seine Hand weg, während ich mir vorsichtig mit meinen Fingern über die Stelle fuhr, an der er mich angefasst hatte.

»Magst du einen Kaffee trinken mit mir? Ich würde dir gern ein Angebot machen«, fragte er mich sanft.

Ich studierte sein wunderschönes Gesicht und seine unergründlichen dunkelgrünen Augen. Er blickte mich offen an, hatte aber dunkle Schatten unter den Augen, offenbar hatte auch er nicht gut geschlafen.

»Ich wüsste nicht, was wir noch zu bereden hätten, Mr. Stone. Es ist doch schon alles gesagt. Ich bin nur gekommen, um Ihnen klar zu machen, dass Sie sich nie wieder in meiner Wohnung blicken lassen sollten, wenn Sie es nicht riskieren möchten, erschossen zu werden.« Ich schnaubte und er betrachtete mich aufmerksam.

»Gib mir ein paar Minuten, ich möchte es dir gern erklären. Du musst mir nur zuhören.«

Ich willigte schließlich ein, um keine hässliche Szene in der Lobby zu provozieren. Daniel Stone hielt mir nochmals seine ausgestreckte Hand hin und als ich zögerte, umfasste er meine Hand fest und führte mich aus dem Haus auf die Straße. Wir gingen den breiten Fußweg entlang zu dem kleinen, an diesem Sonntagnachmittag gut besuchten Café an der nächsten Straßenecke. Hier hatte ich vor ein paar Tagen noch mit Garry gefrühstückt! Jetzt kam mir dies wie die Erinnerung an eine ferne Vergangenheit vor. Alles war plötzlich anders.

»Was möchtest du?«, fragte er mich höflich, nachdem wir den geschäftigen Laden betreten hatten und schaute mich dabei unentwegt an.

»Nur ein Glas Tee, bitte. Ich habe keinen großen Appetit.« Auf keinen Fall wollte ich unsere Begegnung in die Länge ziehen.

Ich setzte mich an einen gerade frei werdenden Tisch am Fenster des Cafés und beobachtete, wie Daniel Stone unsere Bestellung aufgab. Seine Anwesenheit zog das Interesse der weiblichen Kundschaft und der hübschen Bedienung auf sich. Doch er schien das gar nicht zu bemerken, bedankte sich, nachdem er ein ordentliches Trinkgeld hinterlassen hatte, und trug das Tablett mit Tassen und Gläsern zu unserem Tisch. Er war einfach atemberaubend schön und ich fragte mich nicht zum ersten Mal, warum er seine Zeit ausgerechnet mit mir verschwendete. Ich hatte ihm doch nichts zu bieten.

Oder doch? Ein leiser Verdacht keimte in mir auf. War es möglich, dass Daniel Stone mich in seinem Streit mit meinem Vater als eine Art Unterpfand einsetzen wollte? Dass er mich nur deshalb ausgewählt hatte, weil durch mich auch mein Vater erpressbar war? Ich versuchte, das ungute Gefühl zu verdrängen, denn es gab keinen einzigen konkreten Anhaltspunkt für solche Vermutungen. Aber in meinem Hinterkopf blieb ein mahnendes Pochen und immer wieder ertappte ich mich bei der Überlegung, wie ich darauf reagieren würde, wenn er mich hier mit einem Sexvideo erpressen wollte. Wenn das wirklich sein üblicher Modus operandi war, würde ich es bald wissen. Ich dachte ernsthaft daran, mir eine Kuchengabel zu holen, die ich ihm dann in die Augen stechen konnte.

Er setzte sich mir gegenüber an den schmalen Tisch, nahm bedächtig die Tassen und Gläser vom Tablett und reichte mir das Glas mit dem Tee. Er selbst trank Espresso, hatte uns aber auch Mineralwasser mitgebracht. »Brauchst du Zucker oder Milch? Zitrone vielleicht?«, wollte er wissen.

»Nur Zitrone, danke.« Ich nahm die auf der Untertasse liegende Zitronenscheibe und tauchte sie mit dem Löffel in die heiße, braune Flüssigkeit. Dann schwenkte ich den Teebeutel im Glas und nach nicht einmal einer Minute legte ich ihn zusammen mit meinem Teelöffel am Rand der Untertasse ab.

Eine Weile waren wir beide ausschließlich damit beschäftigt, unsere

Getränke herzubereiten. Keiner sagte etwas. Ich konnte mir nicht vorstellen, was mir dieser Mann erzählen wollte, nach unserer letzten Begegnung. Was konnte er mir erklären wollen, um seinen brutalen Übergriff zu rechtfertigen?

Schließlich gab es nichts mehr an meinem Tee zu verändern, aber er war noch zu heiß zum Trinken.

Daniel Stone betrachtete mich aufmerksam, schien mit sich selbst zu ringen. Schließlich beugte sich vor und begann zu sprechen. »Seit letzter Nacht geht mir eine Frage nicht mehr aus dem Kopf«, begann er. »Könntest du dir vorstellen, mir längerfristig zur Verfügung zu stehen? Ich habe unsere Begegnung wirklich sehr genossen und würde das gern häufiger wiederholen, mit dir. Unsere Beziehung wäre natürlich rein sexueller Natur, ohne lästige Verpflichtungen. Wie findest du das?«

Ich ließ fast mein Teeglas fallen und starrte ihn an. Hatte er noch alle Tassen im Schrank? Er hatte mich gezwungen, mit ihm zu schlafen und dann beinahe erwürgt, und nun wollte er das auch noch wiederholen? Er konnte froh sein, wenn ich ihn nicht anzeigen würde. Aber offensichtlich hatten wir beide die Ereignisse völlig anders in Erinnerung, oder er verwechselte mich mit jemandem. Vielleicht gab es ja Frauen, die auf solche perversen Nummern standen, aber ich glaubte nicht, dass ich solche Signale ausgesandt hatte.

»Ich bin keine Prostituierte oder für was auch immer Sie mich halten«, sagte ich leise aber bestimmt.

Er lachte laut auf und lehnte sich in seinem Stuhl zurück, verschränkte die muskulösen Arme vor seiner Brust. Dann sprach er laut und mit einem fast schon gehässigen Tonfall: »Ich werde dir auch kein Geld anbieten, da kannst du ganz beruhigt sein.« Etwas leiser fuhr er fort: »Aber die Nacht mit dir war fantastisch. Du hattest doch auch deinen Spaß dabei, oder etwa nicht? Ich habe es jedenfalls genossen und so, wie du unter mir gestöhnt hast, kann ich so schlecht ja wohl nicht gewesen sein. Es tut mir leid, dass ich dich im Eifer des Gefechts verletzt habe, beim nächsten Mal habe ich mich besser unter Kontrolle. Ich will doch, dass wir beide was davon haben.«

Er sah mir direkt ins Gesicht und angesichts seiner Worte breitete sich in mir akute Übelkeit aus. Nun war ich vollkommen entsetzt, erschauderte beim bloßen Gedanken an die Geschehnisse. Was für ein Widerling! Er musste doch gemerkt haben, dass ich seine Taten zwar geduldet, aber weder genossen noch unterstützt hatte.

»Was immer Sie von mir denken, Sie liegen völlig falsch«, begann ich fast unhörbar zu sprechen. »Sie haben mir wehgetan. Sie sind der erste Mann, der mit mir geschlafen hat und ich habe mich gewehrt, weil ich es nicht wollte. Aber Sie haben einfach weitergemacht. Wie können Sie es wagen, mir jetzt einreden zu wollen, ich hätte Spaß daran gehabt?« Meine Stimme war zittrig, hoffentlich bemerkte er das nicht.

Mein unliebsamer Nachbar beugte sich mit einem Ruck nach vorn, stützte die Arme am Tisch auf und atmete geräuschvoll ein, bevor er mich wieder mit seinen Augen fixierte. »Du hast noch nie mit einem Mann geschlafen?« Sein Blick schien mich durchbohren zu wollen.

Ich nickte wortlos und senkte den Kopf, doch schon berührte seine Hand mein Kinn und schob es so nach oben, dass gezwungen war, ihm nochmals ins Gesicht zu schauen. »Warum, um Himmels Willen, hast du mir nichts davon gesagt? Und wieso, um alles in der Welt, hast du dann eingewilligt und dich vor meinen Augen ausgezogen?« Er klang nur mühsam beherrscht und schien unschlüssig zu sein, was er als Nächstes tun sollte.

Ich starrte ihn wütend an. Konnte ein Mensch so blind sein? Lauter als beabsichtigt presste ich hervor: »Ich habe Sie darum gebeten, aufzuhören, aber Ihnen war doch gleichgültig was ich empfunden habe. Ihnen ging es doch nur um Revanche für die Sache im Fahrstuhl. Dabei war das nicht mal Absicht.«

Da ergriff er meine Hand und hielt sie fest zwischen seinen Händen, führte sie dann langsam an seinen Mund und hauchte sanfte Küsse auf meine Fingerknöchel. »Aber wenn ich das gewusst hätte, wäre ich ganz anders mit dir umgegangen, Juliet«, flüsterte er mir zu. »Das ist doch ein ganz besonderes Geschenk und wir hätten das zusammen genießen können. Stattdessen bist du irritiert und zugeknöpft, aber wenigstens weiß ich jetzt den Grund.«

Er schien ehrlich erschrocken, doch seine zärtliche Geste konnte mich nicht besänftigen. Mein Puls raste und ich wollte dieses Gespräch nur beenden und ihn dann für immer vergessen. Ich stand auf, doch er war schneller. Plötzlich stand er direkt hinter mir und drückte mich an den Schultern wieder in den Sitz hinunter. Die kleinen Härchen an meinen Armen stellten sich auf, ich hatte eine Gänsehaut am ganzen Körper, so intensiv reagierte ich auf diese Berührung.

Er blieb hinter mir stehen und wisperte mir leise ins Ohr: »Als wir zusammen waren, warst du genauso scharf wie ich. Erinnerst du dich, wie feucht du schon warst, als du dich vor mir ausgezogen hast? Du hast gestöhnt, hast mich angefasst und du bist gekommen. Behaupte also nicht im Nachhinein, dass wäre alles ein nur Missverständnis. Du wolltest mich auch.«

Wie konnte er so etwas sagen?

Ich wandte mich ab, wischte mir mit einer schnellen Handbewegung eine Träne aus dem Gesicht. Doch er ließ nicht so schnell locker. Er nahm wieder meine Hand, als er langsam um den Tisch herum zu seinem Platz ging, so, als wolle er verhindern, dass ich davonrannte. »Ich weiß, dass du im Moment vollkommen verwirrt bist. Es tut mir leid, dass wir nicht vorher darüber gesprochen haben, aber ich bin überzeugt, ich kann dich glücklich machen. Bitte Juliet, gib mir eine klitzekleine Chance und sei nicht so abweisend. Denk wenigstens darüber nach.«

Ich schüttelte den Kopf wie ein bockiges Kind. Ich wollte nicht wahrhaben, dass dieser Mann, der mich vor wenigen Stunden brutal zum Sex gezwungen hatte, mir nun einreden wollte, es wäre eine unvergessliche Nacht gewesen. Am meisten aber verwirrte mich, dass ein gutaussehender und vermögender Mann wie Daniel Stone, der so ziemlich jede Frau haben konnte, sich ausgerechnet mit mir abgab. Wo ich doch offensichtlich nur Ärger machte. Was wollte er wirklich von mir? Hatte das etwas mit seinen Geschäften zu tun oder mit mir?

Ich erinnerte mich an den Schmerz, an sein wildes Zustoßen und die animalischen Geräusche, die tief aus seiner Brust kamen, als er seinen Höhepunkt erreichte. Und wieder spürte ich dieses Ziehen in meinem Unterleib, mein Slip war feucht. Drehte ich jetzt auch durch?

Daniel Stone beobachtete mich scharf und ich begann zu befürchten, dass er genau wusste, was sich in mir abspielte. Meine Wangen glühten und ich brauchte dringend Abstand und Zeit zum Nachdenken. »Daniel, bitte lassen Sie mich jetzt gehen. Ich will nach Hause. Allein. Und bitte kommen Sie nie wieder einfach so in meine Wohnung. Beim nächsten Mal rufe ich die Polizei, das verspreche ich Ihnen.« Erst wenn die Hölle zufror würde ich sein Angebot ernsthaft in Erwägung ziehen.

Ich sah affektiert auf meine Uhr, stand auf und wollte das Café auf dem schnellsten Weg verlassen. In diesem Augenblick ertönte das Klingeln meines Handys aus meiner Handtasche. Ein Anruf kam jetzt ungelegen, aber ich setzte mich wieder hin und kramte das Telefon hervor. Vielleicht war Garry ja endlich zur Vernunft gekommen. Enttäuschung machte sich in mir breit, als ich auf dem Display *Unbekannte Nummer* las. Trotzdem nickte ich Daniel Stone entschuldigend zu und nahm den Anruf entgegen.

»Hallo?«

Ich erwartete eine Antwort, aber es war nur ein Rauschen zu hören. Das Telefon des Anrufers war aber definitiv angeschaltet und übertrug die Geräusche aus der unmittelbaren Umgebung.

»Hallo?«, fragte ich wieder.

Noch immer kam keine Antwort, doch nach einem lauten Knacken schien ein Band anzulaufen. Daniel Stone beobachtete mein Gesicht aufmerksam und eine tiefe Falte erschien auf seiner Stirn.

Es dauerte eine Weile bis ich begriff, was ich dort hörte. Laute Hintergrundgeräusche machten es schwer, überhaupt etwas zu verstehen. Eine Männerstimme ertönte, befehlsgewohnt und kalt. *»Finden Sie heraus, wohin er gefahren ist. Ich will seine Adresse haben.«*

Dann war einen Moment lang nur das Rauschen zu hören, bevor die Stimme desselben Mannes wieder erklang.

»Um die kümmere ich mich später. Jetzt konzentrieren wir uns ausschließlich auf diesen Garrett Fisher. Du weißt, was das heißt. Hol den Wagen und bereite alles vor. Es muss wie ein Unfall aussehen.«

Es knackte erneut, dann wurde die Verbindung unterbrochen. Ich starrte bewegungslos auf mein Handy. Die Stimme gehörte unzweifelhaft Daniel Stone.

Verstohlen blickte ich zu ihm hinüber, sah zu, wie er einen Schluck Mineralwasser trank. Konnte es wirklich sein, dass dieser absonderliche Mann skrupellos genug war, meinen besten Freund zu bedrohen und nun seelenruhig mit mir hier zu sitzen? Wie war das möglich?

Mir war plötzlich kalt und in meinem Kopf drehte sich alles. Wer hatte mir diese Aufzeichnung geschickt? Und warum? War das eine Warnung oder eine Drohung? Mit einem Mal fühlte ich mich krank.

Daniel Stones Stimme drang zu mir vor: »Ist dir nicht gut, Juliet? Du bist ganz blass im Gesicht. Bleib einfach sitzen, ich kümmere mich um dich!«

Als seine Hand wieder meinen Arm berührte, schob ich sie energisch zurück. »Fassen Sie mich ja nicht an, Stone! Nie wieder!«

Entschlossen zückte ich mein Handy und tippte mit ungelenken Fingern Garrys Nummer. Ich hörte den Klingelton, aber niemand antwortete. Ich legte auf, versuchte es wieder und wieder, doch ohne Erfolg. Am liebsten hätte ich meinen Nachbarn direkt gefragt, was er mit meinem Freund gemacht hatte, doch nach allem, was gestern Abend passiert war, wollte ich nicht noch eine Nacht in Angst und Schrecken verbringen.

»Juliet, kann ich dir irgendwie helfen? Du siehst aus, als hättest du ein Gespenst gesehen?«

Er konnte sich wirklich gut verstellen, doch seine vorgetäuschte Hilfsbereitschaft empörte mich nur noch mehr. »Nein, Sie können nichts für mich tun, gar nichts! Lassen Sie mich einfach in Ruhe und hören Sie auf damit, sich in mein Leben einzumischen. Ich werde jetzt zurück in meine Wohnung gehen, allein.« Mit diesen Worten erhob ich mich, um das Café zu verlassen.

Mr. Burton stand direkt vor der Eingangstür, Daniel Stones Bodyguard wartete mit einem Wagen gleich dahinter. Mr. Burton sah mich fragend an, als ich zusammen mit meinem durchgedrehten Nachbarn hinaus ins Freie trat. Ich schüttelte den Kopf. Nein, ich brauchte keine Hilfe dabei, in meine eigene Wohnung zurückzufinden.

Aus heiterem Himmel spürte ich Daniel Stones Hand an meiner Schulter, schon zog er mich mit einer schnellen Bewegung an seine Brust und presste mich fest an sich. Ich roch sein aromatisches Aftershave und konnte sogar sein Herz schlagen hören, es pochte ganz schnell. »Es tut mir leid, dass ich so grob zu dir war, ich hatte ja keine Ahnung. Aber bitte Juliet, ich will dich so sehr und ich verspreche dir, ich werde dich gut behandeln. Denk drüber nach und wenn du so weit bist, reden wir über die Einzelheiten.« Dann küsste mich zum Abschied sanft auf die Stirn und mir fehlten plötzlich der Wille und die Kraft, mich dagegen zu wehren.

Seine Augen schimmerten hoffnungsvoll aber auch müde. Ich schüttelte genervt den Kopf, machte mich frei und ging dann schnell in Richtung des Triumph Towers.

Wenige Schritte vor dem Hauseingang warf ich einen Blick zurück.

Daniel stand noch immer dort, wo ich ihn verlassen hatte und schaute mich an. Er sah verloren aus.

Ich saß eine Weile schweigend auf meinem Bett, nur die tickenden Geräusche meines altertümlichen Weckers unterbrachen die Stille. Dann atmete ich tief ein und wählte die Nummer meiner Eltern in Montecino.

Meine Mutter antwortete mit ihrer melodiösen Stimme: »Juliet, endlich rufst du zurück. Ich hatte vorhin schon versucht, dich zu erreichen, aber du hast nicht abgenommen.« Sie klang entspannt und geschwätzig, so dass ich annahm, Mr. Burton hatte sie nicht über die Ereignisse der vergangenen Nacht informiert.

»Ja, Mum, es ist schön, mal wieder mit dir zu reden. Die Premiere gestern ist super gelaufen, ich habe zwar noch keine Kritiken gelesen, aber alle schienen sehr angetan zu sein.«

»Ich bin heute morgen schon die Kommentare der Feuilletons durchgegangen, und ich muss sagen, Respekt! Es scheint, als habe sich Rob Robson mal wieder selbst überboten, das Stück hat richtig gute Bewertungen bekommen. Ich bin stolz auf dich, mein Kind, auch wenn du nur so eine kleine Rolle hast. Aber das ändert sich ja hoffentlich in Zukunft?«

Sie fing schon wieder damit an, mir ihre Vorstellungen für ein glückliches Leben einzureden. Normalerweise hasste ich es, wenn sie das tat, aber heute wollte ich ihr die Freude nicht verderben und ließ ihr die Hoffnung auf meinen baldigen Aufstieg.

»Eigentlich rufe ich euch an, weil ich eine Bitte habe«, begann ich zögerlich. »Ich möchte mir gern eine andere Wohnung suchen. Die...«

Meine Mutter unterbrach mich sofort. »Wie kommst du denn auf so eine Idee? Ist etwas nicht in Ordnung mit der Wohnung?«

»Nein, sie ist wirklich sehr schön, aber ich möchte mir lieber etwas Kleineres in einer anderen Gegend suchen, damit ich auch mal Freunde einladen kann. Rund um den Triumph Tower ist es ziemlich teuer und die meisten meiner Freunde können sich nicht mal das Parkticket leisten, wenn sie mich besuchen kommen.«

Ich war mir selbst nicht sicher, wie überzeugend das klang und wartete gespannt auf die Antwort meiner Mutter. Aber die kam nicht, stattdessen erklang auf einmal die tiefe Stimme meines Vaters aus dem Telefon.

»Juliet, ich bin's, Dad. Ich muss dir ehrlich sagen, deine Bitte zeugt nicht gerade von viel Verstand und Reife. Wir haben dir das Appartment überlassen, damit du einen leichteren Neustart nach deinen ganzen Eskapaden hast, außerdem ist dort genug Platz, um Burton vernünftig unterzubringen. Wenn du gern Freunde einladen möchtest, hat auch niemand etwas dagegen. Ich verstehe also nicht, was du eigentlich willst?«

Ich schloss die Augen um mich zu sammeln, denn ich hatte nicht damit gerechnet, dass mein Vater überhaupt zu Hause war, geschweige denn, sich in meine Telefonate einschaltete. Aber dann mir kam das Gespräch mit Corinne in den Sinn und so antwortete ich: »Es ist nicht nur das. Hauptsächlich möchte ich hier weg, weil einer der Nachbarn echt aufdringlich ist, der stellt mir schon seit meinem Einzug nach. Daniel Stone heißt er.«

Ich erwartete, dass mein Vater bei der Nennung dieses Namens ein Einsehen haben würde. Doch ich hatte mich getäuscht.

»Juliet, sei nicht albern. Dieser Daniel Stone geht mit Models und Schauspielerinnen aus, was soll der schon von dir wollen? Und außerdem hast du ja Burton dabei, der kann dich gut vor solchen Unannehmlichkeiten bewahren, wenn du ihn darum bittest?«

Angesichts dieser Worte stiegen mir schon wieder die Tränen in die Augen. Wütend antwortete ich: »Ich weiß gar nicht, wieso ich das überhaupt mit euch bespreche. Es ist schließlich mein Leben und ich werde selber entscheiden, wo ich gerne wohnen möchte und mit wem. Aber trotzdem vielen Dank noch mal für dein Vertrauen, Daddy!«

»Juliet, jetzt krieg dich mal wieder ein. Dein Vater hat das doch nicht so gemeint«, versuchte mich meine Mutter zu beruhigen. »Natürlich kannst du selbst über dein Leben bestimmen. Aber wir dachten, dass wir dir ein bisschen unter die Arme greifen können. Lass uns das doch alles am nächsten Wochenende besprechen, wenn wir dich besuchen kommen. Was sagst du dazu?«

Zögernd stimmte ich ihr zu. Wahrscheinlich hatte sie recht, es gab keinen Grund, überstürzt hier auszuziehen. Vermutlich hatte Daniel

Stone sein Interesse an mir bald verloren und falls nicht, würde ich ihm eben eine Weile aus dem Weg gehen.

»Du, Mum, da ist noch etwas«, sagte ich zögernd. »Es geht um Garry.«

Meine Mutter und Garry waren seit vielen Jahren die dicksten Freunde, gingen zusammen einkaufen und zu jeder Art von Schönheitsbehandlungen. Meine Mutter bezahlte gern alle Rechnungen, nur um Zeit mit ihm zu verbringen, denn Garry war so charmant und unterhaltsam wie kein Zweiter.

»Was ist mit Garry?«, fragte sie mich dann auch sofort.

»Ich weiß nicht, ich habe so ein komisches Gefühl. Er kommt mir so verändert vor, seit ich zurück bin. So, als ob er in Schwierigkeiten steckt.« Ich wusste nicht, wie ich ihr von dem Anruf berichten konnte.

»Schwierigkeiten?« Sie lachte auf. »Was meinst du denn damit? Garry steckt doch eigentlich immer in irgendwelchen Schwierigkeiten, das ist doch nichts Besonderes.« Da hatte sie auch wieder recht. Seit ich ihn kannte, hatte er immer irgendein Problem.

»Aber diesmal ist es vielleicht etwas Ernstes. Er hat so komische Andeutungen gemacht, von wegen ich solle mich von bestimmten Leuten fernhalten. Und er hat sich Geld von mir geborgt, zweitausend Dollar. Seit gestern Abend ist er verschwunden, wie vom Erdboden verschluckt, und meldet sich nicht mehr.«

Meine Mutter hatte mir schweigend zugehört. Sie schien nachdenklich geworden zu sein. »Hat er gesagt, wozu er das Geld braucht?«

Ich erzählte ihr von unserer Unterhaltung.

»Und du hast seitdem keinen Kontakt mehr mit ihm?«, vergewisserte sie sich dann.

»Nein. Ich habe ein paar Mal bei ihm angerufen, aber er geht nicht ans Telefon. Ich habe eine Nachricht hinterlassen, darauf hat er auch nicht geantwortet«, berichtete ich ratlos.

Meine Mutter schien unsicher. »Ich habe keine Ahnung, was der Junge jetzt wieder angestellt hat, aber es wird schon nicht so schlimm sein. Vielleicht ist er ja weggefahren, will sich nach der ganzen Anstrengung im Theater eine Pause gönnen. Warte ein paar Tage ab, du wirst sehen, am Ende lachen wir alle über die Sache.«

Obwohl ich nicht überzeugt war, brachte ich es nicht über mich, ihr von dem Anruf zu erzählen. Ich wollte sie nicht unnötig ängstigen, daher stimmte ich ihr zu und verabschiedete mich. »Bis bald, Mama. Wir sehen uns ja in sechs Tagen, ich kann es gar nicht erwarten!«

Als ich am Abend kurz aus meiner Wohnung trat, damit Mr. Burton zusammen mit dem Haustechniker die Verriegelung an meiner Wohnungstür anbringen konnte, fand ich im Treppenflur auf dem kleinen Tisch eine längliche Schachtel. Ich öffnete sie neugierig. Darin befanden sich zwei Dutzend langstielige rosarote Rosen. Ich fand eine schwere Keramikvase in der Küche und füllte sie mit Wasser. Die Rosen stellte ich sorgfältig hinein, brachte die Vase dann zurück auf den Flur. Die beiliegende Karte ließ ich achtlos in der Schachtel liegen, ich konnte mir auch so denken, wer die Blumen geschickt hatte. Und auch wenn sie betörend dufteten, wollte ich sie nicht in meiner Wohnung haben. Nichts sollte mich an Daniel Stone erinnern.

Ich ging früh zu Bett, um am nächsten Morgen nicht allzu müde zu sein, denn die Frühschicht im Ritzman Park Hotel & Spa begann schon um sechs Uhr. Bevor ich jedoch schlafen konnte, versuchte ich ein weiteres Mal, Garry zu erreichen. Noch immer nahm er nicht ab.

Mit geschlossenen Augen versuchte ich, meine Gedanken in eine andere Richtung zu lenken. Da läutete mein Haustelefon. Das Display zeigte keine Rufnummer an, sondern nur ein Kurzzeichen. Keine Ahnung, was das bedeutete? Ich nahm den Anruf entgegen, irgendwo in meinem Hinterkopf hatte sich die vage Hoffnung festgesetzt, dass sich Garry vielleicht auf diesem Weg bei mir meldete und all meine Sorgen um den geheimnisvollen Anruf vorhin im Café unbegründet waren.

Doch statt Garry erklang Daniel Stones sinnliche Stimme. »Juliet, ich wollte dir nur eine gute Nacht wünschen. Ich hoffe, meine Blumen haben dir gefallen? Schlaf gut und träum was Schönes.« Ich bedankte mich höflich und wünschte ihm dasselbe. Nun wusste ich auch, wieso keine Nummer angezeigt wurde, das musste ich mir unbedingt merken!

»Ich weiß, wovon ich träumen werde«, antwortete er und klang dabei verführerisch. »Ich werde davon träumen, dich noch einmal in meinem Bett zu haben, deine weiche Haut zu küssen, deine...«

Ich legte auf und zog den Stecker aus dem Anschlusskasten um sicherzugehen, dass er mich nicht zurückrufen konnte. Auf dem Handy hatte ich seiner Rufnummer bereits eine Stummschaltung zugeordnet.

Montag, 14. Mai 2012

Perfekt geschminkt und mit streng zurückgebundenen Haaren stand ich in meiner neuen Uniform am Empfangstresen des Ritzman Park Hotel & Spa. Der kurze Uniformrock passte genau und die aquamarinfarbene Bluse war tadellos gebügelt. In meinem goldenen Namensschild mit dem Logo des Hotels hätte man sich spiegeln können und ein gestreiftes, farblich abgestimmtes Seidenhalstuch vervollständigte das Outfit, wie durch ein Wunder verdeckte dieses Accessoire auch die hässlichen blau-grünen Flecken an meinem Hals. Ich hatte seit Jahren keine halterlosen Strümpfe mehr getragen, außer bei meinen diversen Theaterrollen. Jetzt kam ich mir beinahe nackt darin vor.

Das stundenlange Stehen war anstrengend, das Lächeln aber noch viel mehr. Ich fühlte mich niedergeschlagen und traurig. Jetzt fehlte mir Garry am allermeisten. Mit meinem besten Freund hätte ich über die Ereignisse reden können, die seit unserem abrupten Abschied am Samstag vorgefallen waren. Doch er meldete sich einfach nicht. Trotzdem hoffte ich, ihn vielleicht später am Abend bei den Proben wiederzutreffen und alles aufzuklären.

Die Zeit im Ritzman Hotel verging wie im Fluge, ich lernte gleich die wichtigsten Grundregeln *Der Gast hat immer Recht* und *Der Gast bezahlt dein Gehalt*. Das war auch in Ordnung, die Klientel in diesem Nobelhotel entrichtete schließlich horrende Zimmerpreise und erwartete daher nicht zu Unrecht den besten Service der Stadt.

Zusammen mit zwei weiteren Neulingen führte man mich zuerst durch die Hotelanlage, damit wir eine Vorstellung von den verschiedenen Zimmerkategorien und Suiten, Restaurants, Tagungsräumen und sonstigen Hoteleinrichtungen erhielten. Das Luxushotel hatte eine überladene Ausstattung und seine Lage direkt am Stadtpark machte es beliebt bei vielen Stars und ausländischen Staatsgästen. In den beiden obersten Etagen waren die Luxussuiten untergebracht, und obwohl ich mit meinen Eltern hin und wieder in 5-Sterne Hotels übernachtete, hatte ich noch nie eine echte Präsidentensuite von innen gesehen. Am meisten aber sagte mir der Spabereich zu, hier gab es einen originalgetreu nachgebauten indischen Ayurvedatempel und jede erdenkliche Art von Körperbehandlungen, Beautytreatments und Entspannungstherapien. Angestellte bekamen einen Rabatt und ich nahm mir vor, möglichst bald hierher zurückzukehren.

Meine Kollegen waren alle recht nett, durch den Schichtdienst lernte ich am ersten Tag jedoch nur einige von ihnen kennen. Insgesamt arbeiteten zwanzig Angestellte am Empfang, doch in meiner heutigen Frühschicht traf ich neben unserem Schichtleiter Sascha nur die beiden Türsteher Ronald und Bertie, Stephanie aus der Reservierung sowie eine schüchterne junge Frau namens Sylvia, die genau wie ich gerade erst hier angefangen hatte. Meine Abteilungsleiterin hieß Ms. Bingham und war eine aparte, blonde Mittdreißigerin, die schon seit vielen Jahren den Empfang leitete. Sie hatte ein verbindliches, freundliches Auftreten und die verblüffende Fähigkeit, an unserem belebten Empfangsschalter die Übersicht zu behalten. Ständig trafen neue Gäste ein, riefen Reiseagenturen an und wurden Sonderwünsche an uns herangetragen. Kein noch so kleines Detail durfte ignoriert werden, unsere Gäste brachten keinerlei Verständnis dafür auf, wenn ihre Zimmer zu spät gereinigt wurden oder die Lieblingsblumen der Gattin nicht rechtzeitig angeliefert waren.

Ms. Bingham telefonierte zudem pausenlos mit Stephanie, die alle Hotelreservierungen entgegennahm. Offenbar war das Hotel ausgebucht und nun mussten Buchungen storniert werden. Ich verstand das alles nicht so recht und mir brummte der Kopf von dem ungewohnt hohen Arbeitstempo, aber mein erster Arbeitstag war trotzdem sehr vielversprechend. Langweilig würde es hier nie werden.

Die Zeit verging wie im Fluge und als ich um drei Uhr endlich Feierabend hatte, erwartete mich Mr. Burton mit meinem alten Toyota am Hinterausgang des Hotels, um mich zu den Proben zu fahren. Er war ausgestiegen, um mir die Tür aufzuhalten und meine Uniform im Kofferraum zu verstauen, als plötzlich ein schwarzes SUV direkt hinter unserem Wagen hielt. Daniel Stone sprang heraus, obwohl das Fahrzeug noch gar nicht richtig zum Stehen gekommen war. Er trug einen makellosen grauen Anzug und ein weißes Shirt, ganz der erfolgreiche CEO. Doch sein Blick war unsicher, sein dunkles Haar wirkte zerzaust. Einen Moment lang schien er verwirrt beim Anblick meines Toyotas.

»Juliet, warte. Ich muss mit dir reden!«, rief er. Mr. Burton, der die Ereignisse vom vergangenen Wochenende noch nicht richtig verdaut hatte, griff mit einer Hand in sein Jackett. Als Leibwächter trug er immer eine Waffe bei sich. Auch Daniel Stones Chauffeur stieg nun hastig aus dem Wagen und stellte sich zwischen seinen Arbeitgeber und uns. »Smith, Burton, bleiben Sie im Wagen. Lassen Sie uns für einen Moment allein.« Daniel Stones Stimme hatte einen scharfen Ton angenommen.

Mr. Burton sah mich fragend an. Als ich nickte, fixierte er meinen Nachbarn mit einem eiskalten Blick. »Zwei Minuten. Und kommen Sie der Lady ja nicht zu nahe.« Mit diesen Worten zog er sich einige Schritte zurück, wendete seinen Blick aber nie von uns ab.

Woher wusste Daniel Stone eigentlich wo ich arbeitete? Stellte er etwa Nachforschungen über mich an? »Was wollen Sie nun schon wieder von mir?« Ich konnte den genervten Unterton in meiner Stimme nicht unterdrücken.

Er kam auf mich zu, ergriff meinen Arm, während er mich forschend anblickte. Seine Finger umschlossen meine Hand und er führte sie an seine Lippen, küsste jeden meiner Fingerknöchel einzeln.

Ich schloss für eine Sekunde meine Augen.

»Juliet, wie geht es dir heute? Wie war dein erster Arbeitstag?«

Wieso interessierte er sich für meine Arbeit? »Es geht mir gut, danke. Ist sonst noch etwas?« Ich zog meine Hand zurück und trat einen Schritt nach hinten.

Er folgte mir, blieb jedoch nicht vor mir stehen, sondern umfing mich sofort mit beiden Armen und zog mich dicht an sich heran. Er hielt mich eng an seinen Körper gedrückt und flüsterte leise in mein Ohr. »Ich muss immerzu an dich denken. Bitte komm zu mir zurück! Ich verspreche dir, ich werde dir nicht noch einmal wehtun, sondern dich glücklich machen. Also sei doch nicht so starrköpfig.«

Er roch so köstlich - frisch und männlich. Ich schloss erneut für einen Moment meine Augen, beinahe konnte ich mir vorstellen, seine heftige Umarmung zu erwidern und meinen Widerstand einfach aufzugeben.

Doch dann überkam mich wieder die Erinnerung an die Stunden in seiner Wohnung, an sein Keuchen, die Schmerzen in meinem Unterleib, als er sich in mich schob. Beinahe grob stieß ich ihn von mir weg. »Stone, hören Sie auf damit! Bitte lassen Sie mich in Ruhe, ich will nichts mehr mit Ihnen zu tun haben.«

Anschließend drehte ich mich um und eilte auf Mr. Burton zu, der den Wagen mit laufendem Motor noch immer an der Straßenecke geparkt hielt.

Die Proben waren anstrengend und schweißtreibend. Obwohl wir *Zubeida*s Premiere erfolgreich hinter uns gebracht hatten und Rob Robson uns stolz einige der Kritiken aus der New York Times und dem Boston Globe vorlas, mussten wir natürlich weiterhin trainieren, denn nun waren wöchentlich drei Aufführungen des Musicals angesetzt.

Zunächst würden wir einen Monat lang ausschließlich in Boston auftreten, danach war eine längere Tournee mit einem Teil der Tänzer geplant. Daher waren viele Rollen schon jetzt doppelt oder gar dreifach besetzt, denn die geplante Teilung der Kompanie musste vollkommen reibungslos und nach außen unsichtbar ablaufen.

Nicht alle Darsteller hatten Interesse daran, monatelang quer durch Amerika zu reisen und ihre Freunde und Familie in Boston zurückzulassen. Andere hingegen liebten das Leben auf Tour, gefangen in einer eigenen Welt, wo die alltäglichen Kleinigkeiten plötzlich wegfielen – keine Wäsche mehr bügeln, nie im Supermarkt einkaufen, mit Freunden grillen oder einfach mit dem Fahrrad einen Wochenendausflug unternehmen. Auf Tournee gab es keine Wochenenden, es gab nur Auftritte und Reisetage.

Ich hatte dieses Leben immer genossen, doch nun brauchte ich eine Pause. Schon jetzt war deutlich sichtbar, wie unsere Kompanie einmal aufgeteilt sein würde. Die Tänzer, die planten, zusammen auf die Tournee zu gehen, trainierten und tuschelten ständig miteinander. Nur die beiden Hauptrollen schienen noch nicht festgelegt zu sein, Katie träumte davon, durchs Land zu fahren, aber bei Konstantin fand diese Vorstellung wenig Interesse. Er hatte schließlich einen gut bezahlten Beruf hier in Boston und es war sicher schwer für ihn, alles einfach aufzugeben.

Während der Proben sah ich mich immer wieder nach Garry um, konnte ihn aber nirgends entdecken. Auch von Eriks Partnerin Tasha war nichts zu sehen, ich hatte diese Frau überhaupt erst ein einziges Mal zu Gesicht bekommen – bei der Premierenfeier saß sie todunglücklich mit ihrem bandagiertem Fuß hinter der Bühne.

Schließlich ging ich zu Erik, der mit Konstantin zusammen gerade Stretchübungen zum Aufwärmen machte.

»Hi, Juliet. Wie geht es dir? Robson hat heute anscheinend einen guten Tag erwischt, seine Kommentare sind alle nur halb so beißend wie sonst, findest du nicht auch?« Erik grinste vergnügt. Er hatte recht, für gewöhnlich durften wir uns nie während der Proben unterhalten.

»Habt ihr vielleicht Garry gesehen? Ich mache mir langsam Sorgen um ihn, seit Samstag habe ich nichts mehr von ihm gehört und an sein Telefon geht er auch nicht.«

Konstantin teilte meine Besorgnis nicht. »Ach was, der hat sich bestimmt nur eine kurze Auszeit genommen. Die Vorbereitungen und die ganzen Proben vor der Premiere haben uns ja allen ganz schön zugesetzt. Wahrscheinlich liegt er jetzt irgendwo im Bett oder am Strand und genießt das Nichtstun.«

Ein unbehagliches Gefühl beschlich mich, als ich daran dachte, dass Garry sich von mir Geld geborgt hatte. Wofür auch immer er das ausgegeben hatte, ich konnte mir beim besten Willen nicht vorstellen, dass er davon Urlaub machte.

»Wisst ihr, wo genau Garry wohnt? Ihr kennt euch doch schon länger, da habt ihr euch bestimmt mal nach den Proben getroffen?«, fragte ich hoffnungsvoll.

Garry hatte mir erzählt, er wäre manchmal mit Konstantin ausgegangen, doch der schüttelte mit dem Kopf. »Nein, ich war nie bei ihm zu Hause, weiß nur, dass er ziemlich abgelegen wohnt, weit weg von der Innenstadt. Darum ist er immer zu uns gekommen, hat manchmal sogar bei mir übernachtet, weil so spät kein Taxi mehr in seine Gegend fahren wollte.«

Ich blickte alarmiert auf. »Wie meinst du das, kein Taxi wollte ihn nach Hause bringen? Die fahren doch überall hin, dachte ich zumindest?«

Doch Konstantin winkte gelassen ab. »Juliet, du machst dich völlig umsonst verrückt. Dein Freund ist nicht gerade der Verlässlichste, er wird schon wieder auftauchen, wenn ihm danach ist. Und bis dahin sollten wir lieber trainieren, Robson guckt schon wieder ziemlich sauer aus der Wäsche.«

Ich seufzte und wendete mich den Übungen zu. Trotzdem wichen die unguten Gedanken nicht aus meinem Kopf. Der geheimnisvolle Anruf gestern hatte mich mehr erschreckt, als ich mir bislang eingestehen wollte und ich machte mir ernsthafte Vorwürfe, dass ich meinen besten Freund am Samstag einfach hatte davonlaufen lassen. Garry zog das Pech manchmal geradezu magisch an. Hoffentlich war ihm nichts Ernstes passiert.

Katie passte mich im Umkleideraum ab. »Juliet, am Freitag haben wir eine Überraschung für Konstantin geplant. Der wird nämlich am Wochenende dreißig.«

Ich blickte erstaunt auf. »Dreißig? Der ist ja wirklich schon uralt!«

»Naja, warten wir mal ab, bis wir erst in das Alter kommen. Jedenfalls haben wir uns gedacht, wir nehmen ihn mal mit in die angesagtesten Clubs der Stadt. Das ist zwar freitags etwas teurer, aber dafür ist dann auch so richtig was los. Ich kenne mich da zufällig ein wenig aus.« Sie sah mich vielsagend an.

»Immer diese Studenten. Einfach zu viel Zeit«, murrte ich, denn ich wusste, Katie hatte ihr Studium erst gerade abgeschlossen.

»Ich weiß, du musst immer früh arbeiten, aber ich dachte, vielleicht hättest du ja trotzdem Lust mitzukommen?«

Da musste ich nicht lange überlegen. Tanzen und Trinken – eine bessere Kombination gab es nicht, um den ganzen Alltagsstress endlich einmal zu vergessen. »Klar bin ich dabei! Nur klamottenmäßig müsstest du mich vielleicht auf den neusten Stand bringen.« Ich hatte keine Ahnung, was man in Bostoner Clubs trug, aber wahrscheinlich dasselbe wie überall – möglichst kurz, eng und gewagt.

Katie lachte erleichtert auf, offensichtlich hatte sie nicht mit meiner Zusage gerechnet. »Ich kann ja vorher bei dir vorbeikommen, dann machen wir uns zusammen fertig?«

Um acht Uhr war ich endlich zu Hause, freute ich mich auf eine heiße

Dusche und mein warmes, weiches Bett. Im Vorraum vor meiner Wohnungstür lag eine weitere lange Schachtel auf dem kleinen Telefontischchen. Ich öffnete sie und fand zwanzig langstielige schwarze Rosen darin. Natürlich brachte ich es nicht übers Herz, sie einfach in den Mülleimer zu schmeißen, stellte sie stattdessen zusammen mit den rosafarbenen Rosen in die Keramikvase und füllte frisches Wasser nach. Die leere Schachtel und dazugehörige Karte ließ ich achtlos auf dem Flur liegen.

Als mein Telefon klingelte und ich Daniel Stones Kurzwahl auf dem Display sah, nahm ich nicht ab. Ich hatte ihm nichts zu sagen. Nach einer halben Stunde Dauerläutens zog ich genervt den Telefonstecker aus der Wand.

Keine Minute später summte mein Handy. Ich versuchte, es zu ignorieren, doch ich konnte mein Handy nicht ausschalten, schließlich wartete ich auf Garrys Rückruf. Bei jedem eingehenden Anruf schaute ich sicherheitshalber nach, ob es nicht doch Garry war. Nach einer weiteren halben Stunde hatte ich genug und antwortete.

Wie erwartet, erklang Daniel Stones Stimme am anderen Ende. »Juliet, ich habe mir unser Gespräch noch einmal durch den Kopf gehen lassen. Ich will dich wirklich unbedingt. Und seit ich weiß, dass du mit keinem anderen Mann zusammen warst, muss ich dich einfach haben.«

»Sie wollen sich also sozusagen die Exklusivrechte sichern?«, fragte ich ungläubig. Ich wollte nicht wahrhaben, dass wir wirklich ein solches Gespräch führten.

»Ja, so könnte man es auch nennen. Ich habe noch einmal nachgedacht und du hast mich mit deiner Aussage, dass du keine Prostituierte wärst, auf eine Idee gebracht.«

Oh Gott, ich wollte gar nicht hören, was das wohl sein konnte.

»Ich möchte dich gern unterrichten, dein Lehrer sein und dir alles beibringen, was du können musst, um einen Mann zu befriedigen.«

Ich brachte kein Wort über meine Lippen, selbst mein Unterbewusstsein hielt sich mit beiden Händen die Ohren zu. Schließlich brachte ich mühsam heraus: »Und was wäre das für ein Abschluss, ein Diplom in Sexologie mit Schwerpunkt Cunnilingus?«

Er lachte laut auf. »Cunnilingus wohl kaum, dann schon eher Fellatio.«

Ich erröte, obwohl ich ganz allein war. Das konnte er doch nicht ernst meinen? Wie konnte er erwarten, dass ich nach dem erzwungenen Beischlaf je wieder in Erwägung zog, freiwillig mit ihm intim zu sein? Und was bildete er sich eigentlich ein, mich wie ein unreifes Mädchen zu behandeln? Seine Arroganz ärgerte mich und doch spürte ich wieder die unerklärliche Faszination, die dieser Mann auf mich ausübte. Er war trotz allem ein äußerst attraktiver Mann, der wohl erotischste Mann, der mir je begegnet war. Die Erinnerung an seine eleganten Bewegungen, seine tiefe Stimme, seinen durchdringenden Blick ließen mich an unsere gemeinsame Nacht zurückdenken, an die Erfüllung, die ich trotz der Umstände für kurze Zeit durch ihn gefunden hatte.

Er räusperte sich am Telefon: »Juliet, warum antwortest du nicht?«

Ich entschuldigte mich dafür, dass ich ihm nicht zugehört hatte. Da lachte er plötzlich. »Woran hast du gerade gedacht? An Fellatio vielleicht? Hast du dir vorgestellt, wie schön es wäre, meinen harten Schwanz zwischen deinem weichen Lippen zu schmecken und zu spüren, wie ich dich in den Mund ficke?«

Ich wurde knallrot und nahm den Hörer vom Ohr. Dann atmete ich tief durch und rief lauter als nötig in das Telefon: »Du Schwein, ruf mich nie wieder an!« Danach legte ich auf, vergrub meinen Kopf im Kissen und begann, hemmungslos zu weinen.

Dienstag, 15. Mai 2012

Gefühlte zehn Sekunden später klingelte auch schon der Wecker, schlaftrunken tapste ich durch die Wohnung, duschte und machte mich fertig für die Arbeit. Ich zog meine Arbeitskleidung gleich hier an. Dienstags trugen wir dunkelblaue Uniformröcke und türkisfarbene Seidenblusen mit dem passenden gestreiften Seidentuch. Bedächtig rollte ich meine halterlosen Strümpfe an den Beinen hoch. Eigentlich mochte ich meine Arbeitskleidung überhaupt nicht, ich kam mir darin so verdammt erwachsen vor, fast schon alt. Aber wenn ich mich schon zu Hause umzog, ersparte ich mir wenigstens die lästigen Blicke meiner Kollegen, die schon gestern meine zahlreichen Blutergüsse beim Umziehen zu Gesicht bekommen hatten. Ich redete mich zwar mit meinen Tanzproben heraus, aber die Tuscheleien waren mir äußerst unangenehm.

Ich machte ich mir einen großen Becher Milchkaffee zum Mitnehmen und band meine langen Haare zu einem strengen Knoten zusammen. Im Spiegel blickte mir eine übernächtigte Frau mit dunklen Ringen unter den viel zu großen Augen entgegen. Hastig trug ich mein Make-up auf.

Bevor ich losging, versuchte ich ein weiteres Mal, Garry zu erreichen und stellte erstaunt fest, dass sein Handy nun ausgeschaltet war und nicht wie zuvor, endlose Klingelzeichen ertönten. Ich hinterließ eine Nachricht auf seiner Mailbox:

Garry, wenn du das hörst, melde dich bitte bei mir. Wir machen uns schreckliche Sorgen um dich. Egal was passiert ist, bitte sag mir wenigstens Bescheid, dass es dir gut geht.

Daniel Stone erwartete mich vor meiner Wohnungstür, in der Hand hielt er einen wunderschönen Strauß Rosen. Ich fragte mich zwar insgeheim, woher er um fünf Uhr morgens frische Blumen hatte, äußerlich beachtete ich ihn jedoch nicht weiter, war noch viel zu aufgewühlt von dem Anruf bei Garry. Wenn ich mich daran erinnerte, was mein perverser Nachbar in seinem Gespräch mit dem Unbekannten über meinen Freund gesagt hatte, machte mich das wütend.

Ich versuchte, an ihm vorbeizugehen ohne ihm dabei Beachtung zu schenken, doch er stellte sich mir in den Weg. Mr. Burton eilte sofort auf uns zu. »Mr. Stone, bitte lassen Sie Miss Walles passieren. Sie wollen doch sicher keinen Ärger?«

Ich bat meinen Leibwächter darum, mir seine Dienstwaffe zu leihen. Der verzog sein Gesicht, denn natürlich konnte er mir den Revolver nicht geben. Aber es fiel ihm sichtlich schwer, mir diesen Wunsch abzuschlagen. Stattdessen verstellte er Daniel Stone mit einer geübten Bewegung den Weg, sodass ich endlich freien Zugang zum Fahrstuhl hatte. Smith, der Leibwächter von Daniel Stone, hielt sich passiv im Hintergrund und musste sein Grinsen unterdrücken.

»Juliet, ich will doch nur mit dir reden. Bitte hör mir einen Moment zu, ich habe noch einmal darüber nachgedacht, was...«

Wieder dachte ich daran, wie kaltschnäuzig und arrogant dieses Scheusal am Telefon geklungen hatte. Nun war sein Blick klar und unschuldig, als ob er nie etwas Böses im Sinn gehabt hätte. Ich zitterte vor Verbitterung. Hatte er überhaupt kein Schamgefühl?

Auf dem kleinen Garderobentischchen standen noch immer die Blumen in der schweren Keramikvase. In meinem Zorn stellte ich rasch den Kaffeebecher ab und hob stattdessen die Vase empor, schleuderte sie ohne weiteres Nachdenken in Daniel Stones Richtung. Die Hälfte des Wassers landete auf Mr. Burton, der mir den Rücken zugewandt hatte. Doch befriedigt stellte ich fest, dass auch mein Nachbar eine gute Portion Wasser und feuchte Blumen abbekam und sich dann eiligst zur Seite wegducken musste, als die Vase mit einem lauten Knall auf dem Boden aufschlug und in tausend Stücke zerbrach.

Im Nu hatte ich mit meiner unbedachten Aktion Chaos ausgelöst. Mr. Burton stand mit gezogener Waffe auf dem Flur, triefend nass, genau wie Daniel Stone. Nur dessen Leibwächter war vollkommen verschont geblieben und sah mich mit großen Augen an. Offenbar versuchte er, mein Bedrohungspotenzial neu einzuschätzen. Zum Glück erklang in diesem Moment ein lautes *Ping* und der Fahrstuhl hielt. Die Türen öffneten sich und erlaubten den beiden Mitfahrenden einen Blick auf die Szenerie. Noch nie war ich so froh, diesen Fahrstuhl zu sehen. Ich nahm den Kaffeebecher und stieg ein, schloss dann erschöpft die Augen. Was für ein Morgen!

Während ich in der Tiefgarage auf Mr. Burton wartete, meinte ich, eine Bewegung am anderen Ende in der Nähe von Daniels Fuhrpark vernommen zu haben. Doch ich schenkte dem Umstand keine weitere Beachtung, machte mich stattdessen daran, endlich meinen lauwarmen Kaffee zu trinken. Sollte er doch selber sehen, dass seine Angeberautos nicht gestohlen wurden!

Die Arbeit im Ritzman Park Hotel & Spa war angenehm, mit Sascha und Sylvia verstand ich mich gut und selbst die strenge Ms. Bingham war heute schon freundlicher zu mir. Ich versuchte, mit den anderen mitzuhalten und meine Fremdsprachenkenntnisse verhinderten sogar das eine oder andere Missverständnis.

Ich lernte ständig neue Leute kennen, viele waren superreiche Stammgäste und hatten die ausgefallensten Wünsche. Nach einem halben Jahr würde ich vermutlich ein Insider hier in Boston sein, denn schon an meinem zweiten Arbeitstag musste ich Last-Minute VIP Tickets für die Boston Red Sox besorgen, einen Tisch für ein Candle-Light-Dinner im romantischsten Restaurant der Stadt buchen und eine Designeruhr für einen bekannten vielbeschäftigen Architekten abholen, der um ein Haar den Geburtstag seiner Frau vergessen hätte.

Als sich meine Mittagspause näherte, erschien Daniel Stone aus dem Nichts vor mir am Empfangstresen. Sein Leibwächter stand einige Meter entfernt und blickte ausdruckslos in meine Richtung. Daniel trug einen eleganten dreiteiligen Anzug und sah aus, als sei er geradewegs aus dem Tagungsraum eines Aufsichtsrats herausspaziert. Oder aus einem Katalog für Designermode. Offenbar war er meinem morgendlichen Angriff unverletzt entkommen. Sein dunkles Haar hing ihm leicht in der Stirn, und sein entwaffnendes Lächeln zog sofort die Aufmerksamkeit des gesamten weiblichen Personals und auch einiger Gäste in der Lobby auf sich. »Hi, Juliet«, sagte er zur Begrüßung und musterte mich abschätzig. »Nettes Outfit, die Farbe steht dir wirklich gut. Das wollte ich dir heute Morgen schon sagen.« Unwillkürlich zupfte ich an meinem gestreiften Halstuch, das seine Fingerabdrücke auf meiner Haut verdeckte. Ich spürte die überraschten Blicke meiner Kollegen auf mir ruhen.

»Mr. Stone, was kann ich für Sie tun?«, fragte ich ihn kühl und blickte geschäftsmäßig auf die Liste unsere Ankünfte. Ruhig bleiben und hier bloß keine Szene machen! Ich fühlte mich sicher vor ihm und seinem bizarren Benehmen, aber ich wollte auf jeden Fall verhindern, einen falschen Eindruck bei meinen Kollegen zu hinterlassen. Ms. Bingham war in einiger Entfernung stehengeblieben und beobachtete uns misstrauisch.

»Ich habe hier keine Reservierung auf Ihren Namen, haben Sie vielleicht unter einem anderen Namen mit uns gebucht oder kommen Sie in Begleitung?«

Er runzelte genervt die Stirn und sagte dann: »Ich bin der Besitzer dieses Hotels und mein Büro befindet sich in der obersten Etage dieses Gebäudes. Das solltest du eigentlich wissen, wenn du hier arbeitest.«

Ich wurde knallrot. Oh nein, das ging eindeutig zu weit! Ich brauchte Abstand von ihm und stattdessen verfolgte er mich nun auch noch an meinem Arbeitsplatz. Kam er etwa jeden Tag hierher?

»Ich wollte mich erkundigen, ob du dir mein Angebot schon durch den Kopf gehen lassen hast?«, fragte er etwas leiser.

Ich setzte ein professionelles Lächeln auf, bevor ich ruhig antwortete: »Mr. Stone, es tut mir wirklich leid, aber wir sind angehalten, private Angelegenheiten nicht während der Arbeitszeit zu diskutieren. Kann ich Ihnen sonst irgendwie behilflich sein?«

Er legte einen flachen braunen Umschlag vor mir auf den Empfangsschalter. Seine Hand lag ruhig auf dem Papier, während er mich intensiv beobachtete. Ich bemerkte zum wiederholten Mal die teuren Manschettenknöpfe an seinem Hemd, die genau dieselbe Farbe wie seine Augen hatten. »Ich habe dir etwas zum Nachdenken mitgebracht. Lies es dir einfach durch und sag mir dann, ob du damit einverstanden bist.«

Ich bewegte mich nicht, starrte ihn unvermindert an. Was, um alles in der Welt, befand sich in diesem Umschlag? Und – wollte ich das wirklich so genau wissen? Nach unserem letzten Telefonat hatte ich mir die Augen ausgeheult.

Daniel Stone nahm schließlich seine Hand von dem Umschlag und schob ihn sanft zu mir. Er wartete, bis ich ihn ergriffen hatte. »Ich erwarte deine Antwort bis morgen. Besser noch, heute Nacht. Lass mich nicht unnötig im Ungewissen.«

Dann drehte er sich um und verschwand, gefolgt von Smith, durch die große Drehtür nach draußen. Erst jetzt bemerkte ich, dass ich die ganze Zeit die Luft angehalten hatte. Ich atmete tief aus und als ich die fragenden Blicke Ms. Binghams auf mir ruhen sah, errötete ich noch mehr. Mit spitzen Fingern packte ich den Umschlag an einer Ecke, so, als handle es sich um einen schmutzigen Lappen. Außen stand nichts, was auf den Inhalt hindeutete, vermerkt war lediglich in sauberen, handgeschriebenen Druckbuchstaben:

ZU HÄNDEN MISS JULIET WALLES' – STRENG VERTRAULICH

Ich kämpfte einen Moment mit meinem Stolz. Sollte ich den Umschlag nicht lieber ungeöffnet entsorgen? Das war vermutlich besser für meinen Seelenfrieden, als mir weiterhin die absurden Vorschläge eines Daniel Stone durch den Kopf gehen zu lassen. Doch schließlich gewann meine Neugier die Oberhand und als meine Mittagspause anbrach, verzog ich mich mit dem Umschlag in eine ruhige Ecke des Pausenraums. Ohne etwas von dem bereitstehenden Essen anzurühren, zog ich die Papiere heraus und begann, fasziniert darin zu lesen.

Ausbildungsvertrag

Zwischen Daniel I. Stone (Lehrer) und Juliet A. Walles (Auszubildende)

Ziel der Ausbildung

Ziel der Ausbildung ist es, der Auszubildenden hinreichende Kenntnisse und Fertigkeiten beizubringen, um sie zukünftig in die Lage zu versetzen, einen anspruchsvollen Sexualpartner angemessen und wirksam befriedigen zu können. Hierfür sollen der Auszubildenden alle zum Lustgewinn ihres Sexualpartners erforderlichen Mittel und Methoden bekannt gemacht und ihre erfolgreiche Anwendung wiederholt trainiert werden.

Schwerpunkte

Die Auszubildende muss sich Kenntnisse in den folgenden Schwerpunktfächern aneignen und dabei gute oder sehr gute Ergebnisse erzielen. In allen Schwerpunktfächern soll es weiterhin individuell angepasste Schwierigkeitsstufen geben, die es der Auszubildenden ermöglichen, ihre Kenntnisse schrittweise zu verbessern und eine größtmögliche Einsatzbreite ihrer Fertigkeiten zu gewährleisten.

1. Befriedigung des Partners durch vaginale Penetration
2. Orale Befriedigung des Partners
3. Manuelle Befriedigung des Partners
4. Befriedigung des Partners durch anale Penetration

5. Umgang mit gängigen Sextoys
6. Fesselspiele
7. Atemkontrolle
8. Geschlechtsverkehr im beengten Räumen (z.B. Auto, Dusche)
9. Geschlechtsverkehr in der Öffentlichkeit
10. Verführung am Telefon

Zusätzlich zu diesen Punkten stimmen sich die Auszubildende und der Lehrer über zwei weitere Schwerpunkte ihrer Wahl ab, deren Erlernen in beiderseitigem Interesse liegt.

Dauer der Ausbildung

Die Ausbildungszeit beträgt mindestens zwei Monate und höchstens ein Jahr und ist erst dann erfolgreich abgeschlossen, wenn in allen oben angeführten Schwerpunktfächern und in allen Schwierigkeitsstufen mindestens ein gutes Ergebnis erzielt wurde. Die Bewertung der Fertigkeiten und Kenntnisse der Auszubildenden unterliegt ausschließlich der Einschätzung des Lehrers und muss nicht im Einzelnen begründet werden.

Die Bestimmung der erforderlichen Stundenzahl und Lehrdauer für die einzelnen Schwerpunktfächer unterliegt ausschließlich dem Lehrer. Beide Parteien legen genaue Ausbildungszeiten in gemeinsamer Absprache und mit Rücksicht auf anderweitige Verpflichtungen fest. Es muss jedoch eine Mindeststundenzahl von 10 Stunden pro Woche eingehalten werden. Lehrstunden können nur in begründeten Ausnahmefällen verschoben werden.

Einige der oben aufgeführten Ausbildungsschwerpunkte erfordern möglicherweise zusätzliche Zeit für An- und Abreise, oder die Teilnahme an gesellschaftlichen Ereignissen. Die hierfür benötigte Zeit ist nicht in der Mindeststundenzahl pro Woche enthalten.

Sollte die Auszubildende sich während der Ausbildung entschließen, diese nicht weiter fortzusetzen, kann später dieselbe Ausbildung nicht erneut begonnen werden.

Kosten und Vergütung

Der Auszubildenden entstehen keinerlei Kosten durch diese Ausbildung, alle eventuell anfallenden Ausgaben für Lehrmittel, Reisekosten der Auszubildenden oder sonstige Aufwendungen werden vom Lehrer übernommen.

Sollte es der Auszubildenden aufgrund der zeitlichen, körperlichen oder emotionalen Anforderungen ihrer Ausbildung nicht möglich sein, ihre reguläre Tätigkeit weiter auszuüben, verpflichtet sich der Lehrer, für die Dauer der Ausbildung für ihren Lebensunterhalt aufzukommen und ihr ein angemessenes Budget zur Verfügung zu stellen. Die Festlegung der Höhe dieses Budgets obliegt dem Lehrer. Sollten Lehrer und Auszubildende zu keiner Einigung kommen, ist die Ausbildung sofort abzubrechen.

Weitere Verpflichtungen

Vor Ausbildungsbeginn ist ein Gesundheitszeugnis beider Parteien erforderlich. Die Auszubildende verpflichtet sich, während des gesamten Zeitraums der Ausbildung keine sexuellen Aktivitäten mit anderen Personen auszuüben. Während der gesamten Ausbildung ist der sexuelle Kontakt einzig auf Lehrer und Auszubildende beschränkt, dritte Personen sind nicht in die Ausbildung einzubeziehen.

Zu Ausbildungszwecken kann es erforderlich sein, dass die Auszubildende den Lehrer auf gesellschaftliche Anlässe begleitet. Die Auszubildende verhält sich dabei stets zurückhaltend und höflich und vermeidet jegliches obszöne oder unangemessene Auftreten. Die Auszubildende vermeidet Konfrontationen und begibt sich nicht unnötig in Gefahr.

Die Auszubildende verpflichtet sich, während der gesamten Dauer der Ausbildung jederzeit für ihren Lehrer erreichbar zu sein. Fragen nach ihrer Verfügbarkeit beantwortet sie stets ehrlich und bemüht sich im Rahmen ihrer Möglichkeiten, dem Lehrer zur Ausbildung so häufig wie möglich zur Verfügung zu stehen um den Erfolg der Ausbildung zu gewährleisten.

Beide Parteien verpflichten sich, der anderen Partei und sich selbst keine unnötigen Schmerzen während der Ausbildung zuzufügen und rücksichtsvoll miteinander umzugehen.

Die Auszubildende behandelt den Lehrer während der gesamten Dauer der Ausbildung, auch außerhalb der Lehrstunden, mit Respekt und unterwirft sich jederzeit und ohne Einwände dessen Anweisungen. Lehrmethoden und andere Aspekte der Ausbildung sind von der Auszubildenden bedingungslos zu akzeptieren. Alle Anforderungen durch den Lehrer sind sofort und ohne Nachfragen auszuführen, Abweichungen von den Anweisungen des Lehrers sind nur dann erlaubt, wenn diese gegen andere Punkte des Ausbildungsvertrags verstoßen.

Während der gesamten Ausbildungsdauer ist der Lehrer zu jedem Zeitpunkt und in vollem Umfang für die Sicherheit und das Wohlergehen der Auszubildenden verantwortlich.

Dieser Vertrag ist vertraulich zu behandeln und tritt mit dem Datum der Unterzeichnung durch beide Parteien in Kraft.

Unterschrift Auszubildende (Juliet A. Walles):

Unterschrift Lehrer (Daniel I. Stone):

Ungläubig und mit erhitztem Gesicht ließ ich die Papiere sinken. Was war das denn? Das konnte eigentlich nur ein fieser Scherz sein, so etwas meinte doch niemand ernst. Oder etwa doch?

Daniel Stone schien ja auch ansonsten nicht ganz richtig zu ticken, doch das hier ging nun wirklich zu weit. Ich mochte vielleicht unerfahren im Umgang mit Männern sein, aber deshalb brauchte ich noch lange keinen Lehrer, der mich darauf vorbereitete, wie ich mich im Bett zu verhalten hatte. Das Ganze klang doch eher, als ob er sich so eine Art Rollenspiel für uns beide ausgedacht hatte. Und ihm kam dabei natürlich die dominante Rolle des Lehrers zu, ich sollte ihm so oft wie möglich zu Lehrstunden zur Verfügung stehen. Na super! Da bekam ja selbst die Vorstellung, ihn als Prostituierte zu bedienen, einen ganz neuen Reiz. Dafür wurde man am Ende wenigstens bezahlt und es dauerte nicht länger als eine Nacht, wenn überhaupt.

Ich *Stop*fte die Papiere wütend zurück in den Umschlag und überlegte, wie ich den am besten entsorgte. Einfach wegschmeißen war mir zu riskant, schließlich stand mein Name in diesem ekelhaften Dokument. Selbst schreddern erschien mir zu unsicher. Am liebsten würde ich den Umschlag verbrennen, dann war er wenigstens unwiederbringlich weg. Aber wo? Einfach einen Papierkorb anzuzünden ging wohl kaum. Gab es in den Suiten nicht einen Kamin?

Ich schaute auf meine Uhr, die Mittagspause war in zehn Minuten zu Ende, ich hatte bisher noch keinen einzigen Bissen angerührt und der Appetit war mir inzwischen auch gründlich vergangen. Ich beschloss, den Vertrag mit nach Hause zu nehmen und an Daniel Stone zurückzusenden. An der Rezeption nahm ich einen roten Filzstift und schrieb die Buchstaben A-B-G-E-L-E-H-N-T-!!! groß und gut leserlich auf den Umschlag, dann packte ich ihn zwischen meine Notizhefte und machte mich wieder an die Arbeit. Ich war erleichtert über meine Entscheidung, wenn sich auch ganz tief in meinem Innern ein klein wenig Enttäuschung über diese verpasste Chance breitmachte. Die Vorstellung, von Daniel Stone etwas über orale Befriedigung zu lernen, erregte mich, auch wenn ich ihm das nie eingestehen würde.

Nach der Arbeit hatte ich ein paar Stunden frei, bevor ich zur Aufführung ins Musicaltheater musste. Ich beschloss, noch einmal zu versuchen, Garry zu finden. Vielleicht war ja alles ein Missverständnis und er hockte mit einem gebrochenen Bein zu Hause.

Mehrmals versuchte ich, ihn auf dem Handy zu erreichen, doch jedes Mal antwortete nur die Mailbox. Dann rief ich beim Pförtner des Triumph Towers an und fragte nach Garrys Adresse. Zum Glück hatte sich Garry sich von dort zweimal ein Taxi rufen lassen und ein Anruf bei dem Taxiunternehmen ergab, dass seine Adresse registriert war. Obwohl es sicher gegen alle Richtlinien des Datenschutzes verstieß, konnte ich den Mann am Telefon dazu überreden, mir die Anschrift vorzulesen. Hastig notierte ich sie auf einem kleinen Zettel. Am anderen Ende der Leitung räusperte sich der Mann: »Ma'am, wenn ich Ihnen einen Rat geben darf, halten Sie sich von dieser Gegend fern. Das ist kein sonderlich gutes Viertel, eher schon ein Slum. Ich persönlich würde da nur mit einer Waffe in der Hand durchfahren.« Ich bedankte mich für den Rat und legte auf.

Mr. Burton runzelte die Stirn, als ich ihm die angegebene Adresse zeigte. »Miss Walles, diese Gegend ist bekannt dafür, Heimat von Drogendealern und Kriminellen zu sein. Dort geschehen mehr Morde, als im gesamten Rest von Boston zusammen. Bei allem Respekt, aber ich glaube nicht, dass wir dort hinfahren sollten.«

Doch so leicht wollte ich mich nicht abwimmeln lassen, ich war es Garry schuldig, wenigstens nach ihm zu suchen. Und mein Bodyguard schien mir am ehesten dazu fähig, mich bei dieser Suche zu unterstützen. »Dann fahre ich eben allein. Geben Sie mir Ihre Waffe und steigen Sie aus dem Wagen.«

Mr. Burton seufzte laut und brummelte etwas Unverständliches vor sich hin. Dann nahm er mir den Zettel aus der Hand. »Also gut, Miss Walles. Ich verstehe zwar Ihre Aufregung nicht, schließlich ist der Junge erwachsen. Aber wenn Sie meinen, dann suchen wir ihn eben.« Schweigend drehte er den Wagen und schaute dann stur nach vorn.

»Ich habe am Sonntag einen seltsamen Anruf erhalten. Darin hat es sich so angehört, als wenn jemand hinter Garry her wäre und einen Mordanschlag oder so was plant«, sagte ich leise.

Auch Mr. Burton kannte Garry seit vielen Jahren. Ein besorgter Zug legte sich auf sein ansonsten so ausdrucksloses Gesicht. »Was war das für ein Anruf? Kennen Sie den Anrufer?«

Ich schüttelte den Kopf. »Nein, jemand hat mir eine Aufnahme vorgespielt. Der Anrufer selbst hat gar nichts gesagt, nur das Band an- und ausgeschaltet. Und es wurde auch keine Nummer übertragen.«

»Und was genau war auf diesem Band?« Mr. Burton klang jetzt beunruhigt.

»Ich erinnere mich nicht an jedes Wort, aber ein Mann hat jemand anderem den Auftrag erteilt, sich um Garry zu kümmern und es wie einen Unfall aussehen zu lassen.«

Mein Leibwächter blickte streng zu mir hinüber. »Miss Walles, das hätten Sie mir gleich sagen sollen. Bei Verbrechen kommt es auf jede Stunde an. Nach zwei Tagen liegt die Wahrscheinlichkeit, eine vermisste Person lebend wiederzufinden gerade noch fünfzig Prozent. Ist Ihnen sonst noch irgendetwas aufgefallen?«

Ich schüttelte bedauernd den Kopf. »Die Stimme auf dem Band klang ein wenig wie Mr. Stone, aber ganz sicher bin ich mir dabei nicht.«

Der Rest unserer Fahrt verlief schweigend. Wir fuhren durch endlose Vororte von Boston, immer weiter in Richtung Süden. Ich staunte, wie weit entfernt Garry wohnte und wunderte mich, wie er ohne Auto jeden Tag zum Theater in die Innenstadt kam. »Sind Sie sicher, dass das der richtige Weg ist?«, fragte ich zum hundertsten Mal.

»Ganz sicher bin ich mir nicht, dafür bräuchten wir entweder ein Navigationssystem oder einen Straßenatlas. Aber dieses Auto besitzt weder das eine noch das andere.« Er klang vorwurfsvoll und ich bereute es, nicht auf den Autohändler gehört zu haben.

»Ich kann auf meinem Computer nachsehen«, bot ich an.

Mr. Burton nickte. »Ja, das ist wohl besser. Sonst irren wir hier morgen noch herum, wenn man uns bis dahin noch nicht erschossen oder ausgeraubt hat.«

Eine kurze Suche auf der Kartenfunktion meines I-Pads ergab, dass wir uns verfahren und ziemlich weit vom richtigen Weg abgekommen waren.

»Lassen Sie uns für heute umkehren, Miss Walles«, schlug mein Leibwächter vor. »Sonst kommen Sie noch zu spät zu den Proben.« Er schien erleichtert, als ich zustimmte.

»Mr. Burton, heute morgen habe ich es übrigens völlig ernst gemeint, als ich Sie gebeten habe, mir eine Pistole zu besorgen. Bitte vergessen Sie das nicht.«

Dieser wiegelte ab: »Mit einer Waffe allein ist es nicht getan, Sie müssen auch wissen, wie man sie benutzt. Wenn ich Ihnen eine Handfeuerwaffe besorgen soll, werden Sie auch lernen müssen, damit zu schießen. Und was noch wichtiger ist, Sie müssen bereit sein, das im Notfall auch zu tun. Sonst nützt Ihnen eine Waffe nämlich gar nichts, im Gegenteil.«

Ich nickte nachdenklich. Keine Ahnung, wie ich in Extremsituationen reagierte, aber mein Einsatz des Elektroschockers im Fahrstuhl war vielversprechend. Obwohl es eigentlich ein Unfall war, bereute ich es im Nachhinein kein Stück, Daniel Stone damit niedergestreckt zu haben. Das Schießen würde kein Problem sein, wenn ich mir dabei das Gesicht meines Nachbars als Zielscheibe vorstellte.

»Sobald Sie die Waffe besorgt haben, fahren wir zusammen zum Schießtraining, ja?« Ich war bemüht, entschlossen zu klingen.

Mein Bodyguard nickte nur.

Die Zeit vor der Aufführung war hektisch wie immer, doch die extreme Anspannung, die vor der Premiere geherrscht hatte, war nun verschwunden. Stattdessen begann sich so etwas wie der Alltag auszubreiten. Ich wärmte mich auf und machte mich an die Dehnübungen. Hierbei merkte ich am deutlichsten, wie nachlässig ich in den vergangenen Tagen trainiert hatte, alle Sehnen und Bänder schmerzten. Ich sah mich nach Garry um, aber der blieb auch heute verschwunden.

Rob Robson trat auf mich zu. »Kann ich Sie kurz unter vier Augen sprechen, Miss Walles? Es geht um Ihren Vertrag.«

Ich folgte dem Regisseur in sein provisorisches Büro und setzte mich auf die Holzbank vor seinem Schreibtisch. Die Möbel in diesem Raum waren alle aus verschiedenen Produktionen übrig geblieben, kein Teil passte zum anderen. Aber es gab dem Zimmer einen ganz besonderen Charme und man sagte, dass die Entscheidungen, die hier gefällt wurden, mindestens ebenso ungewöhnlich und einmalig waren, wie die Einrichtungsgegenstände.

Ich wartete gespannt und ein wenig besorgt auf das, was Rob Robson mir mitteilen wollte.

»Miss Walles, ich habe Ihren bemerkenswerten Lebenslauf studiert. Sie sind in Ihrem zarten Alter schon weit herumgekommen.« Er musterte mich eindringlich. »Und Sie haben sich ausgerechnet für unsere *Zubeida* entschieden. Warum?«

Nun verstand ich gar nichts mehr. Worauf wollte er hinaus? Dass ich nicht zu dieser Tanzkompanie passte? »Ich habe nach einer Möglichkeit gesucht, wieder in meiner Heimat Fuß zu fassen. Da erschien mir das eine gute Chance.« Ich machte eine kurze Pause. »Außerdem war meine Entscheidung, zurückzukehren, etwas überstürzt«, fügte ich dann zögernd hinzu.

Rob Robson schien mit meiner Antwort zufrieden zu sein, fragte aber trotzdem nach: »Hatte es einen bestimmten Grund, dass Sie gerade die Rolle gewählt haben, die Sie jetzt spielen? Ich wundere mich nur, dass Sie mit Ihrem Talent keine Solorolle übernommen haben.«

Ich lächelte, als mir klar wurde, worauf er hinaus wollte. »Ich habe bewusst eine kleinere Rolle gewählt, weil ich keine halben Sachen mag. Ich hätte nicht genug Zeit gehabt, um mich ausreichend auf eine Solorolle vorzubereiten, da mache ich lieber eine kleine Aufgabe richtig gut, als bei einem großen Auftritt zu versagen.«

»Wir haben heute erfahren, dass die Zweitbesetzung unserer weiblichen Hauptrolle *Zubeida* nicht mehr zur Verfügung steht. Tasha ist noch immer verletzt und wird nicht in der Lage sein, in diesem Stück mitzuspielen. Wir benötigen dringend eine neue Zweitbesetzung, damit wir nicht in Bedrängnis kommen, falls Katie ausfällt oder zwischendurch auf die Tournee und Promotionstour geht. Viel Zeit kann ich Ihnen leider auch nicht einräumen, vier Wochen sind das Maximum, denn danach wird die Tournee beginnen.«

Ich sah ihn verwundert an. »Sie wollen mich als Zweitbesetzung?«

»Ja, wenn es Sie nicht in Ihrer Künstlerehre verletzt, möchte ich Sie gern als die neue Zweitbesetzung etablieren. Mit Erik als Partner. Eventuell werden Sie die Erstbesetzung sein, wenn wir die Gruppe aufteilen. Sie sind doch auch mit Katie befreundet, da könnten Sie auch gleich zusammen trainieren.«

Ich war sprachlos über dieses wundervolle Angebot, hatte allerdings auch Zweifel. »Es klingt ziemlich riskant, ich bin ja selbst mit meiner jetzigen Rolle kaum vertraut und es dauert normalerweise Monate, bis alles perfekt ist. Sie bieten mir natürlich eine fabelhafte Chance, aber ehrlich gesagt, überrascht mich Ihre Entscheidung.«

»Inwiefern?«, wollte Rob Robson wissen.

»Nun, ich bin Tänzerin, keine ausgebildete Musicaldarstellerin. Normalerweise vermeide ich Sprech- und Gesangsrollen immer, weil meine Stimme dafür nicht gut genug ist. Außerdem bin ich ein ganz anderer Typ als Katie. Würden meine Stimme und mein Aussehen nicht auch das gesamte Stück verändern?«

Aber Rob Robson lächelte. »Sie sind ein kluges Köpfchen. Und Ihr Auftreten ist ein Grund, warum ich mich für Sie entschieden habe. Ich möchte dem Stück gern eine andere Dimension geben und dann sehen, wie es sich entwickelt. Mit Katie wissen wir, was wir haben. Mit ihr als Hauptfigur werden wir immer ein Kassenschlager sein, aber ich würde gern sehen, ob wir mit Ihnen nicht vielleicht etwas Neues schaffen können.«

Wir besprachen noch einige Details, dann hatte ich meine erste Hauptrolle. Zwar nur in Zweitbesetzung, aber es war trotzdem die Hauptrolle. Und da geplant war, im nächsten Monat das Team aufzuteilen und mit einer Hälfte der Tänzer auf Tournee zu gehen, würde ich die Rolle auch spielen können, war nicht nur als Ersatz gedacht. Ich konnte es gar nicht erwarten, meiner Mutter und Corinne davon zu erzählen.

An die bevorstehende harte Arbeit und das stundenlange tägliche Training dachte ich im Moment nicht, so glücklich war ich angesichts des Angebots, welches auch ein unglaublicher Vertrauensbeweis dieses weltbekannten Choreografen war.

Katie war ganz aufgeregt über die Neuigkeiten und versprach mir, so oft wie möglich zusammen zu trainieren. Mein neuer Tanzpartner Erik war schweigsam, ganz offensichtlich fühlte er sich unwohl bei dem Gedanken an Tasha. Ob sie sich wohl verletzt hatte, weil er sie auch immer fallen ließ?

Die Aufführung verlief genauso reibungslos wie schon die Premiere am Samstag. Wegen meiner kleinen Rolle hatte ich genügend Zeit, meinen Blick zwischendurch von einem Platz seitlich des Vorhangs über das Publikum schweifen zu lassen. Ich erwartete nicht, ein bekanntes Gesicht zu entdecken, denn ich kannte ja kaum mehr als zehn Leute hier in Boston, und die meisten von ihnen waren hier als Tänzer versammelt.

Doch plötzlich hielt ich inne – das konnte doch nicht wahr sein – Daniel Stone saß in der zweiten Reihe, neben ihm eine dunkelhaarige Schönheit, offensichtlich seine Begleitung an diesem Abend. Sie trug ein schwarzes Kleid mit tief ausgeschnittenem Dekolleté und lächelte ihm immer wieder zu.

So langsam nervten mich seine Stalkerqualitäten. Obwohl, vielleicht wollte er mir ja auch zu verstehen geben, dass er inzwischen anderweitig vergeben war? Die Frau an seiner Seite war jedenfalls im siebten Himmel und genoss seine Gesellschaft sichtlich. Mit ihrer Hand berührte sie immer wieder seinen Oberarm, eine affektierte und übertriebene Geste, die ihm jedoch zu gefallen schien, denn er rutschte unruhig in seinem Sessel herum. *Vielleicht hatte sie ja auch etwas für seine perversen Sexspiele übrig*, überlegte ich. In Gedanken versunken, hätte ich fast meinen nächsten Einsatz verpasst.

In der Bar war erstaunlicherweise viel los, obwohl es mitten in der Woche war. Aber wir fanden einen kleinen Tisch in einer ruhigen Ecke. Sofort kamen wir auf Garry zu sprechen. Noch immer hatte niemand von ihm gehört. Ich war niedergeschlagen und fühlte mich irgendwie an seinem Verschwinden mitschuldig, denn ich war die Letzte, die ihn gesehen hatte. Als ich erzählte, dass ich seine Adresse herausgefunden hatte, blickten mich die anderen ungläubig an.

»Bist du da etwa hingefahren?«, fragte mich Konstantin entgeistert.

»Wir haben uns heute verfahren. Aber ich werde es morgen wieder versuchen, wenn Garry bis dahin nicht auftaucht.«

»Ich glaube immer noch, du machst dich ganz umsonst verrückt. Wieso willst du dich selbst in Gefahr bringen, am Ende ist der Typ bloß im Urlaub, während du hier seinetwegen mit deinem Leben spielst.« Selbst der sonst so schweigsame Erik war sichtlich aufgebracht über meinen Leichtsinn. Aber er wusste ja auch nichts von dem Anruf.

Konstantin versprach schließlich, sich in seiner Detektei umzuhören. Ich wusste von den Drogengeschichten meines Freundes und konnte mir durchaus vorstellen, dass er in irgendetwas Dummes hineingeraten war. Vielleicht versteckte er sich ja?

Mit dieser Aussicht fühlte ich mich etwas zuversichtlicher, denn schließlich musste Konstantin ziemlich erfolgreich in seinem Job sein.

Wenn ich seinen nagelneuen Porsche betrachtete, musste er schon viele Fälle erfolgreich abgeschlossen haben.

Er lächelte ein wenig stolz, als ich ihn darauf ansprach. »Im letzten Sommer hatten wir hier in Boston einen richtigen Skandal. Davon hast du vielleicht nichts mitbekommen, aber es ging um Korruption, Bestechlichkeit im Amt und einige Millionen Dollar erschwindelter Subventionen. Da hat unsere Detektei ermittelt und wie du siehst, hat es sich gelohnt.«

»Wer war denn der Täter?«, fragte ich neugierig, denn dies war tatsächlich neu für mich.

»Unter anderem waren ein paar hochrangige Politiker darin verwickelt, und dann natürlich die Leute aus den Führungsetagen einiger Wirtschaftsunternehmen. Die Stone Corporation und zwei Konkurrenzunternehmen standen auch unter Verdacht. Wir haben jede Menge Schmutz zutage gefördert, aber am Ende hat es trotzdem nicht zu einer Verurteilung gereicht. Die haben viel zu enge Kontakte mit der Regierung. Dagegen war der Staatsanwalt machtlos.«

Ich hörte fasziniert zu, noch nie hatte ich Konstantin so lange am Stück über seine Arbeit reden gehört. Sonst tat er immer so geheimnisvoll.

»Im Moment arbeite ich mit meinem Onkel an einem neuen Fall, wieder ist Daniel Stone der Hauptverdächtige. Wenn wir den auch knacken, gibt's einen neuen Wagen. Vielleicht ist dann sogar ein Ferrari drin.« Konstantins hochmütige Art lies mich beinahe Mitleid mit Daniel Stone empfinden.

»Was hat er denn diesmal verbrochen?«, wollte ich wissen, doch Konstantin gab keine Antwort. Während der laufenden Ermittlungen wollte er unter keinen Umständen etwas von seinem Erkenntnissen preisgeben.

Wieder kam ich erst kurz vor Mitternacht nach Hause. Bevor ich in meine Wohnung ging, schlich ich mich in die vierzigste Etage und schob leise den Umschlag unter der Wohnungstür meines Nachbarn hindurch.

Vor meiner eigenen Wohnung fand ich eine weitere Schachtel mit langstieligen Rosen, die ich mit in mein Appartment nahm, aus Angst er könnte mich auf dem Flur überraschen, während ich die Blumen dort aufstellte.

Als ich endlich im Bett lag und den vergangenen Tag Revue passieren ließ, kam mir wieder die junge Frau an Daniel Stones Seite in den Kopf. Die beiden waren ein perfektes Paar. Ich stellte mir vor, wie diese Frau ihn berührte, ihn küsste und sich ihm dann hingab. Wieder spürte ich so etwas wie Eifersucht in mir aufsteigen. Eigentlich hätte ich froh sein sollen, dass er Ablenkung gefunden hatte. So würde er mich wenigstens in Ruhe lassen. Aber wollte ich das überhaupt? War ich nicht insgeheim neugierig darauf, was ein Mann wie Daniel Stone mit mir vorhatte? Obwohl ich todmüde war, konnte ich schon wieder nicht einschlafen.

Dann läutete mein Telefon. Ich sah die bekannte Kurzwahl auf dem Display und nahm den Hörer ab, im selben Augenblick erinnerte ich mich an den Grund, warum ich so sauer auf ihn war – der Vertrag. Vor Schreck legte ich den Hörer wieder auf.

Oh, oh. Das war dumm gewesen, denn nun konnte ich nicht mehr so tun, als hätte ich ihn nicht gehört.

Das Telefon begann wieder zu klingeln. Was sollte ich denn jetzt machen? Wenn ich seinen Anruf noch länger ignorierte, kam er am Ende noch persönlich in meine Wohnung.

»Hallo?«, fragte ich kleinlaut.

»Hallo, Juliet, wie geht es dir?« Daniel Stone klang erstaunlich leise. Aber vielleicht stimmte ja mit der Leitung etwas nicht.

»Mir geht es gut, wenn man davon absieht, dass Sie mich beim Einschlafen stören«, sagte ich vorsichtig. Ich nahm mir sofort vor, die Worte Bett und Schlafen lieber nicht zu benutzen, um ihn auf keine falschen Gedanken zu bringen.

»Du hast den Vertrag abgelehnt. Darf ich fragen, warum?«

Sollte das ein Witz sein? Hatte er im Ernst gehofft, ich würde diesem Unsinn zustimmen? Ich antwortete kühl: »Ja, das stimmt. Ich bin nicht interessiert an so was. Und ehrlich gesagt erstaunt es mich, dass ich einen solchen Eindruck bei Ihnen hinterlassen habe.«

»Juliet, bitte sage mir, an was genau bist du nicht interessiert? Vielleicht können wir ja Abänderungen vornehmen, ich bin gern bereit, mir deine Vorschläge anzuhören.«

Ich stand auf und ging mit dem Telefon in der Hand ins Badezimmer. Dort legte ich meine heiße Stirn an die Keramikfliesen, um sie abzukühlen. Und um mit einer einzigen Bewegung dagegen zu schlagen, falls jetzt die falschen Worte aus meinem Mund kamen.

»Mr. Stone, bitte rufen Sie mich nicht mehr an. Ich möchte nichts mit Ihnen zu tun haben, Sie machen mir Angst. Und es gibt nichts, was ich mit Ihnen besprechen will. Sie ticken doch nicht ganz richtig, wenn Sie glauben, ich würde so einen Shades-of-Grey-mäßigen Vertrag unterzeichnen!«

Sein Kichern klang aus dem Lautsprecher: »Du hast die Bücher also gelesen? Und - haben sie dir gefallen? Oder was stört dich an Grey, der hat es seiner Freundin doch bestens besorgt?«

»Wenn Sie mir jetzt noch sagen, dass Sie in Ihrer Wohnung ein Spielzimmer haben, ziehe ich morgen früh aus!«

»Keine Angst, ich stehe nicht darauf, Frauen auszupeitschen. Aber Fesselspiele interessieren mich schon. Ich brauche nur kein extra Zimmer dafür, das können wir auch alles in meinem Bett machen.«

»Ich verstehe nicht, wieso Sie glauben, Ihr Gerede könnte mich irgendwie davon überzeugen, meine Meinung zu ändern?«

Er atmete hörbar ein. »Juliet, an meinem Verlangen nach dir hat sich nichts geändert. Ich will dich immer noch, dringend. Und ich kann einfach nicht aufhören, an dich zu denken und mir vorzustellen, wie es ist, dich zu berühren, zu ficken und in dir zu kommen. Du fühlst dich so gut an und ich könnte dir so viel beibringen, wenn du mich nur lässt. Ich verspreche dir, ich werde dafür sorgen, dass du auch Spaß daran hast. Sag ja, dann bin ich gleich bei dir.«

Wieder war ich sprachlos. Seine Dreistigkeit und Verblendung waren einfach unglaublich. Was zum Teufel ließ ihn glauben, dass ich bei ihm etwas über Geschlechtsverkehr erlernen wollte? Und das war eine harmlose Umschreibung für sein Dokument.

»Mr. Stone, warum ist die nette Frau, die Sie heute Abend im Theater so angehimmelt hat, nicht bei Ihnen? Sie beide wären doch so ein schönes Paar? Aber lassen Sie mich endlich in Ruhe, wie oft soll ich Ihnen noch sagen, dass ich nicht an Ihnen interessiert bin.« Ich stand noch immer im Bad, betrachtete mein Gesicht kritisch im Spiegel. Wieso verfolgte er gerade mich?

»Juliet, verdammt! Sag mir, was ich machen muss, damit du den Vertrag wenigstens erwägst. Irgendetwas. Ich muss dich haben, egal was du von mir im Gegenzug verlangst.«

Nanu, was war denn los mit ihm? Wo war der erfolgreiche Unternehmer, der täglich auf der ganzen Welt Milliardendeals abschloss?

Ich seufzte laut und versuchte, meine Emotionen unter Kontrolle zu behalten. Mich fröstelte und leise kletterte ich zurück in mein Bett, bevor ich ihm antwortete. »Für mich sieht es so aus, als wollten Sie mich als eine Art Geisel benutzen, um meinen Vater zu erpressen. Kann das sein?«

»Juliet, du kannst mir glauben, alles, was ich von dir will, ist Sex. Guter Sex. Und darüber, was wir zusammen tun, werde ich mich weder vor deiner Familie noch in irgendeiner Zeitung auslassen. Ich habe keinerlei Interesse daran, dass unser Vertrag an die Öffentlichkeit gelangt oder dass dir daraus ein Schaden entsteht. Alles was ich will ist, dich zu besitzen. *Trotz* deiner Herkunft, nicht *wegen*.«

»Aber wieso?«, fragte ich, unwillig, meine Verwunderung noch länger zu verbergen. »Sie können doch jede Frau der Welt haben. Alle himmeln Sie an. Warum ausgerechnet ich?«

»Das habe ich dir doch schon erklärt. Du hast eine außerordentliche Anziehungskraft. Es ist fast schon wie Magie, ich bin machtlos dagegen. Es gibt keine versteckte Agenda oder so etwas, falls du darauf hinaus willst. Es geht mir nur darum, dich ficken zu können.«

Ich kam mir wie ein Objekt vor, etwas, das er benutzen konnte, um seine körperlichen Bedürfnisse zu befriedigen. Diese Vorstellung war alles andere als angenehm. »Und was habe ich davon?«

Er strotzte nur so vor Selbstbewusstsein. »Ich biete dir an, dich mit mir zu vergnügen und dabei die technischen Details Schritt für Schritt zu erlernen. Reicht das nicht?«

»Für mich hört es sich eher so an, als ob ich Ihnen meinen Körper zur Verfügung stellen soll, damit Sie sich abreagieren können. Wenn Sie möchten, dass ich mich von Ihnen... ähm, ficken lasse, dann müssen Sie mir auch etwas im Gegenzug bieten.«

»Ja? Was ist es Juliet? Sag schon, was soll ich tun?«

Ich konnte ihn wohl nur loswerden, indem ich obskure, unerfüllbare Forderungen an ihn stellte. Damit wäre er dann hoffentlich beschäftigt, bis seine merkwürdige Faszination an mir nachließ.

»Da ist tatsächlich etwas, was mich über die ganze Sache vielleicht anders denken lassen würde.«

»Juliet, ich habe es schon zweimal gesagt, ich würde alles dafür geben, dich zu besitzen. Sag einfach, was du haben willst.«

Ich fühlte mich plötzlich lächerlich mit meiner Forderung. Ich könnte in diesem Moment so ziemlich alles von ihm verlangen, Geld, Status, eine Job. Aber das würde die ganze Angelegenheit nur noch erniedrigender machen.

»Mr. Stone, ich habe eine Bedingung an Sie. Ich möchte, dass Sie mir dabei helfen, meinen Freund Garry zu finden.«

Atemlos horchte ich ins Telefon, wollte hören, ob es irgendein Anzeichen dafür gab, dass er über Garrys Verbleib Bescheid wusste. Doch alles was ich hörte, war seine ungläubige Überraschung.

»Garry – ist das nicht der Typ, der dich vor dem Haus angegrabscht und geküsst hat? Wenn ich mich recht daran erinnere, warst du danach ziemlich wütend auf ihn?«

Ich nickte, obwohl er das natürlich nicht sehen konnte. »Ja, das ist Garry. Seit letztem Samstag ist er verschwunden und ich habe keine Ahnung, was ihm zugestoßen sein könnte.«

Wieder lauschte ich gespannt auf seine Antwort. Schließlich wusste ich genau Bescheid, Daniel Stone hatte die Anweisung gegeben, sich um ihn zu kümmern.

Doch seine Stimme klang verblüfft, nichts deutete darauf hin, dass er etwas über den Fall wusste. Er war wirklich ein verdammt guter Schauspieler. »Und da fragst du ausgerechnet mich? Ich kenne den Typen doch gar nicht. Wieso glaubst du, ich könnte dir dabei helfen, ihn wiederzufinden?«

»Sie haben doch unbegrenzte Mittel, Mr. Stone. Und Garry scheint Sie ja zu kennen, schließlich hat er Ihre Wohnung erwähnt?«

Er machte ein verächtliches Geräusch. »Ach was, solche Spinner gibt es überall. Woher willst du überhaupt wissen, dass er verschwunden ist? Vielleicht ist er für ein paar Tage weggefahren oder sein Telefon funktioniert nicht?«

Doch ich wollte mich nicht so leicht geschlagen geben, schließlich befanden wir uns mitten in unseren Vertragsverhandlungen. »Ich weiß es einfach. Und wenn Sie möchten, dass ich mir Ihren Vertrag durch den Kopf gehen lasse, dann müssen Sie mir in diesem Punkt entgegenkommen. Das ist sehr wichtig für mich.«

Er hatte ja keine Ahnung, wie wichtig das für mich war. Falls Garry noch lebte, war dies vielleicht die einzige Chance für ihn, da irgendwie rauszukommen.

Ich hörte Daniel Stone leise seufzen. »Also gut, wie hast du dir das denn gedacht? Darf ich meine Sicherheitsabteilung nach ihm suchen lassen, oder muss ich das persönlich übernehmen?«

Fieberhaft dachte ich darüber nach, wie ich sicherstellen konnte, dass er wirklich alles in seiner Macht Stehende tat, um Garry heil zurückzubringen. Falls diese Möglichkeit überhaupt noch bestand. Ich war kein Experte auf diesem Gebiet und es würde Daniel Stone nicht schwerfallen, mich zu täuschen.

»Es ist mir egal, wie Sie das genau machen. Aber solange Garry verschollen ist, werde ich mich nicht auf diesen Vertrag einlassen. Ich will erst ein Lebenszeichen von meinem Freund, danach können Sie meinetwegen ihre ganze perverse Liste an mir abarbeiten.«

Er stieß einen lauten Fluch aus. »Das ist doch nicht dein Ernst, Juliet? Wer weiß, wo dieser Freak jetzt ist? Und was, wenn er sich mit Absicht versteckt? Hast du mal daran gedacht, dass es ihm vielleicht peinlich ist, dass er dich am Samstag angemacht hat?«

Daniels Reaktion beunruhigte mich. Wenn er sich so ablehnend zeigte, bedeutete das vielleicht, dass sein Auftrag, Garry beiseite zu schaffen, schon erledigt war?

»Es ist ganz einfach, Mr. Stone. Sie finden Garry, wenn Sie möchten, dass ich dem Vertrag zustimme. Das ist meine einzige Bedingung. Sie können sich mit Mr. Burton abstimmen, der kennt Garry ziemlich genau und kann Ihnen vielleicht bei der Suche helfen.«

»Also gut. Ich finde den jetzigen Aufenthaltsort von deinem Freund und dann unterschreibst du unseren Vertrag. Aber ich kann dir weder garantieren, dass Garry mit dir reden oder dich treffen will, noch dass er unversehrt ist. Ich liefere dir nur eine Ortsangabe, weiter nichts.«

Mehr konnte ich wohl kaum von ihm verlangen. »Gut, angenommen.

Aber es gibt eine Ausnahme. Falls ich herausfinde, dass Sie etwas mit seinem Verschwinden zu tun haben, ist der Vertrag null und nichtig.«

Den Nachweis hatte ich ja schon, aber leider nirgendwo gespeichert. Doch darüber konnte ich mir später Gedanken machen.

Daniel stellte noch einmal sein Talent als Schauspieler unter Beweis. »Ja, das ist klar. Ich kenne den Typen nicht und ich habe ihn auch nicht verschwinden lassen. Möchtest du noch weitere Punkte mit mir diskutieren?«

Aha, jetzt war er also wieder im Businessmodus. Es verbitterte mich, dass er so einfach umschalten konnte, während ich mit hochrotem Gesicht im Bett lag. Und mir kam plötzlich der Gedanke, dass Garry ziemlich tief in meiner Schuld stand, wenn ich wegen ihm einem solchen Vertrag zustimmen musste.

»Würde ich herzlich gern, aber ich habe den Vertrag nicht mehr«, hörte ich mich selbst antworten. Mein Unterbewusstsein starrte mich verblüfft an und spitzte die Ohren.

»Kein Problem, ich habe ihn hier vor mir liegen. Soll ich dir daraus vorlesen?«

»Ja bitte. Den ganzen Text.« Vielleicht fiel ihm dabei ja auch auf, wie abartig diese Angelegenheit eigentlich war?

Er begann, mit seiner unvergleichlich sinnlichen Stimme zu lesen, als ob wir uns nicht bis eben über das Verschwinden meines besten Freundes unterhalten hätten.

Ziel der Ausbildung

Ziel der Ausbildung ist es, der Auszubildenden hinreichende Kenntnisse und Fertigkeiten beizubringen, um sie zukünftig in die Lage zu versetzen, einen anspruchsvollen Sexualpartner angemessen und wirksam befriedigen zu können. Hierfür sollen der Auszubildenden alle zum Lustgewinn ihres Sexualpartners erforderlichen Mittel und Methoden bekannt gemacht und ihre erfolgreiche Anwendung wiederholt trainiert werden.

»Hast du bis hierher Fragen?«

»Ja. Was ist unter einem anspruchsvollen Sexualpartner genau zu verstehen? Sich selbst können Sie damit ja nicht meinen, schließlich zeugt es nicht gerade von gehobenen Ansprüchen, die erstbeste Frau im Fahrstuhl um Sex zu bitten.«

Im Augenblick war es mir egal, was er von mir dachte, ich war einfach wütend auf ihn.

»Es zeugt auch nicht gerade von Selbstachtung, sich als erstbeste Frau im Fahrstuhl zu bezeichnen, Juliet. Du solltest ein bisschen mehr Vertrauen in dich haben.«

Ich schnaubte vor Empörung. Wie konnte er dies so drehen, dass es plötzlich um mich ging? »Sie sind es doch, der mich zum Lustobjekt degradiert hat, zu einen weichen Körper, den Sie gerne ficken wollen. Also fangen Sie bitte nicht an, über Würde oder Selbstachtung zu fabulieren. Sie haben keine und sind gerade auf dem besten Wege, mir meine auch noch wegzunehmen.« Ich war beeindruckt von meiner eigenen Courage und auch Daniel Stone schien erstaunt zu sein.

»Na gut, wir können die Worte auch durch meinen Namen ersetzen, wenn es dann einfacher verständlich ist? Den Rest können wir bei anderer Gelegenheit diskutieren, heute geht es nur um den Vertrag.«

Sein Selbstbewusstsein schien jedenfalls noch nicht gelitten zu haben. »Gut, wenn das geklärt ist, könnten Sie dann weiterlesen?«, fragte ich zuckersüß. Ich wusste, jetzt kam der Abschnitt mit den Schwerpunktthemen.

Schwerpunkte

Die Auszubildende muss sich Kenntnisse in den folgenden Schwerpunktfächern aneignen und dabei gute oder sehr gute Ergebnisse erzielen. In allen Schwerpunktfächern soll es weiterhin individuell angepasste Schwierigkeitsstufen geben, die es der Auszubildenden ermöglichen, ihre Kenntnisse schrittweise zu verbessern und eine größtmögliche Einsatzbreite ihrer Fertigkeiten zu gewährleisten.

1. Befriedigung des Partners durch vaginale Penetration
2. Orale Befriedigung des Partners
3. Manuelle Befriedigung des Partners
4. Befriedigung des Partners durch anale Penetration
5. Umgang mit gängigen Sextoys
6. Fesselspiele
7. Atemkontrolle

8. Geschlechtsverkehr im beengten Räumen (z.B. Auto, Dusche)
9. Geschlechtsverkehr in der Öffentlichkeit
10. Verführung am Telefon

Zusätzlich zu diesen Punkten stimmen sich die Auszubildende und der Lehrer über zwei weitere Schwerpunkte ihrer Wahl ab, deren Erlernen in beiderseitigem Interesse liegt.

»Gibt es irgendetwas, was du hinzufügen möchtest, Juliet?«, fragte er mich. Seine Stimme war höflich und er schien lauernd auf meine Antwort zu warten. Dabei wusste er ganz genau, dass ich keinerlei Erfahrung besaß.

Ich zögerte. All die angeführten Praktiken klangen für mich abstoßend, im Kontext solch eines Vertrags gesehen. Musste man das nicht mit seinem Partner zusammen schrittweise angehen und dann sehen, wie es beiden gefiel? Punkt 1 hatte er mit mir bereits ausgeführt, war das damit abgeschlossen? Gab es bei den weiteren Punkten überhaupt irgendetwas, was ich jemals mit Daniel Stone machen wollte? Und würde er mich während des Unterrichts auch befriedigen, oder ging es dabei nur um ihn?

»Juliet, bist du noch dran?«

Meine Stimme klang unsicherer als beabsichtigt. »Ja, ich bin hier. Ich möchte die Zahl der Punkte auf die Hälfte reduzieren. Das muss reichen.« Diese Antwort ersparte es mir, die Namen der Sexualpraktiken einzeln auszusprechen.

Doch Daniel Stone klang abweisend. »Die Liste umfasst ohnehin nur wenige Punkte. Es macht keinen Sinn, sie weiter einzuschränken, du sollst ja etwas lernen. Gibt es Dinge, die du auf keinen Fall machen willst?«

Ich ging die Punkte in Gedanken nochmals durch. Schließlich gab ich zu: »Ich weiß nicht. Ehrlich gesagt, macht mir das alles Angst.«

Sofort verschwand der bittere Ton aus seiner Stimme. »Juliet, lass es doch einfach auf dich zukommen. Und wir machen nichts, was du nicht auch willst, okay?«

»Haben wir Punkt 1 schon abgeschlossen?«, fragte ich ihn zaghaft.

Nun lachte er.

Ich wartete geduldig, bis er sich wieder beruhigt hatte. Trotzig fügte ich dann hinzu: »Warum nicht, wir haben es schon gemacht und Sie haben gesagt, es war gut? Wieso reicht das nicht?«

Er schien erst jetzt zu begreifen, dass meine Frage durchaus ernst gemeint war. »Hey, es gibt da mindestens zwanzig verschiedene Stellungen, die ich dir zeigen will, bevor wir Punkt 1 umfassend abgearbeitet haben.«

Ich war ehrlich schockiert, so hatte ich mir das nicht vorgestellt. Zwanzig Stellungen! Nie im Leben würde ich diesem Vertrag zustimmen. Plötzlich fühlte ich mich mutlos. Was machte ich hier eigentlich? Ich hatte doch nicht ernsthaft geglaubt, dass sich der tolle Daniel Stone durch mein Gerede über sein merkwürdiges Machwerk selbst in Verlegenheit brächte?

»Ich glaube, wir sollten aufhören zu telefonieren. Ich bin müde und will schlafen.«

»Juliet, habe ich etwas Falsches gesagt? Verdammt, rede doch mit mir! Was hast du denn?« Er schien ehrlich aufgebracht zu sein.

»Ich habe genug gehört. Bitte lassen Sie mich jetzt schlafen«, bat ich ihn mit leiser Stimme.

Doch er gab sich nicht geschlagen. »Ich fahre fort, sag *Stop*, wenn du eine Frage hast.« Dann begann er wieder, mir den Vertragstext vorzulesen.

Dauer der Ausbildung

Die Ausbildungszeit beträgt mindestens zwei Monate und höchstens ein Jahr und ist erst dann erfolgreich abgeschlossen, wenn in allen oben angeführten Schwerpunktfächern und in allen Schwierigkeitsstufen mindestens ein gutes Ergebnis erzielt wurde. Die Bewertung der Fertigkeiten und Kenntnisse der Auszubildenden unterliegt ausschließlich der Einschätzung des Lehrers und muss nicht im Einzelnen begründet werden.

Die Bestimmung der erforderlichen Stundenzahl und Lehrdauer für die einzelnen Schwerpunktfächer unterliegt ausschließlich dem Lehrer. Beide Parteien legen genaue Ausbildungszeiten in gemeinsamer Absprache und mit Rücksicht auf anderweitige Verpflichtungen fest. Es muss jedoch eine Mindeststundenzahl von 10 Stunden pro Woche eingehalten werden. Lehrstunden können nur in begründeten Ausnahmefällen verschoben werden.

Einige der oben aufgeführten Ausbildungsschwerpunkte erfordern möglicherweise zusätzliche Zeit für An- und Abreise, oder die Teilnahme an gesellschaftlichen Ereignissen. Die hierfür benötigte Zeit ist nicht in der Mindeststundenzahl pro Woche enthalten.

Sollte die Auszubildende sich während der Ausbildung entschließen, diese nicht weiter fortzusetzen, kann später dieselbe Ausbildung nicht erneut begonnen werden.

»Juliet, hörst du mir überhaupt noch zu?«, fragte er eindringlich nachdem er den gesamten Absatz laut gelesen hatte. »Hast du Fragen oder ist etwas unklar formuliert?«

Ich wollte wissen, wie er die Stundenzahl berechnete, war es eine Zeitvorgabe oder die Anzahl der Lektionen?

»Was wäre dir denn lieber? Ich richte mich da ganz nach dir«, war seine anzügliche Antwort.

Ich dachte fieberhaft nach, was wohl weniger anstrengend war, konnte es mir aber nicht so recht vorstellen. Mein Unterbewusstsein sprang wild auf und ab. »Wenn ich alle 10 Lektionen in einer Woche mit Ihnen durchgehe, ist der Vertrag dann sofort beendet?« Ich versuchte nun ebenfalls, das Ganze als eine Art geschäftliche Verhandlung zu betrachten.

Daniel schien ernsthaft zu überlegen, schwieg eine Weile. Dann jedoch hörte ich ihn laut loslachen. »Das meinst du jetzt nicht ernst, oder?«, brachte er schließlich mühsam hervor.

Nun war ich wirklich beleidigt. Sollte ich nun die unklaren Punkte zur Sprache bringen oder diente dieses Gespräch nur zu seiner Belustigung? Dann konnte ich ja gleich auflegen.

Er schien meine Verärgerung im letzten Moment zu spüren und beruhigte sich. »Juliet, lass es uns mit zehn Zeitstunden probieren. Wenn du wirklich zehn Lektionen in so kurzer Zeit mit mir durchgehen willst, sind wir beide in wenigen Tagen tot oder zumindest arbeitsunfähig.«

»Dann ist Ihre Kondition also doch nicht so großartig?« Ich war zufrieden über sein unerwartetes Eingeständnis, doch er lachte schon wieder.

Dann wies er mich auf den letzten Absatz hin. »Ich möchte, dass dir Eines vollkommen klar ist. Falls du je daran denkst, diesen Vertrag zu brechen, dann war es das. Ich gebe keine zweiten oder dritten Chancen. Dann bist du aus meinem Leben gestrichen.«

Nun war es an mir zu lachen. »Stone, wovon reden Sie eigentlich? Sie sind doch derjenige, der solche perversen Vorschläge durchdiskutiert. Ich werde ganz bestimmt nicht um eine zweite Chance betteln.«

Doch sein Selbstbewusstsein kannte keine Grenzen. »Juliet, du wirst mich anbetteln, glaub mir. Du wirst darum betteln, von mir genommen zu werden, mich anflehen, es dir richtig zu besorgen, dich hart ranzunehmen.«

Er redete sich selbst in Rage, wurde beim Sprechen lauter und offensichtlich erregter. Ich wollte seine schmutzigen Worte nicht länger anhören. Abrupt legte ich den Hörer auf.

Das Telefon begann sofort wieder zu klingeln. Aus Angst, dieser Dreckskerl würde sonst in meine Wohnung kommen, nahm ich ab und meldete mich mit leiser Stimme.

»Juliet, es tut mir leid. Ich wollte dich nicht erschrecken, aber dieses ganze Gerede über uns lässt mich nun mal nicht kalt. Ich stelle mir schon die ganze Zeit vor, wie ich dich verwöhnen werde...«

»Haben Sie mir noch etwas zu sagen?«, unterbrach ich ihn.

Seufzend fuhr er fort, den Vertrag zu zitieren:

Kosten und Vergütung

Der Auszubildenden entstehen keinerlei Kosten durch diese Ausbildung, alle eventuell anfallenden Ausgaben für Lehrmittel, Reisekosten der Auszubildenden oder sonstige Aufwendungen werden vom Lehrer übernommen.

Sollte es der Auszubildenden aufgrund der zeitlichen, körperlichen oder emotionalen Anforderungen ihrer Ausbildung nicht möglich sein, ihre reguläre Tätigkeit weiter auszuüben, verpflichtet sich der Lehrer, für die Dauer der Ausbildung für ihren Lebensunterhalt aufzukommen und ihr ein angemessenes Budget zur Verfügung zu stellen. Die Festlegung der Höhe dieses Budgets obliegt dem Lehrer. Sollten Lehrer und Auszubildende zu keiner Einigung kommen, ist die Ausbildung sofort abzubrechen.

»Fragen?«

»Nein, keine. Ich bin nicht an Ihrem Geld interessiert, ich kann gut für mich alleine sorgen. Aber natürlich erwarte ich, dass Sie Ihre kranken Spiele selbst finanzieren.« Je länger ich darüber nachdachte, um so lächerlicher kam mir unser Gespräch vor.

»Gut, dann kommen wir zum letzten Teil. Es ist wichtig, dass du die Punkte verstehst und genaustens befolgst. Also frage nach, wenn du etwas nicht nachvollziehen kannst.« Er klang sehr bedeutungsvoll.

Ich nickte, und obwohl er das ja nicht wissen konnte, begann er wieder, mir mit seiner unvergleichlich erotischen Stimme aus dem Vertrag vorzulesen.

Weitere Verpflichtungen

Vor Ausbildungsbeginn ist ein Gesundheitszeugnis beider Parteien erforderlich.

Die Auszubildende verpflichtet sich, während des gesamten Zeitraums der Ausbildung keine sexuellen Aktivitäten mit anderen Personen auszuüben. Während der gesamten Ausbildung ist der sexuelle Kontakt einzig auf Lehrer und Auszubildende beschränkt, dritte Personen sind nicht in die Ausbildung einzubeziehen.

»*Stop*!«, warf ich sofort ein.

»Ja?«, fragte er verblüfft. »Hast du hierzu etwa Fragen?«

»Allerdings. Wieso darf ich während der Ausbildung keinen Sex mit anderen Personen haben, Sie aber schon?«

Ich konnte ihn vor mir sehen, mit seinem lässigen Grinsen auf dem Gesicht. »Juliet, ich bin der Lehrer. Ich darf alles, du nicht.«

Ohne einen weiteren Kommentar fuhr er fort, aus dem Abschnitt zu lesen. Das Thema war offenbar für ihn abgehakt.

Zu Ausbildungszwecken kann es erforderlich sein, dass die Auszubildende den Lehrer auf gesellschaftliche Anlässe begleitet. Die Auszubildende verhält sich dabei stets zurückhaltend und höflich und vermeidet jegliches obszöne oder unangemessene Auftreten. Die Auszubildende vermeidet Konfrontationen und begibt sich nicht unnötig in Gefahr.

Die Auszubildende verpflichtet sich, während der gesamten Dauer der Ausbildung jederzeit für ihren Lehrer erreichbar zu sein. Fragen nach ihrer Verfügbarkeit beantwortet sie stets ehrlich und bemüht sich im Rahmen ihrer Möglichkeiten, dem Lehrer zur Ausbildung so häufig wie möglich zur Verfügung zu stehen um den Erfolg der Ausbildung zu gewährleisten.

Beide Parteien verpflichten sich, der anderen Partei und sich selbst keine unnötigen Schmerzen während der Ausbildung zuzufügen und rücksichtsvoll miteinander umzugehen.

Die Auszubildende behandelt den Lehrer während der gesamten Dauer der Ausbildung, auch außerhalb der Lehrstunden, mit Respekt und unterwirft sich jederzeit und ohne Einwände dessen Anweisungen. Lehrmethoden und andere Aspekte der Ausbildung sind von der Auszubildenden bedingungslos zu akzeptieren. Alle Anforderungen durch den Lehrer sind sofort und ohne Nachfragen auszuführen, Abweichungen von den Anweisungen des Lehrers sind nur dann erlaubt, wenn diese gegen andere Punkte des Ausbildungsvertrags verstoßen.

Während der gesamten Ausbildungsdauer ist der Lehrer zu jedem Zeitpunkt und in vollem Umfang für die Sicherheit und das Wohlergehen der Auszubildenden verantwortlich.

Dieser Vertrag ist vertraulich zu behandeln und tritt mit dem Datum der Unterzeichnung durch beide Parteien in Kraft.

»Juliet, es ist wichtig, dass du das hier verstehst und dich zu jeder Zeit danach richtest. Ich erwarte von dir bedingungslosen Gehorsam, Respekt und die Bereitschaft, mir so oft wie möglich zur Verfügung zu stehen. Denkst du, dass du das schaffen kannst?«

Ich konnte die Anspannung in seiner Stimme hören. Seine Worte machten mich nachdenklich. Wäre ich jemals bereit, einem anderen Menschen das Recht einzuräumen, so uneingeschränkt über mich zu bestimmen? Bislang hatte ich dies sogar meinen eigenen Eltern verwehrt, warum sollte ich also einem völlig Fremden, einem noch dazu so durchgeknallten Mann wie Daniel Stone erlauben, mich zu bevormunden?

»Juliet, ich weiß, du bist jetzt verwirrt. Wenn du noch Fragen hast oder etwas diskutieren möchtest, kannst du mich jederzeit anrufen oder vorbeikommen, die ganze Nacht. Ich werde dir einen neuen Vertrag zusenden und in der Zwischenzeit nach deinem Freund suchen, damit wir nicht unnötig Zeit verlieren.«

»Ich brauche vielleicht ein paar Tage Bedenkzeit«, warf ich ein.

Er seufzte. »Also gut, von mir aus nimm dir noch eins, zwei Tage Zeit. Aber bitte, warte nicht länger als nötig. Ich halte es kaum noch aus. Wenn du mich jetzt sehen könntest, wüsstest du, was ich meine.«

Ich wollte mir gar nicht vorstellen, was er gerade in seiner Wohnung machte.

»Muss ich sonst noch etwas wissen, bevor ich mich entscheide? Ich meine, gibt es noch mehr Regeln, während wir zusammen sind? Soll ich Sie mit Herr Lehrer ansprechen oder verbinden Sie mir die Augen, oder so was?« Ich fühlte mich überrumpelt durch seine schnelle Zustimmung und sein Angebot, den Vertrag zurückzusenden. Insgeheim hoffte ich fast darauf, dass Garry unauffindbar blieb.

»Juliet, ich denke, wir sollten das nicht am Telefon besprechen, sondern machen besser einen Termin aus. So eine Art Probetraining, bei dem ich dich mit den Regeln und Abläufen vertraut mache. Danach kannst du dich endgültig entscheiden. Wie klingt das?«

»Okay, das ist vielleicht keine schlechte Idee. Werden Sie bei diesem Treffen auch mit mir schlafen?« Mein Unterbewusstsein schnappte angesichts dieses Gesprächsverlaufs erschrocken nach Luft.

»Es wäre ja kein Probetraining, wenn ich dich ungefickt nach Hause entlassen würde, oder? Aber keine Sorge, am Anfang beginnen wir ganz langsam, damit du dich an alles gewöhnen kannst.«

In meinem Unterleib flogen tausende Schmetterlinge. So genau hatte ich das gar nicht wissen wollen.

»Also gut, ich warte auf den Vertrag. Gute Nacht, Daniel.«

Als ich auflegte, hörte ich ihn laut seufzen.

Mittwoch, 16. Mai 2012

Im Hotel war schon früh am Morgen viel zu tun, die Firmenvertreter einer großen Modehauskette hielten heute ihre Jahrestagung ab. Die vielen neuen Gäste, die ständig in unserer Lobby herumwuselten und auf der Suche nach den Tagungsräumen durch das Hotel irrten, lenkten mich wenigstens von meinem letzten Gespräch mit Daniel Stone ab. Trotzdem hielt ich insgeheim Ausschau nach ihm, erwartete, dass er jeden Moment am Empfang auftauchen könnte.

Sylvia stieß mich warnend an, damit ich meine Arbeit nicht vergaß. »Juliet, hör endlich auf damit. Die Bingham hat dich schon seit gestern auf dem Kieker. Wenn du jetzt Mist baust, schmeißt sie dich gleich wieder raus.«

Ich versuchte, für den Rest meiner Schicht nicht mehr an meinen sonderbaren Nachbarn zu denken.

Kurz vor der Mittagspause trat dann die schwarzhaarige Schönheit an den Tresen, mit der ich ihn gestern Abend im Theater gesehen hatte. Die außergewöhnlich hübsche junge Asiatin in einen schicken Businesskostüm war zierlich, perfekt geschminkt und hatte lange glänzende Haare. Ihr Kostümrock war eine Idee zu kurz.

Das Telefon vor mir begann zu klingeln. Eifrig nahm ich den Anruf entgegen, eine Zimmerreservation für einen extravaganten Gast. Die unbekannte Frau schaute angespannt auf ihre teure Armbanduhr. Ich versuchte, den Anruf an Stephanie in der Reservierung durchzustellen, doch die Leitung war besetzt. Entschuldigend blickte ich in Richtung der Frau und nahm den Anruf selbst entgegen. Erst als der Anrufer eine kurze Pause machte, um nach Flugdaten zu suchen, konnte ich meine Aufmerksamkeit kurz auf sie richten.

»Was kann ich für Sie tun?«, fragte ich höflich, noch immer das Telefon ans Ohr haltend.

»Sind Sie Miss Walles?«, fragte sie mich und als ich nickte, hielt sie mir einen dicken Umschlag ohne Absender hin. Ich nahm ihn verdattert entgegen und bedankte mich bei ihr mit einem Lächeln. Die Frau bedachte mich mit einem kühlen, herablassenden Blick, drehte sich um und verschwand.

Der Umschlag enthielt offensichtlich nicht nur den abgeänderten Vertrag. Wer war diese Frau? Und wusste sie, was sie mir gerade übergeben hatte?

Ich konnte die Zeit bis zur Mittagspause gar nicht abwarten. Als ich endlich in den Pausenraum kam, zog ich mir sofort einen Stuhl in die Ecke und öffnete den Umschlag.

Mit fielen ein kopiertes Flugticket, eine originale Bordkarte, ausgedruckte Fotos und noch weitere Papiere in die Hände, außerdem steckte eine Version unseres Vertrags in dem Umschlag.

Atemlos studierte ich die Unterlagen. Das Flugticket war auf den Namen Garrett Fisher ausgestellt, gültig für einen Flug am 14. Mai 2012 von Boston nach Bangkok über San Francisco. Die Bordkarte zeigte ebenfalls seinen Namen und war eingelöst auf den Flug von Boston nach San Francisco am selben Tag.

Ich betrachtete die vier ausgedruckten Fotos, alle von verschiedenen Kameras aufgenommen. Am unteren Ende der beiden ersten Fotos standen Datum und Uhrzeit, wiederum der Morgen des 14. Mai. Zu sehen war eindeutig Garry - einmal am Flugschalter beim Einchecken seines Gepäcks und ein anderes Mal irgendwo auf dem Bostoner Flughafen. Die Anzeigetafel im Bildhintergrund ließ daran keinen Zweifel. Die anderen beiden Fotos zeigten ihn offenbar bei seiner Ankunft in Bangkok. Ich erkannte das moderne Design des Suvarnabhumi Airports sofort, unzählige Male war ich dort selbst gelandet. Eines der Fotos zeigte ihn bei der Einreisebehörde, das andere Foto war ein Abdruck seines Reisepasses mit einem thailändischen Stempel datiert auf den 15. Mai. Das war gestern.

Langsam ließ ich die Papiere sinken. Es gab noch weitere Schriftstücke – Bordmanifeste der Fluglinien und eine schriftlich beglaubigte Kopie des Visaantrags. Ich hatte plötzlich kein Interesse mehr daran, diese genauer zu studieren. Konnte es sein, dass mein bester Freund tatsächlich mit dem von mir geborgten Geld in den Urlaub flog? Oder hatte er einen anderen Grund, ausgerechnet nach Bangkok zu reisen? Wieso hatte er nichts davon gesagt?

Oder waren diese Dokumente am Ende alle gefälscht? Dann hatte sich jemand sehr viel Mühe gemacht, um mich von Garrys Flug nach Thailand zu überzeugen. War es Daniel zuzutrauen, dass er solchen Aufwand betrieb, nur um mich ins Bett zu bekommen?

Hastig zog ich den Vertrag aus dem Umschlag und überflog ihn ein weiteres Mal um sicherzugehen, dass er nichts ohne mein Wissen abgeändert oder hinzugefügt hatte. Gut, er hatte seinen Namen nicht ‚wie abgekündigt, in den ersten Absatz eingefügt. Vielleicht war ihm sein Hochmut ja selbst aufgefallen?

Ich las mir den Vertrag nochmals gewissenhaft durch. Was machte ich hier eigentlich? Ich erwägte doch nicht ernsthaft, mich auf so etwas einzulassen? Mein Unterbewusstsein war völlig aus dem Häuschen. Die Punkte im Einzelnen waren ja gar nicht so fragwürdig, doch allein die Idee, dass zwei Menschen ein solches Abkommen ernsthaft abarbeiten könnten, war abstrus.

»Ich will mit dir reden, ich brauche eine Antwort. Diese Warterei macht mich noch ganz verrückt.« Daniels Stimme klang so laut und aufgebracht durch das Telefon, dass ich befürchtete, meine Kollegen an der Rezeption könnten jedes Wort verstehen.

Das er nicht normal war, stand sowieso fest, daran änderte auch das Warten auf meine Entscheidung nichts. Trotzdem war ich mir keineswegs sicher, was ich ihm antworten sollte. Er übte noch immer eine unglaublich starke Anziehungskraft auf mich aus, der ich mich nicht so leicht entziehen konnte. Aber die Sache mit Garry ließ mir einfach keine Ruhe.

»Die Dokumente könnten Fälschungen sein«, warf ich ein.

Er ließ mich gar nicht ausreden. »Blödsinn! Du kannst selbst bei der Fluglinie anrufen, wenn du mir nicht glaubst. Oder frag Burton, der kann dir alles bestätigen. Nein, meine Liebe, so leicht kommst du aus der Sache nicht mehr raus. Ich habe meinen Teil unserer Abmachung erfüllt – nun bist du an der Reihe.«

Ich war kurz davor, in Tränen auszubrechen. Als ich letzte Nacht diese Forderung aufstellte, hatte ich angenommen, Daniel hätte Garry entweder entführt oder schlimmer. Aber damit, dass mein Freund ein solches Spiel mit mir spielte, hatte ich nicht gerechnet. Ich würde Garry den Hals umdrehen, falls er sich je wieder in meine Nähe traute.

Eine Weile überlegte ich, was ich sagen sollte. Um Zeit zu gewinnen und ihn abzulenken, fragte ich schüchtern, was für ein Problem er eigentlich mit meinem Vater hatte.

Seine offene Antwort überraschte mich. »Dein Vater und ich haben eine geschäftliche Vereinbarung getroffen, die er rückgängig machen möchte. Ich habe kein Interesse daran und nun versucht er, mich zu zwingen. Es geht um viel Geld, darum ist er in der Wahl seiner Mittel nicht gerade zimperlich. Ich weiß, dass dein Vater jemanden aus der Familie in das Appartment im Triumph Tower einziehen lassen wollte. Bevor du angekommen bist, hat sich deine Schwester die Wohnung angesehen. Nur der Grund ist mir nicht klar. Jedenfalls bin ich mir jetzt sicher, dass er euch nicht geschickt hat, um mit mir zu vögeln. Also vergiss es einfach, für unser Abkommen hat es keinerlei Bedeutung.«

Ich war noch immer nicht in der Lage, ihm zu antworten. Eine einzelne Träne kullerte über meine Wange. Was sollte ich bloß machen?

Daniel schien meine Verzweiflung zu spüren und seine Stimme wurde eine Spur milder. »Juliet«, beschwor er mich erneut, »lass es uns doch wenigstens versuchen. Ich hole dich heute von der Arbeit ab und dann fahren wir zu mir nach Hause. Ich verspreche dir, wenn es dir nicht gefällt, kannst du jederzeit gehen. Ich werde dich danach nicht mehr belästigen.«

»Wenn ich aufhören will, dann werden Sie mich nicht zwingen?«, vergewisserte ich mich, nachdem ich sicher war, dass sich keiner meiner Kollegen in Hörweite befand.

»Ja. Obwohl ich nicht glaube, dass es dazu kommen wird«, ergänzte er und ich konnte an seiner Stimme hören, dass er belustigt grinste.

Ich dachte kurz nach. Wenn ich zustimmte, brauchte ich mir keine Gedanken mehr zu machen, wie ich die nächste Fahrstuhlfahrt überstand oder wo ich seine haarsträubenden Dokumente vernichten konnte. Außerdem hatte ich es ihm ja praktisch versprochen. Ich konnte mir nicht vorstellen, dass Daniel es einfach so akzeptieren würde, wenn ich meine Zusicherung jetzt zurückzog. Er würde mich vermutlich bis in alle Ewigkeit verfolgen und sich am Ende auch das nehmen, was ihm vermeintlich zustand.

Die Erinnerung an die beiden Orgasmen ließ mich innerlich erbeben.

War dies nicht etwas, wonach ich mich insgeheim sehnte? Wonach mein Körper verlangte? Er bot mir an, mich sexuell zu befriedigen und danach zu entscheiden, ob ich das gut fand oder nicht. Die Sache hatte doch eigentlich keinen Haken für mich?

Den Ausschlag aber gab schließlich der Gedanke an Garry. Wenn ich Daniel in meine Nähe ließ, konnte ich vielleicht mehr über die Hintergründe seines Verschwindens herausfinden. Garrys seltsame Bemerkung über das Appartment und dieser geheimnisvolle Anruf deuteten auf eine Verbindung der beiden Männer hin.

»Na gut, ich werde es versuchen«, sagte ich immer noch zögernd. Mein Unterbewusstsein blickte mich fassungslos mit weit aufgerissenen Augen an. Was tat ich hier?

Daniel war einen Moment lang sprachlos, kein Ton klang aus dem Hörer. »Sind Sie noch am Apparat, Mr. Stone?«, fragte ich höflich, denn in diesem Augenblick näherte sich Ms. Bingham. Sie war drauf und dran, mir etwas an den Kopf zu werfen, denn an meiner Haltung musste sie gemerkt haben, dass ich ein Privatgespräch führte. Doch der Name Stone ließ sie überrascht stehenbleiben. Sie sah mich argwöhnisch an, während ich in den Hörer lauschte.

»Juliet, du wirst deine Entscheidung nicht bereuen. Ich erwarte dich heute Abend um sechs Uhr vor dem Hotel in meiner Limousine.«

Ich verabschiedete mich förmlich: »Danke Mr. Stone. Es freut mich, dass ich Ihnen behilflich sein konnte. Ich wünsche Ihnen noch einen angenehmen Tag.«

Als ich den Hörer schon vom Ohr nahm, hörte ich ihn noch sagen: »Den werde ich haben - dank dir.« Dann legte ich schnell auf.

Mit hochrotem Gesicht machte ich mich unter dem kritischen Blick meiner Chefin wieder an die Arbeit und buchte die Reservierungen für den Nachmittag in die passenden Zimmer ein. Ms. Bingham sagte kein Wort.

Meine Schicht endete bereits um drei Uhr, mir blieben danach also noch ein paar Stunden Zeit, um mich auf den Abend mit Daniel vorzubereiten.

Kurz vor Dienstschluss erreichte mich ein überraschender Anruf aus dem Hotelspa, eine ausgesprochen höfliche Dame erklärte mir, dass für mich das Verwöhnpaket *Verführerische Sinnlichkeit* gebucht sei und mein Termin in zehn Minuten beginnen würde.

Manchmal war es also von Vorteil, mit dem Eigentümer dieses Hotels verabredet zu sein.

Nach stundenlangen Massagen, Hautbehandlungen und Saunagängen entspannte ich zum Abschluss bei einem Glas Champagner in einem warmen Bad aus Stutenmilch, Aromaessenzen und ätherischen Ölen. Ich fühlte ich mich fast ein wenig wie Kleopatra.

Wäre da bloß nicht die bevorstehende Verabredung mit Daniel. Allein der Gedanke daran riss mich immer wieder aus der Regeneration. Ich trank ein weiteres Glas Champagner und hoffte, der Alkohol würde meine Nerven beruhigen, wenn es das Entspannungsbad schon nicht vermochte.

Als ich die Badewanne schließlich verließ, strahlte meine Haut und ich fühlte mich sexy wie nie zuvor. Am Ende konnte ich gar nicht sagen, was mich letztendlich mehr beruhigt hatte, das warme Bad oder der viele Alkohol.

Um Punkt sechs Uhr trat ich frisch gebadet und verführerisch duftend vor die Tür, Daniel Stone erwartete mich bereits wie angekündigt vor seiner schicken schwarzen Limousine. Wie viele Autos hatte der Mann eigentlich? Wollte er mich absichtlich einschüchtern?

Als ich näher kam, lächelte er mich an, nahm mich in die Arme und drückte mich fest an sich. Er roch köstlich und ich spürte seinen durchtrainierten Körper durch den teuren Anzugstoff. Dort, wo seine Hände meinen Rücken berührten, glühte meine Haut förmlich auf.

Ich ließ alles mit mir geschehen, doch mein Herz raste und mein ganzer Körper zitterte vor Unruhe. Wie schon zuvor griff er in meine Haare und zog damit meinen Kopf zurück, damit ich ihn ansehen musste und mein Mund für ihn zugänglich war. Dann beugte er sich vorsichtig zu mir herab, seine weichen Lippen berührten mich zärtlich, strichen warm über meine Haut. »Oh Juliet, du glaubst gar nicht, wie aufgeregt ich bin«, flüsterte er mir zu.

Er und aufgeregt? Was sollte ich denn sagen?

Sein Kuss wurde intensiver, mit seiner feuchten Zunge drang er in meinen Mund ein, erforschte meine Mundhöhle und fuhr an meinen Lippen entlang. Mit den Zähnen knabberte er sanft an meiner bebenden Unterlippe. Nun ließ sich auch meine Erregung nicht mehr zurückhalten und ich erwiderte seinen Kuss, drängte mich dichter an ihn und genoss es, seinen warmen Körper zu spüren.

Schließlich löste er sich abrupt von mir und hielt mich mit ausgestrecken Armen an den Schultern fest. »Juliet, lass uns in den Wagen steigen. Hier draußen gibt es zu viele Zuschauer. Ich will dich jetzt ganz für mich allein haben.« Sein Atem ging schnell und unregelmäßig. Mir stand der Schweiß auf der Stirn.

Tatsächlich beobachteten uns einige Passanten und Hotelgäste interessiert. Ich errötete und stieg schnell in die Limousine, Daniel folgte mir und Smith schloss die Tür hinter uns. Dann setzte er sich wieder ans Steuer und als der Wagen sich langsam in Bewegung setzte, fuhr die Trennscheibe zwischen dem Fahrersitz und unserer Rückbank zu.

Daniel drängte sich sofort dichter an mich, umfasste mit den Händen mein Gesicht, küsste mich stürmisch und drängte dann weiter. Ich spürte seinen heißen Atem, seine feuchten Lippen auf meinem Mund, meinem Hals, meinen Schultern. Sein Körper presste sich enger an mich, über mich, auf mich. Schwer atmend lag ich plötzlich unter ihm und ließ mich von seinen leidenschaftlichen Berührungen verwöhnen.

Mit einer Hand machte er sich an meiner Bluse zu schaffen, mühte sich mit den Knöpfen ab, um nach vergeblichen Bemühungen einfach aufzugeben und seine Finger mit Gewalt unter den feinen Stoff zu schieben. Schon glitten sie forschend über meine Haut, streichelten mich, liebkosten mich überall. Dann nahm er seine andere Hand hinzu und hielt meinen wehrlosen Körper mit festem Griff um die Hüften gepackt, bereit, mich einzunehmen, mich ein weiteres Mal zu besitzen. Sein Mund senkte sich auf meinen nackten Bauch, küsste die zarte Haut, die sich unter meinen schnellen Atemzügen hob und senkte. Ein leises Stöhnen entfuhr meinen Lippen und er hielt plötzlich inne und sah mich verwundert an.

»Juliet, ich kann es noch immer nicht glauben, dass du eingewilligt hast! Willst du etwas trinken, bevor wir zu Hause sind?« Abrupt ließ er von mir ab, kletterte von mir herunter und rutschte auf die andere Seite der Rückbank. In einem Fach verbarg sich ein kleiner Kühlschrank, darin lag eine weitere Flasche Champagner.

Doch ich schüttelte den Kopf. Seine heißen Küsse hatten mich zu sehr erregt und ich war irgendwie enttäuscht, dass er sich so plötzlich von mir abgewendet hatte. »Daniel, ich bin nicht hier, weil ich mit dir trinken möchte. Ich dachte, das hier ist ein Probetraining!« Ich ignorierte dabei mein Unterbewusstsein, dass sich schreiend im Kühlfach verstecken wollte.

Er hielt überrascht inne. War das nicht der Grund, weshalb er mich abholte? Was wollte er von mir, wenn nicht meinen Körper? Ich wurde verlegen, errötete schon wieder unter seinem Blick.

Doch dann begann er zu schmunzeln. »Juliet, wer hätte gedacht, dass du so scharf bist und es vor lauter Ungeduld gar nicht erwarten kannst? Komm her Baby, wenn du es nicht mal aushältst, bis wir zu Hause sind, dann werde ich dich gleich hier vögeln.«

Oh, so hatte ich das doch gar nicht gemeint! Aus seinem Mund klang das ja gerade so, als ob ich mir dieses Treffen gewünscht hätte.

Nach diesen Worten legte er die Flasche zurück, kam zu mir und beugte sich dann erneut über mich. Diesmal war sein Kuss sinnlich und genießerisch, er begann, sich mit kleinen Küssen und Bissen von meinem Mund zu meinem Ohrläppchen vorzuarbeiten, um dann nach unten an meinem Hals entlang bis zu meiner Schulter vorzudringen. Seine feuchten Lippen hinterließen eine glühende Spur auf meinem Körper, seine Berührungen waren hauchzart und immer wieder zog er mit seinen Lippen sanft an meiner Haut, spielte mit der Zunge darauf und ließ mich ganz leicht seine Zähne spüren.

Er knöpfte gemächlich meine Bluse auf, ließ seine Hände darunter gleiten, umspielte wieder meinen Busen. Schon liebkosten seine Hände meine Brüste, zogen sanft die Körbchen meines BHs herunter und betasteten vorsichtig meine harten Nippel. Ich stöhnte leise auf, mein Oberkörper wand sich unter seinen Berührungen. »Willst du mich wirklich, Baby? Soll ich dich hier im Wagen nehmen?« Seine Worte machten mich nur noch heißer. Als Antwort ließ ich meine Hand zwischen seine Beine gleiten, fühlte seine Härte, rieb über seine Erektion, bis er scharf einatmete.

»Juliet, zieh deinen Rock und den Slip aus«, sagte er, während er sich aufsetzte und damit begann, an seinem Gürtel zu zerren. Ich erhob mich umständlich aus meiner Lage und zog unbeholfen meinen Rock herunter, das Höschen folgte.

Was mache ich hier bloß, schoss es mir durch den Kopf, als ich mich mit entblößtem Unterleib wieder Daniel zuwendete. Nur nicht nachdenken. Ich musste mich jetzt einfach treiben lassen, die Dinge mit mir geschehen lassen, ohne einen Gedanken an die Folgen zu verschwenden. Sonst wäre ich längst schreiend aus dem Wagen gestürzt.

Mittlerweile war es Daniel gelungen, seine Hose und die Boxershorts so weit herunterzuziehen, dass sein großes Glied befreit hervorstand. Ich schluckte bei dem Anblick und wieder kamen mir Zweifel.

Da bemerkte ich, wie sein brennender Blick sich auf meinen Körper richtete, seine Hand berührte sanft meine Beine, glitt spielerisch an meiner Wade entlang aufwärts, streifte mein Knie, erreichte dann den Saum meiner Strümpfe.

Ich saß ganz still neben ihm, sagte kein Wort und ließ alles mit mir geschehen.

Seine Finger umspielten den seidigen Stoff, bevor sie die nackte Haut meines Oberschenkels berührten. Er ließ die Hand weiter nach innen gleiten, den Blick fest auf sein Ziel gerichtet – der dunkle Ort zwischen meinen Beinen.

»Leg dich wieder auf den Rücken, Babe. Überlasse mir jetzt deinen herrlichen Körper, ich will dich verwöhnen.«

Er half mir dabei, mich auf dem Sitz zu drehen und eine halbwegs bequeme Position zu finden, ein Bein angewinkelt an die Rückbank gelehnt, während das andere auf dem Boden stand. Ich fühlte mich nackt und ausgeliefert, den intimsten Teil meines Körpers so offen zur Schau stellend, ihm darbietend. Mein ganzer Leib vibrierte in Erwartung auf das, was jetzt kommen musste, doch Daniel schien es gar nicht zu bemerken. Er setzte sich seelenruhig zwischen meine Beine, drehte sich so, dass er mich ansehen konnte. Ich bemerkte sein vollkommen erigiertes Glied, das aus seiner Hose hervorstand.

Ganz leicht strich er mit den Fingern an der Innenseite meiner nackten Oberschenkel entlang. »Juliet, du hast wirklich einen exquisiten Körper. Ich freue mich schon sehr darauf, ihn ganz zu besitzen und endlich jeden

Zentimeter davon zu erkunden.«

Plötzlich schob er seine Hand bestimmt zwischen meine Beine und umfasste mein Geschlecht. »Und ganz besonders freue ich mich darauf, gleich hier hineinzugleiten.«

Ich keuchte erschrocken auf.

Er bewegte seine Finger und drang damit zwischen meine Schamlippen. Ein Lächeln verriet, dass er meine feuchte Vorfreude bemerkte.

»Sieh mich an Juliet, schau auf meinen Schwanz! Der wird sich gleich in deine süße kleine Öffnung zwängen, dich ausfüllen und dich in den Wahnsinn treiben. Willst du das wirklich?«

Ich blickte auf seinen riesigen Penis, der sich erwartungsvoll in meine Richtung neigte und auf dessen Kopf sich bereits ein einzelner Lusttropfen abzeichnete. Gleichzeitig bemerkte ich, wie Daniels Finger langsam um meine Klitoris kreisten. Ein leises Stöhnen entfuhr meinen Lippen.

»Ja, das ist richtig so. Stell dir vor, wie gut es sich anfühlt, wenn mein Schwanz sich ganz tief in dir reibt, dich kommen lässt bis er schließlich explodiert und meinen Saft in dich spritzt.«

Seine Finger umkreisten noch immer meine Klit, schneller jetzt. Ich konnte meinen Unterkörper kaum noch still halten, so erregt war ich bereits durch seine Worte. Und trotzdem blieb die Angst in meinem Hinterkopf, ich konnte die schmerzhaften Erlebnisse vom vergangenen Wochenende einfach nicht vergessen.

»Was soll ich tun?«, fragt ich vorsichtig. »Soll ich dich anfassen, so wie beim letzten Mal?« Ich versuchte, mich aufzurichten.

Doch Daniel legte beide Hände auf meine Schenkel, hielt mich fest. »Nein, Baby, bleib noch einen Moment so liegen, ich will mich erst um dich kümmern. Du bist noch nicht bereit, wir werden jetzt erst einmal dafür sorgen, dass du in die richtige Stimmung kommst.«

Mit diesen Worten beugte er sich herab, berührte mit seinen Lippen meine empfindlichste Stelle. Als ich spürte, wie seine geschickte Zunge zwischen meine Schamlippen drang, keuchte ich laut auf. Ich war schon zuvor feucht und erregt, doch mit seinem Mund brachte er mich fast um. Ich wand mich stöhnend unter seinen geschickten Zungenschlägen, wimmerte vor lauter Lust, als er an meiner Klitoris saugte. Mein Unterleib erbebte, ich versuchte, seiner gierigen Zunge zu entkommen, doch seine Hände waren noch immer fest auf meine Schenkel gepresst. Er hielt mich geöffnet, ihm gnadenlos ausgeliefert, und ließ noch immer nicht von mir ab.

»Bitte Daniel, bitte hör auf damit. Ich halte das nicht aus«, rief ich ihm verzweifelt zu.

Er lachte und blickte für einen Moment auf, seine Lippen glänzend von meinen Säften. »Babe, du wirst dich wundern, was du alles aushalten kannst. Wir fangen nämlich gerade erst an.«

Dann senkte er erneut seinen Kopf und trieb mich in den Wahnsinn.

Schwer atmend starrte er auf mich herab, während ich die letzten wilden Zuckungen meines Orgasmus genoss. »Komm zu mir, setz dich auf meinen Schoß. Ich möchte dich jetzt gern ficken.«

Ich zögerte einen Moment, schöpfte Atem und wischte mir den Schweiß von der Stirn. Dann kletterte ich auf seinen Schoß, sein mächtiges Glied stand aufrecht zwischen unseren Körpern. Ich saß auf den Knien und sah ihn erwartungsvoll an, mein Geschlecht geschwollen, meine Beine noch immer schlotternd von meinem Höhepunkt. Schweiß lief mir vom Oberkörper zwischen den Brüsten entlang, meine Bluse stand offen, einige Knöpfe fehlten. Derweil sah Daniel aus, als wäre er eben erst aus dem Büro gekommen.

War er ja auch! Was taten wir hier eigentlich?

Daniel streichelte mit seinen Fingern zart über meinen Oberkörper, fuhr dabei um die Wölbungen meines Busens herum. »Baby, ich liebe deine Brüste. Merkst du, wie sich deine Knospen schon wieder zusammenziehen?« Langsam begann er, meine enge Bluse zu lösen, zog sie über meine Schultern nach unten, sodass meine Arme darin gefangen waren. »So ist es gut. Halt still und lass die Arme hinten.«

Ich bemühte mich so gut es ging, das Gleichgewicht zu halten, stützte meine Hände dabei hinter meinem Rücken auf seine Knie. Daniel berührte wieder meinen vorgestreckten Busen und schob die beiden Körbchen meines BHs nach unten, damit meine geschwollenen Brüste darüber aufgerichtet standen. Er umfasste sie mit beiden Händen und knetete sie vorsichtig. »Ich wette, ich könnte dich kommen lassen, nur in dem ich deine Brüste streichle.«

Mit Daumen und Zeigefinger umfasste er einen der Nippel, drehte ihn leicht zwischen den Fingern. Es tat etwas weh, aber die Erregung, die gleich darauf durch meinen gesamten Körper hallte, ließ mich den Schmerz vergessen. Ich stöhnte auf, streckte mich ihm weiter entgegen.

Er hielt meine Brust und beugte sich dann vor, nahm den Nippel vorsichtig in den Mund. Seine Zunge umspielte ihn, mit den Lippen saugte er erst leicht daran, dann immer fester. Dann biss er sanft zu. Ich keuchte vor Überraschung auf, ein wohliges warmes Gefühl durchfloss mich. Was machte dieser Mann mit mir?

Als er mit dem Mund meinen anderen Nippel umschloss, bäumte ich mich vor Lust auf. Ich entledigte mich mit flinken Fingern der Bluse, die meine Arme bis dahin auf dem Rücken gehalten hatte, und umfasste mit meinen Händen seinen Kopf, drückte ihn fester gegen meinen Oberkörper, rieb mich an ihm.

»Juliet, hör auf damit! Sonst ist das hier zu Ende, bevor es überhaupt richtig begonnen hat.«

Er hielt mich energisch an beiden Oberarmen fest, erlaubte mir keine weitere Bewegung. Dann ließ er seine Zunge weiter um meinen Nippel kreisen. Diese zarten Berührungen fachten meine Begierde weiter an. Unruhig wand ich mich auf seinem Schoß hin und her, stöhnte laut auf. Dann löste sich eine Hand, um im nächsten Augenblick wieder zwischen meinen Beinen aufzutauchen. Langsam ließ er einen Finger in mich hineingleiten. Er bewegte sich leicht in mir, dann folgte ein zweiter Finger. Ich keuchte und begann unwillkürlich damit, mich auf ihm zu bewegen.

Hastig zog er seine Finger aus mir heraus.

»Oh ja, Baby, jetzt bist du bereit für mich. Hier, siehst du, wie sehr du mich willst?« Er hielt mir seine feuchten Finger vors Gesicht, bevor er sie genüsslich in seinen Mund steckte.

Mit einem Ruck hob er mich hoch, schob sich unter mich und ließ mich langsam niedersinken. Ich spürte, wie sein Penis mich erst berührte und sich dann Stück für Stück in mich bohrte. Schweißperlen liefen an Daniels Stirn herab. Ich wollte gar nicht wissen, wie ich selbst jetzt aussah.

»Baby, du bist so eng. Entspann dich, dann ist es einfacher.« Wie sollte ich mich jetzt entspannen? Vielleicht waren wir ja einfach nicht kompatibel, sein Glied war riesig und ich bezweifelte, dass ich es je ohne Beschwerden vollständig in mir aufnehmen konnte.

Schließlich spürte ich ihn in mir, meine Vagina schien komplett ausgefüllt und die empfindliche Haut zum Zerreißen gespannt. Ich wimmerte leise vor Schmerz, wollte ihn aber nicht enttäuschen.

Er nahm meinen Kopf in beide Hände, sodass ich ihm ins Gesicht sehen musste. »Du brauchst keine Angst vor mir zu haben, Baby. Ich habe versprochen, dir nicht wehzutun und das werde ich auch nicht. Du bist viel zu verkrampft. Sieh mich an und hör auf, darüber nachzudenken. Gib dich deinen Gefühlen hin, so wie eben. Der Rest geht dann von ganz allein.« Dann küsste er mich innig, ließ seine Hände immer wieder beruhigend an meinem Rücken auf- und abgleiten.

Mit beiden Händen öffnete er schließlich meinen BH und zog mir die Träger über die Schultern, dann ließ er ihn zu Boden gleiten. Ich trug nun nur noch meine Strümpfe und einen Schuh, während er komplett bekleidet vor mir saß, einzig die Hose ein wenig heruntergeschoben.

Wieder senkte er seinen Kopf, um an meinen Nippeln zu saugen. Diesmal hörte er jedoch nicht auf, sondern leckte, saugte und biss daran herum, während ich laut keuchend versuchte, seinem Griff zu entkommen. Ich warf den Kopf zurück, als ich spürte, wie sich alles in mir anspannte. Wieder glitt seine Zunge um meinen Nippel, saugten seine Lippen daran erst sanft, dann intensiver. Dann spürte ich den scharfen Schmerz vom Biss seiner Schneidezähne. Ich erzitterte, wimmerte aber Daniel ließ nicht locker. Meine Finger verkrampften sich um seine Oberarme. Unerbittlich setzte er seine süße Tortur fort.

»Baby, ist das gut so? Macht dich das heiß? Bitte, lass mich in dich, es wird gleich noch viel besser.«

Dann fühlte ich ihn. Er hielt meine Hüften gepackt und bewegte sich in mir mit vorsichtigen Stößen. »Spürst du mich, Juliet? Merkst du, wie tief mein Schwanz jetzt in dir steckt?«, fragte er und seine Stimme war rau. Ich war meilenweit vom Hier und Jetzt entfernt, konnte mich kaum darauf konzentrieren, was er sagte.

Doch diese ungewohnten Vorgänge in mir, diese delikate Reibung tief in meinem Unterleib, ließ mich erzittern. Es fühlte sich unerwartet gut an, so ausgefüllt zu sein. Er hielt mich fest und schob mich gemächlich ein Stück nach hinten, dann zog er mich ohne Eile wieder zurück. Sein riesiger, harter Penis schob sich dabei unerträglich langsam in mich hinein, bei jeden weiteren Zentimeter bereitete er mir mehr Lust. Ich hätte nie für möglich gehalten, dass ich solche Sehnsucht danach verspüren konnte, ihn in mir zu haben. Mit geschlossenen Augen begann ich, mich auf seine gleichförmigen, rhythmischen Bewegungen zu konzentrieren, sie mit meinem Körper nachzuverfolgen.

Ich spürte, wie sein warmes Glied ein Stück aus mir hinausglitt, um sich dann sofort wieder tief in mich hineinzuschieben. Seufzend schloss ich die Augen und legte den Kopf in den Nacken. Es war ein unbeschreiblich wohltuendes Gefühl. »Ist das gut, Baby? Willst du mehr?« Ich blickte Daniel für einen Moment aus halb geschlossenen Augen an und sein Anblick, die Begierde in seinem Gesicht, erregten mich noch tausendmal stärker.

Ich passte meine Bewegungen immer besser an ihn an und genoss das ungewohnte Verlangen, das mich durchströmte. Wieder glitt er aus mir hinaus, um dann mit einem schmatzenden Geräusch heftig in mein Innerstes vorzustoßen. Ich keuchte auf und kreiste meine Hüften, ritt ihn und stieß meinen Unterleib heftiger gegen seinen.

»Oh ja, das ist es Baby. Fick mich! Mach schneller!« Daniels Stöße wurden jetzt ungestümer und intensiver, ich hatte Mühe, mit ihm seiner Leidenschaft mitzuhalten.

»Lehn dich ein Stück nach hinten«, bat er mich.

Vorsichtig verlagerte ich mein Gewicht ein wenig und stütze meine Hände wieder auf Daniels Knie hinter meinem Rücken. Oh, in dieser Position konnte ich seinen Penis an meiner vorderen Scheide spüren. Das fühlte sich sogar noch besser an! Ich stöhnte und spürte, wie sich meine Erregung auf diesen Punkt zu konzentrieren begann. Wieder legte ich den Kopf zurück und schloss meine Augen, während Daniel schwer atmend in mich hineinstieß. Seine Hände hielten meine Hüften mit eisernen Griff umschlossen, sein ganzer Körper war gespannt und schien kurz davor, zu explodieren. Meine Haut war von einem Schweißfilm überzogen, und mein Unterleib bewegte sich fast wie von selbst, immer schneller und drängender erwiderte ich Daniels harte Stöße. Dann spürte ich, wie sich mein Körper anspannte, wie ich innerlich zu beben begann. »Baby, komm schon, komm noch mal.«

Seine Stimme hallte in mir nach, während ich nur noch seinen riesigen, glühend heißen Penis in mir spürte. Daniel drängte in einem rasenden Rhythmus weiter, sein Glied hart und geschwollen. Mein Unterleib bäumte sich auf und selbst meine Finger und Zehen verkrampften, als ich endlich gewaltsam Erlösung fand, mein ganzer Körper schien dabei zu zerbersten. Ich spürte, wie Daniel mich fester an der Taille packte, ein letztes Mal fest in seinen Schoß zog und dann unbeweglich verharrte. Schließlich kam er lautlos und ich konnte fühlen, wie er sich in mir ergoss, bevor er mich fest umarmte und an seine Brust zog.

Wir saßen eine Weile still da, beide nach Luft ringend und schweißgebadet. Er streichelte sanft meine Wange, während ich mich an seinen Oberkörper kuschelte. »Juliet, das war der Wahnsinn.« Er küsste mich leicht auf die Schläfe. »Zieh dir den Rock und die Bluse wieder an, damit Smith endlich in die Tiefgarage fahren und uns aussteigen lassen kann.«

Oh nein, Smith! Der hatte uns die ganze Zeit über gefahren und dabei alles mit angehört. Ich errötete prompt, doch Daniel schien das gar nicht zu bemerken, sondern gab mir ein Taschentuch, um mich abzutrocknen und half mir dann dabei, meine verstreute Kleidung einzusammeln. Die Scheiben des Autos waren beschlagen und der Geruch unserer Leidenschaft hing in der Luft. Doch Daniel sah noch immer aus, als wäre er gerade von einem Meeting zurück, wenn man von ein paar Schweißperlen und dem zerzausten Haar absah. Ich wollte mir lieber nicht vorstellen, wie ich jetzt aussehen musste.

In Daniels Wohnung erwartete uns ein mit Kerzen geschmücktes Schlafzimmer. Leise Musik drang aus einem Lautsprecher durch den verdunkelten Raum, der Duft von Vanille und Mandelöl hüllte uns ein. Ich sag ihn fragend an. Er zuckte hilflos grinsend mit den Schultern. »Das eben war etwas unerwartet, wie du siehst. Ich hatte eigentlich vor, dich ganz klassisch zu verführen. Aber ich nehme dich natürlich gern, wann und wie immer ich dich kriegen kann.«

»Und was machen wir jetzt?«

»Das liegt ganz bei dir. Unser Probetraining ist hiermit offiziell beendet. Du musst dich jetzt entscheiden - willst du den Vertrag unterzeichnen?« Seine Stimme war leise und angespannt. Das war also die Stunde der Wahrheit.

»Kann ich noch eine Kostprobe bekommen, bevor ich es mir überlege?«, fragte ich genießerisch. Ich war noch immer berauscht von den Erlebnissen im Wagen.

Doch er schüttelte den Kopf. »Nein, Juliet. Ich brauche deine Antwort hier und jetzt. Ich kann so nicht weitermachen. Ich kann nicht mehr klar denken. Ich will dich – also entscheide dich.«

Ich blickte mich betreten im Zimmer um. Die Kerzen flackerten und verliehen Daniels Gesicht einen eigentümlich dunklen Ausdruck. Nur seine Augen glühten. Noch zögerte ich. »Wenn ich Ja sage und später nicht mehr will, kann ich den Vertrag jederzeit kündigen? Oder muss ich Fristen einhalten?«

»Verklagen werde ich dich jedenfalls nicht.«

Seine Antwort erschien mir ausweichend, also fragte ich weiter: »Wirst du mich dann einfach gehen lassen?«

Er dachte nach, machte eine lange Pause bevor er mir schließlich mit leiser Stimme erwiderte: »Ich werde es versuchen, aber ich will dich so sehr. Schon seit wir uns das erste Mal im Fahrstuhl begegnet sind, kann ich an nichts anderes mehr denken als daran, dich zu besitzen.«

Ich war sprachlos. Eine Weile stand ich ihm stumm gegenüber, blickte in sein schönes Gesicht. Dann aber fasste ich mir ein Herz, trat einen Schritt auf ihn zu, legte meine Arme um seinen Oberkörper und schmiegte mich an ihn. »Ich genieße es auch, mit dir zusammen zu sein. Ich will dich auch.«

Er stöhnte auf, legte seine Arme um mich und küsste sanft mein Haar. »Oh Baby, du hast ja keine Ahnung, worauf du dich hier einlässt.«

Dann zog er mich mit sich, geradewegs auf sein Bett.

Im Schein der Kerzen entkleidete er sich, sein nackter Körper war perfekt geformt, muskulös und doch schlank, seine glatte Haut schimmerte im warmen Licht. Ich sah, wie erregt er schon wieder war – wie ging das? Dann wandte er sich mir zu: »Baby, zieh deine Klamotten aus, ich will dich endlich in Ruhe ansehen.«

Völlig nackt lag ich ausgestreckt unter ihm, während er meinen ganzen Körper mit seinem Mund verwöhnte. Ich aalte mich unter seinen Berührungen voller Wohlgefühl und stöhnte vor Lust.

»Lektion 1. Ich will dich jetzt noch einmal ficken und in dir kommen.«

Ich nahm seine Worte kaum zur Kenntnis, so erregt war ich bereits von seinen Küssen.

Er kniete sich zwischen meine Beine und schob meine Knie nach oben. Dann sah er mich fragend an. »Bereit, Baby?«

Ich nickte lächelnd und spürte kurz darauf, wie er sacht in mich eindrang. Diesmal tat es nicht weh.

Seine Bewegungen waren bedächtig, beinahe träge stieß er in mich hinein. Ich stöhnte jeden Mal leise auf, schob ihm mein Becken entgegen. Er ließ seinen Unterleib genüsslich kreisen und ich spürte, wie sich sein Penis so verheißungsvoll in mir rieb. Dann stützte er seine Arme auf beiden Seiten neben meinen Schultern auf und begann, sich schneller zu bewegen. Seine Augen funkelten im flackenden Licht. »Spürst du das? Ist das gut so?«, fragte er mich, während er tiefer in mir versank.

Ich ließ meine Hände an seinem Rücken entlanggleiten, bohrte meine Finger tief in seine feste Haut, fuhr über seinen angespannten Po. Sein Keuchen berührte mich zutiefst, zeugte es doch davon, dass er in mir Erfüllung fand. Ich spürte, wie mein Schweiß sich zwischen meinen Brüsten sammelte und an meiner Haut entlanglief.

Gemächlich versank er sich in mir, küsste mich währenddessen zärtlich. »Baby, ich bin so glücklich, dass du dich entschieden hast. Genauso habe ich mir diesen Abend mit dir vorgestellt.«

Ich lächelte ihm zu und spannte als Antwort die Muskeln in meinem Unterleib an. Stöhnend bäumte er sich auf.

Immer leidenschaftlicher drang er nun in mich hinein während ich mich ihm entgegenwölbte. Alle Gedanken lösten sich auf, während ich unter ihm in völliger Hingabe auf meine Erlösung wartete. Ich konnte schon jetzt spüren, wie sich in mir ein neuer Orgasmus aufbaute.

Als mich die süßen Beben überwältigten, ergriff ich mit beiden Händen seinen Po, zog ihn noch enger an mich heran, wollte ihn noch tiefer in mir spüren.

Mit energischen Stößen ließ er unsere Körper aufeinanderprallen. Das war zuviel. Ich kam mit einem lauten Schrei, rief seinen Namen, während ich unkontrolliert hin- und herzuckte.

»Gut so, Baby. Gib dich mir völlig hin. Ich liebe es, dich kommen zu lassen«, raunte er mir zu, während er sich weiter in mir bewegte, nun wieder kontrolliert und sinnlich. Dann zog er sich vollkommen aus mir zurück. Völlig außer Atem blickte ich fasziniert auf seinen nach wie vor harten, nun von Feuchtigkeit glänzenden Penis. Dieses Ding machte aus mir eine willenloses Geschöpf, ein wollüstiges Spielzeug für Daniel!

»Dreh dich um, Baby, und streck den Po nach oben. Ich will dich jetzt von hinten ficken. Hart.«

Ich hatte keine Ahnung, was genau er vorhatte, doch ich vertraute darauf, dass er wusste, was er da tat. Außerdem konnte ich es kaum abwarten, ihn wieder zu spüren. Also drehte ich mich auf den Bauch und kniete mich auf allen Vieren vor ihm nieder. Wie gefordert hob ich meinen Hintern und wartete still.

Ich bemerkte seine Finger tastend an meiner Vagina, während er hinter mir kniete und seinen Oberkörper auf meinen Rücken gelegt hatte. Sein hartes Glied stieß gegen meinen Po. »Baby, ich kann meinen Samen in dir spüren. Wie hat es dir gefallen, als ich ihn in dich gepumpt habe?«

Ich stöhnte zustimmend, die Erinnerung daran ließ erneut die Sehnsucht nach ihm in mir aufsteigen. Dann spürte ich, wie er seinen Finger in mich schob und mich damit von innen zu massieren begann. Sein Daumen kreiste dabei um meine Klitoris und ich zuckte angesichts des himmlischen Gefühls zusammen. Oh Gott, war das gut! Wenn ich geahnt hätte, was er heute mit mir vorhatte, hätte ich schon viel früher allen seinen Bedingungen zugestimmt.

Ich begann, meinen Hintern im Rhythmus seiner Berührungen zu bewegen, rieb mich damit an ihm und wand mich unter ihm voller Verlangen. »Oh Baby, du bist schon wieder so wild. Ich kann es gar nicht erwarten, dich zu besteigen.« Seine Worte erregten mich noch mehr und ich keuchte auf, während ich versuchte, seinen Finger zu neuerlichen Bewegungen zu animieren und so tief wie möglich in mir aufzunehmen.

Doch er zog sich aus mir zurück und erhob sich von meinem Rücken. Dann spürte ich einen heftigen Stoß und sein mächtiger Penis drang mit einer einzigen Bewegung in mich ein, füllte mich komplett aus. Daniel stöhnte laut, ich schrie vor Schreck auf.

»Bist du okay?«, vergewisserte er sich. Ich nickte nur. Dann bewegte er sich auch schon in mir, stieß kraftvoll in mich hinein, zog sich dann bis zur Eichel aus mir zurück, nur um sofort wieder den ganzen langen heißen Schaft in mir zu versenken. Ich keuchte und streckte den Rücken durch, bot mich ihm noch offener dar, damit er tiefer als je zuvor in mich eindringen konnte.

Ich spürte ihn heiß und hart in mir. Er hatte sich hinter mir hingekniet und hielt meine Hüften fest in seinen Händen, zog mich damit an sich heran, während er unerbittlich weiter zustieß. Seine Atmung ging schnell und keuchend, ich hörte seine wachsende Leidenschaft. »Oh Baby, ich liebe es, dich zu ficken!«, rief er hinter mir während sein Glied sich an meiner Vagina rieb. Ich wimmerte vor lauter Lust und Wohlgefühl. Was machte er hier bloß mit mir?

Seine Bewegungen waren jetzt schnell und abgehackt, ich selbst konnte mich kaum noch aufrecht halten und bemühte mich verzweifelt darum, unseren gemeinsamen Rhythmus wiederzufinden. Schließlich legte ich meine Unterarme flach auf das Bett, ließ meinen Kopf nach unten sinken und überließ einzig und allein Daniel die Initiative. »Halt dich fest Baby!«, stieß er keuchend hervor. »Du machst das super, halte durch!« Ich hatte keine Kraft mehr, seinen temperamentvollen Bestürmung weiter zu folgen und erwartete stattdessen jeden seiner heißblütigen Stöße, schloss die Augen dabei und spürte ihn tief und heiß in mir. Wie sollte ich je in meinem Leben wieder an etwas anderes denken, wenn das hier doch so gut war?

Hinter mir hörte ich Daniel laut aufstöhnen. Ich hatte ja nicht erwartet, wie sehr ich es genießen würde, mich von ihm berühren zu lassen!

»Baby, das ist so gut, ich will gar nicht damit aufhören, aber ich bin gleich am Ziel!«

Meine Muskeln zogen sich auch schon wieder zusammen, ich fürchtete mich davor, jetzt zu kommen, denn ich war am Ende meiner Kräfte und mein ganzer Körper bebte vor Anspannung und Erwartung auf das himmlische Finale.

Doch Daniel ließ nicht locker. »Baby, lass los, lass dich endlich gehen«, knurrte er hinter mir. Sein hartes Glied schob sich erneut in mich, rieb sich und glitt an meiner Scheide entlang. Ich spürte, wie die Beben schon wieder unaufhaltsam tief in mir einsetzten. Ich wimmerte und weinte, als mich der Orgasmus schließlich wie ein gewaltiger Tsunami überrollte, wollte mich unter ihm zusammenkrümmen, doch er hielt meine Hüften mit eisernem Griff umschlossen, während er besessen seiner eigenen Erlösung entgegenstrebte. Als er zuletzt mit einem lauten Seufzer kam, einem Geräusch tief aus seinem Innersten, dass er bislang unterdrückt hatte, sank ich auf das Laken. Er ergoss sich in mir und sackte dann mit seinem ganzen Gewicht schwer atmend auf meinem Rücken zusammen. Sein erhitzter Körper war schweißbedeckt.

»Juliet, du hast ja keine Ahnung, was du hier eigentlich mit mir machst«, stieß er hervor, als sich seine Atmung etwas normalisiert hatte. Vollkommen verausgabt, rollte er sich endlich zur Seite und hielt nur meine Hand fest umklammert.

Wir lagen eine Weile still nebeneinander, keiner wollte die friedliche Stimmung mit Worten zerstören. Als die ersten Kerzen heruntergebrannt waren, erhob sich Daniel schließlich.

»Ist dir kalt Baby? Brauchst du eine Decke?« Seine Stimme war sinnlich und sein Anblick atemberaubend. Ich nickte müde. »Ja, gern«, sagte ich nur und rekelte mich in seinem Bett.

»Willst du heute bei mir schlafen, Juliet?« Gewissenhaft deckte er mich zu. »Das gehört eigentlich nicht zu unserem Vertrag«, bemerkte er leise, »Aber damit ich dich jederzeit für eine weitere Lektion zur Verfügung habe, mache ich heute eine Ausnahme.«

Oh. Damit hatte ich nicht gerechnet. Wieso durfte ich nicht bei ihm übernachten? Erwartete er etwa, dass ich nach solch strapaziösen Lehrstunden einfach aufstand und ging?

Wir aßen im Bett von einer Obst- und Käseplatte, die er irgendwoher hervorgezaubert hatte, und tranken Rotwein dazu.

»Du siehst völlig erledigt aus, Baby. Hat es dir gefallen?« Daniel sah mich mit gespannter Erwartung an. Was wollte er von mir hören? Benötigte er etwa eine amtliche Bestätigung für seine überragenden Fähigkeiten im Bett?

»Es war ganz okay. Zumindest besser, als ich es mir vorgestellt hatte«, antwortete ich kühl.

Er schien beunruhigt. »Hat es wehgetan?«

Länger konnte ich ihn nicht im Unklaren lassen. Seine Besorgnis stand ihm ins Gesicht geschrieben. »Nein. Das hier war das Beste, was ich je erlebt habe. Wenn ich vorher gewusst hätte, dass du heute so vorsichtig und so liebevoll bist ...«

Weiter kam ich nicht, denn plötzlich zog er mich in seine Arme und küsste mich mit solcher Leidenschaft, dass mir glatt die Luft wegblieb.

»Baby, ich hatte doch auch etwas gutzumachen bei dir. Du musst mir glauben, das Ganze tut mir so leid. Aber ich habe die Hoffnung, dass ich heute deine Lust auf Sex wieder ein wenig entfachen konnte?« Noch immer hielt er mich in den Armen und strich mit dem Daumen leicht über meine Wange.

Ich lächelte. »Ja, ich würde sagen, du warst damit recht erfolgreich.« Dann drehte ich mein Gesicht zu ihm und fügte leise hinzu: »Ich habe viel über das letzte Wochenende nachgedacht und ich glaube dir, wenn du sagst, es war ein Missverständnis. Also mach dir darüber keine Sorgen, die meisten meiner Freundinnen erinnern sich mit Grausen an das erste Mal.«

Ich hatte ihn damit beruhigen wollen, doch stattdessen erschien er niedergeschlagen. »Für manche Männer ist das erste Mal auch nicht sehr angenehm.«

Bevor ich darauf irgendetwas antworten konnte, drehte er sich weg.

Später lagen wir zusammen im Bett, Daniel hielt mich von hinten umschlossen in seinen starken Armen und flüsterte in mein Ohr: »Juliet, ich bin so glücklich dass du dich entschieden hast. Ich will dich besitzen, in dir sein, so oft wie möglich.« Mein Herz machte einen kleinen Freudensprung. Er strich meine Haare zur Seite und küsste liebevoll meinen Nacken.

»Bevor wir schlafen, darf ich Sie noch etwas fragen?«

»Was immer du willst. Frag nur.«

»Warum bist du nur an Sex interessiert und hast keine feste Freundin?«

Ich spürte, wie Daniel sich hinter mir verkrampfte. Dann antwortete er unschlüssig: »Das ist schwer zu erklären, ich weiß es ehrlich gesagt selbst nicht genau. Aber die Vorstellung, auf jemand Rücksicht nehmen zu müssen oder Kompromisse einzugehen ist nun mal nichts, was ich gern erleben möchte. Beim Sex will ich mich entspannen, eine Beziehung bedeutet für mich das glatte Gegenteil.«

Ich schnaubte erschrocken und sagte dann ganz leise: »Du bist der erotischste Mann, der mir je begegnet ist und ehrlich gesagt auch der erste Mann, der mich je interessiert hat. Warum glaubst du, dass es anderen Frauen nicht genauso geht? Die meisten fallen fast in Ohnmacht, wenn du sie nur anlächelst.«

Ich hatte mich bemüht, es leicht klingen zu lassen, doch er blieb ernst. »Ich möchte nicht darüber diskutieren, Juliet. Ich weiß, was ich will und habe mein Leben so organisiert, dass es mit diesen Vorstellungen übereinstimmt. Und ich komme damit wunderbar klar, also vergiss dieses Thema.«

Er hielt mich eng umschlungen und seine Hände kneteten meinen Busen ganz leicht, ich kuschelte mich in seine Arme. Die idyllische Zweisamkeit machte mich schläfrig, ich konnte spüren, wie ich bereits in den Dämmerzustand hineinglitt, der das Wachsein vom Schlaf trennte.

»Warum hast du mir diesen Vertrag angeboten?«, fragte ich mit geschlossenen Augen, meine Stimme war schleppend vor Müdigkeit.

Ohne seine Handbewegungen zu unterbrechen, richtete sich Daniel hinter mir ein kleines Stück auf, dann spürte ich seine warmen Lippen an meiner Wange. »Du bist mir ein Rätsel. Wenn ich dich beobachte, deine Bewegungen verfolge, die Art, wie du deinen Körper aufrecht hältst und dabei die Hüften wiegst und mit deinem unvergleichlichen Hintern wackelst - so geschmeidig und verführerisch – dann kann ich nur daran denken, dich anzufassen. Und ich bin mir sicher, dass jeder Mann, der dich beobachtet, genauso denkt.«

Seine Hand glitt bei diesen Worten an meiner Hüfte entlang, hinab zwischen meine Beine und umfasste mein Geschlecht. »Jede Sekunde, die ich dich von Weitem beobachte, kann ich nur daran denken, dich hart und lange zu ficken und seit heute weiß ich endlich, wie sehr sich auch dein Körper danach sehnt.«

Mit einem Finger glitt er zwischen meine geschwollenen Schamlippen, tauchte sanft in mich hinein und verharrte dann reglos in mir. »Aber wenn wir miteinander sprechen, bist du völlig arglos und unwissend. Wenn du mich anschaust, bist du die Unschuld in Person, so offen und gutgläubig. Schon als ich dich das erste Mal im Fahrstuhl getroffen habe, konnte ich mir keinen Reim auf diesen Widerspruch machen. Einerseits strahlst du von innen heraus, andererseits bist du dir gar nicht bewusst, wie diese Ausstrahlung auf andere Menschen wirkt. Es ist dieser unerklärliche Gegensatz, der mich so anzieht, glaube ich.«

Er zog die Hand zurück und presste sich dann ruckartig von hinten fest an mich. Seine Erektion stieß an meine Hüfte. »Spürst du das, Juliet? Das machst du mit mir!«

Ich war geschockt. Wie oft konnte er denn noch mit mir schlafen? Ich war total erschöpft, aber er schien nie genug von mir zu haben. So anstrengend hatte ich mir das nicht vorgestellt.

Leises Lachen drang in mein Ohr. »Keine Angst, Juliet. Keine weiteren Lektionen heute. Lass mich nur eine bequeme Position zum Schlafen finden, ich teile äußerst selten mein Bett mit jemandem.«

Mit der Hand glitt er von hinten zwischen meine Beine, spreizte sie ganz leicht. Dann schob er sein warmes Glied vorsichtig dazwischen, sodass ich es zwischen meinen Beinen an meinem Geschlecht spürte.

»Kannst du so schlafen?«, fragte er mich. Zur Antwort seufzte ich nur noch leise, dann war ich eingeschlafen.

Mitten in der Nacht erwachte ich, desorientiert durch meine Träume und die ungewohnte Umgebung. Daniels überhitzter Körper presste sich noch immer an meinen Rücken, es war so heiß, dass ich am liebsten die Bettdecke zurückgeschlagen hätte. Doch ich wollte ihn nicht aufwecken, er musste ebenfalls erschöpft sein und seine gleichmäßigen Atemzüge deuteten darauf hin, dass er friedlich schlief.

Stattdessen nahm ich wahr, dass sein Penis noch immer eingeschlossen zwischen meinen Schenkeln lag. Neugierig bewegte ich meine Beine und spähte vorsichtig unter die Decke. Zum ersten Mal hatte ich Gelegenheit, sein Glied in Ruhe zu betrachten. Selbst während er schlief, war es groß und wenn auch nicht vollständig steif, dann aber zumindest ein wenig erregt.

Ich griff mit der Hand zwischen meine Beine und berührte die Eichel sanft mit den Fingerspitzen. Daniel rührte sich nicht, schlief weiterhin tief und fest.

Ich nahm seinen Penis ganz sacht in die Hand und führte ihn langsam an meine Scheide. Aus meiner Öffnung trat schon wieder Feuchtigkeit aus, allein der Anblick seines Penis entfachte mein Begehren erneut. Ich stieß mit der Spitze sanft gegen meinen Schlitz, bewegte ihn und rieb ganz behutsam an meiner empfindlichen Haut.

Sein Penis schwoll an und wurde länger und härter. Ich stöhnte leise auf, als ich mich an ihm rieb.

»Du bist wohl unersättlich, Baby? Brauchst du mich etwa schon wieder?«, hörte ich Daniels sexy verschlafene Stimme hinter mir. Ich wollte ihn nicht aufwecken, doch seit er mir gezeigt hatte, wie wunderbar es sich anfühlte, mit ihm Sex zu haben, konnte ich an nichts anderes mehr denken.

Er hielt mich fest und flüsterte leise: »Dreh dich auf den Rücken und lass mich in dich.«

Ich kam seiner Aufforderung nur zu gern nach und spreizte die Beine damit er mich wieder mit seiner Männlichkeit ausfüllen konnte. Daniel drehte sich mit einem Ruck um, warf die Bettdecke ab und kniete zwischen meinen Beinen.

»Zieh die Knie an den Körper, ich zeige dir meine Lieblingsstellung.«

Gehorsam zog ich meine Knie an, so wie er es von mir verlangt hatte. Dann spürte ich seine Hände an meinen Oberschenkeln. Er drückte meine Beine weiter an meinen Körper, sodass die Knie meine Schultern berührten.

Ganz sachte drang er in mich ein.»Baby, dass hier geht ganz schnell, bleib einfach liegen und rühr dich nicht.« Dann stützte er sich fest auf die Innenseiten meiner Schenkel und begann damit, sich mit kurzen, heftigen Stößen in mir zu bewegen. Ich blieb vollkommen bewegungsunfähig unter ihm liegen und ließ ihn gewähren. Anfangs prallte er nur leicht gegen meinen Unterleib doch mit zunehmender Dauer wurden seine Bewegungen immer ungestümer und schließlich rammte er mit einem wuchtigen Stoß in meinen wehrlosen Körper. Seine aggressiven Bewegungen schoben mich unweigerlich nach vorn, um nicht weiter umherzurutschen, streckte ich meine Arme über den Kopf und stützte mich am Bettgestell ab. Sofort konnte ich ihn noch intensiver spüren und jeder seiner knallharten Stöße ließ mich innerlich erzittern.

»Baby, ich will dich ein bisschen härter ficken, damit wir danach beide gut schlafen können. Ist das okay?«, fragte er mich außer Atem und ohne seinen Rhythmus zu verändern. Noch härter?

Nun stützte er sich mit dem Gewicht seines ganzen Oberkörpers auf meine Schenkel, hielt mich gefangen unter sich und offen zu seiner unbegrenzten Verfügung. Sein Glied war warm und hart, und rieb sich in mir während es unaufhörlich hinein und wieder hinausglitt.

Ich stöhnte unter ihm. »Ja bitte, du kannst alles mit mir machen.«

Mit voller Wucht ließ er seinen Unterleib gegen meinen Schoß prallen Es tat etwas weh, doch ich schob mich ihm entgegen, bot mich ihm offen dar, wollte ihn noch tiefer spüren, wollte ihm zu seinem Vergnügen verhelfen, so wie er es heute mit mir so oft getan hatte.

Dann zog er sich weit aus mir zurück, hinterließ ein ungewohntes Gefühl der Leere. Als nur noch die Spitze seines Penis' in mir steckte, stieß er wieder zu, diesmal jedoch mit solcher Gewalt, dass ich beinahe den Halt am Bettgestell verlor. Durch die unerwartete Kraft seiner Bewegung wurde ich weiter nach oben geschoben, was seinem Aufprall einen Teil der innewohnenden Intensität nahm.

Daniel heulte auf wie ein Kind, dem man sein Lieblingsspielzeug weggenommen hatte. »Halt dich richtig fest. Du musst dich mir entgegenstrecken, so wie vorhin«, blaffte er mich an.

Ich zuckte erschrocken zusammen, verkrampfte innerlich angesichts seines Ausbruchs. »Tut mir leid, ich werde es noch mal versuchen.«

Wieder positionierte er sich so, dass er sein Glied fast vollständig aus mir herausgezogen hielt. Angestrengt beobachtete ich ihn. Ich wollte auf keinen Fall den Moment verpassen, in dem er sich bewegte.

Doch dann zog er seinen Penis ganz aus mir. »So hat das keinen Sinn, Juliet. Du musst es auch wollen, nicht vor Angst zittern.« Er war richtig wütend auf mich, obwohl ich mich bemüht hatte, alles so zu machen, wie er es verlangte.

Schließlich stand er auf und ging wortlos ins Badezimmer.

Mich fröstelte plötzlich und enttäuscht ergriff ich das viel zu große T-Shirt, dass Daniel mir am Abend gegeben hatte, streifte es über, zog auch meine Unterhose wieder an. Dann drehte ich mich zur Seite und umschloss mit meinen Armen eines der Kissen. Ganz so leicht war es anscheinend doch nicht, einen Mann wie Daniel Stone zu befriedigen. Hoffentlich beruhigt er sich bald wieder, dachte ich noch, bevor ich die Augen schloss und sofort einschlief.

Donnerstag, 17. Mai 2012

Ich erwachte vom Geräusch plätschernden Wassers und blickte mich erstaunt um. Wo war ich? Oh. Wo war Daniel? Dem Rauschen nach zu urteilen, vermutlich unter der Dusche. Ich blickte kurz auf die Uhr auf Daniels Nachttisch und stellte fest, dass es erst kurz nach vier Uhr morgens war und ich noch eine ganze Stunde weiterschlafen konnte, bevor ich aufstehen und mich fertigmachen musste. Ich schloss meine Augen wieder, aber an Schlaf war nicht zu denken, solange Daniel nur wenige Meter entfernt nackt unter der Dusche stand.

So entschied ich, mich in meine eigene Wohnung zu begeben, vielleicht fand ich dort ja noch etwas Schlaf. Sollte ich ihm eine Nachricht hinterlassen? Als ich aufstand spürte ich, wie mein gesamter Körper schmerzte, als habe ich eine anstrengende Sportübung hinter mir. Beim Gehen fühlten sich die Innenseiten meiner Schenkel taub an und meine Beine zitterten. Um Gottes Willen, was hatten wir gestern bloß getan?

Kurzentschlossen klopfte ich an die Tür zum Badezimmer und wartete. »Komm rein«, hörte ich ihn von drinnen, das Rauschen des Wassers übertönend. Ich öffnete die Tür einige Zentimeter und bemühte mich, nicht in Richtung Dusche zu blicken. »Ich wollte mich nur kurz verabschieden, ich gehe zurück in meine Wohnung«, rief ich in das dampfige Badezimmer.

»Juliet, warte!« Das Rauschen verstummte und die Duschkabine öffnete sich. Daniel trat hinaus und ich konnte nicht umhin, ihn mit offenem Mund anzustarren. Oh Gott, war dieser Mann schön! Wasser perlte von seinen dunklen Haaren, sein perfekt gebauter Oberkörper war leicht behaart, seine Oberarme kräftig und muskulös. Mein Blick fiel auf sein erigiertes Glied, dass mir noch größer als gestern erschien. Es war steif und dick geschwollen. Ich schloss schnell die Augen und seufzte. Das Ding war in mir drin gewesen und hatte meinen Unterleib zum Erbeben gebracht! Die wohlige Erinnerung daran ließ mich erschaudern und verdrängte für einen kurzen Moment die Tatsache, dass ich wund von dem ganzen Sex war und wir uns außerdem nachts gestritten hatten. Ich wurde schon wieder feucht. Ich musste hier weg!

So konnte ich nicht klar denken.

Daniel kam auf mich zu, Wasser tropfte von seiner Haut und den nassen Haaren und er war immer noch nackt. Er machte keine Anstalten, ein Handtuch zu nehmen, stattdessen ergriff er meine Hand und zog mich ins Badezimmer. »Du kannst doch auch hier duschen. Ich bringe dich danach zur Arbeit, wir haben also noch jede Menge Zeit für unsere zweite Lektion«, raunte er in mein Ohr, während er mich an seinen nassen Körper drückte.

War er mir noch böse?

»Entspanne dich, wir werden beide unseren Spaß haben.« Sein Glied stieß auffordernd gegen mein T-Shirt. »Zieh das Ding aus, dein Höschen auch!«, verlangte er.

Was machte ich hier nur? Ich musste doch bald zur Arbeit.

»Babe, wenn du dich nicht beeilst mit dem Ausziehen, reiße ich dir deine Klamotten vom Leib.«

Schnell löste ich mich aus meiner Erstarrung und zog mein T-Shirt über den Kopf, streifte den Slip ab und ließ beides am Boden liegen. Nun standen wir uns völlig nackt gegenüber. Ich war verlegen unter Daniels eindringlichem Blick, denn gestern hatten wir uns nur im schwachen Licht der Kerzen gesehen. Nervös betrachtete ich das Muster der Fliesen hinter ihm.

Doch dann trat er auch schon auf mich zu und schob mich in die Dusche. Er stellte das Wasser wieder an und presste mich sofort gegen die Wand. Sein hartes pulsierendes Glied drückte gegen meinen Bauch, während er mein Kinn anhob und mich erst zärtlich, dann immer fordernder küsste. Heißes Wasser prasselte auf meine Haut.

Er ergriff meine Haare und zog sie nach hinten, sodass ich meinen Kopf anheben und ihm zuwenden musste. Dann zwängte er sich in meinen Mund und unsere Zungen begannen einen erotischen Tanz. Dabei umfasste er meine Brüste, knetete sie und beugte sich dann hinab, um mit den Lippen meine Brustwarzen zu umschließen. Spielerisch umkreiste er sie mit der Zunge, saugte daran.

Ich stöhnte laut auf, wand mich unter seinen geschickten Berührungen. Abwechselnd leckte er mit der Zunge über meine Brüste und biss leicht in die Nippel, zog mit den Zähnen spielerisch daran, bis ich es kaum noch ertragen konnte.

»Was muss ich heute machen, um Sie zu befriedigen?«, versuchte ich ihn auf den eigentlichen Sinn unserer Lehrstunde hinzuweisen.

»Du bist so ungeduldig. Willst du schon wieder fühlen, wie sich mein harter Schwanz in deiner Pussy reibt? Oder soll ich dich erst mit meinen Fingern solange ficken, bis du kommst?«

Seine Hände glitten von meiner Taille zwischen meine Schenkel und fanden zielsicher die Klitoris. Mit einem Finger umkreiste er sie, dann tauchte er tief in mich hinein und bewegte seinen Finger in mir. »Babe, du bist so feucht und so eng. Willst du mich wirklich ganz hier drinnen spüren? Hast du immer noch nicht genug nach unserem Fick gestern?« Genüsslich zog er den Finger zurück und steckte ihn in seinen Mund. »Mhm, wie süß du schmeckst. Dein Hunger ist wirklich unstillbar, ich kann kaum glauben, wie unersättlich du bist.« Schließlich kehrte seine Hand zwischen meine Schenkel zurück und setzte das Spiel fort, mit Daumen und Zeigefinger erfasste er meine Klit und stimulierte sie sanft. Ich stöhnte laut auf, alle Nervenenden in meinem Unterleib begannen zu vibrieren.

In Erwartung auf die überwältigenden Empfindungen, die er beim letzten Mal in mir ausgelöst hatte, wölbte ich ihm meine Hüften entgegen, versuchte, mich seinen kundigen Fingern entgegenzustrecken und die Berührung so zu intensivieren. Alles begann, sich rhythmisch in mir zusammenzuziehen und ich atmete flach und keuchend und konnte die süße Erlösung kaum noch abwarten.

Doch dann verschwanden seine Finger und er küsste mich erregt auf den Mund. Seine Mundhöhle war warm und ich spürte, wie sein Penis groß und warm an meinem Bauch lehnte, einsatzbereit und vielversprechend. »Noch nicht, Juliet. Du bist noch nicht so weit. Deine gierige kleine Pussy ist noch viel zu eng für meinen Schwanz«, flüsterte er, doch ich schüttelte widerwillig den Kopf. »Bitte Daniel, ich will dich jetzt. Bitte fick mit mir! Lass mich nicht noch länger warten.«

Bei meinen Worten saugte er scharf den Atem ein. »Er freut mich zu hören, dass ich Sie bis hierher mit meinen Fähigkeiten begeistern konnte, Miss Walles.« Er blickte mich mit vor Begierde glühenden Augen an und fügte leise hinzu: »Und nun zu Ihrem Wunsch...«

Dann presste er mich auch schon gegen die Wand und ergriff meinen Hintern. Mühelos hob er mich hoch und positionierte mich direkt über seinem glänzenden, prachtvollen Schwanz. Oh je. Mit einer schnellen

Bewegung glitt er in mich. Ich wand meine Beine um seine Hüften und hielt meine Arme um seinen Hals geschlungen, schloss meine Augen und stöhnte laut. Es tat etwas weh, als er mich so vollends ausfüllte, er hatte einen beachtlichen Umfang und pulsierte heiß. Aber es überwogen meine Erleichterung und die Vorfreude.

Er begann, heftig zuzustoßen und blickte mich dabei unentwegt an. Unsere nassen Körper prallten aufeinander, Wasser rann über unsere Gesichter. Seine Augen waren jetzt ganz schwarz und er schien bis in mein Innerstes blicken zu können, ich fühlte mich nackt und bloßgestellt. Gleichzeitig aber ließ er mich sein eigenes Verlangen, sein Begehren, seine Freude ebenso ungehindert erkennen, wie ich ihm meine Gefühle offenbarte. Oder waren das alles rein körperliche Vorgänge?

Er schien meine Zweifel zu spüren. »Babe, du und ich, wir sind wie füreinander geschaffen. Merkst du das?«, flüsterte er atemlos.

Ich wollte noch immer nicht wahrhaben, wie sehr ich ihn brauchte. Durch den Rausch meiner Verzückung spürte ich ihn tief in mir, tiefer als beim letzten Mal. Seine Stöße waren leidenschaftlich aber beherrscht. Sein heißer Schwanz rieb sich unentwegt an meinem empfindlichsten Punkt. Mit jeder Bewegung zogen sich meine Muskeln weiter zusammen, ich spürte, wie sich in mir ein überwältigender Orgasmus zusammenbraute.

Für einen Moment wunderte ich mich, ob dies alles nur ein Traum war. Konnte es wirklich sein, dass dieser hemmungslos zuckende Leib, der schon wieder voller Lust erbebte, mir gehörte? Das dieses ungezügelte, schamlose und in Ekstase stöhnende Wesen, vereinigt mit einem unermüdlichen Sexgott, ich war?

»Ich komme, Daniel!« Ich erbebte innerlich und alles in mir schien zu zerbersten. Meine Muskeln zogen sich zusammen, umkrampften seinen Penis und saugten ihn förmlich in meinen warmen Schoß.

»Babe, mach die Augen auf. Ich will dich ansehen, solange du kommst.« Ich umklammerte Daniel, presste mich zitternd an seinen steinharten Körper und sah ihm in die Augen. Sein Blick veränderte sich, das wildentschlossene Verlangen wich plötzlich hilfloser Verzückung. »Babe, halt mich fest. Ich komme jetzt auch.« Ein letztes Mal drang er tief in mich vor, erstarrte dort und ich spürte wie er mir seine heiße Flüssigkeit ein weiteres Mal so freigiebig schenkte.

Wir sanken auf den Boden der Dusche, immer noch eng ineinander verschlungen. Ich küsste ihn schwach auf den Mund und lächelte. Er sah mir aufmerksam in die Augen und grinste dann befriedigt zurück. »Wie ich sehe, hatten sie ihren Spaß, Miss Walles?«

Ich blickte ihn überrascht an. Unser ganzer Sex schien seine Laune eindeutig positiv zu beeinflussen. »Ja Mr. Stone, daran könnte ich mich gewöhnen.« Ich spürte, wie sich sein Glied bewegte, dann glitt er aus mir hinaus und stand auf. Ein wenig Sperma floss aus mir und auch sein Penis war tropfnass. Ich blickte ihn fragend an, als ich das schelmische Grinsen auf seinem Gesicht sah. »Lust auf Lektion 3?«

War das überhaupt möglich? Wollte er nun doch alles in einer Woche abhandeln?

Er schien über eine unglaubliche Kondition zu verfügen, aber ich wunderte mich mehr über meine eigene Begierde, mein maßloses Verlangen nach ihm, dass mit jeder Minute weiter anzuwachsen schien. Vergessen waren all die Zweifel, die mich noch gestern gequält hatten. Hier und heute genoss ich einfach seine zärtliche Zuwendung, sein Geschick als Liebhaber, seine phänomenalen Fähigkeiten im Bett. An das Nachher wollte ich lieber nicht denken, die Probleme würden sich noch früh genug einstellen.

Daniel hob mich mühelos hoch und trug mich zurück ins Schlafzimmer, dann sanken wir zusammen auf sein Bett. »Babe, ich will dich so sehr. Aber diesmal gehen wir es langsam an. Ich will dir etwas Neues beibringen und dich mit meinen Regeln vertraut machen, damit du mir vertraust und dich mir vollkommen unterwirfst. Du wirst sehen, es lohnt sich für uns beide.« Ich war ein wenig verwirrt, aber mein postorgasmischer Zustand ließ mich wohlig nicken.

»Streck die Arme vor. Ich werde dich jetzt fesseln.« Waaaas??? Ich war plötzlich hellwach und versuchte, mich unter ihm aufzurichten. »Hab keine Angst, ich werde dir nicht wehtun«, flüsterte er in mein Ohr und drückte mich wieder auf sein Bett.

Mein Körper und mein Kopf fochten einen unsichtbaren Kampf aus. Mein Körper wollte immer mehr von Daniel Stone spüren, aber mein Kopf erinnerte mich an die Erlebnisse am letzten Wochenende. *Hast du schon vergessen dass er dich dabei beinahe umgebracht hat?,* fragte mein Unterbewusstsein verzweifelt. Doch mein Körper sehnte sich nach Befriedigung.

Daniel öffnete den riesigen Wandschrank und holte etwas aus einer der Schubladen. Als er sich wieder zu mir umdrehte, hielt er zwei Lederriemen in der Hand. Sie sahen aus wie Handschellen, doch die Innenseiten waren mit einem weichen Material ausgekleidet. Außen befand sich eine Öse, durch die man wohl das Seil ziehen konnte, dass er in der anderen Hand hatte.

»Gib mir deine rechte Hand.«

Zögernd streckte ich ihm den Arm entgegen.

»Vertrau mir, Baby. Es wird dir Spaß machen«, flüsterte er, als er mein Zweifeln bemerkte. Dann nahm er mein Handgelenk und band sorgfältig den Riemen darum. »Nun die andere Hand.«

Die Lederriemen umschlossen meine Handgelenke fest, aber es schmerzte überhaupt nicht. Er wies mich an, mich hinzulegen und mit den Händen das Kopfteil des Bettes zu umfassen. Ich folgte seinen Instruktionen, auch wenn mein Herz vor lauter Aufregung raste.

Mit einem Karabinerhaken klemmte Daniel beide Handschellen aneinander, danach befestigte er sie mit dem Seil am Kopfende des Bettes.

»Alles okay?«, fragte er mich. Ich blickte ihn mit großen Augen an und nickte dann.

»Heb den Kopf an, ich lege dir noch ein Kissen darunter, du sollst schließlich einen guten Blick haben«, meinte er grinsend.

Langsam begab er sich ans Fußende des Bettes und betrachtete sein Werk. Er lächelte zufrieden. »Miss Walles, ich werde Ihnen jetzt verraten, was ich mit Ihnen machen werde. Oder wollen Sie sich lieber überraschen lassen?«

Ich schüttelte den Kopf. In dieser hilflosen Lage wollte ich keine weiteren Überraschungen.

»Babe, deine Lippen sind ganz rot und heiß und wund. Bald wirst du mich damit überall berühren. Ich kann es kaum erwarten zu sehen, wie sich mein Schwanz zwischen ihnen windet.« Er küsste mich innig auf den Mund und begann hauchte dann federleichte Küsse auf meinen Hals, mein Schlüsselbein bis er schließlich meinen Busen erreichte.

Von seiner rauen Behandlung unter der Dusche waren meine Nippel noch immer ganz rot und hart. Daniel setzte einen weiteren leichten Kuss auf die Brustwarzen und leckte dann mit der Zungenspitze darüber. Ich seufzte und straffte meinen Rücken, um den Abstand zu ihm zu verringern. »Du hast einen wunderschönen festen Busen. So sensibel.« Er strich wieder und wieder mit der Zunge über die Spitzen. Dann umschloss sein Mund die Spitze einer Brust und saugte und leckte mich, bis ich erzitterte. Sofort ließ er von mir ab. »Nein, ich habe noch mehr mit dir vor. Du must Geduld haben.«

Ich stöhnte frustriert auf. So nahe war ich der ersehnten Erlösung bereits gewesen, und nun rückte sie wieder in weite Ferne.

Daniel kniete sich vor mir hin, sein erigierter Penis ragte mir direkt ins Gesicht. Er war schon wieder dick geschwollen und in den Adern konnte ich das Blut pulsieren sehen, er war noch immer glänzend feucht von unseren Säften. Ich war bewegungsunfähig und hatte keine andere Wahl, als seinen Anweisungen zu folgen.

»Ich werde jetzt deinen Mund ficken. Aber wir gehen es ganz langsam an. Erst will ich dir Gelegenheit geben, dich mit meinem Schwanz bekannt zu machen. Du darfst ihn jetzt schmecken und daran lecken, dann sehen wir weiter.«

Argwöhnisch öffnete ich meinen Mund ein wenig und streckte meine Zunge heraus, um ihn vorsichtig zu betasten. Er roch männlich, nach Daniel und nach Sex.

Daniel hielt sein Glied in einer Hand fest und stützte sich mit der anderen am Rand des Bettes ab. Er bewegte es auf meinen Mund zu, verharrte aber davor und gab mir die Gelegenheit, es weiter mit meiner Zunge zu erkunden. Es schmeckte ein wenig salzig.

»Hast du das schon mal gemacht?«, fragte er mich.

»Nein, noch nie.« Ich sah ihn nicht an.

Er seufzte ungeduldig während ich zögernd mit der Zunge die angeschwollene Eichel umrundete und dabei immer wieder sanft die schmale Öffnung an der Spitze umzüngelte. Dann verfolgte ich die Rille um seine Eichel herum bis er laut aufstöhnte und sich mir fordernd entgegenstreckte. Ich liebte es, ihn so aufgewühlt zu sehen und ich begann mir zu wünschen, dass ich all seine Begierden mit meinem Körper stillen konnte.

Er hielt seinen Penis fest umschlossen und bewegte ihn etwas näher an meinen Mund. »Bist du bereit?«, flüsterte er drängend. Ich öffnete meinen Mund weit genug, um ihn einzulassen. Meine Lippen umschlossen seinen Schaft behutsam während er tief in mich glitt. »Juliet, sag mir, wenn ich anhalten soll. Du musst ihn nicht vollends schlucken.«

Als ich ihn an meinem Rachen fühlte, verschluckte ich mich vor Schreck. Sofort verhielt er und zog sich ein Stück weit aus mir zurück. Ich saugte vorsichtig, dann fuhr ich mit meiner Zunge an seinem Schaft auf und ab.

Daniel begann ganz langsam damit, seine Hüften zu kreisen und seinen Penis in meinen Mund hineinzuschieben und dann wieder hinauszuziehen. Ich saugte stärker und umschloss ihn so fest ich konnte mit meinen Lippen. Unablässig bewegte ich meine Zunge um die empfindliche Eichel, um mich dann sofort wieder seinem harten samtigen Schaft zu widmen.

Daniel stöhnte auf und seine Bewegungen wurden abrupter. »Babe, das ist gut! Mach weiter so, hör nicht auf«, ermunterte er mich, seine Lust war deutlich in seinem Gesicht abzulesen. Während er mit einer Hand sein Glied fest umklammerte, schob er die andere hinter meinen Kopf und drückte mich noch näher an seinen Unterleib. Ich bekam fast keine Luft mehr, als er sich tiefer in meinen Rachen schob. Aber ich sehnte mich so sehr danach, ihm Vergnügen zu verschaffen, dass ich noch intensiver und hingabevoller auf ihn einging. Mit geschlossenen Augen stieß Daniel nun rhythmisch in meinen Mund und schien dabei noch weiter anzuschwellen.

»Babe, ich werde gleich in deinem Mund kommen und ich möchte, dass du meinen Saft trinkst, bis zum letzten Tropfen«, keuchte er ekstatisch. Ich bemühte mich, seinen immer ungezügelteren Bewegungen zu folgen und ihm zu einem umfassenden Höhepunkt zu verhelfen. Mit seiner Hand an meinem Hinterkopf kontrollierte er meine Bewegungen, während er immer wieder tief in meinen Mund stieß. Ich fühlte, wie sein Penis an meinem Gaumen entlangglitt. Es war etwas unangenehm, aber Daniels stärker werdendes Keuchen und Stöhnen spornte mich an, noch fester zu saugen, um ihm endlich Erleichterung zu verschaffen.

Dann erstarrte er, alle Muskeln angespannt und mit einer Hand noch immer fest sein gerötetes Glied umklammernd. Er hielt mich fest, als er sich ein Stück aus mir zurückzog. Dann stieß er ein letztes Mal tief in mich, sein Glied berührte den engen Rachen. Als er begann, zu ejakulieren, wich er ein wenig zurück. Ich spürte, wie sein Samen warm in meine Mundhöhle floss, und ich schluckte so viel ich konnte. Er pumpte mit einer Hand Schwall um Schwall in mich hinein und so sehr ich mich auch bemühte, ich konnte unmöglich all seine warme Flüssigkeit herunterschlucken. Als sie schließlich aus meinem Mund rann, hörte er auf und stützte sich erschöpft auf das Kopfende des Bettes. Ich sank glücklich zurück auf mein Kissen, fühlte selbst tiefe Befriedigung darin, dass ich ihm Vergnügen bereiten konnte.

Noch immer gefesselt und unbefriedigt, wartete ich darauf, dass er wieder zu Kräften kam um, wie versprochen, seine sensible Attacke auf meinen Körper fortzusetzen. Meine fixierten Arme begannen zu schmerzen und ich fröstelte. Endlich erhob er sich und löste mit flinken Fingern die Fesseln. Er setzte sich zu mir und begann, liebevoll meine Handgelenke zu massieren, um den Blutfluss wieder anzuregen. Dann wandte er sich ebenso aufmerksam meinen verspannten Schultern zu. Er drückte einen sanften Kuss zwischen meine Schulterblätter.

»Geht es dir gut, Juliet?«

Ich schmiegte mich an ihn und schnurrte leise.

»Babe, ich glaube wir müssen dich für die Arbeit fertig machen, es ist schon spät«, murmelte er bedauernd. Doch als er meine Haare zur Seite schob, um meinen Nacken zu küssen, erstarrten seine Bewegungen. Er zog meinen Kopf leicht zur Seite um einen besseren Blick auf meinem Hals zu haben. Mit dem Zeigefinger fuhr er langsam über die verblassenden Würgemale. »Juliet, war ich das etwa?«, hauchte er bestürzt in mein Ohr. Ich schloss die Augen und atmete tief aus. »Ich will nicht mehr daran denken. Was geschehen ist, ist nun einmal geschehen.«

Wortlos raffte er mein Haar zusammen, so dass er einen freien Blick auf meinen gesamten Hals hatte. »Du hast gesagt, ich hätte dich letzten Samstag beinahe erwürgt. Ich hielt das bisher für eine Übertreibung, aber du hattest recht. Wieso bist du zu mir zurückgekommen, nach so etwas?«

Ich hatte keine Ahnung, was ich ihm darauf antworten sollte, ich wusste es selbst nicht. Er übte eine unerklärliche Anziehung auf mich aus und ich konnte mich ihm nicht entziehen.

Ich kuschelte mich in seine Arme und hoffte, auf diese Weise um eine Antwort herumzukommen, doch nun war er beunruhigt und betrachtete mich von Kopf bis Fuß. Er entdeckte weitere Blutergüsse an meinem Schienbein und den Knien und sah mich fragend an.

»Nein, die sind alle vom Tanzen.«

Doch er schien keineswegs beruhigt, erhob sich vollends vom Bett und verließ gleich darauf ohne ein weiteres Wort das Schlafzimmer.

Ich blieb irritiert und ein wenig verärgert zurück, schließlich versagte er mir die versprochene Befriedigung. Was war bloß mit ihm los, vorher hatte es ihn kaum gekümmert, was am Sonntagmorgen geschehen war? Im Gegenteil, er hatte behauptet, es hätte ihm gefallen. Ich verstand die Welt nicht mehr.

Fröstelnd ging ich ins Bad, ergriff eines der Badetücher, wickelte mich darin ein und verließ seine Wohnung, ohne eine Spur von Daniel zu entdecken. Die Tür fiel lautstark hinter mir ins Schloss.

Im Hotel war viel los, eine Reisegruppe kam schon am frühen Morgen an und für den Nachmittag standen eine Hochzeitszeremonie mit anschließendem Empfang sowie eine Konferenz für Medizintechniker auf dem Programm.

Ms. Bingham trug heute ein Headset und nahm offenbar selbst die eingehenden Reservierungen entgegen, denn Stephanie war entweder krank oder hatte Urlaub, so genau wusste das keiner.

Sascha und Sylvia waren ein eingespieltes Team und übernahmen es, die Abreisen abzufertigen und Rechnungen auszustellen. Mir blieben damit sämtliche Ankünfte, ich musste dafür sorgen, dass jeder Gast registriert wurde, bevor er einen elektronischen Schlüssel für sein Zimmer erhielt. Die Reisegruppe zehrte an meinen Nerven, denn ständig gab es neue Diskussionen über die Zimmeraufteilung, wer neben wem wohnen wollte und wieso nicht alle Zimmer identisch waren.

»Juliet, das musst du dem Reiseleiter überlassen, wir haben keine Zeit, uns weiter mit der Gruppe zu beschäftigen. Die ersten Medizintechniker sind gerade angekommen, jetzt wird es gleich richtig hektisch. Also sieh zu, dass du die Gruppe aus der Lobby bekommst!«

Ms. Bingham blickte alarmiert auf, als die dunkelhaarige Schönheit, die Daniel ins Theater begleitet hatte, um kurz vor halb eins wieder vor unserem Tresen auftauchte.

»Miss Shinsen, schön, Sie wiederzusehen. Kann ich Ihnen helfen? Es ist hier im Moment ziemlich viel los, also falls die Angelegenheit noch etwas Zeit hat, wäre ich Ihnen sehr verbunden.«

Es war offensichtlich, dass meine Abteilungsleiterin die Frau nicht leiden konnte. Und das beruhte anscheinend auf Gegenseitigkeit, denn die elegante Miss Shinsen beachtete meine Chefin gar nicht, sondern kam direkt auf mich zu.

»Miss Walles?«

Ich nickte unbehaglich. »Kann ich heute etwas für Sie tun?«

»Nein, aber ich habe eine Nachricht für Sie.« Sie übergab mir einen Umschlag, drehte sich auf dem Absatz um und verschwand ohne ein weiteres Wort wieder in Richtung der Aufzüge. Ich drehte den weißen Umschlag aus schwerem Papier in der Hand, weder ein Absender noch irgend ein Vermerk waren darauf zu sehen. Doch auch so konnte ich mir denken, von wem diese Nachricht stammte. Ich öffnete den Umschlag und klappte das zusammengefaltete Blatt Papier auseinander. Darauf standen nur wenige Worte, doch sie reichten aus, um das herrliche Ziehen in meinen Unterleib neu zu entfachen.

Unsere heutige Lektion ist noch nicht beendet. Komm um 13.00 Uhr in mein Büro. Sei pünktlich. Daniel Stone

Ms. Bingham stand in einiger Entfernung und runzelte die Stirn. »Juliet, was auch immer das für eine Nachricht ist, es muss jetzt warten.« Sie erhielt einen Anruf auf ihrem Headset und ging zurück ins Büro.

Ich sah auf meine Armbanduhr und atmete tief durch. Ich hatte mich auf meinen Job zu konzentrieren, Daniel musste warten.

Letztendlich gestaltete sich die Reisegruppe noch als leichteste Übung. Der Reiseleiter war erleichtert, als ich ihm mitteilte, er könne die Zimmervergabe alleine regeln und solle uns später Bescheid geben.

Als schon die ersten Medizintechniker an der Rezeption die Registrierungskarten ausfüllten, wählte ich kurz entschlossen die Nummer von Daniels Büros mit unserem Haustelefon. Eine sympathisch klingende, ältere Frau namens Phyllis antwortete am anderen Ende. »Hallo, hier ist Juliet Walles. Ich möchte bitte mit Mr. Stone sprechen.«

Mrs. Phyllis klang erstaunt über meinen Wunsch, blieb aber höflich. »Mr. Stone befindet sich im Augenblick in einer wichtigen Besprechung. Kann ich ihm eine Nachricht zustellen?«

Ich überlegte kurz. »Ja, gern. Bitte sagen Sie ihm doch, dass ich ihn an unsere Vertragsklausel bezüglich der gemeinsamen Absprache von Verfügungszeitraum und -rahmen erinnern wollte. Einseitige Entscheidungen sind gemäß des Vertrags nichtig. Das gilt auch für seine heutige Einladung.«

Mrs. Phyllis wiederholte meine Nachricht und versprach, sie sofort an Daniel weiterzuleiten. Dann legte ich auf.

Während der nächsten halben Stunde bemühte ich mich verbissen darum, die genaue Zahl der bereits gesäuberten Zimmer zu ermitteln und diese auf die vor mir wartenden Gäste aufzuteilen. Doch die Schlange schien überhaupt nicht kürzer zu werden, eher im Gegenteil. Die gesamte Lobby war angefüllt mit Gepäckstücken und unsere Türsteher und Kofferträger hatten es fast aufgegeben, die stetig wechselnden Zimmernummern auf den kleinen Schildchen zu vermerken. Alles schien langsam im Chaos zu versinken und noch immer war niemand von meinen Kollegen frei, um mir zu helfen.

Um fünfzehn Minuten nach eins erschien Daniel zusammen mit meiner Chefin vor dem Empfangsschalter. Sein ausdrucksloses Gesicht gab keine Emotionen preis. »Miss Walles, Mr. Stone hat mich gebeten, ihm eine fließend deutsch sprechende Schreibkraft zu überlassen, da er eine wichtige Korrespondenz zu verfassen hat. Wie ich Ihrer Bewerbung entnommen habe, spricht Ihre Familie auch deutsch?«

Ich nickte mit versteinerter Miene. Was bildete sich Daniel eigentlich ein? Musste er unbedingt wie ein Elefant im Porzellanladen seinen Willen durchsetzen? Sah er nicht, wie hektisch es hier zuging? Ich war wütend, hatte aber nicht die Absicht, hier eine große Szene zu machen. »Wann benötigen Sie mich denn, Mr. Stone? Im Moment bin ich hier ziemlich beschäftigt.«

»Jetzt sofort«, knurrte er und sah mich vorwurfsvoll an.

Ms. Bingham blickte mich ebenfalls genervt an, sagte dann aber resignierend: »Juliet, nun gehen Sie schon. Wir machen Ihre Arbeit nebenbei mit.« Damit wandte sie sich ab und ging in ihr Büro.

Schweigend verließ ich meinen Arbeitsplatz und folgte Daniel zum Fahrstuhl. Er beobachtete mich aus den Augenwinkeln, sagte aber kein Wort. Als wir im obersten Stockwerk ausstiegen, erreichten wir dort zunächst einen schicken Empfangsraum mit zwei Frauen in eleganten, dunklen Kostümen. Im Gegensatz zur belebten Lobby herrschte hier fast todesähnliche Stille.

Die ältere der beiden war vermutlich Mrs. Phyllis, mit der ich telefoniert hatte. Sie begrüßte uns lächelnd, während die andere Frau konzentriert auf ihre Tastatur einhämmerte. Ich kam mir hier in meiner farbigen Uniform völlig fehl am Platz vor, doch die lächelnde Mrs. Phyllis schien keinerlei Notiz von dieser ungewöhnlichen Situation zu nehmen. Aber wer weiß, vielleicht hatte Daniel ja häufiger Damenbesuch in seinem Büro?

Wir durchquerten eine schwere Glastür. Dahinter befand sich ein riesiger Raum, ganz modern in kühlen Weiß- und Blautönen gehalten. Eine weiße Sofaecke stand rechts neben dem Eingang, an der Wand dahinter hing die gerahmte Fotografie einer kargen Wüstenlandschaft, aufgenommen im letzten Licht des Tages, das die Szenerie in ein gespenstisches blaues Licht tauchte. Auf der linken Seite befand sich Daniels riesiger Schreibtisch aus massivem Holz, an der Wand daneben waren diverse Monitore angebracht. Die deckenhohen, getönten Fenster des Büros zogen sich über die gesamte Länge der Rückseite und gaben einen fantastischen Blick auf den Stadtpark und die dahinter sichtbare Skyline von Boston frei.

Weiter hinten im Büro gab es noch weitere Sitzgruppen, Schränke und sogar einen Billardtisch und eine gutbestückte Bar. Der ganze Raum mit seiner erlesenen Ausstattung unterstrich den exquisiten Geschmack seines Besitzers. Ich konnte mir vorstellen wie beeindruckt Geschäftspartner waren, wenn Sie von Daniel in diesem Büro empfangen wurden. Ich war jedenfalls hingerissen.

Er betätigte einen Knopf, woraufhin das Türglas undurchsichtig wurde. Dann schaute er mich vorwurfsvoll an. »Zwinge mich nicht noch einmal, dich persönlich abzuholen. Meine Geduld ist begrenzt und ich verstehe wirklich keinen Spaß, wenn es um dich geht.« Mit abrupten Bewegungen zog er sein Jackett aus und hängte es über einen Kleiderbügel an der kleinen Garderobe neben der Tür.

Mir war elendig zumute. Obwohl ich nur meine Arbeit erledigte, sollte ich diejenige sein, die alles falsch gemacht hatte? Ich versuchte, mich zu verteidigen. »Daniel, ich war beschäftigt. Hast du nicht gesehen, wie hektisch es unten war? Wir hatten nicht einmal Zeit für unsere Mittagspause. Was hätte ich denn tun sollen? Meine Kollegen einfach allein lassen?«

Sein Blick schien durch mich hindurchzugehen und wieder hatte ich das Gefühl, dass er direkt in meinen Kopf sah. Nach einigen Sekunden des Schweigens ging er schließlich auf mich zu, nahm mich fest in die Arme und küsste mich auf den Mund. Nun verstand ich gar nichts mehr, aber vielleicht war dies ja seine Art zu zeigen, dass unsere Auseinandersetzung beendet war.

Seine Hände strichen über meinen Rücken, dann erreichten sie meine Taille, bis sie schließlich meinen Po fest umfassten. Ich spürte, wie erregt er war, als ich mich an ihn schmiegte. »Juliet, nicht so schnell, sonst muss ich dich auf der Stelle ficken«, raunte er in mein Ohr.

»Deshalb bin ich hier. Du wolltest unsere Lektion fortsetzen, nach all den leeren Versprechungen von heute früh. Oder habe ich das falsch verstanden?« Ich konnte es kaum erwarten, von ihm berührt zu werden. Die Spannung, die er heute morgen in meinem hilflosen Körper erzeugt hatte, war nun wieder da, tausendfach verstärkt. Mit einer Hand tastete ich über die deutliche Auswölbung seiner Anzughose. Ich rieb ihn durch den Anzugstoff.

»Juliet, bitte lass uns erst etwas essen. Ich habe uns Mittag bestellt.«

»Ich weiß, was ich jetzt gern in meinem Mund hätte«, sagte ich herausfordernd.

Seine Augen waren fast schwarz und schienen zu glühen. »Großer Gott, dein Hunger ist ja wirklich unstillbar, meine Süße. Was habe ich dir da bloß beigebracht?« Er lächelte mir aufmunternd zu. »Also gut, dann verschieben wir das Essen eben auf später und bringen eine weitere Lektion hinter uns. Zieh deinen Rock hoch und setz dich auf meinen Schreibtisch!«

Ich tat wie geheißen und spürte seine begehrlichen Blicke auf mir, als ich den Rock hob und meine Strümpfe darunter zum Vorschein kamen. »Soll ich die Strümpfe ausziehen?«, fragte ich ihn.

Seine Stimme war rau als er erwiderte: »Nein, lass die Schuhe und

Strümpfe bitte an. Du hast ja keine Ahnung, wie mich dein Anblick jetzt antörnt.«

Oh, das hätte ich mir denken sollen! Ich setzte mich in die Mitte des aufgeräumten Schreibtisches, meine Beine baumelten locker herunter und mein blanker Hintern saß auf der Schreibtischplatte. Ich merkte, dass mein Slip bereits so durchnässt war, dass er einen feuchten Abdruck auf dem Holz hinterließ.

Daniel kam auf mich zu und küsste mich nochmals erregt auf den Mund. Dann half er mir, mich auf den Rücken zu legen. »Stell deine Füße an die Kante der Tischplatte und spreiz deine Beine.«

Ich befolgte seine Anweisungen und lag nun vollends auf der Schreibtischplatte, meine Pussy entblößt und brennend vor Sehnsucht nach seinen Berührungen. Durch die Absätze meiner Schuhe wölbte sich mein Unterleib noch weiter in die Höhe und streckte sich ihm direkt entgegen.

Daniel setzte sich auf den schweren Schreibtischstuhl und drehte ihn so, dass sein Gesicht direkt zwischen meine Beine gerichtet war. Er betrachtete mich eine Weile wortlos, dann betastete er mit einem Finger vorsichtig meinen Slip, darauf bedacht, nicht den geringsten Druck auf meine geschwollene Pussy auszuüben. »Du bist so bereit für mich, Juliet. Aber bevor ich dich hier auf dem Tisch nehme, zeig mir, wie du dich selbst befriedigst. Zeig mir, wie du dich berührst. Ich will, dass du so für mich kommst.« Er lehnte sich in dem Stuhl zurück und wartete.

Ich zögerte. Das war ziemlich intim. Doch dann schloss ich die Augen und begann langsam, den Stoff meines Slips zur Seite zu schieben. Ich fing an, mit zwei Fingern an meiner Klitoris zu reiben, umkreiste sie langsam und benutzte dann meinen Zeigefinger, um ein wenig von meiner eigenen Nässe darauf zu verteilen. Bedächtig entfachte ich meine eigene Lust, spürte, wie meine Erregung stetig anwuchs. Immer schneller kreisten meine Finger und ich vergaß alles um mich herum, gab mich ganz dem Wohlgefühl hin, dass ich mir selber schenkte.

Ein leises Rascheln holte mich in die Wirklichkeit zurück. Als ich meine Augen wieder öffnete, sah ich, wie Daniel seinen geröteten Penis mit einer Hand fest umschlossen hielt und mit heftigen Bewegungen daran rieb. Sein Anblick allein genügte, um mich augenblicklich zum Höhepunkt kommen zu lassen. Mein Becken wölbte sich auf und alle

Muskeln spannten sich in mir. Stöhnend verhalf ich mir selbst zum Orgasmus und verharrte verkrampft und aufgebäumt.

Ich sah Daniel voller Faszination auf meine zuckende Pussy blicken, seine schweren, pochenden Penis noch immer fest umklammert. Dann war er auch schon bei mir, zerriss mit einer Hand meinen Slip und machte sich an seinem Gürtel zu schaffen. Er zog Hose und Boxershorts nur soweit nach unten, dass sein enormes Glied und seine prall gefüllten Hoden ganz freilagen. Ihn in solcher Erregung zu sehen, solchem Verlangen, solcher Eile, war fast noch besser, als selbst zu kommen.

»Babe, halte dich gut an der Schreibtischkante fest. Ich werde dich jetzt auf meinem Schreibtisch ficken. Nach dem Essen machen wir auf dem Sofa weiter, wenn du dann noch kannst.«

Ich klammerte mich mit beiden Händen an seinen Schreibtisch, spürte, wie energisch er sich zwischen meine gespreizten Schenkel drängte, spürte, wie sein geröteter Penis in mich glitt, mich endlich wieder ausfüllte. Wie hatte ich ihn vermisst!

Er rammte sein Glied unbeherrscht in mich hinein, versank sich tief in mir, ließ seinen Unterleib heftig gegen meinen Schoss klatschen. Seine stürmische Leidenschaft erregte auch mich, die unverhüllte Begierde in seinem Gesicht machte mich noch mehr an, als das sagenhafte Gefühl in meinem Unterleib. Ich schrie auf, bebte und zitterte. Es war zu gut, endlich wieder mit ihm vereinigt zu sein. Mein Körper erzitterte unter ihm schon wieder, meine festen Muskeln umschlossen ihn, massierten ihn.

Schweißperlen rannen über Daniels angespanntes Gesicht. Er schloss die Augen und hielt meine Schenkel umklammert, während er frenetisch seiner eigenen Erfüllung entgegenstrebte, ungezügelt seiner Lust freien Lauf ließ.

»Juliet, sag mir, dass dir das gefällt. Zeig mir, wie gern du dich von mir ficken lässt! Los Baby, ich will dich hören!«

Ich keuchte angesichts der Wucht seiner massiven Stöße. »Daniel, ich sterbe gleich. Bitte, hör nie wieder auf damit!«

Lautlos kam er, dann sank er über mir auf dem Schreibtisch zusammen. Ich streichelte liebevoll die kurz geschnittenen Haare auf seinem Hinterkopf.

Nach einigen Minuten erhoben wir uns. Meine Knie waren noch ganz weich von dem Adrenalinstoß eben. Ich wusste nicht, wieso Daniel die Anstrengungen kaum anzusehen waren. Aber vielleicht machte er das ja häufiger.

Er nahm ein Taschentuch und half mir, mich untenherum sauber zu machen.

»Gibt es ein Bad in deinem Büro?«, fragte ich ihn.

»Ja, natürlich, aber geh noch nicht. Lass uns schnell einen Happen essen, dann sehen wir weiter. Zieh jetzt deine Kleidung aus, ich möchte dich beim Essen gern ansehen.«

Ich war sprachlos. Wenn wir so weitermachten, würden wir beide binnen weniger Tage völlig am Ende unserer Kräfte sein. Und doch war mein Hunger auf Daniel unstillbar. Ich wollte ihn schon wieder, wollte ausgefüllt sein bis zum letzten Zentimeter und vor allem wollte ich noch einmal die Gier und Begeisterung in seinem Gesicht sehen. Es erregte mich am allermeisten, ihn in höchster Ektase zu sehen und zu wissen, dass ich der Auslöser dafür war.

Wir setzten uns an seinen riesigen Esstisch, auf dem schon zwei Teller auf Warmhalteplatten standen. Daniel hatte Wraps mit Hühnchenfleisch und dazu Salat bestellt, eine leichte Mahlzeit. Er ging zur Bar hinüber und holte eine Flasche Weißwein aus dem Kühlschrank.

»Das ist keine gute Idee. Ich muss gleich zurück zur Arbeit«, wandte ich ein.

Daniel drehte sich zu mir um, sein Blick glitt über meinen nackten Körper. Er grinste belustigt. »Ich glaube nicht, dass du dazu noch in der Lage sein wirst, wenn ich mit dir fertig bin.«

Als er meinen besorgten Blick bemerkte, fügte er hinzu: »Keine Sorge, ich habe bereits mit deiner Chefin gesprochen und dich zur Erledigung meines Schreibkrams für den gesamten restlichen Nachmittag ausgeliehen.«

Ich war sprachlos. »Du hast was? Daniel, das ist heute erst mein vierter Arbeitstag. Was sollen denn meine Kollegen denken? Ich wollte den Job gern eine Weile behalten, er macht mir nämlich Spaß.«

Er sah mich spöttisch an. »Hast du dich mal im Spiegel angesehen? Du glaubst doch nicht im Ernst, dass ich dich in deinem Zustand, und dazu noch ohne Slip, an der Rezeption eines meiner Hotels arbeiten lasse?«

Ich krauste die Stirn als mir klar wurde, dass er mich völlig in der Hand hatte. Er war nicht nur der Eigentümer meines Wohnhauses, sondern ihm gehörte auch mein Arbeitsplatz und wahrscheinlich die halbe Stadt. *Und mein Körper gehörte ihm jetzt auch*, erinnerte mich mein Unterbewusstsein hämisch. Er schien nicht zu verstehen, dass ich von meinen Kollegen akzeptiert werden wollte und meine Anstellung kein bloßer Zeitvertreib war.

Mit zwei Weingläsern in der Hand kehrte er zum Esstisch zurück. Dann nahm er genüsslich einen Schluck und seufzte: »Babe, iss jetzt. Mach dir keine Gedanken, bislang habe ich dich ja nur für einen halben Tag ausgeliehen, außer ein paar Tuscheleien hat das doch keine Konsequenzen. Aber in Zukunft, ich meine, falls wir das hier längerfristig aufrecht erhalten, darfst du natürlich nicht in meinem Unternehmen am Empfang stehen. Es ist aber müßig, sich darüber jetzt Gedanken zu machen.«

Seine Aussage beruhigte mich ein wenig, ich kostete von dem Salat und trank einen Schluck Wein. Er schmeckte fruchtig und kühl und ich begann, mich etwas zu entspannen. Daniel lächelte mich an, während er hungrig sein Mittagessen verspeiste.

Die Szene wirkte so normal, dass ich kaum glauben konnte, dass wir uns noch vor wenigen Minuten auf seinem Schreibtisch vergnügt hatten. Doch ein kurzer Blick auf meine nackten Brüste war Erinnerung genug, dass dies hier keine normale Mittagspause war. Zumindest nicht für mich.

Daniel beobachtete mich genau, schien immer schon im Voraus zu wissen, was ich dachte. »Du kannst den Vertrag jetzt gleich unterschreiben, bevor du es dir anders überlegst?« erkannte er seine Chance.

»Ich habe die Papiere nicht bei mir. Sie sind in deiner Wohnung«, gestand ich.

Aus Angst, sie aus Versehen irgendwo liegenzulassen, wollte ich den Vertrag nicht mit mir herumtragen. Daniel schien solche Sorgen nicht zu kennen, denn sofort stand er auf und zog ein Exemplar aus seiner Brieftasche. Er brachte es zusammen mit einem schweren Kugelschreiber zu mir an den Esstisch.

»Du hast den Vertrag in deiner Brieftasche?«, fragte ich entsetzt. »Hast du keine Angst, er könnte in die falschen Hände gelangen? Immerhin steht da auch dein Name drauf?«

Er blickte mich erstaunt an. »Nein, da mache ich mir keine Sorgen. Wie sollte der Vertrag denn deiner Meinung nach in falsche Hände gelangen? Meinst du, jemand würde mir die Brieftasche stehlen, während Smith mich mit dem Wagen durch die Stadt fährt?«

»Naja, aber es wäre möglich, Verwechslungen kommen doch immer wieder vor?«, sagte ich kleinlaut.

Daniel lachte. »Juliet, glaubst du, in meiner Wohnung ist der Vertrag sicherer? Ich wette, du hast ihn nicht in den Safe gelegt, oder? Weißt du, dass im letzten Jahr zweimal in mein Appartment eingebrochen wurde?«

Als er mein erschrockenes Gesicht sah, fügte er hastig hinzu: »Aber danach wurde der Wachschutz ausgewechselt und eine neue Alarmanlage installiert. Jetzt gibt es überall Kameras, ein neues System, dass mein eigener Sicherheitsdienst anzapfen kann. Vorher waren nur die Aufzüge videoüberwacht, und die Täter sind immer durchs Treppenhaus entwischt.«

»Hat man den Täter denn gefunden?«, fragte ich, keineswegs überzeugt von der Wirksamkeit der Alarmvorrichtungen. Schließlich war es selbst mir gelungen, unbemerkt in Daniels Wohnung einzusteigen. In diesem Zusammenhang fiel mir auch Garry wieder ein. Der hatte auch behauptet, in Daniels Wohnung gewesen zu sein. War er etwa der Einbrecher?

Daniel stand auf, nahm die Weinflasche und füllte mein Glas nach. Dabei umfasste er mit der anderen Hand meine nackte Brust und strich mit dem Daumen sanft über den harten Nippel. »Juliet, denk nicht so viel nach. Ich werde für deine Sicherheit sorgen, wenn du jetzt unterschreibst.« Er küsste mein Haar und ging dann wieder um den Tisch, zurück an seinen Platz.

Kurzentschlossen legte ich die Gabel aus der Hand und trank das Glas mit einem Schluck leer. Dann nahm ich den teuren Kugelschreiber und unterschrieb den Vertrag, ohne Daniel dabei anzublicken. Als ich fertig war, legte ich den Stift auf das Papier und schob es ihm wortlos hinüber. Ich beobachtete, wie er unterschrieb und merkte erst danach, dass ich die ganze Zeit den Atem angehalten hatte.

Als Daniel den Stift weglegte, sah er zu mir auf, sein Gesicht drückte Erleichterung aus. »Babe, du weißt gar nicht, wie viel mir dieser Moment bedeutet.« Er lächelte vor sich hin.

Ich fügte leise hinzu: »Und du hast keine Ahnung, worauf du dich hier einlässt.« Das waren seine eigenen Worte und sie passten noch immer bestens zu unserer Situation.

»Möchtest du gern eine Kopie?«, fragte er mich mit ernstem Gesicht, trotzdem war ich mir nicht sicher, ob er scherzte. Meinen belustigten Gesichtsausdruck beantwortete er mit einem irritierten Blick.

»Nein danke, ich werde dich wohl kaum verklagen können, wenn du dich nicht daran hältst«, antwortete ich ihm schließlich genervt.

Inzwischen fragte ich mich, was Daniels Vorzimmerdamen von uns dachten, zumal ihnen die lauten Geräusche aus seinem Büro kaum entgangen sein konnten.

Ich fragte ihn, aber er schüttelte lachend den Kopf. »Juliet, erstens kann ich in meinem Büro tun und lassen, was ich möchte. Das ist das Gute daran, Chef zu sein. Zweitens ist das Büro schallisoliert und es ist äußerst unwahrscheinlich, dass irgendetwas von dem, was hier drinnen vorgeht, bis nach draußen dringt. Und drittens habe ich die beiden sofort nach deiner Ankunft losgeschickt, um einen wichtigen Kunden am anderen Ende von Boston zu treffen. Bis sie wieder zurück sind, haben wir beide längst Feierabend.«

Ich verzog meinen Mund zu einem missglückten Lächeln.

»Wer ist eigentlich die Frau, die dich ins Theater begleitet hat?« Ich bemühte mich, so beiläufig wie möglich zu klingen, als ich ihn nach der dunkelhaarigen Schönheit fragte, die ich mit ihm im Musical gesehen hatte.

Er blickte mich erstaunt an: »Du meinst Ying? Sie ist meine persönliche Assistentin. Warum?«

Ich atmete tief ein und fragte ihn dann: »Fickst du die auch?«

Verärgert zog er die Augenbrauen zusammen. »Wenn es so wäre, würde es dir etwas ausmachen? Bist du etwa eifersüchtig?«

Ich wandte meinen Kopf schnell ab, denn ich konnte ihn nicht länger anschauen. Röte schoss mir ins Gesicht und meine Wangen glühten heiß. Wie hatte ich nur so dumm sein können zu glauben, dass ich die Einzige war, die er wollte. So ausdauernd wie Daniel war, brauchte er bestimmt mehrmals täglich Sex, und da konnte ihn wahrscheinlich eine Frau allein auf Dauer nicht befriedigen. Hatte er mich darum ausgewählt? War ich jetzt eine seiner Gespielinnen, die er nach Belieben benutzen konnte, wenn ihm der Sinn danach stand?

Seine Worte im Café fielen mir wieder ein. Ich sollte ihm für sexuelle Aktivitäten zur Verfügung stehen, ohne lästige Verpflichtungen. Wie hatte ich mich blindlings auf so etwas einlassen können? Zugegeben, der Sex mit Daniel war sensationell, das wusste ich auch ohne Vergleichsmöglichkeiten. Aber die Frage blieb, ob mir das auf Dauer reichte. Und ob ich andere Frauen in seinem Bett akzeptieren konnte. Würde er sich von mehreren Frauen gleichzeitig befriedigen lassen? Erwartete er, dass ich ihm auch für solche Spiele zur Verfügung stand? Und wo war meine persönliche Schmerzgrenze?

»Bist du schon satt?«, fragte er mich mit einem Blick auf meinen halbleeren Teller. »Noch etwas Wein?«

»Ja, bitte«, antwortete ich kurz angebunden.

»Komm her, Juliet, setz dich auf meinen Schoß. Ich kann nicht länger zusehen, wie du auf deinem Stuhl hin- und herrutscht.«

Oh, das hatte er also bemerkt? Ich stand auf und ging mit meinem Weinglas in der Hand zu ihm hinüber, setzte mich dann wie gewünscht auf seinen Schoß. »Ich glaube, ich bin sehr eifersüchtig«, gestand ich ihm.

Daniel nahm schweigend sein Glas, die Kühle des Weins ließ kondensierte Feuchtigkeit an der Außenseite hinabrinnen. Mit einer Hand umfing er mich und streichelte sanft meine Brust, fing dann an, sie zu kneten. Dann nahm er sein Glas und ließ es langsam über die wunde Brustwarze gleiten. Durch die Kälte zog sich meine Knospe noch enger zusammen. Obwohl es fast unerträglich prickelte, zwang ich mich dazu, stillzusitzen.

»Babe, ich könnte den ganzen Tag mit deinem Körper spielen. Du bist so wunderschön und sensibel. Wenn du nicht in meiner Nähe bist, denke ich unablässig an dich. Mein Schwanz ist schon den ganzen Morgen hart, ich kann einfach nicht genug von dir bekommen. Aber selbst für mich ist es eine Herausforderung, deine gierige Pussy zu befriedigen. So oft, wie in den letzten vierundzwanzig Stunden, bin ich in der ganzen letzten Woche nicht gekommen.«

Ich küsste ihn sanft auf den Mundwinkel. Seine Worte beruhigten mich etwas, auch wenn ich nicht wusste, ob er das wirklich so meinte, oder darin vielmehr Mittel zum Zweck sah, um mich noch einmal rumzubekommen. Aber selbst wenn, machte mir das im Moment nichts aus. Ich hätte mich ihm auch zur Verfügung gestellt, wenn er gestanden hätte, dass dies nur eine kurze, unbedeutende Affäre war.

»Seit gestern wünsche ich mir nichts sehnlicher, als dir Vergnügen zu bereiten. Ich bin so glücklich, wenn du mich willst, wenn ich den Hunger in deinem Gesicht sehe und weiß, dass ich ihn stillen kann. Ich kann es kaum erwarten, dass du mich wieder fickst.«

Er blickte mich sprachlos an.

Hatte ich das etwa laut gesagt? Dieser verdammte Vertrag machte mich schon völlig wirr im Kopf.

Entschlossen stellte er sein leeres Glas zurück auf den Tisch und hob mich von seinem Schoß. Dann stand wortlos auf und zog mich an der Hand mit sich zu einer Sitzgruppe, die sich unweit vom Esstisch befand.

Hinter einem schneeweißen Sofa blieb er stehen. Mit rauer Stimme befahl er mir, mich so weit wie möglich nach vorn zu beugen und mit den Händen an der Rückenlehne des Sofas abzustützen. »Versuche, deinen Rücken durchzudrücken und halte dich gut fest. Ich werden dich jetzt noch ein letztes Mal von hinten nehmen und es wird nur zu meinem eigenen Vergnügen sein. Du wirst nicht kommen. Das ist deine Strafe, weil du mich um den Verstand bringst mit deiner Unersättlichkeit. Wenn du dich diesmal wieder nicht zurückhalten kannst, werde ich die gesamte heutige Lektion noch einmal wiederholen müssen.«

Oh ja, wollte ich sagen, traute mich aber nicht.

Er trat hinter mich und ich bückte mich wie gefordert. Mit beiden Händen hielt ich die Sofalehne umklammert. Ich spürte seine Finger an meiner Pussy, mit kreisenden Bewegungen verteilten sie die Flüssigkeit, die mein Körper nach wie vor im Übermaß produzierte. Dann waren seine Finger plötzlich verschwunden und ich hörte, wie er erst den Gürtel und danach den Reißverschluss seiner Hose öffnete.

Seine Hände umfassten meinen Taille. »Bist du bereit?«, flüsterte er.

Ich nickte und im nächsten Moment drang er auch schon mit einem gewaltigen Stoß in mich ein. Nur meine Fußspitzen berührten noch den Boden, als er tief in mir verharrte, nachdem sein Unterleib heftig gegen meinen nackten Po gestoßen war. Ich schrie vor Schreck auf und umklammerte das Sofa noch fester. »Bist du ok Juliet? Halt dich gut fest, ich nehme dich jetzt wirklich hart ran. Wenn du nicht mehr kannst, sage *Stop*, dann höre ich sofort auf.«

Damit begann er, mit groben Stößen in mich einzudringen. Seine Hände hielten meine Hüften fest gepackt, jede seiner Bewegungen schob mich gegen das Sofa und ich konnte mich nur mit Mühe auf den Beinen halten. Er drängte weiter, rücksichtslos, unaufhaltsam und in immer schneller werdendem Tempo seinem Höhepunkt entgegen. Jetzt erst wurde mir klar, mit welcher Vorsicht und Zurückhaltung er mich zuvor behandelt hatte. Nun schien er seine Selbstkontrolle aufzugeben und gab sich vollkommen seinen eigenen Bedürfnissen hin.

Wieder drückte er mich nach vorn, zog sich aus mir hinaus und versank sich sofort erneut. Meine Muskeln begannen zu schmerzen. Er keuchte laut hinter mir: »Halt still, es dauert nicht mehr lange.« Wie eine Maschine bewegte er sich jetzt, ohne sich wie sonst zu bemühen, mich möglichst intensiv zu stimulieren. Sein Keuchen war ein deutliches Zeichen, dass er seiner Erlösung näher kam.

Ich fühlte, wie sein Glied in mir anschwoll. Auch mich erregte dieser rohe Akt. Mein Atem ging schneller und ich begann ebenfalls, laut zu stöhnen. Mein ganzer Körper war inzwischen schweißbedeckt und im Angesicht von Daniels ungehemmtem Verlangen, seiner ungezügelten Gier vergaß ich mein Schamgefühl. »Bitte Daniel, lass mich auch kommen.« Mein Körper passte sich seinem aggressiven Rhythmus an und folgte ihm, hielt ihm entgegen.

»Babe, was machst du da? Willst du uns umbringen? Oh Gott, hör nicht auf damit!« Er schrie in höchster Verzückung und seine verzweifelten Worte allein genügten, um meinen Körper erbeben zu lassen.

Ich war unfähig, mich noch eine Sekunde länger am Sofa festzuhalten. Kraftlos sank ich zu Boden, mein Körper wurde noch immer von Zuckungen durchtobt. Daniel war aus mir herausgeglitten, sein Samen ergoss sich über meinem Rücken. Dann stolperte er haltlos, kam auf mir zu liegen, umfing mich mit seinen Armen.

Ich wusste nicht, wie lange wir so lagen, doch nach einer ganzen Weile erhob sich Daniel und half mir auf. Er stützte mich, als wir gemeinsam in das kleine Badezimmer gingen, hielt mich, während er sich mit einem Arm aus seiner Kleidung befreite. Dann half er mir, in die Duschkabine zu steigen und wusch meinen noch immer zitternden Körper sorgfältig.

Ich war am Ende meiner Kräfte, zu müde, um zu sprechen. Nach der Dusche wickelte er mich sanft in ein Handtuch ein, hob mich hoch und trug mich zurück zum Sofa. Er legte mich behutsam darauf ab. »Bleib hier liegen, ich hole dir gleich eine Decke. Schlaf ein bisschen und ruh dich aus. Ich muss noch arbeiten, später fahre ich dich nach Hause.«

Als ich erwachte, dämmerte es draußen bereits. Das Büro war dunkel und Daniel saß an seinem Schreibtisch, der durch eine einzige Lampe beleuchtet wurde. Er wirkte einsam und unnahbar, ein winziges Licht umgeben von Finsternis. Konzentriert tippte er auf seinem Laptop herum. Ich wollte ihn nicht stören und betrachtete ihn vom Sofa aus. Er war absolut perfekt – die dunklen, kurzgeschnittenen Haare waren noch immer etwas zerzaust, er trug nur ein weißes Hemd, kein Jackett. Die obersten Knöpfe waren geöffnet und einige dunkle Haare waren auf seiner Brust zu sehen. Sein Gesicht wirkte angespannt, offensichtlich arbeitete er an einer ernsten Angelegenheit. Seine Lippen waren leicht geöffnet, der Gedanke daran, was dieser Mund schon alles mit mir angestellt hatte, ließ mich wohlig erschaudern.

Meine winzige Bewegung genügte, um ihn aufblicken zu lassen. Suchend sah er in meine Richtung, seine Augen mussten sich erst an die Dunkelheit im Zimmer gewöhnen. Als er bemerkte, dass ich wach war, lächelte er. »Hast du gut schlafen, Liebste? Du hast so friedlich ausgesehen, da habe ich es nicht übers Herz gebracht, dich zu wecken.«

Ich stand auf und stellte fest, dass ich nichts außer dem Badetuch trug. Fröstelnd zog ich es fester um meinen Körper und ging barfuß zu ihm an den Schreibtisch. Meine Beine und Schultern schmerzten, von meinen Schenkeln ganz zu schweigen.

Er zog mich auf seinen Schoß, umschlang meinen Körper mit beiden Armen und drückte mir einen sanften Kuss ins Haar. »Wie fühlst du dich? Ist alles in Ordnung oder hast du Schmerzen?«

Ich atmete tief ein und lehnte mich an ihn. »Mir geht es gut, so gut wie lange nicht mehr. Was ist mit dir? Bist du gar nicht müde?«

»Todmüde, ehrlich gesagt. Aber während du geschlafen hast, habe ich einen großen Teil meiner Projekte für diese Woche bearbeitet. So habe ich mehr Zeit für uns.« Seine Augen leuchteten trotz der dunklen Schatten, die sich darunter abzeichneten. Er nahm ein Glas vom Schreibtisch. »Hier, trink. Das wird dir gut tun.«

Vorsichtig nippte ich an der gelben Flüssigkeit. Apfelsaftschorle. Ich trank das Glas mit wenigen Schlucken aus und bemerkte erst jetzt, wie hungrig und durstig ich war.

»Lass mich diese Nachricht noch zu Ende schreiben, dann fahren wir nach Hause. Deine Sachen liegen dort drüben auf der Garderobe. Ying hat sie für dich eingekauft, weil deine Uniform nicht mehr zu gebrauchen war.«

Ich war einmal mehr sprachlos. Was für eine Assistentin war diese Ying Shinsen eigentlich, das Aussuchen von Kleidungsstücken für die Geliebte ihres Chefs gehörte doch bestimmt nicht zu ihrem Jobprofil? Oder etwa doch?

Ich verstand selbst nicht, wieso mich die Tatsache so ärgerte, dass sie mir neue Klamotten besorgt hatte. Ein Blick in die weiß-schwarz bedruckte Papiertüte eines Designerladens gleich neben dem Ritzman Hotel bewies, dass Ying einen exzellenten Geschmack hatte und offenbar auch meine Kleidergröße kannte.

Ich nahm die Tüte mit ins Badezimmer und zog mich dort um. Alles saß perfekt, sogar die Unterwäsche. Ying hatte ein klassisches schwarzes Spitzendessous für mich ausgesucht, dazu ein hübsches kurzes Sommerkleid mit dünnem Gürtel.

Der feine Stoff umspielte meine Oberschenkel, als ich aus der Tür hinaustrat. Daniel sah auf, betrachtete mich einen Moment lang erstaunt, dann lächelte er bewundernd. »Du siehst zauberhaft aus, Babe. So kenne ich dich sonst gar nicht. Du solltest so etwas häufiger tragen, darin kommt dein sexy Körper erst richtig zur Geltung.«

Ich wusste, er wollte mir ein Kompliment damit machen, doch seine Worte machten mich wütend. Gereizt antwortete ich ihm: »Falls du es noch nicht mitbekommen hast, das hier ist ganz und gar nicht mein Stil. Ich überlasse dir die Klamotten gern, sobald wir zu Hause sind, wenn sie dir so gut gefallen.«

Er war sprachlos und schüttelte dann den Kopf. »Was ist denn plötzlich los mit dir? Verrätst du mir, was ich falsch gemacht habe?«

Unwillig wandte ich mich von ihm ab. »Ich gehe jetzt meine Sachen aus dem Aufenthaltsraum holen und warte in der Tiefgarage auf dich.«

Mit energischen Schritten verließ ich das Büro.

Bevor ich mich auf den Weg zu seinem Wagen machte, holte ich mein Handy hervor. Es zeigte neun Anrufe in Abwesenheit und drei Nachrichten auf meiner Mailbox an. Zwei der Anrufe waren von Mr. Burton, alle anderen von meiner Mutter.

Ich hörte schnell die Mailbox ab. Die erste und zweite Nachricht waren auch von meiner Mutter: *»Juliet, ich habe von Mr. Burton erfahren, dass du nicht wie vereinbart von der Arbeit nach Hause gefahren bist. Bitte ruf mich zurück.«*

Typisch meine Mutter. Sie machte sich bei der unwichtigsten Kleinigkeit Sorgen und wollte am Liebsten alles selber kontrollieren.

Ich rief ihre zweite Nachricht ab. *»Juliet, Mr. Burton hat mir erzählt, was am letzten Wochenende vorgefallen ist. Und auch davon, dass du anonyme Drohanrufe wegen Garry erhalten hast. Kleines, du musst dich unbedingt von Daniel Stone fernhalten. Lass dich von ihm nicht um den Finger wickeln, der schreckt vor nichts zurück. Wenn ich gewusst hätte, wie ernst seine Absichten sind, hätte ich dich nie im Leben dort einziehen lassen. Bitte ruf mich an, sobald du kannst. Ich mache mir solche Sorgen.«*

Das klang fast ein wenig panisch.

Ich war unschlüssig, was ich jetzt machen sollte. Daniel wartete in der Tiefgarage auf mich und hatte sich außer stundenlangem Sex bislang nichts zu Schulden kommen lassen.

Dann hörte ich die dritte Nachricht ab, hinterlassen von einem Anrufer mit unbekannter Rufnummer. Schon nach wenigen Augenblicken war mir klar, dass es sich um denselben anonymen Anrufer handeln musste, der mir das Band mit dem Gespräch über Garry vorgespielt hatte. Wieder war ein undeutliches Rauschen zu hören, im Hintergrund mehrere Stimmen, aber ich konnte keine Worte ausmachen. Dann ertönte die Stimme, die sich so sehr nach Daniels anhörte.

»Ich verlasse mich darauf, dass Sie Wallenstein so schnell wie möglich ausschalten. Melden Sie sich dann wieder bei mir.«

Dann verstummte die Stimme für einen Moment, doch die Hintergrundgeräusche waren weiter zu hören. Meine Hand, mit der ich das Telefon umklammert hielt, zitterte.

»Gut, dann ist ja jetzt wenigstens der erste Teil erledigt. Wie gesagt, um das Mädchen kümmere ich mich selber, dazu brauche ich Ihre Hilfe nicht. Danach sehen wir weiter. Ich halte Sie auf dem Laufenden, geben Sie mir eine Woche.«

Fassungslos starrte ich auf mein Handy. Die Stimme klang so täuschend echt wie Daniels. Aber ich verstand den Inhalt des einseitig aufgezeichneten Gesprächs nicht ganz. Falls es wirklich Daniel war, der dort sprach, dann meinte er mit dem Mädchen wahrscheinlich mich. Doch was bedeutete es, er würde sich um mich kümmern? Wenn ich das alles richtig kombinierte, dann war jemand mit dem Namen Wallenstein ins Visier von Daniel und seinem unbekannten Gesprächspartner gerückt.

Aber wer hatte mir diese Aufzeichnung geschickt? Wer wollte mich vor Daniel warnen? Und wieso wollte Daniel mich loswerden, er schien doch endlich eingesehen zu haben, dass ich keine versteckten Absichten verfolgte? Konnte ich mich in Daniel so getäuscht haben? Falls ja, dann war ich jetzt einem potenziellen Mörder und Gewaltverbrecher sexuell hörig!

Was sollte ich denn nun machen? Wenn ich mich nicht bald in der Tiefgarage blicken ließ, käme womöglich noch ein Verdacht in ihm auf, dass ich über sein Treiben informiert war. Aber wenn ich mit ihm zusammen nach Hause fuhr und in seiner Wohnung übernachtete, konnte ich vor lauter Angst kein Auge mehr zutun und würde mich am Ende selbst verraten.

Nervös trat ich in die Tiefgarage. Daniel wartete vor seinem Wagen und hielt mir galant die Tür zur Beifahrerseite auf. Er setzte sich auf den Fahrersitz und startete die schwere Limousine. »Du hast lange gebraucht. Ist etwas passiert, wurdest du aufgehalten?«

Ich schüttelte den Kopf, konnte ihm dabei aber nicht in die Augen sehen. »Ich musste nur schnell Mr. Burton Bescheid geben. Der hat sich Sorgen gemacht, als ich heute Nachmittag nicht wie vereinbart auf ihn gewartet habe.« Daniel schwieg und steuerte den Wagen gekonnt aus der Tiefgarage. Draußen war es jetzt dunkel. Ich blickte zögernd zu ihm hinüber. Hatte er mir geglaubt?

»Burton ist jetzt im Triumph Tower?«, fragte er schließlich.

Ich nickte erleichtert.

»Hast du ihm schon gesagt, dass du bei mir übernachten wirst?«

Ich nahm meinen ganzen Mut zusammen und sagte leise: »Ich möchte unseren Vertrag kündigen. Mit sofortiger Wirkung.«

Daniel sah mich von der Seite mit zusammengekniffenen Augen an. »Gibt es dafür einen bestimmten Grund?«

Ich ignorierte seinen beißenden Ton und antwortete kaum hörbar: »Es hat nichts mit dir zu tun, aber ich glaube nicht, dass mich diese Aktivitäten so sehr interessieren, dass ich dafür meine ganze Freizeit verschwenden will. Tut mir leid.«

Er starrte mich noch immer unbewegt an. Wie konnte er eigentlich fahren, wenn er nicht auf die Straße blickte?

Ich lehnte mich an meinen Sitz und schloss die Augen. Hoffentlich stellte er mir keine weiteren Fragen. Meine Ausrede war so durchsichtig, dass sie einer kritischen Nachfrage durch Daniel niemals standhalten konnte. Doch er blieb ruhig und ich war fast gekränkt über sein stilles Einverständnis. Schweigend fuhren wir zum nur wenige Blocks vom Hotel entfernten Triumph Tower, parkten in der Tiefgarage und begaben uns zusammen in den Aufzug. Hier hatte alles angefangen. Würde es auch hier enden?

Ich stand neben Daniel und beobachtete die leuchtenden Ziffern auf der Anzeige. Er hatte noch immer kein Wort gesagt, und bislang auch noch nicht seine eigene Etage angewählt sondern nur die Taste mit der Neununddreißig gedrückt.

Zusammen stiegen wir aus dem Fahrstuhl. »Darf ich kurz mit reinkommen?«, bat er mich.

Mir war nicht wohl bei dem Gedanken, denn ich hatte keine Ahnung, was er vorhatte. Als ich Mr. Burton auf den Flur treten sah, fiel mir ein Stein vom Herzen. »Ja, sicher kannst du kurz mit zu mir kommen.«

Ich blickte zu Mr. Burton herüber. »Könnten Sie bitte für mich die beiden letzten Kisten vom Flur ins Schlafzimmer tragen, allein schaffe ich das nicht.«

»Aber sicher, Miss Walles.« Mr. Burton nickte und folgte uns dann in meine Wohnung.

Als er sich mit einer Kiste einige Meter von uns entfernt hatte, nahm Daniel mich unerwartet in den Arm und küsste mich mit heftigem Verlangen. »Bist du sauer wegen Ying?«, fragte er mich. »Du musst wissen, ich schlafe nicht mit meinen Angestellten, du bist die einzige Ausnahme.«

»Daniel, ich bin nicht sauer wegen deiner Assistentin, naja, jedenfalls kaum. Aber es ist nicht richtig, was wir hier machen. Das ist mir heute erst klar geworden.« Mir wurde ganz schwindlig von dem kräftigen Griff, mit dem er mich an sich gedrückt hielt.

»Was ist denn passiert, Baby? Habe ich etwas falsch gemacht? War es zu viel? Oder zu wenig? Oder hast du dir wehgetan?«

Ich schloss die Augen. Wenn ich ihn ansah, wollte ich ihn berühren, wollte ihn schon wieder küssen. Aber ich durfte nicht schwach werden.

Mr. Burton kam inzwischen zurück, um die zweite Kiste wegzutragen.

»Es hat nichts mit dir zu tun. Aber ich will den Vertrag einfach nicht fortführen, alles darin ist so falsch. Ich würde sterben, wenn meine Familie oder meine Freunde davon je erfahren, und ich will nicht mit solchen Geheimnissen leben.«

Seine Augen glühten als er hervorstieß: »Ich finde, du schuldest mir wenigstens eine Erklärung. Vorhin im Büro konntest du gar nicht genug bekommen. Verdammt, in den letzten vierundzwanzig Stunden hast du dir die Seele aus dem Leib gevögelt, du hast mich an den Rand der totalen Erschöpfung getrieben und jetzt ist das plötzlich alles falsch? Du könntest wenigstens so ehrlich sein und mir einen Grund für deinen Stimmungsumschwung nennen. Wenn dich etwas stört, dann solltest du darüber sprechen und dich nicht einfach zurückziehen und mich völlig ratlos stehenlassen.«

Wenn er nicht aufhörte, würde ich gleich anfangen zu heulen. Am liebsten wäre ich ihm um den Hals gefallen und hätte ihn gebeten, noch eine Nacht mit mir zu verbringen. Aber ich hörte Mr. Burton bereits zurückkommen. »Ich will nicht darüber diskutieren, meine Entscheidung ist endgültig. Du hast gesagt, ich könne jederzeit kündigen, und von diesem Recht mache ich hiermit Gebrauch.« Ich machte mich von seiner Umarmung frei und trat einen Schritt zurück. »Gute Nacht!«

Er sah mich einen Moment ungläubig an, drehte sich dann wortlos um und verließ meine Wohnung, ohne sich nochmals umzublicken.

Als ich mit Mr. Burton allein war begann ich, heftig zu schluchzen. Wieso musste ich ausgerechnet an einen Mann geraten, der mich nicht liebte, sondern nur meinen Körper wollte und sich zu allem Überfluss auch noch als eiskalter Verbrecher entpuppte?

»Kann ich irgendetwas für Sie tun, Miss Walles?«, fragte mein Leibwächter besorgt. Er schien sich unwohl zu fühlen, so auf sich alleingestellt mit einem heulenden Mädchen.

Ich dachte an die Nachricht auf meiner Mailbox, kramte das Telefon aus meiner Tasche, drückte die Mailboxtaste und schaltete die Wiedergabe ein. Dann reichte ich es meinem Leibwächter.

Mr. Burton hörte sich das Gespräch gleich zweimal hintereinander an. »Miss Walles, wir sollten die Nachricht von einem Profi untersuchen lassen, zur Stimmerkennung. Für mich hört sich die Stimme ziemlich unverwechselbar an, sie klingt nach Ihrem Nachbarn, Mr. Stone. Ist Ihnen das auch aufgefallen?«

Ich nickte.

»Gehe ich recht in der Annahme, dass der erste Anruf, von dem Sie mir erzählt haben, nach demselben Muster verlief und der Sprecher ebenfalls nach Mr. Stone klang?« Mr. Burton besaß eine schnelle Kombinationsgabe und hatte meine Situation sofort erfasst. »Es war ein riskanter Schachzug, gerade Mr. Stone damit zu beauftragen, nach Garry zu suchen.«

Wieder nickte ich.

»Und es überrascht mich, dass Mr. Stone zugestimmt hat, Ihnen zu helfen. Die Dokumente, die er Ihnen ja sicher gezeigt hat, sind alle echt. Aber das bedeutet nicht, dass sich Garry noch immer in Bangkok aufhält. Es ist ja eigentlich nicht seine Art, spurlos zu verschwinden. Mir scheint eher, er steckt in echten Schwierigkeiten. Sonst hätte er sich längst gemeldet.«

»Ich weiß nicht, was ich von der ganzen Sache halten soll und was ich jetzt machen muss«, gab ich zu. »Mr. Stone war sehr ...« Ich überlegte einen Augenblick lang, wie ich ihm Daniels Verhalten beschreiben konnte. »...nett zu mir. Ich kann mir einfach nicht vorstellen, was das alles zu bedeuten hat.«

»Gehen Sie schlafen und vergessen Sie nicht, Ihre Wohnungstür von innen zu verriegeln. An Ihrer Stelle wäre ich vorsichtiger, wenn Sie sich mit Mr. Stone treffen. Sie sollten mir wenigstens Bescheid geben. Sonst kann Ihnen niemand helfen, falls Ihnen etwas zustößt.«

Wieder wünschte ich mir, ich könnte mit Garry sprechen und ihn nach den Gründen fragen, die ihn dazu veranlasst hatten, Boston so Hals über Kopf zu verlassen. Morgen musste ich wenigstens versuchen herauszufinden, wer dieser Wallenstein war. Innerlich hoffte ich noch immer, dass sich alles als ein großer Irrtum oder ein dummer Scherz herausstellte. Zumindest hatte Daniel jetzt, wo unser Vertrag nicht mehr existierte, keinen Grund mehr, sich hier sehen lassen. Wenn er mir weiter nachstellte, dann nur, um sich um mich zu kümmern, wie er es in dem Anruf angedeutet hatte.

»Mr. Burton, darf ich Sie um etwas bitten?«

Mein Leibwächter sah mich fragend an.

»Ich möchte nicht, dass Sie meiner Mutter irgendetwas von dem heutigen Anruf oder von Mr. Stone erzählen. Sie macht sich jedes Mal furchtbare Sorgen um mich. Ich will sie nicht noch mehr ängstigen.«

Mr. Burton sah mich eine Weile aufmerksam an und nickte dann widerstrebend. »Also gut, solange es keine gesicherten Erkenntnisse gibt, werde ich nichts sagen. Aber sobald wir Genaueres wissen, muss ich Ihre Eltern unterrichten, dass ist schließlich mein Job.«

Das Gespräch mit meinem Leibwächter war mir unangenehm, weil dieser genau zu wissen schien, was ich mit Daniel alles getrieben hatte.

Es war erst kurz nach neun, aber bevor ich mit meiner Mutter sprach, musste ich mich erst noch ein wenig sammeln. Ich schaltete die Kaffeemaschine an und sah eine Weile zu, wie sie sich von einem Reinigungsgang in den nächsten quälte. Entnervt gab ich das Warten schließlich auf und setzte mich mit meinem Handy ins leere Wohnzimmer. Ich holte tief Luft, dann wählte ich die Nummer meiner Eltern in Montecino.

Wie erwartet, war meine Mutter ganz ausgelöst. »Juliet, endlich rufst du an. Wo warst du den ganzen Tag? Weißt du eigentlich, welche Sorgen wir uns gemacht haben? Selbst deine Kollegen wussten nicht, wo du steckst.«

Was sollte ich darauf antworten? Mama, ich hatte in der Mittagspause Sex mit meinem Chef auf seinem Schreibtisch und dabei haben wir irgendwie die Zeit vergessen? Nein, hier war lügen eindeutig erlaubt.

»Es ist halb so wild. Ich habe im Hotel einen Rundgang gemacht, um mir die Wege besser zu einzuprägen. Dabei habe eine Freundin getroffen. Meine Arbeitszeit war zu Ende, da haben wir uns ein bisschen verquatscht.«

Die Stimme meiner Mutter klang nicht überzeugt aber versöhnlicher. »Du hättest wenigstens Mr. Burton Bescheid geben sollen. Der arme Mann war ganz verunsichert, als er bei mir angerufen hat.«

»Tut mir leid, daran habe ich nicht gedacht.« Ich hoffte, ich klang ein wenig zerknirscht. »Du, deine zweite Nachricht habe ich nicht verstanden. Gibt es einen bestimmten Grund, weshalb ich mich von Daniel Stone fernhalten soll? Nach unserem Gespräch am Sonntag haben wir uns getroffen, er scheint eigentlich ganz nett zu sein.« Ich betete im Stillen, dass Mr. Burton nicht sämtliche Einzelheiten ausgeplaudert hatte.

»Das ist sein Masche. Er kommt aus gutem Hause, ist sehr gebildet und sieht, wie ich höre, auch attraktiv aus. Er hat seine erste Milliarde schon im Alter von 23 Jahren gemacht.« Das klang doch positiv und ließ mir noch ein Jahr Zeit, wenn ich mit ihm gleichziehen wollte.

»Dein Vater ist mit seinem Vater, Michael Stone, gut bekannt. Sie haben vor Jahren zusammen Geschäfte gemacht und dein Vater hat immer nur Gutes über diese Familie berichtet. Vor vier Jahren hat Daniel Stone dann die Firma seines Vater aufgekauft, umstrukturiert und zerschlagen. Hunderte Leute wurden über Nacht entlassen und standen auf einmal vor dem Nichts. Und Daniel Stone hat einen schönen Gewinn kassiert und ist weitergezogen. Was aus den Menschen wird, hat ihn nie interessiert.«

Ich war erstaunt, dass sich ausgerechnet meine Mutter, die ihr ganzes Leben lang im Reichtum geschwelgt hatte, über das Geschäftsgebaren fremder Leute empörte. Mein Vater hatte seine Millionen im Ölgeschäft gemacht bevor er sich in die Politik wagte. Dort herrschten raue Sitten, Bestechung und das Ausschalten lästiger Konkurrenz standen häufiger auf der Tagesordnung, als in anderen Wirtschaftszweigen.

Ich ging mit dem Telefon in der Hand in die Wohnküche und befüllte mit einer Hand die Kaffeemaschine, die sich inzwischen offenbar genug gereinigt und gespült hatte. Dann schaute ich auf die heiße, braune Flüssigkeit, die langsam in meine Tasse lief. Es duftete aromatisch und schon der Geruch des frischgebrühten Kaffees belebte meine Sinne.

Währenddessen lauschte ich gebannt meiner Mutter am Telefon. Angeblich war Daniel Stone nicht nur ein skrupelloser Unternehmer, der vor lauter Gewinnmaximierung und Profitgier seine Mitarbeiter schlecht behandelte. Er hatte auch seine Familie in den Ruin getrieben und jede Menge gerichtlicher Verfahren am Hals.

»Ich habe ihn gefragt, ob er Streit mit Dad hat, nachdem mir Corinne von einer Auseinandersetzung der beiden erzählt hat. Er behauptet, er habe ein Abkommen mit Dad geschlossen, dass aber wieder rückgängig gemacht werden soll. Weißt du darüber etwas?«, fragte ich meine Mutter gespannt.

Ich hoffte inständig, sie bestätigte mir, dass die geschäftlichen Beziehungen zwischen meinem Vater und Daniel eine unbedeutende Nebensächlichkeit waren und für meine Familie keine Rolle spielten.

Meine Mutter sagte einige Sekunden lang nichts, dann hörte ich eine Tür klappen. Offenbar suchte sie sich einen anderen Platz zum telefonieren. Ihre Stimme klang sehr ernst, als sie endlich weitersprach. »Dein Vater wurde von Stone hinterhältig über den Tisch gezogen. Stone hat ihm letztes Jahr vier Ölfelder im Pazifik abgekauft. Der Preis war nicht schlecht, fast 200 Millionen Dollar, aber zwei Wochen nach Vertragsabschluss haben Probebohrungen erwiesen, dass die Felder mindestens zwanzigmal soviel Öl enthalten, wie vorher bekannt. Wir vermuten, Stone wusste das schon vor der Unterzeichnung. Dein Vater hat darum beantragt, den Vertrag zu annullieren, leider bislang ohne Erfolg. Aber es ist nur eine Frage der Zeit, bis sich ein Gericht findet, das Formfehler im Vertragstext anerkennt. Du weißt ja, wie das in der Politik läuft. Eine Hand wäscht die andere. Dein Vater kennt viele einflussreiche Leute.»

Ich konnte nicht fassen, wie dumm ich gewesen war. Daniel hatte von Anfang an gewusst, wer meine Eltern waren. Ich war ein perfekter Joker für ihn und wahrscheinlich hatte er diesen perversen Ausbildungspakt doch nur geschlossen, damit meine Familie erpressbar war. Ganz egal, was er behauptete.

Ich versuchte mich zu erinnern, was genau wir in seiner Wohnung gemacht hatten. Vielleicht hatte er das sogar aufgezeichnet? Oh Gott, wenn meine Eltern das je zu Gesicht bekamen, würde ich auswandern vor lauter Scham.

Ich umklammerte den Telefonhörer. »Mum, kannst du dir einen plausiblen Grund vorstellen, warum Daniel Stone Garry entführt haben könnte?«

Oder warum er sich um mich kümmern will? Aber das konnte ich sie unmöglich fragen.

Meine Mutter klang erstaunt. »Was redest du für einen Unsinn, Kind. Wieso sollte er gerade Garry entführen, Lösegeld wird der ja wohl kaum bezahlen können? Ich habe glaube auch nicht, dass Garry Umgang mit Leuten wie Stone pflegt.«

Meine Mutter hatte all die Jahre mit Garry in Kontakt gestanden, darum dachte ich, sie hätte vielleicht eine Idee. »Garry hat angedeutet, dass er mindestens einmal in Daniel Stones Wohnung war. Ohne dessen Wissen. Hat er dir davon je erzählt?«

»Nein, mein Spatz, davon habe ich noch nie gehört. Aber das wäre ja ein passender Grund für Stone, ihn zu verfolgen. Vielleicht nicht gleich zu entführen, aber wenn Stone mitbekommen hätte, dass Garry ihn ausspioniert, wäre er dem bestimmt nachgegangen.«

»Hat Garry mit dir darüber gesprochen, nach Bangkok zu fliegen?« Ich hielt den Atem an.

Doch meine Mutter überraschte mich mit ihrer Antwort. »Ja, natürlich. Er wollte dich dort unbedingt besuchen, aber immer kam irgendetwas dazwischen. Wir hatten ausgemacht, dass er seinen Urlaub mit dir verbringt und er war schon ganz aufgeregt. Dir haben wir nichts erzählt, weil es eine Überraschung werden sollte. Aber das hat sich ja zerschlagen, als du Hals über Kopf zurückgekommen bist.«

»Kennt Garry dort noch andere Leute?«, wollte ich wissen.

Meine Mutter überlegte einen Moment, dann verneinte sie entschieden. »Nein, davon wüsste ich. Er hat nicht viele Freunde, die es sich leisten können, die ganze Welt zu bereisen. Aber wozu willst du das alles wissen?«

Ich atmete tief durch. »Es ist möglich, dass wir eine Spur von ihm gefunden haben und alles deutet darauf hin, dass er am Montag nach

Thailand geflogen ist.«

»Also macht er tatsächlich von deinem Geld Urlaub?« Sie sprach aus, was ich nicht glauben konnte. Ich wollte meine Mutter nicht noch mehr beunruhigen, daher lenkte ich unser Gespräch auf das kommende Wochenende.

Aber sie hatte enttäuschende Nachrichten. »Spatz, wir müssen unser Treffen leider verschieben, dein Vater hat einen Wahlkampfauftritt für einen Kollegen zugesagt. Aber ich verspreche dir, wir holen das so schnell wie möglich nach, vielleicht schon am Wochenende darauf. Wie läuft es denn beim Tanzen?«

Dann kamen wir auf meine erste Hauptrolle zu sprechen. Meine Mutter war aufgeregter als ich selbst und gab ungefragt tausend Tipps, von denen ich die Hälfte sofort wieder vergaß. Sie wollte unbedingt meine Aufführung besuchen, wenn sie nach Boston kam. Dem Tanzen galt ihre ganze Leidenschaft und ihrer immensen Erfahrung verdankten Corinne und ich so manches Kompliment von Choreografen und Tanzlehrern.

Nachdenklich trank ich einen großen Schluck Kaffee. Ich versuchte nochmals, Garry telefonisch zu erreichen, doch sein Telefon war noch immer ausgeschaltet und nur die Mailbox meldete sich.

An diesem Abend durchlief ich zum ersten Mal seit Tagen meine komplette Übungsroutine, sämtliche Stretchübungen, Sprünge, Figuren und das Krafttraining. Das große, leere Wohnzimmer war hierfür perfekt geeignet. Nach fast zwei Stunden fühlte ich mich ausgepowert und müde, mein Körper fühlte sich an, als sei ich in einen schweren Verkehrsunfall geraten, sämtliche Knochen und Muskeln schmerzten, jeder Schritt erinnerte mich daran, wie heftig Daniel und ich uns geliebt hatten.

In der Badewanne summte ich die Melodie des Titelsongs von *Zubeida*. Während mein Körper sich im heißen Wasser von den Strapazen der letzten vierundzwanzig Stunden erholte, versuchte ich, mich in die Rolle hineinzudenken. Ich nahm den I-Pad vom Rand der Badewanne und suchte mir den zugehörigen Text heraus.

Unsere Story begann wie ein Märchen,

Du warst mein Lover, mein Sonnenschein.
Ich liebte dich mit heißem Herzen,
Ich wollte immer nur für dich da sein.

Ich fand mich wieder inmitten des Bösen,
Umgeben von Schatten und Gewalt.
Selbst Engel haben ihre dunklen Seiten,
Und ich fühlte mich einsam und kalt.

Du nimmst mir die Luft zum Atmen,
Bezahlst deine Sünden mit schmutzigem Geld.
Und trotzdem bist du für immer in meinem Herzen,
Als mein ewiger Lover und Held.

Refrain
Ich verbrenne fast an meinen Schmerzen,
Bleib ruhig stehen und schau mir dabei zu.
Du kannst alles machen mit meinem Herzen,
Denn am Ende gewinnst sowieso immer du.

Du hast mich geschlagen und getreten,
Und du hast geweint in meinem Arm.
In unseren Krieg wirst du immer siegen,
Weil ich dir niemals so wehtun kann.

Nach dem Streit versagt mir die Stimme,
Trotzdem liege ich hier bei dir.
In deinem Arm vergesse ich die Schmerzen,
Doch sie hinterlassen Narben in mir.

Mein einziger Held, ich muss dich verlassen,
Und ohne dich gibt es kein wir.
Ich werde dich niemals vergessen,
Denn du bist ein Teil von mir.

Refrain
Ich verbrenne fast an meinen Schmerzen,
Bleib ruhig stehen und schau mir dabei zu.
Du kannst alles machen mit meinem Herzen,
Denn am Ende gewinnst sowieso immer du.

Mir gefiel das Lied und ich begann, es ernsthaft zu intonieren, anstatt nur vor mich hinzuträllern. Es klang ganz anders als bei Katie, darum entschied ich mich, eine Aufnahme davon zu machen und später mit Rob Robson zu sprechen. Die Zeit bis zu meiner ersten Aufführung war zu knapp, um mich mit dem Lied auf einen Irrweg zu begeben und später alles zu verwerfen. Ich wiederholte die Aufnahmen einige Male, bis ich den gesamten Text fehlerfrei gesungen und mitgeschnitten hatte.

Im Bett dachte ich wieder an Daniel. So sehr ich mich auch bemühte, ich konnte das Gefühl seines warmen Körpers auf meiner Haut, das Geräusch seiner Atemzüge wenn er friedlich neben mir schlief und seinen göttlichen Geruch einfach nicht aus meinem Kopf verbannen. Wie war es möglich, dass man einen Menschen nach so kurzer Zeit schon so sehr vermisste?

Freitag, 18. Mai 2012

Um halb sechs machte ich mich auf den Weg zur Arbeit, Mr. Burton fuhr mich mit dem Wagen, damit ich nicht zu spät kam. In meinem Flur hatte ich einen Umschlag gefunden, den jemand unter meiner Wohnungstür hindurchgeschoben hatte. Die Nachricht darin machte mich ärgerlich und beklommen zugleich.

Juliet, ich bin befremdet über deine jähe Ablehnung unseres Vertrags. Natürlich steht es dir frei, unsere Vereinbarung zu aufzuheben, doch ich möchte deine Gründe wissen. Ruf mich an und erkläre mir bitte, was zu deiner Entscheidung geführt hat. Danach werde ich deine Bitte um Kündigung in Erwägung ziehen.

Ich warte auf deinen baldigen Anruf und gehe bis dahin davon aus, dass unser Arrangement unverändert weiter fortbesteht.Daniel

Was sollte ich jetzt tun? Ihm auch eine Nachricht senden oder ihn gar anrufen? Was für Gründe konnte ich vorbringen? Den echten Grund, dass ich von seinem Plan, jemanden namens Wallenstein auszuschalten, wusste, konnte ich unmöglich anführen ohne mich selbst in Gefahr zu bringen.

Ich entschied schließlich, die Nachricht einfach zu ignorieren. Falls er sich mit mir treffen wollte, musste er ohnehin anrufen, dann konnte ich ihm meinen Standpunkt immer noch deutlich machen.

Wütend packte ich die Papiertüte mit Yings Kleid in mein Auto. Am liebsten würde ich ihm auch die Dessous zurückgeben, aber ich war noch nicht dazu gekommen, sie zu waschen. Stattdessen legte ich einen Umschlag mit dem entsprechenden Betrag in die Tüte. Bei passender Gelegenheit wollte ich sie ihm überreichen und somit klarmachen, was ich davon hielt.

Meine Kollegen beobachteten mich neugierig, als ich in der Frühstückspause in den Aufenthaltsraum trat.

»Na, wie war es gestern bei Mr. Stone? Hatten Sie gut zu tun mit dem, ähm..., Schreibkram? Ihr Fahrer war ganz besorgt, als Sie nach vier Stunden noch nicht zurück waren, aber ich habe ihm erklärt, wie fordernd Mr. Stone sein kann. Ich hoffe, Sie konnten alles zu seiner Zufriedenheit abschließen? Oder ist Ihr Einsatz in seinem Büro heute wieder gefragt?«, fragte mich Ms. Bingham vor den versammelten Mitarbeitern.

Ich errötete wütend. Wie konnte sie mir so etwas offen unterstellen?

»Warum fragen Sie das nicht Mr. Stone persönlich, wenn es Sie so sehr interessiert? Ich glaube nicht, dass ich befugt bin, Ihnen über meine Arbeit in Mr. Stones Büro zu erzählen.« Damit war ein vergiftetes Arbeitsklima garantiert.

Ich konnte ihre Verbitterung verstehen, schließlich hatte ich gestern alles stehen- und liegengelassen, um Daniel in sein Büro folgen. Aber sah sie nicht, dass Daniel mich praktisch dazu gezwungen hatte?

Ohne ein weiteres Wort begab ich mich an den Empfangsschalter und begann wie gewohnt, die Buchungen durchzusehen und die Abreisen für heute abzurechnen. Sascha kam auf mich zu und sagte leise: »Das hättest du dir lieber verkneifen sollen. Die Bingham hasst Frauen, die ihr gutes Aussehen einsetzen, um beruflich weiterzukommen. Darum hat sie dich so angefeindet. Du entschuldigst dich besser bei ihr, am Empfang brauchen wir ein eingespieltes Team, keinen Zickenkrieg.«

Nun war ich wirklich beleidigt. Schließlich hatte ich nicht angefangen mit den Anschuldigungen. Aber ich verhielt mich den gesamten Rest des Tages vorbildlich, arbeitete die Mittagspause durch und betete, dass Daniel nicht anrief.

Im Vergleich zu gestern war es heute geradezu totenstill in unserer Lobby, die Gäste spazierten gemächlich ein und aus, nur selten kam jemand an unseren Empfang, um sich nach etwas zu erkundigen. Die Ruhe ließ die Arbeit langsam vorangehen, sehnsüchtig schaute ich immer wieder auf unsere große Wanduhr. Ms. Bingham sprach nicht mit mir, Sylvia hatte heute ihren freien Tag und die junge Frau, die stattdessen an meiner Seite stand, war so konzentriert in ihre Arbeit vertieft, dass ich kein vernünftiges Gespräch mit ihr beginnen konnte.

Endlich war es drei Uhr und zum ersten Mal war ich erleichtert, als ich das Hotel durch den separaten Ausgang für Angestellte verließ. Ich hatte mich umgezogen, trug nun wieder Jeans und T-Shirt, meine Uniform hatte ich in der Wäscherei des Hotels gelassen. Inzwischen waren die Würgemale an meinem Hals verblasst und so bestand keine Notwendigkeit mehr, in dem unvorteilhaften, bunten Kostüm nach Hause zu fahren.

Mr. Burton erwartete mich mit dem alten Toyota direkt am Ausgang. »Miss Stone, ich habe interessante Neuigkeiten für Sie!«, erzählte er mir sofort, nachdem ich im Wagen Platz genommen hatte. Langsam fädelte er sich in den betriebsamen Nachmittagsverkehr ein.

»Ich habe fast den gesamten Vormittag damit zugebracht, eine Firma zu ermitteln, die sich mit der Stimmerkennung beschäftigt. Eine gute Bekannte hat mir schließlich Ihren Kollegen empfohlen. Konstantin Kramer. Der vermittelt diesen Service auch an Privatleute und ist zudem extrem zuverlässig und diskret bei seinen Ermittlungen.«

Ich nickte zustimmend. Das war wenigstens ein Anfang.

Mr. Burton hatte einen Weg quer durch die Stadt eingeschlagen, ich wunderte mich zwar, wo genau er hinwollte, schließlich lag mein Haus in der entgegengesetzten Richtung und war nur wenige hundert Meter vom Hotel entfernt. Doch ich ersparte mir die Nachfrage, mein Leibwächter machte nie etwas grundlos und ich würde früh genug erfahren, was er vorhatte.

»Was muss ich tun?«, fragte ich, nachdem ich das Handy aus der Tasche genommen hatte. »Soll ich die Nachricht überspielen?«

»Nein, ich habe mich noch nicht mit Mr. Kramer in Verbindung gesetzt. Sprechen Sie mit ihm, wenn Sie ihn das nächste Mal treffen, danach sehen wir weiter.«

Mit diesen Worten bog Mr. Burton in eine Seitenstraße ab. Ich hatte während der gesamten Fahrt kaum auf den Weg geachtet, doch jetzt wunderte ich mich doch. »Wohin fahren wir eigentlich? Ich dachte, Sie wollten mich nach Hause bringen?«

»Ich habe eine Überraschung für Sie, Miss Walles. Bitte verzeihen Sie mir die Eigenmächtigkeit. Aber wenn Sie das Handschuhfach öffnen, dann wissen Sie, wovon ich spreche.«

Ich zog das Fach auf und erstarrte. Darin lag eine schwarze, blitzblank polierte Waffe, sicher in einem Halfter verpackt.

»Das ist eine Smith & Wesson Semiautomatik. Klein genug, um in Ihre Handtasche zu passen aber immer noch mit genug Feuerkraft, um damit jeden Verbrecher in die Flucht zu schlagen.«

Ich war sprachlos. Nach einer Weile zog ich die Waffe behutsam hervor und nahm sie in beide Hände. Ganz bedächtig drehte ich sie herum, immer bemüht, auf gar keinen Fall irgendwo gegenzustoßen und damit womöglich einen Schuss auszulösen.

Mr. Burton beobachtete mich aus den Augenwinkeln, während er den Wagen auf einem großen Parkplatz einparkte. »Ich nehme an, Ihnen ist klar, dass man solche Waffen eigentlich nicht mit sich herumtragen sollte, schon gar nicht ohne Lizenz?«

Ja, dass hatte ich mir schon gedacht. Ich blickte ihn fragend an. »Und jetzt?«

»Dieser Schießplatz hat etwas gelockerte Regeln, man nimmt es hier nicht so genau damit, alle Schützen zu registrieren. Aber auf dem Weg hinein und hinaus lassen Sie Ihre Waffe besser in der Tasche verschwinden. Und außer uns sollte davon niemand erfahren, auch nicht Ihre Eltern.«

Zögerlich steckte ich meine neue Waffe in die Handtasche. Dann legte ich mein Handy dazu. Ich traute mich kaum, die Tasche anzuheben, doch Mr. Burton beruhigte mich. »Die Waffe ist gesichert und solange Sie sie in dem Holster aufbewahren, brauchen Sie sich keine Sorgen zu machen. Auf dem Schießplatz zeige ich Ihnen gleich, wie das Sichern und Entsichern funktioniert.«

Noch immer nicht restlos überzeugt, nahm ich meine Tasche und verließ den Wagen.

Im Eingangsbereich des Schießplatzes saß eine füllige Blondine mit üppiger Oberweite. Sie musterte uns und blickte dann fragend zu Mr. Burton. »Hallo Rosi, vielen Dank, dass Sie uns hier üben lassen. Miss Walles hier hat ein paar aufdringliche Verehrer, deshalb will sie lernen, wie man schießt und trifft.«

Rosi lachte schallend und unangenehm laut. Es überraschte mich, dass mein Leibwächter diese Frau kannte.

Wir wurden ohne Registrierung durchgewunken, nachdem er ihr einen Hundertdollarschein hingelegt hatte. Rosi reichte uns jedem eine Schale, darin befanden sich abgezählte Patronen.

»Für Ihre Waffe eignen sich die .40 Patronen am besten, auch die 9mm Kugeln können Sie benutzen. Das Magazin kann 10 Schuss Munition laden, danach müssen Sie es wieder nachladen.« Mr. Burton hielt mir die Schale den Patronen hin. »Um die Waffe zu laden, müssen Sie zuerst das Magazin entnehmen und dann einzeln die Patronen einfüllen, ich zeige Ihnen, wie das geht.«

Mr. Burton zog das leere Magazin aus der Waffe, befüllte es und ließ es danach wieder einrasten. Ich machte es ihm konzentriert nach und war überrascht, wie einfach das war.

Spielerisch hob ich meine Waffe und zielte.

»Miss Walles, nehmen Sie sofort die Waffe runter! Hier auf dem Übungsplatz müssen Sie die Waffe immer mit dem Lauf zum Boden halten, Sie dürfen niemals einfach so in der Gegend herumballern.«

Erschrocken ließ ich meinen Pistole sinken. Ich hatte ja gar nicht vorgehabt, wirklich zu schießen.

Auch Mr. Burton hatte Munition ausgewählt und seine eigene Waffe damit befüllt. Er selbst hatte eine Revolver, dort musste man die Kugeln einzeln in die Trommel einlegen. Gemeinsam gingen wir zu den Schießständen.

»Stellen Sie sich locker an die Linie, die Beine leicht auseinander, so, dass sie einen festen Stand haben«, wies er mich an. »Nun heben Sie beiden Arme, halten Sie ihre Waffe mit beiden Händen fest, die Finger weg vom Abzug.«

Ich folgte seinen Anweisungen aufs Wort.

»Entsichern Sie Ihre Waffe hier rechts an dem kleinen Hebel. Wenn der ganz nach hinten geschoben ist, ist Ihre Waffe scharf. Nun laden Sie die Waffe durch. Halten Sie die Arme gerade nach vorn gestreckt und zielen Sie direkt auf die Scheibe am Ende des Schießstandes. Peilen Sie die Mitte an. Bevor Sie jetzt Ihren rechten Zeigefinger an den Abzug legen, denken Sie bitte an den Rückschlag. Ihre Waffe ist zwar klein, aber einen Rückschlag gibt es trotzdem, außerdem fliegt die leere Patronenhülse bei jedem Schuss nach hinten weg. Also halten Sie die Waffe gut fest und lassen Sie die Arme gerade vor sich ausgestreckt.«

Ein Schweißtropfen lief mir von der Stirn. Die Anspannung machte mich unruhig, und ich kam mir vor, wie bei der Armee. Ich musste versuchen, meinen Kopf frei zu machen, alles andere zu vergessen und mich nur auf den nächsten Schuss zu konzentrieren.

»Bilden Sie eine Linie zwischen Ihrer Nase, der Kimme und dem Ziel«, riet mir Mr. Burton noch, bevor er mir schallisolierte Kopfhörer aufsetzte.

Die Zielscheibe hing so weit von mir entfernt, dass ich sie kaum sehen konnte, geschweige denn, ihre Mitte anpeilen. Ich kniff die Augen zusammen und drückte ab.

Der erste Schuss überraschte mich. Der laute Knall ließ mich zusammenzucken, der Rückschlag kam trotz der Warnung Mr. Burtons unerwartet und hart.

Doch ich erholte mich schnell und mit jedem weiteren Schuss fühlte ich mich etwas zuversichtlicher. Ich schaffte es, meine Waffe allein nachzuladen. Dann schoss ich wieder.

Nach fast einer Stunde waren meine Waffe und die Munitionsschale endgültig leer. Mr. Burton drückte einen Knopf und ließ damit die Zielscheibe an meinen Standort heranfahren. Er warf einen geübten Blick darauf, während wir warteten, dass auch seine Zielscheibe angefahren kam. Ich hatte zwar die schwarze Mitte konstant verfehlt, doch von den vierzig Schüssen war mindestens die Hälfte durch die Scheibe gegangen. Wo die andere Hälfte gelandet war, wollte ich lieber nicht so genau wissen.

»Für's erste Mal ist das gar nicht schlecht«, lobte er mich, »Aber wir werden wohl noch einige Male zurückkommen müssen, falls Sie besser werden möchten. Im Moment ist es genug, dass Sie sich an die Waffe gewöhnt haben und damit umgehen können. Mehr ist wohl kaum zu verlangen.«

Ich blickte kurz hinüber auf den schwarz-weißen Papierbogen in seiner Hand und sah, dass fast jeder seiner Schüsse die Mitte getroffen hatte, das Papier war dort völlig zerfetzt.

Als wir endlich den Triumph Tower erreichten, verstaute ich Waffe und Ersatzpatronen ersteinmal in einer der Küchenschubladen, denn heute Abend würde ich sie wohl nicht brauchen.

Dann machte ich mir einen Kaffee und versuchte, mich innerlich vom Schießplatz auf die Bostoner Nachtklubs umzustellen.

Immer wieder schweiften meine Gedanken ab und landeten bei Daniel. Was er jetzt wohl machte? Den ganzen Tag lang hatte ich ihn nicht zu Gesicht bekommen. Ob er sich schon Ersatz für mich gesucht hatte?

Um acht kam Katie gut gelaunt mit einem ganzen Arm voller Kleidungsstücke. Obwohl sie etwas kleiner und zierlicher war, wollte ich gern einige Stücke aus ihrer schier endlosen Auswahl anprobieren.

»Du hast eine tolle Wohnung. So viel Platz. Ich weiß immer gar nicht, wohin mit meinen Sachen, bei dir ist es andersrum. Du hast gar nicht genug Sachen, um die Wohnung damit zu füllen.« Katie lachte bei ihrer Feststellung, während wir uns die leeren Zimmer anschauten.

»Wie hast du eigentlich Konstantin heute Abend in den Club gelockt? Das ist doch eine Überraschung für ihn, oder nicht?«, wollte ich wissen.

Katie grinste mit verschwörerischer Miene. »Der Ärmste hat keine Ahnung. Ich glaube, er hat eigentlich nicht mal vor, seinen Geburtstag mit uns zu feiern. Erik hat sich mit ihm auf ein Bier verabredet und will ihn zu Hause abholen. Dann fahren die beiden direkt bis vor den ersten Club und wir treffen sie dort. Das ist zumindest der Plan.«

Wir lachten beide bei dem Gedanken an Konstantins Gesicht, wenn er erfuhr, wo es wirklich hinging. Er war trotz seiner Selbstsicherheit kein Fan von lauter Discomusik und für unseren Geschmack benahm er sich fast schon wie ein alter Mann.

Wir tranken zusammen Weißwein, während wir uns gegenseitig die verschiedenen Outfits vorführten. Mit steigendem Alkoholpegel wurden unsere Klamotten immer gewagter und als wir schließlich die zweite Flasche Wein zur Hälfte geleert hatten, sahen wir beide perfekt aus. Katie hatte sich für ein bauchfreies, schillerndes Oberteil entschieden, dass leuchtend blau strahlte und sich hauteng an ihren schlanken Körper schmiegte. Dazu trug sie einen abgeschnittenen kurzen Jeansrock, die eigentlich mehr zeigte als verbarg.

Ich endete mit einem rückenfreien Mini-Halterkleid mit silbernen Pailletten, das beim Bücken die Sicht auf meinen blanken Hintern freigab. Ein bisschen unwohl fühlte ich mich bei dem Gedanken, dass wildfremde Leute meine Unterwäsche sehen könnten, deshalb entschied ich mich trotz Katies vernichtendem Blick, wenigstens meine dezent schwarzen Hotpants unterzuziehen. Dazu noch hochhackige Schuhe und etwas Modeschmuck, dann waren wir bereit.

Das Schminken und Frisieren dauerte nicht lange, schließlich waren wir von Berufs wegen Experten darin, uns für die verschiedenen Rollen zurechtzumachen und außerdem würde das Make-up in der Hitze der Nacht sowieso im Nu zerlaufen.

Leicht beschwipst machten wir uns schließlich auf den Weg. Mr. Burton würde uns hinfahren, doch zurück wollten wir uns lieber ein Taxi nehmen. Ich musste am nächsten Morgen arbeiten, doch das war mir im Moment egal. Solange ich genug Zeit für eine Dusche vor Beginn der Frühschicht hatte, konnte ich damit gut leben.

Ich hätte fast erwartet, Daniel Stone im Fahrstuhl zu begegnen, doch offensichtlich funktionierte seine Überwachung nicht lückenlos. Stattdessen winkte ich in die Aufzugkamera.

Ohne Zwischenfall erreichten wir den ersten Club mit dem vielversprechenden Namen *Seduction*. Erik und Konstantin gingen auf der Straße davor auf und ab, Erik sah sich immer wieder nervös nach allen Seiten um. Als er uns erblickte, schien er sichtlich erleichtert und tippte Konstantin an. Dieser starrte uns mit offenem Mund entgegen. Sein Blick verriet, wie geschockt er über unser Auftauchen und die damit verbundene Änderung seines Abendprogramms war.

Die Musik im Club dröhnte uns in den Ohren, grelle Lichter zuckten im Dunkeln und verliehen der ohnehin aufgeheizten Stimmung zusätzliche Energie. An den Wänden glitten die Projektionen von Silhouetten der Tänzer entlang, Nebelschwaden quollen in regelmäßigen Abständen aus verdeckten Auslässen. Alles war in Bewegung.

Schon bei unserer Ankunft hatten sich vor dem Club lange Schlangen gebildet, doch wir waren überraschend schnell vorgelassen worden. Drinnen standen die Menschen dicht an dicht, schließlich war es Freitagnacht.

Wir saßen zusammen am Rand der Tanzfläche auf Barhockern an zwei Tischen und prosteten uns mit Tequilashots zu. Katie rekelte sich mittlerweile auf dem Schoß eines exotisch aussehenden, dunkelhaarigen Jungen, der kaum älter war als sie. Die beiden machten schon den halben Abend miteinander rum, obwohl Katie zwischendurch auch einen anderen Typen abgeknutscht hatte. Jetzt konnten wir alle hautnah beobachten, wie der Junge mit den Händen an Katies nackten Schenkeln auf- und abglitt.

Erik lehnte an der Schulter eines stark schwitzenden Latinos und sogar Konstantin war merklich aufgetaut.

»Zieh endlich dein Hemd aus, du bringst uns in deiner Aufmachung hier noch alle in Verruf«, forderte Erik zum wiederholten Mal. Im Schwarzlicht schien Konstantins weißes T-Shirt in der Tat regelrecht zu glühen.

»Ja, lass dich endlich mal anschauen, Partner. So wie du dich während unserer Tanzstunden anfühlst, musst du einfach gut gebaut sein«, giggelte Katie, während sie mit ihrer Hand über den nackten Oberkörper ihres jungen Verehrers fuhr.

Ich warf den Kopf in den Nacken und schluckte den brennenden Tequila herunter. Kaum hatten wir unsere Gläser geleert, brachte uns die knapp bekleidete Kellnerin auch schon die nächste Runde.

»Hey, Süße, willst du tanzen?« Ein gut gebauter, blonder Mann in engen Jeans tätschelte über meine nackten Schultern und zog dabei an den Trägern meines Kleids, so dass er einen Blick hinein werfen konnte.

Ich erhob mich und folgte ihm in die Menge. Die Musik rockte und auf der Tanzfläche drängten sich die Menschen eng aneinander. Alle waren nur leicht bekleidet und zu fortgeschrittener Stunde mehr oder weniger betrunken, aufgeheizt und erregt. Wir alle tanzten, als ob es kein Morgen mehr gab, es roch nach Schweiß, Parfüm und Alkohol. Ich liebte es, mich im Takt der schnellen Musik zu bewegen und die vielen Drinks taten ihr Übriges, um meine Hemmungen abzubauen. Ich hob meine Arme in die Höhe, spürte nur noch die Musik und ließ mich einfach gehen. Mein Make-up war längst verschmiert, die Haare klebten an meinem verschwitzten Rücken. Ich musste furchtbar aussehen, doch das störte mich nicht im Geringsten.

»Ich bin Ben, wie heißt du?«, rief mir der Blonde ins Ohr.

Ich schrie meinen Namen zurück, es war eindeutig zu laut für eine weitergehende Unterhaltung. Aber danach stand mir heute Nacht auch nicht der Sinn. Ben hielt mich an den Hüften gepackt und drängte sich enger an mich, von hinten spürte ich, wie sich ein weiterer Körper an mich schmiegte.

Hitze und ein intensiver Geruch nach Aftershave schlugen mir entgegen. Ich wand mich zwischen den Körpern der beiden Männer hin und her, nur dem Rhythmus der Musik folgend.

Von Weitem sah ich, wie auch Katie auf die Tanzfläche zurückkam, mit Konstantin im Schlepptau. Der hatte es anscheinend endlich aufgegeben, den Schüchternen zu spielen und sah ohne T-Shirt richtig heiß aus. Mit halb geschlossenen Augen verfolgte ich, wie sich zwei Blondinen mit riesiger Oberweite an Konstantin heranmachten. Binnen Sekunden war dieser wie verwandelt und genoss den anzüglichen Körpereinsatz der beiden Frauen sichtlich.

Eingeklemmt zwischen all den Tanzenden fühlte ich mich wie in einer anderen Welt. Der Song *S.E.X.* von Nickelback dröhnte aus den Lautsprechern, die Beats und dumpfen Bässe versetzten meinen Körper in Schwingungen. *Sex – darauf gibt es nur eine Antwort ... wenn DU mich fragst, dann ist es JA!* Ich war bereits schweißüberströmt und fühlte mich sexy, die Musik weckte in mir plötzlich das Verlangen nach Berührungen und Befriedigung. Ich schloss die Augen und ließ mich treiben.

Zwei Hände legten sich von hinten um meine Hüften. Der Griff war stark und besitzergreifend und dankbar lehnte ich mich zurück, dem Unbekannten entgegen. Die fremden Hände bewegten sich an meinem Körper entlang, strichen über meinen nackten Rücken und wanderten schließlich auf meinen Bauch. Dann spürte ich, wie mich der Fremde fest an sich zog, konnte sogar seine Erregung an meinen Rücken gepresst erahnen.

Daniels Stimme drang in mein Ohr. »Juliet, was machst du hier? Bist du etwa betrunken?« Er hielt mich weiterhin fest und bewegte uns beide auf der Tanzfläche. Seine Anwesenheit versetzte mich sofort in Aufregung, mein ganzer Körper kribbelte und drängte dichter an ihn heran. Vergessen war die Vorsicht, vergessen die Anrufe, vergessen mein Vorsatz, ihm aus dem Weg zu gehen. Heute Nacht wollte ich nicht an irgendwelche Anrufe denken, sondern ihn nur noch spüren, mich fallen lassen und alles andere aus meinem Bewusstsein verdrängen.

Ich lehnte den Kopf nach hinten, legte ihn an seine Brust. »Ich genieße den Abend. Was machst du hier?« Mit diesen Worten schmiegte ich mich noch näher an ihn, ließ mich ganz von ihm festhalten. Mein Po rieb sich provozierend an seinem Unterleib und ich konnte sofort die Wirkung spüren, die ich auf ihn hatte.

»Ich bin gekommen, um dich abzuholen und nach Hause zu bringen«, brüllte er mir ins Ohr. Er hielt mich dabei fest mit beiden Armen umschlossen und machte keine Anstalten, wegzugehen.

Ich schloss genießerisch meine Augen, öffnete meine Lippen und wartete. Sein Griff lockerte sich etwas, mit einer Hand strich er sanft meine Wange und dann an der Unterlippe entlang. Sofort schmiegte ich mein Gesicht an seine Hand, doch er zog sie gleich wieder weg.

Ich drehte mich noch immer nicht zu ihm um. Stattdessen legte ich meine Hände auf seine und führte damit unsere Bewegungen, zog unsere Hände an meiner verschwitzten Haut entlang. Er ließ das willig mit sich geschehen, erlaubte mir, dass ich ihn unter mein Kleid führte, bis wir meine Brüste erreicht hatte.

»Und wenn ich nicht nach Hause will?«, rief ich herausfordernd.

Seine Lippen fanden meinen Nacken, während er mit beiden Händen meine Brüste massierte und knetete. Ich konnte sehen, wie sie sich unter meinem Kleid bewegten, spürte, wie mich seine Zuwendung feucht werden ließ. Daniel biss sanft in die weiche Haut an meinem Hals. Es war ein schmerzloser Halt, doch deutlich genug, um seinen Besitzanspruch unmissverständlich klarzustellen. »Du gehörst immer noch mir, Baby, vergiss das nicht!«, knurrte er drohend.

Ich legte meinen Kopf zur Seite, um ihm besseren Zugang zu meinem Hals zu geben. Als er schließlich mein Ohrläppchen mit der Zunge berührte und daran leckte, stöhnte ich auf. »Machst du Witze? Wie soll ich dich je vergessen, nach allem, was du mit mir gemacht hast?« Meine Selbstbeherrschung war endgültig dahin.

Er drängte seinen Körper enger an mich, unsere Berührungen wurden immer leidenschaftlicher. Meine Hände ertasteten seine muskulösen Unterarme, umklammerten ihn und glitten dann an meinen erhitzten Leib entlang. Ich keuchte erregt und aalte mich genüsslich unter seinen sinnlichen Griff.

»Was muss ich tun, um dich dazu zu überreden, hier bei mir zu bleiben?«, fragte ich ihn und versuchte, verführerisch zu klingen.

»Mach nur weiter so, Baby. Lass mich dich spüren. Zeig mir, wie scharf du bist.« Ein letztes Mal fuhr er mit dem Daumen über meine harten

Brustwarzen, dann hob er mich unvermittelt hoch und trug mich an den Rand der Tanzfläche. Ein neuer Song lief jetzt, Daniel strich mir die feuchten Haare aus Gesicht und Nacken und küsste mich ein weiteres Mal ganz sanft am Hals.

»Wollen wir nicht lieber zu meinem Wagen zurück?«, wisperte er in mein Ohr.

Ich schüttelte entschieden den Kopf. So betrunken war ich nicht, dass ich die gestrigen Ereignisse schon vollkommen vergessen hatte. Doch er ließ nicht locker. »Willst du mich etwa hier? Soll ich dich hier kommen lassen?«

Erstaunt blickte ich nach hinten, suchte seine Augen. Er grinste. »Wir sollten heute Nacht unseren Unterricht fortsetzen. Ich hätte mir nicht träumen lassen, dass ich so vorfinde, so lüstern und scharf. Du willst mich doch jetzt, stimmt's?«

Wieder spürte ich seine Hände an meinen Hüften entlanggleiten, fühlte, wie sie unter mein kurzes Kleid griffen und sich fest auf meinen Bauch legten, dann immer tiefer wanderten. Schließlich tastete er mit den Fingern unter meinen Hosenbund. Die Hotpants erlaubten es ihm, seine ganze Hand bequem hineinzuschieben. Die Falten des Kleids verdeckte das allzu Offensichtliche. Um uns herum tanzten die Menschen unbeirrt weiter, keiner schenkte unserem Treiben Beachtung.

Ich streckte mich ihm entgegen, als er mit den Fingern meinen Slip ertastete und langsam darunter glitt.

»Was hast du mit mir vor, Daniel? Unser Vertrag ist beendet, wieso willst du mich unterrichten?«

Ohne meine Frage zu beantworten, bewegte er seine Finger in meinen Hotpants. Als er meine Klitoris berührte, zog ich scharf den Atem ein. Mit sanften kreisenden Bewegungen stimulierte er mich, mit der anderen Hand hielt er mich fest umschlungen und an seinen Körper gepresst, sodass ich seinen geschickten Fingern nicht entkommen konnte. In meinem Rücken konnte ich fühlen, wie erregt er selbst in diesem Moment war.

»Baby, ich kann sehen, wie hungrig du nach meinem Schwanz bist, aber das hat Zeit bis später. Jetzt lass dich einfach gehen, genieße deine Lust.«

Angetrieben von purer Lust warf ich den Kopf zurück und stöhnte laut auf, mein Unterleib presste sich gegen seine Hand. Ich war feucht und voller Verlangen nach ihm, suchte nach dem erlösenden Höhepunkt, strebte seinen unermüdlich kreisenden Fingern entgegen.

Doch Daniel massierte mich gekonnt und langsam genug, um meinen Orgasmus hinauszuzögern. Von Zeit zu Zeit glitten seine Finger zwischen meine Schamlippen, verteilten die Feuchtigkeit überall. Ungeduldig bewegte ich mich hin und her, mein Unterleib erzitterte in gespannter Erwartung, doch er hatte unendlich viel Zeit.

»Baby, hab Geduld. Warte noch etwas, dann ist es nachher umso besser«, flüsterte er mir zu.

Frustriert drängte ich mich seiner Hand entgegen, aber er hielt mich nur noch fester umklammert und an seinen steinharten Körper gedrückt. Jedes Mal, wenn ich kurz davor war zu kommen, hielt er wieder inne und wartete, bis ich mich beruhigt hatte. Ich zitterte vor angespannter Erwartung, unfähig, meine Sehnsucht noch länger im Zaum zu halten.

»Bitte, Daniel, lass mich nicht warten! Ich verspreche dir, ich tue alles für dich, aber bitte lass mich nicht noch länger warten.«

Jede meiner Bewegungen ließ auch ihn erzittern, sein hartes Glied an meinem nackten Rücken war auch durch seine Jeans deutlich auszumachen.

»Das wollte ich hören Babe. Also gut, ich gebe dir jetzt, was du so dringend benötigst, und danach habe ich einen Wunsch frei. Stell deinen Fuß hier auf die Stufe.«

Ich folgte seiner Anweisung prompt, so sehr sehnte ich mich danach, endlich Erlösung zu finden. Alles andere war mir im Moment völlig egal.

»Stell dir vor, das hier wäre mein Schwanz und zeig mir, wie sehr du es genießt, Baby!« Mit diesen Worten ließ er seinen Finger in mich hineingleiten und begann damit, ihn mit rhythmischen Bewegungen in mir zu bewegen.

Ich stöhnte laut auf und mein ganzer Körper erbebte. Während sein Daumen weiterhin meine Klitoris umkreiste, penetrierte er mich gekonnt mit einem Finger. Ich wollte mich seinem Rhythmus anpassen, doch er verstärkte den Griff um meine Hüfte, sodass ich seiner Stimulation hilflos ausgeliefert war. Bei jedem neuen Stoß wimmerte ich leise auf.

»Ist das gut Baby? Ist es das, was du willst? Oh, ich wünschte, das wäre jetzt mein Schwanz in dir.« Daniel hielt mein angestelltes Bein gekonnt fest und spreizte mich weiter, dann schob er einen zweiten Finger in mich hinein.

»Du bist so eng, ich kann es gar nicht erwarten, wieder in dir zu sein«, rief er in mein Ohr.

Ich spürte, wie ich mich dem Höhepunkt näherte. »Daniel, bitte hör nicht auf damit, bitte, ich komme gleich«, keuchte ich völlig aufgelöst. Er konnte nicht verhindern, dass sich mein Unterleib wie von selbst bewegte, die Stöße seiner Finger nachahmte und verstärkte. Um uns herum tanzten die Partygänger unbeirrt weiter, für sie musste es so aussehen, als ob wir uns einem besonders heißen Rhythmus hingaben, falls sie uns überhaupt Beachtung schenkten. Ich hörte, wie auch Daniel hinter mir schwer atmete, wann immer ich meinem Po an ihm rieb.

Als er seinen Finger ganz leicht krümmte, war es um mich geschehen. Es kümmerte mich nicht, dass ich mich mitten in einem Club befand, mit Hunderten von Menschen um uns herum. Keiner nahm von uns Notiz. Mein Körper erzitterte unter seinem festen Halt. Ich schrie laut auf, rief Daniels Namen als ich kam. Seine Hand hielt endlich inne und mit seinen beiden Fingern noch immer in mir versenkt, presste er die Handfläche fest auf mein Geschlecht, das weiter von kleinen Beben erschüttert wurde. Ich wimmerte leise vor lauter Wohlgefühl. Fest erstarrt hielt er mich in einer Umarmung umklammert, während er selbst innerlich erbebte.

»Dreh dich um, ich will dich küssen«, bat Daniel und überraschte mich dann mit seiner Zärtlichkeit. Zum erstem Mal in dieser Nacht konnte ich ihn ansehen. Jeans und T-Shirt ließen ihn viel jünger erscheinen, als ich ihn sonst kannte. Auf seiner Stirn glänzte der Schweiß, in seinen Augen lag ein fiebriger Glanz, als er mich jetzt ansah.

Und dann beugte er sich zu mir hinab und begann, mich ganz sinnlich zu küssen. Er startete langsam und sanft, ließ seine Zunge über meinen Mund gleiten, knabberte an meiner Unterlippe. Ich genoss seine Liebkosungen, die ungewohnte Vertrautheit zwischen uns, die vorher nie dagewesen war. Wenn ich die Augen schloss, konnte ich mir fast vorstellen, wir wären ein richtiges Liebespaar.

Lange standen wir zusammen, ich hielt meinen Kopf an seine Brust gelehnt und die Augen geschlossen. Doch seine Worte rissen mich schließlich aus dem schönen Traum. »Das hast du gut gemacht. Deine heutige Lektion hast du mit Bravour bestanden. Aber denke ja nicht, dass es immer so leicht sein wird. Beim nächsten Mal wirst du wieder mich befriedigen müssen, und nicht umgekehrt.«

Nachdem ich mich von Katie verabschiedet hatte, die noch immer in den Armen des Jungen lag, verließen Daniel und ich gemeinsam den Club. Am Eingang sprach Daniel leise mit einem der Türsteher. Ich verstand nicht genau, was er sagte, zu benommen war ich von den Geschehnissen im Club und meine Ohren waren fast taub durch die stundenlang dröhnend laute Musik.

»Ja, Sir. Ihr Fahrer ist schon informiert. Die Berichte hat er bereits mitgenommen. Es war schön, Sie wiederzusehen, Mr. Stone.«

Ich blickte ihn fragend von der Seite an, doch er zuckte nur mit den Schultern. »Ich bin hier stiller Teilhaber, trotzdem bleibt man leider nie unerkannt.« Dann zog er mich rasch mit sich und führte mich zu seinem Wagen, wo Smith auf uns wartete. Der arme Mann hatte wohl nie Feierabend?

Auf der Rückfahrt saßen wir schweigend und eng aneinander gekuschelt in seinem Wagen. Kurz bevor wir den Triumph Tower erreicht hatten, sah Daniel mich fragend an. »Baby, willst du mit zu mir kommen? Wir könnten einfach nur gemeinsam einschlafen.«

Ich wunderte mich über sein Angebot, doch dann schüttelte ich den Kopf. Die Erinnerung an die Nachricht auf meinem Handy kam mir wieder in den Sinn. Konnte es wirklich stimmen, dass dieser zärtliche und einfühlsame Mann jemanden umbringen wollte oder mit dem Verschwinden meines besten Freundes zu tun hatte? Ich konnte nicht mehr klar denken, in meinem Kopf herrschte ein einziges Chaos. Die aufgeheizte Atmosphäre des Clubs war vergessen und ich bemühte mich, das, was eben geschehen war, zu realisieren.

»Sorry, Daniel, es hat sich nichts geändert zwischen uns. Ich will unseren Vertrag nicht weiterführen. Und außerdem muss ich morgen wieder früh aufstehen.« Ich spürte, wie er mich von der Seite musterte, traute mich aber nicht, ihn jetzt anzusehen.

Ein Blick aus dem Autofenster ließ mich erschrecken, der Himmel war bereits heller als er mitten in der Nacht sein sollte. »Wie spät ist es eigentlich?«, fragte ich, um ihn abzulenken.

Stirnrunzelnd sah er auf seine Uhr und dann wieder zu mir zurück. »Gleich halb sechs. Wieso?«

»Dann wird es sowieso nichts mit dem Schlafen. In einer halben Stunde muss ich im Hotel sein«, gähnte ich herzhaft.

Unser Wagen fuhr die Einfahrt zur Tiefgarage hinunter. Daniel drehte sich mit einem Ruck zu mir. »Was sagst du? Du musst heute arbeiten? Wie kannst du einfach ausgehen und dich betrinken?« Er klang gar nicht mehr liebevoll, sondern machte mir nun Vorwürfe. Irgendwo in meinem Hinterkopf mahnte mich mein Unterbewusstsein, dass Daniel als Besitzer des Hotels ein verständliches Interesse daran hatte, dass seine Angestellten, einschließlich mir, ausgeschlafen und fit zur Arbeit erschienen.

»Nun mach dir mal nicht ins Hemd. Es kommt ja nicht jeden Tag vor.«

Ich war dankbar, dass Smith in diesem Moment anhielt und uns aussteigen ließ. Zum Abschied drückte ich Daniel einen scheuen Kuss auf die Wange, bevor ich mich eiligst in meine Wohnung begab.

Samstag, 19. Mai 2012

Der Arbeitstag zog sich quälend langsam dahin. Ich bemühte mich nach Kräften, die notwendige Konzentration aufzubringen, um die Zimmerabrechnung nicht ständig durcheinander zu bringen. Auch versuchte ich, Kunden gegenüber keine pampigen Antworten zu geben und immer freundlich interessiert zu klingen.

Gar nicht so einfach, nicht nur Schlafmangel und ein sinkender Alkoholspiegel machten mir zu schaffen, auch die akute Erschöpfung verlangte ihren Preis. Sascha beobachtete mich aus einiger Entfernung und schien darauf gefasst, nötigenfalls helfend einzugreifen.

Als Mr. Hartwig, einer unserer Langzeiturlauber, an den Rezeptionsschalter trat, lächelte ich ihm zuvorkommend entgegen. »Juliet, ich habe Ihnen ein paar fast neue Zeitschriften aus Deutschland mitgebracht. Damit Ihre Deutschkenntnisse nicht ganz einrosten.« Der uralte Mann hatte einen Narren in mir gefressen seitdem er wusste, dass ich deutsche Vorfahren hatte. Er ließ nichts unversucht, um mir die alte Heimat wieder näher zu bringen.

Ich blickte interessiert auf die Hochglanzmagazine in seiner Hand. Er legte sie alle auf unseren Schalter und blätterte darin herum. Seine wesentlich jüngere Freundin legte ihm den Arm um die Hüfte. Die Asiatin kümmerte sich rührend um ihren Versorger, doch die Beziehung war wegen des enormen Altersunterschieds gewöhnungsbedürftig. Außerdem plauderte Mr. Hartwig gern über intimste Erlebnisse und mehr als einmal wäre seine Freundin neben ihm vor Scham fast im Boden versunken. Heute hatte ich wahrlich nicht das Durchhaltevermögen, dies alles unkommentiert stehen zu lassen.

Endlich schien er gefunden zu haben, wonach er gesucht hatte. Er drehte eine Zeitschrift zu mir herum, um auf die Überschrift zu verweisen. »Sehen Sie, Juliet, es ist schon erstaunlich, was die Forscher alles erfinden. Jetzt haben sie sogar schon Viagra für Frauen entwickelt. Das müsste Sie doch interessieren?«

Ich trat fassungslos einen Schritt zurück. Was bildete sich der alte Kerl eigentlich ein? Merkte der aufgrund seiner Alterssenilität nicht, was er eigentlich von sich gab?

Ich sah mich Hilfe suchend nach Sascha um, aber der hatte seine Mittagspause angetreten. Mir war klar, dass ich im Allgemeinen einen Gast nicht einfach anmotzen konnte, doch dies war eindeutig ein Notfall.

»Sie sollten sich schämen, so mit einer Frau zu sprechen!«, herrschte ich den verdutzten Mr. Hartwig an und kam wieder näher an den Empfangsschalter. Dann entriss ich ihm die Zeitschrift und begann vor seinen Augen damit, die betreffenden Seiten in kleine Stücke zu zerreißen und auf den Tresen zu streuen.

Mr. Hartwigs Freundin wich ängstlich zurück und sah mir mit großen Augen zu. Doch Mr. Hartwig gab sich nicht so leicht geschlagen. Er versuchte, mir die Zeitschrift wieder zu entreißen. Ein Handgemenge entstand, die beiden Türsteher Bertie und Ronald mischten sich in unsere Auseinandersetzung ein und im Nu herrschte in der gesamten Lobby tumultartige Unruhe.

Aus den Augenwinkeln sah ich, wie Daniel in Begleitung der dunkelhaarigen Schönheit das Hotel betrat und unbeeindruckt an uns vorüberging. Er würdigte mich keines Blickes, was mich aus unerfindlichen Gründen noch wütender machte.

Als ich schließlich einen Teil der zerfledderten Zeitschrift in der Hand hielt, faltete ich diesen blitzschnell zu einem Wurfgeschoss und beförderte es dann mit Schwung in seine Richtung. Natürlich traf ich ihn nicht und die Zeitung fiel schon nach wenigen Metern zu Boden. Doch er hatte von meiner Aktion Notiz genommen und musterte mich mit zusammengekniffenen Augenbrauen. Dann schüttelte er wortlos den Kopf und drehte sich abrupt um.

Als ich später aus der Kantine an meinen Arbeitsplatz zurückkehrte, wartete Ms. Bingham schon auf mich. Sie verlangte, dass ich mich bei Mr. Hartwig für mein Verhalten entschuldigte. Zähneknirschend stimmte ich zu und sprach mit dem alten Mann. Er hatte sich ebenfalls beruhigt und als Ms. Bingham ihn zusätzlich zu meiner Entschuldigung noch zu einem Abendessen auf Kosten des Hauses einlud, war er wieder versöhnt. Die Kosten dafür würden natürlich mir vom Gehalt abgezogen.

Mit unendlicher Langsamkeit bewegten sich die Zeiger unserer großen Wanduhr auf drei Uhr zu. Ich konnte es gar nicht erwarten, endlich Feierabend zu haben. Mr. Burton hatte heute seinen freien Tag und ich würde die wenigen Blocks zu Fuß nach Hause laufen, und dann nach einer kurzen Dusche endlich Schlafen gehen.

Zehn Minuten vor drei Uhr wurde ich erneut in Ms. Binghams Büro bestellt. Sie sah mich mit ernster Miene an. »Juliet, Sie haben heute wirklich Mist gebaut, das ist Ihnen doch klar, oder?«

Ich nickte ergeben, wollte den Arbeitstag nur noch abschließen und alles vergessen.

»Wenn Sie weiter bei uns arbeiten möchten, dann darf so etwas nie wieder vorkommen. Haben wir uns da verstanden?« Ms. Bingham beobachtete mich genau.

Wieder nickte ich. Was hätte ich auch sonst tun sollen? Zum Sprechen fehlte mir die Energie.

»Von meiner Seite aus war es das. Leider hat man mich gebeten, Sie auch bei Mr. Stone vorbeizuschicken. Der fühlt sich wohl ebenfalls von Ihnen beleidigt und hat eine persönliche Entschuldigung verlangt. Wenn Sie mit Ihrer Arbeit hier fertig sind, melden Sie sich bitte in seinem Büro.«

Ich erstarrte. Was wollte Daniel von mir? Er konnte seine privaten Angelegenheiten doch nicht einfach auf dem Dienstweg klären?

Ich fühlte den prüfenden Blick meiner Chefin auf mir ruhen. »Danke für Ihr Verständnis. Ich werde dann mal weitermachen«, sagte ich und eilte mit gesenktem Kopf zurück an den Empfangsschalter.

Dreißig Minuten später hatte ich meinen Arbeitsplatz noch immer nicht verlassen, ich fürchtete mich davor, was mich in Daniels Büro erwartete. Stattdessen arbeitete ich lieber freiwillig länger und half den Kollegen der Nachmittagsschicht, unseren Gästen die Öffnungszeiten des Frühstücksrestaurants zu erläutern.

Ms. Bingham trat aus ihrem Büro und sah sich suchend um. Als sie mich erblickte, verdüsterte sich ihr Blick und sie winkte mich zu sich. »Juliet, was machen Sie denn noch hier? Ich habe Ihretwegen schon wieder einen Anruf aus Mr. Stones Vorzimmer erhalten. Sehen Sie zu, dass Sie dort schleunigst auftauchen. Ihn jetzt warten zu lassen, macht Ihre Situation nicht besser.«

Sie hatte ja recht. So einfach konnte ich Daniel nicht entkommen. Achselzuckend verabschiedete ich mich von meinen Kollegen und begab mich zum Fahrstuhl, der in die achte Etage des Hotels fuhr.

Ich wunderte mich nicht zum ersten Mal, warum Daniel ausgerechnet dieses Hotel als Standort für seinen Hauptsitz gewählt hatte. Sicher, es war in vieler Hinsicht praktisch und sein Büro war beeindruckend – aber den CEO einer international tätigen Firma erwartete man eher in der obersten Etage eine Wolkenkratzers, als in den altehrwürdigen Mauern eines 5-Sterne Hotels. Eines Tages würde ich vielleicht den Mut aufbringen, ihn danach zu fragen.

Die Räume der Stone Corporation lagen am Ende des langen Flurs. Meine Hände zitterten, als ich an die schwere Holztür klopfte. Doch als ich in das lichtdurchflutete Vorzimmer trat, war ich wieder beeindruckt. Hier herrschte die gradlinige, kühle Atmosphäre, die ich auch aus Daniels Wohnung kannte. Helle Farben und verschiedenfarbige Glaswände schafften einen modernen Raum. Kein Vergleich mit der überladenen Ausstattung des Ritzman Hotels auf der anderen Seite der Tür. Die beiden Vorzimmerdamen blickten mir entgegen, Mrs. Phyllis stand auf und kam eilig auf mich zu.

»Guten Tag, Miss Walles. Mr. Stone hat mich gebeten, Sie hierher kommen zu lassen. Er ist im Moment sehr beschäftigt, aber er möchte, dass Sie ein Dokument für ihn übersetzen.«

Ich blickte verdutzt auf. Ich hatte angenommen, Daniel wollte mir Vorhaltungen wegen meines Benehmens in der Hotellobby machen oder wieder nach meinen Gründen für die Auflösung unseres Vertrags fragen. Nun sollte ich also für ihn arbeiten? Und warum arbeitete man in seinem Unternehmen auch am Wochenende?

»Miss Walles, dieses Dokument ist wirklich sehr wichtig und Mr. Stone benötigt es bis spätestens siebzehn Uhr in deutscher Sprache. Glauben Sie, Sie schaffen das?«

Der geschäftsmäßige Ton von Daniels Sekretärin beruhigte meine Nerven. Ich warf einen kurzen Blick auf das mehrseitige Schriftstück, dann nickte ich. »Kann ich hier einen Computer benutzen?«, fragte ich und sah mich suchend um.

Die nächsten zwei Stunden verbrachte ich in einem abgetrennten kleinen Nebenzimmer und tippte konzentriert auf einem supermodernen Laptop.

Um kurz vor fünf klingelte das Telefon auf dem Schreibtisch. Neugierig nahm ich den Anruf entgegen, konnte mir schon denken, dass entweder Mrs. Phyllis oder Daniel am Apparat waren.

»Juliet, wie geht es dir?«

Ich atmete erleichtert aus, als ich Daniels sinnliche Stimme hörte. Er schien nicht wütend auf mich zu sein. Eher im Gegenteil.

»Ich bin gleich fertig mit dem Dokument. Wo bist du?«, antwortete ich ihm.

Anstatt auf meine Frage einzugehen, vernahm ich laute Geräusche.

»Daniel, kannst du mich hören?«, fragte ich daher noch einmal.

Endlich ertönte wieder seine Stimme. »Entschuldige, Juliet. Die Verbindung ist nicht sehr gut, ich bin gerade unterwegs und habe nicht überall Empfang. Ich rufe an, um mich zu erkundigen, ob du heute Abend Zeit hast? Ich habe vor, unseren Unterricht fortsetzen.«

Mein Herz setzte einen Moment lang aus. Er gab also nicht so schnell auf. »Daniel, es gibt keinen Unterricht mehr, wie oft soll ich dir das noch erklären?« Atemlos wartete ich auf seine Erwiderung.

»Ich will dich um sieben in meiner Wohnung sehen. Dann kannst du mir entweder deine Gründe für die Kündigung darlegen oder ich werde dich ficken. Oder auch gern beides.«

Oh je, nun waren meine Pläne für diesen Abend endgültig zerstört. Wenn ich bei ihm auftauchte, würde es mit Sicherheit Streit geben, vielleicht auch noch Sex. Wenn ich nicht wie gefordert zu ihm kam, konnte er mich jederzeit aufsuchen und mich zumindest um den ersehnten Schlaf bringen.

Ich beschloss, meine Heimfahrt noch eine Weile hinauszuzögern. Dies war eine gute Gelegenheit, endlich Garrys Haus zu finden. Mr. Burton mit seinen Vorbehalten war nicht hier und so vermied ich es, Daniel über den Weg zu laufen.

Noch während unseres Telefonats öffnete ich eine Internetseite, auf der mir Garrys Adresse auf dem Stadtplan angezeigt wurde. Viel Zeit nach ihm zu suchen blieb mir nicht, denn spätestens bei einbrechender Dunkelheit musste ich umkehren. Außerdem wollte ich dringend herausfinden, wer dieser Wallenstein war, und versuchen, ihn zu warnen.

Mit den Fingern fischte ich in meiner Handtasche nach dem kleinen Zettel mit der Adresse, die ich dem Taxidispatcher entlockt hatte. Hastig tippte ich sie in den Computer und blickte gespannt auf den Bildschirm.

»Juliet, bist du noch dran? Kannst du mich hören?« Daniels Stimme klang ungeduldig.

»Ja, ich höre dich. Ist noch etwas?«

Während ich auf seine Antwort wartete, zoomte ich in dem Computerprogramm herum, um den Bildausschnitt zu verkleinern und damit die Suchergebnisse genauer einzugrenzen.

»Was willst du essen? Ich bin gerade auf dem Rückweg von einem Meeting und kann uns etwas mitbringen.«

Meine Hand verkrampfte sich. Meine Ablehnung schien er gar nicht einzukalkulieren.

»Ich habe keinen Hunger, ich will bloß ins Bett«, beantwortete ich seine Frage und schaute dabei wieder auf den Bildschirm. Der blaue Kreis befand sich irgendwo zwischen Boston und New York. Konnte es wirklich sein, dass Garry so weit entfernt von Boston wohnte?

»Du willst gleich ins Bett? Mit mir?«, vergewisserte er sich und ich konnte seine Irritation deutlich spüren. Doch ich war zu abgelenkt, um unserem Gespräch die nötige Aufmerksamkeit zu schenken.

»Daniel, ich habe jetzt keine Zeit, weiter mit dir zu sprechen. Lass mich einfach in Ruhe.«

Die Verbindung war jetzt außerordentlich schwach und ich konnte ihn kaum verstehen.

»Falls du mich noch hörst, warte nicht auf mich. Ich habe heute keine Zeit, mich mit dir zu treffen. Und auch nicht an einem anderen Tag.«

Wieder riss die Verbindung ab, diesmal endgültig. Ich wählte seine Nummer, erhielt aber nur ein Besetztzeichen. Verdammt! Hatte er mich verstanden, oder nicht?

Ich druckte den Stadtplan aus und zoomte noch dichter an das umkreiste Grundstück, um es im Zweifelsfall auch zu finden. Dann machte ich einen weiteren Bildschirmausdruck. Wieso hatte ich bloß ein Auto ohne Navigationssystem gekauft?

Schließlich wendete ich mich wieder meiner Arbeit zu. Innerhalb von zehn Minuten war die Übersetzung endlich fertig, ich druckte sie aus und las sie ein letztes Mal flüchtig durch. Ein geschäftliches Schreiben an einen Autohersteller, in dem Termine bestätigt und technische Details für ein Entertainmentsystem erklärt wurden. Doch meine Konzentration war dahin. Ich verstand zu wenig von Daniels Unternehmen, um mir darauf einen Reim machen zu können.

Ich gab die ausgedruckte Version an Mrs. Phyllis und sendete ihr vom Laptop aus die elektronische Fassung.

»Vielen Dank für Ihre Hilfe, Miss Walles. Mr. Stone hat noch einmal angerufen und ausrichten lassen, dass er für Sie einen kurzfristigen Termin im Spa arrangiert hat. Man erwartet Sie dort bereits.«

Ich verabschiedete mich hastig. Ich war doch erst vor drei Tagen im Spa, wieso wollte Daniel, dass ich mich schon wieder behandeln ließ? Hatte er etwas an meinem Körper auszusetzen, oder hatte er bestimmte Vorlieben, von denen ich nichts wusste? Ich kannte ihn nicht gut genug, um mit Sicherheit sagen zu können, was er von einer Frau erwartete. Musste ich in Zukunft etwa schmerzhafte Prozeduren wie Waxing über mich ergehen lassen? Ich hatte gelesen, dass diese Behandlung praktisch Voraussetzung war, bevor man sich in der High Society einen Freund zulegen konnte. Aber Daniel hatte bislang nie etwas in dieser Richtung gesagt, vielleicht wollte er mir auf diese Weise einen Hinweis geben, ohne mich damit vor den Kopf zu stoßen? Und wieso machte ich mir darueber überhaupt Gedanken, wir waren schließlich getrennt?

Doch jetzt hatte ich ohnehin keine Zeit, sondern hastete in die Tiefgarage zu meinem klapprigen Toyota.

Mit jeder Minute entfernte ich mich weiter von Bostons Innenstadt und gelangte stattdessen in eine verwahrloste Gegend, in der die Mehrzahl der Häuser entweder unbewohnt oder unbewohnbar waren, keine Fensterscheiben hatten oder komplett zugemauert waren. Brennender Abfall lag am Straßenrand und ein paar Hunde zerrten einen Plastikbeutel zwischen den Mülltonnen hervor. Kinder in zerschlissener Kleidung spielten Fußball und zwielichtige Gestalten standen an den Häuserecken. War dies noch Amerika? Es sah eigentlich aus wie ein Dritte-Welt-Land mit hungrigen Menschen ohne Hoffnung.

Hier sollte Garry wohnen? Ich wusste zwar, dass mein Freund knapp bei Kasse war, aber das hier überstieg meine schlimmsten Befürchtungen. Ich konnte ihn mir hier zwischen all den Obdachlosen, Drogensüchtigen und Dealern gar nicht vorstellen. So einen heruntergekommenen Eindruck hatte er nicht gemacht.

Meine neue Waffe lag griffbereit neben mir auf dem Beifahrersitz. Ein paar Jugendliche hoben interessiert die Köpfe, nahmen Notiz von mir, als ich dieselbe Straße zum zweiten Mal abfuhr. Ich hatte nur eine ungefähre Ahnung, wo ich hinmusste, suchte nach dem kleinen efeuumrankten Haus, dass ich auf dem Bildschirmausdruck ausgemacht hatte.

Als ich mit einer Hand in der Tasche wühlte, um meinen treusten Begleiter, das I-Pad, zu Rate zu ziehen, klingelte das Telefon.

Ich zog es aus der Tasche. Daniels Name leuchtete auf. Oh nein, das hieß bestimmt nichts Gutes.

»Hi, Daniel, was gibt's?«, meldete ich mich und versuchte, dabei möglichst unbeschwert zu klingen.

»Juliet, wo bist du?«

Das klang nicht gerade freundlich, aber was ging ihn meine Tagesgestaltung an?

»Ich bin nicht sicher, ob du mich vorhin richtig verstanden hast, aber mit unserer Verabredung heute Abend wird es leider nichts. Und ich will dich auch an keinem anderen Tag mehr sehen.«

»Wo zum Teufel steckst du jetzt?«

» Die Verbindung ist nicht gut. Lass uns Schluss machen.«

Ich legte schnell auf und schaltete dann das Handy aus. Vom Gehweg aus beobachtete mich nun eine Gruppe junger Männer, ich durfte mich nicht ablenken lassen, sondern musste schleunigst Garrys Haus finden.

Daher steuerte ich den Wagen um die nächste Ecke, hielt an und verschaffte mir einen kurzen Überblick auf dem Computer. Ich hatte das

Haus nur um zwei Querstraßen verfehlt!

Endlich parkte ich direkt vor Garrys beeindruckendem Anwesen. Beeindruckend leider nicht im positiven Sinne. Das Haus war baufällig und alt, der einzige Unterschied zu all den anderen Häusern in dieser Straße war der Efeu, der sich um alle Mauern rankte und bis zum Dach hinaufwuchs. Das Grundstück war eingezäunt, ein Schild warnte vor bissigen Hunden. Bevor ich aus dem Wagen stieg, packte ich meine Waffe zurück in die Handtasche, ließ den Reißverschluss aber halb geöffnet, um schnelleren Zugang dazu zu haben, falls ich mich verteidigen musste. Ich schloss den Wagen sorgfältig ab, war mir gleichzeitig darüber im Klaren, dass dies einen Dieb kaum daran hindern konnte, das Auto zu stehlen. Einzig der Rost und die Abschürfungen dürften die hiesigen Autodiebe von ihrem Vorhaben abbringen.

Ich blickte mich suchend nach den Hunden um, Garry würde sie ja hoffentlich nicht allein zurückgelassen haben. Vor dem Nachbarhaus sah ich zwei ausgewachsene Dalmatiner liegen. Hatte mir Garry nicht erzählt, er habe eine Vorliebe für diese Hunderasse?

Ich klingelte einige Male an Garrys Tür, wie erwartet antwortete niemand. Das Haus sah dunkel und verlassen aus. Dann begab ich mich zu den Nachbarn und klingelte dort. Sofort begannen die Hunde, ohrenbetäubend zu bellen. Nach einer Weile schob sich an einem der Fenster eine Gardine zur Seite, das Gesicht einer blassen, zierlichen Frau tauchte dahinter auf.

»Was wollen Sie hier?«, rief sie mir vom Haus aus zu.

»Ich suche nach meinem Freund Garry, Ihrem Nachbarn. Haben Sie den in der letzten Woche gesehen?«

Die Frau bedachte mich mit einem kuriosen Blick. »Garry ist nicht da, wir passen nur auf die Hunde auf.«

»Wissen Sie vielleicht, wann er wiederkommt? Es ist wirklich wichtig, dass ich mit ihm spreche.« Meine ganze Hoffnung richtete sich auf diese Frau, endlich gab es einen Hinweis darauf, dass Garry seine Abreise geplant hatte und nicht einfach verschwunden war.

Doch wieder erlebte ich eine Enttäuschung. »Wir haben keinen blassen Schimmer, wann er endlich zurück ist. Hat uns einfach seine Viecher und ein bisschen Geld dagelassen und weg war er.«

»Hat er Ihnen nicht gesagt, dass er nach Bangkok fährt?«, fragte ich ernüchtert.

Doch die Frau wurde angesichts meiner Worte deutlich gesprächiger. »Bangkok? Hab ich mir doch gleich gedacht, dass da was faul ist. Schon seit Wochen gingen bei dem so komische Typen ein und aus, niemand aus der Gegend, alles so Leute wie Sie. Aus der Stadt. Die kamen und gingen immer nachts, und Garry tat ganz geheimnisvoll, wollte uns nie sagen, wer das war.«

Ich nickte verständnisvoll. »Ja, mir hat er auch nichts erzählen wollen. Und dabei habe ich ihm sogar noch geholfen. Jetzt mache ich mir Sorgen, dass er in irgendeine krumme Sache hineingeraten ist und sich versteckt. «

Das war zwar halb erfunden, aber wenn ich überhaupt etwas von dieser Frau erfahren wollte, musste ich ihr klar machen, dass ich keiner von den komischen Typen, sondern Garrys Freundin war.

Mein Plan ging sofort auf. Die Frau bedeutete mir mit Handzeichen zu warten, während sie die Hunde in den Hinterhof sperrte. Dann winkte sie mir, ihr ins Haus zu folgen. »Kommen Sie einen Moment herein, da draußen gibt es tausend Augen und Ohren. Ich heiße Peggy, wer sind Sie?«

Ich stellte mich vor und erklärte ihr, dass ich hoffte, hier einen Anhaltspunkt für Garrys Flucht zu finden.

»Wollen Sie in seine Wohnung? Ich habe den Schlüssel.« Peggy war schon unterwegs und so folgte ich ihr.

Doch in Garrys Haus erwartete mich eine weitere Enttäuschung. Nichts deutete darauf hin, dass Garry geplant hatte, abzureisen, im Gegenteil. Der Kühlschrank war gut gefüllt, auf der Garderobe lagen einige bereits geöffnete Briefe, Rechnungen auf denen Zahlungsdaten vermerkt waren. Die Wohnung war nur spärlich möbliert, aber alles war an seinem Platz, nichts schien zu fehlen oder in Unordnung gebracht. Es sah aus, als hätte Garry das Haus nur kurz zum Zigarettenholen verlassen.

Ich hatte keinerlei Erfahrung, worauf man bei einer Wohnungsdurchsuchung achten musste und wünschte, ich hätte Mr. Burton an meiner Seite. Doch dazu war es nun zu spät.

Von draußen drangen undefinierbare Geräusche ins Haus.

»Juliet, Sie haben doch eine Waffe in Ihrer Handtasche? Wenn Sie Ihren Wagen noch eine Weile behalten wollen, wäre jetzt ein guter Zeitpunkt, sie einzusetzen.«

Erschrocken blickte ich durch ein halb zugewachsenes Fenster nach draußen und sah tatsächlich einen kleine Gruppe von Jugendlichen vor meinem Toyota. Ich zückte die Waffe und entsicherte sie, so wie Mr. Burton es mir beigebracht hatte. Doch ich zögerte, sie abzufeuern.

»Machen Sie besser das Fenster auf, bevor Sie schießen«, riet Peggy mir. Ich folgte ihrem Ratschlag und feuerte zwei Schüsse in die Luft. Die Gruppe stob auseinander und suchte Deckung.

Peggy nickte befriedigt. »Das war okay, aber beim nächsten Mal werden sie richtig draufhalten müssen, sonst verliert das leicht seine abschreckende Wirkung.«

Ich nickte und nahm mir vor, hier schleunigst zu verschwinden, bevor es zu diesem nächsten Mal kam. Bei meiner Zielgenauigkeit waren Zwischenfälle vorprogrammiert.

»Ich kann nichts Außergewöhnliches finden«, teilte ich Garrys Nachbarin mit. Ich war enttäuscht, denn es schien, als sei ich bei meiner Suche in eine Sackgasse geraten. »Das einzig Merkwürdige in diesem Haus sind die vielen leeren Schubladen und Schränke. Entweder ist Garry mit einem Umzugswagen verreist, oder die waren schon vorher leer.«

Peggy sah mich grüblerisch an. »Es gäbe da noch eine dritte Möglichkeit. In dieser Woche waren ein paar fremde Leute hier, nachdem Garry schon abgereist war. Von meinem Haus habe ich die Straße gut im Blick und wann immer ich Zeit hatte, habe die Besucher danach gefragt, was sie bei Garry wollen. Aber ich sitze natürlich nicht ständig vor dem Fenster. Es kann gut sein, dass jemand im Haus war und etwas mitgenommen hat.«

Das half mir nicht weiter, die Fremden waren inzwischen bestimmt über alle Berge, wenn sie wirklich Garrys Haus durchsucht hatten. Ich konnte mir denken, dass womöglich Daniels Sicherheitsteam hiergewesen war, um Informationen zu sammeln, nachdem ich Daniel darum gebeten hatte, meinen Freund zu finden.

»Wir haben an unserem Haus eine Kamera angebracht. Mein Verlobter hat eine Liste mit den Nummernschildern all der Besucher zusammengestellt, die im letzten Jahr da waren. Ich weiß nicht, ob Ihnen das weiterhilft, aber wenn Sie da mal draufschauen möchten...?«

Ich folgte Peggy zurück auf die andere Straßenseite zu ihrem Haus. Zwei der Jugendlichen standen neben meinem Wagen, zu dicht um keinen Verdacht aufkommen zu lassen. Peggy sah mich auffordernd an. »Jetzt ist eine gute Gelegenheit, um ein für alle Mal klarzustellen, dass Sie nicht scherzen.«

Ich wunderte mich über die Selbstsicherheit und Entschlossenheit dieser zierlichen Frau. Aber wahrscheinlich konnte man nur so in der hier Nachbarschaft überleben. Daher beschloss ich, ihrem Ratschlag zu folgen und zog meine Waffe erneut. Peggy blieb stehen und sah mir erwartungsvoll dabei zu, wie ich sie entsicherte. »Schießen Sie bloß keine Löcher in die Reifen«, warnte sie mich noch.

Ich zielte also etwas höher und traf prompt die Tür zur Beifahrerseite. Die beiden Jungs rannten davon, Peggy runzelte die Stirn. »Naja, wenigstens haben Sie nichts Wichtiges getroffen.«

Dann ging sie ins Haus, um gleich darauf mit einem kleinen Büchlein zurückzukehren. »Hier, das sind die Aufzeichnungen meines Verlobten. Die fangen vor ungefähr einem Jahr an, als diese nächtlichen Besuche losgingen. Zuerst hatten wir Angst, dass das Drogendealer sein könnten, aber bei der Konkurrenz hier wäre das niemals so lange unentdeckt geblieben. Wir konnten nie etwas rausfinden, aber vielleicht hilft Ihnen das ja weiter?«

Peggy hielt mir das Buch hin und ich warf einen kurzen Blick hinein. Da waren hunderte Einträge fein säuberlich vermerkt, was immer Garry nachts gemacht hatte, musste eine ziemlich große Operation gewesen sein.

»Nehmen Sie es ruhig mit, wir haben ja die Überwachungsvideos.«

Als ich mich schließlich von Peggy verabschiedete, waren auf der anderen Straßenseite bereits wieder einige Jugendliche zu sehen, mein Auto schien auf sie eine magische Anziehungskraft auszuüben.

»Fahren Sie besser zurück, sonst müssen Sie am Ende noch jemanden über den Haufen schießen. Sie können mir glauben, der Papierkram danach ist so frustrierend, das sollten Sie lieber vermeiden«, riet mir Peggy.

Als ich die Bostoner Innenstadt erreichte, zeigte meine Uhr schon kurz nach acht an. Ich war ausgebrannt und todmüde, trotzdem zögerte ich, zum Triumph Tower zurückzufahren. Was, wenn Daniel dort auf mich wartete? Seine Laune dürfte ziemlich stinkig sein, nachdem ich einfach aufgelegt hatte.

Ich parkte meinen Toyota auf dem halbleeren Parkplatz eines Supermarktes und schaltete das Telefon wieder ein. Stirnrunzelnd sah ich, dass er sechsmal versucht hatte, mich anzurufen. Auch Mr. Burtons Nummer erschien auf meinem Display. Hatte Daniel etwa mit meinem Leibwächter gesprochen?

Ich wählte Corinnes Nummer. Meine Schwester wüsste sicher Rat, wie man einen unliebsamen, aufdringlichen Verehrer auch ohne Waffengewalt loswurde.

»Corinne, du musst mir unbedingt helfen«, plapperte ich sofort ins Handy, nachdem sie sich gemeldet hatte. »Erinnerst du dich an Daniel Stone?«

»Ja, was ist mit dem?«, fragte meine Schwester vorsichtig.

»Das ist eine lange Geschichte. Wir haben ein bisschen rumgemacht, nichts Ernstes, jedenfalls für mich. Aber nun denkt er, dass wir irgendwie zusammen wären, und will nicht akzeptieren, dass ich nichts mehr von ihm wissen will ...«

»Nun mal langsam«, unterbrach mich Corinne. »Du hattest also nochmal etwas mit Daniel Stone? Ich dachte, das wäre eine einmalige Sache gewesen. Als wir letztes Wochenende telefoniert haben, klangst du noch total verzweifelt.«

Ich atmete tief durch. Ich konnte ihr nichts über den dämlichen Vertrag oder die Anrufe erzählen, aber wie sollte ich ihr den Ernst meiner Lage klarmachen? »Ja, wir haben uns danach ein paar Mal gesehen, es war auch ganz schön. Aber nun habe ich Dinge über ihn erfahren, die mich dazu gebracht haben, mich sofort von ihm zu trennen. Nur er will das nicht wahrhaben.«

»Was denn für Dinge?«, fragte Corinne neugierig.

Ich überlegte kurz. »Na du weißt schon, diese ganzen Gerüchte. Ich kann dir das jetzt nicht alles erklären, dazu brauche ich mehr Zeit. Alles, was ich wissen will ist, wie kann ich ihn ein für alle Mal loswerden? Ich traue mich gar nicht nach Hause, weil er dort vielleicht vor meiner Wohnung auf mich wartet. Was soll ich ihm denn sagen, damit er es endlich kapiert?«

Ich hörte Corinne leise lachen. »Daniel Stone belagert also deine Wohnung, weil du nichts von ihm willst? Das ist bestimmt eine ganz neue Erfahrung für ihn. Sonst liegen ihm doch immer sämtliche Frauen zu Füßen.«

»Kannst du mir nun helfen, oder nicht?«, fragte ich ungeduldig. Draußen wurde es dunkel und ich sehnte mich nach meinem Bett.

»Sag ihm einfach, dass du einen anderen hast?«

»Das geht nicht, er weiß ganz genau, dass das nicht stimmt. Und außerdem würde er vielleicht versuchen, einen Konkurrenten unschädlich zu machen.«

»Dann sag ihm eben, dass du keine Zeit für ihn hast.«

Ich seufzte. »Das habe ich schon versucht, hat aber nichts gebracht. Er sendet mir Nachrichten und lässt mich während der Mittagspause in sein Büro kommen.«

»Ihr habt es in seinem Büro getrieben?« Corinne schien erstaunt zu sein.

»Ja, aber nur einmal. Kennst du keine Ausrede, die Männer sofort zurückschrecken lässt?«

»Du meinst, irgendeine ansteckende Geschlechtskrankheit? Das würde ich mir lieber gut überlegen. Warum drohst du ihm nicht einfach damit, du würdest ausplaudern, was für eine Niete er im Bett ist? Da reagieren Männer total empfindlich und er wird dich bestimmt nicht weiter belästigen aus Angst, du könntest das weiterverbreiten.«

Mutlos saß ich mit dem Telefon in der Hand und sah dem Parkwächter entgegen, der mich mit eindeutigen Gesten aufforderte, den Parkplatz zu räumen. »Das geht nicht. Daniel ist ziemlich gut im Bett. Und er weiß das auch.«

»Ach was, Männer sind äußerst dünnhäutig, wenn du ihre Potenz in Frage stellst. Du kannst mir glauben, jeder Mann hat heimlich Befürchtungen, dass seine Fähigkeiten im Bett doch nicht so umwerfend sind. Vertrau mir, wenn du ihm das sagst, wird er dich für immer in

Ruhe lassen.«

»Na gut«, sagte ich skeptisch. »Einen Versuch ist es zumindest wert. Danke für deinen Rat. Ich werde dich auf dem Laufenden halten, ob es etwas genützt hat. Drück mir die Daumen.«

Wir verabschiedeten uns und dann machte ich mich sorgenvoll auf den Weg zum Triumph Tower.

Ich parkte den Wagen in der Tiefgarage und rief den Fahrstuhl, um in mein Appartment zu fahren. Erleichtert atmete ich auf, als er leer war und drückte schnell die Taste mit der Neununddreißig. Doch nachdem ich einige Stockwerke zurückgelegt hatte, leuchtete mit einem Mal auch die Nummer Vierzig auf. Daniels Etage. Er wusste also, dass ich hier war. Mein Herz klopfte bis zum Hals, während ich weiter den Weg des Aufzugs an der Leuchttafel verfolgte. Achtundzwanzig, Neunundzwanzig... . Plötzlich erlosch meine gewählte Etage vom Bedienpult. Nun erstrahlte dort nur noch die Vierzig. Verdammt! Ich drückte mehrfach und mit wachsender Verzweiflung meine Nummer, doch nichts rührte sich, der Aufzug fuhr unbeirrt weiter.

Daniel wartete vor seiner Wohnungstür auf mich. Er sah wie immer hinreißend aus, trug eine zerschlissene Bluejeans und ein helles, kurzärmliges Shirt. So, wie er jetzt vor mir am Türrahmen lehnte, hätte ihn jeder Designer mit Kusshand als Model engagiert.

»Juliet, wo um alles in der Welt hast du gesteckt?«

Seine Stimme klang gereizt. Im Hintergrund sah ich Smith telefonieren. Offenbar hatten er und Daniel gemeinsam gearbeitet.

»Soll ich reinkommen oder willst du mich hier vor dem Fahrstuhl verhören?«, antwortete ich ebenso genervt. Schließlich ging es ihn nichts an, was ich in meiner Freizeit machte.

»Sag mir, wo du warst! Was hast du gemacht, nachdem du aus dem Hotel abgehauen bist?« Er war sichtlich aufgebracht.

Doch ich wollte in diesem Punkt nicht nachgeben. »Das geht dich überhaupt nichts an. Also, was willst du von mir? Hatte ich mich vorhin nicht klar genug ausgedrückt? Ich will dich nicht mehr sehen!«

Er rührte sich nicht von der Stelle, sah mich stattdessen zornig und mit durchdringendem Blick an. »Das geht mich sehr wohl etwas an. Wir haben einen Vertrag und du hast dich mir so häufig wie möglich zur Verfügung zu stellen. Oder hast du das schon vergessen?«

Er trat einen Schritt zur Seite und bedeutete Smith, dass er nicht mehr gebraucht wurde. Auch Smith sah mich eindringlich an, als er die Wohnung verließ und zu seinem auf der anderen Seite des Flurs gelegenen Appartment ging.

»Der Vertrag ist außer Kraft. Wie oft soll ich dir das noch sagen?«

Daniel zögerte einen Moment, bevor er weitersprach. Offensichtlich rang er mit sich selbst. »Du hattest heute nachmittag keine Termine, ich habe Smith das abchecken lassen«, sagte er schließlich. »Wo bist du die ganze Zeit gewesen?«

»Du hast was?« Nun war ich erst recht wütend. Was bildete er sich ein, mir hinterherzuschnüffeln?

»Smith hat das mit Burton gecheckt, und dein Fahrer hat selbst bestätigt, dass du nach der Arbeit sofort nach Hause kommen wolltest. Das ist doch richtig, oder nicht?«

Ich lachte laut auf. »Du kontrollierst also meinen Tagesablauf und lässt dir die Angaben von meinem Leibwächter bestätigen, der dir am liebsten den Hals umdrehen würde? Tickst du eigentlich noch ganz richtig?«

Er sah mich eindringlich an. »Juliet, ich habe mir Sorgen um dich gemacht. Ich will dich nicht überwachen, aber selbst dein eigener Bodyguard hatte keine Ahnung, wo du warst und warum.«

Vollkommen perplex schüttelte ich den Kopf. »Und Smith weiß also auch immer, wo du dich gerade rumtreibst und was du gerade anstellst? Ich informiere Mr. Burton nicht über alle meine Aktivitäten, das sollte dir eigentlich aufgefallen sein. Sonst hätte der dich nämlich schon längst unschädlich gemacht. Ich kann gut auf mich selbst aufpassen.«

»Du verheimlichst deine Tagesplanung vor deinem eigenen Leibwächter? Das ist doch total absurd! Entweder soll der dich beschützen oder eben nicht, da kannst du ihn doch nicht halbtags arbeiten lassen? Und wo bist du denn hingefahren, ohne Burton?«

Ich seufzte resignierend. Dieser Streit führte nirgendwo hin. »Keine Ahnung, wie die Gegend genau heißt und es geht dich auch nichts an. Ich bin allein gefahren, weil ich keine Lust auf dieses Gespräch hier hatte. Es war nicht geplant und Mr. Burton hat seinen freien Tag und außerdem zuviel Angst davor, dass mir etwas zustößt. Reicht dir die Erklärung oder muss ich dich fortan um Erlaubnis bitten? Soll ich ein Fahrtenbuch für dich führen?« Gut, ein paar jugendliche Punks hatte versucht, meinen Toyota zu stehlen, aber davon brauchte Daniel nichts zu erfahren. »Außerdem habe ich eine Waffe.«

»Lass mich das noch einmal zusammenfassen, nur um sicherzugehen, dass ich alles richtig verstanden habe«, Daniels Stimme klang gepresst. »Du bist also allein und aufs Geratewohl ohne das Wissen deines Bodyguards abends mit einer illegalen Waffe in eine dir unbekannte Gegend gefahren, die Burton selbst nicht aufsuchen wollte. Und hast dabei absichtlich dein Handy ausgeschaltet, um auch ja jede Möglichkeit auszuschließen, dass jemand dir zur Hilfe kommen könnte. Stimmt das soweit?«

Ich nickte trotzig.

»Du warst am Stadtrand bei Garrys Wohnung, nicht wahr?«

Ich starrte ihn an. Woher wusste er das?

»Antworte mir! Warst du heute allein in dem gefährlichsten Vorort Bostons, ohne irgend jemandem vorher Bescheid zu geben?«

»So gefährlich war es nun auch wieder nicht«, sagte ich kleinlaut. »Selbst mein Auto ist fast unbeschädigt geblieben. Und ich habe vielleicht endlich eine Spur von meinem besten Freund gefunden.«

Doch Daniel hörte mir gar nicht bis zum Ende zu. Er fuhr sich mit einer Hand durch die kurzen Haare, sah einigermaßen verzweifelt aus. »Bist du eigentlich noch ganz bei Trost? Du hättest tot sein können, ausgeraubt, zusammengeschlagen, vergewaltigt, entführt oder was weiß ich noch alles. Schaltest du dein eigentlich Gehirn immer komplett aus, wenn es um diesen Garry geht?«

»Halte dich gefälligst aus meinem Privatleben heraus, Daniel. Sieh endlich ein, dass ich dich und deine verfluchten Ratschläge nicht brauche!« Was fiel ihm ein, meine Freundschaft mit Garry zu hinterfragen?

Plötzlich trat er einen Schritt auf mich zu, umfasste meine Oberarme mit festem Griff und sah mir unverwandt in die Augen. »Juliet, hörst du mir überhaupt zu? Ich habe mir Sorgen um dich gemacht! Du bringst dein eigenes Leben für diesen Garry in Gefahr. Wieso bist du dir so sicher, dass der deine Freundschaft auch verdient? Du hast doch die Bilder gesehen, wenn er es gewollt hätte, dann hätte er dich anrufen können und dir die ganze Aufregung erspart. Aber er hat es nicht getan.«

»Halte dich da raus! Du hast keine Ahnung, wovon du eigentlich redest. Du kennst Garry überhaupt nicht, oder etwa doch?« Meine Nase war nur wenige Zentimeter von seinem Gesicht entfernt und ich stand viel zu dicht vor ihm, um ihn mit fokussiertem Blick niederstarren zu können, wie es eigentlich mein Ziel war. Darum wehrte ich mich gegen seinen festen Griff, versuchte, Abstand zu gewinnen.

Schließlich ließ Daniel mich los. »Ich will das nicht weiter mit dir hier im Treppenhaus besprechen. Ich will heute überhaupt nichts mehr davon hören. Die Geschichte ist noch nicht abgeschlossen, aber jetzt will ich dich erst mal in meinem Bett haben. Danach sehen wir weiter.«

Ich stand ihm gegenüber, ungläubig und immer noch bebend vor Zorn. Wie konnte er jetzt plötzlich an Sex denken?

Er drehte sich um, ohne mich weiter zu beachten und ging zurück in seine Wohnung. An der Tür blieb er stehen. »Kommst du jetzt?«

Ich war unschlüssig. Sollte ich ihm folgen und alles für den Moment vergessen? Dann würden wir wohl zusammen einen höchst angenehmen Abend verbringen, aber das Problem, dass er sich einfach in mein Leben einmischte, war damit nicht kleiner geworden.

Schweigend folgte ich ihm in die Wohnung und ohrfeigte mich bei jedem Schritt selbst für meine mangelnde Widerstandskraft.

Er schloss die Tür hinter mir und atmete hörbar aus, musterte dann aber stirnrunzelnd meine mitgebrachte Papiertüte. »Bitte sag mir, dass ist nicht das, was ich vermute?«

Ich erwiderte trotzig: »Doch, ich bringe dir das Kleid zurück und außerdem noch Geld für die Unterwäsche, die ich behalten habe.«

In der Hand hielt ich die Papiertüte, in der er mir vorgestern die neu gekauften Sachen überreicht hatte. Alles lag wieder fein säuberlich zusammengefaltet darin, nur das Wäscheset hatte ich behalten.

Er presste seine Lippen zusammen und sah gar nicht glücklich aus. Darum setzte ich erklärend hinzu: »Ich will mich nicht von dir für Sex bezahlen lassen, dabei fühle ich mich wie eine Hure.« Mit diesen

Worten stellte ich die Tüte auf das kleine Garderobentischchen.

Dann drehte ich mich wieder zu ihm um und sah ihn fragend an. »Was willst du nun mit mir machen? Du hast einen Wunsch frei, danach bin ich hier weg und komme auch nicht zurück.«

Seine Laune schien sich weiter zu verschlechtern, offenbar lief der Abend ganz und gar nicht so, wie er sich das vorgestellt hatte. Mit einer Hand fuhr er sich schon wieder durch die Haare. »Juliet, ich will die Klamotten nicht zurück. Sie gehören dir und ich möchte, dass du sie auch trägst. Du siehst so hübsch in dem Kleid aus, ich verstehe gar nicht, was du dagegen einzuwenden hast.«

»Du kannst mir nicht vorschreiben, was ich anziehen soll. Ich habe dir schon einmal gesagt, das ist nicht mein Stil und darum will ich es auch nicht. Dazu kannst du mich schließlich nicht zwingen.«

Meine ganze angestaute Frustration über die Anrufe, meine erfolglose Suche nach Garry und unseren Vertrag entlud sich nun in einem Schlag. Ich konnte an Daniels Gesicht ablesen, wie sehr ihn der Verlauf unserer heutigen Begegnung verstörte. »Bitte beruhige dich, es lohnt sich ja wohl nicht, über solche Nichtigkeiten zu streiten. Du kannst selbstverständlich tragen, was immer dir gefällt, ich habe doch bloß meine Meinung geäußert. Aber dein Geld werde ich mit Sicherheit nicht annehmen. Ich hoffe, du willst mich damit nicht beleidigen?«

Ich spürte, wie er sich darum bemühte, mich zu beschwichtigen und eine Eskalation unseres Streits zu verhindern. Doch ich wollte nicht nachgeben, fühlte mich im Recht. Meine Gedanken waren verwirrt, was wohl zum Teil auch der bleiernen Müdigkeit geschuldet war, die inzwischen auf mir lag. Die durchgemachte Nacht hatte ihre Spuren hinterlassen und machte mich nun reizbar und launisch.

»Ich glaube kaum, dass es eine Beleidigung ist, wenn ich für meine eigenen Ausgaben auch selber aufkomme. Du bist schließlich nicht mein Sugardaddy.«

Daniels Augen funkelten, als er einen Schritt auf mich zutrat. »Treib es nicht zu weit, Juliet. Auch meine Geduld hat Grenzen. Denk an unseren Vertrag, du schuldest mir Respekt, genauso wie deine uneingeschränkte Verfügbarkeit. Und beides hast du mir bislang versagt.«

»Auch wenn du es weiterhin nicht wahrhaben willst, wir haben keinen Vertrag mehr und ich schulde dir überhaupt nichts!« Ich konnte mich gerade noch zurückhalten, um nicht mit dem Fuß aufzustampfen.

Daniel trat noch einen Schritt näher an mich und überbrückte damit die letzte Distanz zwischen uns. Groß stand er vor mir, die Hände zu Fäusten geballt und kämpfte im seine Beherrschung. »Juliet, bitte hör endlich auf damit!«, forderte er von mir.

Meine Gedanken kehrten zu dem Gesprächsmitschnitt auf meinem Handy zurück. Wenn er wirklich vorhatte, mich aus dem Weg zu schaffen, wäre jetzt eine gute Gelegenheit dazu. Er könnte vielleicht sogar behaupten, er hätte im Affekt gehandelt.

War es also wirklich klug, ihn weiter zu reizen? Andererseits konnte ich angesichts meines ständig wachsenden Misstrauens ihm gegenüber nicht so weitermachen, als sei nichts geschehen.

Ich starrte nach oben, in sein angespanntes Gesicht. »Du wolltest eine Erklärung von mir, warum ich von unserer Abmachung zurücktrete? Also gut...«, ich atmete tief durch. Jetzt oder nie. »Was wir zusammen gemacht haben, diese ganzen Schweinereien, das will ich wirklich nicht noch einmal machen. Jedenfalls nicht mit dir!«

Nun konnte ich nur noch beten, dass Corinne Recht behielt und er mich gehen ließ. Ich konnte sehen, wie sehr seine Hände zitterten. Er breitete seine Arme aus, um mich darin einzufangen und zum Schweigen zu bringen, doch ich stieß ihn energisch von mir weg. »Warum sagst du nichts? Wieso willst du unbedingt an diesen Scheißvertrag festhalten? Wir passen doch sowieso nicht zusammen, jede Nutte könnte es dir besser besorgen als ich. Oder hast du das etwa gemacht, um meine Eltern zu erpressen? Hast du mich deshalb an deinem Bett festgebunden? Damit ich auf dem Video aus der richtigen Perspektive zu sehen bin, wenn du mich fickst?«

Damit hatte ich das letzte bisschen Selbstkontrolle zerstört, mit dem Daniel sich bislang so mustergültig beherrscht hatte. Innerhalb des Bruchteils einer Sekunde spürte ich seine Hand in meinem Gesicht. Er hatte mit voller Wucht zugeschlagen, sodass mein Kopf im Bogen nach hinten flog.

Mit weit geöffneten Augen starrte ich ihn ungläubig an. Der zornige Ausdruck war aus seinem Gesicht verschwunden und er stand einfach nur da und sah mich an.

Eine Träne kullerte über meine Wange, ich wischte sie hastig weg.

Mein Gesicht brannte wie Feuer und ich spürte, wie meine Lippe anschwoll.

Dann drehte ich mich langsam zur Haustür um, durch die ich erst vor wenigen Minuten hereinspaziert war. Mit entschlossenem Griff zog ich meine Handtasche an mich, dann ergriff ich die Türklinke.

»Warte!«, sagte Daniel, der bis dahin vollkommen bewegungslos dagestanden hatte.

Doch ich wollte nur weg von ihm. Es war gar nicht der Schmerz, der mich so aufbrachte, sondern eher der Schock, dass er überhaupt dazu in der Lage war, mir mitten ins Gesicht zu schlagen. Ich spürte, wie etwas auf mein T-Shirt tropfte, kleine rote Punkte waren darauf zu sehen.

»Ich habe dir nichts mehr zu sagen. Und nichts, was du jetzt sagen willst, würde daran irgendetwas ändern, Daniel.«

Mit diesen Worten öffnete ich die Tür und ging schnell hinaus. Er hielt mich nicht auf, unternahm auch keinen weiteren Versuch mehr, mit mir zu sprechen.

In meiner Wohnung angekommen, verriegelte ich sofort die Eingangstür, lautlos ging ich danach in der stillen, dunklen Wohnung auf und ab. Ich hatte kein Bedürfnis, das Licht anzuschalten oder Musik zu hören. Trotz meiner Müdigkeit war ich unfähig, mich zu irgendetwas durchzuringen. Ich wollte weder duschen noch schlafen, der Hunger war mir längst vergangen. Erschüttert wurde mir klar, dass ich insgeheim darauf wartete, dass Daniel sich meldete.

Nachdem ich für lange Zeit barfuß durch die leeren Zimmer getigert war, stieg langsam die Kälte in meinen Körper und ich fröstelte. Es war nun schon fast halb elf, noch immer kein Zeichen von Daniel. Ich hätte erleichtert sein sollen. Doch stattdessen hatte ich einen Kloß im Hals.

Was war los mit mir? Wie konnte ich in einer solchen Situation noch etwas für Daniel empfinden? Wie konnte ich mir innerlich Ausreden zurechtlegen, um sein Verhalten zu entschuldigen?

Denn genau das tat ich nämlich in diesem Moment. Ich gab mir eine Mitschuld an seinem Ausraster, schließlich hatte ich ihn mit meinem Verhalten und meinen Antworten bis aufs Blut gereizt. Er hatte versucht, die Situation zu deeskalieren, doch dann ich hatte munter weitergestritten bis er letztendlich die Fassung verlor.

Der Grund unseres Zerwürfnisses war gar nicht klar ersichtlich, der Anlass eine Nichtigkeit. Aber faktisch hatte alles mit diesen mysteriösen Anrufen zu tun. Die erst hatten mich so misstrauisch gemacht, meine Angst vor Daniel geschürt.

Ich nahm das Handy in die Hand und suchte nochmals den Mailboxeintrag heraus. Sofort bekam ich eine Gänsehaut, als die Stimme zu sprechen begann.

»Ich verlasse mich darauf, dass Sie Wallenstein so schnell wie möglich ausschalten. Melden Sie sich dann wieder bei mir.«

»Gut, dann ist ja jetzt wenigstens der erste Teil erledigt. Wie gesagt, um das Mädchen kümmere ich mich selber, dazu brauche ich Ihre Hilfe nicht. Danach sehen wir weiter. Ich halte Sie auf dem Laufenden, geben Sie mir eine Woche.«

Morgen musste ich unbedingt mehr über diesen Wallenstein herausfinden. Das erschien mir am vordringlichsten, noch wichtiger war aber vielleicht, wie von Mr. Burton vorgeschlagen, die Stimmanalyse. Falls es wirklich Daniel war, der diese Anweisungen gab, musste ich mich auch weiter von ihm fernhalten. Eine Woche – wenn er mit dem Mädchen wirklich mich meinte, dann konnte ich damit rechnen, bis spätestens nächsten Mittwoch zu erfahren, was es mit dem *Kümmern* auf sich hatte.

Vor dem Einschlafen stand ich auf und kontrollierte ein weiteres Mal, ob meine Wohnungstür von innen verriegelt war und ob ich alle anderen Türen und Fenster abgeschlossen hatte. Mehr konnte ich im Moment nicht tun.

Sonntag, 20. Mai 2012

Als ich erwachte, war es noch früh am Morgen. Die Sonne war gerade erst aufgegangen und weiches Licht tauchte die Silhouette der Stadt in goldenen Glanz. Es versprach, ein herrlicher, warmer Frühsommertag zu werden.

Der Gedanke an die Begebenheiten gestern Abend ließ meine gute Laune schlagartig wieder verlöschen. Schon als ich allein in die dunkle Wohnung zurückgekommen war, hatten mich erste Zweifel befallen. Hatte ich überreagiert, als ich Daniel so kommentarlos verlassen hatte? War ich nicht selbst Schuld daran, dass er mich geschlagen hatte? Schließlich hatte ich ihn absichtlich gereizt und verärgert, war ich diejenige, die ihn zuerst weggestoßen hatte.

Auf der anderen Seite hatte Daniel eine rote Linie überschritten und ich war nicht bereit, ihm zuzugestehen, mich auch in Zukunft so zu behandeln. Obwohl er selbst erschrocken zu sein schien, war es gut möglich, dass er mich wieder schlagen würde, wenn ihm etwas nicht passte. Ich musste hier klare Grenzen setzen.

Entschlossen stand ich auf, ging ins Badezimmer und besah als allererstes mein Gesicht. Kein schöner Anblick, aber es hätte schlimmer sein können. Die Schwellung meiner aufgeplatzten Lippe war zwar deutlich zurückgegangen, dafür war aber mein linkes Auge blutunterlaufen.

Ich duschte ausgiebig und wusch meine Haare. Als ich aus dem Schlafzimmer in den Flur trat, hörte ich lautes Klopfen an der Wohnungstür. Auf leisen Sohlen eilte ich zum Spion um nachzuschauen, wer mich so früh am Morgen sehen wollte. Mein Herz klopfte plötzlich wieder bis zum Hals und unendlich viele Möglichkeiten gingen mir durch den Kopf. Von Mr. Burton bis zu einem Auftragskiller konnte ich mir so ziemlich jeden vorstellen. Als ich aber eine ältere, leicht übergewichtige Frau mit einem Tablett davor stehen sah, öffnete ich verwirrt.

»Guten Morgen, Miss Walles. Ich bin Theresa Herzog, die Haushälterin von Mr. Stone. Der hat mich gebeten, Ihnen heute das Frühstück zuzubereiten«, begrüßte sie mich mit einem Lächeln.

Zögernd trat ich zur Seite und ließ sie eintreten, folgte ihr in meine Küche.

Das konnte Daniel doch nicht ernst meinen? Welcher Mann schickte sein Personal vor, anstatt sich selbst zu entschuldigen?

Ich beobachtete, wie Mrs. Herzog die Abdeckung vom Tablett entfernte, darunter kamen frische Croissants, Honig, Marmelade, Obst und ein Becher Tiramisu zum Vorschein. Beim Anblick der Köstlichkeiten zog sich mein Magen zusammen und erst jetzt erinnerte ich mich, wie lange es schon seit meiner letzten vernünftigen Mahlzeit war. Das versprochene Abendessen war ja gestern ausgefallen und danach hatte ich weder Hunger noch Energie gehabt, mir selbst etwas zuzubereiten.

Eine einzelne blassrote Rose lag auf dem Tablett, dazu eine kleine Karte mit dem Aufdruck *Bitte verzeih mir*. Ich nahm die Karte und drehte sie um, Daniel hatte tatsächlich eine lange Nachricht in seiner schnörkellosen, feinen Handschrift hinterlassen.

Liebste Juliet,

Es tut mir leid, was gestern Abend passiert ist. Ich verstehe nicht, warum du so aufgebracht und abweisend warst, aber das ist natürlich keine Entschuldigung für mein Verhalten. Wir beide haben gestern unseren Vertrag gebrochen. Ich möchte dich trotzdem nicht verlieren und ich würde gern meine Verfehlung wieder gutmachen, soweit es möglich ist.

Aber dazu braucht es zwei Menschen und ich muss wissen, was dich bewegt und warum du mir plötzlich nicht mehr vertraust. Es macht mich sehr traurig zu sehen, wie wir unaufhaltsam auseinanderdriften. Sprich mit mir! Sag mir, was dich bedrückt und gib mir wenigstens die Gelegenheit, darauf zu antworten.

Ich habe dringende Geschäfte und komme am Dienstagabend zurück nach Boston. Wenn du einerstanden bist, können wir uns dann treffen und unser gemeinsames Abendessen nachholen?

Falls du bis dahin etwas brauchst, wende dich an Mrs. Herzog oder sende mir eine Nachricht. Ich wünsche Dir einen erholsamen Sonntag und einen guten Start in eine neue Arbeitswoche.

Daniel

Oh Gott, der Mann hatte ja einen halben Roman geschrieben! Wie sollte ich ihm jetzt noch böse sein, wenn er so etwas tat? Die Schmetterlinge in meinem Bauch flogen Pirouetten bei dem Gedanken daran, dass er unseren Vertrag noch immer fortsetzen wollte. Also lag ihm anscheinend etwas an mir.

Wieder ertappte ich mich bei dem Gedanken an die mysteriösen Anrufe. Wenn es sich dabei wirklich um Daniels Stimme handelte, dann war er ein verdammt guter Schauspieler. Aber wie sonst waren die Nachrichten zu verstehen?

Gedankenversunken legte ich die Karte aufs Fensterbrett und wandte mich der Kaffeemaschine zu. So gut mir der Kaffee daraus auch schmeckte, langsam gingen mir die ständigen Spülvorgänge mächtig auf die Nerven.

»Entschuldigen Sie, wenn ich Sie von Ihrer Arbeit abhalte, Mrs. Herzog. Falls Sie es eilig haben, schaffe ich das schon allein.« Meine Familie hatte seit meiner Kindheit Personal, doch es war für mich immer noch ungewohnt, selbst so umsorgt zu werden.

»Ach, ich habe heute und morgen etwas mehr Zeit. Mr. Stone ist schon sehr früh zu seiner Dienstreise aufgebrochen, da kann ich mir mit dem Saubermachen mehr Zeit lassen. Wenn Sie möchten, kann ich Ihnen beim Essen Gesellschaft leisten. Allein schmeckt es doch gar nicht, oder?«

Wir saßen fast eine ganze Stunde in meiner Küche und plauderten locker über das Wetter, die Stadt Boston und am Ende versprach Mrs. Herzog sogar, mir das Kochen von ein oder zwei einfachen Gerichten beizubringen, falls wir morgen Zeit dazu haben würden.

Sorgfältig vermieden wir es, über Daniel zu sprechen.

Um halb elf klingelte es an meiner Tür, Mr. Burton stand davor, um mich wie besprochen abzuholen. Heute musste ich mich endlich auf meine neue Solorolle konzentrieren. Ich hatte mit Katie verabredet, dass wir uns am späten Vormittag zu einer Trainingssession trafen, dabei würden wir nicht nur tanzen, sondern auch die einzelnen Gesangspartien durchgehen. Das Musical war zum Glück nicht zu wortlastig, viele der Stücke waren rein instrumental, sodass ich mit etwas Konzentration und Übung in der Lage sein sollte, alles innerhalb von drei Wochen auswendig zu lernen.

Heute Abend hatten wir dann auch noch einen Auftritt, es blieb da kaum Zeit für düstere Gedanken und ich war im Stillen froh über die ganze Ablenkung. Auf keinen Fall wollte ich heute schon wieder den ganzen Tag an Daniel und die anonymen Nachrichten denken. Die Tatsache, dass sich die erste Botschaft ja nur teilweise bewahrheitet hatte, machte mir Mut, dass das Ganze vielleicht doch nur ein dummer Streich war.

Als ich die Tür für Mr. Burton öffnete und heraustrat, sah er mich erschrocken an. »Miss Walles, was ist denn mit Ihnen passiert? Hatten Sie einen Unfall oder woher kommt das blaue Auge?«

Ich nickte eilig. »Alles halb so wild. Ich war nur etwas unachtsam, Sie hätten mich gestern Abend mal sehen sollen. Dagegen fühle ich mich heute schon fast wie neugeboren.« Das war vielleicht etwas übertrieben, aber ich wollte sichergehen, dass Mr. Burton nicht sofort meiner Mutter alles haarklein erzählte.

»Können wir los?«, fragte ich ihn, nahm die Smith & Wesson aus der Küchenschublade und packte sie zurück in meine Handtasche. Mrs. Herzog, die gerade das Geschirr in die Spülmaschine steckte, hob erstaunt den Kopf. »Miss Walles, Sie haben eine Waffe? Was haben Sie denn heute vor, wenn ich fragen darf?«

Eigentlich ging sie das überhaupt nichts an, aber da wir gerade so nett zusammen gefrühstückt hatten, erzählte ich es ihr trotzdem. »Ich treffe mich gleich mit einer Freundin, um für meine Rolle im Musical zu proben.«

»Und dazu brauchen Sie eine Waffe?« Sie sah mich mit weit aufgerissenen Augen an, ich merkte, dass sie mich auf einmal mit neuem Respekt betrachtete.

Bis vor einer Woche hätte ich ja selbst nicht geglaubt, dass ich je eine eigene Waffe besitzen würde, aber nun war das bittere Realität.

»Man kann nie vorsichtig genug sein. Wir haben leider anonyme Drohungen erhalten und einer unserer Kollegen ist bereits verschwunden. Über die genauen Zusammenhänge wissen wir bisher sehr wenig, aber es ist durchaus möglich, dass dieser Freund in die falschen Kreise geraten ist oder sich Feinde in der örtlichen Drogenmafia gemacht hat«, erklärte ich ihr.

Mr. Burton konnte sich angesichts meines Kopfgeldjäger-Jargons ein spöttisches Grinsen nicht verkneifen.

Wir verabschiedeten uns von Mrs. Herzog, die angeboten hatte, in der Zwischenzeit meine Wohnung auf Hochglanz zu bringen.

Im Wagen diskutierte ich mit meinem Leibwächter über die Nachricht. Wir kamen überein, dass ich Konstantin heute noch um die Stimmanalyse bitten sollte. Doch bis dahin konnte ich nicht tatenlos darauf warten, dass etwas geschah. Entschlossen zog ich meinen Tablettcomputer aus der Tasche und suchte nach dem Namen Wallenstein im Bostoner Telefonverzeichnis. Vierunddreißig Namen waren aufgelistet, zehn weitere in der näheren Umgebung der Stadt. Darunter waren achtzehn Frauennamen. Blieben also sechsundzwanzig potenzielle Kandidaten für die Opferrolle. Ich suchte einen leeren Zettel aus den unergründlichen Tiefen meiner Handtasche und begann, die Nummern fein säuberlich abzuschreiben.

Kurz bevor wir das Theater erreichten, beendete ich die Arbeit und übergab den Zettel an Mr. Burton: »Während ich bei den Proben bin, können Sie diese Nummern hier abtelefonieren. Vielleicht ist da ja auch unser Wallenstein dabei.« Wir hatten beide keine Ahnung, wie wir den erkennen sollten, aber irgendeine Verbindung zu Daniel oder Garry musste es wohl geben.

Wir übten fast vier Stunden lang. Am Ende konnte ich kaum noch stehen, so fertig und ausgepowert war ich von den verwirrenden Schrittfolgen und den fast schon akrobatischen Einlagen. Aus meinem Mund kam nur noch ein heiseres Krächzen, meine Stimme brauchte dringend eine professionelle Schulung, sonst würde sie den Belastungen der Auftritte niemals standhalten.

Körperlich war die Rolle für mich kein Problem, ich war fit und durchtrainiert und die meisten Elemente kannte ich aus früheren Produktionen, oder aus meiner Highschoolzeit als Cheerleader und unseren Tanzkursen. Meine tanzverrückte Mutter hatte von Anfang an darauf geachtet, dass ich neben meinen Ballettstunden möglichst vielseitig ausgebildet wurde. Das erwies sich jetzt als echter Vorteil.

Für Katie hingegen mussten die Proben ein wahrer Albtraum gewesen sein. Mit ihrer klassischen Ballettausbildung brachte sie zwar die nötige

Kraft und die fließend leichten Bewegungsabläufe mit, hatte aber von vielen modernen Elementen des Stücks noch nie gehört.

Ich erkannte, wieviel Durchsetzungswillen und Ausdauer in der zierlichen Tänzerin stecken mussten. Denn sie tanzte das Stück mittlerweile fast perfekt und sie hatte eine so wunderschöne Stimme, dass man ihr kleinere Schrittfehler sowieso verzieh.

»Juliet, bitte lass uns jetzt Schluss machen. Bis zur Aufführung sind es zwar noch ein paar Stunden, aber ich brauche die Zeit dringend, um mich zu erholen.« Katie saß auf einem Hocker und sah mich fragend an.

Ich nickte erschöpft. »Ja, das klingt gut. Ich muss sowieso ein paar Besorgungen machen, jetzt haben die Geschäfte wenigstens noch geöffnet.«

Doch als ich aufstehen und zur Garderobe gehen wollte, hielt mich Katie zurück. »Du, sag mal, wo hast du eigentlich ständig die ganzen blauen Flecken her? Erst hattest du welche am Hals, die sahen fast aus wie Knutschflecken, und jetzt kommst du hier mit einem blauen Auge an. Ist bei dir alles in Ordnung?«

Ich nickte und wischte ihre Sorge mit einer schnellen Handbewegung fort. »Mach dir keine Gedanken, ich bin von Natur aus tollpatschig und eine Woche ohne Unfälle ist bei mir praktisch undenkbar.« Ich versuchte, über meinen eigenen Witz zu lachen, was aber kläglich misslang.

»Hattest du eigentlich Spaß auf der Party am Freitag?«, versuchte ich sie abzulenken.

Katies Gesicht bekam einen ganz verträumten Ausdruck. »Ja«, flüsterte sie, »Ich hatte dabei schon meinen Spaß. Und Johann ist echt total süß. Leider hat er eine feste Freundin und ich will auf keinen Fall das fünfte Rad am Wagen sein, wenn du verstehst, was ich meine. Darum haben wir uns nach dem Abend nicht mehr getroffen, aber wir telefonieren noch regelmäßig.«

Das war eine seltsame Herangehensweise. Ich wäre ausgerastet bei dem Gedanken daran, dass Daniel mit einer anderen Frau schlief. Und dabei war unsere Beziehung nur eine vertragliche Vereinbarung gewesen.

»Aber du hast dich auch gut amüsiert, oder etwa nicht? Wer war denn der Typ, mit dem du abgehauen bist? Kanntest du den vorher schon oder habt ihr euch erst im Club kennengelernt?«

»Nein, wir kannten uns schon vorher, haben uns im Club nur zufällig getroffen«, erklärte ich, ohne auf Einzelheiten einzugehen.

»Und, habt ihr...?«, wollte Katie dann gleich wissen. Sie nahm wirklich kein Blatt vor den Mund und fragte einfach drauf los.

Ich schüttelte den Kopf. »Nein, erstens waren wir viel zu betrunken und zweitens musste ich eine Stunde nachdem wir den Club verlassen haben, schon wieder bei der Arbeit erscheinen.«

»Oh Mann. Du hast echt Pech. Da schnappst du dir den heißesten Typen des Abends und hast dann nicht mal genug Zeit, das Ganze auszukosten. Hast du wenigstens seine Telefonnummer? Trefft ihr euch noch mal?«

Katie ließ einfach nicht locker und so langsam wunderte ich mich über ihr Interesse an meiner vermeintlichen Discobekanntschaft. Vielleicht hatte sie es ja auch auf Daniel abgesehen?

»Im Moment habe ich ziemlich viel zu tun, da habe ich keine Zeit, mich auch noch mit diesem Mann abzugeben. Und ehrlich gesagt ist mir das Tanzen wichtiger.«

Meine Worte schienen Katie zu erstaunen, aber gleichzeitig begriff sie wohl, dass hier nichts Interessantes zu erfahren war. Wir verabschiedeten uns, dann ließ ich mich von Mr. Burton nach Hause fahren.

»Hatten Sie mit der Telefonliste Erfolg?«, fragte ich ihn, sobald ich mich angeschnallt hatte.

Doch zu meiner grenzenlosen Enttäuschung schüttelte er den Kopf. »Leider nicht, Miss Walles. Aber bei einigen Nummern ist niemand ans Telefon gegangen, ich werde dort später noch einmal anrufen, vielleicht haben wir dann ja mehr Glück.«

»Ja, versuchen Sie es weiter. Ich werde auch Konstantin danach fragen, der ist doch Privatdetektiv und hat bestimmt andere Wege, um mit solchen Leuten in Kontakt zu treten.«

Als ich in meine Wohnung kam, roch alles angenehm sauber, Mrs. Herzog hatte sogar meine schmutzige Wäsche gewaschen und aufgehängt. Ich errötete leicht, als ich daran dachte, dass sie dabei auch meine Unterwäsche inklusive meiner neuen Dessous durchgegangen sein musste.

Mein Premierenkleid fand ich fein säuberlich auf einem Bügel aufgehängt, dazu ein Zettel: *Reinigung*

Ich nahm das Kleid und beschloss, es auf dem Rückweg ins Theater gleich noch bei einer Wäscherei abzugeben. Es war mein einziges klassisch-elegantes Kleid, und wer wusste schon, wie kurzfristig ich es vielleicht in Zukunft brauchte.

Zwei Stunden später war ich wieder im Theater, die anderen Tänzer standen in lockeren Grüppchen zusammen und begannen gerade erst mit ihren Aufwärmübungen. Sofort sah ich mich nach Konstantin um, konnte ihn aber nirgends entdecken.

»Sag mal, hast du Konstantin gesehen?«, fragte ich Erik, der sich mit zwei anderen Tänzern unterhielt. Alle sahen mich an, sahen sich dann suchend im Raum um.

»Nein, der scheint sich heute zu verspäten. Frag doch mal Katie, die müsste das eigentlich wissen.«

Doch Katie hatte ebenfalls keine Informationen und war inzwischen ganz unruhig. Wenn ihr Tanzpartner nicht bald auftauchte, würde sie mit Erik tanzen müssen.

»Der ist noch nie zu spät gekommen. Aber vielleicht hat er ja einen dringenden Auftrag. Er klang so geheimnisvoll, als wir uns das letzte Mal unterhalten haben. So, als ob er an einem Riesending dran wäre.«

Erik ließ sich von unseren Sorgen nicht ablenken, vor einer Aufführung konnte ihn nichts aus seiner fast schon meditativen Gelassenheit reißen. »Hast du dich gut erholt von Konstantins Geburtstagsfeier?«, fragte er mich. Ein Blick auf sein müdes Gesicht verriet, dass er seitdem noch nicht zum Ausruhen gekommen war.

Ich nickte. »Und du?«

»Naja, du weißt ja, wie das ist. Die Arbeit kann man nicht absagen, nur weil man einen Kater hat. Aber wie geht es dir? Hast du dir das Veilchen etwa im Club geholt?«

Während wir miteinander sprachen, setzte er seine Dehnübungen unvermindert fort, ich musste in die Hocke gehen, um ihn zu verstehen.

Als ich den Kopf schüttelte, lachte er erleichtert. »Ich hatte mir schon Sorgen gemacht, als ich dich dort mit Stone tanzen sah. Du musst wirklich vorsichtig mit dem Typen sein, Juliet. Jedes Kind hier in Boston weiß, wie der mit Frauen umgeht. Du hast doch sicherlich schon davon gehört, oder?«

Ich nickte zögerlich und in meinem Kopf liefen wieder die Ereignisse von gestern Abend ab. »Ja, das habe ich.«

Als Konstantin um halb acht noch immer nicht aufgetaucht war, rief Katie ihn schließlich an. Er war tatsächlich mit seinem Fall beschäftigt und hatte vollkommen die Zeit vergessen. Nun war es zu spät, um noch rechtzeitig zum Auftritt hier zu sein.

Ich bat Katie, mich kurz mit ihm sprechen zu lassen. Als ich seine Stimme hörte, kam ich sofort zur Sache: »Ich habe eine Bitte, Konstantin. Ich brauche deine Hilfe. Du bist doch Privatdetektiv, ich möchte dich gern in einem Fall ermitteln lassen. Ich werde dich natürlich bezahlen, das soll kein Freundschaftdienst sein.«

Er antwortete sofort, seine Stimme war wachsam und konzentriert. »Schieß los. Wie kann ich dir helfen?«

»Ich habe zwei anonyme Anrufe erhalten und einen davon aufgezeichnet. Ich will, dass du eine Stimmanalyse machst, damit ich mir sicher sein kann, wer mich angerufen hat.«

Konstantin schwieg sekundenlang und versucht offenbar, das eben Gehörte zu verarbeiten. »Wann hast du die Anrufe denn erhalten?«

Ich überlegte kurz. »Den ersten gleich am Sonntag nach der Premiere, den zweiten habe ich auf meiner Mailbox gefunden, als ich am Donnerstag von der Arbeit kam.«

»Und was sagt der Anrufer? Irgendetwas, worüber du dir Sorgen machst?«

»Der erste Anruf handelte von Garry. Davon, dass jemand ihn beiseite schaffen will. Und seitdem ist Garry verschwunden. Im zweiten Anruf ging es vornehmlich um einen Mann mit dem Namen Wallenstein. Sagt dir der Name etwas?«

Konstantin schwieg am anderen Ende. Erst nach einigen Sekunden antwortete er bedächtig. »Ja und nein. Hast du den Anruf noch? Kann ich ihn mir vielleicht gleich morgen anhören?«

Er schien mehr zu wissen, als er mir sagte. Aber meine wichtigste Frage war eigentlich, ob Daniel dahinter steckte, darum erinnerte ich ihn wieder an die Stimmanalyse.

»Nun mal langsam, Juliet. Für so einen Test braucht man ein speziell ausgestattetes Stimmlabor. Und du musst zumindest eine Ahnung haben, um wen es sich dabei handeln könnte, sonst ist das aussichtslos.«

»Einen Verdacht habe ich schon. Aber ich brauche Gewissheit, dass es sich bei dem Mann, der dort spricht, wirklich um die Person handelt, die ich glaube herauszuhören.«

Konstantin klang angespannt. »Wen hast du denn unter Verdacht?«, wollte er wissen.

»Daniel Stone«, antwortete ich tonlos.

Dieser Name schien Konstantin regelrecht unter Strom zu setzen. »Wann hast du morgen Schluss von der Arbeit? Ich kann dich abholen, dann hören wir uns die Nachricht gemeinsam an und entscheiden danach, was zu tun ist.«

Ich arbeitete in der Frühschicht, wie immer. »Um drei habe ich Feierabend, danach können wir uns gern treffen. Ich habe weiter nichts geplant.«

Konstantin klang befriedigt. »Gut, ich hole dich dann vom Hotel ab. Du musst mir versprechen, falls irgendetwas passiert, dann rufe die Polizei an. Das, was du mir erzählt hast, hört sich beunruhigend an, da musst du vorsichtig sein.«

Ich versprach es ihm und verabschiedete mich danach rasch, denn unsere Aufführung wurde gerade aufgerufen. Obwohl mich seine Warnung beunruhigte, war ich froh darüber, endlich mit jemandem gesprochen zu haben, der offensichtlich genug Erfahrung hatte, um zu wissen, was zu tun war.

Nach der Vorstellung fuhr ich vollkommen erschöpft nach Hause. Das intensive Training in Verbindung mit der Abendaufführung waren fast zuviel des Guten.

Um kurz vor Mitternacht schreckte mich das Piepsen meines Handys aus dem Halbschlaf. Bitte, keine weiteren Nachrichten! Oder vielleicht doch, vielleicht ein Gute-Nacht-Gruß von Daniel?

Doch meine Hoffnung erfüllte sich nicht. Eine SMS von einem unbekannten Anrufer wartete schon auf mich.

Miss Walles, ich muss Sie dringend treffen. Bitte warten Sie morgen Nachmittag um Punkt drei am Eingang zur Tiefgarage des Ritzman Hotels auf mich. Ich habe wichtige Dokumente, die ich Ihnen übergeben soll. Es geht dabei um Ihr Leben. Bis morgen. Peter Wallenstein

Keine Telefonnummer wurde übertragen, es war mir daher nicht möglich, zurückzurufen und Peter Wallenstein von den Anrufen zu berichten. Doch der Fremde schien auch so in Alarmstimmung zu sein. Ich konnte nur hoffen, dass sich morgen alles aufklären würde.

Montag, 21. Mai 2012

Ich freute mich darauf, endlich wieder zu arbeiten. Das Wochenende war keineswegs so erholsam gewesen, wie erhofft, doch hier im Hotel schien die Zeit stehengeblieben zu sein. Man fühlte sich immer ein wenig wie in einem Paralleluniversum, abgeschnitten von der hektischen Außenwelt verbrachten wir unsere Stunden in einem Kokon aus leiser klassischer Musik, eleganten Blumengestecken und höflicher Zwiesprache mit unseren erlesenen Gästen.

Naja, meistens jedenfalls. Heute früh konnte man eher den Eindruck bekommen, als ob die meisten Hotelgäste ihre guten Manieren vergaßen, sobald sie eine Schlüsselkarte in die Hand gedrückt bekamen. Ich las in unserem Logbuch die Einträge der Nachtschicht:

23.55 Uhr: Herr und Frau Tanaka aus Zimmer 1304 kehren mit zwei Prostituierten zurück ins Hotel. Als den Begleiterinnen der Zutritt verwehrt wird, verlangen die Gäste, mit dem Hoteleigentümer zu sprechen. Wir haben die Gäste gebeten, am Morgen an der Rezeption nach dem Manager zu fragen.

00:02 Uhr: Anruf aus Zimmer 2315 und Beschwerde über laute Geräusche aus dem Nebenzimmer (Zimmer 2316 ist nicht belegt). Der Nachtportier war nicht in der Lage, den Grund für die Störung zu ermitteln. Bitte heute mit dem Haustechniker abstimmen!

00.27 Uhr: Mr. Thompson aus Zimmer 1002 benutzt die öffentliche Toilette im Erdgeschoss und entwendet dabei sämtliche Handtücher (circa 25 Stück). Auf Nachfrage hat er sie jedoch unserem Portier überreicht.

01:23 Uhr: Mr. Thompson aus Zimmer 1002 beschwert sich über die ausbleibende Bestellung beim Zimmerservice (Zwei Tequila Sunrise). Nachtmanager bemerkt, dass heute nur eine Aushilfskraft an der Bar arbeitet und diese nicht in der Lage ist, den gewünschten Cocktail zuzubereiten. Haben im Internet ein Rezept gefunden, der Gast war schließlich zufrieden.

04:35 Uhr: Mr. Timothy, Zimmer 3312 ist mit Gepäck zum Auschecken angetreten, wie üblich konnten wir ihn davon überzeugen, dass er erst in drei Wochen auschecken muss.

05:12 Uhr: Mrs. Tanaka aus Zimmer 1304 ist unbekleidet im Pool schwimmen gewesen, während dieser für die chemische Reinigung geschlossen war. Die

Security hat sie zurück auf ihr Zimmer begleitet. Sie will immer noch mit dem Eigentümer sprechen.

05:15 Uhr: Heftiger Streit zwischen Herr und Frau Sullivan, die gerade aus Zimmer 4208 auschecken (über die Spa-Rechnung). Frau Sullivan wirft dabei wütend ihren Ehering durch die Lobby. Auch eine 45-minütige Suche des gesamten Nacht-Teams kann den Ring nicht finden und um 06:00 Uhr fahren beide (getrennt) zum Flughafen. Falls sich der Ring anfindet, bitte an Frau Sullivan schicken.

Mal wieder der ganz normale Wahnsinn. Gegen halb acht tauchten dann auch schon die Eheleute Tanaka auf, und wie befürchtet verlangten sie, mit Daniel zu sprechen.

»Miss, ich verstehe gar nicht, wieso Sie sich so unkooperativ verhalten. Wir sind hier Gäste und haben das gute Recht, jederzeit den Eigentümer zu sprechen, ob es dem jetzt passt oder nicht!«, keifte Frau Tanaka.

Ich wusste nicht genau, wie solche Forderungen gehandhabt wurden, konnte mir aber kaum vorstellen, dass Daniel persönlich in die Tagesgeschäfte seiner Hotels verwickelt war. »Verzeihen Sie bitte die Umstände, aber wenn Sie mir sagen, wie ich Ihnen helfen kann, dann werde ich das gern tun.« Bei meiner Antwort musste ich mich zwingen, nicht ständig auf die giftgrünen Haare von Frau Tanaka zu starren, die sie sich wohl durch ihren nächtlichen Schwimmbadbesuch verfärbt hatte.

Geduldig hörte ich mir die Klagen der beiden an. Im Wesentlichen waren sie der Meinung, die Regeln im Ritzman Hotel & Spa glichen eher einem Gefängnis als einem 5-Sterne Hotel. »Und wissen Sie, was das Allerschlimmste war? Der Nachtwächter, dieser Mann mit dem Schnurrbart und den wirren Haaren – Sie wissen, wen ich meine?« Frau Tanaka blickte mich fragend an.

Als ich nicht gleich nickte, wühlte sie durch ihre riesige Schultertasche und brachte schließlich einen Bierdeckel zum Vorschein, den sie mir hinhielt. »Hier, sehen Sie. Ich habe die Namen der Leute aufgeschrieben. Der Schlimmste von allen, das war dieser Pathee. Hier steht's ja auch – schwarze Hose und grünes Hemd mit einer Tasche.«

Ich runzelte die Stirn beim Anblick der auf dem Bierdeckel fein säuberlich notierten Personenbeschreibungen von fünf unserer Mitarbeiter, die in der Nachtschicht arbeiteten. Doch so leicht ließ sich

Frau Tanaka nicht aus dem Konzept bringen. »Dieser Pathee hatte doch tatsächlich die Frechheit mich zu fragen, ob ich auch sein Hinterteil sehen möchte, als ich mir die Farbe seiner Dienstkleidung notiert habe.«

Es war schwer, ein Grinsen weiterhin zu unterdrücken. Lange hielt ich das nicht mehr durch. Meine Erklärungen, dass die Hausordnung zum Wohle aller Gäste sei, wollten sie nicht gelten lassen. »Ach was, wen hat es denn zu interessieren, was wir in unserem Zimmer machen? Dafür haben wir schließlich genug Geld bezahlt? Und davon wird übrigens auch Ihr Gehalt ausgezahlt, junges Fräulein!«

Ms. Bingham stand ein paar Schritte entfernt und hatte bis eben aufmerksam zugehört. Schließlich griff sie ein, führte die beiden zu einer etwas entfernten Sitzgruppe und sprach leise und bestimmt mit ihnen. Keine zwei Minuten später schüttelten die Tanakas ihr versöhnlich die Hand.

Ich stand betroffen am Empfangsschalter. Schon wieder hatte ich versagt, die neue Woche begann genauso, wie die alte aufgehört hatte. Doch ich hatte mich getäuscht. Ms. Bingham kam auf mich zu und nickte freundlich. »Für's erste Mal haben Sie das gut gemacht, Juliet. Immer schön ruhig bleiben und vor allem - zuhören. Wenn Sie Hilfe brauchen, können Sie mich fragen und mit der Zeit kriegen Sie das auch alleine hin.«

Ich atmete tief durch. Diesen Test hatte ich also bestanden. Trotzdem fragte ich mich, wie meine Chefin es so schnell geschafft hatte, die beiden zu beruhigen.

Zu Beginn der Mittagspause erhielt ich in der Kantine einen Anruf von der Rezeption. »Juliet, falls du noch nicht angefangen hast zu essen – kannst du kurz kommen und mithelfen? Wir brauchen eine weitere Hand hier, es dauert auch nicht lange.«

Ich stellte den leeren Teller zurück und ging wieder zum Empfang. »Was gibt es denn so Dringendes?«

Ms. Bingham sah zu mir hinüber. »Die Zimmermädchen haben angerufen, im Zimmer 2316 blockiert etwas die Tür. Das Zimmer sollte eigentlich unbelegt sein, aber es klang, als sei die Tür von innen verriegelt. Bitte geh nachsehen, ob du helfen kannst.«

Im Hotel gab es insgesamt drei Generalschlüssel, einer davon wurde am Empfang verwahrt und sorgfältig dem jeweils diensthabenden

Manager übergeben. Ein weiterer Schlüssel befand sich in den Händen der Chefin unseres Reinigungsteam und den dritten Schlüssel hielt angeblich Daniel Stone persönlich unter Verschluss. Es handelte sich natürlich nicht um richtige Schlüssel, sondern um speziell codierte Karten, jede von ihnen war nachverfolgbar und es konnte sogar festgestellt werden, mit welchem der Generalschlüssel eine Tür geöffnet wurde. Nur mit diesen Schlüsseln war es möglich, auch Türen zu öffnen, die von innen verriegelt waren. Immer wieder kam es zum Beispiel vor, dass jemand stürzte oder kleine Kinder sich aus Versehen eingeschlossen hatten.

Also begab ich mich mit unserem Schlüssel so schnell wie möglich zu dem genannten Zimmer. Je schneller ich die Sache erledigt hatte, umso eher konnte ich meine Mittagspause beginnen. Und die hatte ich mir heute wirklich verdient.

Vor Zimmer 2316 erwarteten mich zwei Zimmermädchen und ein Haustechniker. Alle sahen ungeduldig aus und blickten mir erwartungsvoll entgegen. Ich sah schon von Weitem, dass die Frauen bereits ihren Putzwagen positioniert hatten und nur darauf warteten, endlich mit ihrer Arbeit fortzufahren.

»Miss, ich glaub wir musse de Tür aufbreche«, erklärte mir die ältere der beiden Frauen in gebrochenem Englisch, als ich den Generalschlüssel zückte. »Dat habe ich auch schon versucht, ging aber nich.«

Ich zog unseren Schlüssel durch das elektronische Schloss, ein leises Knacken ertönte, dann leuchtete ein grünes Lämpchen auf. Vorsichtig stieß ich die Tür auf, doch etwas Schweres blockierte den Eingang verhinderte, dass ich sie weiter als ein paar Zentimeter aufmachen konnte. Mit etwas mehr Kraft stemmte ich mich dagegen, bis ich sie schließlich etwa zehn Zentimeter weit aufgeschoben hatte.

Ich starrte durch die kleine Öffnung und zuckte erschrocken zurück. Auf dem Boden lag der leblose Körper eines halbnackten Mannes. Ich konnte von draußen nur einen Teil des Hinterkopfes und des Oberkörpers sehen, aber die Haut sah unnatürlich dunkelrot und violett aus. Unter dem Ohr hatte sich auf dem Fußboden eine kleine dunkelrote Pfütze gebildet, die fast getrocknet war.

»Wir brauchen einen Arzt!«, rief ich den wartenden Frauen zu. Eine von ihnen rannte zum Telefon neben den Fahrstühlen. Ich bat die andere, gemeinsam mit dem Haustechniker hier zu warten, während ich meine Chefin informierte. »Is dat etwa eene Toter?«, rief mir die Frau laut hinterher.

Ich hoffte, dass nicht gerade jetzt die Gäste aus dem Nachbarzimmer hier entlangliefen und suchte nach einem Telefon. Mit zittriger Stimme erklärte ich Ms. Bingham, was ich vorgefunden hatte. »Ich glaube, der Mann ist tot. Er sieht so komisch aus und bewegt sich auch nicht.«

»Juliet, bleiben Sie, wo Sie sind und sagen Sie dem Reinigungspersonal, die sollen sich im Büro ihrer Abteilung melden. Was wir jetzt auf keinen Fall brauchen, sind unsere verschreckten Mitarbeiter auf diesem Flur. Sobald die Sanitäter da sind, komme ich zu Ihnen.«

Wieder bewunderte ich meine Chefin für ihre Ruhe und Besonnenheit. Scheinbar passierte es häufiger, dass Gäste in diesem Hotel zu Tode kamen, anders war es kaum zu erklären, dass sie genau wusste, was zu tun war.

Die nächsten Stunden vergingen wie im Fluge. Ein Rettungssanitäter kam und betastete den regungslosen Mann durch den Türspalt mit einem über die Finger gezogenen Gummihandschuh. »Der ist ja schon ganz steif, der wacht nicht wieder auf. Das hätten Sie auch allein herausfinden können«, war sein einziger Kommentar. Dann entfernte er sich kopfschüttelnd wieder von uns.

Ms. Bingham hatte bereits die Polizei verständigt, die ihren eigenen Mediziner mitbrachte. »Ich habe eben mit Mr. Stone telefoniert, er hat verlangt, über alle Ereignisse auf dem Laufenden gehalten zu werden. Wenn es Ihnen nichts ausmacht, möchte ich Sie bitten, das zu übernehmen. Sie waren ja von Anfang an hier.«

Ich nickte Ms. Bingham zu. Natürlich war diese Angelegenheit zu ernst, um jetzt persönliche Vorbehalte ins Spiel zu bringen. Auch wenn Daniel und ich uns privat nichts mehr zu sagen hatten, konnte ich durchaus meinen Stolz herunterschlucken und ihm über dienstliche Belange Auskunft geben.

Doch zunächst musste ich meine eigenen Pläne neu organisieren. Da war zum einen Konstantin, der sich mit mir treffen wollte um den Mailboxeintrag anzuhören.

Ich ließ mich von der Telefonzentrale mit ihm verbinden und sagte unser heutiges Treffen ab. »Du musst das verstehen, wir haben im

Moment hier die Hände voll und ich darf noch nicht weg. Passt es dir morgen?«, wollte ich wissen.

»Du bist ja ganz durcheinander, Juliet. Ist etwas passiert?« Konstantin schien enttäuscht über meinen Anruf, doch ich konnte ihm nicht von dem Toten erzählen, solange es keine offizielle Mitteilung gab. Daher redete ich mich mit dem normalen Arbeitsstress heraus.

»Dann sprechen wir eben morgen vor dem Auftritt. Sei einfach etwas eher im Theater, dann regeln wir alles.«

Ich bedankte mich für sein Verständnis und legte auf. Als Nächstes musste ich zu dem Treffen mit diesem geheimnisvollen Peter Wallenstein. Ich konnte es nicht verschieben, da ich keine Möglichkeit hatte, den Mann zu erreichen. Aber ich hoffte, dass unser Gespräch nicht allzu viel Zeit in Anspruch nahm. Dokumente zu übergeben sollte eigentlich nur ein paar Minuten dauern.

Als ich mich umdrehte, um mit dem Aufzug in die Tiefgarage zu fahren, sah ich, wie Bewegung am Eingang des Zimmers 2316 entstand. Man brachte eine zugeschnürte Trage heraus, darauf befand sich vermutlich der unbekannte Tote. Gefolgt wurden die beiden Träger von drei Polizisten in ziviler Uniform. Als die Prozession geradewegs auf die Fahrstühle zusteuerte, wich ich zur Seite. Auf keinen Fall wollte ich mit einer Leiche zusammen im selben Aufzug fahren.

»Ma'am, Sie können ruhig einsteigen, der beißt nicht«, rief mir einer der Polizisten mit einem breiten Grinsen auf dem Gesicht zu. Diese Art von Humor war mir bislang noch nie begegnet, aber ich hatte auch noch nie einen Toten gefunden. Da ich Daniel die neusten Neuigkeiten übermitteln sollte, folgte ich den Männern und der Trage schließlich widerstrebend.

Im Fahrstuhl war es eng und obwohl ich mich in die hintereste Ecke drückte und sorgsam darauf achtete, ja nicht zu dicht an den Toten zu kommen, war mir, als berührte mich etwas Kaltes mehrmals an der Hand. Ich zwang mich, den aufsteigenden Ekel zu ignorieren, begann stattdessen eine Unterhaltung mit den Polizisten: »Wissen Sie schon, was passiert ist?«

Alle fünf lebenden Männer drehten sich zu mir um, der älteste von ihnen, ein braungebrannter, untersetzter Mann mit schlohweißem Haar, antwortete mir. »Ich bin Diego Santoro, der leitende Hautkommissar, Miss. Sie haben die Leiche entdeckt, nicht wahr?«

Ich nickte und schluckte, als der Fahrstuhl auf der nächsten Etage mit einem leichten Ruck zum Stehen kam. Ich hätte schwören können, unter dem Laken bewegte sich etwas.

Die Polizisten hatten sich geschickt vor dem Eingang zum Lift aufgestellt, damit andere Gäste keinen Blick auf die Trage werfen konnten und stattdessen annehmen mussten, der Lift sei brechend voll.

Als wir weiterfuhren, setzte Kommissar Santoro wieder zum Sprechen an. »Auf den ersten Blick sieht alles nach Selbstmord aus. Aber wenn man die Identität des Toten berücksichtigt, ist das eher unwahrscheinlich. Wir stehen noch ganz am Anfang unserer Ermittlungen, darum kann ich Ihnen leider nicht mehr sagen.«

Mein Gesichtsausdruck konnte mein Erschrecken offenbar nicht verbergen, denn er setzte hinzu: »Aber machen Sie sich keine Sorgen. Falls es sich wirklich um ein Verbrechen handelt, dann war es sehr gezielt auf diese Person hier gerichtet. Als Angestellte des Hotels haben Sie sicher nichts zu befürchten.«

Dann hielt der Fahrstuhl im Kellergeschoss und die gesamte Prozession verließ den Aufzug in Richtung Tiefgarage. Ich wartete in meiner Ecke, bis alle gegangen waren, erst danach stieg ich aus und ging mit schnellen Schritten dem verabredeten Treffpunkt mit Peter Wallenstein entgegen.

Auf dem Weg kam mir kurzzeitig der Gedanke in den Sinn, dass es sich auch um eine Falle handeln konnte und jemand mir auflauerte. Vielleicht hätte ich doch lieber Mr. Burton Bescheid geben sollen?

Ich wischte meine Bedenken beiseite. Die Tiefgarage des Hotels war schließlich kein verlassener Ort, hier herrschte reger Betrieb. Ich erreichte den Ausgang ein paar Minuten zu früh und sah mich suchend um. Aber da ich keine Ahnung hatte, wie Peter Wallenstein aussah, wusste ich auch nicht, wonach ich schauen sollte. Also wartete ich ungeduldig, trat von einem Fuß auf den anderen.

Minuten verstrichen, ohne dass jemand erschien. Wieder blickte ich auf die Uhr. Schon zwanzig Minuten nach drei. Länger konnte ich nicht hier bleiben, Ms. Bingham wartete sicher schon auf mich. Nach weiteren fünf Minuten gab ich es schließlich auf. Was auch immer Peter

Wallenstein von mir gewollt hatte, konnte ja nicht so wichtig sein, wenn er nicht mal pünktlich kam.

Am Tatort hatte die Polizei inzwischen die Tür vollständig geöffnet und das Zimmer betreten. Im Moment war man dabei, Fotos zu machen. Wir bekamen keine Auskünfte oder Erklärungen, aber da man mir erlaubte, in dem Zimmer herumzulaufen, schienen der Tathergang und die Umstände schon festzustehen. Das Zimmer sah sauber und unbenutzt aus, wenn man von den Fußspuren auf dem Teppich und einer zurückgezogenen Gardine einmal absah. Nur der Boden im Eingangsbereich war mit kleinen Zeichen versehen und durfte nicht betreten werden. Ich erinnerte mich, dass hier die kleine Blutlache war, die sich unter dem Kopf des Toten gebildet hatte. Ein Kampf hatte offenbar nicht stattgefunden, mehr konnte ich ohne kriminalistische Kenntnisse nicht ausmachen.

Das Zimmertelefon klingelte. Einer der Polizisten nahm den Hörer mit einem Tuch in der Hand von der Gabel und hielt ihn sich ans Ohr. »Hallo?«, antwortete er. Eine Sekunde lang lauschte er der Stimme am anderen Ende, dabei legte sich seine Stirn in Falten. Dann winkte er mich heran. »Für Sie. Sie sind doch Miss Walles, oder?«

Er hielt mir den Hörer ans Ohr, ich durfte ihn nicht selbst anfassen. »Hallo?«, fragte ich neugierig.

»Juliet, haben Sie vergessen, Mr. Stone Bescheid zu sagen? Er ist hier in der Leitung. Ich verbinde Sie jetzt.« Ms. Bingham klang ziemlich wütend.

»Baby, wie geht es dir? Ist alles in Ordnung?«

Ich fühlte mich unwohl, nach unserem Streit hatten wir noch keine Gelegenheit gehabt, miteinander zu sprechen. Und hier war der denkbar ungünstigste Ort, um über verletzte Gefühle und gebrochene Versprechen zu diskutieren. Vier Polizisten starrten mich an, warteten darauf, dass ich etwas ins Telefon sprach. Der Beamte, der nach wie vor den Hörer in der Hand hielt, sah genervt aus. »Mir geht es gut, danke. Es ist jetzt gerade keine gute Zeit für ein Gespräch. Kann ich dich später zurückrufen?« Ich bemühte mich um einen neutralen Tonfall.

Doch Daniel verstand nicht, warum ich ihn so schnell abfertigen wollte. »Juliet, Baby, du bist immer noch wütend auf mich, stimmt's?«, fragte er mit seiner verführerischen Stimme. »Hast du meine Karte bekommen?«

»Ja«, gab ich widerwillig zu. »Ich habe die Karte gelesen. Danke dafür. Aber ich muss jetzt wirklich Schluss machen.«

Doch Daniel gab nicht so schnell auf. »Und was sagst du dazu? Hast du Zeit, morgen mit mir zu Abend zu essen? Ich schulde dir sowieso noch ein Date, nach letztem Samstag. Dann können wir alles in Ruhe besprechen.« Er klang hoffnungsvoll.

»Nein, ich habe doch schon gesagt, warum ich dich nicht mehr sehen will. Daran hat sich nichts geändert.« Neben mir murrte der Polizist und begann, sich mit seinen Kollegen zu unterhalten.

»Wenn ich mich recht entsinne, hast du behauptet, du hättest keine Lust mehr dazu, mit mir irgendwelche Schweinereien anzustellen? Hat es dir wirklich keinen Spaß gemacht oder wolltest du mich mit deinem Gerede nur verletzen?«

»Daniel, verdammt noch mal. Ich habe jetzt keine Zeit, mit dir zu telefonieren. Können wir das bitte ein anderes Mal besprechen, oder am besten überhaupt nicht!«

Die Umstehenden nickten mir beifällig zu. Daniel war naturgemäß anderer Meinung. »Alles, was ich wissen will ist, ob du dabei bleibst, dass dir unser Sex nicht gefallen hat. Ich habe das nämlich ganz anders in Erinnerung. Wenn mich mein Gedächtnis nicht täuscht, warst du es doch, die gar nicht genug bekommen konnte, die erst von mir abgelassen hat, nachdem ich verfluchte sieben Mal in dir gekommen bin. Und das reicht dir nicht?«

Corinne hatte also Recht behalten. Er war tatsächlich aufgebracht, dass ich seine Leistungsfähigkeit in Frage gestellt hatte, wenn auch nur indirekt. Nun war ich auf einmal froh, dass wir das am Telefon und nicht persönlich diskutierten. »Wenn du es anders nicht verstehst, dann eben noch einmal ganz langsam. Ich habe keine Lust auf deinen Schweinkram. Nicht einmal und auch nicht sieben Mal. Das ist schließlich keine Frage der Quantität sondern einzig der Qualität. Bist du jetzt zufrieden? Kann ich jetzt endlich dieses Gespräch beenden, hier hören uns nämlich eine Menge Leute zu.«

Der Polizist, der mir noch immer den Hörer hinhielt, blickte mich abschätzig von oben bis unten an. Prompt wurde ich rot. Daniel hingegen war einen Moment lang still, dann antwortete er mir mit gefährlich leiser Stimme: »Ich muss jetzt in meine Konferenz zurück. Wir sprechen, sobald ich das erledigt habe. Aber erwarte nicht, dass ich dann immer noch so entgegenkommend bin!« Dann legte er auf und auch ich trat vorsichtig einen Schritt vom Telefon zurück. Mein Gesicht glühte.

Ms. Bingham seufzte. »Wenn Sie sich nützlich machen wollen, schreiben Sie inzwischen den Unfallbericht, Juliet. Ich bin sicher, Mr. Stone meldet sich bald wieder bei Ihnen. Aber solange wir seine Anweisungen nicht erhalten haben, können wir auch nicht die Mitarbeiter informieren.«

Inzwischen waren fast zwei Stunden seit seinem Anruf vergangen, ohne dass er zurückgerufen hätte. Alle warteten auf ihn.

Ich nahm ein leeres Formular und begann, die Zeilen auszufüllen. Aber weit kam ich damit nicht, wir kannten weder den Namen des Toten noch wussten wir, was mit ihm geschehen war.

»Sie können ja erst einmal die bekannten Einzelheiten aufschreiben«, schlug meine Chefin vor. »Wer das Zimmer zuletzt gemietet hatte, um wieviel Uhr wir den Toten entdeckt haben, dass die Polizei jetzt an dem Fall dran ist. Wenn wir Glück haben, ist die Sache heute Abend abgeschlossen und der Gerichtsmediziner bescheinigt einen Selbstmord.«

Leise schüttelte ich den Kopf. »Im Fahrstuhl hat der Kommissar mir gesagt, er glaube nicht an einen Selbstmord, angesichts der Identität des Toten.«

Meine Chefin sah mich erstaunt an. »Die wissen, wer der Tote ist?«

»Ja, es so schien jedenfalls. Aber mir haben sie das natürlich nicht gesagt.«

Nun war sie auch beunruhigt. »Verdammt, das hat uns gerade noch gefehlt! Ein Mord in diesem Hotel, das bedeutet, dass wir morgen früh hunderte Stornierungen haben und dazu noch die ganzen Anrufe der Pressemeute abwimmeln müssen. Beten Sie lieber, dass sich die Polizei geirrt hat.«

Als endlich der ersehnte Anruf von Daniel eintraf, ging ich in die Lobby.

Ich brauchte unbedingt ein paar Minuten, um ungestört mit ihm reden zu können und nicht den kritischen Blicken der Polizei oder meiner Kollegen ausgesetzt zu sein.

Doch Daniel klang nun kalt und berechnend, alle Wärme war aus seiner Stimme verschwunden. »Ich hoffe, mein Anruf stört Sie nicht schon wieder, Miss Walles? Wenn es Ihnen jetzt genehm ist, möchte ich gern erfahren, was in meinem Hotel vor sich geht.«

Ich rollte mit den Augen. Oh Gott, wie konnte er bloß so beleidigt sein? Verstand er denn gar nichts? Und sollte ich nicht eigentlich diejenige sein, die wütend auf ihn war?

Schnell rasselte ich die Details herunter, die uns schon bekannt waren. »Wir haben den toten Mann gegen 12.30 Uhr im Zimmer 2316 gefunden, dort hat er halbnackt auf dem Fußboden gelegen und die Tür blockiert. Die Polizei hat noch nichts Konkretes bekannt gegeben, aber als ich mit dem Hauptkommissar zusammen im Fahrstuhl stand, hat dieser mir gesagt, dass er nicht glaube, es handle sich um einen Selbstmord. Nun warten wir auf ein offizielles Statement.«

»Wie heißt der Hauptkommissar?«, wollte Daniel wissen.

»Diego Santana oder Santino oder so ähnlich«, versuchte ich mich zu erinnern.

»Santoro. Das hat mir gerade noch gefehlt. Der Typ hat es auf mich abgesehen. Juliet, ich möchte, dass du Bingham Bescheid gibst. Die Befragungen unserer Mitarbeiter dürfen nur in Anwesenheit des Firmenanwalts erfolgen.«

Ich machte ein zustimmendes Geräusch und ließ ihn fortfahren. Insgeheim fragte ich mich, woher Daniel Kommissar Santoro kannte. »Ich will, dass du mich ständig auf dem Laufenden hältst. Du nimmst an allen Befragungen teil und rufst mich sofort an, falls sich etwas Wichtiges ergibt. Hat Santoro sonst noch etwas gesagt?«

Ich versuchte, mich an unser Gespräch im Fahrstuhl zu erinnern. Aber da war ich ziemlich abgelenkt gewesen. »Nein, eigentlich nicht. Ich habe ihn bisher auch nur ein einziges Mal getroffen, und das war beim Abtransport der Leiche. Das Einzige, was er mir gesagt hat ist, dass wegen der Identität des Toten ein Selbstmord unwahrscheinlich ist, auch wenn es so aussieht.«

Daniel schoss sofort zurück: »Wer war denn der Tote? Hat man das schon bekannt gegeben, oder hast du ihn erkannt?«

Ich schluckte bei der Erinnerung an den nackten Körper auf dem Fußboden. »Daniel, ich habe ihn nur ganz kurz gesehen, und das auch nur teilweise. Zum Glück, denn der Anblick war alles andere als erhebend. Es war ein mittelalter Mann, durchtrainiert und mit Halbglatze. Das Gesicht habe ich nicht gesehen.«

Er schien zu erkennen, was in mir vorging. »Ist schon gut, Baby. Entschuldige die unsensible Frage. Versuche herauszufinden, wer das war und rufe mich an, wenn du etwas Neues hast. Wir treffen uns morgen.«

Seine Dreistigkeit machte mich einen Moment lang sprachlos. Hatte ich ihm nicht vorhin deutlich genug zu verstehen gegeben, dass ich ihn nicht sehen wollte? »Ich habe keine Zeit und ehrlich gesagt auch kein Interesse daran, dich zu sehen. Nicht morgen und auch an keinem anderen Tag.«

Doch meine ablehnende Haltung störte ihn nicht im Geringsten. »Ich werde morgen früher als geplant zurückkommen. Wenn die genauen Zeiten feststehen, sage ich dir Bescheid, aber rechne damit, dass ich dich am Nachmittag zu mir ins Büro beordere.«

»Daniel, es hat sich nichts geändert zwischen uns. Ich will dich nicht treffen. Ich habe nur angerufen, um dir die Informationen zu dem Toten zu geben.«

»Das werden wir ja sehen, Juliet. Ich will, dass du dich morgen in meinem Büro einfindest und es ist mir egal, ob der Anlass dienstlich oder privat ist. Also, wenn du deinen Job behalten willst, plane das gefälligst in deinen Tagesablauf mit ein.«

Verwundert schaute ich auf mein Telefon. Wie war es möglich, dass Daniel solch extreme Stimmungsschwankungen auslebte? »Wie Sie wünschen, Mr. Stone. Ich werde kommen, solange das Ganze rein dienstlich bleibt.« Auch meine Stimme war jetzt kalt.

Doch dann hörte ich ihn am anderen Ende spöttisch lachen. »Nein, Baby. Du wirst nicht kommen. Ich habe dir schon beim letzten Mal gesagt, diesmal wirst du dich um mich kümmern müssen.«

Ich legte schnell auf.

Danach gab es für mich nichts mehr zu tun, meine Schicht war längst beendet und die Polizei war mit der Leiche verschwunden. Ich ging zu Ms. Bingham ins Büro, um mich zu verabschieden.

»Juliet, ich bin gerade dabei, Ihren Bericht zu ergänzen. Lesen Sie sich den doch bitte noch einmal durch und sagen Sie mir, ob etwas fehlt.« Sie gab mir den dreiseitigen Unfallreport.

»Ich habe eben mit Mr. Stone gesprochen, der möchte, dass unsere Angestellten von einem Firmenanwalt begleitet werden, falls sie bei der Polizei aussagen müssen.«

Meine Chefin nickte nur und machte sich eine Notiz.

Ich las den Bericht von Anfang bis Ende, legte ihn dann vor mich und stand auf. »Fehlt noch etwas?«, fragte Ms. Bingham und blickte mich gespannt an.

»Einen Moment, ich glaube, ich erinnere mich an etwas.« Ich ging schnell zum Empfangsschalter und holte das Logbuch der Nachtschicht. »Hier steht es doch:

00:02 Uhr: Anruf aus Zimmer 2315 und Beschwerde über laute Geräusche aus dem Nebenzimmer (Zimmer 2316 ist nicht belegt). Der Nachtportier war nicht in der Lage, den Grund für die Störung zu ermitteln, bitte heute mir dem Haustechniker abstimmen!«

Ich setzte das Buch ab und sah sie fragend an. »Hat schon jemand mit der Nachtschicht gesprochen?«

»Nein, aber ich werde das sofort nachholen, bevor die Polizei das für uns tut.« Sie begann damit, konzentriert auf ihrem Computer zu tippen.

Ich fühlte mich fehl am Platz. »Soll ich jetzt gehen oder brauchen Sie mich noch?«

»Bitte bleiben Sie hier im Hotel, Juliet. Es kann eine Weile dauern, bis die Nachtschicht eintrifft, also holen Sie sich einen Kaffee oder gehen Sie meinetwegen etwas essen. Aber bleiben Sie erreichbar. Wir werden uns gemeinsam anhören, was die Männer zu sagen haben. Das Logbuch scheint ja nicht so ganz zu stimmen.«

Überall, wo ich hinkam, bedrängten mich sofort Kollegen, um neue Informationen über den Toten zu erhalten. Schließlich setzte ich mich erschöpft in die Hotellobby, hier hatte ich wenigstens meine Ruhe. Ich beobachtete die Spätschicht bei der Arbeit, sie waren nicht weniger beschäftigt als wir von der Frühschicht. Im Hotel stand das Leben nie still.

Ich sah Mr. Thompson durch die Lobby eilen und musste schmunzeln bei dem Gedanken daran, dass er gestern unsere Handtücher stehlen wollte. Dann dachte ich wieder an den Toten. Wer war der Mann und wie kam er in ein unbenutztes, verschlossenes Zimmer? Ich wunderte mich, was die Polizei wohl im Zimmer 2316 gefunden hatte. Ob es noch gesperrt war? Ms. Bingham würde das nur ungern für längere Zeit zulassen, denn wir waren im Moment fast ausgebucht. Aber wen konnten wir als Nächstes guten Gewissens in diesem Zimmer unterbringen? Würde ich es über mich bringen, den neuen Gästen mit einem professionellen Lächeln auf den Lippen die Schlüsselkarte für dieses Zimmer in die Hand zu drücken?

Ich war so in Gedanken versunken, dass ich fast zu Tode erschrak, als mein Handy plötzlich anfing zu klingeln.

»Juliet, ich habe gerade von dem Mord bei euch im Hotel gehört«, erklang Konstantins Stimme. »Wisst ihr schon, wer Opfer und Täter waren?«

»Nein, die Polizei ermittelt noch. Wir wissen bis jetzt noch nichts«, versuchte ich den Fall so uninteressant wie möglich zu machen. Als Privatdetektiv hatte Konstantin sicher eigene Quellen und wusste wahrscheinlich mehr als ich.

»Du, ich habe noch mal wegen der Stimmanalyse nachgefragt. Das Labor hat nur vormittags auf. Ich weiß, du musst arbeiten, aber vielleicht kannst du mir die Aufnahme ja einfach überspielen, dann fahre ich schnell allein da hin. Was meinst du?«

Konstantin war offenbar doch nicht so arrogant und eigenbrötlerisch, wie er manchmal herüberkam. Eigentlich war er sogar ziemlich hilfsbereit.

»Ja, das wäre toll. Ich will wirklich so schnell wie möglich wissen, ob sich mein Verdacht bewahrheitet. Wie gesagt, den ersten Anruf vom Sonntag nach der Premiere habe ich nicht aufgezeichnet, aber es war definitiv dieselbe Stimme. Wie lange dauert es, bis du die Ergebnisse hast?« Ich hoffte inständig, wenigstens ein paar der aktuellen Fragen damit beantworten zu können. Schließlich schien mein ganzes Leben im

Moment aus den Fugen geraten zu sein.

»Das kommt drauf an. Falls du Recht hast und es handelt sich wirklich um Stone, dann wissen wir das sofort. Aber wenn du falsch liegen solltest, könnte es schwierig werden, ohne Anhaltspunkte weiter zu ermitteln.«

»Gut, damit kann ich leben. Für mich ist es am Allerwichtigsten zu wissen, ob Stone dahinter steckt. Schließlich ist er mein Nachbar.«

Und er kam morgen von seiner Dienstreise zurück. Wenn er seine Ankündigung in die Tat umzusetzen wollte, sich um mich zu kümmern, wie es in dem Gesprächsmitschnitt hieß, blieb ihm nur wenig Zeit. Er hatte von einer einwöchigen Frist gesprochen und die war Mittwoch um, wenn man davon ausging, dass der Unbekannte mir diese Aufzeichnung ohne Verzögerung zugespielt hatte.

»Hast du dir schon mal überlegt, was du machen willst, falls es wirklich Stone ist, der da spricht? Willst du die Polizei einschalten?«, riss mich Konstantin aus meinen Gedanken.

Darüber dachte ich schon die ganze Zeit nach. Mir blieben eigentlich nur drei Möglichkeiten – weglaufen, Daniel selbst konfrontieren oder die Polizei einschalten. Aber ich hatte mich noch nicht entschieden, wollte lieber abwarten, wie die Stimmanalyse ausging. Noch hatte ich Hoffnung, dass ich mich irrte und jemand anderes dort sprach.

»Ich weiß es noch nicht. Bevor ich mir darüber den Kopf zerbreche, will ich erst wissen, ob die Aufnahme wirklich von ihm ist. Immerhin hätte das ziemlich weitreichende Konsequenzen für mich – ich wohne im selben Haus und er ist ja auch mein Chef.«

Und bis vor Kurzem war er auch mein Lehrer und Liebhaber, aber das brauchte Konstantin nicht zu wissen.

»Na gut, wir können ja später noch sprechen. Also sende mir die Aufzeichnung zu. Ich rufe dich morgen an, sobald ich ein Ergebnis für dich habe.«

»Danke, Konstantin, du bist ein echter Schatz. Ich werde mich bei dir erkenntlich zeigen und dich bei Gelegenheit mal auf ein Bier einladen.« Damit beendeten wir unser Gespräch.

Als ich wieder in Ms. Binghams Büro kam, war die Nachtschicht dort vollständig versammelt. Ich kannte alle sechs Männer, denn wir trafen uns jeden Morgen zur Arbeitsübergabe. Der Manager der Truppe hieß Pathee und war der beliebteste Manager des gesamten Ritzman Hotels – bei den Angestellten. Er war entspannt und ließ uns weitestgehend in Ruhe. Es kam selten vor, dass er uns irgendwelche Vorschriften machte, solange wir ihn nicht nervten. Er hatte nur eine Macke – sein unbezwingbarer Glaube an Geister. Wann immer etwas Unerklärliches oder Unerwartetes geschah, war er fest der Überzeugung, Geister und Dämonen hatten ihre Hände im Spiel. Ein Toter im Hotel ließ seine Fantasie natürlich verrückt spielen und der Schweiß stand ihm jetzt auf der Stirn.

Ms. Bingham hatte schon begonnen zu sprechen, hielt das Logbuch in die Höhe und zeigte mit dem Finger auf einen Eintrag darin. »Meine Herren, bitte strengen Sie Ihre grauen Zellen ein wenig an und erklären Sie mir, was das hier zu bedeuten hat?«

Es dauerte eine halbe Stunde, bis Pathee schließlich mit einer halbwegs plausiblen Geschichte herausrückte. »Wir haben die Beschwerde entgegengenommen und im Computer nachgeschaut, ob sich Gäste in Zimmer 2316 aufhalten. Als feststand, dass das Zimmer unbelegt war, haben wir den Zimmeranschluss angerufen. Niemand hatte sich gemeldet und auch die Gäste im Nebenzimmer riefen nicht wieder an. Dann haben wir das auf sich beruhen lassen.«

»Sie haben also aus lauter Faulheit zugelassen, dass ein Unbekannter in einem unser leerstehenden Zimmer übernachtet? Das ist doch nicht wieder eine ihrer Geistergeschichten?«, vergewisserte sich Ms. Bingham.

Die sechs Männer nickten gleichzeitig. Ich bemerkte, wie sie sich aus den Augenwinkeln ansahen. Etwas stimmte nicht an ihrer Geschichte.

»Und niemand von Ihnen ist nachschauen gegangen, auch nicht später?«, fragte Ms. Bingham weiter.

Die Männer schüttelten unisono den Kopf. Es war nun offensichtlich, dass sie sich abgesprochen hatten.

»Waren Sie alle in der Lobby, als der Anruf hereinkam?«, fragte meine Chefin nun.

Pathee antwortete: »Wir waren alle ab Schichtbeginn bis circa zwei Uhr gemeinsam in der Lobby und haben die Abrechnungen überprüft.

Außerdem gab es noch elf Ankünfte, die mussten ja auch abgefertigt werden. Erst als wir fertig waren, sind wir unsere Runden abgelaufen. Das muss so gegen halb drei gewesen sein.«

Mir kam das Gespräch mit den Tanakas wieder in den Sinn. Das Ehepaar war nur wenige Minuten vor der Beschwerde aus Zimmer 2315 in der Hotellobby gewesen. Frau Tanaka hatte die Beschreibungen von fünf Mitarbeitern notiert, die sich zu diesem Zeitpunkt in der Lobby aufhielten. Einer hatte also gefehlt, doch wer?

Ms. Bingham berührte unmerklich meine Schulter und sagte dann laut: »Juliet, könnten Sie uns einen Moment allein lassen?« Dabei sah sie mich mit eindringlichem Blick an und schielte dann demonstrativ zu den Überwachungskameras an die Zimmerdecke. Ich verstand und verließ augenblicklich das Büro.

Draußen begab ich mich zu unserer Sicherheitszentrale. Angestellte hatten in diesem Teil des Hotels eigentlich nichts zu suchen, denn hier wurden die Überwachungsvideos und Daten über alle Mitarbeiter, Lieferanten und Fremdfirmen aufbewahrt. Zu meiner Verblüffung war es inzwischen dunkel und meine Armbanduhr zeigte bereits acht Uhr abends an.

Der diensthabende Manager betrachtete mich von oben bis unten, winkte mir dann aber, mitzukommen. »Ms. Bingham schickt Sie also zu uns? Geht es um den Todesfall?«

Natürlich war man hier bestens informiert. »Wir haben gerade ein Meeting mit der Nachtschicht, aber irgendetwas verheimlichen die uns. Der Tote befand sich in Zimmer 2316 und die Gäste im Zimmer nebenan haben sich nachts über laute Geräusche beschwert. Aber niemand hat das überprüft. Außerdem waren sie da laut Mr. Pathee zu sechst in der Hotellobby, aber ein paar Minuten vorher waren andere Gäste am Empfang und haben nur fünf Männer dort gesehen.«

»Vielleicht war ja einer von ihnen auf der Toilette?«, wandte der Mann nachdenklich ein während wir einen schmalen Flur entlanggingen.

»Die Art, wie sie ihre Geschichte vortragen, wirkt so abgesprochen. So, als ob sie uns irgendetwas nicht sagen wollen. Deshalb möchte Ms. Bingham gern die Aufnahmen der Kameras. Geht das?«

Der Mann nickte nur. »Wir bewahren hier sämtliche Aufnahmen

dreißig Tage lang auf, danach wird ein Teil archiviert und der Rest überspielt. Wenn Sie uns eine ungefähre Zeitspanne nennen, können wir einen Blick darauf werfen.« Er öffnete mir die Tür zu einem großen Raum.

Die Professionalität und hochmoderne Technik beeindruckten mich. Von hier aus hätte man vermutlich auch ein Raumschiff starten können, so viele Bildschirme blinkten und übertrugen die Geschehnisse aus dem gesamten Hotel. Zwei weitere Wachleute saßen davor und beobachteten die Monitore.

»Um 23.55 Uhr kam ein Ehepaar namens Tanaka mit zwei Prostituierten in die Lobby. Die waren etwas schwierig und haben längere Zeit mit der Nachtschicht und Security diskutiert. Keine Ahnung wie lange, aber Mrs. Tanaka hatte genug Zeit, Notizen auf einen Bierdeckel zu schreiben und behauptet, es wären nur fünf Mitarbeiter in der Lobby gewesen. Um 00:02 Uhr ging der Anruf aus dem Zimmer 2315 ein. Mr. Pathee behauptet, da hätten sie gerade zu sechst die Buchhaltung gemacht.«

Ich sah zu, wie der Mann alles notierte. Dann legte er den Stift beiseite. »Gut, das reicht schon, damit können wir etwas anfangen. Sagen Sie Ms. Bingham, dass wir ihr die Ergebnisse in ein paar Stunden zuschicken. Wie lange es genau dauert, wissen wir nicht, aber es sollte nicht allzu viel Zeit in Anspruch nehmen.«

Ich ging zu Ms. Binghams Büro und gab ihr ein Handzeichen, dass alles geklappt hatte. Dann winkte ich ihr zum Abschied zu und ließ mich danach von Mr. Burton direkt nach Hause bringen.

Eigentlich fühlte ich mich so müde und abgespannt, dass ich nur noch ins Bett wollte. Doch die Ereignisse ließen mich nicht zur Ruhe kommen. Ich brauchte unbedingt jemanden zum Reden.

Corinne meldete sich und klang überdreht wie immer. Keine Spur von Müdigkeit. »Juliet, das ist ja eine Überraschung. Wie geht es dir? Immer noch Ärger mit dem Nachbarn?«

»Ja, Stone macht immer noch Ärger, aber das ist jetzt nebensächlich. Ich habe heute im Hotel eine Leiche entdeckt!«

Corinne sagte einen Moment gar nichts. Es kam selten vor, dass ich meine Schwester sprachlos erlebte. »Igitt. Wo hast du die denn bitte gefunden? Im Keller oder wie?«

»Nein, die lag in einem leeren Zimmer. Ich musste die Tür öffnen, weil jemand sie von innen verriegelt hatte, und dabei habe ich dann den Toten gefunden.« Meine Stimme war ruhig, doch die Bilder hatten sich in mein Gehirn eingebrannt.

»Also war es ein Selbstmord?«

»Nein, die Polizei ermittelt wegen Mordes. Aber wir wissen noch gar nichts. Nicht einmal den Namen des Toten.«

»Das ist ja richtig aufregend bei dir. Ich habe mir deinen Job immer stinklangweilig vorgestellt. Wissen Mum und Dad schon davon?« Corinne konnte nur wenig Empathie für unbekannte Tote aufbringen.

»Ich wollte ihnen eigentlich nichts sagen, sonst werden sie gleich wieder panisch. Du kennst sie ja.«

»Ja, ja. Von mir hören sie nichts. Aber sag mal Schwesterherz, ohne mich jetzt als Krimileserin outen zu wollen, aber wie bitte kommt ein Toter in ein von innen verriegeltes Zimmer? Er kann sich doch wohl kaum selbst dort eingeschlossen haben? Und wenn er ermordet wurde – hat sich der Täter dann vom Fenster abgeseilt?«

Oh je, der kriminalistische Eifer meiner Schwester war geweckt. Ich hatte auch keine Erklärung für diesen scheinbaren Widerspruch. Kommissar Santoro kam mir wieder in den Sinn. Dieser untersetzte Mann mit den Augen eines Terriers hatte sicher jahrelange Erfahrung und er sah auch nicht so aus, als würde er sich mit fragwürdigen Ansätzen zufriedengeben.

»Die Polizei fängt gerade erst an zu ermitteln. Bisher haben sie uns noch keine Auskünfte gegeben, aber ich kann dich ja auf dem Laufenden halten, falls dich das interessiert?«

Ich hörte fremde Stimmen aus dem Telefon. »Du Juliet, ich muss jetzt Schluss machen. Wir haben jetzt noch die Spätvorstellung, mein Einsatz ist in drei Minuten. Ruf mich wieder an, jederzeit. Und mach dir keine Sorgen, es wird schon alles gut gehen!«

Dann legte sie auf.

Dienstag, 22. Mai 2012

Als ich am frühen Morgen in unseren Aufenthaltsraum trat, herrschte hier gähnende Leere. Schließlich fand ich Sylvia am Empfang, aber weit und breit keine Spur von unserer Nachtschicht. »Guten Morgen!«, murmelte ich verschlafen.

»Hi, Juliet. Du siehst ja heute aus wie das blühende Leben. Gestern abend noch lange gearbeitet?«, fragte mich meine Kollegin mitfühlend.

Ich nickte ihr zu und begann damit, die heutigen Ankünfte durchzugehen. Ein schneller Blick auf unsere Belegungsrate zeigte, dass wir das gesperrte Zimmer 2316 auch vergeben müssten. »Weißt du, ob die Polizei oben mit der Spurensuche schon fertig ist?«, fragte mich Sylvia, die meine Vorbereitungen verfolgt hatte.

»Keine Ahnung, aber das werden wir bald wissen. Ms. Bingham hat bestimmt eine Standleitung ins Revier, die wird denen schon ordentlich Druck machen wegen dem Zimmer. Aber sag mal, wo sind denn eigentlich Pathee und die anderen?«

Ich wusste nicht, wie deren Gespräch gestern mit meiner Chefin weiter verlaufen war und ob sich etwas aus den Videoaufzeichnungen ergeben hatte.

»Sascha hat letzte Nacht gearbeitet, zusammen mit zwei Mädels aus der Spätschicht. Er hat erzählt, dass Pathee und das gesamte Team gestern Abend von Stone persönlich gefeuert wurden, angeblich wegen Unehrlichkeit. Sascha ist ziemlich müde, der sitzt jetzt in der Kantine und füllt seinen Koffeinspeicher auf.«

Ich war sprachlos angesichts dieser Neuigkeiten. Was war passiert? Was hatte Ms. Bingham herausgefunden, dass Daniel dazu bewog, so hart durchzugreifen? Ob unsere Nachtschicht etwas mit dem Mord zu tun hatte? »Kann Mr. Stone denn einfach so Leute entlassen? Ich weiß, er ist der Eigentümer, aber muss er nicht trotzdem die Gesetze einhalten? Es gibt doch Kündigungsfristen, oder nicht?«

»Nee, so läuft das hier nicht. Die Bingham hat über jeden Mitarbeiter eine Akte. Baust du Scheiße, kommt das da rein. Manchmal sagt sie gar nichts, wenn jemand kleine Nebenverdienste hat oder nach der Spätschicht noch mit einem Gast verabredet ist. Aber die hebt alle Beweise auf, und falls sie dich loswerden will, holt sie das hervor.«

Sylvia blickte mich verstohlen an, wollte offenbar sichergehen, dass sie mich mit dem Gesagten nicht verschreckte. »Einige aus der Nachtschicht hat sie schon lange unter Verdacht, gemeinsame Sache mit den Zimmerkellnern zu machen und die Einnahmen aus den nächtlichen Bestellungen untereinander aufzuteilen, anstatt sie ins System einzubuchen. Aber keine Ahnung, ob sie das beweisen kann.«

Es erstaunte mich, was hinter der glitzernden Fassade des Luxushotels so alles ablief. »Als ich gestern nach Hause gegangen bin, hat sie Pathee nur vorgeworfen, er wäre zu faul gewesen, der Beschwerde aus Zimmer 2315 nachzugehen. Dafür kann sie ihn wohl nicht rausschmeißen, oder?«

Sylvia lachte. »Ach, Pathee ist doch eigentlich die totale Fehlbesetzung für den Job, der hat doch ständig Angst davor, dass sich hinter einer dunklen Ecke ein Geist versteckt, darum geht er nachts auch nie seine Runden. Nee, daran kann es wohl nicht gelegen haben, sonst hätte Bingham ihn schon vor Jahren gefeuert.«

»Glaubst du, jemand aus der Nachtschicht hat etwas mit dem Mord zu tun?« Ich konnte kaum glauben, dass wir hier standen und solche Vermutungen anstellten. Corinne hatte Recht, auch ich hatte zuvor geglaubt, die Arbeit am Empfang bestünde nur aus ständigem Lächeln und dem Weiterleiten von Anrufen.

Doch Sylvia schüttelte den Kopf. »Das wüssten wir längst, hier bleibt es doch nicht geheim, wenn die Polizei eine halbe Abteilung festnimmt. Ich denke eher, dass sie alle wegen Vernachlässigung der Dienstvorschriften gefeuert wurden. Du kennst doch Bingham, die hat sich mit Pathee nie sonderlich gut verstanden.«

»Also hat Ms. Bingham die Nachtschicht gefeuert, und nicht Mr. Stone?«, fragte ich interessiert.

Doch meine Kollegin schüttelte den Kopf. »Erstens mischt sich Stone eigentlich nie in das operative Geschäft ein, die Bingham hat freie Hand, auch wenn sie offiziell nur Abteilungsleiterin ist. Sie arbeitet hier schon eine halbe Ewigkeit und Stone vertraut ihr. Wenn sie die Nachtschicht nicht mehr will, dann feuert Stone die alle. Und wenn Binghams Beweise nicht ausreichen, um fristlose Kündigungen zu rechtfertigen, bezahlt Stone die Leute notfalls aus. Kohle hat der Typ ja genug.«

»Und wer übernimmt jetzt die Nachtschicht?«, fragte ich Sylvia, noch immer überwältigt von dem Tempo der Ereignisse.

»Das geht reihum. Da wir schon vorher unterbesetzt waren, werden nun Doppelschichten gefahren.«

»Aber ich muss abends zum Tanzen! Da kann ich keine Doppelschichten arbeiten.« meine Stimme klang panisch und meine Kollegin lachte laut auf.

»Juliet, die meisten hier haben auch keine Lust dazu, obwohl die Bezahlung einmalig gut ist. Deshalb machen wir das abwechselnd, jeder ein- bis zweimal pro Woche. Im Aufenthaltsraum hängt ein Kalender, da kannst du die Tage eintragen, an denen du Zeit hast.«

Für Sylvia schien das alles normal zu sein, aber ich konnte so viele neue Informationen am frühen Morgen nicht verarbeiten. Nachdem ich die Buchungen durchgeschaut und Notizen über Sonderwünsche an den Rand geschrieben hatte, ging ich in unseren winzigen Pausenraum, um einen Blick auf den Kalender zu werfen. Ich fand Sascha mit gerunzelter Stirn und einem Stift davor. Er sah müde und abgekämpft aus.

»Guten Morgen, Sascha! Ich habe gehört, du hast die Nachtschicht gemacht?«

Er nickte ohne den Blick vom Kalender zu lösen. »Ja, die Bingham hat mich gestern um zehn aus dem Bett geklingelt. Hat wunderbar gepasst, meine Freundin war für ein verlängertes Wochenende hier in Boston und muss heute zurück nach Seattle.«

In diesem Moment betrat Ms. Bingham unser kleines Kabuff. »Guten Morgen allerseits! Gut geschlafen, hoffe ich?« Ihr Blick fiel auf Sascha. »Sie hoffentlich nicht?«

Keiner von uns sagte etwas. So früh hatte ich meine Chefin noch nie im Hotel gesehen, die Morgenstunden waren meist relaxt weil außer Pathee kein Manager herumlief.

»Sascha, Sie kommen in zehn Minuten in mein Büro und bringen den Kalender mit. Juliet, Sie sind danach dran.« Sie drehte sich um und war wieder verschwunden.

»Darf ich mich in den Kalender eintragen, bevor du den mit zu Ms. Bingham nimmst?« Ich studierte die Einträge und versuchte, einen günstigen Tag für die Doppelschicht zu finden. Wenn ich mittwochs die Nachtschicht und anschließend am Donnerstag in der Frühschicht arbeitete, war ich zwar völlig erledigt, aber es ließ sich halbwegs mit meinen anderen Aktivitäten vereinbaren. Doch ich zögerte, meinen Namen einzuschreiben.

»Du, Sascha? Ist die Abrechnung nachts kompliziert? Ich meine, ich verstehe jetzt schon kaum, was ich eigentlich tue, aber nachts stelle ich mir das alles noch viel schwieriger vor.«

Unser Schichtleiter grinste nun belustigt. Mein Talent an der Rezeption war nicht sonderlich ausgeprägt, das hatte er sicher auch längst bemerkt. »Mit der Abrechnung hast du erst mal nichts zu tun, das kann jemand anderes machen. An deiner Stelle würde ich mich eher davor fürchten, mit den ganzen Betrunkenen und den Prostituierten klarzukommen. Da darfst du manchmal sogar deine höflichen Manieren vergessen, sonst kannst du solche Situationen kaum kontrollieren.«

Ich schluckte, doch dann gab ich mir einen Ruck und schrieb meinen Namen in die Mittwochfelder für die nächsten vier Wochen. Es war ja nur ein Tag pro Woche, den würde ich schon irgendwie überstehen.

Ms. Bingham blickte mich bedeutungsvoll an. »Juliet, heute erwartet Sie eine verantwortungsvolle Aufgabe. Die Polizei wird um zehn Uhr hierher kommen und die Befragungen der Mitarbeiter durchführen. Sie werden dabei auf Wunsch von Mr. Stone das Protokoll für unser Hotel schreiben.«

Ich starrte sie entsetzt an, weil ich keine Ahnung hatte, wie man so etwas machte und dies sich gleichzeitig enorm wichtig anhörte.

»Nun schauen Sie nicht so verschreckt. Der Anwalt ist ja auch noch dabei, falls Sie etwas nicht verstehen, schließen Sie sich mit ihm kurz.«

Ich nickte ergeben. »Gibt es sonst noch etwas?«

»Sie haben von der Nachtschicht schon gehört? Wenn Pathee und sein Team heute zu den Befragungen kommen, stellen Sie sicher, dass niemand von denen die Pausenräume, Hotelzimmer oder Büros betritt. Die sind hier nicht mehr offiziell beschäftigt, daher ist es ihnen auch nicht erlaubt, einfach im Hotel herumzulaufen.«

Kommissar Santoro blickte mit strenger Miene auf Pathee während er dessen Aussage noch einmal durchging. »Wieso haben Sie falsche Angaben in dem offiziellen Logbuch gemacht? Haben Sie jemanden gedeckt?«

Das fragte er jetzt schon zum dritten Mal und ich war mir nicht sicher, ob ich das wortwörtlich ins Protokoll übernehmen sollte. In diesem Moment läutete mein Telefon. Santoro strafte mich mit einem ungehaltenen Blick. »Miss, wenn Sie telefonieren möchten, dann tun Sie dies gefälligst draußen. Und lassen Sie Ihr Handy danach gleich da, wir können hier keine Ablenkung gebrauchen.«

So unfreundlich war er schon den ganzen Vormittag, seit er erfahren hatte, dass Daniel nicht persönlich an den Befragungen teilnehmen würde.

»Bitte entschuldigen Sie die Störung, aber macht es Ihnen etwas aus, zu warten bis ich zurück bin?«, fragte ich zögernd, denn schließlich sollte ich das Protokoll schreiben. Währenddessen klingelte es unaufhörlich.

Santoro kniff seine Augen zusammen und die Hautfarbe in seinem Gesicht wechselte ins Dunkelrote. »Was denken Sie eigentlich, was das hier ist? Wir sind hier doch nicht bei *Wünsch Dir Was!* Das ist eine polizeiliche Vernehmung und Sie haben schon Glück, dass wir Sie überhaupt hier sitzen lassen!« Abrupt wendete er sich von mir ab.

Ich hastete nach draußen und erst hier schaute ich aufs Display. Der Anruf war von Daniel.

»Juliet, ich bin‘s. Ich nehme an, du hast viel zu tun?«

»Ja, das kann man so sagen, dein Anruf kommt ehrlich gesagt ziemlich ungelegen.«

Er räusperte sich, ging aber nicht darauf ein. »Ich werde um drei im Hotel sein und erwarte dich dann in meinem Büro.«

»Okay, wenn es sich dabei um eine dienstliche Angelegenheit handelt, werde ich mich bemühen, pünktlich zu sein. Aber im Moment habe ich keine Ahnung, wie lange die Befragungen noch dauern.«

Daniel lachte leise. »Keine Sorge. Santoro ist nicht der Ausdauerndste und außerdem ständig hungrig. Gegen Mittag wird er genug haben.«

Wieder wunderte ich mich, woher er den Polizisten kannte. Aber angesichts der im Nebenraum stattfindenden Befragung wollte ich unser Gespräch lieber schnell beenden. »Gut, dann bis nachher.«

Als ich auflegte und zurückgehen wollte, öffnete sich die Tür auch schon und Pathee kam mit dem Anwalt heraus.

»Die Polizei wird jetzt Ms. Bingham noch ein kurzes Update über die laufenden Ermittlungen und bisherigen Erkenntnisse geben. Aber für heute sind die Befragungen abgeschlossen«, teilte mir der Anwalt mit.

Ich wusste nicht, ob meine Anwesenheit noch weiter erwünscht war und blieb zögernd vor der Tür stehen. Als Ms. Bingham schnellen Schrittes über den Flur kam, blickte ich sie fragend an.

»Kommen Sie, Juliet. Hören wir uns an, was man bisher herausgefunden hat.«

Ich folgte ihr zurück in das umgeräumte Gästezimmer, das Kommissar Santoro mit der Begründung unter Beschlag genommen hatte, dass er sich ein ständiges Bild vom Tatort machen wollte. In der Tat war dieser Raum identisch mit dem Zimmer 2316. Santoro starrte mich sofort mit gereiztem Blick an. »Haben Sie Ihr Telefon endlich ausgeschaltet? Wenn nicht, dann bleiben Sie besser auf dem Flur, ich kann jetzt keine weiteren Störungen gebrauchen.«

Doch Ms. Bingham verteidigte mich. »Santoro, nun geben Sie mal Ruhe. Miss Walles ist hier auf Wunsch von Mr. Stone und steht mit ihm in ständigem telefonischen Kontakt. Sobald er von seiner Dienstreise zurück ist, wird er Sie selbst treffen, aber bis dahin müssen Sie mit Miss Walles und mir Vorlieb nehmen. Das ist doch wohl kein schlechter Tausch, oder?«

Der Kommissar grummelte etwas Unverständliches, akzeptierte aber meine Anwesenheit. »Also gut, legen wir los. Ich habe langsam Hunger, darum hören Sie mir besser gut zu, damit ich nicht alles dreimal sagen muss.«

Ich versuchte verzweifelt, mein Grinsen zu verstecken.

»Stimmt etwas nicht, Miss Walles?« Der Kommissar war ein hervorragender Beobachter.

Ich schüttelte nur den Kopf und wartete darauf, dass er fortfuhr.

»Bei dem Toten handelt es sich um Dr. Peter Wallenstein,

Privatdetektiv mit einer kleinen Detektei namens *Wallenstein Investigation Service*.«

Ich war bei der Nennung des Namens zusammengezuckt und konnte mich kaum noch konzentrieren. Peter Wallenstein – das war derselbe Mann, der mir die SMS geschickt hatte! Der mich unbedingt gestern treffen wollte, um mir Dokumente zu übergeben? Der mich gewarnt hatte, mein Leben sei in Gefahr? Der Mann, der auch in Daniels Nachricht erwähnt wurde, dessen Mord Daniel in Auftrag gegeben hatte? Und jetzt befand er sich zur Obduktion in der Gerichtsmedizin?

»...er war 44 Jahre alt, unverheiratet, keine Kinder. Hinterlässt neben seiner Firma auch eine umfangreiche Waffensammlung, der Mann war ein echter Waffennarr. Todeszeitpunkt ist uns bekannt, wird aber aus ermittlungstaktischen Gründen noch geheim gehalten. Genau wie die Todesursache.«

Ich gab mir Mühe, Kommissar Santoro bei seinen Ausführungen zu folgen, doch in meinem Kopf herrschte Chaos.

»Bei der Spurensuche am Tatort haben wir einige Gegenstände gefunden, vermutlich ist der Täter Hals über Kopf geflohen. Nachher muss einer von ihnen zu Protokoll geben, welche Gegenstände zur Standardausstattung gehören und was nicht aus dem Zimmer stammt. Außerdem haben wir am Tatort ein paar Zigarettenkippen gefunden, die gleiche Marke, wie sie das Opfer in seiner Jackentasche trug. Darin befanden sich auch ein nicht registriertes Mobiltelefon der Marke Samsung und ein geladener Revolver. Eine Kugel war bereits verschossen, aber wir konnten im Zimmer keine Spuren eines Einschusses finden. Wir untersuchen die Waffe um festzustellen, wann der Schuss daraus abgegeben wurde.«

Ich konnte kaum noch stillsitzen, schwankte zwischen dem Drang, mein Wissen sofort preiszugeben oder schreiend aus dem Zimmer zu laufen. Zum Glück war mein gesamter Körper wie gelähmt, so dass ich beides nicht ausführen konnte.

»Miss Walles, was ist denn mit Ihnen los? Langweile ich Sie etwa?« Kommissar Santoro blickte mich ungeduldig an.

Ich nahm meinen ganzen Mut zusammen. »Ich hätte da eine wichtige Frage, wenn Sie erlauben?«

An Santoros Gesicht war deutlich zu erkennen, dass ihm das nicht passte. Er wurde schon wieder rot und kniff die Augen zusammen. Doch dann nickte er schließlich.

»Als ich die Tür zu dem Zimmer geöffnet habe, war sie von innen verschlossen. Wie konnte der Mörder aus dem Zimmer entkommen, wenn nicht durch die Tür?«

Santoro wurde mit jeder Sekunde ungeduldiger. »Miss, wir stehen noch ganz am Anfang. Und Sie werden sich gleich morgen bei uns melden, damit wir sie auch vernehmen können, es scheint, als haben wir noch nicht alle Informationen in diesem Fall zusammengetragen.«

»Können wir wenigstens das Zimmer wieder benutzen?«, fragte Ms. Bingham ihn missmutig. »Das Hotel ist in den nächsten Tagen komplett ausgebucht.«

»Miss Bingham, der Tatort bleibt weiter gesperrt, bis wir unsere Untersuchungen dort abgeschlossen haben.« Der Kommissar lehnte sich zurück und sah uns provozierend entgegen: »Und das kann dauern.«

»Wie lange?«, fauchte meine Chefin ihn an, anscheinend ließ sie sich von niemandem einschüchtern.

»Bis wir unsere Ermittlungen beendet haben. Und ich würde mich an Ihrer Stelle hüten, uns unter Druck zu setzen. Es wäre für Ihr Haus sicherlich nicht förderlich, wenn Einzelheiten ans Licht kämen?«

Ich hatte Santoro auch vorher nicht sonderlich sympathisch gefunden, doch sein arrogantes Verhalten ließ mich in diesem Moment zu der Entscheidung kommen, ihm vorerst nichts von Wallensteins SMS oder den Anrufen zu sagen. Vorher wollte ich sichergehen, ob es sich bei dem Mann, der diesen Mord in Auftrag gegeben hatte, wirklich um Daniel handelte. Auch wenn mich mein Nachbar unheimlich nervte, hatte ich doch genug Mitgefühl für ihn übrig, um nicht gleich Santoro auf ihn anzusetzen.

In diesem Moment klingelte mein Handy erneut. Ich sah auf meine Uhr, es war fünfzehn Minuten vor drei. Gleich würde ich ihn wiedersehen. Doch es war nicht seine Nummer, die auf dem Display aufleuchtete, sondern Konstantins.

Ich blickte zu Santoro herüber. »Das ist privat. Ich gehe kurz nach draußen.«

»Hi Juliet!« Konstantins Stimme klang anders als sonst, aber ich konnte nicht einordnen, was genau den Unterschied ausmachte.

»Hallo. Hast du schon was herausgefunden?« Ich konnte meine Neugier nicht länger im Zaum halten.

»Ja, die Stimmanalyse hat tatsächlich etwas ergeben. Der Mann, den du in der Aufzeichnung hören kannst, ist mit neunundachzig prozentiger Wahrscheinlichkeit Daniel Stone.«

Alle meine Härchen richteten sich auf. Das bestätigte meine schlimmsten Befürchtungen. Meine Hand zitterte so stark, dass ich kaum noch das Telefon festhalten konnte. Seine Worte hatten auch das letzte bisschen Hoffnung zerstört, das ich noch gehabt hatte. Jetzt stand eindeutig fest, dass Daniel einen Mord in Auftrag gegeben hatte. Und das er sich um mich als Nächstes kümmern wollte.

»Du, ich muss dir auch noch was sagen...«, begann ich und war drauf und dran, ihm von Wallensteins Mitteilung zu berichten. Doch Konstantin unterbrach mich. »Juliet, ich habe gerade keine Zeit zum Sprechen, wollte dir nur kurz die Ergebnisse mitteilen. Wir reden später, ja?«

Dann unterbrach er die Verbindung.

Ich stand benommen auf dem Flur und starrte auf mein Telefon. Was sollte ich jetzt machen? Daniel erwartete mich in wenigen Minuten in seinem Büro. Wenn ich nicht erschien, würde er ahnen, dass etwas nicht stimmte.

Im Kopf ging ich noch einmal durch, was ich bis jetzt erfahren hatte, immer noch hoffend, dass ich mich irren könnte.

Garry war seit über einer Woche nicht auffindbar, war angeblich ohne jemandem davon etwas mitzuteilen, nach Bangkok geflogen. Niemand konnte ihn erreichen. Ich erhielt von heimlich aufgezeichnete Gesprächsmitschnitte, in denen Daniel mit einem Unbekannten über die Beseitigung von Garry und Dr. Wallenstein. Und gestern hatte ich Dr. Wallenstein tot hier im Hotel gefunden.

Das Ganze ließ nur einen einzigen Schluss zu: Daniel war ein skrupelloser Mörder, der diesen Peter Wallenstein umbringen lassen hatte und vermutlich auch meinen besten Freund aus Boston vertrieben hatte. Und jetzt hatte er es auf mich abgesehen!

Als ich mich einigermaßen gesammelt hatte, betrat ich wieder das Zimmer mit Kommissar Santoro und meiner Chefin. Ich sah, dass beide sich gerade voneinander verabschiedeten. »Juliet, Sie können für heute Feierabend machen. Der Kommissar möchte Sie morgen gern auf dem Revier vernehmen, er wird uns noch Bescheid geben, wann genau. Und morgen Nachmittag benötigen wir Sie hier im Hotel damit Sie bei der Identifikation der Gegenstände mithelfen, die die Polizei im Zimmer 2316 sichergestellt hat.«

Sie sah mich mit wohlwollendem Blick an und fuhr fort: »Ich werde Sascha bitten, Ihre Schicht zu verlegen, damit Sie nicht schon wieder Überstunden machen müssen, Sie sehen schon ganz krank aus.«

Meine Gedanken rasten und ich spürte, wie ich unter meiner kurzen Uniform schwitzte. Sollte ich jetzt noch Daniels Rolle in dem Fall erwähnen oder konnte das bis morgen warten? Würde ich dann überhaupt noch am Leben sein?

Ich dachte wieder an Daniel, an seine wunderschönen, durchdringend grünen Augen, seinen sinnlichen Mund, seine Berührungen, seine Küsse. Konnte das alles wirklich stimmen? Konnte dieser Mann tatsächlich so eiskalt handeln?

Am Ende gab Kommissar Santoro den Ausschlag. »Also ich gehe jetzt etwas essen, davon kann mich keiner abhalten.«

Dann drängelte er sich an uns vorbei und verließ das Zimmer.

Es war drei Uhr nachmittags und ich stand nervös vor Daniels Bürotür. Smith hatte mich von meinem Arbeitsplatz abgeholt und bis hierher geleitet. Daniel wollte wohl sicherstellen, dass ich mich nicht vor unserem Termin drückte. Seine Sekretärinnen waren nirgends zu entdecken und ich war einerseits dankbar dafür, dass mich in diesem Zustand niemand sah, denn ich war am Ende meiner Kräfte. Andererseits konnte mir so auch niemand zur Hilfe kommen, falls Daniel mich angriff.

In den vergangenen zehn Minuten hatte ich alle Fakten abgewogen und mich schließlich entschieden, aller Angst zum Trotz mit Smith in sein Büro zu gehen. Ich konnte mir eigentlich nicht vorstellen, dass er mich ausgerechnet hier töten wollte. Auch wenn er vermutlich Mittel und Wege besaß, um eine Leiche unbemerkt aus dem Hotel zu schaffen, gab es für ihn doch tausend bessere Gelegenheiten.

Das gab mir ein wenig Sicherheit, und ich wollte ihn auf gar keinen Fall misstrauisch machen. Wenn er ahnte, dass ich über sein Treiben informiert war, hatte ich sowieso keine Chance mehr. Also plante ich, unser Treffen heute möglichst kurz zu halten und danach ein paar Sachen zu packen und nach New York zu Corinne zu fliegen. Dort konnte ich mir in Ruhe überlegen, wie ich weiter vorgehen wollte.

Doch nun stand ich hier und mir kamen Zweifel. Was, wenn er schon längst darüber informiert war, dass Peter Wallenstein mich kontaktiert hatte? Mein Herz klopfte rasend schnell in meiner Brust, meine Beine versagten den Dienst, wollten mich nicht in dieses Zimmer tragen. Mein ganzer Körper bebte und nur mein Kopf fühlte sich leer und leicht an. So ähnlich musste es sein, wenn man sich auf einem Drogentrip befand.

Ich hatte jegliches Zeitgefühl verloren, wusste nicht, wie lange ich schon vor dieser Tür stand. Das Klingeln meines Handys ließ mich zusammenschrecken. Mit zittrigen Händen zerrte ich es unbeholfen aus der Tasche hervor, doch bevor ich überhaupt einen Blick auf das Display werfen konnte, öffnete sich die Tür vor mir und da stand Daniel, mit seinem eigenen Telefon in der Hand und einem perfekten Lächeln auf den sinnlich geschwungenen Lippen.

»Juliet, ich dachte schon, du hättest mich versetzt. Komm rein!«, begrüßte er mich und trat einen Schritt nach vorn, um mich in den Arm zu nehmen. Ich ließ es geschehen, doch ich erwiderte seine Umarmung nicht. Schließlich löste er sich und wich zur Seite, so dass ich sein weitläufiges Büro betreten konnte. Bei meinem letzten Besuch hatten wir Sex auf dem Schreibtisch. Und auf dem Sofa. Das war auch unsere letzte körperliche Vereinigung gewesen, wenn man von dem kurzen Intermezzo in einem Club mal absah.

»Du siehst müde aus, Baby. Gib mir deine Sachen, ich hänge sie für dich auf.« Er schien bemüht darum, dass ich mich entspannte. Es konnte ihm unmöglich entgangen sein, wie nervös ich war.

Nachdem ich ihm meine Tasche überreicht hatte, blickte ich mich unschlüssig um. Alles sah so normal aus. So, als wäre nichts geschehen, seit meinem letzten Besuch hier.

»Darf ich dich noch einmal an den Grund unseres Treffens erinnern?«

Ich zuckte zusammen, als ich seine Stimme so dicht an meinem Ohr vernahm. »Letzten Samstag haben wir beide unseren Vertrag missachtet. Ich habe dir wehgetan. Und du hast mir den Respekt versagt, der mir laut unserem Abkommen zusteht. Außerdem hast du einfach andere Verpflichtungen vorgeschoben und mir nicht wie vertraglich vereinbart zur Verfügung gestanden. Du bist abweisend und nicht gerade entgegenkommend, bis heute. Ist das richtig?«

Er blickte mich aufmerksam an, wieder einmal hatte ich das Gefühl, dass er durch meine Augen hindurch direkt in meinen Kopf schauen konnte. Ohne das Gesagte überhaupt richtig verstanden zu haben, nickte ich schon. Ich konnte mich nicht konzentrieren.

»Ich glaube, so gravierend diese Verfehlungen auch waren, mit ein wenig gutem Willen und Anstrengung von beiden Seiten sollte es trotzdem möglich sein, unseren Vertrag weiter fortzusetzen. Willst du das?«

Wieder nickte ich nur. Obwohl ich seine Worte deutlich hören konnte, ergab das alles keinen Sinn. Alles, woran ich denken konnte, waren der tote Mann hier in diesem Hotel und Daniels Stimme auf meiner Mailbox.

Doch der schien gar nicht zu bemerken, dass ich nicht bei der Sache war und fuhr ungerührt fort: »Zum Zeichen, dass du mich respektierst, wirst du jetzt meinen Anweisungen ohne Widerrede und unverzüglich folgen. Ich darf mit dir machen, was ich möchte.«

Ich stimmte gleichgültig zu.

Daniel machte eine Pause und sah mich an. »Juliet, was ist denn heute mit dir los? So still bist du doch sonst nicht? Ist alles in Ordnung?«

Was sollte ich darauf antworten? Nichts war in Ordnung. Aber ich war allein mit ihm in seinem Büro, ein Streit anzufangen wäre jetzt so ziemlich das Dümmste, was ich machen konnte. Also schüttelte ich nur den Kopf und sagte leise. »Nein, es geht mir gut. Ich höre dir zu.«

Er seufzte, nicht restlos überzeugt. »Also gut, wie du möchtest. Ich werde dir jetzt Befehle erteilen und du machst, was ich dir sage. Hast du das verstanden?«

»Ja.«

»Und – hast du noch Fragen?«

»Nein.«

»Juliet, du bist heute ziemlich einsilbig. Bist du noch böse, weil ich dich geschlagen habe? Ich habe dir doch schon gesagt, wie leid mir das tut. Ich will das wiedergutmachen. So, wie ich dich jetzt für deine Respektlosigkeit am Samstag bestrafe, kannst du dir auch überlegen, was du von mir willst. Ich biete dir ein Geschenk, keine Strafe.«

Im Moment interessierte es mich mehr, am Leben zu bleiben. Dazu war mir so ziemlich jedes Mittel recht, auch wenn ich dem Vertrag zustimmen musste, den ich zuvor längst gekündigt hatte. Aber es wunderte mich schon, dass er mir ein Geschenk anbot, wenn er mich sowieso umbringen wollte. »Ich denke darüber nach«, sagte ich ausweichend nachdem er mich sekundenlang mit seinen Blicken durchbohrt hatte. Keine Ahnung, warum.

»Also gut, dann fangen wir jetzt an. Ich will, dass du dich ausziehst. Alles, bis auf deine Strümpfe und die Schuhe.«

Ich schluckte und das Zittern meiner Hände verstärkte sich sofort wieder. Was hatte er mit mir vor?

»Juliet, hast du mich gehört? Zieh dich aus und stell dich dann dort drüben auf den Teppich.«

Er ging zu seinem Schreibtisch und zog eine der Schubladen auf. Ob er dort seine Waffe aufbewahrte? Falls er mich jetzt umbringen wollte, dann bitte wenigstens schnell und schmerzlos.

Ich dachte daran, was Corinne mir über ihn erzählt hatte. Sie hatte behauptet, er würde nach ein paar Tagen das Interesse verlieren, so wie an all den Frauen zuvor. Doch es sah nicht danach aus. Und ihr Tipp mit der mangelnden Potenz war auch nach hinten losgegangen. Wieso musste ich immer eine verdammte Ausnahme sein?

Ich atmete tief ein und knöpfte dann meine Bluse auf, ein Unterfangen, dass sich unerwartet kompliziert gestaltete, weil meine Finger unkontrollierbar zitterten. Doch schließlich gelang es mir, die Bluse auszuziehen, danach den BH. Ich trug meine Sachen zu einem der weißen Sofas.

»Juliet, wenn du nicht gleich fertig bist, mache ich das für dich!«, herrschte mich Daniel an und trat hinter seinem Schreibtisch hervor. In der Hand hielt er ein dünnes, biegsames Seil.

Alle meine Bewegungen erstarrten bei dem Anblick. Nun bekam ich es wirklich mit der Angst zu tun. Wollte er mich etwa erwürgen oder erhängen und es dann wie einen Selbstmord aussehen lassen? War das Seil dafür nicht viel zu fein? Ich hatte einmal irgendwo gelesen, dass man mit einer dünnen Schnur den Hals eines Menschen einfach abschneiden konnte, wenn man ihn an seinem eigenen Gewicht daran aufhängte. Schreckliche Bilder von Menschen mit durchtrennter Luftröhre, eingeschnittener Haut und von komplett enthaupteten Gefangenen entstanden in meinem Kopf.

Daniel ging seelenruhig zur Bar auf der anderen Seite des riesigen Büros und begann, sich dort einen Drink zuzubereiten. Als er meinen Blick bemerkte, grinste er anzüglich: »Du musst Geduld haben, Süße. Erst die Strafe, dann das Vergnügen.«

Also wollte er mich doch nicht sofort umbringen. Ich zog meinen Rock und das Höschen aus, stand nun endlich wie verlangt fast nackt in seinem Büro.

Mit dem Glas in der einen Hand und dem Seil in der anderen kam er mir entgegen. Sein Gang glich dem einer Raubkatze, zielstrebig, geschmeidig und zum Sprung bereit. Er stellte das Glas auf dem Esstisch ab und trat auf mich zu.

»Sehr schön, Baby. Du bist sogar noch bezaubernder, als ich dich in Erinnerung hatte. Und ich weiß, wie gut du dich anfühlst. So weich und warm.« Er strich mit seiner Hand langsam über meine Wange, ließ sie dann an meinem Hals hinabgleiten, bis er meine Brüste berührte. Die winzigen Härchen an meinem Nacken stellten sich bei seiner Berührung auf, ich erschauderte unwillkürlich. Für einen kurzen Moment umkreiste er meine harten Nippel, dann zog er die Finger zurück. »Jetzt zu seiner Bestrafung. Leg die Hände auf dem Rücken zusammen, ich werde dich so fesseln.«

Ich beeilte mich, seine Forderung zu erfüllen. Meine Knie schlotterten vor Angst, doch gleichzeitig atmete ich heimlich auf, dass sich meine schlimmsten Befürchtungen nicht bewahrheiteten. Vorerst jedenfalls.

Sanft umfasste er mein Handgelenk und dann spürte ich, wie er rasch das Seil erst um die rechte Hand wickelte, danach um die linke und es schließlich um beide Hände fest zuzog. Dann betasteten seine Finger vorsichtig meine Haut, schienen den Sitz des Seils zu überprüfen.

»Kannst du die Finger noch bewegen?«, fragte er mich.

Als Antwort krallte ich meine Finger zusammen. Das Seil saß ziemlich stramm, schnitt mir aber nicht in die Haut.

»Sehr schön. Am Liebsten würde ich auch noch deine Ellbogen fesseln, aber dafür haben wir jetzt keine Zeit.«

Ich zuckte zusammen.

»Ganz ruhig. Ist dir kalt oder warum zitterst du so?«

Ich antwortete nicht und er war für einen Moment damit beschäftigt, das Seil hinter mir zurechtzuziehen und die Enden zu verknoten. Dann strich er mir mit der Hand sacht über den Po und trat hinter mir hervor. »Juliet, du musst keine Angst haben. Ich werde dich nicht noch einmal schlagen. Alles, was ich will ist, dass du meine Forderungen erfüllst und mir bedingungslos gehorchst.«

Ich wartete darauf, was er als Nächstes von mir wollte.

»Du wirst dich jetzt vor mir auf den Boden knien und mich dann in deinem Mund kommen lassen. Kannst du das?«

Ich senkte den Blick. Natürlich konnte ich das über mich ergehen lassen. Doch mit jeder Minute in diesem Büro verblasste die Erinnerung an meinen zärtlichen und stürmischen Liebhaber weiter. Wohin waren wir gekommen, wenn ich nun gefesselt vor ihm knien und ihn mit dem Mund befriedigen musste? Oder wollte er mich absichtlich demütigen, weil ich ihm widersprochen hatte? Er hatte mich schon einmal gefesselt bevor ich seinen Penis schmecken musste – oder besser gesagt – durfte. Doch damals war die Stimmung erotisch und seine Handlungen sinnlich und aufregend. Nun wollte er mich bewusst mit dieser herabwürdigenden Haltung bestrafen.

Der Gedanke daran, dass er mich während dieses Aktes spielend leicht umbringen konnte – eine rasche Bewegung genügte schon, um mir den Hals zu brechen – drohte, mich völlig zu paralysieren.

Er half mir dabei, mich auf den Boden zu knien, allein hatte ich keine Kontrolle über meine verkrampften Muskeln. Danach ging er wieder zum Schreibtisch, öffnete nochmals die Schublade und nahm etwas heraus. Als er sich umdrehte, erstarrt ich.

In seiner Hand blitzte die geschwungene Metallklinge eines Messers auf, das er locker hin- und herdrehte während er langsam näher kam.

Ich wollte schreien, doch aus meinem Mund drang kein einziger Ton hervor. Regungslos blickte ich auf seine Hand. Im letzten Augenblick, kurz bevor er mich erreicht hatte, bekam ich mich endlich soweit unter Kontrolle, dass ich den verzweifelten Versuch unternahm, ihm zu entkommen.

Es gelang mir, mich aufzurichten, aber nachdem ich ein paar Schritte in Richtung Tür getaumelt war, spürte ich seine Hand schon wieder an meiner Schulter. Sein fester Griff ließ mich sofort zusammensinken, ich fiel zu Boden, konnte mich nicht einmal abstützen.

Daniel sah mich von oben herab an, sein Blick gereizt und unfreundlich. »Juliet, was soll der Unsinn? Knie dich gefälligst hin und halte still.«

Noch immer hielt er das Messer in der Hand, wartete, bis ich mich mühsam wieder aufgerappelt und in die geforderte Position begeben hatte. Was hatte er jetzt mit mir vor? Vielleicht wollte er mich ja foltern, weil er immer noch daran glaubte, ich verberge etwas vor ihm? Der Gedanke war fast noch erschreckender als alles andere.

»Können wir jetzt anfangen, oder ist noch etwas?«, fragte er mich.

Ich schloss die Augen und betete still. So etwas tat ich sonst nie, aber in dieser Situation fiel mir nichts anderes mehr ein, um meine überdrehten Nerven zu beruhigen.

»Juliet!«, drang seine Stimme wieder zu mir vor. »Meine Geduld mit dir ist wirklich erschöpft. Können wir nun endlich loslegen?«

Ich presste die Lippen zusammen und nickte schließlich stumm, ohne ihn dabei anzusehen. Eine Träne rollte über meine Wange, ich konnte sie nicht einmal wegwischen.

Daniel legte das Messer neben sich auf den Esstisch und öffnete dann seine Hose, schob sie gerade soweit herunter, dass er sein Glied hervorholen konnte. Es war noch nicht vollständig erigiert, aber trotzdem beachtlich. Er strich einige Male mit der Hand darüber, streichelte sich selbst, dann trat er einen Schritt näher an mich heran, hielt es mit einer Hand fest, so dass es gegen meine Lippen stieß. »Öffne den Mund und lecke meinen Schwanz mit deiner Zunge«, befahl er mir.

Ich bemühte mich verzweifelt, trotz meiner Angst still vor ihm zu knien und mich möglichst wenig zu bewegen, obwohl meine Haltung alles andere als komfortabel war. Gehorsam wölbte ich meine Lippen nach vorn, ließ meine Zunge vorsichtig über die samtige Haut seines Penis gleiten, umrundete die Eichel und erforschte die Rille, die den großen Kopf seines Penis abgrenzte.

Daniel keuchte kurz auf, bewegte sich aber nicht. »Nimm ihn jetzt in den Mund, sauge daran. Aber nicht zu fest!«

Ich zitterte am ganzen Leib und wunderte mich, ob Daniel das spüren konnte, während der Kopf seines Glieds in meine warme Mundhöhle glitt. Ich liebkoste ihn mit raschen Zungenbewegungen, dabei spürte ich, wie er weiter anschwoll, größer und wärmer wurde. Ich schloss meine Lippen fester um seinen Schaft, saugte ihn spielerisch, so wie er es mir beigebracht hatte, und bekam zur Belohnung einige Tropfen seines Saftes auf meine Zunge.

Daniel begann, mit langsamen Bewegungen in meinen Mund zu stoßen. Ich beobachtete ihn verstohlen aus den Augenwinkeln, erwartete jeden Moment, dass er wieder zum Messer griff. Doch für den Augenblick schien er nur daran interessiert, von mir stimuliert zu werden, er hielt die Augen geschlossen, sein Mund war leicht geöffnet und aus seinen sinnlichen Lippen drang ein leises Stöhnen.

Sein Penis war jetzt vollständig erhärtet und ich verstärkte den Druck, glitt mit der Zungenspitze immer wieder an seinem langen Schaft entlang. Meine Lippen zuckten immer dann, wenn auch der Rest meines Körpers von Beben durchschüttelt wurden. Unter anderen Umständen hätte es mich vielleicht erregt, ihm gleichzeitig ausgeliefert zu sein und ihn trotzdem so abhängig von meiner Zuneigung zu erleben. Aber heute konnte ich meine sich überschlagenden Gedanken nicht unter Kontrolle bringen und die Angst vor Daniel drohte, mich zu überwältigen.

Daniel stöhnte auf und ergriff meinen Kopf mit beiden Händen. Er begann, sich rhythmisch zu bewegen, stieß tief in meinen Rachen und hielt mich dabei so, wie er es brauchte. Ihn schien es nicht weiter zu stören, dass ich kaum in der Lage war, meinen eigenen Körper zu beherrschen. »Juliet, hör auf damit, dich gegen mich zu wehren. Wenn du dich so anspannst, kann ich deine Bewegungen nicht lenken«, brummte er ärgerlich und packte meine Kopf energischer, verstärkte die Kraft, mit der er mich vor und zurück bewegte.

Nur mit größter Mühe unterdrückte ich die in mir aufsteigende Panik. Was, wenn er mich jetzt umbrachte? Einfacher ging es kaum. Tränen stiegen mir in die Augen und ich spürte, wie sich meine Nase zuzusetzen begann. Die einsetzende Atemnot ließ mich nach Luft schnappen, ein

Seufzen entwich meiner Kehle. Ich spürte, wie Daniel sich sofort versteifte, sein Griff an meinem Hinterkopf fester wurde und er kräftig an meinen Haaren zog.

»Das hier ist nur für mich, hast du verstanden? Alles, was du tun sollst ist, mich kommen zu lassen!«, herrschte er mich schwer atmend an.

Ich bemühte mich, meine Furcht zu verbergen. Doch nicht nur meine Knie und Arme schlotterten, ich konnte auch meinen Mund kaum noch öffnen, so verkrampft waren meine Muskeln bereits.

»Oh Gott, Baby, mach weiter so, saug mich, so fest du kannst!«

Seine Penis glitt tief in meine Mundhöhle, berührte meinen Gaumen, drang bis in den Rachen vor und ließ sich dabei von meiner Zunge verwöhnen. Ich musste meinen Würgereflex unterdrücken, wenn sein langes Glied sich wieder und wieder in meinen Rachen hineinschob. Grob riss er an meinen Haaren, als ich versuchte, ihm auszuweichen.

»Ich liebe es, in dich hineinzuspritzen, Baby! Du bist so gierig, willst du meinen Saft jetzt trinken?« Wieder stieß er tief in meinen Mund. »Ich komme jetzt! Trink, Baby, das ist alles nur für dich.« Ich spürte einen Schwall warmer Feuchtigkeit aus seinem Penis quellen. Hastig bemühte ich mich, das Zeug runterzuschlucken.

Mit beiden Händen hielt er meinen Kopf fest gegen seinen Unterleib gepresst und füllte dann meinen Mund mit seinem Samen. »Schluck es, Baby. Mach ja den Mund nicht auf!« Noch immer ließ er nicht von mir ab, fixierte mich mit eisernem Griff, bis er auch den letzten Tropfen in mich hineingepumpt hatte.

Als es vorüber war, rang ich nach Luft, ständig darauf gefasst, dass er im nächsten Augenblick das Messer vom Tisch nehmen konnte.

Er trat einen Schritt zurück und sein Penis glitt mit einem leisen Plopp aus meinem Mund. Mit Schweißperlen auf der Stirn sah er mich von oben herab an. »Das war doch ein guter Anfang. Möchtest du etwas trinken, bevor wir weitermachen?«

Ich konnte weder meine Tränen trocknen noch den aus meinem Mundwinkel gelaufenen Samen abwischen. Meine Knie taten weh und meine Handgelenke scheuerten bei jeder Bewegung an dem dünnen Seil, dass sich nun doch in meine Haut eingrub. Aber am Schlimmsten war die Angst in meinem Kopf. Auch wenn Daniel bisher keinerlei Anstalten gemacht hatte, mir wehzutun, oder mich gar zu töten, so blieb die panische Furcht doch die ganze Zeit in meinem Hinterkopf, hielt sich hartnäckig und war bereit, jederzeit wieder zum Vorschein zu kommen.

Ich konnte einfach nicht aufhören, zu zittern. So etwas hatte ich noch nie erlebt, aber ich wusste auch so, dass es die Mischung aus Panik, Adrenalin und Erregung war, die diesen Effekt in mir hervorrief.

Etwas Alkohol würde mich vielleicht beruhigen, der Gedanke an Daniels Hand an meinem Kopf löste jedoch sofort wieder eine Panikattacke in mir aus. Es war mir unmöglich, gegen diesen Gefühlssturm anzukämpfen.

Daniel beobachtete mich. Schließlich ging er schweigend um den Esstisch herum und holte sein Glas. Er setzte sich auf eines der Sofas und sah zu mir herüber. »Komm her, Baby. Hier hast du es bequemer, wenn ich dich gleich ficke.« Ich schloss die Augen. Auch das noch. Seine Bestrafung war also noch nicht abgeschlossen.

Mühsam erhob ich mich vom Boden, mit den auf dem Rücken gefesselten Händen war es nicht leicht, wieder aufzustehen, zumal, wenn man kaum noch Gewalt über den eigenen Körper hatte.

Als ich das Sofa schließlich erreicht hatte, war sein Blick beinahe liebevoll. »Hab keine Angst vor mir, ich werde vorsichtig mit dir sein.«

Ich hielt meinen Kopf gesenkt, setzte mich vor ihm auf den Teppich. Daniel hielt mir sein Glas an den Mund und als ich meinen Kopf ein wenig zurücklehnte, ließ er langsam etwas von der brennenden Flüssigkeit in meinen Rachen laufen.

Ich spürte sofort, wie die aufsteigende Wärme das Zittern in meinem Körper verdrängte. Wieder hob ich meinen Kopf. »Trink ruhig noch etwas. Du siehst aus, als könntest du es gebrauchen«, flüsterte er mir zu und ließ einen weiteren Schluck Whisky zwischen meine Lippen fließen.

Dann leerte er selbst das Glas und stellte es auf den Tisch zurück. »So, nun werden wir deine Bestrafung abschließen. Ich will dich von hinten haben. Also beug dich nach vorn, Kopf auf den Boden, Arsch nach oben.«

Während er mir Anweisungen gab, stand Daniel auf und begann, sich zu entkleiden. Ich versuchte, ihn im Auge zu behalten um zu sehen, falls er wieder nach dem Messer griff. »Streck deinen Hintern schön hoch und mach die Beine noch ein bisschen breiter. Ich werde dich so ficken, danach bist du frei.«

Er ging zurück zum Esstisch und holte das blitzende Messer, drehte es in seinen Händen während er gemächlich zur Sitzecke zurückging. Er sah nachdenklich aus. Mein Leib bebte in wilder Panik, ich konnte nicht verhindern, dass die Tränen mir ungehindert über das Gesicht liefen. Als er näher kam, kniff ich die Augen fest zusammen, versuchte, die leisen Schluchzer zu unterdrücken, die aus meinem Mund kamen.

Doch dann ging er an mir vorbei und legte das Messer neben mich auf das Sofa, griffbereit und bedrohlich. »Ich kann es gar nicht erwarten, dich endlich zu besteigen. Darauf freue ich mich schon seit Tagen.« Mit diesen Worten stieg er aus den Hosen und Boxershorts. Sein Glied hing schwer zwischen seinen Beinen, noch immer rot und geschwollen von unserem vorherigen Fick. Unwillkürlich musste ich schlucken.

»Juliet!«, erklang seine warnende Stimme. »Das hier ist immer noch Teil deiner Strafe. Ich werde dich jetzt genießen, aber du wirst daran keinen Spaß haben.«

Er kniete sich hinter mich und fuhr mit den Fingern zwischen meine Beine. Ich bemühte mich, still zu halten. Sein Zeigefinger drang prüfend zwischen meine Schamlippen, verharrte dort einen Moment. Dann zog er ihn abrupt heraus und hielt in mir triumphierend vors Gesicht: »Hier, nimm ihn in den Mund! Schmeckst du das? Du bist ganz feucht.«

Ich leckte widerwillig an seinen Fingern, der Geschmack war etwas salzig. So schmeckte ich also. Keine Ahnung, was er daran so aufregend fand.

Dann spürte ich, wie sich seine Hände fest um meine Taille legten. Mit einem einzigen Stoß drang er in mich ein und begann sofort, sich in mir zu bewegen. Es tat weh, als er tiefer in mich eindrang und am liebsten hätte ich laut aufgeschrien. Doch ich traute mich nicht. Ich wusste, ich musste mich entspannen, um sein großes Glied vollständig in mir aufnehmen zu können, aber heute war ich dazu nicht in der Lage. Stattdessen wurden seine aggressiven Bewegungen für mich zur Qual und sein Penis glitt noch immer nicht ganz in mich hinein.

»Juliet!«, hörte ich Daniel hinter mir wütend aufheulen, »Was machst du denn? Hör auf damit, dich gegen mich aufzulehnen!« Wieder rammte seinen Unterleib heftig gegen mein Gesäß, zog zusätzlich noch meine Hüften an sich heran. Durch die auf dem Rücken gefesselten

Arme fiel es mir schwer, ihm irgendetwas entgegenzusetzen, hilflos musste ich seine Brutalität über mich ergehen lassen.

Ich konnte meinen Schmerzensschrei nicht länger unterdrücken. Er schien meine Anspannung endlich zu bemerken und bewegte sich vorsichtiger. »Ist das besser so?«, hörte ich ihn fragen.

Ich bejahte erleichtert und bemühte mich, meine verkrampften Muskeln etwas zu lockern. Langsam glitt er tiefer in mich hinein, bis ich schließlich seinen Unterleib an meinem Po spüren konnte. Er stöhnte auf und nahm nun seine rhythmischen Bewegungen wieder auf. Ich merkte, wie sein Schweiß auf meine Haut tropfte.

»Baby, du fühlst dich so gut an.« Er ließ sein Becken kreisen und ich spürte die unvergleichliche Reibung seines Penis' in mir. Einen Moment lang gab ich mich seiner Führung hin und genoss dieses unglaublich gute Gefühl, ihn tief in mir zu haben. Wie sehr hatte ich das in all den Tagen vermisst! Wenn ich mich konzentrierte, konnte ich für ein paar Sekunden alle anderen Gedanken komplett ausblenden, selbst die drohende Gefahr vergessen, die von ihm ausging. Ich wünschte mir nichts sehnlicher, als unsere Vereinigung genießen zu können, seine erotische Bestrafung einzig als das zu sehen, was sie eigentlich sein sollte – ein Rollenspiel, das ihm erlaubte, meinen Körper für einige Minuten zu beherrschen.

Sein Keuchen hatte mich bislang immer berührt, zeigte es doch so eindeutig, wie sehr er nach mir verlangte. »Bitte hör nicht auf, Baby. Deine kleine Pussy bringt mich noch um. Ich liebe es, dich zu ficken!«

Unverhofft ließ Daniel meine Hüften los und griff mit einer Hand nach meinen Haaren. Er wickelte die sie fest um die Finger und zog ungestüm daran, zog meinen ganzen Kopf nach hinten. Ich erstarrte mitten in der Bewegung. War jetzt der Moment gekommen, in dem er mich umbringen wollte? Seltsamerweise dachte ich vor allem daran, was für eine Sauerei es auf dem weißen Teppich anrichten würde, wenn er mir jetzt die Kehle durchschnitt.

Doch er drängte unvermindert weiter, prallte mit seinem Unterleib hart gegen mich, doch diesmal stützte er nicht meine Hüften. »Juliet, halte dagegen, du musst schon mitmachen!«, brauste er auf.

Zur Strafe zog er fester an meinen Haaren. Es tat weh, doch ich versuchte, seinen Anweisungen zu folgen und konzentrierte mich einzig auf sein heißes Glied in meinem Inneren. Als ich spürte, wie er zustieß, drängte ich mich ihm entgegen, öffnete mich für ihn, damit er tief in mich hinein konnte. Seine prallen Hoden pressten sich an meinen Po und die Heftigkeit unseres Aufeinanderprallens ließ mich erbeben. Diesmal nicht vor Angst sondern vor Erregung.

»So ist es gut, Baby. Das ist es, so will ich dich haben.« Er zog sich schon wieder aus mir zurück, glitt ein Stück aus meiner feuchten Öffnung hinaus. Schneller und schneller stieß er zu, immer härter und ungestümer trafen unsere Körper aufeinander. Er keuchte laut auf, als er sich ein letztes Mal in mir versenkte, kam dann brutal und heftig in mir, sank schnaufend auf meinen Rücken und zog mich mit sich zur Seite auf den Fußboden.

Ich war völlig verausgabt, auch ohne zum Höhepunkt gekommen zu sein. Für einen kurzen Moment schloss ich die Augen, doch als ich Daniels Hand an meinem Hals spürte, erfasste mich erneut Panik und blankes Entsetzen machte sich in mir breit. War nun der Moment der Wahrheit gekommen? Wie würde er mich töten? Wollte er mich etwa doch erwürgen, um den Teppich zu retten?

In meiner Bestürzung versuchte ich nochmals, von ihm loszukommen, obwohl das natürlich ein lächerlicher Versuch war, das Unvermeidliche weiter aufzuschieben. Es gelang mir auch gar nicht, Daniels starke Arme hielten mich fest umschlossen und verhinderten so, dass ich aufstehen konnte.

Allmählich spürte ich meine eigenen Hände nicht mehr. Am Anfang hatte das dünne Seil noch an den Gelenken gescheuert, aber mittlerweile war alles taub und es war mir gleichgültig, spielte es doch jetzt ohnehin keine Rolle mehr.

Ich krümmte mich zusammen, das erneute Zittern meiner Muskeln war schlimmer als zuvor und ich spürte, wie nun selbst meine Zähne aufeinanderschlugen. Eine Gänsehaut überzog meinen gesamten Körper und als Daniel mich mit der Hand am Rücken berührte, zuckte ich dermaßen zusammen, dass er sie erschrocken wieder zurückzog.

»Das war es schon, wir sind jetzt fertig«, sagte er mit vollkommen ruhiger Stimme. Es klang fast ein wenig erleichtert.

Bei seinen Worten entfuhr mir ein lauter Schluchzer. Augenblicklich verstummte ich wieder, doch Daniel war schon bei mir. »Juliet, Baby.

Was ist denn los? Etwas stimmt doch nicht mit dir. Weinst du etwa?«

Ich konnte meine Tränen nicht länger zurückhalten. Alles sprudelte aus mir hervor. In diesem Moment war es mir egal, was er nun mit mir machte, ich konnte die Anspannung einfach nicht länger ertragen. »Bitte bringe mich nicht um!«, schluchzte ich, »Ich will nicht sterben.«

Daniel erhob sich rasch und beugte sich über mich. »Was redest du da für dummes Zeug? Wie kommst du denn auf so etwas?« Er strich mir die Haare aus dem Gesicht, dann drückte er einen zarten Kuss auf meine Stirn.

Ich erbebte unter seiner Berührung.

Sein Blick drückte Besorgnis aus, als er sich aufrichtete und mit einer Hand auf dem Sofa herumtastete. Er suchte das Messer!

Vor Angst erstarrt verfolgte ich seine Bemühungen, einen stummen Schrei auf meinen Lippen. Ich sah, wie er schließlich den Griff berührte, das Messer in die Hand nahm, damit auf mich zukam. Meine Augen waren fast blind vor lauter Tränen und ich konnte auch nicht aufhören zu schluchzen und zu zittern und dabei immer weiter auf die metallische Klinge zu blicken.

»Juliet, dreh dich um!«

Ich schüttelte den Kopf. Wenn er mich jetzt tötete, dann sollte er mir dabei wenigstens in die Augen sehen.

Doch Daniel blickte eher erschrocken als entschlossen. »Ich will deine Arme losbinden. Bitte, dreh dich um«, wiederholte er mit weicher Stimme.

War das ein Trick oder meinte er das ernst? Ich konnte nicht sicher sein, was er vorhatte, daher weigerte ich mich auch weiterhin, sah ihm stattdessen direkt ins Gesicht.

Er beobachtete mich eine Weile aufmerksam, dann erhob er sich abrupt und nahm das Messer. Entsetzt wich ich zurück.

»Ich sehe, dass du dich vor mir fürchtest, auch wenn ich nicht so richtig verstehe, warum. Soll ich das Messer weglegen und das Seil mit der Hand losknüpfen? Ist es das, was du willst?«

Ich nickte stumm, wagte es aber nicht, mich zu bewegen.

Da drehte er sich um und ging mit schnellen Schritten zu seinem

Schreibtisch. Er öffnete eine Schublade und ließ das Messer dort hineingleiten. Demonstrativ hob er die leeren Hände. »Besser?«

Wieder nickte ich ihm zu, unfähig, auch nur ein einziges Wort über meine bebenden Lippen zu bringen. Wieder schluckte ich die Tränen hinunter.

Rasch kam er zurück und kniete sich hinter mich. Mit geübten Griffen löste er das Seil von meinen Händen. Als ich spürte, wie sich meine Arme aus der starren Haltung lösten und schließlich kraftlos zu Boden sackten, begann ich, hemmungslos zu weinen. Es war einfach zu viel. Die Todesangst war vergessen, dafür hörte ich nun Daniels bestürzte Stimme. »Um Gottes Willen, Baby. Was ist denn los? Habe ich dir wehgetan oder wieso weinst du?«

Dann zog er mich mit sich auf das Sofa, hielt mich fest an seinen warmen Oberkörper gedrückt und machte beruhigende Geräusche. Er strich mir mit der flachen Hand immer wieder über den Rücken, wiegte mich wie ein kleines Kind in seinen Armen. »Baby, beruhige dich doch. Wein doch nicht. Alles ist gut, ich bin ja bei dir.«

Er zog eine Decke irgendwo her und legte sie über uns, während er mich festhielt und versuchte, zu trösten.

Es dauerte lange, bis ich mich wieder halbwegs unter Kontrolle hatte. Daniel küsste sanft meine Haare und meine Stirn, hielt mich sicher in seinen Armen. Seine Wärme und sein Geruch ließen mich schließlich erschöpft zur Ruhe kommen. »Fühlst du dich besser, Baby?«, fragte er mich leise nach einer Weile und ich hörte die Sorge in seiner Stimme.

Zum tausendsten Mal fragte ich mich, ob dieser Mann tatsächlich ein so überzeugender Schauspieler sein konnte. War es nicht möglich, dass Konstantin sich geirrt hatte und Daniel gar nichts mit den Anrufen und dem Mord im Hotel zu tun hatte? Er hätte mich längst umbringen können, wenn er das je vorgehabt hatte.

Ich kuschelte mich in seine starken Arme. Die Couch war schmal, und wir passten nur eng umschlungen gleichzeitig darauf. Ich spürte, wie er wartete, dass ich endlich erklärte, was gerade passiert war. Doch mir gingen noch immer alle möglichen Gedanken durch den Kopf. So viele Leute hatten mich vor diesem Mann gewarnt, es gab eigentlich niemanden in meiner Familie oder in meinem Freundeskreis, der Gutes über ihn gesagt hatte. Und dazu kamen die Ereignisse der letzten

Woche, angefangen mit Garrys Verschwinden und endend mit dem Toten aus Zimmer 2316. Gab es einen einzigen Grund, diesem Mann zu vertrauen?

Sein Herz pochte ruhig und gleichmäßig in seiner Brust, sicher lag ich in seinen Armen, sein Kinn ruhte auf meinem Kopf. Daniel umgab mich wie ein schützender Kokon, nichts konnte zu mir vordringen, niemand konnte mir etwas anhaben, solange er mich beschützte.

»Daniel, darf ich dich etwas fragen?«, begann ich zögernd.

Er brummte etwas, was klang wie: »Ich kann es gar nicht erwarten«, küsste mich dann aber wieder auf die Schläfe.

»Hast du etwas mit Garrys Verschwinden oder mit dem Mord hier im Hotel zu tun?«

Ich spürte, wie er sein Gewicht verlagerte. »Baby, dreh dich auf den Rücken, ich will dich ansehen, wenn wir uns unterhalten.«

Er drehte sich auf die Seite, um mir Platz zu machen, doch ich zögerte. Zu groß war meine Angst davor, dass er sich unvermittelt doch noch auf mich stürzen könnte.

»Du fürchtest dich wirklich vor mir, nicht wahr Baby?«, hörte ich ihn traurig fragen.

»Sag mir, was ich tun muss, damit du mir vertraust. Oder wenigstens wieder mit mir sprichst.« Er klang verzweifelt. »Ich habe keine Ahnung, was in den letzten beiden Tagen hier passiert ist, aber du musst mir glauben, ich habe gearbeitet und plane nicht, irgendwen umzubringen oder verschwinden zu lassen.«

Seine Hände streichelten unablässig über meine Haut, massierten mich und versuchten, meine völlig überdrehten Nerven zu beruhigen. »Baby, du musst mir sagen, was geschehen ist. Gib mir eine Chance, alles aufzuklären.«

Er ließ nicht zu, dass ich mich wieder verkrampfte. Alle seine Bewegungen, jeder Kuss, jede Berührung zielten nur darauf ab, dass es mir besser ging.

»Fang ganz von vorn an. Sag mir, was ist passiert«, flüsterte er leise.

Ich holte tief Luft. In diesem Augenblick traf ich meine Entscheidung.

Ich vertraute diesem seltsam aufdringlichen und gleichzeitig so feinfühligen Mann. Ich glaubte ihm, war mir sicher, dass er die Wahrheit sprach und seine Absichten, so undurchschaubar sie auch sein mochten, ehrlich und anständig waren.

Zögernd begann ich zu berichten: »Es hat alles mit dem Anruf im Café begonnen.«

Daniel hörte mir aufmerksam zu, ließ mich die ganze Geschichte erzählen, fragte manchmal nach, wenn er etwas nicht nachvollziehen konnte. Die ganze Zeit über hielt er mich fest und streichelte mich zärtlich und liebevoll.

Als ich schließlich damit endete, dass ich hier in seinem Büro darauf wartete zu sterben, konnte ich selbst nicht mehr glauben, dass ich mich je derart vor ihm gefürchtet hatte. In seiner Gegenwart vergaß ich alles um mich herum, es gab nur noch uns beide.

Er zog mich dichter an seinen Körper. »Oh Baby, jetzt verstehe ich erst, weshalb du so aufgelöst warst. Und ich habe dich auch noch so behandelt. Kein Wunder, dass du völlig fertig bist.« Wieder küsste er meine Haare. Die letzten Angstgefühle waren aus meinem Kopf gewichen und die jählings einsetzende Entspannung machte mich schläfrig.

»Du solltest dich jetzt ausruhen. Ich bringe dich in meine Suite, da kannst du schlafen, bis ich dich abhole und nach Hause fahre. Ich muss leider noch ein paar dringende Sachen erledigen, bevor wir loskönnen.« Er strich mir mit den Fingern über die Haut.

Ich erschrak plötzlich bei dem Gedanken an meinen Auftritt. »Was ist los?«, fragte Daniel sofort, als er meine Anspannung spürte.

»Das Theater. Wir haben um acht einen Auftritt.« Hektisch sah ich mich nach einer Uhr um. »Wie spät ist es?«

»Juliet, du willst doch jetzt nicht etwa noch tanzen? Du bist vollkommen erledigt, du brauchst Ruhe.« Er ließ mich nicht aufstehen sondern hielt mich weiter fest.

»Daniel, bitte. Ich kann nicht ohne Entschuldigung wegbleiben.«

»Doch, du kannst«, antwortete er sofort mit autoritärer Stimme.

»Bitte, lass mich los. Ich bin nicht so müde, dass ich nicht noch eine Stunde tanzen kann. Danach mache ich auch, was du willst, okay?« Ich war nicht bereit, einfach so nachzugeben. Ich hatte zu hart gearbeitet, um mir auf einen Schlag alle Chancen zu verbauen. Und unentschuldigtes Fehlen bedeutete genau das. Die Hauptrolle wäre damit in weite Ferne gerückt.

Daniel spürte meine Entschlossenheit und rollte sich mit einem Ruck von der Couch. »Also gut, aber erst isst du etwas. Ich wette, du hast schon den ganzen Tag nichts gegessen, und gestern auch nicht. Seit ich dich das letzte Mal im Arm hatte, bis du geschrumpft.«

Ich stöhnte auf. Er hatte zwar recht, aber das hieß noch lange nicht, dass ich seine Ratschläge brauchte. Immerhin hatte ich es zweiundzwanzig Jahre lang auch ohne ihn geschafft, am Leben zu bleiben.

»Wie spät ist es?«, fragte ich ihn wieder.

»Halb sechs. Geh dich duschen, ich bestelle uns etwas zum Essen. Willst du noch etwas trinken?«

»Ich kann mir vor dem Auftritt nicht den Bauch vollschlagen. Aber etwas Leichtes ist okay. Und eine Apfelschorle wäre schön«, lenkte ich schließlich ein.

Eine halbe Stunde später saßen wir zu zweit am Esstisch, Daniel hatte mir ein Schälchen Tiramisu bestellt und verspeiste hungrig einen Salat.

»Das ist alles, was du abends isst?«, fragte ich ihn erstaunt.

Er schüttelte lächelnd den Kopf. »Nein, aber der Abend ist noch lang. Ich fahre dich gleich zum Theater und danach kommst du mit zu mir. Ich schulde dir ja ein Abendessen und dann können wir auch gleich besprechen, wie es weitergeht.«

»Wie was weitergeht?«, fragte ich verwirrt.

»Das mit uns. Und mit den Anrufen auf deinem Handy. Ich kann mir auch keinen Reim auf deine Geschichte machen, aber wer immer dahinter steckt, hat es entweder auf dich oder auf mich abgesehen. Wir müssen beide vorsichtig sein.«

Ich nickte zögernd. Alles schien jetzt so weit weg. Daniels Anwesenheit verscheuchte alle Probleme aus meinem Kopf, ließ sie irreal erscheinen und manchmal dachte ich sogar, ich hätte mir das alles nur eingebildet.

Wenn ich nicht gestern den toten Mann mit eigenen Augen gesehen hätte, würde ich das alles für einen dummen Scherz halten.

Als ich gegen sieben im Theater eintraf, war ich eine der letzten Tänzerinnen. Die Vorbereitungen für die heutige Aufführung liefen auf Hochtouren, der Inspizient rief bereits die Zeiten aus und Beleuchter und Tontechniker überprüften die Anlagen. Zwei Regieassistenten kontrollierten, ob die Tänzer vollzählig anwesend waren, wiesen hier und da auf Fehler in den Kostümen oder in der Aufstellung hin. Wie immer wurde auch heute viel improvisiert, ein paar Tänzer waren krank geworden und mussten durch andere ersetzt werden, dann wiederum mussten Kostüme neu angepasst werden. Ein Techniker war eilig damit beschäftigt, Beschädigungen an einem der Bühnenbilder auszubessern und in der Maske herrschte ohnehin immer Hochbetrieb.

»Juliet, da bist du ja endlich! Wir haben uns schon Sorgen um dich gemacht«, begrüßte mich Katie erleichtert, »Konstantin hat uns von dem Mord in deinem Hotel erzählt, der Ärmste ist völlig verzweifelt. Immerhin war Wallenstein ja sein Onkel und dazu noch der Chef der Firma und wer weiß, ob der Mord nicht mit seiner Arbeit zu tun hatte.«

Ich hörte Katie eine Weile zu, bevor ich sie ungläubig fragte: »Peter Wallenstein war Konstantins Onkel? Der, dem die Detektei gehörte?«

Als Katie meine Frage bestätigte, musste ich mich hinsetzen. Also hatte mir Konstantins Onkel die SMS geschickt, um sich mit mir treffen? Was wusste Konstantin darüber und warum hatte er mir nicht schon viel früher gesagt, dass Wallenstein sein Onkel war? Er wusste doch von den Anrufen, in dem der Name seines Onkels erwähnt wurde. Ob er ihn gewarnt hatte?

Mir wurde schlagartig bewusst, dass auch ich gefährdet sein könnte. Schließlich lief irgendwo ein Mörder herum und sendete mir fingierte Botschaften, wenn Daniel nichts mit der Sache zu tun hatte.

Und mir kam auch Garrys Warnung vor Konstantin wieder in den Sinn. Mein Freund hatte offenbar irgendetwas geahnt und nun war er verschwunden. Es wäre immerhin möglich, dass er sich versteckte weil ihn ebenfalls jemand bedrohte?

Meine Freunde waren heute ruhiger als sonst, vermutlich, um Konstantin nicht aufzuregen. »Wollen wir noch was trinken gehen nach der Vorstellung?«, fragte mich Erik leise.

Doch ich schüttelte den Kopf, Daniel wartete schon auf mich.

Während des Auftritts beobachtete ich Konstantin. Er schien äußerlich vollkommen gelassen. Seine Sprünge saßen wie immer perfekt, die Gesangseinlagen ließen keinerlei Unsicherheit erkennen. Ich bewunderte ihn dafür, denn meine eigene Konzentration hatte stark gelitten und ich konnte mich nur mit Mühe an meine Einsätze erinnern.

Endlich war das Stück vorbei, der letzte Vorhang fiel und wir konnten nach Hause. Als wir uns verabschiedeten, kam Konstantin plötzlich auf mich zu. »Du, Juliet. Du hast schon gehört, dass Peter mein Onkel war?«

»Ja, Katie hat es mir vorhin gesagt. Es tut mir so leid für dich.«

»Was hat die Polizei euch heute zum Stand der Ermittlungen gesagt?«, fragte er mich geradeheraus.

Ich überlegte. »Eigentlich nicht viel. Dass es definitiv ein Mord war, aber sie wollten uns nicht sagen, wie und wann genau dein Onkel getötet wurde. Den Tatort haben sie noch nicht freigegeben und die Suche nach dem Täter ist noch völlig offen. So habe ich das jedenfalls verstanden.«

Mehr wollte ich ihm eigentlich nicht sagen, schließlich arbeitete ich in dem Hotel und konnte ihm nicht einfach interne Informationen geben.

»Haben sie dich verhört?«, fragte mich Konstantin gespannt.

Ich schüttelte den Kopf. »Nein, heute war nicht genug Zeit, aber ich soll mich morgen bereit halten.«

»Wirst du ihnen von den Anrufen berichten?« Seine Stimme war jetzt bedrohlich leise und mit einem Mal fürchtete ich mich vor ihm, obwohl ich überhaupt keinen Grund dazu hatte. Ich schwieg und hoffte, Konstantin würde es dabei belassen.

»Juliet, das sind wichtige Beweismittel in diesem Mordfall. Die kannst du nicht einfach verheimlichen, damit machst du dich mitverdächtig. Wenn du das nicht selbst zur Sprache bringst, dann mache ich das für dich. Und ich kann dir versichern, das wird dann richtig unangenehm für dich und für deine Freund Stone.«

Ich schnappte erschrocken nach Luft. War das etwa eine Drohung?

»Konstantin«, begann ich stockend, »Ich bin im Moment auch vollkommen durcheinander und ich habe furchtbare Angst. Natürlich werde ich mit der Polizei zusammenarbeiten und alles dafür tun, dass der Mörder so schnell wie möglich gefasst wird. Du kannst mir glauben, bis dahin kann ich auch nicht ruhig schlafen.«

Er nickte befriedigt. Wir verabschiedeten uns und ich machte mich erleichtert auf dem Weg zu Daniels Limousine. Eigentlich hatte ich Konstantin auf die SMS und die Dokumente ansprechen wollen, aber seine Drohung hatte mich zutiefst erschreckt.

Aus dem Wagen schlug mir ein köstlicher Geruch entgegen. Pizza! Daniel grinste mich an, als ich einstieg. »Na, bist du hungrig, Babe?«

Auf dem Weg zum Triumph Tower aß ich tatsächlich eine halbe Pizza Speĉiale mit Käse, Champignons und Meeresfrüchten. Es schmeckte einfach wunderbar und als wir schließlich in der Tiefgarage parkten, war die ganze Schachtel leer. Daniel half mir aus der Limousine und wir warteten vor dem Aufzug auf Smith, der noch den Wagen parkte. Daniel hielt mich eng umschlungen im Arm, so wie er das schon einmal vor diesem Fahrstuhl getan hatte, auch wenn es mir so vorkam, als sei das in einem anderen Leben gewesen.

Alle zusammen fuhren wir in die vierzigste Etage. Dort verabschiedete sich Smith von uns. »Also wie abgesprochen, wir treffen uns morgen zum Frühstück hier bei mir, Smith. Bis dahin versuchen Sie, etwas Sinnvolles aus dem Anruf und der SMS auf Juliets Handy herauszubekommen. Falls sich etwas Dringendes ergibt, rufen Sie mich jederzeit an.«

Dann öffnete Daniel mir die Tür zu seiner Wohnung. »Willst du noch ein Glas Champagner, Baby?«, fragte er mich auf dem Weg in sein Schlafzimmer.

»Bist du noch nicht müde?«, antwortete ich und gähnte herzhaft.

Er lächelte verschlagen: »Nein, ganz und gar nicht. Und wir werden auch vorläufig nicht schlafen, also sag ruhig Bescheid, wenn du noch etwas trinken möchtest.«

»Wir werden vorläufig nicht schlafen? Was hast du vor?« So gern ich auch mit ihm zusammen war, im Augenblick wollte ich mich nur hinlegen und diesen Tag hinter mir lassen.

»Wir werden noch eine Lektion durchnehmen, bevor ich dich schlafen lasse.« Er musste meinen gequälten Gesichtsausdruck gesehen haben, denn er fügte rasch hinzu: »Aber keine Angst, du wirst ganz bequem liegen und darfst sogar die Augen schließen. Ich werde die ganze Arbeit übernehmen und dich verwöhnen.«

»Was soll das denn für eine Lektion sein? Hast du nicht vor ein paar Tagen noch behauptet, ich müsste mich mehr um dich kümmern?«, beschwerte ich mich.

»Heute machen wir nochmal eine Ausnahme. Nach dem Schreck in meinem Büro hast du dir das verdient. Und außerdem will ich, dass du mir völlig vertraust und keine Angst mehr vor mir hast. Ich will dir zeigen, wie gut es sich anfühlt, wenn du dich mir ganz hingibst, ohne Scheu. Willst du das versuchen?« Er flüsterte fast.

Wie immer gelang es ihm ohne Probleme, mich zu überzeugen. Es war direkt unheimlich, wie leicht ich mich von ihm überreden ließ. Er wusste genau, wie er mich manipulieren konnte, eigentlich fand ich das ziemlich beängstigend. Aber bislang hatte er mir immer höchsten Genuss bereitet. Darum ließ ich mich auch heute Nacht gern wieder von ihm verführen.

Wir tranken zusammen den perlenden kühlen Champagner und zogen uns dabei im schwachen Schein einiger Kerzen gegenseitig aus. Immer wieder hielten wir inne und küssten uns, Daniel war so zärtlich wie noch nie. »Soll ich dir jetzt verraten, was ich mit dir vorhabe?«, fragte er schließlich. Seine Augen leuchteten dunkel.

Ich nickte. »Ich bin für alles zu haben, solange du die Arbeit machst und ich mich ausruhen kann.«

Er lachte. »Stell dir das nicht so einfach vor. Auch Genuss kann ziemlich anstrengend sein auf die Dauer.« Dann ergriff er meine Schultern und massierte sie leicht. »Du musst das nicht machen, das weißt du?«

Ich wartete gespannt, was er von mir wollte.

»Baby, ich werde dich jetzt auf meinem Bett ausstrecken und an allen vier Pfosten anbinden, so dass du hilflos in der Mitte liegst. Ich werde dir die Augen verbinden, damit du mich besser spürst und dann will ich dich verwöhnen, mit den Händen, mit meiner Zunge und mit meinem Schwanz. Ich will dir dabei zusehen, wie du kommst, immer wieder, bis du nicht mehr kannst. Willst du das machen?« Er sah mich mit brennendem Blick an.

Zögernd nickte ich. Eigentlich hatte ich für heute wirklich genug von seinen Fesselspielen, meine Handgelenke hatte schon lauter rote Striemen. Aber andererseits glaubte ich ihm, wenn er mir Vergnügen und Lust versprach. Ich wusste, wie talentiert mein Liebhaber war und konnte es kaum erwarten, ihn endlich wieder zu spüren.

Daniel stand auf und nahm mir das Sektglas ab. Ich hielt ihn fest, bevor er weggehen konnte. Dann strich ich mit der Hand über sein schweres Glied. »Ich bin mit allem einverstanden, aber bitte verbinde nicht meine Augen«, bat ich ihn.

Ich nahm seinen Penis in die Hand und massierte ihn leicht, sofort spürte ich seine Erregung. »Babe, du wirst sehen, es wird dir gefallen. Lass es uns wenigstens versuchen, wenn es dir unangenehm ist, kann ich dir die Augenbinde gleich wieder entfernen.«

Er stand regungslos vor mir und ließ sich von meiner Hand verwöhnen. »Nein«, sagte ich entschieden, «Ich mag dich so gern anschauen. Bitte nimm mir das nicht. Ich will dich sehen.»

Schließlich trat er einen Schritt vom Bett zurück, entglitt mir dabei. Er atmete schwer. «Also gut. Wie du möchtest. Lass uns anfangen?«

Ich setzte mich in die Mitte des Bettes und legte mich dann auf den Rücken, streckte meine Gliedmaßen aus und beobachtete ihn dabei, wie er erst unsere Gläser abstellte und dann an seiner Musikanlage herumschaltete.

»Was möchtest du gern hören? Klassik, Jazz oder lieber etwas Modernes?«

»Keine Ahnung. Ich habe mich bisher noch nie für romantische Musik interessiert, sondern eher für Rocksongs. Such du was aus, aber bitte keine Klassik.«

»Warum nicht?«

Ich errötete. »Dabei kann ich mich nicht entspannen«, sagte ich leise. »Es erinnert mich an dieses Buch. Der Typ darin hat so was immer gehört, wenn er seine Freundin verprügelt hat.«

Nun runzelte Daniel die Stirn. »Du vergleichst mich also mit einem Perversling, der Spaß daran hat, Frauen Schmerzen zuzufügen?« Er schien entsetzt über meinen Vergleich, obwohl ich ihn gar nicht soweit hergeholt fand.

Aber ich konnte verstehen, wieso er verletzt war, darum antwortete ich hastig: »Nein, das meinte ich nicht. Entschuldige, dass ich so gedankenlos war.«

Restlos überzeugt sah er nicht aus, trotzdem gab er sich mit meiner Antwort zufrieden. »Kannst du mir denn vertrauen, Juliet? Oder hast du noch immer Angst vor mir? Falls ja, dann brechen wir das hier lieber ab und machen uns so eine schöne, gemeinsame Nacht?«

Ich schloss die Augen und streckte mich nackt auf seinem Bett aus. Vollkommen schutzlos bot ich ihm meinen Körper dar. »Ich vertraue dir vollkommen, Daniel. Beeile dich lieber, sonst schlafe ich noch ein!«

Er antwortete mir nicht, doch als ich blinzelte, sah ich, wie er seinen Schrank öffnete, um die Ledermanschetten aus der Schublade zu holen. Ich beobachtete ihn neugierig dabei, wie er geschäftig im Schlafzimmer auf und ab ging, vollkommen nackt und selbstbewusst seinen göttlichen Körper präsentierend. Er schaltete wieder an der Musikanlage herum, bis die Klänge von Whitney Houstons schmachtendem *Without You* ertönten. Eigentlich waren solche Schnulzen überhaupt nicht nach meinem Geschmack, aber ich war auch noch nie zuvor verliebt gewesen. Und tatsächlich passte die Musik zu unserer romantischen Stimmung und den Kerzen.

«Ich werde den Champagner hier auf dem Nachttisch für uns kalt stellen. Sag Bescheid, wenn du durstig bist, ja?«

Er stellte die halbleere Flasche in einen Sektkühler und öffnete die versteckte Tür zu einer Minibar neben seinem Bett. Von dort entnahm er eine kleine Schale mit Eiswürfeln, füllte den Kühler randvoll auf. »Damit werden wir viel Spaß haben«, grinste er mich an. Schon beim Gedanken daran, wie die sich auf meiner Haut anfühlten, zogen sich meine Nippel zusammen.

Daniel betrachtete mich liebevoll. »Bist du bereit?«

»Ja, für dich bin ich immer bereit«, wisperte ich.

»Du weißt, wir können jederzeit aufhören, wenn es dir zu viel ist. Sag einfach *Stop*, dann binde ich dich sofort los.«

Ich war dankbar dafür, dass er sich so um mich sorgte. Das erleichterte es mir ungemein, mich ihm hinzugeben, trotz allem, was passiert war.

Langsam ging er um das Bett herum, befestigte die Manschetten an meinen Hand- und Fußgelenken und überprüfte gewissenhaft ihren Sitz. Dann begann er, mich mit einem Seil an die Bettpfosten zu binden. Nachdem er meine Arme festgebunden hatte, stellte er sich an das Fußende des Bettes. Mit einem kräftigen Ruck zog er meinen gesamten Körper nach unten, sodass meine Arme komplett durchgestreckt waren.

Er fixierte auch meine Beine, bis ich vollkommen bewegungsunfähig in der Mitte des Bettes lag. Zuletzt nahm er ein Kissen und schob es unter meinen Hintern. Dann betrachtete er sein Werk, ein befriedigtes Lächeln erschien auf seinem Gesicht, als er auf mich herabsah. »Baby, du bist so wunderschön, du weißt gar nicht, wie sehr ich dich begehre.«

Ich blickte ihn an, auch ich konnte mich kaum sattsehen an seinem perfekten Körper, dem Spiel seiner Muskeln unter der glatten Haut, seinen unergründlichen grünen Augen, den sinnlichen Lippen ... und natürlich seinem herrlichen, großen Glied.

Je häufiger ich mit ihm zusammen war, umso unwiderstehlicher wurde er und umso mehr sehnte ich mich danach, von ihm berührt zu werden.

Daniel kletterte endlich zu mir aufs Bett, beugte sich über mich und küsste zärtlich meinen Lippen. »Ich habe dich so vermisst, du hast ja keine Ahnung.«

Er ertastete meinen Nippel und rollte ihn zwischen zwei Fingern. Allein seine Berührung ließ mich aufstöhnen. Beruhigend hauchte er einen Kuss auf meine Wange. »Ich weiß, Baby. Du kannst es kaum noch aushalten. Dabei fangen wir gerade erst an.«

Ich spürte ein leichtes Kribbeln in meinen Brustwarzen, seine Berührungen entfachten meine Lust und am liebsten hätte ich seine Hände jetzt überall auf meiner Haut gespürt.

Daniel beobachtete mich gespannt und lächelte als er sah, wie ich unter seinen geschickten Händen dahinschmolz. Er beugte sich vor und ließ seine Zunge über die Brustwarze gleiten, kitzelte mich mit dieser Bewegung und nahm dann den Nippel vorsichtig zwischen die Lippen. Er saugte kräftiger daran, bewegte seine Lippen und ließ mich dann seine Zähne spüren. Ich keuchte laut auf.

»Endlich kann ich dich wieder mit meinem Mund verwöhnen.« Wieder beugte er sich über meine Brustwarze, diesmal nahm er die Hand zur Hilfe, knetete meine Brust und drückte sie so zusammen, dass die Spitze genau zwischen seinen Lippen stand. Dann senkte er sich herab, umschloss meinen harten Nippel fest und leckte und saugte daran bis ich mich stöhnend unter ihm hin- und herwand.

»Ich liebe deine Brüste, Baby. Sie sind wie für mich gemacht, siehst du? Sie passen genau in meine Hand und die Nippel sind gerade richtig für meinen Mund.«

Wieder zog er mit den Lippen an meinem geröteten Nippel. Ich spürte, wie sich seine Zähne ganz leicht in meine Haut gruben. Ich war fast da. Seine warme Zunge glitt mit einer einzigen fließenden Bewegung um die aufgerichtete Brustwarze. Einmal, zweimal. Die minimale Reibung ließ mich erbeben.

»Komm schon Baby, zeig mir wie sehr du das hier genießt.« Noch einmal umschlossen seine Lippen den gepeinigten Nippel. Meine ganze Aufmerksamkeit richtete sich auf diesen einen Punkt, ich wusste, dass eine einzige leichte Berührung mich jetzt überwältigen konnte.

Daniels Zunge tastete über meine warme Haut. Mit einem winzigen Schrei kam ich zum Höhepunkt.

Er nahm meinen Kopf in beide Hände und küsste mich, während ich langsam wieder zur Besinnung kam. Ich spürte sein hartes Glied an meinem Oberkörper, offenbar erregte es ihn, mich so zu sehen.

Dann löste er sich von mir, blieb jedoch neben mir sitzen, ohne unseren Körperkontakt je abreißen zu lassen. »Willst du noch etwas Champagner?«, fragte er mich und beugte sich zur Seite um an die Flasche zu gelangen.

Ich war durstig und erhitzt, die Aussicht auf die kühle Flüssigkeit in meinem Mund ließ mich den Kopf anheben.

»Nein Baby, so nicht. Ich lasse dich aus meinem Mund trinken, wenn du mich an deinem lieblichen Körper schlürfen lässt.« Daniel goss etwas Champagner von der Flasche in eines der Gläser und hielt es vor mein Gesicht. »Möchtest du zuerst etwas?«

Ich seufzte. Eigentlich war es mir egal, doch es reizte mich, ihn durch meinen Körper zu erregen und zu wissen, dass er durch mich Glück und Erfüllung fand. »Nimm dir, was immer dir gefällt«, bat ich ihn.

Sein Gesichtsausdruck wurde warm und er schloss für einen Moment die Augen. »Baby, ich habe deine Großzügigkeit gar nicht verdient. Aber ich verspreche dir, es wird sich auch für dich lohnen.«

Damit rutschte er zur Seite und legte sich bequem neben mich, stützte sich auf einem Ellenbogen auf und küsste mich erneut. »Ich bin sehr durstig und kann es kaum erwarten, seine süße Haut zu kosten.«

Ich kicherte. »Nur zu, Dracula!«

Er nahm sein Glas und hielt es direkt über meinen Oberkörper. »Halte still!« Dann neigte er es so, dass ein Teil der Flüssigkeit herauslief.

Ich zuckte zusammen, als der kühle Perlwein meine erhitzte Haut berührte, zwischen meinen Brüsten hinablief und sich in meinem Bauchnabel sammelte. Dort erwärmte er sich schnell, doch es kribbelte und einzelne Tropfen flossen an meinem Bauch zur Seite herab auf das Laken. Es kostete mich größte Anstrengung, nicht zusammenzuzucken.

Daniel beugte sich über mich und küsste sanft meinen Bauch, bevor er sich meinem Nabel zuwandte und die Zunge hineingleiten ließ. Ich spürte, dass er tatsächlich von dem Champagner trank, seine Lippen saugten dabei leicht an den Rändern meines Nabels und ich musste mich zusammenreißen, um nicht loszulachen. Es kitzelte und unwillkürlich spannte ich den Bauch an.

Er ließ kurz von mir ab, nur um sofort wieder mit der Zunge über meine Haut zu fahren. Ich stöhnte laut auf. Lange konnte ich nicht mehr stillhalten. »Baby, ich habe immer noch Durst. Wollen wir das nochmal machen?«, raunte er leise, und ich konnte seinen Atem auf meiner feuchten Haut spüren. Ich nickte wortlos.

»Dachte ich mir schon. Aber diesmal hören wir woanders auf.«

Einen Moment lang wusste ich nicht, was er damit meinte, doch als er das Glas abstellte und mit einem kräftigen Ruck das Kissen unter meinem Hintern hervorzog und es stattdessen unter meinem Rücken platzierte, verstand ich plötzlich. Nun war mein Nabel nicht mehr der tiefste Punkt, in dem sich der Wein sammeln würde.

Er nahm das Glas und goss den Rest der Flüssigkeit langsam direkt in meinen Bauchnabel. Wieder zuckte ich aufgrund der Kälte zusammen, bemühte mich aber, stillzuhalten. Als der kühle Champagner aus meinem Nabel überlief, folgte er der Schwerkraft und ein dünnes Rinnsal begann, sich einen Weg in Richtung meines Unterleibs zu bahnen.

Daniel leerte sein das Glas in meinem Nabel und positionierte sich dann zwischen meinen gespreizten Schenkeln. Sein Mund verharrte über meiner Pussy, ohne sie zu berühren. Ich fühlte, wie die prickelnde Flüssigkeit langsam an meiner Haut entlanglief, kribbelte und kitzelte, bis sie endlich mein Geschlecht erreichte und begann, an einer Seite herabzufließen. Da endlich spürte ich seine Zunge, seine Lippen auf mir. Ich stöhnte leise, als Daniel in aller Ruhe an meiner Haut leckte. Ich wollte ihn an meiner empfindlichsten Stelle spüren, doch er ließ sich alle Zeit der Welt.

»Gefällt dir das, Baby?«

Ich wimmerte leise und versuchte, ihm meinen Unterleib entgegenzuschieben. Doch er wich meinen Bemühungen geschickt aus, küsste stattdessen die Innenseiten meiner Schenkel und saugte dann an meiner Haut. Ich konnte mich kaum noch beherrschen, wand mich trotz der Fesseln unter ihm hin und her.

»Ganz ruhig, meine Süße. Ich habe noch so viel mit dir vor. Hab Geduld.«

Mit diesen Worten beugte er sich über mein Geschlecht, seine kühle Zunge fand meine Klit sofort. Endlich! Mir entfuhr ein lautes Keuchen. Wenn ich meine Hände bewegen könnte, würde ich ihn so festhalten, ihn noch tiefer in meinen Schoß ziehen. So aber musste ich unbeweglich verharren und darauf hoffen, dass er das Richtige tat.

Doch meine Sorge war unbegründet. Seine Zunge leckte mich gierig zwischen den Beinen. Ich stöhnte auf, mein Unterleib zuckte und erbebte, doch Daniel ließ sich davon nicht stören. Er zog gemächlich das Kissen zurück unter meinen Po, damit er besseren Zugang zu meinem Geschlecht hatte. Mit den Unterarmen drückte er meinen Unterleib auf das Kissen, als ich mich ihm entgegenwölbte. Seine Zunge umkreiste langsam meine Klit, drang dann zwischen meine Schamlippen bis in meine Öffnung vor.

»Nicht so heftig, Baby, sonst ist der Spaß viel zu schnell zu Ende. Wenn ich dich so sehe, fällt es mir schwer, mich zurückzuhalten.«

»Daniel, bitte«, keuchte ich verzweifelt. »Bitte hör nicht auf! Küss mich da unten. Ich kann nicht mehr.«

Sofort spürte ich seinen Mund wieder auf meinem Geschlecht. Seine Zunge ging auf Wanderschaft, erkundete meine feuchte Höhle, kreiste um meine angeschwollene Klit.

Ich wimmerte leise und wand mich unter seinem Mund. Lange hielt ich diese süße Folter nicht mehr aus. Dann spürte ich seine warmen Lippen. Er hielt meine Klit zwischen ihnen gefangen und ließ seine Zunge immer schneller darüber gleiten.

Ich riss an den Fesseln, als ich zum Höhepunkt kam, meine Beine erzitterten und Daniel hielt mich mit aller Kraft auf die Matratze gedrückt, während er mich unaufhörlich weiter mit seiner Zunge bearbeitete.

Mein ganzer Körper war angespannt und begann zu beben, als er seinen sinnlichen Angriff unvermindert fortsetzte. »Daniel, ich kann nicht mehr, warum fickst du mich nicht endlich!«, schrie ich verzweifelt und wölbte mich ihm gleichzeitig entgegen. Geschickt bearbeitete er meine Klit, seine Fertigkeiten waren fast schon beängstigend. Er schaffte es, mich gleichzeitig heiß und kalt fühlen zu lassen, zutiefst entspannt und doch höchst konzentriert. Er konnte meinen ganzen Körper betäuben, außer dieser winzigen Stelle in meiner Körpermitte, die jetzt glühend pulsierte. Ich verbrannte unter ihm, kam schon wieder mit aller Gewalt, diesmal legte er jedoch seine Hand auf mein Geschlecht und wartete, bis die Beben schließlich abebbten.

Schweißüberströmt lag ich da und rang nach Luft. Doch meine Erschöpfung war sofort vergessen, als mein Blick auf seinen prachtvollen erigierten Penis fiel. »Daniel, warum fickst du mich nicht? Ich will dich in mir spüren«, bat ich ihn leise, doch er lachte nur.

»Das heben wir uns bis zum Schluss auf. Jetzt wollen wir erst mal sehen, ob wir dich nicht noch anders zum Orgasmus bringen können.« Dann küsste er mich auf den Mund. Mit einem Taschentuch wischte er mir sanft den Schweiß von der Stirn und aus dem Gesicht. »Kannst du noch, Baby? Soll ich weitermachen oder möchtest du jetzt etwas trinken?«

Ich nickte schlapp und schloss die Augen. Kurz darauf spürte ich, wie sich seine Lippen auf meinen Mund senkten, sie waren kühl und feucht und als ich meinen Mund ein wenig öffnete, ließ er einen Schluck köstlichen Champagners hineinfließen. »Noch mehr?«

Ich schluckte und schüttelte dann den Kopf. »Nein, ich will dich spüren. Bitte, lass mich nicht mehr länger warten.«

Wieder glitten seine Hände über meinen Körper, sein Griff war nun kräftig und entspannend. Daniel massierte mich überall, knetete meine Haut mit ruhigen Bewegungen, ließ selbst meine Handflächen und die Fußsohlen nicht aus. Selbst als er meine Brüste umfasste, fühlte ich mich gelöst und entkrampft, im Moment schien er alle Lust und Begierde in mir einfach ausgeschaltet zu haben. Ich schloss die Augen und aalte mich unter seinem Berührungen, genoss seine sinnlichen Hände auf meiner verschwitzten Haut.

Und dann plötzlich durchfuhr mich ein scharfer Schmerz. Im ersten Moment wusste ich gar nicht, was ich eigentlich genau spürte. Es fühlte sich an, als ob tausend kleine Nadeln in meine rechte Brustwarze stießen. Als ich erschrocken die Augen öffnete, musste ich über mich selbst lachen. Daniel bewegte langsam einen Eiswürfel über meine Haut.

Er blickte mich forschend an. »Ist das zuviel?«

Ich schüttelte den Kopf und versuchte, mich unter ihm wieder zu entspannen. Doch das kalte Eis auf meiner heißen Haut war die reinste Folter. Während es schmolz, lief das kühle Wasser langsam an meiner Brust entlang und erwärmte sich dabei immer weiter. Es vermischte sich mit den Schweißperlen auf meiner Haut und rann in kleinen Bächen auf meinen Bauch.

Daniel verfolgte jede noch so kleine Bewegung. Er nahm einen weiteren Eiswürfel aus dem Kühler und begann das Spiel mit meiner anderen Brust erneut. Ich bewegte meinen Oberkörper soweit das möglich war, und versuchte, seinen Fingern zu entkommen. Doch natürlich hatte ich keine Chance.

Dann setzte er sich zwischen meine Beine. Oh nein! Ich war mir nicht sicher, ob ich das wirklich aushalten konnte. Er hob den Kopf. »Sag *Stop*, wenn es wehtut, ja?«

Ich nickte schwach und konzentrierte mich auf meinen empfindlichsten Punkt. Doch zunächst beachtete Daniel ihn gar nicht, platzierte stattdessen zwei Eiswürfel auf den Innenseiten meiner Oberschenkel. Als mich das Eis berührte, spürte ich im allerersten Moment gar nichts. Doch dann setzte der Schock ein. Ich schrie erschrocken auf, versuchte mit aller Kraft, der Berührung zu entkommen. Es fühlte sich an, als brenne sich das Eis einen Weg geradewegs in meine Beine. Daniel versuchte, die Eiswürfel von meinen Schenkeln zu nehmen, doch die sich auflösenden Stückchen waren viel zu glatt und fielen ihm sofort aus den Fingern und zurück auf meinen Körper. Ich quiekte entsetzt, als einer von ihnen mein Geschlecht berührte und bewegte mich noch hektischer in dem verzweifelten Versuch, dem Gefühl der absoluten Kälte zu entkommen. Der Eiswürfel fiel schließlich auf das Kissen, kam an der Innenseite meines Schenkels zu liegen. Wieder wand ich mich und zerrte an den Fesseln.

Dann spürte ich Daniels kräftige Hände. »Baby, beruhige dich. Halte still damit ich das Eis wegnehmen kann.«

Ich verharrte. »Bitte können wir etwas anderes machen?«, fragte ich ihn kläglich, nachdem er endlich die beiden schnell schmelzenden Eisstücke eingesammelt hatte.

Er grinste amüsiert. »Obwohl es äußerst unterhaltsam war, dich so zu sehen. Das müssen wir bei Gelegenheit ohne die Fesseln wiederholen.« Vorsichtig legte er sich auf mich und begann, mich sanft zu küssen. »Aber jetzt will ich dich endlich selbst spüren. Das ist die reinste Qual, dich unter mir zu haben, und nicht in dir zu sein.«

Seine Zunge umspielte meine, vereinigte sich tanzend in meinem Mund. Dann biss er spielerisch in meine Unterlippe, saugte daran und zog sie sanft mit den Zähnen nach vorn. Seine feuchten Lippen glitten an meinem Hals entlang, verharrten und sogen an meiner Haut. Immer wieder biss er mich sanft, zog an der Haut und streichelte mit der Zunge darüber. Ich stöhnte vor lauter Wohlgefühl laut auf.

»Bist du bereit für mich, Baby? Ich will dich jetzt endlich in Besitz nehmen.« Er richtete sich auf und ich warf einen weiteren Blick auf seinen wunderschönen Penis. Dann schloss ich lächelnd die Augen und entspannte mich unter ihm. Ich war soo bereit.

Er schob sich vorsichtig in mich hinein, bewegte sich in mir. Ich liebte die Reibung, die er noch dadurch verstärkte, dass er sein Becken so gekonnt kreisen ließ, dass er jeden Winkel in meinem Innersten berührte, mich ausfüllte, dehnte, weitete. Auch wenn er in dieser Position nicht so tief wie sonst in mich eindringen konnte, war das Gefühl doch unbeschreiblich. Daniel beobachtete meine Reaktion auf jede seiner Bewegungen genau, passte sich mir immer wieder an, um mir so viel Lust wie möglich zu bereiten. Schon bald löste ich mich unter ihm auf. Keuchend und stöhnend kam ich zum Höhepunkt, doch er ließ mir jetzt keine Zeit mehr, mich zu erholen sondern bewegte sich schneller in mir, ließ mich in kürzester Zeit noch einmal kommen. Dann erst legte er seine Arme auf beide Seiten neben meinem Kopf auf die Matratze, stützte sich auf die Ellbogen und bewegte sich mit genussvollen, kräftigen Stößen.

»Daniel, bitte! Mach schneller, ich kann nicht mehr, du musst jetzt mit mir kommen. Bitte!«, flehte ich ihn schweißüberströmt an.

Sein Atem war abgehackt, als er sich in mir bewegte. »Keine Angst Baby, ich bin bei dir. Spürst du das?« Er keuchte laut auf, versenkte sich ein weiteres Mal tief in mir, dann verharrte er dort. Seine Augen waren geschlossen als er kam, ich konnte seine warme Flüssigkeit in meinem Inneren spüren, während ich in den Wogen meines eigenen Orgasmus ertrank.

Danach lagen wir verschwitzt und schwer atmend beieinander. Es dauerte eine halbe Ewigkeit, bis Daniel sich erhob, um meine Fesseln zu lösen. Er setzte sich hinter mir aufs Bett und massierte mit festem Griff meine verspannten Schultern, dann die Fußgelenke. Als er meine Hand ergriff, verdüsterte sich sein Gesicht. »Habe ich dir vorhin sehr zugesetzt, in meinem Büro?«, fragte er, ohne mich anzusehen.

Doch ich schüttelte den Kopf, kuschelte mich dichter an ihn. »Nein, ich hätte die Hände nicht bewegen sollen. Es ist meine eigene Schuld.«

Er nahm mich in die Arme, zog mich fest an seine Brust und flüsterte in mein Ohr: »Baby, sag doch nicht so was. Es war dumm von mir, so ein dünnes Seil an dir zu benutzen, deine Haut ist viel zu empfindlich. Es tut mir leid, ich wollte dir nicht schon wieder Schmerzen zufügen.«

Da drehte ich mich zu ihm um, drängte mich gegen seinen nackten Körper und küsste ihn innig und voller Sehnsucht. »Alles ist gut, wenn wir zusammen sind. Ich wünschte nur, ich könnte dich immerzu genießen.«

Ich spürte sein Grinsen. »Oh, meine liebste Juliet, endlich habe ich dich gefunden, Baby. Du bist unersättlich, du willst mich schon wieder, nicht wahr?«

Und dann liebten wir uns erneut.

Mitten in der Nacht wachte ich auf. Es dauerte einen Moment, bis ich mich orientiert hatte und mich wieder erinnerte, wo ich eigentlich war.

Dann wurde mir auch klar, was mich geweckt hatte.

Daniel lag neben mir im Bett, doch er schlief diesmal nicht friedlich, sondern bewegte sich abrupt, stieß mit den Beinen heftig um sich. Er schien im Schlaf zu sprechen, auch wenn ich nicht verstand, was er sagte. Offenbar hatte er einen Albtraum und kämpfte gegen etwas an.

Vorsichtig stand ich auf und blieb in geringem Abstand still stehen, sah zu, wie er sich stöhnend hin- und herwarf. Ich überlegte, ob ich ihn wecken oder weiterschlafen lassen sollte. Für eine Weile beobachtete ich ihn aus der Entfernung, doch es schien, als steigere er sich immer mehr in seinen Traum hinein, er begann nun, auch mit den Armen um sich zu schlagen und ich konnte einzelne Worte verstehen. »Nein, geh weg ... lass sie los ... nicht noch höher!«

Doch ich erstarrte, als ich meinen eigenen Namen hörte. »Nicht Juliet, geh nicht weg! ... darfst nicht dahin ... bleib hier, Baby!« Er keuchte und warf sich im Bett herum, das Laken um einen Fuß geschlungen. »Nein! Warte auf mich ... Juliet ... meine Juliet, bleib bei mir ... pass auf, nicht dahin!« Er stöhnte laut auf.

Schließlich schaltete ich entschlossen das Licht an und berührte ihn leicht am Arm. »Daniel, wach auf!«

Ich konnte sehen, wie er langsam erwachte, desorientiert und verstört zu sich kam. Ich schaltete das kleine Nachtlicht ein und löschte die Deckenbeleuchtung wieder. Dann füllte ich Wasser in ein Glas und setzte mich neben ihn auf den Bettrand. Vorsichtig griff ich nach seiner Hand. »Hier, trink das. Du hattest einen schlechten Traum.« Ich küsste ihn und strich ihm sanft über den Kopf. Seine Worte hatten mich tief berührt, auch wenn er nur im Traum gesprochen hatte und ich die Hälfte von dem, was er gesagt hatte, gar nicht verstand.

Er umarmte mich und ich spürte, wie er den Albtraum endgültig abschüttelte. »Lass uns weiterschlafen, Baby. Und versprich mir, dass du immer bei mir bleibst.« Er zog mich fest an sich und ließ mich auch bis zum nächsten Morgen nicht mehr los.

Mittwoch, 23. Mai 2012

Es war bereits halb zehn, als wir endlich frisch geduscht am Frühstückstisch saßen. Eine Stunde hatte es allein gedauert, bis wir aufgestanden waren, denn Daniels warmer, duftender Körper am frühen Morgen war einfach unwiderstehlich. Mir wurde klar, dass ich meine Morgenroutine erheblich umstellen musste, falls ich je vorhatte, regelmäßig mit diesem Sexgott zusammen aufzuwachen. Es war unmöglich, ihn nicht anfassen und spüren zu wollen.

Mrs. Herzog stand in der Küche und bereitete uns Obstsaft zu, es roch nach frischen Brötchen und Kaffee. Smith hatte sich zu uns an den Esstisch gesetzt, der Mann war wie immer akkurat gekleidet und blickte sich aufmerksam um. Keine Frage, er wusste genau, wieso Daniel ihn gebeten hatte, unser Treffen um eine Stunde zu verschieben.

Daniel ließ auch während unseres Frühstücks meine Hand nicht los, berührte hin und wieder meinen Oberschenkel oder küsste mich im Vorbeigehen auf den Hinterkopf. Trotz der ernsten Situation fühlte ich mich so entspannt wie lange nicht mehr, was wohl auch daran lag, dass ich mich endgültig entschieden hatte, wem ich vertraute.

Smith hielt mein Handy in der Hand, dass er sich seit gestern ausgeborgt hatte, um den Mailboxeintrag zu untersuchen. »Die Stimme in dem Gesprächsmitschnitt stammt eindeutig von Mr. Stone«, sagte er gerade.

Ich runzelte die Stirn und blickte verunsichert zu Daniel. Also hatte er doch jemanden damit beauftragt, Peter Wallenstein zu töten?

»Aber wenn man die Sätze genauer untersucht und einzeln abspielt, lässt sich leicht nachweisen, dass die Worte erst im Nachhinein so zusammengesetzt wurden.«

»Ich habe dir doch gesagt, ein solches Gespräch hat es nie gegeben«, flüsterte mir Daniel zu, als er meinen ungläubigen Blick bemerkte.

»Aber wozu sollte mir jemand solche Nachrichten schicken?«, fragte ich verwirrt.

Daniel schaute mich nachdenklich an. »Diese Anrufe müssen von jemandem kommen, der von unserer Beziehung wusste oder zumindest Kenntnisse darüber besitzt, dass wir beide uns kennen. Wem hast du alles davon berichtet?«

Im Kopf ging ich alle potenziellen Kandidaten durch. Meine Kollegen ahnten vielleicht etwas, nachdem ich von Daniel in sein Büro zitiert worden war. Meine Freunde aus dem Theater hatten uns zusammen in dem Club gesehen. Mit Corinne hatte ich am Tag nach Daniels Übergriff gesprochen und meine Eltern wussten möglicherweise auch etwas, wenn Mr. Burton sie informiert hatte.

Doch Smith schüttelte angesichts meiner Liste den Kopf. »Vergessen Sie nicht, wann Sie den ersten Anruf erhalten haben, Miss Walles. Ihre Kollegen haben Sie erst am darauffolgenden Tag kennengelernt, die scheiden also alle aus. Und mit Ihrer Schwester haben Sie nur zwei Stunden vor dem ersten Anruf telefoniert. Auch sie hätte wohl kaum genug Zeit gehabt, so einen Mitschnitt herzustellen. Haben Sie vor der Musicalpremiere mit Ihren Freunden über Mr. Stone gesprochen?«

Ich dachte an Konstantin und Garry. Beide konnten Daniel nicht leiden und wussten, dass Daniel und ich im selben Haus wohnten. Konstantin ahnte vielleicht auch, dass mein Verhältnis zu Daniel über eine nachbarschaftliche Beziehung hinausging. Andererseits war Wallenstein sein eigener Onkel. Den würde er wohl kaum umbringen, nur damit er Daniel etwas anhängen konnte.

Smith räusperte sich. »Könnte Mr. Fisher dahinter stecken?«

Doch ich schüttelte heftig den Kopf. Es war undenkbar, dass Garry damit etwas zu tun hatte. Dazu kannte ich meinen Freund zu lange. Auch wenn er sich im Laufe der Jahre verändert hatte, so war er immer noch mein bester Freund und wie ein großer Bruder für mich. Ich konnte nicht glauben, dass er mir so etwas antun würde. »Nein, das können wir ausschließen. Es muss eine andere Erklärung geben«, sagte ich bestimmt. »Vielleicht hat es ja nichts mit mir zu tun, sondern mit dir?« Ich blickte unsicher zu Daniel.

Doch der schüttelte vehement den Kopf. »Ich habe mit niemandem über uns gesprochen.«

»Auch nicht mit deiner Assistentin?«, vergewisserte ich mich. Das Bild der attraktiven Ying Shinsen kam mir wieder in den Sinn. »Sie hätte mit

Sicherheit die Möglichkeit, deine Stimme aufzunehmen.«

Daniel wollte zu einer Entgegnung ansetzen, doch Smith schnitt ihm das Wort ab. »Es wäre weiterhin möglich, dass Peter Wallenstein selbst Ihnen die Mitschnitte geschickt hat.«

»Aber wozu sollte er so etwas tun? Wenn es ihm nur darum ging, mich zu treffen, hätte doch seine SMS gereicht. Dazu hätte er nicht den Aufwand treiben müssen, auch noch die Mitschnitte anzufertigen«, gab ich zu bedenken.

»Vielleicht hat jemand Wallenstein die gefälschten Mitschnitte in der Hoffnung zugespielt, dass er entweder selbst gegen Mr. Stone vorgeht oder die Polizei einschaltet?«, sinnierte Smith.

Daniel schaltete sich wieder ein und sagte mit fester Stimme: »Wir drehen uns hier im Kreis. Ohne weitere Erkenntnisse können wir nicht sagen, wer diese Anrufe getätigt hat. Aber fest steht, dass mir jemand den Mord an Wallenstein anhängen will. Die Mitschnitte sind auf den ersten Blick ein unschlagbarer Beweis.«

Er schien nicht im Geringsten beeindruckt, sondern eher erleichtert zu sein. Als er meinen besorgten Blick sah, strich er mit dem Daumen über meinen Handrücken, dann stand er auf und umarmte mich von hinten, drückte mir einen sanften Kuss auf die Haare. »Baby, hab keine Angst. Wir finden schon heraus, wer dahinter steckt. Und bis dahin bleibst du hier bei mir, ich passe auf dich auf.«

»Es läuft also irgendwo ein Mörder frei herum, der dich ins Gefängnis bringen will? Aber wieso?« Ich versuchte, meine wachsende Beklemmung zurückzudrängen.

Smith mischte sich wieder ein. »Miss Walles, Sie müssen verstehen, dass Mr. Stone viele Feinde hat.«

»Also ist es etwas Geschäftliches? Oder könnte es auch eine durchgedrehte Exfreundin sein?«, erkundigte ich mich, um mir eine Vorstellung über die in Frage kommende Personengruppe zu machen.

»Geschäftspartner, Konkurrenten, Freunde, Familie, ehemalige Angestellte. Ohne weitere Informationen lässt sich das kaum eingrenzen. Aber warten wir mal ab, was die Polizei ermittelt, dann lässt sich vielleicht wenigstens sagen, ob Wallenstein einem Auftragskiller zum Opfer gefallen ist oder was sonst passiert sein könnte. Damit wären wir in der Lage, den Personenkreis erheblich zu reduzieren.«

Ich dachte an mein Gespräch mit Konstantin. »Gestern Abend nach der Vorstellung habe ich mich kurz mit Konstantin unterhalten, der ist der Neffe von diesem Wallenstein. Er hat mich ziemlich deutlich aufgefordert, der Polizei alle Details über diese mitgeschnittenen Gespräche zur Verfügung zu stellen.«

Eine steile Falte erschien auf Daniels Stirn. »Du kennst den Neffen von Wallenstein? Konstantin Kramer, nicht wahr?«

Erstaunt blickte ich ihn an, dann erinnerte ich mich. »Konstantin hat schon einmal gegen dich ermittelt, nicht wahr?« Ich sah Daniel unverwandt an. »Könnte es sein, dass Konstantin seinen eigenen Onkel umgebracht hat, um etwas gegen dich in der Hand zu haben? Er hat mir neulich erzählt, er würde in einer großen Sache gegen dich recherchieren.«

Smith mischte sich wieder ein. »Sie haben doch von ihm die Ergebnisse der Stimmanalyse erhalten? Er muss gewusst haben, dass mit den Mitschnitten etwas nicht in Ordnung ist, so etwas lässt sich leicht erkennen, ganz besonders während einer so detaillierten Untersuchung.«

»Worauf wollen Sie hinaus, Smith?«, unterbrach ihn Daniel unwillig.

»Wenn Konstantin absichtlich falsche Informationen an Miss Walles weitergegeben hat, dann verfolgt er damit vielleicht noch einen anderen Zweck. Ich denke auch, dass er es auf Sie abgesehen hat, Mr. Stone. Aber Miss Walles ist vielleicht ein einfacheres Ziel. Ihr kann man schneller Angst einjagen und so zu unbedachten Handlungen überreden. Womöglich will er, dass Miss Walles sich gegen Sie stellt. Für Santoro wäre sie auf jeden Fall eine gute Zeugin, und wenn Miss Walles ihm die Mitschnitte präsentiert, sind Sie so gut wie verurteilt.«

»Konstantin hat mir nicht einfach Angst eingejagt«, erwiderte ich leise. »Ich hatte Todesangst und war felsenfest davon überzeugt, dass Daniel mich umbringen wollte. Wenn mir jemand in dieser Situation eine Waffe in die Hand gedrückt hätte – vielleicht hätte ich vor lauter Panik ja abgedrückt?«

Die beiden Männer sahen mich bestürzt an. Ich stand auf und verließ langsam die Küche. »Wir sollten uns fertigmachen, schließlich will Santoro uns beide sprechen.«

Daniel erhob sich ebenfalls und bedeutete Smith, ruhig sitzenzubleiben und seinen Kaffee auszutrinken. »Wir sehen uns in einer halben Stunde am Wagen.« Dann folgte er mir über den Flur ins Schlafzimmer.

Sobald wir außer Sichtweite von Smith und Mrs. Herzog waren, spürte ich seine Hand an meinem Hintern. Daniel drängte mich gegen die Wand, stellte sich so dicht hinter mich, dass ich seinen gesamten Körper spüren konnte. Die intensive Wärme, die von ihm ausging, machte mich benommen und sein göttlicher, frischer Geruch berauschte mich. Mit den Fingern schob er meine Haare zur Seite, dann spürte ich seine Lippen an meinem Hals. »Babe, vergiss unsere Unterhaltung für einen Moment und entspanne dich. Ich werde dich auf andere Gedanken bringen.« Er küsste mich erneut, seine Hände umfassten meinen Oberkörper von hinten und begannen damit, meine Brüste zu kneten. Ein leises Stöhnen entfuhr mir. »Daniel, wir stehen hier mitten auf dem Flur. Jeder kann uns sehen. Lass uns wenigstens ins Schlafzimmer gehen.«

Ich machte trotzdem keinerlei Anstalten, mich aus seinem Griff zu befreien, zu wohltuend waren seine Hände auf meinem Körper.

»Meinetwegen kann uns ruhig jemand zusehen, jeder soll wissen, dass du jetzt zu mir gehörst«, knurrte er.

»Ich bin sicher, dein Personal weiß das auch ohne dass wir ihnen hier eine private Peepshow abliefern müssen. Also komm jetzt endlich ins Schlafzimmer.«

Ich spürte, wie Daniel hinter mir grinste, als er mich in Richtung seines Zimmers schob.

Wir fuhren mit dem SUV zum Polizeipräsidium. Ich hatte Mr. Burton heute frei gegeben, denn solange ich mit Daniel unterwegs war, brauchte ich meinen eigenen Fahrer nicht.

Beim Verlassen der Wohnung hatte es beinahe noch einen kleinen Eklat gegeben, als Mrs. Herzog mir hinterherrief, meine Waffe besser nicht mitzunehmen. Ich tatsächlich vergessen, dass ich die Smith & Wesson nach wie vor in meiner Handtasche mit mir herumtrug, packte sie dann aber schnell aus und gab sie der Haushälterin zur Verwahrung. Daniel hatte nur fassungslos zugeschaut und mir dann zugeflüstert, darüber hätten wir noch zu reden.

Nun saßen wir eng aneinandergekuschelt auf der Rückbank seines

SUVs, während Smith den Wagen sicher durch die breiten Straßen der Innenstadt lenkte. »Wenn du deine Aussage machst, schaue immer zuerst auf den Anwalt. Erst wenn der dir grünes Licht gibt, beantwortest du die Frage. Santoro wird dich wesentlich härter anfassen, sobald er weiß, dass wir zusammen sind. Du musst sehr vorsichtig sein.«

Ich sah Daniel von der Seite an. »Woher kennst du den Kommissar eigentlich so gut? Hattet ihr schon mal dienstlich miteinander zu tun?«

Daniel blickte stur geradeaus. »Das auch, ja. Santoro weigert sich bis heute, den Fall zu den Akten zu legen.«

»Was für einen Fall?«

»Zerbrich dir darüber jetzt nicht den Kopf und konzentriere dich nur auf deine Aussage. Ich werde immer in deiner Nähe sein. Wenn du mich brauchst, rufe einfach mein Handy an.«

Ich wunderte mich zum wiederholten Mal, warum Daniel so besorgt war, schließlich hatte ich mit dem Mord nichts zu tun, ich hatte einzig eine verschlossene Tür im Beisein von drei Zeugen zu geöffnet. Daraus konnte mir selbst Santoro keinen Strick drehen.

Als wir auf dem öffentlichen Parkplatz des Präsidiums der Bostoner Polizei ankamen, blickte ich mich beeindruckt um. Mit dem Arsenal an gepanzerten Fahrzeugen hätte man ein kleines Land innerhalb von Minuten überrollen und einnehmen können. Es sah auf, als befände sich die Polizei in einen echten Krieg.

»Und hier wolltest du eine illegale Waffe in deiner Handtasche hineinschmuggeln?« Daniel schüttelte schon wieder den Kopf. »Unglaublich. Bis jetzt stand deine nächtliche Kletterei noch auf Platz eins meiner persönlichen Charts der dreistesten Aktionen, die du dir geleistet hast. Dicht gefolgt von dem Ausflug zu Garretts Wohnung und dem Abend, als du mich mit deinem Elektroschocker im Fahrstuhl niedergestreckt hast. Aber das hier hätte alles in den Schatten gestellt.«

Daniel wusste zum Glück nicht, dass ich vor Garrys Appartment wild um mich geschossen hatte. Er schien sich aber auch so bestens zu amüsieren. »Ich hätte zu gern Santoros Blick gesehen, wenn der Alarm losgegangen wäre. Aber vermutlich hätte er mich vorher erschossen.«

Langsam nervte mich seine überhebliche Art. Ich hatte die Waffe einfach vergessen. Ich hätte mich doch nie im Leben getraut, sie mit Absicht hierher mitzunehmen.

»Wieso hast du dich gestern eigentlich nicht damit verteidigt, wenn du dich so bedroht von mir gefühlt hast?« Daniel hörte nicht auf, mich weiter mit dummen Fragen zu löchern.

»Ich habe es einfach vergessen. Die ganze Aufregung hat mich völlig verwirrt, falls dir das entgangen sein sollte«, gab ich bissig zurück.

»Hat Burton dir die Waffe besorgt, nachdem du die Anrufe bekommen hast?«

Ich schüttelte den Kopf und musste plötzlich selber grinsen. »Nein, die hat Burton mir besorgt, nachdem du mir auf dem Flur aufgelauert hast. Erinnerst du dich noch daran?« Ich blickte rasch zu Smith hinüber, der unser Geplänkel wortlos verfolgte. Sein Gesichtsausdruck war unleserlich, doch seine Mundwinkel zuckten verräterisch.

Doch Daniel war immer noch nicht zufrieden. »Kannst du überhaupt mit so was umgehen? Eine Waffe allein rettet dich schließlich auch nicht.«

Nun reichte es aber. »Ich war mit Mr. Burton schon beim Schießtraining, falls dich das beruhigt. Und in meinem Hausflur werde ich dich wohl kaum verfehlen. Also halte endlich die Klappe!« Ich boxte ihm spielerisch in den Oberarm, sodass er mich schließlich immer noch lachend in den Arm nahm und meine Schläfe küsste.

»Also Miss Walles, dann berichten Sie uns doch noch einmal, wieso das Opfer sie vor seinem Tod kontaktiert hat.« Hauptkommissar Santoro saß mir gegenüber, heute hatte neben ihm ein schlaksiger Junge mit sommersprossigem Gesicht Platz genommen, der kaum älter als ich sein konnte. Auf dem Tisch zwischen uns lag ein abgenutztes Mobiltelefon. Beide Männer starrten mich unverwandt an.

Diese Frage stellte mir Santoro nun bereits zum vierten Mal, meine Antworten schienen ihn nicht zu befriedigen. »Ich weiß nicht, wer mich angerufen hat. Alles was ich gehört habe, sind diese verrauschten Mitschnitte. Den ersten konnte ich leider nicht aufnehmen, aber den zweiten haben Sie ja nun bereits kopiert.« Langsam wurde mir die Fragerei zu anstrengend. Ich befand mich seit fast einer Stunde in dem engen Verhörzimmer und war bemüht, die unabänderliche Erkenntnis zu verdauen, dass Peter Wallenstein mir vor seinem Tod nicht nur die SMS sondern auch diese unechten Mitschnitte mit Daniels Stimme zugespielt hatte. Daran gab es nichts mehr zu rütteln, Santoro hatte mir zum Beweis die Anrufliste auf dem Mobiltelefon gezeigt, dass man in der Jackentasche des toten Peter Wallensteins gefunden hatte. Das ergab zwar alles überhaupt keinen Sinn, aber ich wagte nicht, dem Hauptkommissar Fragen zu stellen.

»Woher kennen Sie eigentlich Daniel Stone?«

Irritiert schaute ich Kommissar Santoro an. Was hatte das denn mit diesem Fall zu tun? Dann erinnerte ich mich an Daniels Ratschlag, mich mit dem Anwalt abzustimmen. Ich sah zu ihm herüber und er nickte mir zu. Eine große Hilfe war er also auch nicht.

»Mr. Stone und ich wohnen im selben Haus und zufällig arbeite ich auch in einem seiner Unternehmen.«

Ob das reichte?

»Sie sind heute zusammen mit Mr. Stone aufs Präsidium gekommen. Ich nehme an, es handelt sich hierbei nicht um eine reine Fahrgemeinschaft?«

Mein rascher Blick zum Anwalt half auch nicht.

»Sie haben Recht, Mr. Stone und ich sind befreundet.« Ich wusste nicht, wie ich den Stand unserer Beziehung ausdrücken sollte. Hatten wir nun einen Vertrag oder war es doch mehr als Sex? Letzte Nacht und den gesamten heutigen Vormittag hatte es sich so angefühlt, als ob Daniel vielleicht mehr wollte, als nur körperliche Befriedigung.

Santoro schien von meinen Ausführungen wenig beeindruckt. »Klartext, Miss Walles. Ist Mr. Stone Ihr Freund oder Partner oder wie auch immer Sie das ausdrücken wollen? Sind Sie zusammen?«

Am Liebsten hätte ich gesagt, dass ihn das einen Scheißdreck anging. Aber da ich in diesem Gespräch nur verlieren konnte, wenn ich nicht die Nerven behielt, versuchte ich mich zu beruhigen. »Ich bin mir nicht sicher. Wir kennen uns erst kurze Zeit und haben den Stand unserer Beziehung noch nicht erörtert.«

»Wollen Sie mich verscheißern, Miss Walles? Habe ich mich vielleicht nicht klar genug ausgedrückt? Gehen Sie mit Mr. Stone ins Bett? Ist die Frage jetzt einfach genug für Sie?«

Ich nickte erschrocken. »Ja. Auch wenn ich nicht weiß, was das mit unserem Fall zu tun hat?«

»Ja - was? Ja - Sie schlafen zusammen oder Ja - die Frage ist einfach genug? Miss, wenn Sie nicht bald ein wenig kooperativer sind, können wir noch ganz anders mit Ihnen verfahren.«

Ich zuckte zusammen. Wieso war Santoro so sauer auf mich? Trotzig erwiderte ich: »Vielleicht sollten Sie mir nicht mehrere Fragen auf einmal stellen, wenn Sie die Antworten darauf nicht auseinander halten können.«

Bevor ich weitersprechen konnte, ergriff der Anwalt meinen Unterarm. »Ich bin sicher, Miss Walles bemüht sich redlich, Ihre Fragen zu beantworten. Aber sie hat in der Tat recht, was hat ihre Beziehung zu Mr. Stone mit diesem Fall zu tun? Oder geht es Ihnen um persönliche Rache, Kommissar Santoro?«

Ohne darauf zu antworte, verließen die beiden Polizisten den Raum. Ich blieb allein mit dem Anwalt zurück. »Keine Angst, Miss Walles. Ich denke, Ihre Befragung ist abgeschlossen. Aber versuchen Sie beim nächsten Mal, einen kühlen Kopf zu bewahren. Alles, was Santoro will ist, dass Sie die Nerven verlieren. Also reißen Sie sich zusammen. Gibt es noch etwas, was Sie zu Protokoll geben möchten?«

Ich schüttelte den Kopf. »Nein, ich weiß doch nichts über diesen Fall. Alles, was ich damit zu tun habe, sind diese anonymen Telefonanrufe. Und ich habe keine Ahnung, was das zu bedeuten hat.«

Der Anwalt nickte verständnisvoll. »Ich bin sicher, man wird Sie bald gehen lassen.«

Die Fahrt vom Polizeipräsidium zum Ritzman Hotel verlief weitgehend schweigend. Daniel hatte auch keine neuen Erkenntnisse gewonnen, die Polizei schwieg sich weiter über die genauen Todesumstände aus.

Mir standen jetzt drei aufeinanderfolgende Schichten am Empfang bevor. Durch den Tausch meiner Frühschicht musste ich nun in der Spätschicht arbeiten, darauf folgte die Nachtschicht und morgen auch noch meine reguläre Frühschicht. Mir war ein wenig mulmig bei dem Gedanken zumute, vierundzwanzig Stunden am Stück im Dienst zu bleiben, so lange hatte ich noch nie zusammenhängend gearbeitet. Aber wenn das der Preis dafür war, dass ich den heutigen Morgen mit Daniel verbringen durfte, dann war es das wert.

Der war alles andere als begeistert gewesen, als ich ihm davon erzählt hatte. Ich konnte ihn gerade noch abhalten, meine Chefin anzurufen. Das Letzte, was ich wollte, war eine Sonderbehandlung.

Daniel sah das natürlich alles ganz anders. Er verstand nicht, dass ich auf meine Kollegen Rücksicht nehmen musste und meine Absprachen auch einhalten wollte, selbst wenn ich im Moment mit dem Eigentümer dieses Unternehmens in einer – Beziehung – stand. Und am wenigsten Verständnis hatte er für meine Entscheidung, unsere Verbindung nicht an die große Glocke hängen zu wollen. »Schämst du dich etwa dafür, mit mir zusammen zu sein?«, hatte er mich gefragt und mich dabei durchdringend mit seinen grünen Augen gemustert.

Natürlich schämte ich mich nicht, aber wir kannten uns erst seit so kurzer Zeit, dass mir alles unwirklich erschien.

Kurz bevor wir das Hotel erreichten, küsste ich ihn zum Abschied. »Bis morgen Nachmittag! Ich bin wahrscheinlich völlig erledigt, wenn ich von der Arbeit nach Hause komme. Darf ich trotzdem bei dir schlafen?«

Er nickte und zog mich fester an sich. »Babe, ich habe auch viel zu tun. Heute werde ich vermutlich nicht dazu kommen, dich zu treffen, aber ich verspreche dir, morgen früh verbringen wir wenigstens die Frühstückspause zusammen in meinem Büro?«

»Bitte lass uns das so diskret wie möglich angehen. Ich will nicht, dass schon wieder alle über uns lästern.« Mir war der Morgen nach meinem ersten Besuch in Daniels Büro noch in guter Erinnerung.

»Wer hat über uns geredet? Und wieso weiß ich davon nichts?« Offenbar verstand er nicht, dass ihn jeder beobachtete und Neuigkeiten über den Chef sofort weiterverbreitet wurden.

»Das ist doch unwichtig. Dir ist es ja vielleicht egal, immerzu im Mittelpunkt des allgemeinen Interesses zu stehen, aber mir ist das unangenehm.« Warum war es so schwer zu verstehen, dass ich unsere Liaison nicht sofort im ganzen Hotel publik machen wollte?

Doch Daniel war plötzlich erstaunlich ernst. »Juliet, das ist kein Spaß. Das Hotel ist Teil meines Unternehmens und falls es hier Leute gibt, die hinter meinen Rücken Gerüchte über mich verbreiten, dann muss ich das wissen. Ich dulde keine Unaufrichtigkeit oder Indiskretion, also raus mit der Sprache – wer hat über uns geredet?«

Ich zögerte. Ich wollte Ms. Bingham nicht in Schwierigkeiten bringen, sie war trotz unserer einmaligen Auseinandersetzung eine gute Chefin und ich arbeitete gern mit ihr. Außerdem konnte ich sehen, dass sie äußerst kompetent und gewissenhaft war, mit Sicherheit ein Gewinn für das Hotel. »Daniel, es war nur eine kleine Sache. Vergiss es einfach«, versuchte ich mich um die Antwort zu drücken.

Bissig gab er zurück: »Wenn es so unbedeutend war, weshalb erinnerst du dich daran und willst mich nicht mal im Hotel treffen? Sag mir, was passiert ist, dann entscheide ich, wie klein die Sache ist.«

Ich konnte nicht glauben, dass wir uns über so einen unbedeutenden Vorfall stritten. Der Wagen parkte bereits vor dem kleinen Nebeneingang, den die Angestellten benutzten, und am liebsten wäre ich einfach ausgestiegen.

Daniel hatte meinen Blick genau verfolgt. »Denke gar nicht daran! Je schneller du den Mund aufmachst, umso eher kannst du hier raus.«

Oh je, nun war er wieder schlecht gelaunt. Wie immer, wenn etwas nicht nach seinen Vorstellungen verlief. Er erinnerte mich dann an ein kleines Kind, dem man das Eis weggenommen hatte. Nur war Daniel eben kein kleiner Junge mehr, sondern ein entschlossener, körperlich bestens ausgestatteter Mann und das machte seine Gereiztheit manchmal beängstigend. »Versprich mir, dass du nicht gleich wieder überreagierst und auch noch den Rest meiner Abteilung rauswirfst«, forderte ich.

Doch er schüttelte unmutig den Kopf. »Nein, was passiert, entscheide allein ich. Alles, was ich dir anbieten kann ist, eine Nacht darüber zu schlafen bevor ich handle. Das muss reichen.«

Ich gab mich geschlagen. Es hatte sowieso keinen Sinn, hier weiter zu diskutieren. Draußen versuchten die vorbeieilenden Menschen, einen Blick durch die getönten Scheiben unseres Fahrzeugs zu werfen, sobald ich ausstieg, würde es ohnehin die nächsten bösen Gerüchte geben. Ich gab Daniel eine Kurzfassung des Geschehens an besagtem Morgen und beeilte mich zu erklären, wie hilfsbereit Ms. Bingham seitdem mir gegenüber war und wie gut sie arbeitete: »Du musst mir glauben, das war eine einmalige Sache. Danach ist nie wieder etwas vorgefallen.«

Er schien nicht restlos überzeugt und schwieg versonnen. Doch als ich ansetzte, weiterzusprechen, unterbrach er mich, legte seinen Zeigefinger auf den Mund und bedeutete mir, still zu sein.

»Genug jetzt. Ich habe alles gehört, was ich wissen muss und werde die

Sache bis morgen überdenken. Wenn du nicht zu spät kommen möchtest, gibst du mir noch einen Abschiedskuss und steigst dann aus.«

»Du wirst Ms. Bingham also nicht feuern, oder?«

Er brummte genervt: »Weiber! Erst macht ihr euch gegenseitig das Leben schwer mit diesem ewigen Konkurrenzkampf und ein paar Minuten später verteidigt ihr euch wie die besten Freundinnen. Ich mische mich da ganz bestimmt nicht ein, solange es nicht mir oder meiner Firma schadet. Also – mach keine Dummheiten und lass mich über alles nachdenken.«

Erleichtert atmete ich auf. Er schien seinen Humor ja noch nicht ganz verloren zu haben. Als wir uns ein letztes Mal küssten, murmelte er leise in mein Ohr: »Pass auf dich auf Baby. Wenn du Stress hast, ruf mich an. Ich bin immer in deiner Nähe.«

Dann verließ ich schnell den Wagen, um durch den schmalen Eingang das Ritzman Hotel zu betreten.

Donnerstag, 24. Mai 2012

Um vier Uhr morgens war meine Energie restlos aufgebraucht. Ich hatte die Spätschicht überstanden, nachts bei der Abrechnung geholfen und sämtliche Frühankünfte abgefertigt. Doch nun war ich trotz der Ablenkungen müde und ausgebrannt.

Wenn ich umherging, um mich wachzuhalten, schwankte meine Umgebung. Ich kam mir vor, als sei ich betrunken, dabei hatte ich außer geschätzten zehn Tassen Kaffee nichts zu mir genommen.

Sascha blickte zu mir hinüber, auch er arbeitete wieder in der Nachtschicht, konnte aber um sechs Uhr nach Hause gehen, während ich noch bis drei Uhr nachmittags hier ausharren musste. Wie ich das schaffen sollte, war mir ein Rätsel. Ich vermutete, dass ich im Laufe des Vormittags einfach im Stehen einschlafen würde.

»Juliet, wenn du müde bist, kannst du es dir im Pausenraum bequem machen. Die nächsten zwei Stunden ist hier sowieso nichts los, da kannst du ruhig ein Nickerchen machen.«

Ich lächelte ihm dankbar zu und begab mich dann rasch in unseren kleinen Aufenthaltsraum, setzte mich dort so komfortabel wie möglich auf einen der Stühle und schloss die Augen.

Eine Berührung an meiner Schulter schreckte mich auf. Ich blinzelte erschrocken und sah Smith vor mir stehen. Wie war der hierher gekommen? »Mr. Stone möchte, dass ich Sie in seine Suite bringe. Dort können Sie eine Weile schlafen.«

Ich schüttelte den Kopf, immer noch benommen und todmüde. »Nein, ich kann hier nicht weg, ich muss doch arbeiten. Bitte sagen Sie Daniel es tut mir leid, aber trotzdem Danke.«

Smith schien unschlüssig. »Mr. Stone wird das nicht gefallen. Er macht sich Sorgen um Sie.«

Seufzend drehte ich mich ein Stück zur Seite, die Rückenlehne des Stuhls bohrte sich in meine Rippen. Nach unserem Gespräch im Wagen hatte ich angenommen, Daniel würde mich endlich verstehen, aber offensichtlich war das ein Trugschluss. »Bitte richten Sie ihm aus, dass es mir gut geht und dass ich mich sofort bei ihm melden werde, falls es ein Problem gibt.«

Noch immer sah Smith zweifelnd auf mich herab, doch schließlich gab er sich einen Ruck und erwiderte: »Gut, ich werde Mr. Stone das so erklären und ich wünsche Ihnen noch viel Spaß bei Ihrer Arbeit, Miss Walles.«

War da etwa ein Hauch von Ironie in seiner Stimme? Nein, das musste ich mir eingebildet haben, meine Wahrnehmung war durch das überwältigende Bedürfnis nach Schlaf schon arg getrübt.

Als ich wieder erwachte, war unser Pausenraum angefüllt von bleichen, still vor sich hinstarrenden Gestalten. Die Frühschicht war eingetroffen. Wie immer war noch niemand richtig wach. So sah ich wahrscheinlich auch aus, wenn ich früh morgens im Ritzman Hotel eintraf.

Ich rieb mir den Schlaf aus den Augen und schüttelte die verbliebene Müdigkeit von mir ab. Dann erhob ich mich, streckte meine vom unbequemen Sitzen schmerzenden Muskeln und Gelenke und ging schließlich zur Kaffeemaschine, um mir die nötige Koffeindosis zuzubereiten, die mich durch die restlichen neun Stunden bringen sollte.

Plötzlich wurde es still. Ich drehte mich um und erstarrte. Daniel stand mitten in dem winzigen Aufenthaltsraum, in seinem frisch gebügelten, weißen Hemd mit den grünen Manschettenknöpfen sah er aus, wie von einem anderen Stern. Meine Kollegen und ich trugen die bunten Hoteluniformen, die meisten waren noch ungeschminkt, denn die Schicht hatte eben erst begonnen. Daniel hingegen war voller Energie, ich konnte den Geruch seines Duschgels bis zu meinem Standort an der Kaffeemaschine ausmachen.

»Mr. Stone, was für eine Überraschung, Sie in unserem Pausenraum zu sehen! Können wir irgendetwas für Sie tun?« Sascha hatte seine Stimme zuerst wiedergefunden.

Hinter mir piepste die Kaffeemaschine zum Zeichen, dass der Kaffee jetzt fertig war. Ich löste mich aus meiner Erstarrung, holte mir den Becher mit der dampfenden Flüssigkeit und nippte vorsichtig daran.

Natürlich war der Kaffee noch viel zu heiß und ich verbrannte mir prompt die Zunge.

»Ich wollte vorbeischauen und sehen, wie Sie zurechtkommen, nachdem so viele Ihrer Kollegen unerwartet ausgeschieden sind. Wie ich höre, teilen Sie sich jetzt untereinander die Nachtschicht?«

Daniel schien die angespannte Atmosphäre im Raum gar nicht wahrzunehmen. »Darf ich mir auch einen Kaffee nehmen? Sie können ruhig weitermachen, ich wollte Sie nicht unterbrechen.«

Seine Augen blieben an meiner Kaffeetasse hängen und hastig hielt ich sie ihm hin. »Sie können gern diesen Kaffee hier haben, der ist ganz frisch. Aber passen Sie auf, er ist sehr heiß.«

Er nahm mir die Tasse ab und bedachte mich mit einem offenen Lächeln. »Vielen Dank, Miss Walles. Das ist sehr nett von Ihnen. Und wo ich Sie hier sehe, ich brauche Ihre Hilfe noch einmal bei den Übersetzungen. Wir haben gestern nämlich das Antwortschreiben erhalten.«

Innerlich atmete ich auf. Daniels Auftauchen war zwar ein Schock, aber zumindest war er nicht so unsensibel wie ich befürchtet hatte, sondern benahm sich professionell und diskret. Ich nickte ihm zu. »Ja, natürlich. Ich habe um drei Uhr Schluss und kann mir danach das Schreiben ansehen.«

Doch er schüttelte den Kopf. »Ich fürchte, ich muss Sie bitten, noch heute Vormittag vorbeizuschauen, die Angelegenheit ist dringend.«

Ergeben nickte ich, hier konnte ich ja schlecht mit ihm streiten.

Daniel lächelte höflich und wandte sich dann wieder Sascha zu. Ich war erleichtert und begann, einen neuen Kaffee aufzubrühen, während ich dem Gespräch der beiden Männer lauschte. Auch die anderen blieben im Aufenthaltsraum, um ja nichts zu verpassen.

»Also, wie läuft die Nachtschicht? Haben Sie schon neue Kollegen oder wie kommen Sie jetzt zurecht?« Daniel schien ehrlich interessiert an unseren Arbeitsverhältnissen.

Sascha berichtete wahrheitsgemäß von den Engpässen und stieg damit in meinem Ansehen, denn er zeigte keinerlei Scheu oder Berührungsängste, als er mit Daniel sprach. Er schreckte nicht einmal davor zurück, ganz offen auszusprechen, wie enttäuscht er über den

Rauswurf von Pathees Team war. »Wissen Sie, auch ohne die genauen Gründe zu kennen – das haben sie nicht verdient. Die Leute haben viele Jahre lang gute Arbeit geleistet, und dann passiert etwas, woran sie nichts ändern konnten, und sie werden alle gefeuert? Wir sind ziemlich betroffen über diese Entscheidung.«

Ich sah, wie die anderen gebannt zuhörten. Daniel nickte bedächtig und wartete, bis Sascha geendet hatte. »Ich danke Ihnen für die offenen Worte, auch wenn ich nicht in allen Punkten Ihrer Meinung bin. Ich verspreche Ihnen, wir werden so schnell wie möglich Ersatz für die entlassenen Mitarbeiter finden, damit Sie wieder zu Ihren normalen Schichten zurückkehren können. Und selbstverständlich wird sich die Geschäftsführung bei Ihnen erkenntlich zeigen. Ich kann sehen, dass Sie alle persönliche Opfer bringen, um den Betrieb am Laufen zu halten. Aber was die Umstände angeht, die zur Entlassung Ihrer Kollegen geführt haben, bitte ich Sie um Verständnis, dass ich das nicht mit Ihnen diskutieren kann. Die polizeilichen Ermittlungen sind noch nicht abgeschlossen und wir müssen ausschließen, dass so etwas noch einmal passiert. Mehr kann ich dazu nicht sagen.«

Nachdem er geendet hatte, herrschte Stille. Keiner sagte etwas, alle schienen das eben Gehörte erst noch zu verdauen. Ich versuchte, Blickkontakt mit Daniel aufzunehmen, denn seine Worte verwunderten mich. Was wusste er über die Rolle der Nachtschicht in dem Mord? Und warum hatte er mir davon nichts erzählt? Konnte es sein, dass Pathee oder jemand aus seinem Team etwas mit dem Mord zu tun hatte? Waren sie deshalb entlassen worden?

Daniel vermied es, mich anzusehen, trank genüsslich seinen Kaffee und lehnte dabei an der Kühlschranktür. So stand er noch immer, als Ms. Bingham den Raum betrat.

Sie hob erstaunt den Kopf, blieb mitten in der Bewegung stehen, als Daniel ihr entgegensah. Ihr Blick glitt suchend durch den engen Raum, blieb auf mir hängen. Daniel verfolgte ihr Tun genau und setzte erst an zu sprechen, als er sah, wie sie mich fragend anschaute. »Bingham, ich war gerade dabei, mir persönlich ein Bild davon zu machen, wie Ihre Abteilung ohne die entlassenen Mitarbeiter klar kommt. Es scheint, als ob alles bestens organisiert ist?«

Meine Chefin schaltete sofort um und nickte zustimmend. »Ja, alle geben ihr Bestes. Wir können froh sein, eine so motivierte Belegschaft zu haben. Aber trotzdem arbeiten alle am Limit und wir brauchen dringend Ersatz.«

Sie sprach mit ihrer gewohnten Ruhe und Durchsetzungskraft. Kein Anzeichen, dass Sie für seinen Besuch eben noch andere Gründe vermutet hatte. Ich konnte verstehen, warum Daniel ihr vertraute.

Er leerte mit einem letzten Schluck die Kaffeetasse und stieß sich dann vom Kühlschrank ab. »Ja, das war auch meine Einschätzung. Kommen Sie später zusammen mit der Personalleiterin in mein Büro und bringen Sie alle Personalakten Ihrer Abteilung mit, einschließlich Ihrer eigenen.«

Er stellte die Tasse in die Spüle und drehte sich dann zu uns um, suchte wieder den Blickkontakt zu Ms. Bingham. »Ach ja, bevor ich es vergesse. Ich brauche Miss Walles für eine dringende Angelegenheit noch heute Vormittag. Eine Stunde sollte genügen. Schicken Sie sie bitte sobald wie möglich in mein Sekretariat.«

Ms. Binghams Blick wanderte zwischen uns hin und her. Dann sah sie wieder zu Daniel. »Natürlich, Sir.«

Die nächsten Stunden vergingen wie im Fluge, der kurze Schlaf hatte mich so weit erfrischt, dass ich wieder einsatzfähig war. Meine Kollegen hatten während der Arbeit nur ein Thema – der Besuch von Daniel Stone heute Morgen. So etwas hatte es noch nie gegeben. Unsere Chefin war schon seit einer Stunde mit den Personalakten verschollen, niemand konnte sich vorstellen, was sie so lange mit Daniel Stone besprach.

Und dann trat Kommissar Santoro in unsere Lobby. Er wurde von seinem sommersprossigen Assistenten begleitet, den ich schon gestern auf dem Revier getroffen hatte. Wieder fiel mir auf, wie jung der schlaksige Mann war. Vielleicht befand er sich ja noch in der Ausbildung.

Santoro trat an unseren Empfang und winkte mich zu sich, obwohl ich gerade andere Gäste bediente. »Miss Walles, Sie arbeiten also immer noch hier an der Rezeption? Ist das nicht ein wenig unter Ihrer Qualifikation? Oder bezahlt Mr. Stone Sie nicht gut genug für Ihre Dienste?«

Ich drehte mich zu allen Seiten, um zu sehen, wo meine Kollegen sich gerade befanden. Zum Glück hatte niemand seine Worte gehört. »Herr Kommissar, wie kann ich Ihnen behilflich sein? Sind Sie gekommen, um mit mir zu sprechen?« Ich bemühte mich darum, freundlich zu klingen.

»Wir sind hier, weil wir gern eine Vorführung von Ihnen hätten, was den Schließmechanismus und das Schlüsselsystem in Ihrem Hause betrifft. Dazu benötigen wir natürlich Sie und außerdem noch Ihre Chefin oder sonst jemand, der sich damit auskennt.«

Ich bedeutete den beiden Männern, in einer Sitzecke Platz zu nehmen, während ich nach dem Verbleib von Ms. Bingham forschte. Sie war noch immer nicht aus Daniels Büro zurückgekehrt, daher rief ich Mrs. Phyllis an, Daniels Sekretärin. Ich erklärte ihr die Angelegenheit in knappen Sätzen und sie versprach, Ms. Bingham sofort Bescheid zu geben. Danach setzte ich mich mit mulmigem Gefühl zu den beiden Polizisten. Heute hatte ich keinen Anwalt an der Seite, der helfend eingreifen konnte.

»Ich nehme an, Mr. Stone hat Ihnen gestern schon vom neusten Stand unserer Ermittlungen berichtet?«, begann Santoro.

Ich schüttelte den Kopf und sah ihn fragend an. »Nein, wir hatten noch keine Zeit, uns darüber zu unterhalten.« Insgeheim wunderte ich mich, was Daniel mir verheimlichte, denn er hatte behauptet, es gäbe keine neuen Erkenntnisse.

»Gut, wenn Sie möchten, gebe ich Ihnen ein kurzes Update, während wir hier warten?« Er sah mich fragend an, doch in seinen Augen glitzerte es kalt. Er schien sich darauf zu freuen, mir diese Neuigkeiten zu verraten.

»Die Ergebnisse der Spurensicherung lassen immer ein paar Tage auf sich warten, daher haben wir uns bislang vor allem mit den Lebensgewohnheiten und möglichen Konflikten im Beruf und Privatleben des Opfers beschäftigt. Als wir die Fälle durchgegangen sind, an denen Wallenstein in seiner Detektei gearbeitet hat, sind wir auf einen interessanten Zusammenhang gestoßen.«

Er sah mich erwartungsvoll an. Was wollte er von mir?

»Miss Walles, haben Sie je vom Fall Jeanne Williamson gehört?«

Ich schüttelte den Kopf. »Nein, noch nie. Ich bin neu in Boston und kenne mich auch nicht besonders gut aus. Die letzten Jahre habe ich im Ausland gelebt, da bekommt man nicht viel mit von dem, was hierzulande vor sich geht, außer den Wahlen natürlich.«

Der Kommissar seufzte. »Jeanne Williamson ist die Tochter eines bekannten Kinderarztes hier in Boston. Und sie ist seit letztem Sommer spurlos verschwunden. Alle Hinweise auf ihren Verbleib deuten auf Mr. Stone, doch der schweigt beharrlich.«

Santoro bedachte mich mit kritischem Blick, fuhr dann ungerührt fort. »Wallenstein wurde von der Familie Williamson damit beauftragt, private Nachforschungen über den Verbleib ihrer Tochter durchzuführen. Laut seiner Unterlagen richtete sich sein Verdacht einzig gegen Mr. Stone, genau wie es meine Recherchen ebenfalls ergeben haben. Aber anders als die polizeilichen Ermittlungen, die seit vielen Monaten auf der Stelle treten, hatte der Detektiv offenbar konkrete Beweise gegen Mr. Stone. Die wurden ihm am letzten Wochenende von einem Informanten in Las Vegas übergeben. Wallenstein ist am Sonntagabend zurückgeflogen und dann direkt hier ins Hotel gefahren. Und ein paar Stunden später war er tot.«

In diesem Augenblick trat Smith zu uns. »Entschuldigen Sie die Störung. Miss Walles, ich soll Sie an Ihren Termin erinnern. Können Sie mir bitte folgen, ich bringe Sie jetzt dorthin.«

Offenbar hatte Daniel ihn geschickt, um mich von Santoro loszueisen. Ich stand auf, der Kommissar machte keine Anstalten, mich zurückzuhalten. Er hatte gesagt, was er mir sagen wollte.

Mein Gehirn weigerte sich, die neuen Informationen zu verarbeiten. Falls es mir jemals gelingen sollte, all die Bruchstücke zu einem sinnvollen Ganzen zusammenzusetzen, konnte ich wahrscheinlich selbst als Kriminologin arbeiten. Aber bis dahin überließ ich es lieber anderen, dieses Rätsel zu lösen. Ich wusste nur, dass ich Daniel vertraute und dass es eine andere Erklärung für den Mord, Garrys Flucht und die Anrufe geben musste.

Trotzdem war diese Unterhaltung nicht gänzlich sinnlos gewesen. Wenigstens wusste ich jetzt, woher Daniel den Kommissar kannte und wieso die Männer sich nicht leiden konnten.

Mrs. Phyllis begrüßte mich höflich und wies mir sofort einen Platz in dem kleinen Nebenraum zu, wo ich schon einmal gearbeitet hatte. »Mr. Stone befindet sich im Moment in einer Besprechung, aber er hat darum gebeten, dass Sie an der Übersetzung des Antwortschreibens arbeiten.«

Sie legte mir einen zweiseitigen Ausdruck in deutscher Sprache vor. Ich überflog die Zeilen, es handelte sich wiederum um lauter technische Einzelheiten, von denen ich keine Ahnung hatte. Außerdem enthielt es eine Einladung zur Vorstellung des Systems in Deutschland.

»Möchten Sie eine Tasse Kaffee, während Sie hier sitzen? Sie sehen müde aus.« Ich nickte dankbar und stürzte mich in die Arbeit.

Als ich nach einer Stunde endlich fertig war, war von Daniel immer noch nichts zu sehen. »Mrs. Phyllis, ich muss wieder an den Empfang zurück, wir haben dort viel zu tun. Können Sie Mr. Stone ausrichten, dass er mich dort anrufen soll, falls er noch Fragen hat?«

»Miss Walles, ich weiß nicht, ob das richtig ist. Mr. Stone hat ausdrücklich verlangt, dass Sie hier auf ihn warten«, wandte sie ein.

Doch ich winkte ab. »Bitte richten Sie ihm aus, er soll mich anrufen. Ich kann nicht länger hierbleiben.« Dann verließ ich das Vorzimmer und begab mich wieder in die Lobby, wo mich schon Kommissar Santoro und meine Chefin erwarteten.

»Da sind Sie ja endlich, Juliet. Haben Sie die Übersetzungen für Mr. Stone beendet oder müssen Sie nachher noch einmal zurück in sein Büro?«, fragte mich Ms. Bingham.

Santoro konnte sich einen Kommentar einfach nicht verkneifen. »Ach so nennt man das heute, *Übersetzungen?* Zu meiner Zeit hieß das noch *Hochschlafen*.«

Mit hochrotem Gesicht folgte ich den beiden zu den Aufzügen.

Geduldig erklärte Ms. Bingham den beiden Polizisten unser modernes Schließsystem. Gleich zweimal lasen wir die Aufzeichnungen über alle Türöffnungen des Zimmers 2316 am vergangenen Sonntag und Montag ab. Das elektronische Schloss hatte einen Erinnerungsspeicher, der penibel alle Öffnungen aufzeichnete. Doch der Erkenntnisgewinn daraus war gleich null. Zuletzt hatte das Zimmermädchen die Tür am Sonntagnachmittag geöffnet. Dann war die Tür um zehn Minuten nach Mitternacht von innen verriegelt worden. Keine weiteren Daten waren aufgezeichnet, erst die Benutzung des Generalschlüssels am darauffolgenden Tag war vermerkt.

»Also muss der Täter durch ein Fenster ein- und ausgestiegen sein?«, fragte ich interessiert.

Kommissar Santoro sah mich skeptisch an. »Alle Fenster waren doch geschlossen, als Sie das Zimmer aufgesperrt haben?«

Ich schüttelte den Kopf. »Das kann ich Ihnen nicht sagen. Ich konnte die Tür kaum mehr als zehn Zentimeter aufdrücken, da habe ich das Fenster nicht gesehen.«

Ms. Bingham mischte sich nun ein. »Der Täter könnte auch durch die Zwischendecke geflohen sein. Die Schächte für die Klimaanlage sind ziemlich groß, aber das Herumlaufen darin verursacht laute Geräusche.«

Die Polizisten sahen sie beeindruckt an. »Sie kennen sich hier im Hotel wirklich gut aus, Ms. Bingham.«

»Ich arbeite hier schon fast zehn Jahre, da bekommt man so Einiges mit«, wehrte sie ab.

»Haben Sie einen Verdacht, wer das gewesen sein könnte? Ich nehme an, der Täter hatte entweder genauste Kenntnisse über den Bauplan des Hotels oder er hat hier selbst gearbeitet?«

»Für mich stellt sich eher die Frage, wie Mr. Wallenstein in dieses Zimmer gelangt ist. Der wird ja wohl kaum durch die Zwischendecke gestiegen sein, um den Täter zu treffen?« Ms. Bingham schien mit ihren Überlegungen schon wesentlich weiter zu sein, als die beiden Polizisten.

»Wir haben bereits versucht, seine Ankunft in unserem Hotel mit Hilfe der Aufzeichnungen unserer Überwachungskameras und den Aussagen der Nachtschicht zu rekonstruieren, aber ohne Erfolg. Die Mitarbeiter der Nachtschicht erinnern sich an nichts und die Aufzeichnungen sind aus Versehen gelöscht worden.«

Santoro sah sie beunruhigt an. »Wie ist das möglich? Passiert das häufiger, dass bei Ihnen wichtige Aufzeichnungen verloren gehen?« Dann fiel sein Blick auf mich. »Miss Walles, Sie dürfen jetzt gehen, wir benötigen Ihre Mithilfe nicht mehr.«

Der Protest meiner Chefin half nicht. Santoro beharrte darauf, mich von allen weiteren Ermittlungen auszuschließen, da es sein könne, dass ich irgendwie in diesen Fall verwickelt sei, wie er es ausdrückte.

Kurz vor Ende meiner Vierundzwanzig-Stunden-Schicht kam dann auch noch eine neue Reisegruppe an. Diesmal waren es alles ältere Frauen, die zu einem Klassentreffen verabredet waren. Es gestaltete sich beinahe unmöglich, all die Wünsche zu erfüllen, ohne eine der Frauen zu verprellen.

Einige wollten partout in zwei aneinandergrenzenden Zimmern schlafen, jedoch ohne Verbindungstür. Die Nächsten wollten möglichst weit weg vom Fahrstuhl untergebracht werden, andere wiederum baten um Zimmer auf dem Nichtraucherflur. Und Jede wachte eifersüchtig darüber, dass niemand ein größeres Zimmer oder eine bessere Aussicht als die anderen bekam. Als am Ende eine einzelne Dame übrig blieb, die sich mit niemandem ein Zimmer teilen musste, brach wieder Tumult los. Ich war der Verzweiflung nahe, als Ms. Bingham endlich an die Rezeption zurückkehrte. Sie sah nachdenklich und ein wenig besorgt aus. »Juliet, sehen Sie zu, dass die Gäste endlich einchecken. Danach will ich Sie in meinem Büro sprechen.«

Mit autoritärer Stimme wies ich die Gäste an, den Gepäckträgern auf die Zimmer zu folgen. Die einzelne Dame ließ ich warten, bis alle verschwunden waren. Dann übergab ich ihr die Schlüsselkarte für das Zimmer 2316. Ich lächelte ihr professionell entgegen und wünschte einen erholsamen Aufenthalt.

»Juliet, setzen Sie sich.« Meine Chefin klang müde und erschöpft, so kannte ich sie sonst gar nicht. Ich blickte ihr gespannt entgegen.

»Ich weiß, dass Sie Mr. Stone über die Ermittlungen auf dem Laufenden halten sollen, darum spreche ich mit Ihnen. Aber bitte behalten Sie das Gesagte für sich und verbreiten Sie das nicht im ganzen Hotel, die Sache könnte sonst ziemlich unangenehm werden.«

Ich nickte und beugte mich gespannt nach vorn. »Wie Sie wissen, haben die Aufzeichnungen der Türöffnungen nichts ergeben, aber theoretisch gibt es noch eine andere Möglichkeit, in das Zimmer zu gelangen. Wenn das Zimmermädchen die Tür einen spaltbreit offen lässt, kann jeder die Tür problemlos ohne Schlüssel öffnen und es gäbe keinen Eintrag in den Speicher des Türschlosses. Ich hatte seit langer Zeit den Verdacht, dass Pathee ein kleines Nebengeschäft damit betreibt, aber leider nie Beweise.«

Sie machte eine kurze Pause, dann setzte sie ihren Bericht fort: »Ich hoffe für Pathee, dass er mit dieser Sache nichts zu tun hat, aber wir müssen unbedingt mit ihm sprechen. Er muss sowohl Wallenstein als auch den Mörder gesehen haben. Und der Mörder könnte ohne Weiteres auf die Idee kommen, Pathee sei ein überflüssiger Zeuge.«

Meine Schicht war endlich zu Ende, aber Daniel hatte sich noch immer nicht bei mir gemeldet. Um Punkt drei erschien Smith am Empfang. »Miss Walles, ich soll Sie nach Hause fahren«, war alles, was er sagte. Woher wusste Daniel, dass Mr. Burton nicht auftauchen würde? Ich hatte meinem Leibwächter in der Mittagspause angerufen und ihm mitgeteilt, dass ich allein zurückkommen würde.

Im Wagen übergab mir Smith eine Schlüsselkarte. »Die ist für Mr. Stones Wohnung. Sie sollen ihn anrufen, wenn Sie angekommen sind, er wird Ihnen den Code geben.«

Ich drehte die schwarze, glatte Karte gedankenversunken zwischen den Fingern. Wie schnell sich die Ereignisse doch überschlugen. Vor zwei Tagen noch hatte ich in Todesangst vor Daniel gekniet, und nun hielt ich den Schlüssel zu seinem Appartment in den Händen. Es war nur meiner alles erdrückenden Müdigkeit zu verdanken, dass ich in diesem Moment nicht die Fassung verlor.

In Daniels Wohnung angekommen, duschte ich kurz und begab ich mich dann schnurstracks ins Bett. Mein letzter Gedanke erinnerte mich an die schönen Stunden, die Daniel und ich hier letzte Nacht verlebt hatten, dann fiel ich auch schon in einen tiefen Schlaf.

Ich schreckte kurz hoch, als ich Daniels warmen Körper spürte. »Schlaf weiter, Baby. Ich bin bei dir«, flüsterte er mir zu und zog mich an sich.

Eine kräftige Ohrfeige ließ mich mit einem Schlag erwachen. Ich drehte mich im Bett ohne aufzublicken, nur darum bemüht, einem weiteren Hieb zu entgehen. Dann erst richtete ich mich benommen auf und sah mich um.

Es war dunkel im Schlafzimmer, neben mir wälzte sich Daniel stöhnend im Bett. Hatte er mich eben geschlagen?

Ich stand auf und beobachtete ihn aus sicherer Entfernung. Schon in unserer letzten gemeinsamen Nacht war er von Albträumen geplagt, hatte sogar im Schlaf gesprochen. Etwas schien ihn zu quälen, doch ich wusste viel zu wenig über ihn, um das zu verstehen.

Meine Wange brannte von dem Schlag und ich spürte, dass mein Auge wieder anschwoll. Eigentlich sollte ich ins Bad gehen und mein Gesicht begutachten, doch ich konnte meinen Blick nicht von Daniel abwenden.

Wieder bewegte er seine Arme, schien eine unbekannte Gefahr abwehren zu wollen. Dann stieß er wild mit den Beinen um sich. Plötzlich war ich froh, so schnell aus dem Bett geflohen zu sein, er hätte mich ungewollt weitaus mehr verletzen können. Ich trat ein paar Schritte von seinem Bett zurück und suchte im Dunkeln nach dem Lichtschalter.

»Nein! Lass mich los! ... Lass sie gehen!« Daniel schrie beinahe.

Ich war einerseits fasziniert von seinen Träumen, doch mir war bewusst, wie sehr er darunter leiden musste.

»Geh weg, ... nicht helfen. ... nicht dahin, hinunter!« Seine Worte ergaben für mich keinen Sinn, aber als ich sah, dass er immer erregter wurde, seine Bewegungen immer heftiger, schaltete ich das Licht ein.

»Daniel, wach auf!«, rief ich aus sicherer Entfernung.

Doch noch immer schien er gefangen in seinem Traum. Vorsichtig kam ich näher. »Daniel, wach auf, das ist nur ein Traum.«

Ich ergriff seinen Arm, aber meine Berührung versetzte ihn offensichtlich in Angst. Ungezielt schwang er die Faust und traf mich damit am Oberkörper.

Ich schrie auf, mehr vor Schreck als vor Schmerz. »Aua! Das tut doch weh!«

Meine Worte ließen ihn hochfahren und er sah sich irritiert um. Langsam schien er zu begreifen, dass er nur geträumt hatte. Sein Blick fiel auf mich. »Juliet, was ist mit dir?« Er war besorgt, konnte noch immer keinen Zusammenhang zwischen seinem Traum und meinem schmerzverzerrten Gesicht herstellen.

Ich sah, wie es in ihm arbeitete. »Juliet, habe ich dir etwa wehgetan? Habe ich dich verletzt?«

Vorsichtig setzte ich mich zu ihm auf die Bettkante, nahm seine Hand in meine. »Du hattest schon wieder einen Albtraum und hast um dich geschlagen. Davon bin ich aufgewacht.«

Daniel richtete sich im Bett auf, umschlang mich mit beiden Armen. »Baby, du musst mir glauben, das war keine Absicht. Hast du Schmerzen, brauchst du irgendetwas?«

Ich schüttelte den Kopf und schmiegte mich an seine nackte Brust. »Nein, ich habe nur einen Schreck bekommen. Mach dir keine Sorgen um mich. Aber wenn du darüber sprechen möchtest, was dich beschäftigt, höre ich dir gern zu.«

Sein Kuss war sanft, dann zog er mich wieder ins Bett. »Leg dich hin, ich schalte das Licht aus.« Im Dunkeln kuschelte ich mich an ihn, doch er blieb schweigsam.

Freitag, 25. Mai 2012

»Aufwachen, du Langschläfer!« Jemand kitzelte mich auf meinem Bauch. »Steh endlich auf, wir müssen zur Arbeit.«

Entnervt zog ich die Decke fester an mich und drehte mich um, doch Daniel kannte kein Erbarmen. Seine Hände glitten unter das Laken, fanden meine nackte Haut. Und plötzlich war da wieder das Verlangen. Ich wollte ihn schon wieder spüren, seine Berührungen überall an meinem Körper. Und ich wusste, wie ich ihn dazu bringen konnte, mir diesen Wunsch zu erfüllen. Seufzend drehte ich mich auf den Rücken, tastete nach seiner forschenden Hand. »Fass mich hier an, Champ.« Ich führte seine Finger an meine Pussy.

Doch zu meiner grenzenlosen Enttäuschung zog er sie sofort wieder zurück. Ich hörte ihn neben mir leise lachen: »Baby, dafür haben wir jetzt keine Zeit mehr, aber ich verspreche dir, heute nachmittag kümmere ich mich um dich.«

In der Tiefgarage wartete Mr. Burton auf mich. »Guten Morgen, Miss Walles! Schön, Sie endlich wieder zu sehen. Ich hoffe, es geht Ihnen gut?« Mein Fahrer warf einen bezeichnenden Blick auf mein blaues Auge. Daniels nächtlicher Schlag war nicht folgenlos geblieben, und dabei war mein anderes Augenlid gerade erst zu seiner normalen Färbung zurückgekehrt, nach seiner Ohrfeige vom letzten Samstag. So langsam gewöhnte ich mich daran, draußen mit einer Sonnenbrille herumzulaufen und im Hotel stark geschminkt zu erscheinen.

Ich verabschiedete mich von Daniel, wollte ihm seine Schlüsselkarte zurückgeben. Doch er wehrte ab. »Nein Baby, die wirst du heute nachmittag noch brauchen. Wenn du Schluss hast, kannst du direkt hierher zurückfahren und auf mich warten. Ich versuche, nicht allzu spät zu kommen.«

Ich steckte den Schlüssel zu seiner Wohnung wieder ein. Noch immer wunderte ich mich über sein scheinbar grenzenloses Vertrauen. Als ich ihm einen letzten Kuss auf die Wange hauchte, flüsterte er mir ins Ohr: »Pass gut auf dich auf. Ich werde an dich denken, Baby.« Ich schmiegte mich an ihn, wollte ihn nicht gehen lassen. »Ich werde auch an dich denken, Champ.«

Daniel seufzte leise: »Wieso eigentlich Champ?«

Kichernd äffte ihn nach: »Wieso eigentlich Baby?«

Er drückte mir einen lauten feuchten Kuss auf die Stirn und wandte sich dann schmunzelnd ab.

Im Hotel verlief meine Arbeit fast ohne Zwischenfälle. Nur die einzelne Dame aus dem Zimmer 2316 suchte mich am Empfangsschalter auf. »Miss, ich habe ein Problem. Es ist mir ein bisschen peinlich, aber ich möchte gern mein Zimmer wechseln.«

Ich schaute sie freundlich lächelnd an. Ihr Wunsch ersparte es mir, Sie um denselben Gefallen zu bitten, schließlich wollte die Polizei dieses Zimmer heute erneut kriminaltechnisch untersuchen.

»Ja, sicher Ma'am. Ich schaue gern nach, ob wir etwas Anderes für Sie finden können. Haben Sie bestimmte Wünsche?« Ich blickte in ihr Gesicht, sah, wie sie innerlich aufatmete. »Nein, ich habe keine Wünsche. Bitte finden Sie nur ein Zimmer möglichst weit weg von meinem jetzigen.«

Überrascht erkundigte ich mich bei ihr: »Stimmt etwas nicht damit?«

Die alte Dame schien mit sich zu ringen, doch schließlich sagte sie: »Bitte lachen Sie mich nicht aus, aber in meinem Zimmer spukt es. Die halbe Nacht habe ich wach gelegen, weil so seltsame Geräusche aus der Decke kamen.«

»Haben Sie die Nachtschicht verständigt? Hat jemand nachgeschaut?« Ich war plötzlich aufgeregt, fühlte mich auch mitschuldig an der offensichtlichen Verängstigung der alten Dame.

Sie schüttelte den Kopf. »Nein, vielleicht habe ich mir das alles auch nur eingebildet. Aber wenn Sie mich umziehen ließen, wäre ich Ihnen sehr verbunden.«

Ich bemühte mich, mein professionelles Lächeln beizubehalten, während ich ihr eine leerstehende Suite buchte. Ihre Erleichterung ließ mich noch schlechter fühlen und als sie mir ein horrendes Trinkgeld zustecken wollte, lehnte ich ab. »Nein danke, dass ist wirklich nicht nötig. Ich möchte mich für Ihre Unannehmlichkeiten letzte Nacht entschuldigen.«

Die Polizei kam am frühen Nachmittag, um die notwendigen Untersuchungen durchzuführen. Kommissar Santoro war heute nicht anwesend, schickte nur seinen sommersprossigen Stellvertreter. Ich erfuhr, dass der junge Mann Taylor hieß, aber er war so schweigsam und abweisend, dass ich nicht einmal herausfinden konnte, ob es sich dabei um seinen Vor- oder Nachnamen handelte.

»Was suchen Sie eigentlich in diesem Zimmer?«, wollte Ms. Bingham von den Technikern wissen, als diese damit begannen, die Zwischendecke aufzuschrauben.

»Ma'am, wir sind nicht befugt, über den Stand oder die Methoden unserer Ermittlungen Auskunft zu geben«, erklärte Taylor uns mit ernster Miene.

»Ich frage ja nur nach, weil wir dieses Zimmer am Sonntag für neue Gäste benötigen. Ich hoffe, bis dahin haben Sie gefunden, was Sie suchen und alles ist wieder in dem Zustand, in dem sie es vorgefunden haben?« Ms. Bingham verfolgte mit kritischem Blick, wie die Techniker einen Teil der Verkleidung abrissen und zu Boden fallen ließen.

Ich zog meine Chefin zur Seite. »Ich habe mit der Dame gesprochen, die hier übernachtet hat. Sie hat behauptet, sie hätte in der Nacht laute Geräusche aus der Decke kommen gehört.«

Ms. Bingham betrachtete mich argwöhnisch. »Ist das eine Geistergeschichte? Falls ja, bitte verkneifen Sie sich das in Zukunft, Juliet. Ich finde das überhaupt nicht komisch.«

Doch ich schüttelte energisch den Kopf. »Nein, ist es nicht. Und vielleicht finden die Polizisten ja heraus, was in der Decke verborgen ist?«

Etwas fiel mit einem lautem Knall zu Boden. »Hey, könnt ihr nicht aufpassen? Wenn irgendetwas zu Bruch geht, schicke ich die Rechnung direkt an Santoro!« Ms. Bingham konnte sich auch jetzt Gehör verschaffen und Taylor wies die Techniker erschrocken an, eine Pause zu machen.

Wir alle betrachten neugierig die Trümmer, die von der Decke übrig waren. Aber bis auf ein paar Gipsplatten und jeder Menge Staub und Glassplittern fanden wir nichts Interessantes.

Einer der Techniker machte sich daran, das Bett zur Seite zu schieben, denn ein Teil der Zwischendecke war seitlich darunter gerutscht. Taylor hielt uns davon ab, näher zu kommen. Er bückte sich nach etwas, hob dann einen winzigen schwarzen Gegenstand auf. Doch nachdem er ihn einen Moment lang kritisch betrachtet hatte, warf er ihn achtlos auf den Trümmerhaufen.

»Was war das?«, wollte Ms. Bingham wissen.

Taylor schien sich unserer Anwesenheit erst jetzt wieder bewusst zu werden. »Sie haben genug gesehen. Wir setzen unsere Untersuchung allein fort und sagen Ihnen Bescheid, falls wir Sie noch einmal brauchen. Bitte gehen Sie jetzt!« Seine Stimme klang schon fast panisch, ich konnte mir gut vorstellen, wie Kommissar Santoro ihn zur Schnecke machte, wenn er erfuhr, dass wir uns während der polizeilichen Untersuchungen am Tatort aufgehalten hatten.

Als wir den Trümmerhaufen passierten, um das Zimmer zu verlassen, warf Ms. Bingham einen neugierigen Blick darauf. Fraglos suchte sie nach dem Gegenstand, den Taylor dort hingeworfen hatte und fand ihn schließlich tatsächlich. »Das ist ein Knopf. Juliet, bitte nehmen Sie den mit, vielleicht gehört er der Frau, die hier letzte Nacht gewohnt hat.«

Ich blickte fragend zu Taylor. Der nickte ungeduldig. »Nun machen Sie schon. Wir haben nicht den ganzen Tag Zeit.«

Ich steckte den schwarzen Knopf in meine Uniformtasche und nahm mir vor, ihn morgen der Dame zu präsentieren, die hier übernachtet hatte.

Ms. Bingham ging mit mir zusammen den Flur entlang zurück zum Empfang. »Wissen Sie, was ich seltsam finde?«, meinte sie, als wir uns im Fahrstuhl gegenüberstanden. »Dieser Wallenstein war doch unverheiratet und ungebunden. Wieso ist er dann mitten in der Nacht heimlich in unser Hotel gekommen? Ich arbeite hier schon mehr als zehn Jahre, da bekommt man Einiges mit. Aber so einer wie der Wallenstein hätte doch eine Affäre vor niemandem verstecken müssen?«

»Vielleicht hat er sich ja nicht mit einer Frau getroffen?«, warf ich ein.

Ms. Bingham lachte laut auf. »Juliet, glauben Sie mir, Männer sind doch alle gleich. Früher oder später langweilen sie sich mit dem ganzen Alltagskram und suchen nach einem Abenteuer. Und meistens kommt dann eine Frau ins Spiel. Was glauben Sie, wie viele Geschäftsreisende sich bei mir schon nach Prostituierten, Callgirls und Dominas erkundigt haben. Die Türsteher könnten Ihnen da noch viel mehr zu erzählen.«

Zum Glück hielt unser Fahrstuhl in diesem Moment und ich eilte davon. Ich mochte mir gar nicht ausmalen, wie lange es dauern würde, bis sich Daniel mit dem Alltagskram langweilte.

Auf der Fahrt mit meinem alten Toyota war Mr. Burton schweigsam wie immer. Doch kurz bevor wir den Triumph Tower erreichten, sprach er mit bitterernster Stimme: »Miss Walles, ich möchte Ihnen wirklich nicht zu nahe treten, aber in letzter Zeit verbringen Sie viel Zeit mit Mr. Stone. Und jedes Mal, wenn ich Sie danach wiedersehe, haben Sie eine Verletzung. Darf ich fragen, misshandelt Mr. Stone Sie?«

Seine Frage traf mich vollkommen unvorbereitet. Ich schwieg erschrocken, so betroffen machte mich seine Unterstellung. Als ich schließlich antwortete, klang meine Stimme bei Weitem nicht so fest, wie ich es mir gewünscht hätte. »Nein, Mr. Stone misshandelt mich nicht. Machen Sie sich keine Sorgen um mich. Sie können mir glauben, ich fühle mich sehr gut aufgehoben bei Mr. Stone.«

Mr. Burton blickte mich durch den Rückspiegel an. »Sie sollten vorsichtiger sein, Miss Walles. Ich habe Ihnen versprochen, nicht mit Ihrer Mutter über die Vorkommnisse hier in Boston zu reden, aber Sie machen mir das nicht leicht. Falls ich Sie mit neuen Blessuren antreffe, werde ich wirklich Ihre Eltern verständigen müssen. Ich hoffe, Sie verstehen das?«

Natürlich verstand ich ihn. Er steckte in einer Zwickmühle. Von meinen Eltern engagiert, machte ich es ihm nicht einfach, seinen Aufgaben nachzukommen. In den letzten Tagen hatte er mich kaum zu Gesicht bekommen, eigentlich ein unhaltbarer Zustand für einen Leibwächter. »Mr. Burton, ich kann Ihre Besorgnis nachvollziehen, aber glauben Sie mir, das war nur ein Zusammentreffen unglücklicher Umstände. Und hoffentlich passiert es nicht wieder. Doch ich würde gern Ihre Hilfe in einer anderen Sache in Anspruch nehmen.«

Mein Leibwächter schaute grimmig nach vorn, konzentrierte sich darauf, in die Tiefgarage meines Wohngebäudes zu fahren.

»Sie haben mir empfohlen, Konstantin mit der Stimmanalyse zu beauftragen. Er hat mir auch ein Ergebnis geliefert, die Stimme gehört tatsächlich Mr. Stone. Aber er hat mir dabei verheimlicht, dass es sich dabei um einen Zusammenschnitt handelte, nicht um ein echtes Gespräch. Stattdessen hat er mich dazu gedrängt, die Anrufe der Polizei als Beweismittel vorzuspielen, obwohl ihm klar sein musste, dass sie eine Fälschung waren. Konstantin hat mir erzählt, er arbeite an einer großen Sache gegen Mr. Stone. Können Sie sich nicht umhören, worum es sich dabei genau handelt?«

Als wir anhielten, drehte sich Mr. Burton zu mir um. »Ja, ich kann mich selbstverständlich einmal umhören, Miss Walles. Aber ich muss Sie warnen, die Antwort auf diese Frage könnte Ihnen nicht gefallen.«

Ich schwieg bestürzt. Wusste mein Leibwächter etwas, dass er vor mir verbarg? Hatte Daniel etwa noch mehr Geheimnisse vor mir?

»Wie lange wird es dauern, bis Sie die Antwort haben?«, fragte ich schließlich atemlos.

»Eine Woche vielleicht. Ich sage Ihnen dann sofort Bescheid.«

Ich nickte und öffnete die Tür, um auszusteigen. »Ich nehme an, Sie benötigen mich heute nicht mehr, Miss Walles?«

Mein Gesicht errötete. Mr. Burton war bestens im Bilde, was Daniel und ich trieben. »Nein, wir sehen uns morgen früh um halb zehn, um meine Eltern vom Flughafen abzuholen.«

»Soll ich einen Mietwagen besorgen, Miss Walles? Nichts gegen dieses Auto, aber Ihre Eltern erwarten vielleicht etwas anderes.«

Erleichtert nickte ich ihm zu und eilte dann davon.

In Daniels Wohnung traf ich auf Mrs. Herzog, die gerade damit beschäftigt war, die wenigen Pflanzen in Daniels Wohnzimmer zu gießen. Ich hatte den Verdacht, die Orchideen wurden von Daniel nur geduldet, um Mrs. Herzog nicht zu verärgern. Eigentlich passten sie gar nicht zu seiner eleganten Inneneinrichtung, die zwar schick aussah, aber nicht wohnlich wirkte. »Miss Walles, schön Sie wiederzusehen! Möchten Sie etwas essen oder trinken?«

Ich nickte widerstrebend, eigentlich war es mir unangenehm, mich von ihr bedienen zu lassen, obwohl sie mit ihrer Arbeit beschäftigt war. Doch ich kannte mich in Daniels Wohnung nicht aus und wollte auch nicht suchend durch seine Schränke stöbern. Zumindest nicht, wenn Mrs. Herzog mir dabei zusah.

Ich setzte mich mit einer Tasse Kaffee ins Wohnzimmer, während die Haushälterin damit begann, Wäsche zu bügeln und ordentlich zusammenzufalten. Neugierig betrachtete ich Daniels Kleidung, die sich im Wesentlichen aus blütenweißen Hemden und grauen oder dunklen Anzughosen zusammenzusetzen schien. Seine Socken waren weich von vielen Wäschen und die Unterhosen bestanden ausschließlich aus schwarzer Baumwolle. Der Gedanke daran, wie sie sich an seine Männlichkeit schmiegten, ließ mich wohlig erschaudern.

»Mr. Stone hat mich beauftragt, mit Ihnen einen Termin zu vereinbaren, damit ich Ihre Wohnung putzen kann. Wie wäre es morgen?« Ihre Stimme riss mich aus meinen Fantasien und ich blickte irritiert auf. Es dauerte ein paar Sekunden, bis ich mich gefasst hatte.

»Nein, morgen kommen meine Eltern zu Besuch.« Ich schrak zusammen. *Morgen kamen meine Eltern zu Besuch!* Und ich hatte noch nicht einmal ein Gästezimmer vorbereitet, geschweige denn, meine chaotische Wohnung auf Vordermann gebracht.

Mrs. Herzog lächelte über meinen gehetzten Gesichtsausdruck. »Wenn Sie wollen, kann ich das auch gleich machen?«

»Aber Sie haben doch hier genug zu tun. Ich sollte besser selbst gehen und ein wenig Ordnung schaffen. Ich bin die ganze Woche nicht dazu gekommen, bei der Aufregung im Hotel.« Ich stand auf und wollte gehen.

»Miss Walles, die Bügelwäsche kann warten. Mr. Stone wäre es bestimmt nicht recht, wenn Sie nicht hier sind, er kommt jeden Augenblick nach Hause.« Daniel schien seine Haushälterin besser über seine Terminplanung auf dem Laufenden zu halten, als mich. Ich zuckte mit den Schultern und sah zu, wie Mrs. Herzog das Bügeleisen ausschaltete und damit begann, die Sachen in den Korb zurückzulegen.

»Das kann ich für Sie machen. Wenn Sie schon meine Wohnung sauber machen, ist es das Mindeste, wobei ich Ihnen helfen kann.«

Sie nickte mir freundlich zu und verließ dann das Wohnzimmer.

Unwillkürlich fragte ich mich, woher sie einen Schlüssel für meine Wohnung hatte. Als Hauseigentümer hatte Daniel ihr den vermutlich besorgt. Darüber würde ich mit ihm noch zu reden haben. Er konnte nicht einfach ohne Absprache in meine Privatsphäre eindringen.

»Das ist aber eine Überraschung!« Daniel lehnte mit seiner Laptoptasche in der Hand an der Tür zum Wohnzimmer und sah mich erstaunt an. Ich hatte beim Bügeln laute Musik angeschaltet und ihn nicht kommen gehört.

Er legte seine Tasche auf dem Tisch ab und kam mit schnellen Schritten auf mich zu. Als er mich erreichte, schloss er mich fest in seine Arme, ein leidenschaftlicher Kuss folgte. »Baby, ich habe den ganzen Tag nur an dich gedacht. Aber diesen Anblick hätte ich mir nicht erträumen lassen. Wenn du jetzt noch nackt wärst, würde ich dich hier auf der Stelle ficken.«

Ich schaltete das Bügeleisen aus, ging um das Bügelbrett herum und schloss den Wäschekorb. Dazu würde ich heute wohl nicht mehr kommen. »Du stehst also auf willige Hausfrauen?«

Er lachte. »Ich stehe auf dich! Und der Gedanke daran, wie du meine Unterhosen glatt streichst, macht mich unglaublich an.«

Amüsiert nahm ich ein Paar der schwarzen Boxershorts in die Hand, strich genüsslich mit den Fingern über das Material, kreiste langsam mit den Fingerspitzen über den verstärkten Schritt. Als ich schließlich mit den Nägeln daran entlangfuhr, saugte Daniel scharf die Luft ein.

Unschuldig blickte ich zu ihm herüber. »Ich habe meine Tanzproben auf Sonntagnachmittag verschoben, wir haben also heute den ganzen Abend für uns.«

Daniel betrachtete mich mit hungrigem Blick. »Na dann. Uns wird schon was einfallen, wie wir die Zeit rumkriegen. Hast du an etwas Bestimmtes gedacht?« Er trat hinter mich, umfing mich mit seinen Armen und drängte sich noch näher, sodass ich seinen warmen Körper spüren konnte. Er war erregt und strahlte eine derartige Hitze aus, dass auch mir auf der Stelle der Schweiß auf die Stirn trat.

»Ich könnte mich für eine neue Lektion zur Verfügung stellen, Herr Lehrer?«

Meine Worte zauberten ein verschlagenes Lächeln auf seine Lippen. Er wog mich sanft, im Takt der immer noch lautstark spielenden Musik. »Welcher Schwerpunkt wäre dir denn am Liebsten?«

Ich zuckte ratlos mit den Schultern. Ich überließ ihm die Initiative, denn er wusste genau, was ich mochte. Ich dagegen hatte in der letzten Woche erst einen äußerst begrenzten Erfahrungsschatz gesammelt. »Such du dir was aus, ich bin schließlich deine Schülerin.«

Sein Kuss ließ mich dahinschmelzen. »Komm mit ins Schlafzimmer. Ich weiß schon, was ich mit dir ausprobieren will.«

Ich folgte ihm über den Flur, er war nun voller Energie. Der Gedanke an unseren Unterricht schien ihn offenbar genauso anzutörnen wie mich. »Was machen wir denn?«, rief ich hinter ihm her.

»Das wirst du gleich sehen. Komm schon, ich bin mir sicher, es wird dir auch gefallen.« Er hielt mir die Tür zum Schlafzimmer auf und schloss hinter uns ab. Ich wunderte mich kurz über diese Maßnahme – wollte er mich daran hindern, wegzulaufen oder hatte er Angst, uns würde jemand beim Sex stören? Aber ich kam nicht mehr dazu, ihm diese Frage zu stellen. »Babe, heute will ich dich oben haben! Du übernimmst die Führung und ich genieße dich.« Mit diesen Worten begann er, sich auszuziehen.

Ich war sprachlos. Das hörte sich anstrengend an und im Hinterkopf kamen mir Zweifel daran, dass ich ihn überhaupt befriedigen konnte. Was, wenn er mich wieder so anschnauzte, wie in unserer ersten gemeinsamen Nacht?

»Du siehst irgendwie unzufrieden aus. Stimmt was nicht?«, fragte Daniel sofort, sein sicheres Gespür für meine Stimmungen ließ ihn meine Skepsis sofort bemerken. Seitdem ich in seinem Büro in Tränen ausgebrochen war, schien er mich unablässig zu beobachten und reagierte schon auf die kleinste Unsicherheit in meinem Gesicht.

»Ich wundere mich nur, dass wir immer noch beim ersten Schwerpunkt sind. Müssten wir nicht langsam mal etwas anderes machen? Ich meine, einige Punkte haben wir noch gar nicht behandelt...«

»Zum Beispiel?«, unterbrach mich Daniel, inzwischen nur noch mit Socken und Boxershorts bekleidet.

Ich holte tief Luft. »Zum Beispiel Sexspielzeug?« Ich spürte, wie ich errötete und schaute schnell auf den Boden.

Daniel blieb still und nach einer Weile blickte ich wieder auf um zu sehen, weshalb er schwieg. Ich sah in sein Gesicht, er bemühte sich verbissen darum, ein Lachen zu unterdrücken. »Babe, was genau hast du denn im Sinn? Es gibt so viele verschiedene Sachen, was möchtest du denn gern ausprobieren?«

Nun wurde ich noch unsicherer. Ich hatte keine Ahnung, was es alles gab. Sicher hatte ich schon von Dildos und Vibratoren gehört, aber noch nie gesehen, geschweige denn, in der Hand gehabt. Und obwohl ich mir vorstellen konnte, wie man sie benutzte, war mir unklar, wo genau der Vorteil gegenüber einem echten Penis liegen sollte.

»Vergiss es einfach«, murmelte ich schließlich.

Daniel kam auf mich zu, nahm mich in die Arme. »Babe«, flüsterte er mir ins Ohr, »Du wirst sehen, ich kann dich auch ohne irgendwelche Hilfsmittel glücklich machen. Irgendwann werden wir auch andere Dinge ausprobieren, aber nicht heute.« Er küsste mich auf die Nasenspitze und begann dann, mit flinken Fingern meinen Gürtel zu öffnen. »Ich bin mir nicht sicher, was ich dir eigentlich alles beibringen will. Ich glaube, ich könnte es nicht ertragen, wenn du anders kommst, als durch mich.«

Nun war ich vollends verwirrt. Seine Worte widersprachen allem, was in unserem Vertrag stand. Aber wieso sollte ich ihn darauf hinweisen? Ich atmete tief durch und schloss die Augen. Mochte Daniel auch unergründlich sein, wichtig war einzig das Hier und Jetzt. Und das versprach, anregend und befriedigend zu werden.

Vollkommen nackt legten wir uns auf sein großes Bett. »Was soll ich jetzt machen?«, fragte ich ihn, verunsichert von seiner Ankündigung.

Doch Daniel ging nicht darauf ein, stattdessen drehte er mich auf den Rücken, legte sich auf mich und stützte sich dabei auf den Ellbogen ab. Ich konnte sein hartes Glied auf meinem Bauch spüren. Seine Lippen berührten vorsichtig meinen Mund, dann drängte sich seine Zunge auch schon hervor. Wir versanken in einem leidenschaftlichen Kuss, unsere Körper ineinander verschlungen.

Schwer atmend ließ er von mir ab, küsste stattdessen meinen Hals und die Schulter. Ich stöhnte vor Wohlbefinden laut auf, streckte mich ihm entgegen, konnte nicht genug bekommen von seinen sinnlichen Berührungen.

Als er meine Brust erreichte, streichelte ich ihm mit meiner Hand über den Hinterkopf, zog ihn dichter zu mir, wollte ihn nicht wieder gehen lassen. Seine Lippen umschlossen meine Brustwarze, dann biss er mit den Zähnen ganz leicht in die Spitze und zog daran. Ich keuchte auf. Seine warme Zunge glitt über die festsitzende Spitze, immer wieder und wieder.

Ich warf den Kopf nach hinten, konnte meine Erregung kaum noch beherrschen. Meine Pussy war feucht vor Verlangen, in meinem Bauch begannen die Muskeln bereits zu vibrieren, meine Hände glitten unentwegt über Daniels schweißbedeckten Rücken. Dann wölbte sich mein ganzer Oberkörper nach vorn, seine feuchten Lippen saugten nun fest an dem geröteten Nippel und er vergrub den Kopf tiefer in meiner Brust.

Ich wimmerte leise, als mich der Orgasmus überwältigte, meine Fingernägel verkrallten sich in seiner Haut, während mein ganzer Körper unter ihm erbebte.

»Oh Baby, ich liebe es, dich so zu sehen. Das ist fast noch besser, als selbst zu kommen.« Er hielt mich fest, während meine Erregung langsam abebbte.

Als ich verschwitzt und müde zur Ruhe kam, beugte er sich ein weiteres Mal über mich und küsste ganz zärtlich meinen Mund. »Jetzt bin ich dran.«

Mit einem Ruck drehte er uns beide um, so dass ich auf ihm zu liegen kam. Ich sah seinen großen harten Penis zwischen unseren Körpern. »Setz dich auf!«, forderte Daniel und schob meine Schultern nach oben. Vorsichtig richtete ich mich auf, ergriff seinen Penis und massierte ihn mit beiden Händen. Daniel stöhnte leise.

»Wie muss ich mich hinsetzen?«, fragte ich ihn und fühlte mich wieder dumm und unbeholfen.

Daniel umfasste meine Hüften. »Komm ein Stückchen nach oben und setze dich ganz langsam auf meinen Schwanz.« Ich erhob mich wie gefordert und führte seinen Penis zwischen meine Beine. Ich spürte, wie Daniel mich dabei beobachtete. Sein Penis berührte meine Schamlippen und nun keuchte Daniel unter mir. »Babe, du bist ganz feucht. Du bist so bereit für mich, nicht wahr? Kannst du es auch kaum erwarten, meinen Schwanz endlich zu reiten? Mach schnell, ich halte das nicht mehr lange aus.« Er ergriff meine Hüften erneut und zog mich energisch auf sich nieder.

Ich spürte, wie sein Penis langsam in mich hineinglitt und immer tiefer versank, mich dabei dehnte und weitete. Oh Gott, war das gut!

Schließlich war er vollkommen in mir versunken, so tief hatte ich ihn noch nie in mir gespürt. Daniels Hände stützten noch immer meine Hüften. »Bewege dich, Baby«, hörte ich ihn flüstern. »Ganz langsam, auf und ab.«

Ich tat wie geheißen und fühlte plötzlich diese wunderbare Reibung in mir, als sein Penis ein Stück aus mir hinausglitt und dann sofort wieder tief in mich hinein. Bald verfiel ich in einen Rhythmus, meine Bewegungen wurden schneller und bei jedem neuen Stoß prallten unsere Leiber hart aufeinander. Ich konnte sehen, wie es auch Daniel genoss, mich so zu spüren. Das beflügelte mich tausend Mal mehr, als mein eigenes Wohlgefühl.

Seine Hände glitten von meiner Taille und umfassten dann meine Brüste, die durch die immer heftigeren Bewegungen auf- und niederwippten. Ich beugte mich zu ihm, damit er sie besser umfassen konnte. Dabei hörte ich nie auf, mich auf ihm zu bewegen.

Der Schweiß lief mir längst den Rücken herab, lief von meinem Oberkörper zwischen den Brüsten entlang. »Schneller Baby, du machst das super!«, feuerte mich Daniel an.

Wieder erhob ich mich leicht von ihm, um dann mit einer heftigen Bewegung auf ihn niederzusinken. Das Gefühl, das sein Schwanz dabei in meinem Inneren hervorrief, war einfach unbeschreiblich.

»Lehn dich etwas zurück. Du wirst sehen, das wird dir auch gefallen«, riet mir Daniel. Vorsichtig verlagerte ich mein Gewicht und merkte augenblicklich, wie sich sein Schwanz nun in einem neuen Winkel an mir rieb. Ich stöhnte laut auf, lehnte mich noch weiter zurück und ritt seinen Schwanz nun mit größter Geschwindigkeit. In mir setzten bereits die ersten himmlischen Beben ein.

Ich konnte meinen Höhepunkt keine Sekunde länger hinauszögern. Keuchend und schweißüberströmt ergab ich mich der süßen Erlösung und konnte spüren, wie meine Pussy zitternd verkrampfte.

»Babe, mach weiter, du treibst mich noch in den Wahnsinn!« Daniel umfasste meine Hüften mit festem Griff, führte mich trotz meiner

Erschöpfung in einem gnadenlosen Ritt. Noch einmal erhob ich mich, dann zog er meinen Körper dann heftig an sich. Ich fühlte, wie er sein warmes Sperma tief in mir verspritzte, wie er wieder und wieder in mir kam.

Völlig erschöpft kamen wir schließlich zur Ruhe. Ich legte meinen Kopf auf Daniels Brust, schloss die Augen und konnte hören, wie laut und schnell sein Herz schlug.

Nach einer Weile öffnete ich meine Augen wieder. Ich schmiegte mich eng an ihn, meine Finger glitten durch die wenigen dunklen Haare auf seinem durchtrainierten Oberkörper, umspielten sanft seine feste Brustwarze. Ich schob meine Kopf ein wenig dichter heran, damit ich den verhärteten Nippel mit der Zunge erreichen konnte. Interessiert leckte ich darüber um zu sehen, ob er darauf ähnlich sensibel reagierte, wie ich selbst.

»Baby, was machst du da? Willst du mich etwa schon wieder oder spielst du nur?« Er strich mir die feuchten Haare aus dem Gesicht, dann setzte er sich auf, lehnte den Kopf gegen die Rückseite des Bettes.

Unvermittelt befand sich mein Kopf nun direkt neben seinem geröteten und noch feuchtem Schwanz.

Ich nahm ihn in eine Hand und führte ihn damit an meine Lippen. »Warte noch damit, Babe. Wenn ich erst mal in deinem süßen Mund bin, ist alles zu schnell zu Ende. Massiere mich erst mit der Hand und sieh mich dabei an.«

Seinen Bitten zum Trotz ließ ich sein Glied in meinem Mund verschwinden, saugte hart daran bevor ich es wieder hinausgleiten ließ. Er keuchte überrascht auf.

Dann begann ich, ihn zu streicheln und zu massieren. Es war imponierend, wie sein Penis unter meinen Berührungen hart wurde, anschwoll und sich in die Höhe streckte. Seine Hoden waren prall und fest, als ich sie mit den Fingern vorsichtig betastete, dann ebenfalls leicht massierte. Ich blickte zu Daniel auf, der die Augen geschlossen hielt und offenbar um seine Beherrschung kämpfte. Ab und zu entfuhr ein leises Stöhnen seinen Lippen.

»Darf ich dich mit der Hand kommen lassen?«, fragte ich ihn, obwohl ich keine Ahnung hatte, wie ich das anstellen sollte. »Ich möchte dir so gern dabei zusehen, wie du kommst.« Meine Finger fuhren an seinem langen Schaft entlang.

»Du kannst es ja versuchen. Nimm ihn fester in die Hand und reibe vorsichtig auf und ab.« Ich umfasste ihn stärker und ließ meine Hand schneller daran entlangfahren. »Noch schneller Babe!«, keuchte er.

Mein Arm schmerzte schon von der ungewohnten Bewegung, während ich seinen Schwanz rieb. Schließlich beugte mich doch über ihn, umschloss ihn mit meinen Lippen und ließ ihn tief in meinen Mund gleiten. Ich saugte und bewegte meinen Kopf an seinem Schaft auf und nieder, leckte ihn mit meiner Zunge und hielt ihn so fest umschlossen, wie ich konnte.

»Babe, ich komme!« Ich sah überrascht zu ihm auf, so schnell hatte ich damit nicht gerechnet. Doch sein Gesicht entspannte sich in dem Moment, in dem ich die warme Feuchtigkeit in meinen Mund rinnen spürte. Ich schaute fasziniert zu, wie Daniel von seinem Höhepunkt überwältigt wurde. Seine verzerrten Züge wurden ganz weich, fast schon hilflos. Ich hatte das Gefühl, in sein Innerstes blicken zu können, sah nur hier, wie verletzlich er eigentlich war, wenn er seine Schutzhülle aus kühler Überlegenheit, die er sonst vor sich hertrug, für einen kurzen Moment ablegte.

Wir lagen noch lange still nebeneinander, Daniel streichelte sacht über meinen Rücken, ohne etwas zu sagen.

Schließlich setzte er sich langsam auf. »Willst du hier übernachten? Falls ja, dann bereite ich besser ein Gästezimmer vor.« Erschrocken richtete ich mich nun ebenfalls auf. »Wieso? Was ist los?«

Er sah mich an, sein Gesicht drückte Entschlossenheit aus. »Ich habe dir gestern Nacht wehgetan. Das darf nicht mehr passieren. Solange ich diese Albträume habe, schlafen wir besser getrennt.«

Als er meine Enttäuschung wahrnahm, zog er mich versöhnlich an sich. »Nun guck nicht so. Das ist doch nur zum Schlafen. Du kannst nicht immerzu mit neuen Verletzungen herumlaufen. Und außerdem haben wir noch das ganze Wochenende vor uns. Wenn wir uns nicht wenigstens nachts ausruhen, sind wir beide am Montag völlig fertig.«

Ich schüttelte traurig den Kopf. »Daraus wird nichts, Champ. Morgen kommen meine Eltern zu Besuch.«

Daniel sah mich erschrocken an. »Deine Eltern? Warum hast du mir davon nichts gesagt?«

»Weil ich noch nicht dazu gekommen bin. Irgendwie waren wir immerzu abgelenkt.«

»Hast du vor, ihnen von uns zu erzählen?«

Verwunderte blickte ich zu ihm auf. »Nein, natürlich nicht. Das hatten wir doch im Vertrag so vereinbart.«

»Wir könnten eine Ausnahme machen«, gab er zu bedenken. »Ich würde gern deine Mutter kennenlernen.«

Meine Irritation wuchs. »Bist du noch ganz bei Trost? Der Tag, an dem meine Eltern von unserem Vertrag erfahren, ist auch gleichzeitig der letzte Tag auf Erden – für uns beide.«

Doch Daniel ließ nicht locker. »Wir müssen ihnen ja nichts von dem Vertrag erzählen. Du kannst mich doch einfach so vorstellen.«

»Ich dachte, du kennst meinen Vater bereits? Oder wie soll ich dich vorstellen? Das hier ist Daniel Stone, der Mann, der mich entjungfert hat und seitdem in jeder freien Minute hemmungslose Sexspiele mit mir ausprobiert? Vergiss es, eher wandere ich aus.«

»Du könntest mich doch erst einmal als einen Freund vorstellen?« Daniel klang eingeschnappt, obwohl ich diejenige war, die ein Recht darauf hatte, entsetzt auf seinen Wunsch zu reagieren.

»Was willst du damit erreichen? Willst du mir das Wochenende verderben oder was erwartest du von dieser Aktion? Falls du glaubst, meine Eltern würden das einfach so hinnehmen, dann täuscht du dich gewaltig. Mr. Burton wird sie sicher schon mehr oder weniger genau informiert haben, was wir hier treiben.«

Ich wollte auf jeden Fall verhindern, dass mein Vater misstrauisch wurde. Daniel und er hatte eine geschäftliche Auseinandersetzung und laut Corinne hatten die beiden sogar versucht, sich zu prügeln. Falls mein Vater auch nur ahnte, was sich zwischen Daniel und mir abspielte, würde er all seine Kontakte einsetzen, um mich aus Boston zurückzuholen.

Daniel erklärte zögerlich: »Na gut, vielleicht hast du recht. Aber ich bin auf jeden Fall zu Hause. Du kannst mich anrufen, wenn du es dir anders überlegst. Ich würde deine Mutter wirklich gerne treffen.«

»Denk ja nicht daran, uns unverhofft zu überraschen. Manchmal scheinst du deinen Selbsterhaltungstrieb völlig zu vernachlässigen. Mit meinem Vater ist nicht zu spaßen, aber das weißt du ja schon.« Argwöhnisch blickte ich ihn an. Er hatte viel zu schnell nachgegeben.

Samstag, 26. Mai 2012

Ohne Mrs. Herzog hätte ich es nie geschafft. Die kleine Frau hatte mir unermüdlich dabei geholfen, die Wohnung aufzuräumen und alles für den heutigen Besuch meiner Eltern vorzubereiten. Ein kleines Gästezimmer war hergerichtet, sogar ein Strauß frischer Blumen stand auf dem Nachttisch.

»Miss Walles, falls Sie sonst noch etwas brauchen, rufen Sie mich einfach an. Ich bin den ganzen Tag in Mr. Stones Wohnung beschäftigt, wenn Sie Hilfe benötigen, sagen Sie ruhig Bescheid. Ich habe übrigens Ihr Kleid aus der Reinigung abgeholt, es hängt wieder in Ihrem Schrank. Bevor Sie es das nächste Mal tragen, schauen Sie nochmal, ob irgendwo ein Knopf fehlt, die aus der Reinigung haben mir nämlich einen mitgegeben. Der liegt in Ihrer Küchenschublade, neben Ihrer Waffe.«

Ich entschied mich, meine Smith & Wesson lieber nicht in der Schublade zu lassen, auf die neugierigen Fragen meiner Eltern konnte ich gut verzichten. Stattdessen verstaute ich sie lieber in meinem Schlafzimmer. Ich besah den merkwürdigen Knopf und überlegte, ob er wirklich zu meinem Kleid gehören konnte. Aber der hektische Morgen ließ mir keine Zeit, länger darüber nachzudenken.

Ich hatte Daniels Wohnung erst vor einer halben Stunde verlassen, wieder einmal fiel es mir schwer, mich von meinem ausdauernden Liebhaber zu trennen. Doch nachdem wir uns heute morgen gegenseitig ein paar weitere Orgasmen geschenkt hatten, brauchte ich eine Pause. Daniel schien fast schon erleichtert, als sich Mr. Burton nach meinem Verbleib erkundigte.

Nun wartete mein Fahrer wie vereinbart vor meiner Wohnung. »Guten Morgen, Miss Walles. Ich hoffe, Sie freuen sich schon darauf, Ihre Eltern wiederzusehen?«

Ich nickte und folgte ihm in die Tiefgarage, wo uns ein schwarz glänzendes SUV erwartete.

»Entspricht das Ihren Erwartungen?«, fragte er mich. Ich nickte dankbar. Auf diesen Mann war immer Verlass. Auch wenn er mich manchmal damit nervte, dass er meiner Mutter haarklein aus meinem Privatleben berichtete.

Ich war dezent geschminkt und meine sorgfältig ausgewählte Kleidung überdeckte alle Verletzungen. An einem Handgelenk trug ich ein silbernes Armband, um die Striemen von Daniels Fesseln zu überdecken. Trotzdem hatte ich wenig Hoffnung, meinen Zustand vor meiner Mutter verbergen zu können. Sie hatte einen sechsten Sinn wenn es um ihre Töchter ging, und selbst frisch ausgeruht konnte ich ihr nie lange etwas verheimlichen. Aber wenn sie mich in dieser Verfassung sah, wusste sie vermutlich sofort, dass etwas mit mir nicht stimmte.

Ich freute mich auf ein paar unbeschwerte gemeinsame Stunden mit meinen Eltern, die ich so selten zu Gesicht bekam. Besonders mein Vater hatte als Politiker kaum Zeit für Privates und war ständig unterwegs.

Meine Mutter versuchte ihr Bestes, unsere in alle Winde verstreute Familie zusammenzuhalten und hatte sich riesig gefreut, mich nach all den Jahren endlich wieder in ihrer Nähe zu haben. Corinne und Kathlyn waren auch längst aus dem Familienanwesen in Montecino ausgezogen und ich wusste, wie sehr meine Mutter uns alle vermisste.

Auch ich vermisste meine ganze Familie, aber seit meiner Rückkehr aus Asien vor fast drei Wochen hatte ich kaum Zeit gefunden, wenigstens ein längeres Gespräch am Telefon zu führen. In den vergangenen Tagen schien sich mein gesamtes Leben von allein umzukrempeln und das entstandene Chaos riss mich einfach mit fort.

Während der Fahrt zum Flughafen ermahnte ich Mr. Burton noch einmal. »Bitte nehmen Sie Rücksicht auf meine Mutter. Sie wissen ja, wie schnell Sie sich unnötige Sorgen macht. Sie muss nicht unbedingt erfahren, dass es einen Mord im Ritzman Hotel gab.« Eigentlich war mir viel wichtiger, dass ihr Burton nichts von Daniel erzählte, aber darum konnte ich ihn wohl kaum bitten. Ich hoffte, dass er auch von sich aus nichts darüber berichtete, was ich in den letzten Tagen alles angestellt hatte. Plötzlich kam ich mir wieder wie ein kleines Kind vor.

Schon die Anwesenheit Daniels im Triumph Tower störte meine Mutter wegen der Gerüchte um sein angeblich ausschweifendes Privatleben beträchtlich. Nichts, was eine Mutter nachts ruhig schlafen ließ. Dass ich meine zweiundzwanzig Jahre lang sorgsam gehütete Unschuld ausgerechnet an diesen Mann verloren hatte, hätte sie vermutlich an den Rand eines Nervenzusammenbruchs getrieben, wenn sie davon erfahren hätte.

»Juliet, du siehst gut aus! Endlich mal ein Kleid – es freut mich, dass wir das noch erleben dürfen.« Die Begrüßung meiner Mutter war überschwänglich. Mein Vater ging hinter ihr, umrahmt von zwei weiteren Männern, die ich nicht kannte. Seine große Gestalt ragte aus der Menge der herumeilenden Menschen, ein Mann wie er konnte seine Anwesenheit unmöglich mehr als ein paar Minuten geheimhalten. Meine Mutter wirkte neben ihm noch zierlicher als sie ohnehin schon war.

Als Berufspolitiker standen er und meine Mutter unter ständigem Schutz, wurden von Bodyguards überallhin begleitet. Zumindest war heute keine Presse anwesend, offenbar hatte er seinen Besuch hier in Boston nicht öffentlich angekündigt. Eine rasende Meute von Fotografen war so ziemlich das Letzte, was ich mir für unser Treffen wünschte. Aber mein Vater nutzte solche Reisen gern für persönliche PR-Auftritte. Gott sei Dank schien meine Mutter ihm das diesmal ausgeredet zu haben.

»Schön dich zu sehen, mein Kind. Hast du dich inzwischen gut eingelebt?« Seine Aufmerksamkeit rührte mich. Ich wusste, wie beschäftigt er war und es grenzte an ein kleines Wunder, dass er ein ganzes Wochenende Zeit für mich gefunden hatte. Ich umarmte ihn und ließ mich auf die Wangen küssen.

»Juliet, dein Vater hat noch diverse Verabredungen hier in Boston geplant. Lass uns erst mal kurz über die kommenden beiden Tage reden.« Natürlich übernahm meine Mutter sofort wieder die Planung, aber für zwei Tage konnte ich das gut ertragen. Ihre fragile Erscheinung konnte mich nicht täuschen – sie war eine äußerst resolute Frau, die genau wusste, wie sie sich durchsetzen konnte.

»Ich habe heute Abend meine Aufführung, dafür habe ich euch Plätze besorgt. Ansonsten richte ich mich gern nach euch, wenn ihr Lust habt, können wir uns zusammen Bostons Sehenswürdigkeiten anschauen, dazu bin ich bisher nämlich noch nicht gekommen.«

»Kind, du darfst nicht so hart trainieren. Du musst dir auch Zeit für andere Dinge nehmen. Jetzt bist du schon fast drei Wochen hier und hast dir noch nichts angesehen?« Ich ließ die Belehrungen über mich ergehen. Zum Glück hatte meine Mutter keine Ahnung von meinen Freizeitaktivitäten in den letzten beiden Wochen.

Der Tag mit meinen Eltern verlief jedoch harmonisch und ich fühlte mich seit langer Zeit zum ersten Mal wieder richtig zu Hause, umsorgt und behütet, während wir zu dritt durch die sonnigen Straßen der Back Bay Gegend rund um den Triumph Tower spazierten und den Blick auf den glitzernden Charles River genossen. Bis hierher war ich bislang noch nie gekommen, obwohl sich der Fluss nur wenige Querstraßen von meinem Appartment entfernt befand.

Ich zeigte meinen Eltern auch das Ritzman Hotel, wo ich arbeitete, doch das rief bei ihnen eher ein genervtes Stirnrunzeln hervor. »Juliet, ich verstehe dich nicht. Wieso musst du hier dein Geld verdienen? Du hättest so viele bessere Chancen.«

Doch heute wollte ich mich nicht streiten und nickte daher meiner Mutter ernsthaft zu. »Ja Mama, das weiß ich doch. Ich glaube auch nicht, dass ich das für den Rest meines Lebens machen möchte, aber gib mir Zeit, bis ich mit der Solorolle beginne. Dann verdiene ich vielleicht genug, um nicht mehr am Empfang stehen zu müssen.«

Die Aussicht stimmte meine Eltern milde und das Thema wurde nicht weiter erörtert. Einst hatte ich die Fürsorge meiner Eltern als erdrückend empfunden, doch nach meiner so langen Abwesenheit sah ich die Dinge nun aus einem anderen Blickwinkel und freute mich einfach über unsere gemeinsame Zeit. Leider verging diese viel zu schnell.

Am späten Nachmittag erhielt mein Vater einen Anruf und musste daraufhin sofort aufbrechen, um einen Geschäftspartner zu treffen. »Es tut mir so leid, dass ich nicht zu deiner Vorstellung kommen kann, mein Kind. Aber ich verspreche dir, beim nächsten Mal klappt es bestimmt.«

Meine Mutter blieb bei mir und begleitete mich zur Aufführung von *Zubeida*. Unter ihrem kritischen Blick kam ich mir wieder wie ein kleines Mädchen vor, obwohl ich seit Jahren auf Bühnen in aller Welt auftrat. Doch das Urteil meiner Mutter war mir wichtiger als das eines jeden Kritikers, besonders, weil ich wusste, wie gut sie mich kannte und wie hart sie mich angetrieben hatte, seit ich zusammen mit Corinne im zarten Alter von vier Jahren die ersten Ballettstunden erhielt.

Meine Mutter war begeistert von dem Musical und angetan von meiner kleinen Rolle. »Rob Robson hat es wirklich drauf. Da bin ich fast neidisch, dass du zu seiner Choreografie tanzen darfst.« Natürlich erhoffte sie sich für mich eine größere Rolle, aber wir wussten beide, dass ich in weniger als einem Monat die Hauptrolle tanzen sollte.

Später erreichten wir den Triumph Tower und hatten den restlichen Abend zum Quatschen. »So Juliet, jetzt haben wir endlich Zeit, um uns richtig zu unterhalten. Mit deinem Vater ständig um uns herum, ist es ja unmöglich, ein richtiges Frauengespräch zu führen.«

Oh je, meine Mutter schien ganz in ihrem Element und ich fürchtete mich schon vor ihren Fragen.

»Meine Kleine, hat dir eigentlich schon mal jemand gesagt, wie sehr du dich in den vergangenen Jahren verändert hast? Ich hatte die Hoffnung mit dir ja schon fast aufgegeben, aber nun hast du dich doch von einem hübschen Mädchen in eine sinnliche junge Frau verwandelt. Du erinnerst mich an mich selbst, in deinem Alter.«

Meine Mutter war eine bildhübsche, anmutige Tänzerin gewesen, als mein Vater sie im Alter von fünfundzwanzig Jahren kennengelernt und nur sechs Monate später geheiratet hatte. Auch jetzt noch, mit fast fünfzig Jahren, wirkten ihre Bewegungen elegant, ihre Haut war straff und makellos und wann immer wir uns gemeinsam im Spiegel betrachteten, fühlte ich mich ungelenk. Mir fehlten ihre Weichheit, ihre Weiblichkeit und das grazile Auftreten, im Vergleich zu ihr war ich der Elefant im Porzellanladen.

»Du wirkst schon den ganzen Tag so abwesend. Gibt es einen Grund dafür?« fragte meine Mutter als Nächstes. Bingo. Sofort wurde ich rot.

»Kind, was ist denn los mit dir? Du bist doch sonst nicht so emotional?« Sie blickte mich einige Sekunden lang aufmerksam an und fuhr dann fort: »Da kann nur ein Mann dahinter stecken. Ich will alles wissen – wer ist er, was macht er und wo habt ihr euch kennengelernt?«

Was sollte ich darauf antworten? Wenn ich ihr von Daniel berichtete, würde sie ausflippen und mich zwingen, sofort mit ihr zurück nach Montecino zu kommen.

Stattdessen berichtete ich ihr nochmal über Garrys geheimnisvolles Verschwinden, seinen Kuss, die seltsamen Anrufe. Garry war schon seit der Schulzeit bei mir zu Hause ein- und ausgegangen, meine Mutter mochte ihn sehr und war deshalb auch umso betroffener über sein ungewisses Schicksal. Sie versprach, alles zu versuchen, um mit Hilfe ihrer Kontakte mehr Licht in die Angelegenheit zu bringen.

Um kurz nach Mitternacht gingen wir schließlich schlafen und als meine Mutter mich noch einmal in den Arm nahm, flüsterte sie mir ins Ohr: »Mein Kind, ich weiß nicht, was in dir vorgeht, aber wenn du Hilfe brauchst, ich bin immer für dich da.«

Ich drehte mich schnell weg, damit sie meine Tränen nicht sah. Ihre Anteilnahme war einfach zuviel für meine strapazierten Nerven.

Mitten in der Nacht kehrte mein Vater von seinem Treffen zurück. Er klopfte laut an meine Wohnungstür, wirkte angetrunken, als ich ihm öffnete. »Juliet, du bist ja noch wach? Geh schnell schlafen, meine Süße, dort draußen lauert der böse Wolf.«

Oh je, er hatte wirklich getrunken. Meine Mutter erschien ebenfalls. »Richard, nun komm endlich schlafen und lass das Mädchen in Ruhe. Du sollst ihr doch keine Angst einjagen!«

Aber mein Vater lachte dröhnend. »Ich habe Stone gerade im Fahrstuhl getroffen! Der war ganz seltsam drauf, wollte sich sogar mit mir versöhnen. Mit mir!« Wieder lachte er schallend.

Ich drehte mich zu meiner Mutter um, die entschlossen in den Flur trat. »Richard, das hast du bestimmt missverstanden. In deinem Zustand ist das auch kein Wunder. Komm jetzt schlafen!« Und zu mir gewandt sagte sie: »Können wir morgen etwas länger schlafen oder hast du etwas vor?«

Ich schüttelte den Kopf, noch immer verwirrt von den Worten meines Vaters. Wollte Daniel sich mir zuliebe mit meinem Vater versöhnen?

Zurück in meinem Zimmer rief ich eilig in seiner Wohnung an. Er meldete sich schon nach dem ersten Klingeln. Also war er wirklich noch wach.

»Daniel, hast du gerade mit meinem Vater gesprochen?«

»Was ist los, Baby? Du hörst dich irgendwie aggressiv an. Stimmt was nicht?«

»Du hattest versprochen, meine Eltern in Ruhe zu lassen. Wie kommst du dazu, meinem Vater im Fahrstuhl aufzulauern?« Ich war tatsächlich wütend auf ihn. Auch wenn er es gut gemeint hatte. Fröstelnd setzte ich mich auf mein Bett und zog die Decke über die Schultern.

»Ich weiß gar nicht, wieso du dich so aufregst. Wir haben uns zufällig getroffen. Und ich will diesen elendigen Streit schon lange beilegen, da schien es eine gute Gelegenheit, mit ihm zu sprechen. Nur leider war er gar nicht begeistert von meinem Vorschlag.«

»Was genau hast du ihm denn vorgeschlagen?«, fragte ich misstrauisch. Bei Daniel musste man mit allem rechnen.

Doch er wiegelte ab. »Das ist rein geschäftlich und hat nichts mit uns zu tun. Du musst mir glauben, ich halte mich an mein Versprechen. Von mir erfahren deine Eltern kein Wort.«

Seine Worte ließen mich beruhigt auf mein Kissen sinken. »Es tut mir leid, dass ich dich verdächtigt habe. Du fehlst mir so sehr, Champ.«

Es war unglaublich, wie schnell ich mich an seine nächtlichen Umarmungen, seine Küsse und seinen warmen Körper gewöhnt hatte. Wie konnte ich ihn nach so kurzer Zeit schon so sehr vermissen?

»Ich vermisse dich auch, Baby. Aber es ist besser, wenn du dich heute nacht ausruhst, dann hast du morgen mehr Kondition für mich.«

Ich lachte leise. »Du bist total egoistisch. Ist dir das schon mal aufgefallen?«

Seine Antwort verblüffte mich. »Ich wäre nicht da, wo ich jetzt bin, wenn ich das nicht wäre. Dasselbe solltest du bisweilen auch tun, Baby. Manchmal ist ein wenig Egoismus gar nicht so verkehrt, es erleichtert das Leben unheimlich, sich nicht ständig nur um alle anderen zu sorgen.«

»Das werde ich mir merken. Schlaf gut, Champ«, sagte ich und legte auf.

Sonntag, 27. Mai 2012

Heute hatte ich für meine Eltern ein kleines Sightseeingprogramm zusammengestellt, um die Küste New Englands zu erkunden. Mr. Burton fuhr uns mit dem SUV durch die reizvollen Landschaften Maines und immer wieder hielten wir an, um die wunderbare Aussicht auf das Meer zu genießen.

»Richard, wir müssen unbedingt hierher zurückkehren, wenn der Indian Summer anbricht und sich die Blätter der Bäume verfärben.« Meiner Mutter schien es als einziger von uns wirklich zu gefallen. Ich dagegen bemühte mich konzentriert darum, dass wir möglichst wenig Zeit fanden, uns über mein Leben oder über Daniels Zusammentreffen mit meinem Vater zu unterhalten. Mein Vater hatte schlechte Laune und bei Mr. Burton wusste ich nie so genau, wann ihm etwas gefiel. Wenigstens konnte Daniel sich hier nicht zufällig blicken lassen. Zur Sicherheit ließ ich mein Telefon auf Stummschaltung, denn für einen solchen Anruf hätte ich meinen Eltern gegenüber keine Erklärung gehabt.

»Es ist richtig schön hier im Osten, das hätte ich gar nicht gedacht«, ließ meine Mutter zum wiederholten Male verlauten.

»Warte nur ab, bis der Winter kommt. Bei minus zwanzig Grad und ohne Strom gefällt es dir bestimmt nicht mehr«, grummelte mein Vater ungehalten. Seit seiner Rückkehr letzte Nacht wirkte er unzufrieden und gereizt. Ich war mir nicht sicher, ob das seinem nachmittäglichen Treffen oder dem Zusammenstoß mit Daniel geschuldet war. Aber ich traute mich auch nicht, ihm diese Frage zu stellen.

Wir verbrachten den Rückweg nach Boston plaudernd, meine Mutter würde am Abend nach New York weiterfliegen, um Corinne für ein paar Tage zu besuchen und mein Vater musste die Nachmittagsmaschine nach LA erwischen, denn am Abend hatte er dort schon wieder Termine.

Als sie mir schließlich auf dem Flughafen ein letztes Mal zuwinkten, atmete ich erleichtert auf. Alles war gut gegangen. Nun konnte ich mich wieder meinen eigenen Problemen zuwenden und die wurden täglich drängender.

Mr. Burton brachte mich zunächst zurück zum Appartment, damit ich meine Sachen für mein heutiges Tanztraining packen konnte. Ich hasste mich selbst dafür, wie nachlässig ich diese einmalige Chance in den letzten Tagen behandelt hatte. Nun blieben mir weniger als drei Wochen, um mich auf die erste Solorolle meines Lebens vorzubereiten.

Dann wartete Daniel vermutlich auf mich und wir würden den Abend zusammen verbringen. Und morgen früh musste ich wieder zur Frühschicht im Hotel sein, wo schon die nächsten Probleme auf mich warteten, allen voran die Ermittlungen zu dem Mordfall.

Plötzlich kam mir mein letztes Gespräch mit Kommissar Santoro in den Sinn. Ich war so übermüdet gewesen, dass ich es weit nach hinten in meinem Gedächtnis geschoben hatte. Aber nun erinnerte ich mich wieder. Hatte Sanotoro nicht etwas von einem vermissten Mädchen erzählt?

Noch im Auto nahm ich meinen Computer aus der Tasche und begann, fieberhaft nach Informationen zu diesem Fall zu suchen. Ich klickte auf das Archiv des Boston Globes und fand schließlich, was ich suchte.

»Stimmt etwas nicht?«, fragte Mr. Burton, der mich vom Fahrersitz aus beobachtet hatte. Ich schüttelte den Kopf, unfähig, ihm von dem Verdacht der Polizei zu berichten. Mein Fahrer mochte Daniel sowieso nicht, da brauchte ich ihm nicht noch zusätzliche Munition zu liefern.

»Sind Sie mit Ihren Nachforschungen über Konstantin schon weiter?«, fragte ich ihn stattdessen.

»Die Angelegenheit gestaltet sich genauso schwierig, wie ich es vermutet habe. Aber ich habe eine alte Freundin getroffen, die über ein paar Ecken mit Wallenstein bekannt war. Von ihr erwarte ich bald einige Informationen. Alles was wir brauchen, sind Zeit und Geduld.«

Ich nickte schweigend, während ich auf den Text des Artikels schaute. Die Zeilen waren keineswegs dazu angetan, mein Wiedersehen mit Daniel verheißungsvoller zu machen. Offenbar wurde Jeanne Williamson, Tochter eines Kinderarztes, seit Juli letzten Jahres vermisst. Es gab nur wenige Spuren und alle endeten im Fahrstuhl des Triumph Towers. Die Durchsuchung mehrerer Wohnungen hatte nichts ergeben, außer in Daniels Appartment. Was genau die Polizei dort gefunden hatte, war jedoch unbekannt und hatte zu wilden Spekulationen geführt. Daniel schwieg beharrlich zu den Vorwürfen und Jeanne blieb verschwunden.

Ob ich ihn danach fragen konnte? Zum Glück erreichten wir in diesem Moment die Tiefgarage, sodass ich nicht mehr dazu kam, nach weiteren Informationen zu fahnden. Aber das Gelesene reichte aus, um mich zu beunruhigen.

Mein Tanztraining verlief wenig aufregend, alle meine Sehnen und Bänder schmerzten, ein klares Zeichen, dass ich zu wenig trainierte. Katie war gut gelaunt und mitteilungsbedürftig wie immer, berichtete mir von der geplanten Beerdigung von Konstantins Onkel nächsten Samstag. »Wir sollten da vielleicht auch dran teilnehmen, schließlich hat er sonst keine Familie.«

Ich nickte nachdenklich. Auch wenn er mir leid tat, hatte ich seine unverhohlene Drohung nicht vergessen. Genauso wenig wie Garrys Warnung, mich von ihm fernzuhalten.

Als ich zurück in meine Wohnung kam, wurde es schon dunkel. Ich rief Daniel an, aber zu meiner Verwunderung ging er nicht an sein Telefon. Dann wählte ich seine Handynummer.

»Babe, ich bin noch unterwegs und komme erst spät zurück. Wenn du willst, kannst du gern bei mir übernachten, den Schlüssel für meine Wohnung hast du ja.« Seine Stimme war kaum zu verstehen, er lief irgendwo auf einer belebten Straße oder saß in einem Restaurant, denn ich konnte reges Stimmgewirr hören.

»Willst du, dass wir wieder getrennt schlafen?«, fragte ich ihn.

»Das wird sich nicht vermeiden lassen, wir haben das doch schon diskutiert. Aber ich habe dich trotzdem gern in meiner Nähe, also fühl dich ruhig eingeladen.« Ich hörte kein bisschen Bedauern und seine Worte klangen fremd und unpersönlich.

»Danke für das Angebot, aber dann schlafe ich doch besser bei mir. Morgen muss ich wieder früh aufstehen. Gute Nacht, Daniel.«

Im Bett lag ich noch lange wach, lauschte auf Geräusche aus der Wohnung über mir. Natürlich war nichts Klares auszumachen, aber von Zeit zu Zeit bildete ich mir ein, Stimmen zu hören, und leises Stöhnen. Hatte Daniel etwa eine andere Frau bei sich? Eigentlich traute ich ihm das nicht zu, aber ich kannte ihn auch kaum. Und alle meine Freunde hatten mir vor ihm gewarnt.

Innerlich war ich wütend auf mich selbst. Wie konnte ich schon wieder an ihm zweifeln? Bisher hatte er alle Gerüchte und Anschuldigungen widerlegen können. Schuldete ich ihm nicht ein bisschen mehr Vertrauen?

Schließlich versank ich in einen unruhigen Schlaf.

Mitten in der Nacht klingelte mein Telefon. Ich nahm den Anruf entgegen ohne auf das Display zu blicken. »Juliet, entschuldige die späte Störung«, erklang Daniels sinnliche Stimme an meinem Ohr. Warum war er jetzt noch wach?

»Ich habe gerade einen dringenden geschäftlichen Termin in Deutschland zugesagt, für morgen Nachmittag. Und ich möchte, dass du mich dorthin begleitest. Es geht um einen wichtigen Auftrag und ich muss unsere Kunden unbedingt persönlich treffen. Es wäre gut, wenn du mit mir zusammen daran teilnimmst, um für mich zu übersetzen. Ist das möglich?«

Ich fuhr erschrocken aus dem Bett hoch. Er hörte sich so ernst an.

»Das ist ziemlich kurzfristig, Daniel. Ich bin morgen im Hotel für die Frühschicht eingeteilt. Es tut mir leid.«

Doch er wiegelte ab: »Mach dir um deine Arbeit keine Sorgen, ich kläre das mit deiner Chefin. Unser Flug geht morgen früh um sechs, ich kann dich um fünf Uhr abholen?«

Ich stöhnte innerlich auf, obwohl mich seine Einladung gleichzeitig in Aufregung versetzte. Mit Deutschland verbanden mich wundervolle Erinnerungen an zahllose Sommerferientage bei meinem Großvater auf dem Land. Auf eine passende Gelegenheit, ihn wiederzusehen, hoffte ich seit vielen Jahren. Aber Daniels Geschäftstermin war wohl kaum die erhoffte Chance.

»Ich weiß nicht, ob das eine gute Idee ist. Meine Abteilung ist sowieso schon unterbesetzt, da kann ich nicht einfach fehlen. Du wirst sicher eine andere Übersetzerin finden, auch kurzfristig.«

Schließlich antwortete er zögerlich: »Darum geht es gar nicht. Ich brauche jemanden an meiner Seite, dem ich vertrauen kann. Eine persönliche Assistentin. Es steht für mich viel auf dem Spiel, und ich kann mich nicht mit der zweitbesten Lösung zufrieden geben. Ich muss dich dabeihaben, Juliet. Ich kann einen Ersatz für dich am Empfang finden, aber deine Teilnahme an diesem Termin ist unabdinglich.«

»Was müsste ich denn tun?« fragte ich schließlich halbwegs überzeugt und wartete gespannt auf seine Antwort. Bislang hatte ich lediglich einen kleinen Ausschnitt seiner täglichen Arbeit mitbekommen, der sich mit dem Ritzman Hotel beschäftigte. Doch ich wusste natürlich, dass dieses Hotel nur einen winzigen Teil seiner Firma darstellte, die sich hauptsächlich mit Onlinegeschäften und Computerprogrammen beschäftigte.

»Wir werden in Berlin übernachten, aber der Termin, bei dem ich dich dabei haben will, ist in einer kleineren Stadt nicht weit entfernt. Wir treffen uns dort mit dem Vorstand eines Autoherstellers. Du erinnerst dich doch an die Korrespondenz, die du für mich übersetzt hast? Alles Weitere erkläre ich dir lieber persönlich auf dem Flug.«

Er klang konzentriert und bemühte sich aus mir unverständlichen Gründen, das Ganze so geschäftlich wie möglich klingen zu lassen.

Endlich gab ich mich geschlagen. »Also gut, ich mache es. Muss ich noch etwas vorbereiten?«

Ich konnte hören, wie er sich entspannte. »Du brauchst nicht viel einzupacken, nur deinen Reisepass und das Allernötigste. Wir kaufen dir unterwegs ein anständiges Businessoutfit. Und du kannst im Flugzeug schlafen, wir fliegen mit meinem Privatjet, der hat ein sehr bequemes Bett im Schlafzimmer.« Seine Stimme war auf einen Schlag sanft und verführerisch.

Ich seufzte. Natürlich hatte er ein eigenes Flugzeug. Wie hätte es auch anders sein können. »Fliegen noch andere Leute mit?«, wollte ich wissen.

»Ja, Smith natürlich und mein CFO, Hendricks. Dazu noch vier weitere Mitarbeiter, die das Treffen vorbereitet haben. Wir fliegen alle zusammen in meinem Jet, bleiben morgen und am Dienstag geht es nach einem Morgenmeeting sofort zurück, denn für den Abend habe ich noch weitere Verpflichtungen hier in Boston.«

Sein Terminplan ängstigte mich. Wie war es möglich, dass er so viel Zeit für mich gefunden hatte, wo er doch immer beschäftigt war? Ich sah sein wunderschönes Gesicht vor mir, die dunklen Ränder unter seinen Augen waren das einzige Zeichen seiner harten Arbeit. Doch sein Blick war stets klar und durchdringend. Kein Zeichen von Schwäche oder Übermüdung.

»Wie spät ist es jetzt, Champ?« fragte ich abschließend.

»Schon fast zwei. Versuche, noch ein wenig zu schlafen. Ich rufe dich wieder an, wenn du aufstehen musst.«

Ich stöhnte auf. »Ja gut. Dann bis gleich.«

»Danke, Juliet.« Er legte auf und ich sank zurück in mein Kissen. An Schlaf war jetzt nicht mehr zu denken, denn tausend Dinge gingen mir durch den Kopf. Ich war gerührt über Daniels Vertrauen, auch wenn es sich nur um einen geschäftlichen Termin handelte. Es würde uns sicher beiden gut tun, Boston für ein paar Tage zu verlassen, zu viel war in der letzten Woche geschehen und die Angst vor einem frei herumlaufenden Mörder machte die Sache auch nicht besser.

Montag, 28. Mai 2012

Ich war sofort hellwach, als das Telefon klingelte. »Guten Morgen, Prinzessin. Zeit, aufzustehen.« Daniels Stimme klang dunkel und sinnlich. Ich schloss die Augen dabei und stellte ihn mir in meinem Bett vor. Was könnten wir jetzt alles zusammen machen!

»Juliet, nicht wieder einschlafen. Steh endlich auf, du Faulpelz!« Woher wusste er, dass ich mich in meinen Träumereien verlor?

Ich brummte unmutig vor mich hin und richtete mich benommen auf. Es blieben mir nur wenige Minuten um zu duschen und meine Sachen zu packen. Zum Glück hatte ich im Laufe der letzten Jahre eine gewisse Routine in solchen Dingen entwickelt und konnte mit fast schlafwandlerischer Sicherheit die wichtigsten Dinge zusammensuchen. Nach genau neunundzwanzig Minuten stand ich mit feuchten Haaren und einer kleinen Tasche in der Hand vor meiner Wohnungstür. Über dem anderen Arm hing mein in einer Plastikhülle verpacktes Bewerbungsoutfit. Auch wenn Daniel versprochen hatte, unterwegs etwas Passendes zu finden, beanspruchte ich seine Hilfe nur ungern.

Daniel betrachtete mich mit gerunzelter Stirn. »Du solltest deine Haare besser trocknen, sonst wirst du noch krank.«

»Guten Morgen Mr. Stone. Haben Sie auch so gut geschlafen?«, fragte ich mit ironischer Stimme, irritiert von seiner unfreundlichen Begrüßung.

Er gab mir einen harten Kuss auf den Mund, dann legte er den Arm um mich und zog mich zum Fahrstuhl. »Wie viel Gepäck hast du denn? Ich habe dir doch gesagt, wir besorgen alles unterwegs.« Seine andauernde Kritik begann, mir auf die Nerven zu gehen und ich machte ein schmollendes Gesicht. Daniel bemerkte es, als wir uns im Fahrstuhl gegenüberstanden. Er sah einmal mehr umwerfend aus, trug eine dunkle Anzughose und ein Hemd, jedoch keine Krawatte. Die obersten Knöpfe waren geöffnet, sodass ich ein paar dunkle Haare sehen konnte, die sich auf seiner Brust kräuselten. In der Hand hielt er lediglich ein Jackett und seine Brieftasche. Er ließ seine Finger über meine Wange gleiten, dann fuhr er an meiner Lippe entlang. Wie sollte ich ihm so böse sein? Ich öffnete den Mund ganz leicht und saugte an seinem Finger. Er ließ es geschehen, ließ zu, dass ich seine Fingerkuppe in den Mund nahm und leicht darauf biss.

»Baby, mach nur weiter so, dann muss ich dich noch hier im Aufzug ficken!«, drohte er mit erotischer Stimme, machte aber keine Anstalten, mir seinen Finger zu entziehen.

Ich biss stärker zu und er stöhnte auf. Schließlich gab ich den Finger doch frei und sofort ließ Daniel seine Hand an meinem Hals hinabgleiten, an meiner Schulter entlang.

»Du weißt gar nicht, wie hübsch du eigentlich bist. Ich habe etwas für dich ausgesucht, was deinen Körper besser zur Geltung bringen wird, als Jeans und alte T-Shirts.«

Die Wendung kam überraschend und ich blickte ihn irritiert an. Was war denn jetzt schon wieder los? »Hey, wenn dir etwas an mir nicht gefällt, dann sag es. Aber ich habe keine Lust, mir deine ständigen Nörgeleien an meinem Outfit anzuhören. Da kann ich ja gleich meine Mutter anrufen.«

Er zog die Augenbrauen zusammen, seine Stirn lag in Falten. Doch er sah nicht wütend aus, eher als ob er unter Kopfschmerzen litt. »Entschuldige bitte. Ich wollte dich nicht aufregen. Ich wollte dir nur eine Freude machen. Schau dir die Sachen einfach an, sie liegen in unserem Hotelzimmer in Berlin bereit, wenn wir dort ankommen. Wenn dir etwas nicht gefällt, ist das auch kein Problem, dann lasse ich sie einfach zurückgeben.«

Ich nickte zögernd. Ich wollte jetzt keinen Streit mit ihm beginnen, nahm mir daher vor, das Thema bei nächstbester Gelegenheit ein für alle Mal zu klären.

»Aber ich habe da etwas im Auge, von dem ich gern hätte, dass du es zu unserem Meeting trägst«, ergänzte er, sein Blick nun spöttisch und sogar ein wenig lüstern auf mich gerichtet.

Oh, was das wohl sein konnte?

Smith wartete am Wagen und grüßte kurz, schloss die Türen hinter uns und fuhr sofort in Richtung Flughafen. Im Auto zog Daniel mich endlich fest an sich. »Guten Morgen, Fremde. Wie war dein Wochenende?«

»Wider Erwarten war es ganz erholsam. Meinen Vater hast du ja eigenhändig vergrault aber zumindest meine Mutter war so begeistert von Boston, dass sie bald wiederkommen möchte. Und du, was hast du gemacht?«

»Ich habe gearbeitet und dich vermisst, Baby. Versprich mir, dass wir das nächste Wochenende zusammen verbringen?«

»Hast du etwas Bestimmtes vor?« Ich sah ihn gespannt von der Seite an.

Er streichelte meinen Arm während er mich festhielt. »Das kommt drauf an. Ich würde dich gern für ein oder zwei Tage irgendwohin entführen, wo wir mehr Zeit für uns haben. Aber das können wir noch genauer abstimmen, ich weiß, du musst deine Auftritte absolvieren.«

Ich genoss seine Berührungen und seine zärtliche Fürsorge. So hatte ich mir meine erste Beziehung immer vorgestellt, jedoch nie gehofft, dass ausgerechnet Daniel sich so veränderte. Unser Vertrag jedenfalls enthielt nichts davon.

»Ich bin für alles zu haben, Champ. Wir werden uns schon auf einen Termin einigen.«

Um diese Zeit waren die Straßen leer und wir waren binnen kürzester Zeit am Terminal für private Flugzeuge. Obwohl wir auch hier eine Passkontrolle über uns ergehen lassen mussten, war der Service wie von einem anderen Stern. Daniel wurde überall persönlich begrüßt, offenbar flog er ständig und war dem Bodenpersonal bestens bekannt. Er nickte nur und hielt einen Arm fest um meine Taille gelegt, sein Besitzanspruch war deutlich erkennbar.

Eine schwere Limousine brachte uns auf das Rollfeld und hielt neben einem riesigen, schwarz lackierten Flugzeug mit der silberfarbenen Aufschrift STONE CORPORATION. Keine kleine Privatmaschine, sondern ein richtiger Airbus!

Ich war beeindruckt, obwohl ich mir eigentlich schon hätte denken können, dass sich Daniel nicht mit einem gewöhnlichen Privatjet zufrieden gegeben hätte.

»Wie viele Flugzeuge besitzt deine Firma denn?«, fragte ich mehr im Scherz.

Doch er erwiderte ernsthaft und ein wenig abwesend: »Drei Airbus 290 und dann noch etwa zehn oder zwölf kleinere Maschinen. Die sind aber nicht geeignet für Interkontinentalflüge nach Europa oder Asien. Persönlich habe ich einige kleinere Flugzeuge, mein Pilotenschein ist für die richtig großen Vögel leider nicht ausreichend.«

Mit seinem Pilotenschein konnte er mich nicht beeindrucken, auch wenn er das eben wohl beabsichtigt hatte. Ich besaß ebenfalls seit einigen Jahre eine Flugerlaubnis, kam aber fast nie dazu, dieses Hobby zu genießen.

Mir wurde jedoch erst jetzt so richtig klar, war für eine Verantwortung Daniel besaß, denn mit seinem Reichtum und seiner Macht hatte er vermutlich mehrere tausend Mitarbeiter, die von ihm abhängig und seinem geschäftlichen Geschick ausgeliefert waren. Seine Firma musste ziemlich groß sein, kein Unternehmen finanzierte mehrere riesige Flugzeuge nur zum Spaß. Und dieser Mann hatte mit mir einen Vertrag abgeschlossen, mit mir das Bett geteilt! Bei dem Gedanken daran hatte ich schon wieder Schmetterlinge im Bauch.

Ich drängte mich enger an ihn, als er mich wieder in den Arm nahm, während wir die Treppe der Gangway erklommen.

Im luxuriösen Innenraum des Flugzeugs saßen schon fünf Passagiere und blickten uns entgegen. Die Kabine hatte nichts mit einem gewöhnlichen Flugzeug gemein, bis auf die kleinen Fenster. Stattdessen spiegelte die Einrichtung Daniels persönlichen Stil wieder, ähnelte dem Design seines Büros. Überall herrschten Blau- und Weißtöne vor. Die wenigen Sessel waren großzügig im ganzen Raum verteilt und sahen sehr komfortabel aus. Ich konnte wetten, dass sie sich individuell zu Luxusbetten ausfahren ließen. Eine Bar und eine Sitzecke waren ebenso vorhanden wie eine komplizierte Kommunikationsbasis mit der Daniel vielleicht auch während des Fluges Kontakt zur Außenwelt halten konnte. Ein Steward verteilte gerade warme Erfrischungstücher und nahm Getränkebestellungen entgegen.

Daniel begrüßte die drei Männer und die beiden Frauen mit einem Händedruck, ging zwischen seinen Mitarbeitern hin und her. Eine der Frauen errötete sofort, als Daniels Blick sie traf, sein gutes Aussehen zog also nicht nur mich in den Bann.

Trotz der frühen Stunde sahen alle arbeitsbereit und perfekt zurechtgemacht aus. Die Frauen trugen ein komplettes Make-up und hatten bereits ihre Laptops ausgepackt, um mit der Arbeit zu beginnen.

Ich dagegen erschien in meinen bequemsten Jeans, einem T-Shirt und mit noch immer feuchten Haaren, die bestimmt schon in alle Richtungen abstanden. Nun verstand ich, worauf Daniel hinauswollte, als er mir im Fahrstuhl bessere Kleidung angeboten hatte. Warum konnte er das nicht gleich sagen und mir die Chance geben, mich schnell umzuziehen?

Ich blieb bewegungslos im Eingangsbereich stehen, wusste nicht so recht, was ich nun machen sollte. Es war offensichtlich, dass ich nicht zu dieser Gruppe von Kollegen gehörte und ich fühlte mich unwohl. Hinter mir schloss sich die Einstiegsluke.

Der Pilot erschien im Gang und blieb direkt vor mir stehen. »Hallo, ich bin Simon Longman. Ich werde Sie sicher nach Berlin bringen, Ma'am«, stellte er sich vor.

Er war ein gutaussehender blonder Mann mit jugendlichem Lächeln und als er mir freundlich die Hand entgegenstreckte, ich fühlte mich sofort willkommen und gut aufgehoben. Die angespannte Atmosphäre war für einen Moment vergessen.

Ich spürte seinen interessierten Blick, offensichtlich konnte er mich auch nicht so recht einordnen. »Ich bin Juliet Walles. Das ist mein erster Flug mit dem Firmenjet und ich freue mich schon darauf mit Ihnen zu fliegen.«

Er grinste selbstbewusst. »Es ist mir eine Ehre, Juliet. Wenn Sie möchten, können Sie uns später im Cockpit besuchen kommen.« Sein Kopilot grinste uns aus der offenen Kabinentür entgegen, er war jünger als Simon und sein kurz geschnittenes Haar gab ihm ein beinahe militärisches Aussehen.

»Ja, das wäre wunderbar. Ich fliege selbst leidenschaftlich gern, aber mit einen Airbus kenne ich mich nicht aus.« Ich war plötzlich ganz versessen darauf, der Situation hinter mir in der Kabine zu entkommen. Die Pilotenkanzel eines so großen Flugzeugs hatte ich noch nie während des Fluges betreten und die beiden Piloten schienen nur allzu gern bereit, mir dort Einlass zu gewähren.

»Wir zeigen Ihnen gern alles, nur während des Starts müssen Sie in der Kabine Platz nehmen. Danach können Sie uns vorn Gesellschaft leisten, wir haben sogar extra einen Notsitz für Damenbesuch.«

Ich spürte Daniels Nähe hinter mir.

»Natürlich nur, falls Ihre Arbeit es erlaubt«, fügte Simon rasch hinzu, als er sich plötzlich seinem Chef gegenübersah.

Ich drehte mich unsicher um und blickte direkt in Daniels unbewegtes Gesicht. Doch seine Maske konnte mich nicht täuschen, denn seine Augen blitzten vor Zorn.

Er ergriff mich am Oberarm und zog mich zurück in die Kabine, wo er mich den Anwesenden mit kurzen Worten vorstellte, gab dabei nicht mehr als meinen Vornamen preis. Dann wies er mir den Weg zu einer Tür am hinteren Ende des Flugzeugs: »Juliet, geh schon mal in mein Schlafzimmer. Du kannst es dir da bequem machen, doch während des Starts bleibst du angeschnallt in einem der Sessel sitzen. Ich komme gleich nach, ich habe aber zuvor noch etwas mit meinem Mitarbeitern zu besprechen.«

Alle sahen mich verstehend an und blickten dann hastig wieder auf ihre Computer. Ich fühlte mich elendig, denn ich konnte mir genau vorstellen, was jetzt in ihren Köpfen vorging. *Der Chef hatte ein Mädchen mitgebracht, um sich während der Reise zu vergnügen*. Ich verstand nicht, warum er mich unbedingt so demütigen musste, schließlich sollte ich doch für ihn übersetzen? Daher öffnete ich meinen Mund zu einer Erwiderung, doch Daniel schnitt mir das Wort ab. »Smith hat deine Sachen gebracht, wir starten jetzt. Bitte geh.«

Dann drehte er sich zu dem Piloten und fuhr mit kalter Stimme fort: »Sie sollten wieder ins Cockpit, Simon. Haben Sie nicht genug mit den Startvorbereitungen zu tun? Sie wissen doch, ich habe es eilig!«

Oje, nun hatte er wieder schlechte Laune.

Schnell ging ich ins Schlafzimmer und schloss die Tür hinter mir. Ich versuchte, meinen Herzschlag zu beruhigen und lehnte mich für einen kurzen Augenblick mit dem Rücken an die Kabinenwand. Von draußen hörte ich leises Lachen und Stimmen. Mein Gesicht glühte. Wie konnte Daniel nur so unbedacht sein? Oder hatte er mich mit Absicht vor seinem Team diskreditiert?

Schließlich sah ich mich im Zimmer um. Die Wände waren mit Holz getäfelt, zwei Türen gingen davon ab. Ich nahm an, dass eine davon in ein Badezimmer führte, die andere vielleicht einen Kleiderschrank verbarg. Aber mir fehlte die Energie, um das jetzt herauszufinden.

Auf dem Boden war hochwertige cremefarbene Auslegware installiert, die in tadellosem Zustand war. Die Fenster ließen sich durch dunkelblaue Vorhänge verdunkeln, ein großes Bett stand in der Mitte, frisch bezogen mit weißer Bettwäsche und mit weichen flauschigen Kissen. Ja, ich konnte mir lebhaft vorstellen, dass man darin gut schlafen konnte. Vielleicht sollte ich mich einen kurzen Augenblick lang hineinlegen und die Augen schließen? In den letzten Tagen war ich kaum zum Schlafen gekommen und ich fühlte mich plötzlich unendlich erschöpft.

»Juliet, wieso bist du nicht angeschnallt?« Daniels scharfe Stimme holte mich in die Realität zurück. Ich blinzelte verschlafen. »Du sitzt ja auch nicht in deinem Sessel?«, erwiderte ich, immer noch ein wenig benommen.

»Das geht dich gar nichts an. Was hast du dir dabei gedacht, mit dem Piloten zu flirten? Wolltest du mich mit Absicht so bloßstellen?« Seine Stimme war noch immer voller Zorn.

»Ich habe dich bloßgestellt? Du hast mich vor deinen Leuten wie eine Prostituierte behandelt! Bin ich hier, um für dich zu Übersetzen oder brauchst du einfach ein bisschen Abwechslung, um dich nach der Arbeit zu entspannen? Sag es mir, Daniel, hast du mich nur deshalb mitgenommen?«

Abrupt versuchte ich, mich aufzurichten, doch Daniel trat rasch auf mich zu und hielt mich an beiden Schultern gepackt, drückte mich zurück aufs Bett.

»Daniel, bitte mach das nicht. Ich will das nicht!«

Er ließ mich sofort los und stand wieder auf. Mit verschränkten Armen lehnte er sich an die Kabinentür und sah mir direkt in die Augen. Sein Blick war durchdringend wie immer, seine klaren grünen Augen zusammengekniffen, sein Ärger deutlich sichtbar.

Nach einer langen Pause meinte er mit gesenkter Stimme: »Ich habe dich gebeten, mich auf dieser Reise zu begleiten. Doch du flirtest bei erster Gelegenheit mit dem Piloten. Anstatt an meiner Seite finde ich dich praktisch um Simons Hals geworfen, sobald ich dich eine Sekunde aus den Augen lasse. Hast du daran schon mal gedacht?«

Doch ich war nicht in der Stimmung, seinen Launen nachzugeben. »So war es doch gar nicht, das weißt du ganz genau!«, fauchte ich zurück und stützte mich mit den Ellbogen so auf, dass ich ihn vom Bett aus ansehen konnte.

»Ach nein? Was war es dann? Wo warst du, als ich mein Team begrüßt habe? Neben mir? Wenn du wie meine Begleiterin behandelt werden möchtest, dann benimm dich gefälligst auch so! Ich bin der CEO dieser Firma, aber mit deinem Verhalten machst du mich zum Gespött meiner eigenen Mitarbeiter. Das kann ich nicht zulassen, Juliet.« Sichtlich erregt starrte er mich an.

Ich war für einen Moment sprachlos. Was wollte er eigentlich von mir? »Ich bin auch einer deiner Mitarbeiter. Zumindest hast du gestern noch behauptet, du wolltest mich deshalb dabeihaben? Du musst dich schon entscheiden, was du eigentlich von mir willst. Entweder begleite ich dich als deine Assistentin oder als deine Privatnutte? Und falls letzteres zutreffen sollte, dann will ich bitte zurück nach Hause. So etwas hatten wir nicht vereinbart.«

Daniel stöhnte auf: »Wieso machst du alles so kompliziert, Juliet? Eigentlich dachte ich, wir könnten das Angenehme mit dem Geschäftlichen verbinden. Und ich habe meine Gründe dafür, dich nicht allen dort draußen gleich im Detail vorzustellen. Aber wenn du lieber wie eine meiner Mitarbeiterinnen behandelt werden willst, dann geh bitte zurück in die Kabine, setz dich dorthin und lass mich allein. Ich schlafe nämlich nicht mit meinen Angestellten.«

Nach wie vor lehnte er mit verschränkten Armen an der Kabinentür und versperrte mir so den Ausgang. Ich ließ mich auf das Bett zurücksinken und schloss die Augen. Nach einer Weile drehte ich mich herum und stand auf.

»Wenn du mich so behandelst, ohne mir einen Grund zu nennen, dann will ich hier weg. Entweder du klärst mich jetzt auf, oder ich setze mich vorn zu Simon.«

Er hob die Augenbrauen, bewegte sich aber keinen Zentimeter von der Tür weg. »Du willst mir drohen, Juliet?«

Über sein Gesicht huschte ein listiges Lächeln. »Wenn ich dir jetzt schon über meine Pläne berichten muss, dann erwarte ich, dass du dich mir im Anschluss zur Verfügung stellst. Unser Vertrag beinhaltet schließlich eine Klausel bezüglich Respekt, falls du dich noch daran erinnerst? Ich werde dir alles erklären, aber danach gehörst du mir und ich kann mit dir machen, was ich will.«

Er blickte mich unverwandt an, seine Augen wurden dunkel vor Verlangen, sein Körper war gespannt wie der einer Raubkatze vor dem Sprung.

Ich erzitterte angesichts seiner Worte, in einer seltsamen Mixtur aus Verlangen, Lust und Angst. Was wollte er mit mir anstellen?

»Wirst du mir wehtun?«, fragte ich kaum hörbar.

Ein Lächeln breitete sich auf Daniels Gesicht aus, er entspannte sich sichtlich. »Nein Baby, ich will dir nicht wehtun, ich mit dir glücklich sein. Und zwar ohne das ganze Drama. Ich will einfach nur deinen himmlischen Körper spüren, dir dabei zusehen, wie du langsam heiß wirst, wie sehr du mich willst und wie du kommst. Ist das in Ordnung?«

Ich schloss die Augen. Ja, das klang gut. Fast zu gut, um wahr zu sein.

»Und noch etwas Baby. Ich will dich hören. Ich will, dass alle hier hören, wie gut ich es dir besorge, wie oft ich dich kommen lasse.«

Erschrocken öffnete ich meine Augen wieder und starrte ihn an. Das war doch nicht sein Ernst? Reichte es nicht, dass er mich vor den Augen seiner Mitarbeiter wie ein unreifes Mädchen in sein Schlafzimmer verwiesen hatte? Wozu wollte er mich so erniedrigen?

»Daniel, ich bin nicht exhibitionistisch veranlagt. Und ich möchte ganz bestimmt nicht, dass jeder mitkriegt, was wir hier miteinander praktizieren. Es ist wohl besser, wenn ich nach vorn gehe, das hier geht mir zu weit.«

Entschlossen ging ich auf die Tür zu. Daniel bewegte sich kein Stück, ich musste mich zwischen ihm und dem Bett hindurchzwängen, um bis zur Tür zu gelangen. Als ich fast an ihm vorbeigedrängt war, hielt er mich plötzlich am Arm fest.

Atemlos fragte er: »Du ziehst es wirklich vor, allein dort draußen zu sitzen? Warum bleibst du nicht hier bei mir? Kannst du mir erklären, warum ich dir so wenig wert bin?«

Ich versuchte, mich aus dem festen Griff zu winden. Es gelang mir nicht. Schließlich gab ich es auf und wandte mich ihm wieder zu. »Was für ein Spiel spielst du eigentlich mit mir? Im Wagen warst du noch ganz normal, und jetzt verhältst du dich wie ein Riesenarschloch. Ich habe mich wirklich auf diese Reise gefreut, aber du hast es geschafft, alles innerhalb von ein paar Minuten mieszumachen. Das muss ich mir nicht noch länger anhören.«

Überraschung spiegelte sich in seinem Gesicht wieder. »So habe ich das nicht gemeint, Baby. Manchmal möchte ich einfach, dass du mir nicht ständig widersprichst sondern einfach vertraust. Ich treffe meine Entscheidungen für gewöhnlich allein und erwarte, dass man mir folgt und nicht immerzu in Frage stellt. Ich versuche ja schon, auf dich einzugehen, aber gib mir ein bisschen Zeit, mich daran zu gewöhnen. Bitte bleib hier bei mir, wenn du kannst. Ich verspreche dir, du wirst es nicht bereuen.«

Ich schluckte, gerührt von den letzten Worten. Dann ging ich zurück und setzte mich auf die Bettkante. »Ein Kompromissvorschlag, Champ. Sag mir erst, warum du mich nicht vorstellen wolltest. Danach entscheide ich, ob ich hier bleiben will.«

Er atmete erleichtert aus und kam auf mich zu. Als er mich erreichte, *Stop*pte er nicht, sondern drängte mich mit sich aufs Bett, lag plötzlich auf mir, küsste meine Stirn zärtlich, dann berührte er meine Lippen und ich spürte sein Verlangen. Seine Hände wanderten ruhelos an meinem Körper auf und ab, zwängten sich unter mein T-Shirt, glitten über meine nackte Haut. Ich stöhnte auf.

Er keuchte und stieß dann leise hervor: »Baby, ich werde dafür sorgen, dass du hierbleiben willst. Du wirst mich anbetteln, hierbleiben zu dürfen.« Dann küsste er mich wieder, bevor er sich zurückzog und wieder aufsetzte.

Atemlos blieb ich neben ihm liegen.

Seine Hand wanderte langsam über meinen Busen, als er wieder zu sprechen ansetzte. Seine ganze Haltung veränderte sich, er wurde ernst und konzentriert, nur seine Hand hörte nicht auf, mich weiter zärtlich zu liebkosen.

»Was ich dir jetzt sage, ist streng vertraulich, du darfst unter keinen Umständen mit irgendjemand darüber sprechen. Auch nicht mit den hier anwesenden Mitarbeitern. Ist das klar?«

Ich nickte und bedeutete ihm, fortzufahren.

»Wir haben in Deutschland zwei wichtige Treffen, bei denen über viel Geld und vielleicht sogar über die Zukunft meines Unternehmens verhandelt wird. Meine Firma hat Entertainmentsystem entwickelt, dass einer der weltweit führenden Automobilhersteller in alle Fahrzeuge integrieren will. Die Entwicklungsphase ist abgeschlossen, aber die Details unserer Zusammenarbeit stehen noch nicht fest. Ich will als Entgelt ein Aktienpaket des Konzerns, denn ich besitze schon Aktien und halte verschiedene Optionen auf weitere Pakete. Damit könnte ich entscheidenden Einfluss gewinnen, oder aber eine beträchtliche Summe verlieren. Heute Abend treffen wir uns mit dem Unterhändler, der alles organisiert hat. Du musst nicht dabei sein, das Treffen ist informell. Morgen früh fahren wir in die Forschungszentrale des Konzerns. Wir haben eine Vorführung für den Vorstand und die Geschäftsleitung arrangiert, danach verhandeln wir über die finanziellen und vertraglichen Aspekte. Ich möchte dich als Beobachter dabei haben. Die Verhandlungen laufen natürlich alle mit den offiziellen Übersetzern, aber ich muss wissen, falls hinter meinem Rücken andere Dinge besprochen werden. Meine Anteilsoptionen sind nicht allgemein bekannt, nur Hendricks weiß davon. Aber falls dieses Wissen publik wird, dann platzt der Deal entweder gleich, oder die Aktienpreise steigen so rasant, dass ich mein eigenes Produkt völlig unter Wert loswerde.«

Ich lauschte ihm gebannt und versuchte, das Gesagte zu verstehen. »Du traust also deinem CFO nicht und vermutest, er hintergeht dich?«

Daniel fuhr leise fort. »Hendricks hat früher bei dem Konzern gearbeitet, ich habe ihn vor knapp zwei Jahren abgeworben. Ich hatte nie einem Grund, ihm zu misstrauen, aber dieser Deal ist für mein Unternehmen ein gewagtes Spiel. Ich muss beträchtliche finanzielle Mittel aufwenden, um die Aktien zu erwerben und die Produktion des Entertainmentsystems in großem Stil auf die Beine zu stellen. Eine falsche Entscheidung könnte den irreversiblen Untergang meiner Firma bedeuten. Darum bin ich besonders vorsichtig.«

»Wieso erzählst du mir das alles? Wie kannst du dir so sicher sein, dass ich dich nicht verrate? Du kennst mich doch kaum.«

Während er sprach, hatte er nicht aufgehört, mich weiter zu streicheln. Jetzt ruhte seine Hand auf meiner Brust. Daniel drehte sich wieder zu mir und legte sich schließlich neben mich aufs Bett. Er stützte sich auf einen Ellenbogen und begann, meine Brüste sanft zu kneten. Ich streckte mich ihm entgegen und genoss seine Liebkosungen.

»Baby, du spürst es doch auch, oder? Das, was zwischen uns läuft, war von Anfang an intensiv. Und es wird immer stärker. Ich kann das auch nicht erklären, aber du weißt, was ich meine. Nicht wahr?«

Seine Augen schienen mich durchbohren zu wollen, so sehr suchte er nach einer Antwort in meinem Gesicht.

Schließlich nickte ich zustimmend. Ja, ich wusste, was er meinte.

Befriedigt beugte er sich über mich und seine Lippen strichen über meine, vereinigten sich zu einem langen Kuss, der immer intensiver wurde. Seine Hände waren plötzlich überall.

»Nun zum zweiten Teil unseres Kompromisses, Miss Walles«, flüsterte er, »Haben Sie sich schon entschieden oder soll ich Ihnen noch weitere Argumente liefern?«

»Na gut. Was soll ich jetzt machen?«

»Erst einmal müssen wir deine Klamotten loswerden.«

»Hilfst du mir dabei, mich auszuziehen?«, fragte ich und versuchte, trotz meiner Müdigkeit verführerisch zu klingen.

Ein triumphierendes Lächeln erschien auf Daniels Gesicht. »Jederzeit, Baby.« Er stand auf und kniete sich vor mir auf den Boden, den Blick dabei fest auf mich gerichtet. Dann begann er damit, meine Schuhe aufzuschnüren und streifte sie von meinen Füßen. Danach knöpfte er meine Jeans auf, zog sie mir mit einer routinierten Bewegung über den Po und streifte sie von meinen Beinen. Als ich mich erheben wollte, damit er mein T-Shirt auszog, überraschte er mich als er stattdessen zuerst nach meinem Slip griff.

Nun lag ich ausgestreckt auf dem Bett, mit entblößten Unterleib. Daniel strich langsam an meinen Beinen entlang. Es tat gut, seine Hände an meiner nackten Haut zu spüren und ich streckte mich ihm entgegen.

Er kletterte jedoch auf das Bett, setzte sich rittlings auf meinen Unterleib, ohne im Geringsten auf meine Anstrengungen zu achten, mich ihm entgegenzuwölben. Stattdessen ließ er seine warmen Hände unter mein T-Shirt gleiten.

Wohlig bewegte ich mich unter ihm. Ich war entspannt und genoss seine Berührungen. Ich wollte nur, dass er immer so weitermachte. Er beobachtete mich weiterhin. Mein auffordernder Blick entging ihm nicht.

Seufzend beugte er sich nach vorn, küsste mich auf den Mund, wobei seine Hände über meine Brüste glitten. »Bist du sicher, dass du mich willst?«

Wie sollte ich diese Frage verneinen, wo doch seine Finger an meinen Brustwarzen rieben?

Mit einer schnellen Bewegung hatte Daniel mein T-Shirt nach oben gezogen. »Streck die Arme aus!« Ich folgte seiner Aufforderung sofort und ließ ihn nur allzugern mein T-Shirt und meinen BH abstreifen. Wenige Sekunden später lag ich völlig nackt unter ihm.

»Was hast du jetzt vor?«, fragte ich ihn neugierig.

»Was für eine dumme Frage, Babe. Was glaubst du denn, was wir jetzt machen?«

Ich beobachtete ihn unentwegt, als er aufstand und sich selbst auszog. Wieder bewunderte ich seinen vollendeten Körper. Er war einfach vollkommen. Seine Haut glänzte im ersten Licht des Tages, dass durch die Fenster in das Schlafzimmer fiel. Darunter war das Spiel seiner Muskeln bei jeder Bewegung zu sehen. Woher nahm er die Zeit, zu trainieren? Er schien immer so beschäftigt mit seiner Arbeit. Mein Blick fiel auf sein Glied, das groß und halb erregt zwischen seinen Beinen hing. Ich sehnte mich danach, es in mir aufzunehmen. Beim bloßen Gedanken an dieses Gefühl zogen sich alle Muskeln in meinem Unterleib zusammen.

Er bewegte sich betont langsam und ich hatte das Gefühl, er wollte mir Gelegenheit geben, ihn ausgiebig zu betrachten. Mittlerweile hatte er sicher bemerkt, wie gern ich ihn beobachtete und ansah.

Sein Kuss war erst vorsichtig, wurde dann fordernder. Seine Zunge glitt in meinen Mund, er knabberte zärtlich an meiner Unterlippe. »Ich habe es so vermisst, dich zu spüren, Baby. Du wirst es auch genießen, glaub mir«, flüsterte er.

Ich erhob mich und streichelte mit der Hand an seiner Wange entlang. Dann griff ich in seine dunklen, weichen Haare und zog seinen Kopf heran, drückte meine Lippen auf seine und ließ ihn mein Verlangen spüren.

Er stöhnte leise, als ich mit meinen Händen über seinen Oberkörper fuhr. Ja, er sollte wissen, wie sehr auch ich mich nach dem einsamen Wochenende nach ihm sehnte!

»Du kannst alles mit mir machen. Ich will dich so sehr«, murmelte ich.

Wieder versanken wir in einem atemlosen Kuss. Keuchend lösten wir uns schließlich voneinander, nun glitt Daniels Hand über meine Brüste, spielte mit meinen harten Brustwarzen, rollte und rieb sie zwischen den Fingern. Ich stöhnte laut auf, wölbte ihm meinen Oberkörper entgegen.

»Soll ich dich schon wieder so kommen lassen? Willst du das?«, fragte er und beugte sich über meine Brüste, nahm sie abwechselnd in den Mund und saugte daran. Seine Zunge umspielte die harten Knospen und ich schob mich ihm weiter entgegen, stöhnte leise. Er nahm einen Nippel zwischen die Lippen und zog daran, meine Nervenenden reagierten darauf und diese Berührung hallte in meinem gesamten Körper nach. Doch er hielt die Brustwarze fest umschlossen, umfuhr die empfindliche Spitze mit seiner Zunge. Ich warf den Kopf nach hinten, tief aus meinem Hals entfuhr mir ein lautes Geräusch.

Ich spürte, wie feucht ich bereits war, wünschte mir, ihn da unten zu spüren. Doch er schien nur an meinen Brüsten interessiert, die nach einer Weile von seiner Behandlung schmerzten.

Ohne von meiner Brust abzulassen, kletterte Daniel zwischen meine Beine und stützte sich auf beide Arme, um über mir zu verharren.

»Baby, bist du sicher, dass du mehr willst?« Mit diesen Worten löste er sich von mir und glitt langsam nach unten, küsste meinen Bauch und meine Hüftknochen. Mit beiden Händen spreizte er meine Beine, hielt meine Schenkel geöffnet und senkte endlich den Kopf dazwischen. Dann spürte ich seinen warmen Mund. Mit der Zunge umkreiste er meine Klitoris und drang danach zwischen meine Schamlippen vor. Ich keuchte schon wieder laut, verstummte aber sofort wieder, weil ich mich an die Mitreisenden in der Kabine nebenan erinnerte.

Daniel hielt inne. »Was ist los Baby?«

Ich fühlte mich unbehaglich, wollte ihm aber den Spaß nicht verderben. Doch bei dem Gedanken an seine Kollegen so dicht in unserer Nähe konnte ich mich einfach nicht fallenlassen. »Sei mir bitte nicht böse. Ich muss nur immerzu daran denken, dass die anderen uns hören können.«

Schon spürte ich seine Zunge wieder, dann murmelte er: »Das hoffe ich doch. Ich habe schließlich einen Ruf als Riesenarschloch zu verteidigen, der seine Privatnutte mit auf Geschäftsreisen nimmt. Also lass mich hören, dass dir das hier gefällt. Das macht deine Tarnung nur noch perfekter.«

Ich seufzte leise. Mir war nicht wohl bei dem Gedanken, meine Lust in aller Öffentlichkeit zu bekennen. Doch Daniels Zunge ließ mir keine andere Wahl, ließ mich erschaudern bis ich spürte, wie sich mein Körper zusammenzog in Erwartung des kommenden Höhepunkts. Unermüdlich kreiste er mit der Zungenspitze um meine Klit, nahm sie zwischen seine Lippen, rieb sie und saugte daran. Dann fuhr er wieder tief in meine Öffnung, leckte mich. Ich zitterte vor Erregung, keuchte leise. Ich stand kurz vor meinem Orgasmus, wollte mich ausstrecken, meine Beine zuckten. Doch seine Hände hielten mich fest in dieser Position und ließen mich nicht entkommen.

Schweiß bildete sich auf meiner Haut. Ich versuchte, trotz meiner Lage einen Blick auf ihn zu erhaschen. Der Anblick seines Kopfes zwischen meinen Beinen gab mir den Rest. Mein Unterleib bäumte sich auf, erzitterte. Daniels Stimme drang in mein Ohr. »Ich will dich hören, Baby. Zeig mir, wie gut das ist.«

Plötzlich war mir alles andere egal. Ich kam mit einem lauten Schrei, rief seinen Namen während er meine Schenkel weiterhin geöffnet hielt. Er hatte seinen Kopf erhoben und sah mir zu. Sein Mund war ganz feucht von meiner Erregung.

Als sich meine Bewegungen verlangsamten und mein Höhepunkt abebbte, drängte er sich zwischen meine Beine. Ich sah sein erregtes Glied, das nun vollends aufgerichtet war. Dann spürte ich ihn auch schon, er schob sich sanft gegen meine Öffnung, ließ den Kopf seines Penis in mich hineingleiten. Ich erzitterte schon wieder.

»Baby, ich will dich jetzt ficken. Mach die Beine breiter, spüre mich in dir und sag mir, was du willst.«

Er legte sich auf mich, stützte sich mit den Händen ab. Meine Atmung ging noch immer schwer, doch ich wollte ihn schon wieder. Er drang vorsichtig tiefer in mich ein, atmete jetzt selber abgehackt. Schweißperlen liefen ihm von der Stirn an den Schläfen hinab. »Du bist so eng. Ich liebe es, in dir zu sein«, stöhnte er in mein Ohr und drängte vorwärts. Ich konnte ihn tief in mir spüren, hart und heiß. »Bitte, Daniel, nimm mich«, flehte ich ihn an, unfähig, noch länger einfach still zu halten.

Er richtete den Kopf auf, seinen Mund umspielte ein selbstbewusstes Lächeln. Dann küsste er mich auf meinen Mund. »Sie sollen bekommen, wonach Sie so dringend verlangen, Miss Walles.«

Er stieß heftiger in mich hinein, zog sich zurück und wiederholte die Bewegung. Der große Kopf seines Penis rieb sich an meiner Öffnung, glitt hinein und hinaus. Ich keuchte und stöhnte unter ihm. Wie gut das hier doch immer wieder tat. Der Sex mit Daniel ließ mich alles andere vergessen, ich fühlte mich ihm so nahe wie sonst nie. Meine Muskeln erzitterten schon wieder.

Daniels Bewegungen tief in mir wurden schneller. Er verlagerte seine Position, stützte sich nun auf den Ellbogen auf, vergrub sein Gesicht in meinen Haaren während er unermüdlich mit den Hüften kreiste und mich spüren ließ, wie erregt auch er war. Sein Penis berührte immer wieder meine sensibelsten Punkte. Ich konnte spüren, wie sich erneut ein Orgasmus in mir aufbaute, viel intensiver als der vorherige. Mein Stöhnen wurde lauter. Daniel hörte nicht auf, sich zu bewegen, leise hörte ich ihn ebenfalls aufstöhnen.

Dann kam ich erneut, warf meinen Kopf zurück und wimmerte leise. Meine Vagina umschloss ihn noch fester, mein Unterleib erbebte.

Daniel drang weiter in mich, in schnellem Tempo nun. Er verharrte abrupt und vergrub sein Gesicht an meinem Hals, als auch er kam. Ohne ein Geräusch pumpte er seinen heißen Samen in mich.

Erschöpft sank ich zurück auf die Matratze. Daniel zog sich vorsichtig zurück, lächelte mich an. »Das war wunderbar, wieder einmal. Alles in Ordnung, Baby?«

Ich nickte und blickte auf seinen schweißbedeckten Körper. Sein Glied war feucht von mir und noch immer hart. »Du willst mich schon wieder, Champ?«

»Ich will dich immerzu. Aber wir sind beide müde und haben zwei anstrengende Tage vor uns. Also lass uns erst schlafen, ich wecke dich rechtzeitig für eine weitere Runde.«

Er legte sich neben mich und hielt meine Hand, streichelte sacht über meine Fingerkuppen. »Juliet«, flüsterte er leise beim Einschlafen, »ich hätte nie gedacht, dass es so sein würde.«

»Was?«

»Es ist so einfach, mit dir zusammen zu sein. Und ich bin glücklich, obwohl ich manchmal nachgeben muss. Das hätte ich vorher nie geglaubt.«

»Es ist einfach, mit mir zusammen zu sein? Vorhin hast du noch behauptet, ich mache alles kompliziert. Was denn nun?«, neckte ich ihn mit schläfriger Stimme.

»Naja, anstrengend ist es schon, aber es lohnt sich.« Er drückte meine Hand leicht und ich schloss beruhigt meine Augen. »Das Schlafzimmer ist übrigens schallisoliert«, wisperte er mir ins Ohr.

Mit geschlossenen Augen boxte ich dorthin, wo ich seine Schulter vermutete. »Dass du ein Riesenarschloch bist, weißt du ja schon!«

Das Flugzeug schwankte, plötzlich musste ich mich festhalten, um nicht aus dem Bett zu fallen. Neben mir richtete sich Daniel ebenfalls benommen auf. Es folgte eine Durchsage von Simon, dem Piloten. *»Wir durchfliegen jetzt eine Zone mit schwachen Turbulenzen. Bitte schnallen Sie sich an, es kann ein wenig holprig werden. Und vergessen Sie bitte nicht, Schwerkraft geht uns alle an!«*

Ich stöhnte frustriert auf, wollte das warme gemütliche Bett nicht gerade jetzt verlassen. »Hey Champ, wieso fesselst du mich nicht ans Bett – das erspart mir wenigstens das Aufstehen?«

Daniel lief schon geschäftig im engen Schlafzimmer herum, suchte nach Handtüchern. Aber meine Worte ließen ihn mitten in der Bewegung anhalten. Er drehte sich zu mir, sah mich aufmerksam an und sagte dann bedrohlich leise: »Das werde ich mir merken, Baby. Unser Rückflug dürfte auf jeden Fall sehr interessant werden.« Dann beugte er sich schnell weg, doch ich sah das Grinsen auf seinem Gesicht.

Schwerfällig ging ich umher, suchte nach meiner Unterwäsche, um nicht völlig nackt in dem Sitz festgeschnallt sein. Daniels Hand an meinem Handgelenk ließ mich verharren.

»Bitte setz dich hin und schnall dich fest. Es ist nicht sicher, jetzt hier einfach herumzulaufen.« Mit diesen Worten dirigierte mich zu dem linken der beiden Sessel. Er wartete, bis ich mich gesetzt und den Gurt angelegt hatte. »Bitte gib mir ein Handtuch, mir ist jetzt schon kalt«, bat ich ihn.

Doch er schüttelte den Kopf. »Ich will dich ansehen, Baby«, sein Blick glitt bei diesen Worten über meinen Körper. »Du kannst wahrscheinlich nicht verstehen, warum mich dein Anblick so erregt.«

Automatisch wanderten meinen Augen zu seinen Penis, der halb erigiert hervorstand. Ich schluckte. Nur nicht daran denken.

»Champ, du solltest dich auch anschnallen. Hör auf so zu tun, als seist du unverwundbar.«

Zu meinem Bedauern schlang er sich ein Handtuch um die Hüften und nahm in dem anderen Sessel Platz, sodass wir uns fast gegenüber saßen. Die Turbulenzen hielten noch immer an, waren aber nicht sehr stark.

»Wollen wir ein Spiel spielen, während wir hier festsitzen?«, fragte mich Daniel, nachdem wir eine Weile stumm dagesessen hatten.

»Was für ein Spiel?« Ich sah misstrauisch zu ihm hinüber, schließlich verwehrte er mir selbst ein Handtuch.

»Ich sage dir, wo du dich anfassen sollst und du machst es dann.«

»Champ, was ist das denn bitte für ein Spiel? Wie wäre es, wenn wir die Rollen vertauschen?«

Er grinste lüstern. »Nein, aber wie wäre es, wenn wir uns gegenseitig Anweisungen geben? Bist du damit einverstanden?«

Ich nickte zögernd. »Na gut. Aber sobald Simon die Anschnallpflicht aufhebt, gehe ich wieder ins Bett.«

»Abgemacht. Können wir anfangen?«

»Nicht so schnell. Erst musst du dein Handtuch ablegen.«

Er tat mir den Gefallen. »Baby, zuerst deine Haare. Raff sie zusammen und lege sie über deine rechte Schulter.«

Befremdet kam ich seiner Aufforderung nach. Offensichtlich nahm er sich Zeit, vertraute darauf, dass die Turbulenzen noch eine Weile anhielten.

Ich überlegte, was ich von ihm fordern sollte. Mir fiel nur wenig ein, und alle meine Fantasien waren äußerst zielgerichtet. Wie immer hatte ich viel weniger Geduld als Daniel. »Spreize deine Beine etwas und lehn dich im Sessel zurück.«

Schmunzelnd kam er meiner Anweisung nach. »Du kannst es schon wieder nicht erwarten, oder? Dabei ist es viel sinnlicher, langsam vorzugehen.« Leiser fügte er hinzu: »Leg deinen Kopf jetzt nach hinten, schließe die Augen und kaue mit den Zähnen auf deiner Lippe. Stell dir vor, du wartest auf mich, wartest darauf, dass ich dich gleich küsse.«

Ich tat, wie geheißen. Als ich nach einer Weile die Augen wieder öffnen wollte, hielt er mich davon ab. »Baby, lass mich weitermachen. Du bist danach dran. Nimm deine Brüste in die Hände und massiere dich. Zeig mir, wie dir das gefällt, mach mich richtig heiß damit.«

Meine Brüste waren geschwollen, die Brustwarzen hart von der kühlen Luft. Ich nahm sie in die Hände und knetete sie ganz langsam, hoffte, dass ihn meine Berührungen ebenso erregten, wie mich selbst. »Champ, bist du schon hart für mich? Sag mir, was du mit mir machen willst.«

»Am liebsten würde ich jetzt deine Titten ficken, meinen Schwanz daran reiben und dann dazwischen abspritzen. Wie klingt das? Willst du das auch?«

Ich spürte die Feuchtigkeit zwischen meinen Schenkeln, seine Worte klangen schmutzig und verheißungsvoll. »Nimm deinen Schwanz und zeige mir, wie du das machen willst«, forderte ich von ihm.

Simons Stimme unterbrach unser Spiel: Wir haben die turbulente Zone bereits passiert. Sie können sich nun wieder frei bewegen. Genießen Sie Ihren Flug mit uns und vergessen Sie dabei nie – runter kommen wir alle.

Die Durchsage hatte die erotische Spannung in der Kabine zerstört. Daniel runzelte die Stirn. *»Ich muss den Jungen unbedingt zur Weiterbildung schicken, diese Sprüche sind ja furchtbar.«*

Damit schnallte er sich ab, trat sofort zu mir herüber und zog mich beinahe aus dem Sitz. Ich konnte kaum schnell genug meinen Gurt öffnen, als er mich auch schon mit sich aufs Bett zog. »Ich soll dir also zeigen, was ich mit dir machen will?«

Simon weckte uns mit seiner Ansage erst wenige Minuten vor der Landung. Daniel fluchte leise als er bemerkte, wie wenig Zeit uns zum Ankleiden blieb. Ich musste unwillkürlich lächeln, mein immer so perfekt gekleideter Liebhaber war plötzlich in Zeitnot und drohte, einmal nicht ganz so makellos daherzukommen.

Als ich aufstand, schmerzte mein gesamter Körper. Schnell stieg ich in meine Sachen, ordnete meine Haare und suchte meine Taschen zusammen. Daniel war im Bad verschwunden, obwohl die Anschnallzeichen schon wieder aufleuchteten.

Ich setzte mich in einen der Sessel und wartete. Schließlich tauchte er wieder auf, frisch rasiert trotz des jetzt unruhigen Fluges. Er gesellte sich zu mir, küsste mich, bevor er Platz nahm.

»Wie spät ist es jetzt in Berlin?«, wollte ich wissen.

Er sah auf die Uhr. »Schon fast fünf Uhr nachmittags. Unser Termin mit dem Unterhändler ist für sieben angesetzt, aber wir können kurzfristig schieben, falls es zu knapp wird. Wir werden im Hotel Europa wohnen, das liegt in der Stadtmitte. Von dort hast du es nicht weit, falls du einkaufen gehen möchtest?«

Doch ich schüttelte den Kopf. »Nein, darauf kann ich gut verzichten. Aber ich würde gern meinen Großvater besuchen, der lebt nicht weit weg von Berlin.«

Daniel blickte mich überrascht an. »Wie weit? Schaffst du es heute Abend dorthin und wieder zurück?«

Ich nickte. »Ja, mit der Bahn sind es nicht einmal dreißig Minuten bis in sein Dorf. Das schaffe ich locker.«

»Du willst mit der *Bahn* fahren?« Er betonte die Frage, als ob ich vorgeschlagen hätte, von Boston nach New York zu rudern.

»Es ist die schnellste Verbindung, viel schneller als mit dem Auto. Mach dir keine Sorgen, ich kenne mich ganz gut aus.« Mein Selbstbewusstsein war zum Teil gespielt, denn ich war mehrere Jahre nicht hier gewesen, doch ich wollte diese Chance unbedingt nutzen.

»Ich lasse dich ungern allein am Abend durch ein fremdes Land fahren, noch dazu mit einer Bahn. Versprich mir, vorsichtig zu sein und nimm dein Handy überall hin mit.«

Aufgeregt stimmte ich seinen Bedingungen zu.

»Hast du die Adresse von deinem Großvater?«, fragte er, noch immer nicht restlos überzeugt.

Ich schrieb den Namen und die Anschrift auf ein Stück Papier und gab es ihm. Misstrauisch beäugte er den Zettel, steckte ihn dann aber in seine Brusttasche.

»Ich nehme an, du willst gleich vom Flughafen aus zu dieser Bahn?«, vergewisserte er sich und als ich zustimmend nickte, fuhr er fort: »Vergiss nicht, wir müssen morgen schon sehr früh los. Du solltest unbedingt vor Mitternacht von deinem Ausflug zurück sein. Kriegst du das hin?«

»Ja, auf jeden Fall«, bestätigte ich seine Zeitplanung.

Die Bahnfahrt durch Berlins Vororte und durch das Umland verlief genau wie erwartet. Ich hatte am Bahnhof gerade genug Zeit gehabt, einen Blumenstrauß und eine Schachtel der Lieblingspralinen meines Großvaters zu kaufen, dann fuhr auch schon der Regionalexpress ein. Pünktlich und effizient. Der Zug war angefüllt von Schülern, Arbeitern und Großmüttern, alle auf dem Heimweg aus Berlin in die umliegenden Dörfer und Kleinstädte.

Das gab mir Gelegenheit, meine Deutschkenntnisse hervorzukramen, die schon einige Jahre fast ungenutzt brachlagen. Bis auf die wenigen Anrufe bei meinem Großvater hatte ich sie kaum je genutzt und jetzt dauerte es eine Weile, bis ich mich an die harten Laute gewöhnt hatte.

Ich hatte meinen Großvater sicherheitshalber schon vom Flughafen aus angerufen, um zu sehen, ob er überhaupt zu Hause war. Er freute sich auf meinen Besuch und hatte einen Nachbarn zum Bahnhof geschickt, damit der mich dort abholte und in das nahe gelegene Dorf brachte.

Ich fühlte mich erleichtert, eine Weile von Daniel wegzukommen und ein wenig Zeit zum Nachdenken zu finden. Seine Anwesenheit machte mich hilflos, lähmte mich und ließ mich den leichtsinnigsten Vorschlägen zustimmen. Seine Launen waren irritierend, in der einen Minute war er so zärtlich und liebevoll, dann wieder drehte er völlig durch. Aber egal wie er sich verhielt, er hatte mich in der Hand, wusste genau, wie er mich manipulieren konnte. Und obwohl ich mir dessen mittlerweile wohl bewusst war, hatte ich ihm nichts entgegenzusetzen. Ich schob diese unerfreulichen Gedanken weit von mir und sah aus dem Fenster auf die idyllische Landschaft, die Wälder und Felder, die vorbeiziehenden Häuser und die vielen Windräder, die erst in den letzten Jahren aus dem Boden geschossen waren. Jetzt stand mir ersteinmal ein Besuch bei meinem Großvater bevor.

Unser Wiedersehen war herzlich und mein Großvater hatte ein einfaches Abendessen vorbereitet. Ich war ein wenig überwältigt von den vielen neuen Eindrücken und kaute still auf meinem Brot. Seit ich ihn das letzte Mal gesehen hatte, war der Mann sichtlich gealtert, aber geistig weiterhin hellwach. Er fragte nach meiner Mutter und meinen Schwestern, erwähnte aber meine Großmutter, seine geschiedene Ehefrau, mit keinem Wort. Die beiden hatten sich vor vielen Jahren getrennt als meine Großmutter beschloss, mit ihrer damals erst vierzehnjährigen Tochter nach Amerika auszuwandern, damit meine Mutter dort als Tänzerin berühmt werden konnte.

Der Plan war aufgegangen und sowohl meine Großmutter als auch meine Mutter hatten sich zeitlebens bemüht, meinen Großvater nach Amerika zu holen. Doch er war stur geblieben, hing viel zu sehr an der alten Heimat, seinem Hof und den zahlreichen Tieren.

Wir unterhielten uns in stockendem Deutsch über unsere Familie und über meine Reise durch Asien. Die Zeit verging viel zu schnell und im Nu war es spät in der Nacht. »Mein Nachbar wird dich zurück zum Bahnhof bringen. Du must dich beeilen, sonst verpasst du noch den letzten Zug.« Wir verabschiedeten uns, dann verließ ich das Haus, winkte meinem Großvater wehmütig ein letztes Mal zu.

Am völlig verlassenen Bahnhof angekommen, ließ mich der hilfsbereite Nachbar aus dem Auto. Er bedauerte, dass er nicht mit mir gemeinsam auf den Zug warten konnte. Doch ich wehrte lächelnd ab. Die Nacht war sternenklar und die fehlende Beleuchtung erlaubte einen traumhaften Blick auf den wolkenlosen Himmel. Schon lange hatte ich nicht mehr so viele Sterne leuchten gesehen. Ich atmete tief die kühle Abendluft ein und genoss die Stille.

Wieder sah ich auf meine Uhr. Es war mittlerweile schon kurz vor elf Uhr. Der Zug hätte längst hier sein sollen. Aber weder eine Durchsage noch eine Mitteilung auf der elektronischen Anzeigetafel des verwaisten Bahnsteigs erschienen. Und hier war kein Mensch, den ich fragen konnte.

Ich hörte das Motorengeräusch eines vorbeifahrenden Autos. Dann wieder Stille. Keine Information über den verspäteten Zug.

Mit einem Mal ertönten Stimmen in einiger Entfernung. Es klang wie eine Gruppe Männer nach einem Saufgelage. In diesem Moment klingelte auch mein Handy. Hastig nahm ich es aus der Tasche, wollte vermeiden, dass das Geräusch die Männer auf mich aufmerksam machte. Ich blickte auf das Display, Daniels Rufnummer leuchtete auf.

»Hallo?«, fragte ich mit flüsternder Stimme.

»Juliet, wo zum Teufel steckst du? Und warum sprichst du so leise?« Der Gedanke an Daniel ließ mich erschaudern. Ich hatte ihm fest versprochen, vor Mitternacht im Hotel zu sein. Doch durch die Verspätung war dies kaum noch einzuhalten.

»Daniel, es tut mir leid. Ich warte hier am Bahnhof auf den Zug. Aber der hat entweder Verspätung oder er wurde gestrichen. Ich weiß es nicht so genau.«

»Wieso fragst du nicht an der Auskunft nach. Die müssen so etwas doch wissen?«, schlug er vor.

»Der Bahnhof hat schon geschlossen, hier ist niemand, den ich fragen könnte.« Ich musste mich reichlich verzweifelt anhören, denn Daniel wurde sofort hellhörig.

»Du bist ganz allein? Sind dort keine anderen Fahrgäste oder wenigstens ein Schaffner?«, fragte er und ich spürte, dass er kurz davor war, mir Vorwürfe zu machen.

In diesem Moment hatten mich die grölenden Männer entdeckt. Es waren vier erwachsene Männer, die jetzt schnell auf mich zukamen, sie schwankten jedoch bei jedem Schritt und stützten sich gegenseitig. Sie riefen mir unentwegt derbe Schimpfwörter zu und ich war froh, dass Daniel sie nicht verstehen konnte.

»Juliet, was ist das für ein Lärm bei dir? Kommt der Zug endlich?«, hörte ich seine Stimme aus meinem Handy.

Ich sah mich hastig nach einem Fluchtweg oder Versteck um, obwohl das beinahe aussichtslos war, denn die Männer waren schon viel zu dicht. Schließlich entschloss ich mich angsterfüllt dazu, mich in der einzigen öffentlichen Toilette zu verstecken. Dann konnte ich zwar nicht mehr in den eventuell ankommenden Zug steigen, aber wenigstens ließ sich der Raum von innen verriegeln.

Schnell trat ich in das übel stinkende Loch und schloss ich die Tür hinter mir ab. Dann erst wandte ich mich wieder Daniel zu. »Hörst du mich noch?«, fragte ich ihn flüsternd.

»Was ist los bei dir? Wer sind die Männer, die dort rumgeschrien haben?«, wollte er wissen.

Lautes Klopfen ertönte an der Tür. Ich wagte kaum noch zu atmen. »Juliet, antworte mir! Was ist los? Steckst du in Schwierigkeiten?« Er klang nur mühsam beherrscht. Ich wusste, wie sehr er sich immer gleich um mich sorgte.

»Bitte mach dir keine Sorgen, ich komme so schnell wie möglich. Ich kann jetzt nicht weiterreden.« Damit legte ich auf und schaltete das Handy stumm. Shon nach wenigen Sekunden sah ich erneut seinen eingehenden Anruf auf meinem Display.

»Bitte verzeih mir«, flüsterte ich, ohne den Anruf entgegenzunehmen.

Das Klopfen an der Tür hatte inzwischen aufgehört. Ich wagte trotzdem nicht zu öffnen, schließlich könnten die Männer dort draußen auf mich lauern. Ich beschloss stattdessen, hier drinnen so lange auszuharren, bis ich den Zug einfahren hörte.

Ich wartete und wartete. Inzwischen war es Mitternacht. Kein Laut drang von draußen zu mir. Immer wieder überlegte ich, ob ich nicht doch dieses stinkende Kabuff verlassen konnte. Doch meine Angst siegte jedes Mal, denn ich wusste, ich hätte keine Chance gegen die vier Männer. Ich bedauerte es, meine Waffe nicht dabeizuhaben, die lag natürlich sicher verstaut zusammen mit dem Elektroschocker in meiner Küchenschublade. Das durfte mir in Zukunft nicht mehr passieren.

Die Augen fielen mir beinahe schon zu, ich hockte mich auf den Boden und hatte den Rücken an die Tür gelehnt. Da erklang erneut ein lautes, kräftiges Klopfen an der Tür. Ich erschrak heftig, damit hatte ich kaum noch gerechnet. Ganz vorsichtig und immer darauf bedacht, kein Geräusch zu verursachen, erhob ich mich aus meiner unbequemen Stellung. Was nun?

Doch dann hörte ich ihn rufen: »Juliet, wo bist du?«

Daniel war hier!

So schnell ich konnte, öffnete ich die Tür und stürmte nach draußen. Als ich ihn nicht weit entfernt auf dem Bahnsteig sah, rannte ich auf ihn zu und warf mich in seine Arme, so erleichtert war ich, ihn hier zu sehen.

Er hielt mich eine Weile fest, doch dann schob er mich an beiden Armen ausgestreckt so weit wie möglich von sich weg. Als er schließlich mit mir sprach, war seine Stimme eisig: »Smith wartet dort unten mit dem Wagen. Folge mir, damit wir endlich ins Hotel können.« Mit diesen Worten löste er sich gänzlich und ging schnellen Schrittes voran.

Ich fühlte mich zwar unbehaglich, doch meine Erleichterung überwog. Leichtfüßig lief ich hinter ihm her und nahm auf den Rücksitz der Mercedes Limousine Platz, die Smith mit laufendem Motor am Straßenrand geparkt hatte.

Die Fahrt im Wagen verlief schweigend. Daniel hielt die Augen geschlossen, blickte nicht ein einziges Mal in meine Richtung. Zweimal versuchte ich, mich bei ihm zu entschuldigen, doch er ließ nicht erkennen, ob er meine Worte überhaupt verstanden hatte.

Smith brachte uns innerhalb von einer halben Stunde zurück nach Berlin und setzte uns am Europa Hotel ab. Daniel stieg aus dem Wagen und ging ohne sich nach mir umzublicken durch eine hohe Tür in die elegante Vorhalle des Hotels. Der Concierge grüßte ihn mit seinem Namen. Ich bemühte mich, Schritt zu halten.

»Daniel, bitte warte einen Moment. Muss ich mich nicht anmelden?«

Er drehte sich kurz zu mir um, sein Gesicht zeigte, wie sehr ich ihn nervte. »Folge mir einfach. Oder willst du lieber dein eigenes Zimmer?«

Ich schüttelte den Kopf und schloss zu ihm auf, fast schon dankbar, dass er überhaupt geantwortet hatte. Es blieb mir keine Zeit, mich hier umzusehen aber der Eingangsbereich war weitläufig und überaus prunkvoll ausgestattet. Um diese Zeit war es ruhig, kaum ein Gast hielt sich hier auf.

Der Fahrstuhl brachte uns in die dritte Etage, als wir ausstiegen bemerkte ich wieder, wie edel und geschmackvoll dieses Hotel eingerichtet war, die Fußböden waren mit kostbaren Teppichen ausgelegt, überall waren kunstvolle Blumenarrangements platziert. Dagegen war das Ritzman Hotel eine üble Absteige.

Daniels Suite lag am Ende des Flurs und ließ sich durch eine zweiflüglige holzgetäfelte Tür betreten. Nachdem wir eingetreten waren und ich die Tür hinter mir abgeschlossen hatte, blickte Daniel mich erstmals richtig an. »Juliet, das war nicht nur dumm sondern auch leichtsinnig und gefährlich. Ich habe mir Sorgen um dich gemacht. Bitte denke darüber nach, bevor du dich noch einmal auf solche Dummheiten einlässt.«

Ich senkte meinen Kopf und flüsterte leise zum dritten Mal, wie leid es mir tat. Ohne darauf einzugehen, wies er auf eine geschlossene Tür. »Das Zimmer dort ist dein Schlafzimmer. Ich habe deine Sachen im Schrank aufhängen lassen. Morgen früh trage bitte das Arrangement, dass auf dem Bett für dich bereitliegt.«

Damit drehte er sich um und schritt schnell durch die andere Tür. Er schloss sie sofort hinter sich und ließ mich allein auf dem Flur zurück.

»Gute Nacht, Daniel. Und danke für deine Hilfe«, sagte ich leise, obwohl er mich nicht hören konnte. Dann ging ich in mein Zimmer, hastete zuerst ins Bad, um zu duschen. Nachdem ich eine ganze Stunde auf der öffentlichen Toilette eingesperrt war, fühlte ich mich schmutzig. Meine Sachen rochen furchtbar und ich mochte mir kaum ausmalen, wie unangenehm die Autofahrt für Daniel gewesen sein musste. Immerhin hatte er seinen Ekel vor mir verborgen. Erst nachdem ich ausgiebig geduscht und gleich zweimal meine Haare gewaschen hatte, schaute ich neugierig nach, welche Kleidung Daniel für unser morgiges Meeting ausgesucht hatte.

Ich erschrak, als ich das nicht gerade dezente Kleid auf dem Bett liegen sah. Es war einfach perfekt – wenn ich als Prostituierte arbeiten wollte. Der schwarze Stoff war dünn und verdeckte kaum etwas. Ein Korsett würde meine Figur einschnüren und damit meine Weiblichkeit betonen. Das Kleid schien recht kurz und mein Dekolleté wurde nur von halbdurchsichtigem Chiffonstoff überdeckt. Ein schmaler schwarzer Gürtel lag daneben, sogar passende schwarze Seidenstrümpfe hatte Daniel ausgesucht. Stirnrunzelnd betrachtete ich alles und wunderte mich einmal mehr über Daniels Absichten.

Um das Kleid nicht zu zerknittern, verzichtete ich auf eine Anprobe und legte es stattdessen vorsichtig über einen Sessel. Dann schlüpfte ich schnell unter die Decke. Meine noch feuchten Haare ließ ich in einem Handtuch eingewickelt, wenn ich überhaupt einige Stunden Schlaf bekommen wollte, konnte ich meine Zeit nicht noch mit dem Trocknen verschwenden. Mir grauste innerlich schon vor dem morgigen Tag, nicht nur wegen der Haare.

Ich schloss die Augen und ließ den Tag Revue passieren, wie ich es fast immer vor dem Schlafen tat, wenn nicht gerade Daniel neben mir im Bett lag.

Ich war glücklich, meinen Großvater getroffen zu haben, glücklich, an Daniels Seite nach Europa gereist zu sein. Doch aus Versehen hatte ich ihn gegen mich aufgebracht. Ich konnte seinen Zorn gut verstehen, schließlich hatte er mir alle Freiheiten gelassen und ich hatte sein Vertrauen bitter enttäuscht. Ich wusste, wie beschäftigt er ohnehin war, nun musste er auch noch mitten in der Nacht den Helden spielen und mich von einem verlassenen Provinzbahnhof retten.

Ich wälzte mich hin und her, fand aber keinen Schlaf. Schließlich erhob ich mich, zog ein weites T-Shirt über und tapste barfuß zu meiner Zimmertür, dann über den Flur. Leise klopfte ich an Daniels Tür und lauschte.

»Komm rein«, erklang es leise von drinnen. Also war auch er noch wach.

Erleichtert öffnete ich die Tür und rannte beinahe. Es war dunkel, Daniel lag vermutlich im Bett, also kletterte hinein, ertastete seinen warmen Körper und kuschelte mich daneben, umklammerte ihn fest.

»Bitte verzeih mir, Champ. Ich war so dumm und du hattest meinetwegen so viele Umstände.« Ich bemühte mich, ihn mit meiner Hand zu berühren, suchte nach Bestätigung, dass er mir nicht mehr böse war.

Doch er brummte nur etwas Unverständliches. Freundlich klang das nicht gerade, aber zumindest akzeptierte er meine Anwesenheit in seinem Bett.

»Bitte sag mir, was kann ich tun, um dich glücklich zu machen?« Ich ließ meine Hände an seinem Körper entlang nach unten gleiten. Doch anstatt darauf einzugehen, tastete er missmutig nach meinen feuchten Haaren. »Babe, willst du mich etwa mit Sex bei Laune halten? Ich muss dich warnen, ich bin so sauer auf dich! Also lass es lieber.«

Ich zog mich sofort zurück. Seine Warnung war klar und eindeutig. Statt an ihn gekuschelt einzuschlummern, rollte ich mich auf der anderen Seite des riesigen Doppelbetts zusammen und fiel schließlich in einen traumlosen Schlaf. Mitten in der Nacht spürte ich, wie sein warmer Körper mich umschlang. Er seufzte als er mich endlich in die Arme nahm.

Dienstag, 29. Mai 2012

Ich erwachte vom Klingeln eines Telefons. Es dauerte eine Weile bis ich mich erinnerte, wo ich eigentlich war. Daniel hatte währenddessen den Anruf entgegengenommen und schon wieder aufgelegt. Es war vier Uhr morgens und unser Weckruf war gerade eingetroffen.

Von den Strapazen des vergangenen Tages und den wenigen Stunden Schlaf fühlte ich mich wie gerädert. Daniel konnte es eigentlich nicht viel besser gehen, doch er ließ sich seine Erschöpfung nicht anmerken. Er rüttelte sanft an meiner Schulter und flüsterte mit leiser Stimme: »Geh dich nebenan duschen und zieh dich schnell an. Wir müssen gleich los, aber vorher wollen wir noch frühstücken.«

Ich starrte ihn benommen an und bewegte mich nicht. Mein Gehirn arbeitete so früh am Morgen noch nicht richtig.

»Juliet, hast du mich verstanden? Geh duschen und zieh dich an. Schminken kannst du dich später im Wagen. Die Fahrt dauert ungefähr drei Stunden, du hast also genug Zeit«, wiederholte er geduldig.

Okay, nun verstand ich. Hoffentlich war unser Wagen komfortabel genug, dass ich dort weiterzuschlafen konnte. Ansonsten war ich heute zu nichts zu gebrauchen, mein Kopf dröhnte jetzt schon. Langsam ging ich aus dem Zimmer, um mich fertig zu machen.

Als ich zwanzig Minuten später mit dem Anziehen der halterlosen Seidenstrümpfe beschäftigt war, klopfte es laut an meiner Zimmertür. »Wir müssen jetzt los. Bist du so weit?« Daniels Stimme ließ für einen Moment seine Anspannung erkennen. Es war ein wichtiger Tag für ihn und in meiner ganzen Dummheit hatte ich dafür gesorgt, dass wir beide müde und unausgeschlafen waren. Hoffentlich behinderte das Daniel nicht bei seinen Verhandlungen. Im Nachhinein konnte ich mich selbst ohrfeigen für meine Ignoranz.

Ich bat ihn, noch einige Minuten zu warten, doch er öffnete einfach die

Zimmertür. Bei meinem Anblick atmete er scharf ein. »Oh Baby, dein Kleid ist perfekt für den heutigen Tag! Ich wünschte, wir hätten mehr Zeit, dann würde ich dich auf der Stelle hier ficken.« Bedauernd hob er die Schultern. »Aber leider haben wir die jetzt nicht. Soll ich dir beim Zumachen helfen?«

Ich nickte und drehte mich vor ihm um, damit er den Reißverschluss des schwarzen Korsetts erreichen konnte. Er beugte sich über mich und strich sanft meine Haare zurück. Dann küsste mich hinter dem Ohr. Er roch so gut, hatte gerade erst geduscht, denn seine Haare waren noch feucht. *Wieso durfte er mit nassen Haaren umherlaufen, ich aber nicht?*

Als seine kühlen Finger meine Haut berührten, stöhnte ich leise auf. Langsam strich er mit seiner Hand an meinem Rücken entlang und flüsterte mir dabei ins Ohr: »Erst die Arbeit Baby, dann das Vergnügen. Und das werde ich haben, wenn ich dir dieses Kleid nachher wieder ausziehe.« Ich erschauderte bei seinen Worten und der Aussicht auf eine weitere Lektion.

Das Kleid passte wie angegossen und bei einem kritischen Blick in den Spiegel stellte ich außerdem fest, dass es aus der Entfernung sogar einigermaßen dezent aussah.

Daniel stand noch immer hinter mir, strich mit beiden Händen über meine nackten Arme und betrachtete uns beide im Spiegel. Er sagte kein Wort und auch sein Gesicht gab nicht preis, was er dachte. Dann beugte er sich erneut über mich, küsste meinen Hals und meine Schultern. Er lehnte sich mit seinem Gewicht an mich, drückte von hinten gegen meinen Rücken und meine Schultern. Ich ließ ihn nur zu gern gewähren, schloss meine Augen und lehnte genießerisch meinen Kopf zurück. Er packte mich fester an den Oberarmen, seine Küsse wurden intensiver. Schließlich biss er ganz leicht in die dünne Haut an meinem Hals, hielt mich mit den Zähnen fest und saugte mit den Lippen. Ich ließ es geschehen, hätte ihm in diesem Augenblick alles erlaubt, nur um unsere Zeit zu zweit zu verlängern. Die Welt da draußen konnte noch warten.

»Los, komm jetzt. Hast du alles dabei? Deine Tasche, dein Handy?« Die wenigen zärtlichen Sekunden waren schon wieder vergessen, ungeduldig ging er in meinem Zimmer auf und ab während er mir dabei zusah, wie ich meine silbernen Ohrringe ansteckte. Ich trug selten Schmuck und es dauerte dementsprechend ein paar Sekunden, bis ich sie ordnungsgemäß geschlossen hatte.

Er selbst war natürlich wie immer sorgfältig gestylt, bereit dazu, die Welt zu erobern. Nur Jackett und Krawatte fehlten im Moment noch, in seiner dunkelgrauen Anzughose und dem krispen weißen Hemd sah er einfach zum Anbeißen aus. Doch seinen Augen fehlte heute der Glanz, in ihnen war ein Hauch von der Müdigkeit zu erkennen, die mich fast zu übermannen drohte. Gegen ihn sah ich aus wie ein Gespenst, mit verquollenen Augen und vom Schlafen noch immer wirr abstehenden Haaren. Nur das Kleid saß einwandfrei.

Als ich schließlich alles zusammengesucht hatte, hielt er mir den Arm hin. »Bitte Miss Walles, darf ich Sie ins Restaurant führen?«

Ich lachte leise und wunderte mich noch immer, warum er unbedingt so früh am Morgen etwas essen wollte. Sicher war das Hotelrestaurant um diese Zeit noch geschlossen? »Kehren wir nachher noch mal in das Hotel zurück?«, fragte ich ihn, als ich mich in seinen Arm kuschelte.

»Das hängt davon ab, wie die Verhandlungen laufen. Aber mach dir keine Sorgen, falls wir nicht zurückkommen, wird Smith unsere Sachen zum Flughafen bringen.« Mit einem sanften Kuss auf die Stirn schob er mich vor sich her und gab mir einen Klaps auf den Po.

Wir waren die einzigen Gäste im Restaurant. Der Speisesaal hatte hohe Decken mit opulenten Kronleuchtern. Die Fenster waren mit schweren Gardinen verhangen und alle Tische mit makellos weißen Tischtüchern gedeckt. Leise, klassische Musik drang aus versteckten Lautsprechern. Ein etwas abseits stehender runder Tisch war für uns hergerichtet, eine einzelne rote Rose stand in der Mitte zwischen unseren Gedecken. Suchend sah ich mich nach Daniels Mitarbeitern um. »Die sind schon losgefahren, schließlich müssen sie die Präsentation noch aufbauen«, kommentierte Daniel ungefragt. »Nur Smith kommt mit uns.«

Ich atmete erleichtert aus. Noch immer fühlte ich mich unwohl, wenn ich seinen Angestellten gegenübertrat. Obwohl mich alle mit betonter Freundlichkeit behandelten, konnte ich mich des Eindrucks nicht erwehren, dass sie mich insgeheim verachteten. Und ich hatte auch nichts getan, was meine mangelnde Fachkompetenz irgendwie überdeckt hätte. Stattdessen lenkte ich Daniel von seiner Arbeit ab.

Ein Kellner servierte uns frischen Kaffee, Toast und etwas Obst. »Willst du sonst noch etwas? Vielleicht noch Eier? Hartgekocht?« Daniel sah mich mit unschuldigem Blick an, doch an seinen zuckenden Mundwinkeln erkannte ich, dass er die Frage durchaus zweideutig gemeint hatte.

Kopfschüttelnd antwortete ich ihm: »Nein danke, so früh am Morgen bekomme ich noch nichts herunter.«

Daniel wartete, bis der Kellner sich entfernt hatte, dann setzte er eine ernste Miene auf und begann zu sprechen. »Ich wollte dir kurz erklären, wie wir heute vorgehen. Die offizielle Vorstellung unseres Produkts beginnt um acht Uhr und dauert ungefähr zwei Stunden. Soweit mir bekannt ist, nehmen daran zwei Vorstände, der CEO sowie zwei technische Geschäftsführer, der Forschungsleiter und einige seiner Mitarbeiter teil. Ich rechne nicht damit, dass es hierbei Probleme geben wird, das System wurde hinreichend getestet und in vielen Einzelvorführungen eingeführt. Es geht eher darum, sich kennenzulernen, Fotos zu machen und vielleicht einige Sonderwünsche oder Feinjustierungen für später festzuhalten.«

Ich hörte ihm gebannt zu, bis er sich selbst unterbrach. »Juliet, iss etwas und trink deinen Kaffee. Wir haben nicht viel Zeit.«

Schnell nahm ich die Kaffeetasse in die Hand und trank mit geschlossenen Augen ein paar Schlucke des heißen Getränks. Die belebende Wirkung ließ jedoch auf sich warten.

Daniel setzte seine Ausführungen fort: »Danach gibt es eine Kaffeepause und gegen halb elf beginnen die eigentlichen Vertragsverhandlungen. Von unserem Team werden daran nur ich selbst, Hendricks und ein Mitglied des Entwicklungsteams teilnehmen. Du erinnerst dich an Alissa Stevens, die blonde Frau gestern?«

Ich nickte. Und ob ich mich erinnerte, so schnell konnte ich die demütigende Begegnung mit seinem Team im Flugzeug nicht vergessen. Alissa war die jüngere der beiden anwesenden Frauen, perfekt zurechtgemacht und äußerst attraktiv, während ich in meiner ältesten Jeans aufgetaucht war.

»Die Verhandlungen werden vom neuen Finanzchef des Autokonzerns geleitet, dem Nachfolger von Hendricks auf diesem Posten. Daneben werden die technischen Geschäftsführer und ein Vertreter des Vorstands daran teilnehmen. Dazu noch zwei offizielle Übersetzer. Eine kleine Runde also und wenn alles glatt geht, sollten wir gegen Mittag zu einer Einigung kommen. Alles ist vorbereitet.«

»Und was soll ich dabei machen?«, unterbrach ich ihn ungeduldig, denn seine Ausführungen ängstigten mich. Ich hatte keine Ahnung von Daniels Unternehmen, kannte weder das Produkt seiner Firma noch irgendwelche technischen Details. Verhandlungen wie diese hatte ich bisher nie führen müssen, wenn man von meinem Vertrag mit Daniel einmal absah. Und das Ergebnis sprach nicht gerade für mein Durchsetzungsvermögen, am Ende hatte ich in allen Punkten nachgegeben.

Den Namen des Autoherstellers kannte ich hingegen sehr wohl und es flößte mir Respekt ein, dass Daniel mit einer so großen und weltweit bekannten Automarke kooperieren wollte. In Gedanken sah ich mich schon stolpern, die Vorführung stören oder durch meine Ungeschicklichkeit die Verhandlungen zum Platzen bringen.

Daniel kaute gemächlich an seinem Toast und beobachtete mich aufmerksam, ohne etwas zu sagen. Dann nahm er seinen Kaffee und trank einige Schlucke. Die ganze Zeit sah er mich an.

Schließlich setzte er die Tasse ab und blickte sich kurz auf unserem Tisch um. »Bist du fertig, oder willst du noch etwas von dem Obst essen?«

Ich schüttelte den Kopf. Nein, ich wollte um vier Uhr morgens nichts essen.

»Brauchst du noch etwas anderes oder können wir los?«

Von mir aus hätten wir schon lange auf dem Weg sein können, aber das sagte ich ihm nicht. »Du hast meine Frage noch nicht beantwortet. Was soll ich machen?« Ich konnte meine Anspannung nicht zurückhalten.

Er trank den letzten Schluck Kaffee aus, bevor er sich rasch erhob. »Komm, wir sprechen im Wagen.« Ich folgte ihm verwirrt aus dem Restaurant.

Smith wartete mit dem Leihwagen, einer schwarzen Mercedes Limousine.

»Du fährst ja einen Wagen der Konkurrenz. Meinst du nicht, das könnte man dir übel nehmen?«

Ich wollte die Stimmung mit meiner Bemerkung auflockern, doch Daniel schüttelte ernsthaft den Kopf. »Nein, ich muss sichergehen, dass wir nicht abgehört werden. Zum jetzigen Zeitpunkt haben wir einen äußerst sensiblen Punkt erreicht und auch wenn es vielleicht übertrieben klingt, müssen wir jede Möglichkeit der Indiskretion ausschließen. Du, ich und Smith sind die Einzigen, die über meine Pläne Bescheid wissen. Es könnte mich mein gesamtes Vermögen kosten, wenn wir jetzt unvorsichtig sind.«

Wieder wunderte ich mich über sein Vertrauen. Eigentlich kannten wir uns kaum. Zudem war er mit meinem Vater verfeindet, hatte bis vor Kurzem angenommen, mein Vater hätte mich auf ihn angesetzt. Es blieb mir ein Rätsel, wie ich mir sein Vertrauen erworben hatte.

Wir fuhren mit hohem Tempo durch die schlafende Stadt, erreichten die Außenbezirke in kürzester Zeit. Die vorbeirauschenden Häuser leuchteten im warmen Licht der Morgensonne. Meine Augen fielen immer wieder zu, aber bis jetzt hatte Daniel meine Frage nicht beantwortet. Bevor ich ganz einschlief, wollte ich es noch einmal versuchen, öffnete den Mund und wurde prompt von ihm unterbrochen.

»Hendricks und Stevens sind die einzigen Schwachpunkte in meinem Plan. Beide sprechen fließend deutsch und werden sich mit unseren Partnern in deren Muttersprache unterhalten. Hendricks kennt zudem viele der heute Anwesenden persönlich. Ich will, dass du dich unter sie mischst und zuhörst, was sie diskutieren. Zusammen mit deiner weiblichen Intuition sollte es kein Problem für dich sein, mir zu sagen, ob einer der beiden für die Gegenseite arbeitet.«

Ich blickte ihn zweifelnd an. Wie zum Teufel stellte er sich das vor? Ich war schließlich nicht unsichtbar und niemand würde so unvorsichtig sein, sich während offizieller Verhandlungen und zudem noch in Gegenwart des eigenen Chefs zu verraten. Da halfen auch meine Sprachkenntnisse nicht weiter.

»Ich kann mir nicht vorstellen, dass das funktioniert. Falls es wirklich jemanden gibt, der dich in eine Falle locken will, wird er sich doch nicht gerade jetzt verplappern. Selbst ein Telefongespräch wäre da doch bei Weitem sicherer?«

Daniel sah mich prüfend von der Seite an und bemerkte dann mit ausdruckslosem Gesicht: »Du bist genau Hendricks' Typ. Und in diesem Kleid bekommst du von ihm jede Information, wenn du deine Karten richtig ausspielst.«

Ich starrte ihn geschockt an, trotzdem war ich nicht sicher, ob mein Gesicht die Bestürzung widerspiegelte, die seine Worte in mir auslösten. Deshalb setzte ich wieder zum Sprechen an, doch ich kam nicht dazu, denn Daniel hatte seine Überlegung noch nicht beendet.

»Und Stevens hatte mal was mit Hendricks. Jede Wette, wenn die euch zusammen weggehen sieht, verrät sie jedes Geheimnis, dass Hendricks ihr je anvertraut hat.«

Ich wandte mich entsetzt von ihm ab. So eiskalt und berechnend hatte ich ihn noch nie erlebt, obwohl mir immer klar war, dass sein Vermögen nicht zufällig entstanden sein konnte, sondern nur durch Fleiß, harte Arbeit und Durchsetzungskraft. Und, wie in fast jedem Geschäft, spielten Tricks und Manipulationen eine große Rolle. Nur dass ich jetzt dabei mitmachen sollte, unversehens zu seiner Spielfigur geworden war, wollte ich nicht wahrhaben.

Mit bebender Stimme und ohne meinen Blick von der am Fenster vorbeiziehenden Landschaft abzuwenden, vergewisserte ich mich: »Du willst also, dass ich Hendricks abschleppe, um Informationen aus ihm herauszubekommen? Ist das ein schlechter Witz?« Ich konnte nicht verbergen, wie fassungslos ich war. »Anmachen, nicht abschleppen«, verbesserte er leise.

Ich beobachtete sein Spiegelbild im Fenster. »Daniel, falls das einer deiner dämlichen Späße ist, ich finde das überhaupt nicht lustig.«

Seine bitterernste Miene genügte mir als Antwort. »Hattest du das von Anfang an so geplant?« wollte ich wissen, nur um sicherzugehen, dass ich sein Vorgehen richtig verstand und mich nicht zu einer Kurzschlusshandlung hinreißen ließ.

Er nickte bestätigend.

Blinde Wut stieg in mir auf. Daniel hatte mich also nur mitgenommen, damit ich einen seiner Mitarbeiter verführte? War alles andere dann auch nur gespielt? Wie hatte ich so dumm sein können und diesem Mann vertraut? Mein Gefühl hatte mich also nicht betrogen, als ich mich am Anfang unserer Beziehung gewundert hatte, wieso er gerade mich ausgewählt hatte. Natürlich spielte ich nicht in seiner Liga, war aber gut genug, um als Köder herzuhalten.

Ich zwang mich dazu, ruhig zu atmen und die Augen zu schließen. Es lagen noch mehr als zwei Stunden Autofahrt vor uns und vielleicht klärte sich alles auf, bevor wir den Verhandlungsort erreichten. Ich wollte gar nicht daran denken, was ich sonst tun sollte.

Ich erwachte, als Daniels warme Hand sanft über meinen Arm und meine Wange strich. Ich lehnte mich genießerisch an seinen Oberkörper. Doch dann erinnerte ich mich an unsere Unterhaltung und rückte sofort von ihm ab.

Der Wagen fuhr eine lange Auffahrt entlang und hielt vor einem stark gesicherten Tor. Ein Mitarbeiter des Werkschutzes fragte Smith etwas, woraufhin dieser ein Stück Papier durch den geöffneten Fensterschlitz schob. Der Wachmann führte ein kurzes Telefongespräch und kam dann zurück. »Bitte warten Sie hier, bis Sie abgeholt werden. Dieser Bereich ist unsere Sicherheitszone B, hier darf niemand ohne Begleitung herumfahren.«

Ich übersetzte und Smith stellte den Motor unseres Wagens ab. Daniel erschien nun launisch und angespannt. Seine Ungeduld kam für mich überraschend, denn bislang hatte ich ihn immer hochkonzentriert und beherrscht gesehen. Insgeheim fragte ich mich, ob das womöglich auch etwas mit seiner Idee, mich auf Hendricks anzusetzen, zu tun hatte. Mir jedenfalls war ganz schlecht vor lauter Aufregung. Noch immer wusste ich nicht, wie ich mich verhalten sollte. Durfte ich Daniels Wunsch nachgeben und Hendricks meine ungeteilte Aufmerksamkeit zukommen lassen? Ich fragte mich nicht zum ersten Mal, wie kaltherzig Daniel sein musste, um überhaupt so einen Vorschlag zu machen. Die kleinen Härchen an meinen Armen standen ab bei diesen düsteren Gedanken, aber Daniel bemerkte es gar nicht.

Nach kurzer Zeit erschien ein dunkelblau glänzender Wagen am Werkstor, ein junger Mann stieg aus und kam schnellen Schrittes auf uns zu. Bevor ich etwas sagen konnte, ergriff Daniel meinen Arm und sah mich warnend an. »Sprich Englisch, kein Deutsch!« Er hatte recht, beinahe hätte ich meine Tarnung schon vor Verhandlungsbeginn zunichte gemacht.

Der Mann stellte sich als Dr. Schmidt vor, persönlicher Assistent des Forschungsleiters. Er bat uns, ihm mit dem Wagen durch das Werk zu folgen.

Unterwegs wurden uns die gigantischen Ausmaße der Autofabrik vor Augen geführt. Das Werk glich einer Kleinstadt, mit eigenem Kraftwerk, Krankenhaus und Busservice. Selbst Daniel schien beeindruckt zu sein.

Wir passierten eine weitere Sperre, der Werkschutz ließ uns diesmal sofort passieren. Die Anwesenheit Dr. Schmidts wirkte offenbar wie ein Türöffner.

Schließlich hielten wir vor einem dreistöckigen modernen Gebäude. Der Parkplatz vor dem Haus war angefüllt mit verschiedenen Modellen des Autoherstellers, keines der Fahrzeuge hatte ein Nummernschild. Wie fanden die Angestellten hier bloß ihre Dienstwagen wieder, wenn doch alle Fahrzeuge identisch waren?

Man führte uns in einen lichtdurchfluteten Konferenzsaal, der durch seine in die Zimmerdecke eingelassenen Fenster ungewöhnlich hell und weitläufig wirkte. Der ganze Raum war unregelmäßig geformt, es gab keine einzige gerade Wand. Selbst die Dachöffnungen waren wellenförmig angeordnet. Eine Fensterreihe zeigte in den bewachsenen Innenhof, durch eine gläserne Wand konnte man die angrenzenden Büros sehen. Alles wirkte futuristisch und ich konnte mir gut vorstellen, wie hier die besten Köpfe des Weltkonzerns Pläne ausheckten, Fahrzeugmodelle entworfen oder zukunftsweisende Ideen diskutierten. Genauso gut hätte man in diesem Raum eine Ausstellung zu moderner Architektur unterbringen können.

Ich sah einige Geräte in der Zimmermitte aufgebaut. Daniels Mitarbeiter standen herum und schienen damit beschäftigt, letzte Details auszurichten. Als wir eintraten, wurde es sofort still.

Daniel ließ mich stehen und ging sogleich auf seinen CFO zu, der als Einziger nichts zu tun zu haben schien. Die beiden Männer begrüßten sich mit einem freundschaftlichen Handschlag und verschwanden dann in einem Nebenraum, ich blieb mit den übrigen Teammitgliedern im Konferenzsaal zurück. Zögernd näherte ich mich den Geräten. Obwohl ich technisch nur mittelmäßig versiert war, betrachtete ich das aufgebaute Modell mit Interesse und versuchte mir auszumalen, was es darstellen könnte.

»Guten Morgen, ich bin Alissa Stevens«, begrüßte mich die attraktive blonde Frau, die mir gestern schon im Flugzeug aufgefallen war. Sie hatte ein intelligentes Lächeln und verhielt sich mir gegenüber ausgesprochen höflich.

Ich erwiderte ihren Gruß und stellte mich ebenfalls vor. Langsam gesellten sich auch die anderen Mitarbeiter zu uns. Sie waren alle im Forschungsteam der Stone Corporation tätig und arbeiteten seit mehreren Jahren gemeinsam an diesem Projekt. Alle schienen enthusiastisch und stolz auf ihre Arbeit. Sie setzten große Erwartungen auf das heutige Treffen, denn dies konnte auch ihr persönlicher Durchbruch sein. Nichts deutete darauf hin, dass sich ein Verräter unter ihnen befand.

Ich fühlte mich ausgesprochen unwohl, all diese Menschen hatten mich gestern im Flugzeug gesehen! Doch ihre ganze Konzentration war auf die bevorstehende Vorführung gerichtet. Trotzdem glühte mein Gesicht.

Alissa betrachtete mich neugierig. »Darf ich fragen, was Ihre Aufgabe in diesem Projekt ist?«, fragte sie mich, als wir in einiger Entfernung vom Rest des Teams an einer Fensterbank lehnten.

Ich war mit meinen Gedanken ganz woanders, dachte darüber nach, wie ich Hendricks anmachen sollte. In meinem ganzen Leben hatte ich noch nie einen Mann absichtlich verführt, und Hendricks war fast so alt wie mein Vater – mindestens fünfzig Jahre, etwas dicklich und hatte schütteres Haar. Außerdem war er im Moment sicherlich mehr auf seine Arbeit konzentriert, als sich um sein Liebesleben zu kümmern. Mir war übel beim bloßen Gedanken daran, diesem Mann schöne Augen zu machen.

Aber als er zusammen mit Daniel wieder aus dem Nebenzimmer trat, fiel sein Blick sofort auf mich. Was hatte Daniel ihm erzählt? Ich wäre am liebsten weggerannt und allein zurück nach Boston geflogen, so unangenehm fühlte ich mich unter seinen Blicken.

Ich drehte mich wieder zu Alissa um, die diese Szene auch mitbekommen hatte. »Ich bin mitgekommen, um Mr. Stone zu assistieren«, antwortete ich ihr schließlich ausweichend. Alissa schien meine Antwort gar nicht mehr zu interessieren, sie wandte sich zum Gehen und ließ dabei Hendricks nicht aus den Augen.

Daniel hatte Recht, Alissa war tatsächlich extrem eifersüchtig.

Wir versammelten uns um das Modell, aber in diesem Moment traf die Delegation des Autoherstellers schon im Konferenzsaal ein, so dass Daniel keine Möglichkeit blieb, mit seinem Team zu sprechen.

Während der allgemeinen Begrüßung bemühte ich mich, mir möglichst viele Namen zu merken. Plötzlich stand Hendricks vor mir und hielt mir seine ausgestreckte Hand hin. »Ich glaube, wir haben uns noch nicht miteinander bekannt gemacht. Mein Name ist Hannes. Hannes Hendricks.«

Ich lächelte höflich und stellte mich ebenfalls vor. »Juliet Walles. Es freut mich, Sie kennenzulernen, Mr. Hendricks.« Dann nahm ich seine Hand und schüttelte sie.

Er bedachte mich mit einem eigentümlichen Blick. »Sie können mich Hannes nennen, wenn ich Sie Juliet nennen darf?« Ich nickte knapp und suchte mit meinen Augen nach Daniel. Was hatte er Hendricks von mir verraten?

Als wir unsere Plätze einnahmen, wollte ich mich auf den Stuhl neben Daniel setzen, doch der verwies mich mit kühler Geste an einen anderen Tisch.

Ich verstand seine Konzentration und entgegnete nichts. Als sich jedoch wiederum Hendricks zu mir gesellte, konnte ich meine aufschäumende Wut kaum noch verbergen. Ich brachte es zwar fertig, dem CFO halbwegs interessiert zuzuhören, als er mir unentwegt über seine Aufgaben im Unternehmen berichtete, aber innerlich brütete ich an einem Plan, um an Daniel Rache zu nehmen. Ich malte mir genüsslich sein zorniges Gesicht aus, wenn er mit ansehen musste, wie ich mit Hendricks zusammen im selben Wagen zurückfuhr. Oder gehörte das auch zu seinem Plan? Wieder wurde mir bewusst, wie wenig ich Daniel eigentlich kannte.

Abrupt drehte ich mich zu Hendricks um und schenkte ihm fortan meine gesamte Aufmerksamkeit. Die Präsentation verlief erfolgreich und es schien, als habe Daniel die Geschäftsleitung schon überzeugt. Während der Kaffeepause stand ich mit Hendricks und dem Finanzleiter des Autokonzerns zusammen. Die beiden diskutierten auf deutsch über Aktienderivate und Währungsfluktuationen. Sie warfen mit Begriffen um sich, von denen ich noch nie gehört hatte.

»Darf ich Ihnen noch einen Kaffee mitbringen, Hannes?«, fragte ich, um einen Anlass zu haben, die beiden kurz allein zu lassen. Mein Kopf brummte, sicher eine Folge des Schlafmangels und der morgendlichen Aufregung.

»Ja, gern. Wenn wir hier fertig sind, müssen wir ins Verwaltungsgebäude auf die andere Seite des Werks. Möchten Sie mit mir zusammen dorthin fahren?«

Ich nickte erfreut. Das klappte ja besser als erwartet.

Am Kaffeeautomaten traf ich auf Alissa. »Na, amüsieren Sie sich gut?«, fauchte sie mich an.

Ich antwortete gelassen: »Ich amüsiere mich bestens. Danke der Nachfrage.« Sie konnte ja nicht wissen, dass dies alles Daniels Idee war. Ich hasste ihn noch mehr, wenn ich daran dachte, dass er uns wie Schachfiguren gegeneinander ausspielte.

Auf dem Weg zum Parkplatz fasste mich Hendricks bereits vertraulich am Arm. Ich konnte nicht riskieren, mich nach Daniel umzusehen, hoffte aber, dass er wenigstens ein bisschen eifersüchtig war.

Die Vertragsverhandlungen zogen sich in die Länge. Der Besprechungsraum im Verwaltungshochhaus war zwar prunkvoll ausgestattet, aber im Gegensatz zu dem Konferenzraum zuvor fensterlos. Damit bot er keinerlei Ablenkung von den trockenen Verhandlungen, ich langweilte mich schon nach wenigen Minuten, versuchte aber trotzdem, dem Geschehen zu folgen. Hendricks unterhielt sich leise mit seinem Tischnachbarn.

Der ältere Mann war der neue Finanzchef bei Volkswagen und er diskutierte mit Hendricks über finanzielle Strukturen innerhalb der Firma. Nichts deutete darauf hin, dass beide unter einer Decke steckten und Firmengeheimnisse austauschten. Im Gegenteil, Hendricks hielt sich überaus bedeckt, wenn es um seine Arbeit in der Stone Corporation ging.

Die beiden sahen zu mir hinüber. »Entschuldigen Sie, Juliet. Es war unhöflich, sich auf Deutsch zu unterhalten. Aber bitte glauben Sie mir, es ging ausschließlich um trockenes Account Management.«

Hendricks zögerte einen kurzen Moment, sah für einen Sekundenbruchteil zu Daniel hinüber, der ihn aber nicht bemerkte. Dann wandte er sich wieder mir zu. »Wenn Sie noch nichts anderes vorhaben, würde ich Sie gern zum Essen einladen. Die Verhandlungen werden gleich für eine Stunde unterbrochen.«

Ich musste nicht lange nachdenken. Daniel hatte es jedenfalls nicht verdient, dass ich ihm irgendeine Beachtung schenkte. Und außerdem schien er viel zu konzentriert auf die Verhandlungen, als sich auch noch mit mir abzugeben. »Das ist wirklich nett von Ihnen. Mr. Stone ist augenblicklich so beschäftigt, da will ich ihn lieber nicht stören und schließe mich Ihnen gern an.«

Als kurz darauf die Pause eingeläutet wurde, folgte ich Hendricks und seinem Begleiter und verließ den Saal, ohne Daniel anzusehen. Hendricks berührte mich am Arm, als wir zusammen im Fahrstuhl standen.

Auf dem Weg zum Wagen fühlte ich, wie mein Handy in der Handtasche vibrierte. Ich ignorierte es und wartete, bis der Anruf endete. Danach schaltete ich das Telefon aus und ließ es zurück in die Tasche gleiten, ohne einen Blick auf das Display zu werfen.

Im Wagen saß Hendricks neben mir auf der Rückbank, während uns ein Angestellter zu einem Restaurant auf dem Fabrikgelände fuhr.

Ich bemerkte, wie Hendricks Blick immer wieder an meinem Kleid hängen blieb. Er schien mich zu begutachten, setzte sich dann unvermittelt auf und räusperte sich umständlich. Dann begann er übergangslos zu reden: »Darf ich Ihnen eine persönliche Frage stellen, Juliet?« Er starrte mich intensiv an.

»Mr. Stone hat mir vorhin von Ihrem Arrangement berichtet und erwähnt, es würde Ihnen nichts ausmachen, den Tag heute mit mir ausklingen zu lassen. Er sagte, er habe Sie bereits darüber informiert und Sie seien einverstanden. Stimmt das?«

Ich hielt vor Schreck die Luft an. Was hatte Daniel getan? War es wirklich möglich, dass er mich seinen Freunden wie ein Spielzeug überließ? Oder dachte Hendricks sich das nur aus? War es ein Missverständnis zwischen den beiden Männern?

»Sie sehen überrascht aus. Also hat Mr. Stone noch nicht mit Ihnen gesprochen?«

Was sollte ich darauf antworten? Ich überlegte fieberhaft, wie ich aus dieser Situation entkommen konnte. Wieder bedauerte ich, dass ich meine Waffe nicht mitgenommen hatte. Daniel konnte sich glücklich schätzen.

»Mr. Stone und ich kennen uns noch nicht sehr lange. Vielleicht habe ich ihn nicht richtig verstanden. Aber Ihr Wunsch ist kein Problem, solange Sie das mit Mr. Stone abgesprochen haben«, antwortete ich schließlich und bemühte mich, meine Stimme gleichgültig klingen zu lassen.

Gemeinsam betraten wir den eleganten Speisesaal, der halb gefüllt war. Alle Anwesenden trugen tadellose Anzüge, vermutlich speisten hier ausschließlich die Mitarbeiter der Geschäftsführung.

Wir setzten uns an einen freien Tisch und wurden prompt bedient. Ich registrierte verwundert, dass uns niemand nach dem Grund unseres Hierseins oder zumindest nach unseren Namen fragte. Schließlich waren wir keine Mitarbeiter, und zumindest in meinem Fall war das auch deutlich sichtbar.

Einer der Kellner reichte uns die Getränkekarte. »Für Sie wieder einen Eistee mit Zitrone, Mr. Hendricks?«, fragte der Kellner auf deutsch. Hendricks sah zu mir hinüber und fragte mich dann auf Englisch: »Juliet, möchten Sie vielleicht ein Glas Wein? Das hier ist das einzige Restaurant im gesamten Werk, in dem auch Alkohol zum Essen serviert wird.«

Ich stimmte verwundert zu. Wollte er mich betrunken machen? Dann wartete ich, bis der Kellner gegangen war. »Sie kennen sich hier ja bestens aus, Hannes. Mr. Stone hat mir erzählt, Sie haben hier früher selbst gearbeitet?«

Jetzt eröffnete sich endlich eine Gelegenheit, ihm Fragen zu stellen. Hendricks Augen leuchteten, als er von seiner Arbeit zu erzählen begann.

»Warum sind Sie zur Stone Corporation gewechselt? Es scheint, als habe Ihnen Ihre Arbeit hier viel Spaß gemacht?«

Er seufzte. Sein Blick glitt wieder über mein fast durchsichtiges Kleid, blieb diesmal noch länger auf meinem Dekolleté hängen. »Wie fast immer, die Bezahlung hat den Ausschlag gegeben. Aber wenn ich ehrlich bin, bereue ich den Schritt ein wenig. Erzählen Sie das bloß nicht Mr. Stone, der wäre wahrscheinlich nicht begeistert.«

Ich rutschte unruhig auf dem gepolsterten Stuhl herum. Hendricks

Interesse an mir war jetzt nicht mehr zu ignorieren. Darum bedauerte ich es fast, den Wein bestellt zu haben. Trotzdem prostete ich ihm zu, als uns eingeschenkt wurde.

Während des Essens trat plötzlich einer der Kellner an unseren Tisch. »Eine Nachricht für Juliet Walles«, verkündete er und überreichte mir ohne weitere Fragen einen geschlossenen Briefumschlag. Neugierig öffnete ich ihn. Die Nachricht war von Daniel. Wer sonst sollte mir hier auch schreiben?

Juliet, vergiss nicht - du bist mit mir hier. Schalte dein Telefon wieder ein, damit ich dich jederzeit erreichen kann. Daniel

Ich atmete geräuschvoll aus.

»Ist etwas nicht in Ordnung?« Hendricks forschender Blick lag auf meinem Gesicht.

»Mr. Stone möchte wissen, ob wir uns gut amüsieren«, sagte ich daraufhin schließlich.

Nun war es Hendricks, der genervt das Gesicht verzog. »Er ist ganz schön besitzergreifend, nicht wahr? In seinem Unternehmen hat er auch am liebsten alles selbst unter Kontrolle.« Hendricks nahm nun diskret meine Hand. »Ich kann gut nachfühlen, wie es Ihnen geht, Juliet.«

Ich musste mich dazu zwingen, ihm meine Hand nicht sofort wieder zu entreißen. Viel länger hielt ich das nicht aus. »Ja, manchmal nervt er mit seinen Forderungen. Da bin ich froh, wenn ich ihm für eine Weile entfliehen kann.«

Hendricks beugte sich vor und flüsterte nun fast. »Juliet, das heute muss nicht das Ende zwischen uns sein. Wenn alles gut läuft, können wir uns auch in Boston weiterhin treffen. Ich bin nicht verheiratet und Mr. Stone braucht davon ja nichts zu wissen.«

Er ließ seine Hand über meinen nur unzureichend bedeckten Oberschenkel gleiten. Seine Absichten waren eindeutig und ich schloss die Augen, damit er den Widerwillen darin nicht sah. Aber noch mehr verabscheute ich Daniel. Er hatte mich erst in diese Lage gebracht.

Hendricks blickte mich mit verschwörerischer Miene an. »Wenn die Verhandlungen beendet sind, haben wir noch ungefähr vier Stunden Zeit, bis wir wieder zurückfliegen. Bis zum Flughafen sind es nur drei

Stunden Fahrt, wir hätten also eine ganze Stunde Zeit für uns allein und ich kenne ein kleines Hotel nicht weit von hier.«

Seine Finger streichelten über meine nackte Haut. Ich schluckte. »Ja, das klingt verlockend. Und im Flugzeug wird uns Mr. Stone wohl kaum seine Kabine überlassen.«

Oh Gott, was tat ich hier eigentlich? Und wozu? Ich war gerade am Tiefpunkt meines ganzen bisherigen Lebens angekommen, mit einem herzlosen Lover, der mich an seine Geschäftspartner auslieh. Wieso spielte ich Daniels Spiel überhaupt mit? Und wo war die Grenze des Erträglichen?

Hendricks lachte leise. »Nein, dass wohl kaum. Dazu ist er zu egoistisch.« Er stand auf und half mir danach, mich ebenfalls zu erheben. Dann sprach er leise mit dem herbeigeeilten Kellner, der verstehend nickte und sich sofort zurückzog.

Wir verließen das Restaurant und kehrten zu den Verhandlungen zurück. Hendricks legte vertrauensvoll seine Hand um meine Hüfte, während wir ins Gebäude gingen, zog sie jedoch rechtzeitig wieder weg, als wir auf Daniel und die anderen trafen. »Ich freue mich auf unsere Verabredung«, flüsterte er mir mit einem Zwinkern zu, ehe wir den Sitzungssaal betraten.

Mein Gesicht war immer noch leicht gerötet, als ich am Verhandlungstisch Platz nahm. Daniel musterte mich mit undeflnlerbarem Bllck. Ich tat so, als bemerke ich ihn gar nicht, wandte meine Aufmerksamkeit stattdessen einer ausliegenden Broschüre der Stone Corporation zu.

Mit zunehmender Dauer der Verhandlungen wuchs meine Unruhe. Ich rutschte unruhig auf meinem Stuhl hin und her. Schließlich hielt ich es nicht mehr aus, entschuldigte mich und ging nach draußen, um mich auf der Toilette frisch zu machen. Als ich wahrnahm, wie Hendricks kurz darauf ebenfalls aus dem Saal trat und mit schnellen Schritten auf mich zukam, erfasste mich Panik. Was, wenn er mich jetzt schon wollte? Soweit durfte ich es auf gar keinen Fall kommen lassen.

Schnell wandte ich mich um und öffnete entschlossen die Tür zur Damentoilette. Ich begab mich ohne Umschweife in eine der Kabinen und hatte die Tür kaum verriegelt, als ich auch schon Hendricks' Stimme hörte. »Juliet, sind Sie hier?«

Was sollte ich jetzt machen? Er wusste ohnehin, wo ich mich aufhielt. Es hatte also keinen Sinn zu schweigen und darauf zu hoffen, dass er wieder abzog.

»Hannes, sind Sie das?«, fragte ich vorsichtig, ohne die Kabinentür zu öffnen.

»Ich bin Ihnen gefolgt, um zu sehen, ob alles in Ordnung ist. Geht es Ihnen nicht gut?«

Seine Sorge verwirrte mich. War das ein Trick oder konnte man mir meine Furcht tatsächlich so deutlich ansehen?

»Nein, es ist alles in Ordnung. Aber trotzdem Danke für Ihre Aufmerksamkeit.«

Ich vernahm Schritte und nahm daher an, dass Hendricks die Toilette wieder verlassen hatte. Vorsichtig öffnete ich die Tür und sah mich seinem Gesicht direkt gegenüber. Sofort drängte er mich zurück in die Kabine, folgte mir und begann damit, mich mit seinen Händen an den Armen und am Oberkörper zu berühren.

Trotz meiner Panik blieb ich erstaunlich abgeklärt. »Hannes, hören Sie sofort auf damit. Lassen Sie mich los!« Ich schlug mit meiner flachen Hand auf seine Finger, doch das schien ihn nicht weiter zu stören.

»Juliet, nun stellen Sie sich nicht so an! Mr. Stone hat mir alles über Sie berichtet, Sie stehen doch darauf, es sich von einem Mann so richtig besorgen zu lassen, nicht wahr?« Er drängte mich bis an die hintere Wand der Kabine, seine Hände berührten mich inzwischen überall, versuchten, unter mein Kleid zu gelangen.

Hendricks war ein älterer Mann und obwohl er größer und schwerer war als ich, hatte ich dennoch die besseren Karten. Mein jahrelanges Training hatte meinen Körper geschmeidig gemacht und ich war kräftiger, als man mir auf den ersten Blick ansah. Ich zog mein Knie mit einer schnellen Bewegung an und versetzte ihm dadurch einen heftigen Stoß zwischen die Beine.

Hendricks ließ sofort von mir ab, sein Kopf verfärbte sich rot und er krümmte sich vor Schmerzen zusammen. Er keuchte geräuschvoll und ich sah Schweißtropfen von seiner Stirn perlen.

Schnell trat ich an ihm vorbei und flüchtete aus der Toilette.

Draußen atmete ich tief durch. Das war knapp. Ich ordnete meine Kleidung, hatte aber keine Möglichkeit, mein Gesicht im Spiegel zu betrachten. Und zurück auf die Toilette wollte ich auch nicht, zu groß war meine Furcht, dort erneut auf Hendricks zu treffen. Vorsichtig betastete ich meine Haare, die Frisur schien unbeschädigt zu sein. Meine Wangen glühten.

Ich überlegte, ob ich in den Sitzungssaal zurückkehren sollte. Aber Daniel hatte es nicht verdient, dass ich auf ihn wartete. Seine Methoden waren so abstoßend, dass ich nichts mehr mit ihm zu tun haben wollte. Meine einzige Alternative war, allein nach Berlin zurückzufahren und von dort mit einem Linienflug nach Boston zu fliegen.

Innerlich stöhnte ich bei dem Gedanken an mein rapide schwindendes Vermögen auf, aber ich hatte keine andere Wahl, wenn ich Daniel nicht um Hilfe bitten wollte. Mit schnellen Schritten verließ ich das Gebäude.

Eine Schnellbahn brachte mich innerhalb von weniger als drei Stunden zurück ins Hotel. Während der Zugfahrt klingelte mein Handy ununterbrochen. Ich hatte die Stummschaltung aktiviert, aber das ständige Summen strapazierte meine Nerven. Entnervt schaltete ich das Telefon schließlich aus, schloss die Augen und versuchte, mich zu beruhigen. Diese Reise nach Deutschland war ein einziges Desaster. Ich musste alles abhaken und noch einmal neu beginnen. Wenigstens wusste ich jetzt, was Daniel wirklich von mir hielt. Und so schmerzhaft diese Erkenntnis im ersten Augenblick auch war, in Zukunft würde ich mich von ihm fernhalten. Nun hatte ich endlich Gewissheit, dass die zahlreichen Gerüchte über ihn wahr waren, dass er tatsächlich ein eiskalt berechnender Geschäftsmann war. Je weiter ich mich von ihm entfernte, je länger ich allein in der Bahn saß, umso deutlicher setzte sich die Gewissheit durch, dass er von Anfang an ein ziemlich mieses Spiel mit mir gespielt hatte. Er hatte alles bekommen, was er anstrebte – meinen Körper. Und selbst den setzte er gezielt für seine eigenen Zwecke ein, ohne Rücksicht auf mich oder irgendwen sonst.

Im Hotel angekommen, bat ich um den Schlüssel für unsere Suite. Der junge Mann am Empfang sah mich von oben bis unten an und blickte dann in seinen Computer. »Stimmt etwas nicht?«, fragte ich ihn.

»Entschuldigen Sie, Miss Walles, aber Sie sind hier nicht registriert. Haben Sie gestern bei Ihrer Anreise alle Dokumente ausgefüllt?«

Ich schüttelte den Kopf. »Ich bin erst spät in der Nacht angekommen. Mr. Stone hat das Zimmer schon vorher bezogen.«

»Dann tut es mir leid. Aber ohne Mr. Stones Einverständnis darf ich Ihnen keinen Zutritt zu diesem Zimmer gewähren.«

»Aber meine Ausweise befinden sich noch im Safe. Bitte lassen Sie mich wenigstens meinen Reisepass holen. Sie können auch einen Mitarbeiter als Aufpasser mitschicken«, bettelte ich ihn an.

Doch der junge Mann zuckte mit den Schultern. »Es tut mir wirklich leid, aber das kann ich Ihnen nicht gestatten. Wenn Sie möchten, können Sie hier in der Lobby warten, bis Mr. Stone zurückkehrt.«

Mit diesen Worten wandte er sich ab, die Angelegenheit schien für ihn erledigt zu sein. Ich mochte mir gar nicht ausmalen, was passieren würde, wenn Daniel mich hier vorfand. Und auf gar keinen Fall wollte ich dann mit ihm allein sein.

»Dürfte ich bitte mit dem Empfangsleiter sprechen?«, fragte ich mit zittriger Stimme.

Der junge Rezeptionist sah mich überrascht an, nickte dann aber knapp. »Aber sicher, Miss Walles. Bitte warten Sie einen Moment.«

Ein älterer Mann kam auf mich zu. »Wie kann ich Ihnen behilflich sein?« Sein Gesicht blieb ausdruckslos, als ich die Bitte wiederholte.

»Da kann ich leider nichts für Sie tun, Miss. Bitte haben Sie Verständnis dafür, dass wir nicht einfach jeden beliebigen Fremden in unsere Gästezimmer lassen. Mr. Stone ist ein langjähriger Gast in unserem Hause und er hat sehr präzise Anweisungen hinterlassen, was seine Privatsphäre betrifft. Niemand, außer seinem Leibwächter, darf die Suite in seiner Abwesenheit betreten.«

»Hören Sie, alles was ich will ist mein Reisepass. Ohne den kann ich nicht nach Hause fliegen.«

Doch der Empfangschef ließ sich nicht erweichen. »Wir haben bereits mit Mr. Stone gesprochen. Er wird in einer halben Stunde zurück sein. Dann können Sie Ihren Pass wiederhaben.«

Ich war verzweifelt, mir blieb aber keine andere Wahl, als hier auf

Daniel zu warten.

Die Sekunden vergingen unaufhaltsam, mein Puls raste und Schweiß stand auf meiner Stirn, je näher der Zeiger der großen Wanduhr an die Dreißig-Minuten-Marke kam, die Daniels Ankunft darstellte. Was würde er mit mir tun? Würde er überhaupt mit mir sprechen? Gestern war er schon ausgerastet, weil ich drei Sätze mit Simon gewechselt hatte.

Als jemand meine Schulter berührte, zuckte ich zusammen. Doch als ich aufblickte, stand nur Smith hinter mir. »Miss Walles, Mr. Stone wartet in der Suite auf Sie.«

Ich sah ihn fragend an, wartete auf einen Hinweis, wie Daniels Stimmung jetzt war. Aber der Bodyguard blieb vollkommen ruhig und fügte seiner Aufforderung kein einziges Wort hinzu. Seufzend erhob ich mich und folgte ihm. War das wirklich eine gute Idee? Vielleicht konnte jemand anderes meinen Pass abholen während ich am Empfang wartete?

Doch dann gab ich mir einen Ruck. So schlimm würde es schon nicht werden. Ich erinnerte mich wieder an den Nachmittag in Daniels Büro, als ich fest überzeugt war, er würde mich umbringen. Und was war geschehen? Nichts. Im Gegenteil, wir hatten den vielleicht besten und intensivsten Sex seit Beginn unserer Beziehung.

Als ich Daniel schließlich gegenüberstand, wünschte ich mir, ich hätte doch jemand anderen hierher geschickt. Sein Gesicht war angespannt, sein ganzer Körper war erstarrt.

»Du bist ohne mich zurückgefahren«, stellte er fest. Seine Stimme klang eisig.

Ich nickte nur.

»Und du hast es nicht einmal für nötig befunden, meine Anrufe entgegenzunehmen.«

Wieder nickte ich nur.

Er trat einen Schritt auf mich zu. Erschrocken wich ich zurück, doch er folgte mir, drängte mich weiter zurück, bis ich die Wand in meinem Rücken spürte. Dann stützte er seine Hände gegen die Wand, schloss mich so völlig ein, ohne mich dabei zu berühren.

»Hast du Hendricks erlaubt, dich zu ficken?« Er schleuderte die Frage mit so viel Verachtung in mein Gesicht, dass ich vor Schreck die Augen schloss.

»Antworte mir, Juliet! Habt ihr gefickt oder nicht?«

Tränen traten in meine Augen, ohne dass ich etwas dagegen tun konnte. Wie konnte er so etwas glauben? Schließlich schüttelte ich den Kopf. »Nein, haben wir nicht.«

Meine Antwort schien ihn nicht zu überzeugen. »Und warum bist du dann ohne ein Wort zu sagen weggerannt?«

Ich wollte seiner erdrückenden Nähe entkommen, doch Daniel bewegte sich keinen Zentimeter, hielt mich gefangen zwischen der Wand und seinem Körper. Ich konnte seine Wut förmlich spüren.

Ich nahm all meinen Mut zusammen und antwortete ihm mit fester Stimme: »Das musst *du* gerade fragen. Ich habe genug von dir und deinen perversen Spielen, darum bin ich weggerannt.«

Er lachte verächtlich. »Hendricks behauptet, du wärst gar nicht zu bremsen gewesen, hättest dir praktisch das Kleid vom Leib gerissen. Stimmt das etwa nicht?«

Die Diskussion mit ihm war sinnlos. In seinem Zustand würde er sowieso für keine Argument zugänglich sein. Darum wollte ich nur noch fort. »Daniel, bitte lass mich gehen. Ich bin nur gekommen, um meinen Pass zu holen.«

Ich versuchte, mich unter seinem Arm hindurchzuschieben, doch mein Bemühen misslang kläglich. Sofort packte er mich fest am Oberarm und zerrte mich mit sich quer durch das große Zimmer.

»Weißt du, was man mit kleinen Flittchen wie dir macht? Man benutzt sie solange, wie sie durchhalten, und dann wirft man sie weg und sucht sich die Nächste.«

Ich erzitterte bei seinen provokanten Worten. Jetzt zeigte er also sein wahres Gesicht.

Er hielt plötzlich an, drehte sich zu mir und schubste mich vor sich auf den Boden. »Und weißt du, was das Beste daran ist? Man muss keine Rücksicht nehmen, kann mit Huren wie dir machen, was man will. Weil es sowieso genug von euch gibt, eine mehr oder weniger fällt da gar nicht weiter auf.«

Nun bekam ich wirklich Angst. Was hatte er mit mir vor? Ich blickte ihn vom Fußboden aus an, doch er vermied es, mir ins Gesicht zu sehen. »Daniel, bitte lass mich gehen. Ich will nicht hierbleiben.« Ich versuchte, aufzustehen, doch mit einem Fußtritt stieß er mich erneut zu Boden.

»Bleib liegen, ich bin noch nicht mit dir fertig. Wage es ja nicht, wegzulaufen. Wir beide werden erst ein bisschen Spaß haben, danach kannst du gehen, falls du dann noch in der Lage dazu bist.«

Ich konnte kaum glauben, was für eine Veränderung in Daniel vorgegangen war. Wo war mein zärtlicher, einfühlsamer Liebhaber?

Er begann damit, seinen Gürtel zu öffnen. »Zieh dein Kleid aus und die Unterwäsche gleich mit!«

Doch ich wollte nicht schon wieder auf so ein Spiel eingehen. Hatte ich ersteinmal meine Kleidung abgelegt, konnte ich nicht mehr so einfach entkommen. Ich atmete tief ein. Mit einem einzigen schnellen Satz sprang ich auf und rannte zur Tür. Der Überraschungseffekt war jetzt meine einzige Chance.

Ich erreichte die Tür, griff mit meiner Hand nach der Klinke. Doch da spürte ich schon, wie Daniel mich einholte. Sein gesamter Körper prallte gegen mich, stieß mich mit enormer Wucht gegen die unnachgiebige Tür. Benommen sank ich zu Boden, begraben unter Daniels steinhartem Körper.

»Was hast du dir dabei gedacht, Hure?«, schrie er mich an. Dann zerrte er den Gürtel aus der Hose. »Das sollst du mir büßen!«

Wie von Sinnen begann er, den Ledergürtel auf mich niederzuschmettern. Ich rollte mich zusammen, verbarg den Kopf schützend unter meinen Armen. Die harten Schläge trafen mich am ganzen Körper. Am schmerzhaftesten war es, wenn er meine nackten Arme und Beine traf.

Ich hielt ganz still, machte mich klein, um ihm möglichst wenig Angriffsfläche zu bieten. Wieder schnellte das harte Leder sirrend auf meinen Arm nieder. Ich spürte, wie das feste Material sich tief in meine Haut einschnitt. Es brannte höllisch, doch ich wagte es nicht, auch nur einen einzigen Ton von mir zu geben.

Noch immer hoffte ich darauf, dass er sich wieder beruhigte. Dann würde er mich sicher gehen lassen. Aber im Moment war er nicht ansprechbar, war einzig darauf bedacht, seine angestauten Aggressionen abzureagieren.

Als die Schläge abrupt aufhörten, blinzelte ich zwischen meinen Armen hervor. War jetzt alles vorbei? Doch schon im nächsten Moment wurde ich eines Besseren belehrt.

Daniel riss meinen Kopf brutal an den Haaren herum. Sobald meine Kehle freilag, stürzte er sich mit dem Gürtel in beiden Händen auf mich, schlang ihn um meinen Hals und begann, damit fest zuzudrücken.

Panisch schlug ich um mich, erwischte ihn mehrmals im Gesicht. Doch er reagierte überhaupt nicht, ließ nicht von mir ab, hörte nicht auf, mir die Luft abzuschnüren.

»Champ«, röchelte ich in Todesangst, »bitte hör auf damit, ich habe doch gar nichts getan!«

Ich schloss die Augen, fühlte, wie meine Sinne langsam schwanden, spürte wie eine einzelne Träne langsam an meiner Wange herunterlief. War dies das Ende?

Fortsetzung folgt...

Auszug aus Teil 2 der Serie Daniel & Juliet – eine Liebesgeschichte:

Unerwartet betrat Daniel das Schlafzimmer. Ich sah ihn stirnrunzelnd vom Bett aus an. »Willst du den Film nicht zu Ende anschauen? Ich dachte, der wäre so spannend?«

»Pah«, machte er nur, »Was ist schon eine vom zahnlosen Pflanzenfresser zum Eisbären mutierte außerirdische Lebensform gegen dich?«

Ich musste über seine Beschreibung des neusten Hollywoodfilms lachen. »Bin ich etwa auch mutiert?«

Er blickte mich einige Sekunden lang an, überlegte scheinbar. »Ja sicher. Von der Verklemmten mit der viel zu großen Handtasche zu meiner ganz persönlichen Sexgöttin. Viel interessanter, würde ich sagen.«

»Deine ganz persönliche Sexgöttin?«, wiederholte ich lachend und schlug dabei die Decke zurück, die bis dahin meine Nacktheit verborgen hatte. »Bist du sicher, dass du da auch mithalten kannst?«

Ich spreizte meine Beine provozierend und sah zu ihm, der immer noch unbeweglich am Fußende des Bettes stand. Dann nahm ich meine Brüste in beide Hände und knetete sie langsam, sah ihn dabei unentwegt an. »Oder willst du mich etwa nicht mehr?«

Ein verschlagenes Grinsen erschien auf seinem Gesicht. »Hast du bisher dieses Bett je unbefriedigt verlassen, Baby?« Mit diesen Worten löste er ... Gürtel seiner Hose, öffnete den Knopf und zog den ... Er schob die Hose samt Boxershorts nach ... ein hartes, erigiertes Glied. »Ist es das, was du ...

... nnte meinen Blick nicht von ihm abwenden. Er ... angefangen von dem regelmäßigen, kantigen ... elgrünen Augen, die mich jetzt so intensiv anstarrten, bis hin zu seinem großen, heißen Schwanz. Ich würde nie genug von ihm bekommen.

Endlich hatte er sich seiner Sachen entledigt, kam zu mir aufs Bett. Ohne anzuhalten drängte er sein Gesicht zwischen meine Beine. Seine Zunge fand meine feuchte Öffnung auf Anhieb, glitt hinein, spaltete meine Schamlippen und zwängte sich dann direkt in meine Pussy. Ich stöhnte auf, als ich die tastenden Bewegungen spürte, merkte, wie seine Lippen an mir saugten. »Du bist schon wieder bereit für mich? So feucht und so warm.« Er leckte mich gierig, nahm meine Klit zwischen die Zähne und zog sanft daran.

Doch er hielt sich nicht lange hier auf. Leider. Schon spürte ich seine Hände an meinen Hüften. »Dreh dich um Baby«, hörte ich ihn flüstern. »Ich will dich von hinten besteigen und dann hart ficken. Willst du das auch?«

»Ja bitte, Champ. Ich will alles, was du willst.«

Ich drehte mich um und streckte mich ihm entgegen, so bereit, ihn in mir aufzunehmen. Heute tat er mir den Gefallen, ließ mich nicht warten, wie sonst manchmal, wenn er erst spielen wollte. Ich spürte einen harten Stoß, dann hatte er sich auch schon in meinem Innersten versenkt. »Du fühlst dich so gut an, Babe. Ich könnte das immerzu machen, ohne Unterbrechung, tagelang.«

Ich ließ mich von ihm führen, hieß seine energischen Stöße willkommen, genoss es, wie unsere Leiber aufeinanderprallten. Er hatte nicht zuviel versprochen, ich liebte es, wenn er mich so gnadenlos und ausgiebig fickte, mich seine ungestüme Kraft spüren ließ.

Seine Hände auf meinen Hintern gestemmt, ließ er die Hüften in einem unvergleichlichen Rhythmus kreisen. »Gefällt dir das? Soll ich dich jetzt kommen lassen?« Er wusste, dass er das konnte.

»Mach mit mir, was du willst, Champ. Ich gehöre dir.« Ich stöhnte unter ihm auf, spürte, wie die kleinen delikaten Beben in meinen Unterleib einsetzten. Sein Schwanz glitt unermüdlich an den pulsierenden Wänden meiner Pussy entlang, reizte meine empfindlichen Nervenenden, drängte sich ungezügelt in mein Innerstes bis ich schließlich lautstark Erlösung fand.

»Ist das gut so? Willst du noch mehr?« Er ließ noch immer nicht ab von mir. Während ich wimmernd niedersank und mein Körper sich ekstatisch zuckend unter ihm wand, stieß er ununterbrochen leidenschaftlich zu. Ich merkte, wie sein Schweiß auf meinen Rücken tropfte, hörte seinen keuchenden Atem hinter mir. Es fühlte sich einfach zu gut an.

Er steigerte seine Geschwindigkeit zu einem schnelleren Rhythmus, trieb mich an, hielt mich mit festem Griff gepackt, sodass ich ihm nicht entkommen konnte. Als ich spürte, wie sein harter Schwanz in mir weiter anschwoll, wusste ich, wie nahe er war.

Atemlos ließ ich mich von ihm führen, folgte seinen Bewegungen, streckte mich ihm bei jedem neuen Stoß sehnsüchtig entgegen. Seine prall gefüllten Hoden drückten schon wieder gegen meine Schenkel, sein Schwanz rieb sich ein weiteres Mal köstlich in mir. »Babe, ich komme jetzt!«, rief er in höchster Anstrengung, während ich mich unter ihm schon erneut auflöste.

Dann erstarrte er, hielt mich fest an sich gezogen. Ich spürte seinen heißen Samen tief in mir, wieder und wieder ergoss er sich, bis wir schließlich beide zusammen auf das Bett sanken. Was für ein Fick!

Null und Nichtig (erscheint im Oktober 2013)

ÜBER DEN AUTHOR

Renee R. Picard wurde 1970 in Deutschland geboren und wuchs in einer leseverrückten Großfamilie auf. Bei Reisen um die ganze Welt überlebte sie Erdbeben, Aufstände, durchgedrehte Urlauber, Massenkarambolagen und Krokodilattacken.

Mittlerweile lebt sie mit ihrem absolut perfekten Traummann an einem der schönsten Strände Asiens. Von ihrem Schreibtisch aus hat sie täglich einen Blick auf die brillianten Sonnenuntergänge über dem Südchinesischen Meer.

Wenn sie nicht schreibt, gilt ihre ganze Leidenschaft dem Träumen.

3104005R00235

Printed in Germany
by Amazon Distribution
GmbH, Leipzig